ALAN

I
LU
MINA
ÇÕE
S

MOORE

Tradução:
Adriano Scandolara

ALEPH

ILUMINAÇÕES

TÍTULO ORIGINAL:
Illuminations

COPIDESQUE:
Isadora Prospero

REVISÃO:
Natália Mori
Isabela Talarico

CAPA E ILUSTRAÇÕES:
Pedro Inoue

PROJETO GRÁFICO:
Giovanna Cianelli

DIAGRAMAÇÃO:
Desenho Editorial

COORDENAÇÃO:
Giovana Bomentre

DIREÇÃO EXECUTIVA:
Betty Fromer

DIREÇÃO EDITORIAL:
Adriano Fromer Piazzi

EDITORIAL:
Daniel Lameira
Tiago Lyra
Andréa Bergamaschi
Débora Dutra Vieira
Luiza Araujo
Juliana Brandt

COMUNICAÇÃO:
Maria Clara Villas
Júlia Forbes
Giovanna de Lima Cunha

COMERCIAL:
Giovani das Graças
Lidiana Pessoa
Roberta Saraiva
Gustavo Mendonça

FINANCEIRO:
Helena Telesca
Rosangela Pimentel

DADOS INTERNACIONAIS DE CATALOGAÇÃO NA PUBLICAÇÃO
(CIP) DE ACORDO COM ISDB

M821i   Moore, Alan

Iluminações / Alan Moore ; traduzido por Adriano
Scandolara. - São Paulo : Aleph, 2022.
552 p.; 16cm x 23cm.

Tradução de: Illuminations
ISBN: 978-85-7657-531-3

1. Literatura inglesa. 2. Contos. I. Scandolara, Adriano.
II. Título.

2022-2698   CDD 823.91   CDU 821.111-3

ELABORADO POR ODILIO HILARIO MOREIRA JUNIOR -
CRB-8/9949

ÍNDICES PARA CATÁLOGO SISTEMÁTICO:
1. Literatura inglesa: contos 823.91
2. Literatura inglesa: contos 821.111-3

EDITORA ALEPH
Rua Tabapuã, 81, cj. 134
04533-010 – São Paulo – SP – Brasil
Tel.: [55 11] 3743-3202
www.editoraaleph.com.br

Sumário

Lagarto hipotético

Metade do rosto dela era porcelana.

Sentada na varanda, alheia a tudo, mascando flores azuis anêmicas colhidas da jardineira à sua janela, Som-Som admirava o pátio da Casa Sem Relógios. Circular e desprovido de decorações, o pátio se estendia como um poço sombrio e estagnado. As lajes negras, polidas pela passagem de tantos pés até adquirirem um brilho impassível, pareciam mais água parada do que pedra quando vistas de cima. As rachaduras e fissuras que poderiam perturbar esse efeito eram visíveis apenas onde veios de musgo seguiam seus sulcos sinuosos no que seria, de outro modo, um negrume indistinto. Poderia muito bem ser um delicado revestimento de algas prestes a se desmanchar e se dispersar com o primeiro contato, a primeira onda...

Quando Som-Som tinha cinco anos, a beleza dolorosa prefigurada em seu rosto infantil não passou despercebida por sua mãe, que levou a criança, sem que ela entendesse o que estava acontecendo, ao labirinto de vozes da vida noturna de Liavek, até chegarem à casa em tons pastéis, com um pátio redondo e obscuro. Cedendo aos puxõezinhos da mãe, Som-Som foi arrastando os pés sobre as lajes madrugadoras, conforme o eco sussurrado dos seus passos retornava do muro elevado e curvo que fechava três quartos daquele espaço.

A fachada côncava da Casa Sem Relógios em si completava o círculo, e em seu arco amplo havia sete portas, cada uma de uma cor diferente. Foi à porta central, a porta branca, que sua mãe bateu.

Veio o som de passos leves e cuidadosos, seguido pelo breve rangido de uma fechadura conforme a porta era destrancada pelo outro lado. Abriu-se deslizando, sem barulho. Vestida toda de branco, contra a brancura das câmaras interiores, uma menina de quinze anos encarou as duas em meio à escuridão, com um olhar remoto e submisso.

Os trajes dela estavam ajustados ao corpo e eram da cor da neve, com vagas sombras azuis acumuladas nas dobras e fendas. Estava coberta da cabeça aos pés, exceto pelas aberturas talhadas no tecido para revelar o seio direito, a mão esquerda e um rosto impenetrável como uma máscara.

Ao vislumbrar a figura esbelta emoldurada naquele gélido retângulo de luz, Som-Som a princípio presumiu que a pele exposta da menina estivesse avermelhada pela aplicação de alguma tinta ou pó. Ao olhar mais de perto, ela se deu conta, com um *frisson* de fascínio e horror, de que a pele inteira na verdade estava coberta por palavras pequenas, porém legíveis, tatuadas num tom vívido de carmim sobre aquela tela branca e lisa. Ambíguas e sugestivas, frases sofisticadamente construídas formavam uma espiral a partir do botão marrom do seu mamilo. Versos inspirados por uma paixão elegante e misteriosa acompanhavam a órbita do seu olho esquerdo, antes de se encerrarem numa metáfora perfeita à sombra da maçã do rosto. Seus dedos pingavam poesia.

A menina encarou primeiro Som-Som e depois sua mãe, e não havia qualquer julgamento em seus olhos. Como se tivessem chegado a um acordo, ela se virou e saiu andando com passos minúsculos e precisos, rumo à brancura ártica deslumbrante da Casa Sem Relógios. Após um instante, Som-Som e a mãe a seguiram, fechando a porta branca atrás de si.

A menina (cujo nome, Som-Som mais tarde descobriu, era Livro) guiou as duas por corredores olentes de perfumes espectrais até chegarem a uma sala ao mesmo tempo gigantesca e ofuscante. Uma luz branca, refratada por lentes e vidrarias facetadas, parecia pairar no ar como uma teia de aranha fantasmagórica, suavizando as formas e feições no interior da alcova. Ao centro dessa fosforescência enevoada, uma mulher alta se reclinava sobre peles polares, com almofadas decoradas com complexos padrões de cristais de gelo a seus pés. O borrão cintilante do ambiente apagava as rugas da pele e fazia dela uma figura atemporal, mas sua voz era a de uma pessoa idosa. Seu nome era Ouish, e ela era a senhora e proprietária da Casa Sem Relógios.

A conversa que se passou entre as duas mulheres foi obscura, quase inaudível, e Som-Som pouco conseguiu captar dela. Em certo ponto, a Senhora Ouish emergiu do leito de peles brancas e veio, claudicante, inspecionar a criança. A velha tocou de leve o rosto de Som-Som, tomando-o entre o dedão e o indicador, depois o virando a fim de estudar seu perfil. Seu toque parecia o de uma luva de crepe, mas era surpreendentemente caloroso naquela sala que cintilava com uma frieza de fora deste mundo. Evidentemente satisfeita, ela deu meia-volta e acenou com a cabeça para a menina que se chamava Livro antes de retornar ao abraço das peles.

A criada tatuada saiu da sala, retornando momentos depois com uma pequena bolsa de couro descolorida que tilintava de leve conforme ela caminhava. Livro a entregou à mãe de Som-Som, que parecia atemorizada e hesitante. O peso da bolsa pareceu reconfortá-la, e ela não resistiu, nem reclamou, quando Livro guiou a filha pelo braço, suavemente, até a saída daquela câmara branca.

Longos minutos se passaram até Som-Som dar-se conta de que a mãe não voltaria mais.

Havia um contorcionista de dezenove anos, Khafi, que, deitado de barriga para baixo, era capaz de dobrar o corpo para trás até que as nádegas se assentassem confortavelmente no topo da cabeça, enquanto sorria por entre os tornozelos. Havia uma mulher de meia-idade, Delice, que usava catorze agulhas para provocar inimagináveis prazeres e tormentos, tudo sem deixar a menor marca. Mopetel, ao suspender a própria respiração e batimentos cardíacos, era capaz de simular um estado cadavérico durante mais de duas horas. Jazu tinha uma pelagem preta e fina sobre todo o corpo, andava de quatro e só se comunicava com grunhidos. E havia também Rushushi e Hata, e Loba Pak, que nunca piscava...

Vivendo no meio desse zoológico de seres exóticos, onde o contato contínuo desgastava o singular até que se tornasse comum, Som-Som desfrutava, em algum grau, do privilégio da objetividade. Sem discriminação ou favoritismo, ela passava a maior parte dos dias observando as raridades animadas ao seu redor, perguntando-se qual delas serviria como ilustração do que ela mesma viria a se tornar. Espiando a Senhora Ouish e seus sócios mais íntimos, decifrando pacientemente sua sublinguagem de pausas e sílabas acentuadas, Som-Som determinara que estava sendo preservada para alguma coisa especial – especial até mesmo na galeria de especialidades que era a Casa Sem Relógios. Será que ela seria instruída na arte de levar homens e mulheres ao êxtase com as vibrações de sua voz, igual a Hata? Será que o talento de Mopetel para a morte impermanente viria a ser seu também? Sorrindo enquanto aceitava os marzipãs e as frutas caramelizadas oferecidos com complacência pelos mais velhos, ela estudava seus rostos e ponderava.

Em seu nono aniversário, Som-Som foi escolhida por Livro ao tabernáculo ofuscante da Senhora Ouish. Seu sorriso ressecado assumia agora ares inquietantes por conta de certo calor pouco característico, e a Senhora Ouish dispensou Livro e então deu tapinhas nas peles dos animais hibernais ao seu lado, convidando Som-Som a se sentar. Com uma expressão que parecia ser a de outra pessoa costurada sobre o rosto, a proprietária da Casa Sem Relógios informou a Som-Som qual seria seu papel único dentro daquele estabelecimento.

Se assim desejasse, poderia se tornar a meretriz dos feiticeiros, para seu uso exclusivo. Dali em diante, apenas aquelas mãos ardilosas capazes de esculpir a própria matéria da fortuna teriam acesso às curvas quentes de sua substância. Ela viria a compreender as luxúrias abstratas daqueles que manejavam as alavancas secretas do mundo e viveria feliz em serviço deles.

Ajoelhando-se junto à pelagem argêntea na beira da cama, Som-Som sentiu o mundo estremecer até parar, inerte, conforme as palavras da velha seguiam rolando no interior de sua cabeça, quebrando-se como a colisão de imensos planetas de vidro.

Feiticeiros?

Muitas vezes, enviada para buscar alguma poção amorosa ou remédio menor para os habitantes mais velhos da Casa Sem Relógios, as incumbências de Som-Som a levaram ao Beco dos Magos. A própria rua, mutável e inconstante, repleta de pequenos movimentos na periferia da sua visão, não apresentava nenhuma imagem clara ou consistente que ela fosse capaz de invocar a partir da memória. Alguns de seus habitantes, todavia, eram inesquecíveis. Seus olhos. Seus olhos terríveis e oniscientes...

Ela se imaginou nua diante de um olhar que conhecera as profundezas dos oceanos do acaso, no qual as pessoas não passavam de peixes, um olhar que via o padrão secreto das ondas nas marés insondáveis da circunstância. Em seu estômago, algo mais ambíguo do que medo ou entusiasmo começou a estender suas gavinhas. Em algum lugar a distância, numa sala branca preenchida por um brilho obscuro, a Senhora Ouish detalhava uma lista das condições que precisariam ser cumpridas para que Som-Som pudesse começar seus novos deveres.

Parecia que muitos daqueles que lidavam com a manipulação da sorte não deixavam nada para o acaso. Antes de um desses feiticeiros entrar em comunhão física plena com outro ser, era necessário garantir certas precauções inflexíveis. Entre elas, as mais importantes eram as que diziam respeito a manter sigilo. Os êxtases dos magos eram eventos assombrosos e aterrorizantes, durante os quais seu poder se encontrava em seu momento mais volátil e menos contido.

Não era raro que diversos fenômenos espontâneos pudessem se manifestar ou que o nome de um objeto imbuído com os poderes da sorte fosse murmurado no momento do maior alívio. No mundo dos magos, essas indiscrições poderiam ter consequências letais. A mais ingênua das confidências íntimas, se repassada a um inimigo suficientemente implacável, poderia resultar numa colheita pavorosa ao taumaturgo incauto. Talvez fosse apanhado na noite por um par de mãos gélidas em cujas palmas olhos amarelados encaravam sem piscar, ou talvez começasse a florir uma ferida em seu pescoço, brotando lábios purpúreos de bebê, que passariam a sussurrar obscenidades delirantes aos seus ouvidos até privá-lo de toda razão.

O continente intangível da sorte era um território submerso em perigos, e quem quer que viesse a ser a meretriz dos feiticeiros necessariamente deveria também cumprir um juramento como a noiva do Silêncio.

Para esse fim, Som-Som seria levada a uma residência específica no Beco dos Magos, um endereço notável pelo fato de só poder ser localizado no terceiro e no quinto dias da semana. Ali, a criança receberia um pequeno verme em conserva, de cor ocre, que revelaria a mansão rosa-acinzentada de sua alma aos dedos daquele que habitava aquele local, um fisiomante de grande renome. Nessa ocasião, começaria então o Silenciamento.

Havia um único fiozinho cartilaginoso conectando os dois hemisférios do cérebro, a estrada por meio da qual mensagens neurais urgentes do lobo direito, pré-verbal e intuitivo, passavam à sua contraparte mais racional e ativa do lado esquerdo. Em Som-Som, essa ponte delicada seria destruída pela lâmina de uma faca afiada, de modo a vetar a comunicação entre as metades da psique da criança.

Após recuperar-se da cirurgia, a menina teria um ano para se ajustar a suas novas percepções. Aprenderia a se equilibrar e apanhar objetos sem o benefício da visão estereoscópica e sem vê--los com profundidade. Após muitos surtos de uma paralisia frustrante que a faria chorar, durante os quais seria capaz apenas de ficar em pé e tremer com gestos pungentes e incompletos, enquanto o corpo todo permaneceria dividido entre desejos conflitantes, ela enfim seria capaz de obter algum grau de coordenação e recobrar alguma graciosidade. Por certo, seus movimentos teriam sempre uma qualidade um tanto lenta e vacilante, mas com o devido direcionamento não havia motivo para que esse efeito onírico não pudesse ser por si só motivo para amplificação erótica. Ao término do seu ano de reajustes, Som-Som faria um molde do seu rosto, ocasião na qual passaria a vestir a Máscara Partida.

A Máscara Partida não era tanto partida quanto cortada em duas metades perfeitas. Construída de porcelana e cobrindo a cabeça inteira, a máscara seria dividida com precisão por um pequeno cinzel de prata, começando na nuca, atravessando o crânio frio e liso, e descendo até o dorso do nariz a fim de repartir para sempre os lábios inexpressivos. O lado esquerdo então seria removido e esmagado até virar um talco fino para ser arremessado aos ventos.

Antes de vestir a Máscara Partida, a cabeça de Som-Som precisava ser toda raspada, para depois esfregarem no seu couro cabeludo os sumos malcheirosos, cor de malva, de uma frutinha conhecida por destruir os folículos do cabelo, de modo que não voltassem a crescer. Essa medida era, em parte, destinada a garantir-lhe algum conforto durante os quinze anos seguintes, período durante o qual a máscara não seria removida a não ser que as lentas alterações no formato do seu crânio causassem desconforto. Nesse caso, precisaria ser retirada e refeita.

Cobrindo o lado direito de sua cabeça, a topografia impecável da Máscara Partida seguiria ininterrupta, sem qualquer abertura para se ver ou ouvir. O olho de porcelana era branco, opaco e cego. O ouvido de porcelana nada escutava. Ocultas sob essa carapaça, suas contrapartes orgânicas tinham as mesmas desvantagens.

Som-Som nada seria capaz de ver com seu olho direito e ficaria surda do ouvido do mesmo lado. Apenas a metade descoberta de seu rosto seguiria com as capacidades de percepção intactas.

Paradoxalmente, por algum deslize espelhado da natureza, as impressões sensoriais apanhadas pelo aparato esquerdo do corpo eram repassadas ao hemisfério direito do cérebro. E ali, por conta do corte na passagem neural que conectava os dois lobos, a informação estacionaria. Jamais viria a alcançar os centros de atividade cerebral que governavam a fala e a comunicação, pois estes se situavam no hemisfério esquerdo, um território então irrecuperavelmente perdido, além daquele abismo cirúrgico. Seu olho poderia ver, mas seus lábios nada saberiam do que foi visto. Conversas apanhadas por seu ouvido jamais seriam repetidas pela língua que ignorava as palavras às quais deveria dar forma.

Ela ficaria cega, mas não exatamente. Ainda teria sua audição, até certo ponto, e seria até mesmo capaz de falar. Mas estaria Silenciada.

Dentro da opalescência da câmara branca que lhe caía tão bem, a Senhora Ouish concluiu as descrições das honras que aguardavam a menina de nove anos que a ouvia atordoada. Tocou o pequeno sino de porcelana, convocando Livro à sala, e pôs fim à audiência. Tropeçando em seus pés subitamente grandes demais pela falta de circulação do sangue, Som-Som permitiu que a criada tatuada a guiasse de volta à luz do dia, mundana e incômoda.

Posicionada no limiar, Livro se voltou à criança, que ainda piscava ao seu lado, e sorriu um sorriso que enrugou as palavras inscritas nas bochechas, deixando-as ilegíveis por um breve momento, mas que não era um sorriso cruel.

– Quando estiver Silenciada e não puder revelar suas conclusões a ninguém, eu permitirei que leia todas as minhas histórias.

Sua voz tinha um tom irregular, como se fizesse muito tempo desde que perdera a prática do uso. Erguendo a mão desnuda e sarapintada de carmim, ela tocou a caligrafia na própria testa. Então, abaixando-a, roçou de leve na espiral lírica de seu seio. Sorrindo mais uma vez, ela se virou e entrou de volta na casa, fechando a porta branca atrás de si, uma pornografia ambulante.

Era a primeira vez que Som-Som sequer a ouvia falar.

No dia seguinte, Som-Som foi escoltada até uma residência elusiva, onde um homem com um topete branco, envernizado até se tornar uma nadadeira dorsal rígida que atravessava o crânio, lhe entregou um pequeno verme acastanhado para mastigar. Ela reparou que era uma coisa murcha e feia, mas provavelmente não estava muito pior do que fora em vida. Porque era o que esperavam dela, colocou-o sobre a língua e começou a mastigar.

Ao despertar, ela era duas pessoas distintas, duas estranhas que se falavam e coabitavam a mesma pele sem colaboração ou conferência. Foi levada de volta à Casa Sem Relógios num pequeno carrinho forrado de almofadas. Sacolejando, atravessou o arco da entrada e o borrão de tinta gargantuesco que era o pátio, e tudo que lhe fora prometido, cedo ou tarde, concretizou-se.

Doze anos atrás.

Sentada na varanda, com a metade visível dos lábios manchada de azul pelos sumos das flores mastigadas, Som-Som admirava o pátio da Casa Sem Relógios. Apesar da brisa da tarde, o lago negro não se perturbava, encarando-a de volta. Aqui e ali, sobre a água impenetravelmente preta, flutuavam folhas caídas, pedaços imóveis de sépia contra o negrume.

Certamente, acaso ela tombasse com uma deliciosa lentidão na direção do poço noturno sob seus pés, nenhum mal lhe sobreviria? Caindo como uma pedra, ela perturbaria a obscuridade impassível da superfície, uma comoção cadente de prata contra as águas frias de ébano ao seu redor. Acima, as ondas se irradiariam, expandindo-se como pulsos de agonia que latejam do epicentro de uma ferida. Rebentariam em ôndulas escuras, quebrando contra as paredes do pátio da Casa Sem Relógios, e então as águas mais uma vez ficariam quietas como pedra.

Lá embaixo, com chutes precisos e resolutos, ela nadaria pelo subterrâneo, saindo dos muros curvos da Casa Sem Relógios, debaixo da própria Cidade da Sorte, rumo aos oceanos sólidos, jamais mapeados, que se encontravam além. Ao mergulhar fundo, ela deslizaria pelos veios cintilantes dos minérios, os estratos enterrados e esquecidos. Disparando acima, passaria piscando e contorcendo-se pelo espaço morno e raso da camada superior do solo, vindo à superfície vez ou outra para saltar num arco resplandecente sob o sol, gotículas do solo formando contas no ar ao seu redor. Ao submergir de novo, golpearia a solidão fria da argila e do arenito, muito, muito abaixo de si...

Alguém atravessava a superfície das águas negras, as sandálias de madeira chapinhando audivelmente contra sua substância de súbito endurecida, esmagando folhas bastante secas. Incapaz de se sustentar diante dessas contradições, a ilusão se dissipou e de imediato fugiu para além da memória.

Um dos lados do rosto de Som-Som se viu nublado pela irritação de ter tido seu devaneio interrompido, metade de seu cenho se franzindo com petulância, enquanto a outra metade permanecia lisa e indiferente. Seu único olho visível, metade de uma dupla de pedras preciosas tornada ainda mais rara pela perda da irmã gêmea, se concentrava na visitante que passava abaixo. Sem ser vista na varanda, ela pôde analisar a intrusa, de repente reparando em alguma peculiaridade do seu modo de andar ou da postura que lhe parecia familiar. Apertando de leve seu olho esquerdo, tentando enxergar melhor, deformou a simetria do rosto dividido, que se contorceu em uma piscadela desprovida de qualquer alegria.

Era uma figura esbelta, de estatura média, envolta da coroa da cabeça aos tornozelos em deslumbrantes ataduras de seda rubra, de modo que apenas o rosto, as mãos e os pés permaneciam descobertos. As linhas delicadas do ombro e do braço pareciam inconfundivelmente femininas, mas permanecia algo de masculino no modo como seu torso se unia aos quadris estreitos e angulosos. Caminhando sem pressa pelo pátio, a figura parou diante da porta amarela pálida que se encontrava à extrema direita da Casa Sem Relógios. Lá hesitou, voltando-se para examinar o pátio e oferecendo a Som-Som o primeiro vislumbre nítido de um rosto pintado, ao mesmo tempo marcadamente estranho e instantaneamente reconhecível.

O nome da visitante era Rawra Chin, e ela era um homem.

Durante os seus anos de serviço naquele ambiente mutável, com as percepções do mundo limitadas por sua condição e pelo confinamento efetivo que resultava delas, Som-Som havia, em todo caso, conseguido alcançar, a duras penas, um platô de compreensão, uma perspectiva interna que se abria à vasta esfera das atividades humanas das quais a Máscara Partida a excluíra. Tal perspectiva lhe permitia ter certas revelações ao mesmo tempo pontuais e peculiares.

Ela compreendia, por exemplo, que além de ser um oceano ilimitado de sorte, o mundo era também um redemoinho revolto de sexualidade. Estabelecimentos como a Casa Sem Relógios eram ilhas dentro dessa corrente, onde as pessoas naufragavam, levadas pelas marés da necessidade e da solidão. Algumas lá permaneciam para sempre, acomodadas sobre a linha da maré alta. A maioria era tragada de volta com a chegada da vazante. Desses fragmentos retomados pelo oceano, poucos sequer veriam terra firme outra vez e, se o fizessem, não seria naquelas latitudes.

Rawra Chin parecia ser exceção.

Som-Som lembrava-se dela como um menino de quatorze anos de idade, sem jeito e de ossos largos, cuja contratação na Casa Sem Relógios principiou-se quando Som-Som já somava cinco anos de serviço. Apesar do rosto plano e largo, além do porte estabanado, Rawra Chin já possuía uma rara e indefinível essência de personalidade, a qual animava sua estrutura vacilante de menino adolescente e lhe conferia uma beleza de efeitos perturbadores.

A Senhora Ouish, havia tempos treinada na arte de detectar a pérola do notável oculta sob a ostra do ordinário, percebera em Rawra Chin esse charme distinto, porém esquivo, quando decidiu empregar a jovem. A mesma coisa pode-se dizer da clientela da Casa Sem Relógios, uma vez que diversos mercadores, pescadores e soldados a proclamavam como sua favorita, perguntando por ela sempre que tinham a oportunidade de visitar o estabelecimento.

O elo comum partilhado por todos que admiravam esse carisma em Rawra Chin era o fato de que nenhum deles era capaz de identificá-lo. Permanecia misterioso, oculto em algum lugar dentro dos componentes esdruxulamente díspares de seu rosto largo e fortemente adornado, pairando em algum ponto focal imaginário entre a linha tênue como um risco apressado de lápis que era sua boca e o amplo espaço entre os olhos, avassaladoramente tangível, porém eternamente inalcançável.

Som-Som, uma das duas pessoas da Casa Sem Relógios que chegaram a conhecer Rawra de perto, sempre foi inclinada a crer que seus charmes se originavam das profundezas emocionais da sua própria meninice ansiosa e hesitante, em vez de ser alguma bizarrice do seu físico ou sua fisionomia.

Havia uma melancolia inquieta que parecia permear tudo nela, desde a postura até o modo como escovava o cabelo, tão longo e macio, tão dourado que era quase branco. Vez ou outra um brilho de medo, como o reluzir de um sincelo, despontava naqueles olhos, entre os quais se abria uma separação grande demais para que ela fosse bonitinha, mas que tinham a distância exata para conferir-lhe a verdadeira beleza. Esses fios díspares da personalidade estavam entretecidos num tal padrão que transmitia uma sensação avassaladora de vulnerabilidade. Quanto à natureza precisa dessa vulnerabilidade, Som-Som não fazia ideia, pelo menos não mais do que o mais breve e casual dos clientes que Rawra cativava.

Diversas vezes, ela vinha se sentar para tomar chá com Som-Som na sua varanda, matando o tempo entre um envolvimento e outro, uma distração popular entre muitos dos habitantes da Casa Sem Relógios. Dada a singularidade da deficiência de Som-Som, eles podiam revelar seus anseios e ressentimentos sem medo. Rawra Chin a visitava durante as manhãs longas e enfadonhas, parecendo deleitar-se com as ralas infusões florais e a oportunidade de uma conversa unilateral.

Parecia a Som-Som que eram parcas as suas contribuições a esses diálogos íntimos, sendo ela desprovida de qualquer confidência que pudesse compartilhar. Como fazia muitos anos que o hemisfério do seu cérebro que governava a fala desconhecia tudo que não fosse trevas e silêncio, o melhor que ela poderia oferecer era uma série de fragmentos inadequados e desconexos, anedotas e percepções parcialmente rememoradas que diziam respeito ao mundo que Som-Som conhecera antes do Silenciamento.

Para confundir ainda mais a questão, a metade de Som-Som dotada de capacidades verbais era incapaz de ouvir, sendo obrigada a fazer interjeições sem saber se a outra pessoa havia terminado de falar ou não. Assim, enquanto Rawra Chin estava envolvida numa descrição vívida de suas esperanças para o que poderia vir a fazer após terminar seu período de serviço na Casa Sem Relógios, Som-Som a perturbava dizendo: "Eu lembro que minha mãe era uma mulher antipática, que se apressava por toda parte a fim de que sua vida terminasse o quanto antes", ou alguma outra frase igualmente obscura, ao que se seguia um longo silêncio, durante o qual ela educadamente fitava Rawra Chin enquanto bebericava sua infusão floral pelo canto esquerdo da boca.

Embora a princípio desorientada por essas enunciações aleatórias, Rawra Chin logo se acostumou, aguardando até que Som-Som terminasse o seu *non sequitur* antes de prosseguir. A presença contínua dessas interjeições bizarras não parecia diminuir o prazer que Rawra Chin derivava de seus interlúdios conversacionais. Som-Som imaginava que sua verdadeira contribuição nesses diálogos era sua mera presença.

Sua função era a de um receptáculo para as aspirações e ansiedades alheias, mas isso nunca chegou a oprimi-la. Aprazia-lhe a exclusividade desses vislumbres do modo como se conduzia a vida ordinária. O fato de que as pessoas lhe relatavam coisas a que não davam voz nem mesmo diante de amantes conferia a Som-Som uma perspectiva da natureza humana mais verdadeira e abrangente do que a de que gozavam tantos sábios e filósofos.

Isso lhe conferia um grau de poder pessoal, e ela se orgulhava da habilidade de desfiar as tantas e variadas personas que se apresentavam a ela, expondo as características essenciais que ocultavam sob as fachadas de afetação e autoengano. Nisso, Rawra Chin era o único caso em que Som-Som fracassara. Assim como todos os outros, ela era incapaz de nomear aquele elemento raro e preciso sobre o qual aquela adolescente de uma beleza tão desconcertante construíra sua identidade.

Por outro lado, Som-Som conseguira construir uma imagem relativamente completa das aversões e anseios de Rawra Chin, por mais que pudessem parecer superficiais sem a compreensão de motivações mais fundamentais.

Som-Som sabia, por exemplo, que Rawra Chin não pretendia fazer da prostituição uma vocação vitalícia. Embora tivesse ouvido juras semelhantes da maioria dos ocupantes da Casa Sem Relógios, Som-Som percebera em Rawra Chin uma determinação ferrenha, que separava a percepção do futuro das fantasias um tanto tristes e corriqueiras das de seus colegas.

Rawra Chin muitas vezes garantiu a Som-Som que um dia seria uma grande artista viajando pelo globo e transportando sua arte às massas, por via de uma companhia célebre de dramaturgos, como a Trupe da Meia Rasgada ou os Jogadores Mnemônicos de Dimuk Paparian. As pantomimas menos esteticamente exigentes que ela era convocada a encenar todos os dias atrás da porta amarela pálida da Casa Sem Relógios eram um mero ensaio desajeitado dos inúmeros triunfos dramáticos que aguardavam em seu futuro.

A porta amarela pálida dava acesso à parte da casa dedicada às buscas românticas de uma natureza mais teatral, de modo que seus quatro pisos abrigavam, cada um, um único especialista nas artes eróticas, e eram ligados por uma escadaria de madeira polida, que subia em zigue-zague da casa no nível do pátio até a inclinação de ardósia cinzenta do telhado.

Na câmara superior vivia Mopetel, a imita-cadáveres. Abaixo dela, habitava Loba Pak, cuja pele possuía uma consistência incomum que lhe permitia ajustar suas feições de modo a assumir a aparência de qualquer mulher entre os quatorze e os setenta anos de idade. Rawra Chin vivia no segundo andar, encenando papéis mundanos para sua clientela de homens ávidos e compensando a falta de imaginação com seu carisma. No primeiro andar, logo atrás da porta amarela pálida, vivia um ator brilhante e dotado de uma paixão selvagem chamado Foral Yatt, cujo talento fora subvertido em joguete pelas mulheres que apreciavam sua companhia. Foi com Foral Yatt que Rawra Chin teve um envolvimento amoroso.

Foral Yatt havia sido o assunto de um bom número das conversas na varanda, conduzidas em meio à neblina imóvel do vapor morno que pairava sobre as tigelas de chá. Enquanto Rawra Chin falava com empolgação, Som-Som ouvia quieta, rompendo o silêncio de forma intermitente para comentar que lembrava a cor da colcha que a avó fizera para ela quando era criança ou mencionar um irmão cujo nome não conseguia fazer vir à tona e que uma vez derrubou uma panela fervente e sofreu uma queimadura feia nas pernas.

Parecia que o cerne das angústias de Rawra Chin a respeito de Foral Yatt repousava no conhecimento de que, caso realizasse suas ambições, seria obrigada a abandonar aquele jovem ator, de uma beleza sombria e paixões intensas, a fim de progredir para coisas maiores. Ela confessou a Som-Som que, embora ela e Foral Yatt fizessem planos em segredo, como se pudessem se demitir da Casa Sem Relógios juntos e buscar carreiras paralelas no mundo exterior, Rawra Chin sabia que era uma ficção.

Embora Foral Yatt a eclipsasse em termos de puro talento, reduzindo o seu a uma insignificância, faltava-lhe tanto o apelo indefinível de Rawra Chin quanto a motivação sem remorso que a propeliria pelo limiar da porta amarela pálida, rumo às cheias e vazantes de uma vida melhor que aguardava do outro lado. O que somava à sua angústia, de um modo um tanto masoquista, era que o menino de rosto largo também se sentia perturbada pelo fato de estar usando sua intimidade com Foral Yatt para estudar as minúcias de sua arte superior, armazenando cada nuance de caracterização, cada gesto brilhantemente contido, até chegar o momento de sua futura carreira em que poderia utilizá-los. Tendo se purgado por ora de seu fardo moral, Rawra Chin permaneceu sentada, fitando lastimosamente Som-Som, esperando que o dilema fosse reconhecido. Longos momentos se passaram, medidos em qualquer que fosse a unidade adequada dentro da Casa Sem Relógios, até que Som--Som sorriu e disse: "Chovia na tarde em que eu quase me engasguei com uma pedrinha" ou "Seu nome era Mur ou Mar, e acredito que ela fosse minha irmã", ao que Rawra Chin terminou seu chá e foi embora, sentindo um tipo obscuro de contentamento.

Apesar de tanto se debater, atormentada, Rawra Chin conseguiu, cedo ou tarde, reunir o suficiente de sua força de caráter – ou frieza – para informar Foral Yatt de que estava rompendo com ele, uma vez que recebera um convite para participar de uma companhia viajante pequena, porém aclamada pela crítica, cortesia de um cliente que, por acaso, um comerciante cujo apoio financeiro era crucial para a sobrevivência da companhia.

Som-Som ainda conseguia se lembrar da breve – e medonha – peça que os dois amantes afastados encenaram no pátio da Casa na manhã em que Rawra Chin partiu. Os atores andavam de um lado para o outro sobre o palco plano e preto – aparentemente sem prestar atenção à plateia que os assistia nas varandas, com tédio ou curiosidade – conforme suas acusações raivosas e negações taciturnas ecoavam pelos muros curvos do pátio.

Pateticamente, Foral Yatt seguia Rawra Chin pelo pátio, quase cambaleante sob o peso dessa traição pavorosa e inesperada. Era um homem alto e esbelto, com belos braços, seus olhos escuros e profundos se enchendo de lágrimas conforme corria atrás de Rawra Chin, um satélite malquisto preso em órbita pela irresistível gravidade da sua mística. O fato de que ele cultivava um couro cabeludo raspado rente à pele, a fim de facilitar as frequentes mudanças de perucas exigidas pela clientela, contribuía ainda mais para o ar de desolação.

Rawra Chin manteve-se a um mesmo tanto de passos à sua frente, de vez em quando lhe dirigindo algum comentário doloroso, porém solene, sem olhar para trás, enquanto ele ralhava, magoado a ponto de perder a coerência, furioso e confuso. Som-Som suspeitava que, de alguma forma oblíqua, ela estava gostando de ouvir essas ofensas vindas do ex-amante, aceitando a invectiva como um tributo inverso à influência mesmerizante que detinha sobre ele.

Em certo momento, quando o desespero levou Foral Yatt para além de qualquer dignidade, ele ameaçou se matar. Da pequena bolsa que carregava no cinto, o ator atormentado retirou um objeto que ergueu ao alto de modo que cintilava sob a luz do sol da manhã.

Era um crânio humano em miniatura, fabricado em vidro verde, contendo não mais do que uma única golada de um líquido transparente, com cheiro de alcaçuz, como fora concebido para conter. Não mais do que uma golada era necessária. Era possível adquirir abertamente esses berloques suicidas; impossível determinar quantos dos cidadãos mais pessimistas de Liavek não traziam consigo essas caveiras, antecipando o dia em que a vida já não fosse mais suportável.

Com a voz rouca de emoção, Foral Yatt jurou que ela não poderia desertá-lo assim tão casualmente. Prometeu dar cabo à sua vida se Rawra Chin não apanhasse a sua bagagem e a trouxesse de volta pela porta amarela pálida até seus aposentos. Os dois ficaram se encarando, e Som-Som pensou ter percebido um vislumbre de incerteza dançar pelos espaços amplos entre os olhos de Rawra Chin, conforme eles saltavam do rosto de Foral Yatt para o frasco craniforme em sua mão. O instante pareceu se inflar como um imenso balão de silêncio, perfurado pelo súbito alarido dos cascos e rodas vindo de além da entrada arqueada do pátio, anunciando a chegada da carruagem da trupe teatral que vinha buscar Rawra Chin. Ela

disparou um último olhar de relance a Foral Yatt e então, apanhando sua bagagem, deu meia-volta e passou debaixo do arco.

Foral Yatt permaneceu congelado no centro do imenso disco
negro, ainda com um braço impecavelmente erguido, agarrado
àquele punhado verde e gelado de esquecimento. Ficou encarando
a saída, inexpressivo, como se esperasse que ela reaparecesse e lhe
dissesse que tudo não passara de uma farsa de mau gosto. De fora
dos muros circulares, soou o tilintar das rédeas, acompanhado pelos baques lentos e o crepitar de madeira e couro conforme a carruagem se afastava, descendo as ruas sinuosas da Cidade da Sorte.
Após uma pausa, durante a qual pareceu que ele permaneceria imóvel para sempre, devagar e vacilante, o ator abaixou o braço.

Três andares acima, ao perceber que o amante abandonado
não estava prestes a se matar, uma das habitantes da Casa Sem
Relógios retorceu seus lábios negros reluzentes numa expressão de
descontentamento, estalando a língua antes de se retirar aos seus
aposentos. Ao ouvi-la, Foral Yatt virou a cabeça cinzenta e raspada,
e então fitou os observadores com surpresa, como se não tivesse
ciência de estar sob o escrutínio alheio. Seus olhos estavam cheios
de uma incompreensão miserável, e foi um alívio para Som-Som
quando ele baixou o olhar para as lajotas escuras a seus pés antes
de atravessar o pátio, com passos lentos, na direção da porta amarela pálida, o crânio de vidro agora esquecido na mão.

Mal e mal passaram-se alguns meses até começarem a chegar
notícias à Casa Sem Relógios do sucesso estonteante de Rawra
Chin. Parecia que seu carisma esquivo era capaz de cativar pla-
teias com a mesma facilidade com a qual ela outrora encantara
seus clientes individuais. Seu desempenho como a trágica e infértil
Rainha Górda, na peça *O Berço*, de Mossoc, já estava na boca dos
intelectuais de Liavek e, segundo boatos, havia planos de uma apresentação especial para Vossa Eminência Escarlate.

No geral, tentavam manter essas conversas longe dos ouvidos do
inconsolável Foral Yatt, mas, conforme o ano foi avançando, a fama

de Rawra Chin cresceu ao ponto de o jovem e amargurado ator já ficar tão a par dos acontecimentos quanto qualquer outra pessoa. Parecia aceitar as notícias do sucesso estelar com menos ressentimento do que seria esperado, depois de baixar a poeira do desespero inicial da separação. De fato, exceto por certa frieza que se insinuava em seus olhos ao mencionarem o nome dela, Foral Yatt fazia questão de demonstrar indiferença quanto à sorte de sua ex-amante. Jamais falava dela, e quem não fosse tão perspicaz quanto Som-Som imaginava que ele já tivesse se esquecido dela de vez.

Agora, cinco anos depois, ela estava de volta.

No pátio abaixo da varanda de Som-Som, Rawra Chin se virou para a porta amarela pálida com um peso resignado sobre os ombros. Ela ergueu uma das mãos para bater à porta, e certa cintilação súbita e ofuscante pareceu folgar em meio aos seus dedos. Demorou um momento para que Som-Som se desse conta de que Rawra Chin possuía lascas de alguma substância reluzente colada às unhas. A tarde se calava, como se prendesse a respiração enquanto auscultava, e as juntas brancas da mão de Rawra Chin batendo na madeira amarela pálida fizeram um ruído desproporcionalmente alto.

Sentada no alto da sua varanda, Som-Som queria desesperadamente chamá-la, avisar Rawra Chin de que seria um erro retornar àquele local, que deveria partir de imediato. Um silêncio pesado e absoluto a cercava e não lhe permitia fazer nem mesmo o menor ruído. Ela estava incrustada no silêncio, uma minúscula bolha de consciência dentro de um infinito de rocha maciça, muda e cinzenta e interminável. Debatia-se contra o silêncio, comandando a língua para que desse forma às palavras cruciais de aviso, mas ao mesmo tempo estava ciente de que de nada adiantaria.

Abaixo, alguém destrancou a porta amarela pálida, e mais uma vez ela rangeu, em tons musicais, conforme se abria. Era tarde demais.

A varanda de Som-Som se situava no terceiro andar; a área de convivência adjacente era uma das quatro contidas pela porta violeta à extrema esquerda da fachada côncava da Casa Sem Relógios. Portanto, sentada na varanda e observando Rawra Chin lá embaixo, não era possível ver quem abrira a porta. Ela presumiu que fosse Foral Yatt.

Houve uma troca de palavras surpreendentemente contida, após a qual a figura vestida de carmim da atriz premiada deu um passo para dentro da casa e desapareceu do campo de visão de Som-Som. A porta amarela pálida se fechou com um som similar ao de alguém chupando os dentes.

Depois disso, houve apenas silêncio. Som-Som continuou sentada na varanda, fitando a porta amarela pálida com uma angústia calada instaurada em seu olho visível, enquanto o céu atrás dela gradualmente escurecia. Por fim, quando o momento de urgência de falar já se passara havia muito tempo, ela se pronunciou:

– Eu corri o mais rápido possível, mas, quando cheguei à casa da minha mãe, o pássaro já estava morto.

Desde que a porta amarela se fechara, nem uma só palavra fora dita nos cômodos que se encontravam diretamente atrás dela. Foral Yatt sentava-se numa cadeira de madeira de lei ao lado do fogo, a luz âmbar bruxuleando sobre um dos lados de seu rosto delgado. Rawra Chin estava em pé, ao lado da janela, seu carmim vívido agora escurecido até virar um bordô embotado como uma ferida contra a luz moribunda do exterior. Sem saber ao certo como medir a distância que se impôs entre os dois, ela ficou observando a dança da iluminação da lareira sobre o veludo da cabeça raspada até que a ausência de diálogo tornou-se maior do que podia suportar.

– Trouxe um presente para você.

Foral Yatt virou a cabeça devagar na direção dela, afastando-se do fogo, de modo que a sombra correu pela sua face e sua expressão não era mais visível. Rawra Chin mergulhou uma das mãos brancas como giz na pelagem negra da bolsa que trazia consigo, da qual emergiu uma pequena bola de cobre entre os seus dedos de pontas espelhadas. Ela a ofereceu a ele, com o braço estendido, e ele a apanhou após um momento.

– O que é?

Ela havia esquecido como a voz dele era cativante, seca e profunda e faminta, muito distinta da sua própria. Calma e constante em suas modulações, permanecia uma sensação de algo vigilante e carnívoro à espreita logo além, correndo em silêncio em meio aos acentos. Rawra Chin lambeu os lábios.

– É um brinquedo... um brinquedo para o intelecto. Disseram-me que é muito relaxante. Muitos dos mercadores mais ocupados que eu conheço dizem que lhes traz uma calma imensurável após toda a algazarra do comércio.

Foral Yatt virou a esfera lisa de cobre entre os dedos de modo que ela agora reluzia sob o brilho vermelho do fogo.

– O que tem de tão especial nela?

Rawra Chin se afastou da janela, ensaiou um movimento na direção dele pela primeira vez desde que entrara na Casa e então parou. Deixou que a bolsa de pelagem negra tombasse, com um baque suave, como o cadáver de uma aranha enorme, sobre o assento vazio da outra cadeira. Uma certa demarcação de território acompanhava o gesto, e Rawra Chin esperava que não tivesse passado dos limites em sua avidez. O rosto de Foral Yatt ainda estava velado em sombras, mas ele não parecia ter esboçado nenhuma reação adversa à bolsa que agora cochilava, em formato de cunha, diante da lareira. Encorajada pela ausência de uma repreensão óbvia, Rawra Chin deu um sorriso, ainda que nervoso, ao respondê-lo.

– Pode ser que haja um lagarto dormindo dentro da bola, pode ser que não. Este é o quebra-cabeça.

Seu silêncio parecia convidativo a uma elucidação.

– Reza a lenda que existe um lagarto capaz de hibernar por anos a fio, ou até mesmo séculos, sem alimento, ar ou umidade, desacelerando seus processos vitais de modo que uma dúzia de invernos se passa entre cada batida do seu coração. Disseram-me que é uma criatura minúscula, do tamanho da junta que desponta do meu dedão, quando se enrola.

"As pessoas que criam esses ornamentos supostamente colocam um desses répteis adormecidos dentro de cada bola antes de as lacrarem. Olhando de perto, dá para ver que tem uma linha no meio."

Foral Yatt se recusou a olhar, permanecendo sentado, com as costas para o fogo, segurando a bola na mão direita, virando-a de modo que os seus relevos derretidos deslizavam sobre a superfície. Embora uma sombra impenetrável ainda ocultasse sua expressão, Rawra Chin percebeu que a qualidade do seu silêncio se alterara. Ela sentia que qualquer vantagem que tivesse conquistado, por mais tênue, começava a lhe fugir. Por que se recusava a falar? Incapaz de evitar que uma pontada de perturbação se insinuasse em sua voz, ela prosseguiu com o monólogo:

– Não dá para abrir e... e você precisa pensar se realmente há um lagarto aí dentro ou não. Tem a ver com o modo como nós percebemos o mundo ao nosso redor e, quando você para e pensa um pouco, começa a ver que não importa se há um lagarto aí dentro ou não, e então pode pensar sobre o que é real e o que não é real, e...

A voz foi esmorecendo, como se de súbito se tornasse consciente de sua própria incoerência.

– ... e dizem que isso é muito relaxante. – Foi a conclusão débil à qual conseguiu chegar, após uma pausa monótona e funesta.

– Por que você voltou?

– Não faço ideia.

– Não faz ideia.

Era como se suas palavras tivessem atingido um espelho, voltando para ela num ricochete, repletas de novos significados e implicações, deturpadas e falsificadas por algum truque do reflexo. A compostura frágil de Rawra Chin começava a desmoronar diante daquela voz monótona e desinteressada.

– Eu... eu não quero dizer que eu não sei. Só quis dizer que...

– Ela abaixou os olhos para as mãos pálidas e bem cuidadas e flagrou-se torcendo-as. Parecia o acasalamento de dois caranguejos esquecidos no escuro por muito tempo. – Digo, não existe um motivo real para eu ter voltado. Meu trabalho, minha carreira, está tudo perfeito até demais. Tenho muito dinheiro. Tenho amigos. Acabei de interpretar a filha mais velha de Bromar em *O Sortífice*, e meu nome estará na boca de todo mundo durante meses. Não preciso trabalhar por um tempo. Posso fazer o que eu quiser. Não precisava voltar aqui.

Foral Yatt manteve-se em silêncio, a luz da lareira atrás de sua cabeça raspada concedendo ao seu crânio uma linha fosforescente nebulosa que brilhava sobre o cabelo curto. A bola de cobre entre os seus dedos era um planeta em miniatura, rotacionando do dia para a noite.

– É só que... este lugar, esta casa, tem algo nela. Tem alguma coisa nesta casa, alguma coisa que é verdadeira. Não é uma coisa boa. Só uma coisa verdadeira, e eu não sei que nome ela tem, e nem o gosto dela, mas sei que é verdadeira e sei que está aqui e eu senti, sei lá, eu senti que precisava voltar e olhar para ela. É que nem...

As mãos de Rawra Chin pareciam puxar e apertar o ar à sua frente, como se as palavras de que precisava estivessem veladas sob sua superfície, e, ao apalpá-lo, ela pudesse adivinhar seu formato. Separado, o casal de crustáceos desbotados agora se virava de costas, suas patas balançando debilmente enquanto davam o último suspiro sobre a margem de uma praia invisível.

– É que nem um acidente que eu vi... um fazendeiro, esmagado debaixo da própria charrete. Sobrevivera, mas as costelas estavam quebradas e atravessaram a sua pele. Eu não sabia o que eram a princípio, porque estava tudo uma tremenda bagunça. Tinha muita gente reunida, mas ninguém conseguiria deslocar a charrete sem agravar ainda mais seu ferimento.

"Era um verão cheio de moscas. Lembro de ouvi-lo berrar e gritar para que alguém viesse espantar as moscas, e chegou uma senhora de idade que foi e fez isso, mas até então ninguém tinha se mexido, pelo menos não até ele gritar com a multidão. Foi horrível. Eu passei o mais rápido que eu pude, porque ele estava sofrendo muito e não havia nada que qualquer pessoa pudesse fazer, exceto pela senhora que espantava as moscas com seu avental.

"Mas eu voltei.

"Parei logo depois, na rua, e voltei. Não pude evitar. Era tudo tão real e tão doloroso, o homem deitado sob aquele peso terrível e gritando que queria a esposa, os filhos; era tudo tão real que atravessava todo o resto das coisas do mundo, todas as coisas que a minha sorte e o meu dinheiro construíram ao meu redor, e eu sabia que havia algum significado nisso, então voltei e assisti enquanto ele se afogava no próprio sangue, enquanto a senhora dizia para ele não se preocupar, que sua esposa e filhos logo chegariam.

"E foi por isso que eu voltei à Casa Sem Relógios."

Houve um longo silêncio. Um mundo de cobre girava entre os dedos de um deus calado e sem rosto.

– E eu ainda amo você.

Alguém bateu duas vezes na pálida porta amarela. Por um momento, nada se mexeu no cômodo, exceto pela ilusão de movimento engendrada pela luz da lareira. Então, Foral Yatt levantou-se da cadeira de madeira de lei, com o fogo ainda às suas costas e o rosto eclipsado. Atravessando o cômodo, abaixando-se sob as vigas escurecidas que sustentavam o teto baixo, ele passou tão perto de Rawra Chin que ela poderia ter erguido a mão e a roçado contra o seu braço, de modo que parecesse um acidente. Mas ela não fez isso.

Foral Yatt abriu a porta.

A figura do outro lado do limiar tinha, talvez, uns quarenta anos de idade; era uma mulher grande e de ossos fortes, com as bochechas ásperas. Trajava uma única peça de roupa, uma capa de pelagem cinzenta esfumaçada que cobria o topo de sua cabeça e tinha uma abertura para revelar o rosto, e então suas linhas marcantes, minimalistas, desciam até o chão. Não havia nenhuma abertura na pelagem pelas quais pudesse estender as mãos, o que sugeria a Rawra

Chin que aquela mulher deveria ter criados que fizessem tudo por ela, não se excluindo a alimentação. Mesmo no mundo que Rawra Chin passara a conhecer ao longo dos últimos cinco anos, uma riqueza dessas, ostentada com tamanha arrogância, ainda impressionava.

Quando a visitante inoportuna inclinou a cabeça para falar, a luz amarela bruxuleante iluminou o seu rosto, e Rawra Chin reparou que a mulher tinha uma mancha na pele que cobria toda a bochecha esquerda, cor de âmbar e com um aspecto hirsuto desagradável. A mulher obviamente tentara escondê-la sob uma camada espessa de pó branco, sem muito sucesso. A descoloração continuava visível sob a maquiagem, como um linguado fino que nem papel nadando sob o seu tecido subcutâneo, sua forma obscura discernível logo abaixo da superfície nebulosa do rosto.

Sua voz tinha um volume alarmante, num tom estridente e de certa forma abusivo:

– Foral Yatt. Querido Foral Yatt, quanto tempo faz? Quanto tempo faz desde que eu o vi pela última vez?

A resposta de Foral Yatt foi educada, profissional, inofensiva em sua frieza, porém transmitida em um volume que fez Rawra Chin se sobressaltar involuntariamente, embora estivesse vários passos atrás dele. De súbito lhe ocorreu que aquela mulher coberta de peles devia sofrer de alguma deficiência auditiva.

– Faz dois dias desde a última vez que você veio aqui, Donna Blerot. Senti sua falta.

Uma onda de calor se abateu sobre Rawra Chin, esfriando-se quase num instante até virar um lingote de chumbo em sua barriga. Foral Yatt tinha uma cliente, e ela precisava deixá-lo trabalhar. Tão grande foi sua decepção que sequer conseguia admitir que lhe pertencesse. Decidiu sair de imediato, com a esperança de manter o sentimento sempre um passo atrás, até chegar aos seus aposentos numa estalagem no extremo da Cidade da Sorte. Assim que estivesse na segurança das quatro paredes, poderia deixar que a decepção fizesse o que bem entendesse com ela, e então haveria lágrimas. Ela tateou em busca da bolsa, que dormia na cadeira, quando Foral Yatt começou a falar mais uma vez.

– No entanto, não é conveniente vê-la esta noite. Uma parente veio me visitar. – Ele fez um gesto vago sobre o ombro na direção de Rawra Chin, que observava atordoada. – E receio que teremos que deixar nossos anseios cozinharem, sem alívio, durante mais um dia. Por favor, tenha paciência, Donna Blerot. Quando finalmente nos encontrarmos, você saberá que nossa união será ainda mais doce por conta desse atraso.

Donna Blerot virou a cabeça e olhou para a figura longilínea, trajada de carmim, que estava logo atrás de Foral Yatt, no quarto iluminado pela lareira. Ela mesma era quase uma chama sob o invólucro berrante que a envolvia. Os olhos da dama, frios e inclementes, penetraram Rawra Chin durante longos instantes até Donna Blerot voltá-los mais uma vez para Foral Yatt e sua expressão se suavizar.

– Que pena, Foral Yatt. É mesmo uma pena. Mas eu o perdoarei. Como poderia não perdoar?

Ela sorriu com dentes amarelos e lábios excessivamente largos.

– Até amanhã, então?

– Até amanhã, caríssima Donna Blerot.

Da porta, a mulher deu meia-volta, e Rawra Chin ouviu o espalmar lento e debochado de suas sandálias de madeira conforme caminhava de volta pelo pátio negro. Foral Yatt fechou a porta, passando o ferrolho. O som da passagem do ferrolho, do metal contra metal, era eletrizante em suas implicações, e Rawra Chin estremeceu em ressonância. O ator se virou, afastando-se do portal fechado, e a encarou com o rosto da cor do bronze à luz da lareira. Parecia menos esculpido e macilento do que ela lembrava. Seus olhos, por outro lado, eram tão intensos e encantadores que ela sabia que a memória não lhes fazia jus. Num aposento tão repleto de coágulos oscilantes de escuridão que mais parecia um baile de sombras, eles se fitaram, cada um num extremo do espaço. Sem dizer palavra.

Ele caminhou na direção dela, apenas fazendo uma pausa para repousar o pequeno globo de cobre sobre a madeira branca e bem polida de sua mesa antes de continuar. Seus passos eram tão deliberados que Rawra Chin estava certa de que ele sabia da tensão que essa aproximação deliciosamente prolongada acendia dentro dela. Incapaz de olhá-lo nos olhos, ela desviou os cílios, de modo que a luz trêmula do quarto tornou-se o feixe de riscos de uma cintilação incoerente. Sua respiração ficou superficial, e ela estremeceu.

O cheiro morno e seco da pele dele a envolvia. Ela sabia que ele estava diante de si, a não mais de um antebraço de distância. Então ele tocou o seu rosto. O choque do contato físico por si só quase a fez afastar a cabeça num sobressalto, mas ela conseguiu controlar esse impulso. Seu coração fez soar clangores como uma bigorna assim que ele passou a unha pelo seu rosto, traçando o contorno de sua mandíbula.

O arranjo engenhoso das ataduras no figurino de Rawra Chin era amarrado num único ponto, oculto sob as filigranas de uma pedra preta triangular que ela ostentava no lado direito da garganta. O alfinete cutucou o seu pescoço enquanto Foral Yatt a removia das voltas de gaze vermelho-sangue; mas mesmo essa dor, naquele estado langoroso e hipersensibilizado, lhe pareceu quase insuportavelmente prazerosa. Ela ergueu o olhar, e os olhos dele a engoliram por inteiro. Com as mãos traçando círculos lânguidos e confiantes, ele começou a desenrolar a longa banda daquela gaze tingida de uma cor tão brilhante, começando pela cabeça e descendo em espiral.

Livre das amarras que a confinavam, seu cabelo espesso caiu sobre os ombros brancos. Ela deu um suspiro e balançou a cabeça de um lado ao outro, mas não era um sinal de negação. Num *frisson*, uma onda de frescor se abateu sobre seu corpo, conforme a pele foi sendo progressivamente exposta às correntes de ar do quarto. Passou pela sua barriga e desceu pelos quadris angulosos e protuberantes, pelo púbis depilado e o pênis semiereto que se libertou. Continuou descendo pelas coxas, na direção da esteira de junco, onde as ataduras desenvoltas se reuniam numa poça vermelha cada vez mais ampla aos seus pés, como se sua carne exposta sangrasse por uma dúzia de feridas imperceptíveis.

Ele deu um único aceno com a cabeça, ainda sem emitir qualquer som, e ela se prostrou no chão a seus pés, seus joelhos pressionados contra o emaranhado de ataduras caídas, de modo a deixar uma vaga textura marcada na pele. Ao fechar os olhos, ela permitiu que sua cabeça caísse para a frente até se apoiar no assento da cadeira onde deixara sua bolsa havia uma eternidade. A pelagem escura e opulenta e a madeira eram ambas igualmente frias contra sua bochecha ardorosa.

Atrás dela, num único e breve tilintar, a fivela de Foral Yatt caiu sem cerimônia sobre a esteira de junco. Num impulso, ela permitiu que os olhos se abrissem, seu olhar passeando à deriva pela sala, embebendo-se daquele momento com todos os seus detalhes infinitesimais. Do outro lado do cômodo, a bola de cobre repousava sobre a mesa onde Foral Yatt a depositara. Era como o olho recém-arrancado de uma cabeça falante de bronze, o tipo que certos personagens do Beco dos Magos supostamente possuíam.

O objeto retribuiu o olhar fixo de Rawra Chin, reluzindo sugestivamente, e tudo que transcorreu por trás da porta amarela pálida refletiu-se imparcialmente, numa miniatura perfeita, sobre a superfície convexa daquele orbe sem pálpebras e sem vida.

Mais tarde, deitada de bruços, com o suor dos dois secando no côncavo das costas, Rawra Chin permitiu que sua consciência flutuasse presa às margens da vigília enquanto Foral Yatt se agachava, nu, ao lado do fogo, acrescentando mais carvões à vermelhidão evanescente que ao longo da última hora começara a arder com menos força. O ar estava pungente com o buquê inebriante de sêmen, e cada um dos seus músculos repousava, lânguido, num estado de esgotamento extasiado.

Ainda assim, alguma coisa a incomodava, mesmo nas profundezas sublimes da saciedade entorpecida. Havia algo de mal resolvido entre os dois, por mais eloquente que tivesse parecido o modo como fizeram amor. Sequer era algo real, mais uma ausência inquietante do que uma presença intrusiva, e ela poderia tê-lo ignorado. Isso, porém, acabou sendo mais do que ela conseguia suportar. Era uma cavidade em seu interior, e ela só se tornaria completa quando fosse preenchida. Embora relutante em perturbar a calmaria pós-coito, uma hora ela acabou encontrando a voz.

– Você ainda me ama? – Ao que se seguiu, após uma pausa hesitante: – Apesar do que eu fiz com você?

Ela virou a cabeça de modo que o lado direito da face agora se apoiava no tecido de juncos entremeados. Ele estava de cócoras diante do fogo, de costas para ela, enquanto cuidadosamente ajeitava a massa negra e fria sobre as brasas brilhantes. Sua pele reluzia, um borrão amarelado de aquarela em destaque que escorria pelos flancos, na direção do fogo. Ela o observou, acompanhando com adoração o tracejado das suas vértebras até aquela dobra feito um prumo que dividia as nádegas rígidas. Ele sequer se virou para ela ao respondê-la:

– Será que há um lagarto adormecido dentro da bola?

Segurando outra pedra de carvão na mão já enegrecida pelo pó, Foral Yatt colocou uma peça final sobre a pirâmide obscura naquela versão em miniatura do inferno que era a lareira. Nada mais foi dito por trás da porta amarela pálida naquela noite.

Na manhã seguinte, Rawra Chin visitou Som-Som e levou um chá, como se o hiato de cinco anos em seus rituais jamais tivesse existido. Ela recontou uma série de anedotas de sua carreira, então fez uma pausa para bebericar da sua infusão, enquanto Som-Som lhe informava que sua mãe uma vez fechara a porta, e que já estivera escuro, e que também houve uma vez que ela não conseguia parar de tossir. O retorno suave de Rawra Chin aos ritmos bizarros de suas conversas ajudou a erradicar qualquer distância que pudesse ter brotado entre as duas ao longo de meia década de separação. Mesmo assim, foi só quando esse interlúdio se aproximou de sua conclusão que a atriz se sentiu confortável o suficiente para abordar o retorno de seu relacionamento com Foral Yatt.

– Não vou ficar aqui para sempre, é claro. Dentro de um mês, mais ou menos, devo começar a pensar no meu próximo papel, e seria impossível fazer isso aqui. Mas desta vez, quando eu partir, acredito que deva levá-lo comigo. Enriqueci o suficiente para con-seguir sustentá-lo até ele encontrar trabalho, e me parece ridículo que alguém com o talento dele o desperdice com...

Suas mãos encenaram um movimento peculiar, em parte gesto teatral, em parte uma genuína repulsa involuntária. Era como se fossem os espasmos violentos de vômito, que a faziam estremecer desde a garganta delgada dos punhos até a ponta dos dedos, onde dez espelhos tiritavam sob a luz do sol daquela manhã gelada.

– ... com mulheres feias, doentes e velhas como a terrível Don-na Blerot. Ele merece muito mais que isso. Eu poderia cuidar dele, encontrar trabalho para ele, e então talvez nenhum de nós precise mais voltar a este lugar, nem mesmo só para olhar. Você não acha que seria uma boa ideia?

Som-Som bebericava sua infusão floral pelo canto da boca e nada respondeu.

– Eu acho que é possível. Acho que é possível nos amarmos e continuarmos juntos sem que nada dê errado entre nós. Era apenas a minha ambição que nos afastava antes, e eu já obtive o que que-ria. As coisas podem ser como eram, só que em outro lugar, um lu-gar melhor que aqui.

Rawra Chin parecia muito pensativa, chupando a ponta ofus-cante do dedo indicador direito de modo a fazer um estalo líquido quando o puxou dos lábios. Ela fez isso duas vezes. Atrás de si, aves rodeavam acima da linha diversificada do horizonte de Liavek. Ao se pronunciar outra vez, sua voz assumiu um tom intrigado.

– É claro que ele mudou. Imagino que nós dois mudamos. Ele está muito quieto agora e muito... muito imperioso. Sim, é exatamente isso. Muito imperioso.

"É maravilhoso, não estou reclamando nem nada. Afinal, é o quarto dele, e ele está sendo gentil o suficiente em me deixar dormir lá durante os próximos meses para que eu não precise ficar na estalagem.

"Eu não ligo de fazer o que ele quiser. Sabe, acho que é bom para mim, de certo modo, bom para mim enquanto pessoa. Desde que a minha carreira estourou, ninguém mais me disse o que fazer. Acho que me deixou mimada. De algum modo, não me parece correto. Não quando as pessoas estão o tempo todo concordando comigo. Acho que preciso de alguém para..."

– Uma cabeça grudenta espiava por entre as pernas da vaca, e eu gritei.

Essa interjeição de Som-Som foi tão perturbadora que até mesmo Rawra Chin, acostumada a tais pronunciamentos, ficou enervada por um instante. Piscando, ela esperou para ver se a mulher parcialmente mascarada pretendia comentar mais alguma coisa, e então prosseguiu:

– Estou mandando trazerem as minhas roupas da estalagem. Tenho tantas coisas maravilhosas, nem parece justo. Foral Yatt diz que vai roubar meu guarda-roupa, mas não quer que eu use as minhas criações mais exóticas do lado dele. Ele prefere as mais básicas.

Rawra Chin lançou um olhar de relance para baixo, observando as roupas que estava vestindo. Trajava uma blusa simples de algodão cinza e uma saia de um material semelhante. Seu cabelo dourado claríssimo balançava em torno dos ombros estreitos e ganhava vida graças ao contraste com o tecido de tons crepusculares, deitando-se sobre a sua blusa como a luz baça de uma tocha refletida contra as pedras cinzentas e úmidas da calçada. Evidentemente satisfeita com a sutileza e o autocontrole recém-adquiridos que transpareciam em seu figurino, ela ergueu os cílios e lançou um sorriso para Som-Som, do outro lado das tigelas de chá.

– Mas basta dos meus afazeres e vaidades. De que lado da fortuna você vem caminhando ao longo desses cinco anos que se passaram?

O rosto dividido a fitou de volta, com seu único olho vivo. Ninguém disse uma só palavra. Acima da Cidade da Sorte, grandes aves carniceiras mergulhavam em rasantes e guinchavam, um som que passava a impressão de que havia bebês sendo arrancados da terra e arrastados, chorando, rumo à cúpula opressora do céu.

No quinto dia após sua chegada, Rawra Chin surgiu na varanda de Som-Som usando calções de couro, com uma cordinha robusta em torno da cintura fazendo as vezes de cinto. Ela não mencionou essa mudança em suas tendências de alfaiataria, mas Som-Som nunca mais a viu de saia depois disso e pressupôs que fosse por conta da influência austera de Foral Yatt. A atriz também parecia ter deixado de lado a aplicação da maquiagem e o uso de todas as joias, exceto por um anel simples de ferro sem qualquer enfeite, usado no dedo mínimo da mão esquerda. Os dez fragmentos de espelhos tinham desaparecido havia muito.

Duas semanas após seu retorno, Foral Yatt persuadiu Rawra Chin a raspar os cabelos.

Sentada com Som-Som na manhã seguinte, ela interrompia sua linha de raciocínio a cada poucos segundos para passar a palma incrédula da mão sobre as têmporas, atravessando a textura do cabelo rente à pele. Sua voz tinha uma alegria forçada, e algo de nervoso e inquieto se insinuava em seus olhos. Som-Som se deu conta, com alguma surpresa, de que Rawra Chin não parecia mais atraente. Era como se seu carisma tivesse vazado ou sido tosquiado com a mesma intransigência com que a privaram da luz do sol trançada em seus cabelos.

– Eu acho, eu acho que eu estou melhor assim, não?

Som-Som nada disse.

– Digo, uma coisa dessas, sabe, faz uma mudança tão grande. E acho que vai ajudar meu cabelo, quando ele crescer de volta. As tinturas que eu já usei o deixaram tão quebradiço, deixar crescer de novo ser um alívio. E, claro, Foral Yatt gosta assim.

Um olhar esquivo, de relance, e um ar apreensivo de constrangimento desmentiam o tom casual com que essa última frase foi enunciada.

– Digo, eu sei como deve parecer, como deve parecer para quem não o conhece, mas... – Uma mão passou sobre o seu crânio, raspando de leve, num único movimento para trás. – Mas o modo como eu me visto é importante para ele, a minha aparência é tão importante para ele, como eu fico quando fazemos amor.

Som-Som pigarreou e disse à atriz o nome da rua onde ela morara antes daquela noite em que a mãe a pegara pela mão, atravessando o barulho, rumo ao Silêncio. Rawra Chin continuou o monólogo sem prestar atenção à interjeição, seus olhos ocos e insones, o olhar ainda fixado nos ladrilhos imundos.

– Ele mudou, sabe? Ele quer as coisas de um jeito diferente agora. E... e eu não me importo. Eu o amo. Não me importo com as coisas que ele quer que eu faça. Até gosto; às vezes eu gosto, por mim e não só porque ele gosta. Mas o fato, o fato de que eu gosto... tem algo nisso que me assusta. Não me assusta, na verdade, mas é como se tudo estivesse mudando e correndo sob os meus pés, como se eu também estivesse mudando, e sinto que eu devia estar assustada, mas não estou. É tão fácil entrar nesse papel. É fácil deixar tudo acontecer. E eu não me importo. Eu o amo e não me importo.

Da pupila dilatada do pátio, alguém chamava pelo nome de Rawra Chin. Som-Som voltou seu olhar para as lajes abaixo, ficando perplexa por um momento com o estranho que lá se encontrava antes de conseguir reconciliar o rosto familiar com o modo de andar e os trejeitos desconhecidos, até que essas impressões díspares se transformaram em Foral Yatt.

Rawra Chin dissera a verdade. Foral Yatt estava mudado.

Parado abaixo delas, olhando para cima com uma mão erguida a fim de proteger os olhos do sol, a barra de sombras lançada sobre as suas feições não conseguia ocultar a mudança que se abatera sobre elas. O ator parecia menos esbelto. Som-Som imaginava que fosse, em parte, por conta da riqueza de Rawra Chin, suplementando sua renda e dieta.

Também havia uma diferença perceptível em suas vestimentas, que não eram mais os trajes obscuros e funcionais pelos quais parecera ter predileção. Foral Yatt trajava uma longa túnica, de um azul tão profundo e vibrante que beirava a iridescência. Um amplo cinto alaranjado fora duplamente amarrado a sua cintura, e eram alaranjadas também as calças vaporosas que ele vestia sob a túnica, de um tom frágil e sarapintado, quase branco em certos pontos. Seus pés estavam descobertos, dois pés primorosos e muito menores do que Som-Som esperava. Havia algo de reluzente ali, uma neblina faiscante em torno dos dedos.

– Rawra Chin? Nossa refeição está quase pronta.

Sua voz também se alterara: estava mais leve, com uma pátina de melodia imposta sobre os tons assertivos. E havia alguma outra coisa ainda, alguma coisa que mais do que tudo fora responsável por essa mudança marcante em seu aspecto, algo tão óbvio que escapava a Som-Som completamente. Rawra Chin murmurou um pedido de desculpas enquanto se preparava para sair, sem se dar ao trabalho de amarrar as pontas soltas de sua conversa com Som--Som. Como de costume, ela estendeu a mão e apertou o pulso de Som-Som para avisar a metade do seu cérebro privada da visão e da audição que estava de saída. Em resposta, a mulher parcialmente mascarada ergueu o olhar até vir de encontro ao de Rawra Chin. Quando se pronunciou, sua voz transbordava com uma tristeza que parecia não ter qualquer impacto no conteúdo do que ela dizia.

– Não acho que o que era bom fosse tão bom assim na época.

Um tremor sobreveio aos lábios de Rawra Chin, um pequeno tique facial inevitável, e então ela deu meia-volta e desceu correndo as estreitas escadas de madeira que levavam ao pátio onde Foral Yatt aguardava.

Ela o encontrou, e os dois tiveram um breve diálogo num tom baixo demais para Som-Som escutar antes de seguirem para a porta amarela pálida. Som-Som esticou o pescoço para observá-los. Assim que saíram do seu campo de visão, ela identificou a única e gritante excentricidade responsável por transformar o jovem ator.

Correndo pelo cenho, desigual como uma linha de equilíbrio na neve e curvando-se na beirada superior de suas orelhas, o cabelo de Foral Yatt estava começando a crescer.

Na décima quinta noite após sua chegada à Casa Sem Relógios, alguma coisa transcorreu por trás da porta amarela pálida que ofereceu a Rawra Chin seu primeiro vislumbre da escuridão que aguardara por ela ao longo daqueles cinco longos anos. Ela entrou para dividir sua refeição noturna com Foral Yatt enquanto o sol massacrava o horizonte ocidental, e antes da chegada da manhã viu o abismo. Não seria capaz de compreender a imensidão do vazio famélico que viria a se abrir sob seus pés dentro de três dias, mas aquele primeiro olhar, avassalador, foi o princípio de tudo. Era como se tivesse derrubado uma pedrinha no precipício que esperava por ela e agora estivesse aguardando o momento em que cairia na água. Quando três dias se passaram e essa queda ainda não ocorrera, ela soube que o negrume não tinha fundo e não havia esperança.

Mais cedo naquela noite, no entanto, ao passar pela porta amarela pálida com o pôr do sol às suas costas e o aroma carregado da panela ao fogo à sua frente, a sombra ainda estava por cair. Parecia-lhe que todas as suas angústias eram suportáveis.

Comeram sua refeição com pressa, os dois de frente um para o outro, cada um de um lado da madeira desbotada da mesa, e então

Rawra Chin limpou os destroços enquanto Foral Yatt se retirava para seus aposentos, a fim de se preparar para os negócios daquela noite. Rawra Chin, raspando um legume seco que deixara uma crosta obstinada no lábio do prato dele, se perguntou ociosamente se seria capaz de se entreter ao longo das horas durante as quais sua presença além da porta amarela não se fazia necessária.

Nas noites anteriores, ela passeara pelo porto. Observando o reflexo da lua na água verde-ferro, tentara espremer alguma gota de romance da sua situação.

Com um grito abreviado de dor e surpresa, abaixou os olhos e descobriu que havia lascado a unha na protuberância de comida ressecada e endurecida. Suas unhas estava uma ruína, ela pensou, todas roídas e desiguais, muitas delas lascadas ou rosadas, em carne viva. Perguntou-se quanto tempo demoraria até recuperarem sua elegância perdida, passando a outra mão, enquanto isso, sobre o escalpo raspado, sem se dar conta do gesto.

Foral Yatt a convocou de seus aposentos, e ela foi ver o que ele queria, limpando as mãos no tecido cinzento grosseiro enquanto arrastava os pés sobre a esteira de juncos.

Atravessando a porta do cômodo, ela ficou perplexa ao descobrir que Foral Yatt estava na cama, em vez de se preparando para os deveres da noite. Deitava-se sobre o algodão áspero dos lençóis com os olhos semicerrados e as mãos repousando flácidas sobre os pedaços de aninhagem que constituíam seu cobertor.

– Não vou conseguir trabalhar esta noite. Estou doente.

O cenho de Rawra Chin se franziu até formar um nó. Ele não parecia indisposto, nem havia qualquer hesitação ou perda de autoridade em sua voz, porém se dizia enfermo. Era como se quisesse que ela entendesse que era mentira, mas respondesse como se fosse uma verdade irrefutável. Procurando dentro de si, ela descobriu, com apenas a mais breve pontada de surpresa ou decepção, que não se importava. Havia aceitado a ficção, porque era a coisa mais fácil de se fazer.

– Mas e quanto à Senhora Ouish? Ultimamente você não tem trabalhado outras noites. Um quarto sem uso é um desperdício dos recursos dela. Outros já foram despedidos por menos.

A Senhora Ouish, embora já estivesse cega e se aproximando da morte, ainda era a presença dominante na Casa Sem Relógios. Mesmo Rawra Chin, que havia cinco anos não trabalhava no estabelecimento, ainda tinha pela velha senhora um misto cristalizado de respeito e medo. Do seu leito de enfermo gritantemente espúrio, Foral Yatt pronunciou-se outra vez.

– Tem razão. Se ninguém trabalhar aqui esta noite, vai ser pior para mim.

Ele ergueu as pálpebras baixas e encarou os olhos de Rawra Chin diretamente. Sorriu, sabendo que o sorriso não alterava nada entre os dois. Esse baile de máscaras era bem aceito por consentimento mútuo. Com sua voz seca e pausada, ele continuou:

– É por isso que você vai ter que fazer o meu trabalho por mim.

Era como se houvesse alguma súbita disfunção na mente de Rawra Chin que a deixava incapaz de extrair qualquer sentido das palavras de Foral Yatt. "Por isso", "ter que", "fazer", "trabalho" – tudo isso lhe parecia estranho, a ponto de ela estar quase convencida de que o ator havia inventado essas palavras naquele instante. Vez após vez, ela repassou a frase na cabeça. "É por isso que você vai ter que fazer o meu trabalho por mim", "É por isso que você vai ter que fazer o meu trabalho por mim". O que isso significava?

E então, recuperando-se do choque dessa enunciação, ela compreendeu.

Balançou a cabeça, horrorizada, mas ainda conseguiu ficar surpresa pela ausência de seu cabelo batendo contra suas costas. Disse um "Não" quase inaudível. Porém, não significava "Não vou fazer", e sim "Por favor, não me obrigue".

Mas ele a obrigou.

* * *

Donna Blerot tomou a mão dela (dele?) e a puxou para baixo da barraca de pele, até que ela repousasse sobre a umidade entre as pernas grossas da mulher desfigurada. Sob a única peça que ela trajava, a dama estava nua, sua carne sólida e úmida feito massa de pão.

Mais tarde, enterrando-se no corpo da mulher, conforme Donna Blerot se esparramava sobre a mesa, com arquejos silenciosos como um peixe sobre uma tábua de carne, Rawra Chin a encarou e enxergou o abismo. Aquele sino de pelugem cinzenta estava levantado, revelando o corpo que ocultava, de modo que agora cobria o rosto de Donna Blerot, a marca de nascença e tudo. Por um instante trôpego, a mulher parecia um cadáver afogado que tinha ido parar no litoral do Mar da Sorte, o lençol já cobrindo o rosto inchado e devorado pelos peixes.

Lutando contra a náusea, Rawra Chin desviou o olhar, de modo que ele agora repousava sobre o seu próprio corpo, reluzente de suor, mergulhando mecanicamente num movimento para a frente, depois voltando com um sobressalto, dando uma estocada e retirando-se como um manequim de mão, operado pelos dedos de outrem. Observava a protuberância enrijecida que despontava de seu próprio púbis, se perguntando como era possível que estivesse fazendo aquilo. Não sentia nenhum desejo, nem uma pontada de luxúria pela mulher surda e seu desespero arfante e espasmódico. Não sentia nada, além de vergonha e horror. Como era possível que seu corpo sustentasse tamanho ardor em face daquela abominação?

Ainda mais tarde, Donna Blerot beijou Rawra Chin e partiu, fechando a porta amarela pálida atrás de si. A atriz sentou-se nua nas cadeiras de madeira, os cotovelos apoiados na mesa diante de si, o rosto escondido nas mãos, como se fossem as portas cerradas de uma igreja. A lembrança do beijo da matrona ainda pesava em seus lábios. Era como se um molusco gordo e amargo tivesse tentado rastejar para dentro da sua boca, deixando seu rastro reluzente de saliva no queixo. Essa imagem deslizou de sua mente e desceu pela garganta até cair no estômago. Houve um espasmo vago, de aviso, e

Rawra Chin torturou-se com a imagem da refeição apressadamente devorada mais cedo naquela noite. O rastro de gordura gelatinosa, parcialmente derretida, deixado pelos dedos rosados e cinzentos de carne...

Lutando em silêncio contra a ânsia de vômito, ela acabou não escutando quando Foral Yatt deixou seus aposentos e só reparou nele agora que estava em pé, ao seu lado.

– Pronto. Foi tão ruim assim?

Perturbada por sua voz, Rawra Chin afastou uma das mãos, de modo que agora apenas metade do rosto permanecia oculto, e abriu os olhos. Estava fitando o chão, e não era possível ver nada de Foral Yatt acima dos joelhos sem mexer a cabeça, o que lhe parecia uma ideia insuportável.

Seus pés eram brancos como o miolo de uma amêndoa.

Preso a cada uma das unhas, havia um minúsculo espelho. Suspensos acima da superfície daquelas dez poças de luz em miniatura, os reflexos do rosto de Rawra Chin a encaravam de volta, insetos sufocando em mercúrio.

Erguendo-se vacilante do assento e passando por Foral Yatt com um empurrão, Rawra Chin seguiu cambaleando até o cômodo reservado para banho e a performance da toalete. Pela sua garganta subia uma lava que inundava a sua boca, e ela chorou de soluçar enquanto esvaziava-se, ruidosamente, sobre uma bacia lascada e amarela. Uma vez escoada, engasgou-se com o ar até passarem as convulsões em sua barriga, então ergueu a cabeça para olhar ao redor através de uma lente trêmula de lágrimas.

Alguma coisa fisgou seu olhar, um borrão verde que reluzia do topo do baú onde Foral Yatt guardava seus sabonetes, perfumes e óleos. Rawra Chin esfregou os olhos com as costas de uma das mãos e tentou focalizar o que era aquela mancha esmeraldina que a distraía. Era um ponto fixo no qual podia ancorar suas percepções, ainda atordoada pela investida da náusea. Gradualmente, o objeto foi ganhando definição contra a escuridão úmida do banheiro.

Minúsculas órbitas de vidro a encaravam de volta, sem piscar. Atrás delas, dentro da caveira verde translúcida, sonhos inimagináveis marinavam dentro dos fluidos cerebrais que recendiam a alcaçuz.

Rawra Chin encarou o crânio repleto de veneno. Ele o encarou de volta, sem nada oculto em seu olhar.

Passou-se o tempo na Casa Sem Relógios. Na décima oitava noite após sua chegada, Rawra Chin sucumbiu à escuridão. Aquela coisa que até então havia apenas sentido o seu gosto com uma lambida agora abria as mandíbulas e a engolia com uma mordida.

Estava bêbada, mas o que aconteceu teria acontecido ainda que não estivesse. Desalentada sobre a mesa do jantar, ela tomara vinho em demasia na esperança de amortecer as pontadas do desprezo por si mesma. O álcool servira apenas para confundir suas angústias, tornando-as escorregadias, mais difíceis de apreender. Ela parou em pé, emoldurada pelo batente da porta aberta, com uma mão sobre a madeira amarela pálida, olhando para o pátio deserto, sorvendo a grandes goladas irregulares o ar outonal que enchia os seus pulmões. Não ajudou em nada a acalmar o zumbido que ressoava dentro de sua cabeça, uma colmeia funesta em algum lugar entre as orelhas. Fitando as lajes pretas e indiferentes, ela compreendeu que precisava ir embora. Ir embora da vida de Foral Yatt. Ir embora de uma vez e retornar à tagarelice suave de seus assistentes de figurino, ao tédio reconfortante de decorar incontáveis falas. Se não partisse imediatamente, ficaria presa ali para sempre, esmagada pela charrete monstruosa da circunstância, gritando para que alguém viesse espantar as moscas. Se não partisse imediatamente...

Dos aposentos atrás dela, Foral Yatt chamava seu nome.

Ela ergueu os olhos do vasto lago de obsidiana; lá arqueava-se o portal de entrada, e Liavek se estendia para além dele.

Com uma nota crescente de impaciência perceptível na voz, Foral Yatt chamou seu nome outra vez.

Ela deu meia-volta e retornou à casa, fechando a porta amarela pálida atrás de si. Ele estava no quarto, como era seu costume desde a noite em que Rawra Chin fora chamada para atender a Donna Blerot, a primeira vez em que ela conhecera uma mulher. Imaginava que Foral Yatt a tivesse convocado para uma repetição daquela ocasião, e por um instante saboreou uma fantasia de recusa, mas não durou muito mais do que isso.

– Meu amor? Você poderia acender um lampião para mim? Está tão escuro aqui.

A voz de Foral Yatt, em transformação desde a chegada de Rawra Chin naquele lugar, passara por mais um estágio em sua metamorfose. Suavizada até se tornar um barítono aveludado, ela antes seduzia do que comandava. Os dedos dela se atrapalharam com a pederneira por um segundo até pegar a faísca, e então ela levou a chama ao pavio do lampião. Uma bolha de luz amarelada sulfurosa se expandiu e contraiu no interior do cômodo, bruxuleando até a chama sossegar e sua luz tornar-se nítida. Rawra Chin se afastou do lampião, com larvas brancas incandescentes gravadas nas retinas pelo brilho que ela mesma criara. Foral Yatt estava deitado em cima da sua colcha de retalhos, apoiado sobre um cotovelo, as pontas dos dedos perdidas nos cachos louros que caíam às suas têmporas. Uma faixa ampla de coloração azul cosmética corria em diagonal pelo seu rosto, cobrindo o lado esquerdo do seu cenho, numa varredura que descia pelo olho esquerdo e passava pelo dorso do nariz até a bochecha direita. Uma faixa mais estreita de vermelho, pouco mais do que uma única pincelada, seguia acima da outra, passando pelos côncavos e protuberâncias de suas feições suaves e bem talhadas e terminando abaixo da orelha direita.

Ele estava usando uma de suas fantasias.

Era um vestido longo, de cor violeta, puxado para formar rufos extravagantes nos ombros a fim de deixar os braços nus. A gola era alta, alcançando o ponto logo acima da protuberância na garganta de Foral Yatt, e abaixo dali o material era sólido e opaco até chegar a uma linha bem demarcada logo abaixo do esterno. Dali em diante, o vestido parecia ter sido retalhado em longas tiras que desciam até os tornozelos, e alternando-se, tira sim, tira não, a fita violeta era substituída por uma faixa de rosa coral amarrada em padrões de floco de neve, de modo que a pele por baixo ficava visível. Havia espelhos nos dedos dos pés e das mãos.

Por uma fresta na parede, com um som similar ao de uma criança soprando o gargalo estreito de uma garrafa, uma brisa perturbou o ar perfumado e fez a chama do lampião bruxulear. Por um momento, exércitos de luz e sombra correram para cá e para lá em disputas-relâmpago de fronteira. As sombras reunidas nas órbitas dos olhos de Foral Yatt pareciam fluidas, atravessando as bochechas como se fossem piche transbordando antes de retornar à poça logo abaixo do arco do seu cenho. Ele deu um sorriso para ela com os lábios fastidiosamente pintados em opulentos tons de índigo.

– Eu precisei voltar. Não podia deixar você aqui.

A segunda palavra de cada frase tinha uma entonação exuberante e afetada, de modo que até mesmo Rawra Chin teve dificuldade em compreender o ator, assim como lhe foi trabalhoso identificar o que havia de peculiar naquelas inflexões, ao mesmo tempo insanamente familiares, mas além do alcance da sua memória.

– Mas… o que você quer dizer? Você não foi a lugar algum. Você…

Rawra Chin conseguia sentir algo recaindo sobre si, descendo na sua direção com uma velocidade hedionda que congelava sua força de vontade e tornava qualquer evasão impensável. Era como as histórias que tinha ouvido de eclipses, quando os homens enxergavam a gigantesca sombra da lua correndo na sua direção, atravessando a terra, um vasto planeta de escuridão a rolar por sobre as minúsculas campinas e pastos com uma velocidade comparável apenas à sua própria. Parada ali no cômodo perfumado, ela compreendeu o terror deles. O mundo das sombras estava quase sobre ela. Mais um momento e seria esmagada sob sua massa infinda e inescapável.

Deitado na cama, Foral Yatt se pronunciou mais uma vez. O padrão das ênfases dadas às palavras continuava dançando logo além dos limites do reconhecível, debochado e inatingível.

– Eu abandonei você. Não lembra? Eu abandonei você, porque para mim era muito importante que as pessoas conhecessem o meu nome. Sei que deve ter lhe parecido injusto, mas você é ordinário, só isso, e eu sou uma criatura especial. Tenho algo de raro em mim, um encanto único, para o qual faltam aos homens palavras para descrever, e embora eu tenha amado você profunda, profundamente, era meu dever expor o tesouro que eu sou ao mundo e a todas as pessoas. É certo que isso não está além da sua compreensão, não é?

Muito subitamente, Rawra Chin se deu conta de onde foi que tinha ouvido, afinal, aquela voz que Foral Yatt estava usando. O planeta sombrio se abateu sobre ela, e ela se perdeu.

– Mas tudo isso já acabou. Agora, as pessoas por toda parte conhecem meu nome e são atraídas como mariposas à chama dentro de mim, cuja natureza tem um nome que apenas eu conheço. Agora, em minha completude, estou livre para amá-lo mais uma vez. Eu adoro você. Eu venero você. Eu amo você, amo você mais do que qualquer outra coisa no mundo, exceto a fama. Mas...

Era uma paródia inexprimivelmente perversa, inegavelmente precisa. Tendo identificado a voz, Rawra Chin nada mais pôde fazer além de aceitar o reflexo cruel do rosto que o acompanhava. Pregada pelo peso obscuro da lua fantasma, pôde apenas assistir enquanto Foral Yatt expunha todas as presunções, as inanidades, as pequenas evasões que compunham sua existência. O jovem se espreguiçava na cama, levando uma constelação cintilante de pontas dos dedos para tocar o azul de seu lábio inferior numa pantomima de angústia e indecisão. Olhando para Rawra Chin, seus longos cílios piscavam com uma súplica luminosa e urgente por sua compaixão, enquanto a mandíbula tremia sob o fardo das palavras não ditas pela boca logo acima. Por fim, após já ter arrastado sua hesitação melodramática ao ponto limítrofe do absurdo, as palavras se derramaram numa cascata resfolegante.

– ... mas você ainda me ama?

Ele fez uma pausa, dando duas piscadelas.

– Apesar do que eu fiz com você?

Num dos cantos da sala, a criança idiota mudou a direção em que soprava o gargalo estreito de sua garrafa e os padrões de luz e sombra no cômodo convulsionaram.

Rawra Chin, à deriva num oceano trôpego de pesadelo, ouviu uma voz falar a distância.

– Há mesmo um lagarto adormecido dentro da bola?

Era uma voz tão grave e masculina que ela presumiu que fosse de Foral Yatt, só que a voz de Foral Yatt não era mais daquele jeito. Pior, então, será que...? Quando lhe veio a resposta, seus sentidos estavam brutalizados demais para ressoar com algo além do mais abafado clangor de desespero. Era a sua voz. Claro que era a sua voz.

Na cama, Foral Yatt sorriu e se jogou languidamente de costas. O sorriso que ele usava pertencia a Foral Yatt e não àquela paródia grotesca e pontual de Rawra Chin, mas, quando ele falou, foi com a cadência da voz dela.

– Talvez eu seja uma bola. Talvez a qualidade insondável que os homens percebem em mim seja um lagarto enrolado em meu interior, cuja realidade material é questionável, mas de indisputáveis efeitos sobre a mente.

Fixaram seus olhares um no outro, a consciência travada naquele momento de compreensão mútua que sempre existiu entre cobras e coelhos. Lambendo seus lábios de índigo, Foral Yatt saboreou o longo instante antes do golpe de misericórdia.

– Devo lhe contar o nome do meu lagarto? Devo lhe contar o nome da coisa que me faz vulnerável, me faz ser amada, venerada, celebrada?

Ciente de qual seria a resposta, Rawra Chin balançou a cabeça violentamente de um lado para o outro, mas foi incapaz de produzir o menor som que fosse.

– Culpa.

Pronto. Estava dito. Ele sabia. A chama do lampião estremeceu. As sombras avançaram e recuaram, reagrupando-se para a próxima investida.

– Entende, é uma coisa crucial para quem eu sou. É a dor que me move. Sem ela, não sou nada. Ai, meu amor, me sinto tão envergonhada de todo o sofrimento que eu lhe causei.

Ao pé da cama, oscilando, o vinho da ceia amargando na barriga, Rawra Chin ficou confusa conforme as camadas de significado foram se envolvendo uma sobre a outra, florescendo até assumirem novas formas como um brinquedo de papel habilidosamente dobrado. Acaso Foral Yatt estava descrevendo seus próprios sentimentos ou imitando aquelas agonias que percebia nela? Será que ele sentia algum remorso genuíno por aquela farsa peçonhenta que estava perpetrando? No centro do medo e da confusão que dilaceravam Rawra Chin como um furacão, uma lasca de ressentimento começou a se formar, fria e reluzente no coração plácido do ciclone.

Como ele ousava se desculpar? Como ousava implorar compreensão após aquele desfile aviltante e abominável? A raiva crescia dentro de Rawra Chin conforme ela olhava friamente a figura deitada na cama, a linha do corpo vulnerável e indefeso sob o vestido violeta em tiras gradualmente tornando-se tão irritante quanto o choramingar de uma vozinha insuportável de menininha.

– Será que você pode me perdoar? Ai, meu amor, você me parece tão sério. Que falta de consideração da minha parte em lhe fazer mal assim desse jeito tão pavoroso, tão descuidado.

Foral Yatt ergueu-se e estendeu os braços suplicantes na direção de Rawra Chin, pálidos como pescoços de cisnes enquanto saíam das mangas amarrotadas nos ombros. Seus olhos imploravam por alívio das aparentes agonias causadas por aquele ato de autoflagelamento que ele estava suportando, e seus lábios azuis se mexiam para dizer meias palavras inaudíveis, entre explicações e desculpas, fazendo um bico como se esperasse um beijo de absolvição.

Com toda a força que conseguia reunir, Rawra Chin golpeou a boca dele com as costas da mão, espalhando a tintura azul dos lábios pelas bochechas dele e sobre as juntas da própria mão.

O baque surdo do golpe e o ganido de dor do ator ricochetearam da pedra das paredes frias. Foral Yatt caiu para trás, cobrindo o rosto e rolando de lado, de modo que agora estava deitado, encurvado sobre a colcha de retalhos, virado de costas para Rawra Chin.

Atingida subitamente pela visão daquela espinha curvada, visível em meio às franjas desgrenhadas do vestido, Rawra Chin descobriu que a raiva em seu coração era igualada pela súbita pressão em seu púbis, conforme uma ereção viçosa se erguia contra o couro apertado de seus calções cinzentos. Sobre a cama, Foral Yatt pressionava a boca e começava a chorar. Quase como se tivessem vontade própria, dedos que de repente pareciam amortecidos e grandes demais desceram até o nó do seu cinto de corda, que formava um punho rígido de cânhamo contra a barriga da Rawra Chin.

Ela o estuprou duas vezes, brutalmente, e não houve qualquer prazer no ato.

Quando acabou, compreendeu o estrago que havia feito a si mesma e começou a soluçar baixinho, como fazem os homens, sentada na beirada da colcha, os ombros estremecendo em silêncio. Foral Yatt estava deitado na cama atrás dela, encarando a parede mais distante. A semente de Rawra Chin secara num formato oval pequeno e irregular sobre a carne dobrada de alabastro logo acima do seu joelho direto, a pele levemente repuxada abaixo de um verniz fino e translúcido. Ele o cutucava, sem pensar, com as unhas espelhadas, sem dizer nada.

O pavio do lampião foi encurtando, até que enfim chegou ao limite e morreu. Era assim que se podia contar a passagem das horas, lá na Casa Sem Relógios.

– Eu não tinha o menor direito. O menor direito de tratar você desse jeito...

– Por favor, não. Não importa.

– Você vai ficar? Vai ficar aqui comigo?

– Não posso.

– Mas... o que eu farei se você se for? Não tem motivo para você partir.

– Tem o meu trabalho. Meu trabalho e minha carreira.

– Mas e eu? Você vai me deixar aqui sem ter aonde ir, não entende? Jamais poderei ir embora agora. Por favor. Eu faço o que você quiser, mas não me abandone aqui.

– Você devia ter pensado nisso antes de se vingar.

– Ah, por favor, eu pedi desculpas. Você não consegue pensar no que fomos um para o outro e me perdoar?

– É tarde demais, meu amor. É tarde, tarde demais.

– Não vou deixar você partir. Não vamos nos separar outra vez.

– Por favor. Não faça uma cena. O que aconteceu da última vez foi tão constrangedor.

– Ah, não se preocupe. Não vou fazer nenhum escândalo.

– Ótimo. Agora preciso mandar uma das serviçais preparar minha carruagem para amanhã e fazer os arranjos para levar meu guarda-roupa à estalagem.

– Você vai me deixar sem nada? Por favor. Me deixe ficar com o vestido violeta.

– Não.

– Você não vê o que está fazendo comigo? Está tirando tudo de mim! Como foi que isso aconteceu?

– Deixa de ingenuidade. Estamos na Cidade da Sorte.

– Logo aqui você vem me falar de sorte? Não tenho mais certeza de que a sorte existe. Será que existe sorte ou apenas circunstâncias sem forma ou padrão, uma onda sem sentido que oblitera tudo à sua frente?

– Será que tem um lagarto dentro da bola?

Sentada na varanda, alheia a tudo, mascando as flores azuis anêmicas colhidas da jardineira à sua janela, Som-Som admirava o pátio da Casa Sem Relógios.

Pouco antes uma carruagem chegara de fora dos muros curvos junto com os primeiros dardos da aurora. A mulher parcialmente mascarada havia se dado conta de que Rawra Chin estava indo embora da Casa a fim de retornar à sua existência fabulosa no mundo além daqueles sete portais variegados.

Dado que Rawra Chin havia originalmente se referido à sua estadia na Casa em termos de meses e não semanas, Som-Som imaginou que foram as subcorrentes sinistras que fluíam entre ela e Foral Yatt que levaram a essa partida súbita. Ela se perguntou se a atriz viria chamá-la para se despedir e sentiu uma pontada de tristeza ao pensar naquela separação.

Combatendo esse sentimento, havia um alívio tremendo. Som--Som estava contente por Rawra Chin não ter se permitido tornar--se prisioneira da gravidade terrível da Casa, e só por esse motivo esperava que a sorte pudesse levá-la para longe daqueles muros que se curvavam como envolventes abraços cinzentos.

O abrir-se da porta amarela pálida fez um ruído cristalino na manhã silenciosa, e Som-Som se inclinou na sua varanda para observar a figura elegante, em ataduras carmim, pisando nas lajes pretas e frias, onde o sereno da noite deixara uma leve camada de geada.

Para Som-Som, que desde os nove anos não desfrutava de qualquer percepção de profundidade, parecia que uma gota semovente de sangue havia vazado de uma ferida amarela pálida na pele da Casa e rolava pelo disco negro manchado de geada do pátio, escorrendo devagar na direção do lado oposto. De vez em quando, uma mão branca bidimensional se tornava visível, dependendo da perspectiva, uma pétala creme oscilando brevemente até vir à tona na superfície da mancha vermelha antes de desaparecer outra vez.

Conforme o pingo carmim progredia pelo pátio, foi se tornando o que uma pessoa sem as suas limitações poderia reconhecer como um ser humano. A figura fez uma pausa na metade do caminho e deu meia-volta, inclinando a cabeça para olhar diretamente para Som-Som, como se tivesse consciência, desde o primeiro passo que dera para fora da porta amarela pálida, de estar sob o olhar detido da mulher parcialmente mascarada. Do meio daquela vermelhidão, um rosto despontou.

Foral Yatt encarou os olhos de Som-Som, tanto o olho que podia quanto o que não podia piscar.

Sua expressão pareceu furtiva por um instante, colorida por uma culpa que, para Som-Som, parecia perturbadoramente familiar, e então ele sorriu. Longos segundos se passaram, sem que ninguém os registrasse, enquanto os olhos se mantiveram fixos, e então ele se virou e continuou a atravessar o amplo círculo de negrume, até passar além do arco elevado de pedra.

Após um momento, veio o estalo das rédeas, seguido pelo alarido dos cascos sobre as pedras, enquanto os cavalos que puxavam a carruagem eram atiçados e saíam trotando pelas vias sinuosas de Liavek, onde pairava o cheiro reconfortante de uma centena de desjejuns sendo preparados entre as construções amontoadas.

Som-Som ficou imóvel na varanda, o olhar ainda fixo no ponto onde Foral Yatt estivera quando se virou e olhou para ela. O sorriso dele permanecia lá, uma imagem vestigial no olho da sua mente. Era um sorriso do tipo que Som-Som já vira antes e que reconheceu num instante.

Era o sorriso de um mago. Era a expressão de um artesão da sorte que enfim obtivera a satisfação havia tanto adiada. Por um período inquantificável, Som-Som não se mexeu. Seu rosto congelara numa expressão vazia, de modo que suas feições cindidas pareciam recobrar algo semelhante a uma unidade, a metade viva transformada em porcelana pela perplexidade.

Levantando-se de súbito, ela desequilibrou a cadeira, fazendo-a tombar no chão da varanda atrás de si. Seguiu ligeira, com estranhos sobressaltos. Todo o treinamento e a disciplina que disfarçavam suas dificuldades de locomoção foram deixados de lado conforme ela corria pelos estreitos degraus de madeira e atravessava o pátio redondo.

A porta amarela pálida não estava trancada.

Rawra Chin estava sentada à mesa, rígida e empertigada sobre uma das cadeiras de encosto reto. Parecia estar encarando dois objetos que repousavam sobre a madeira branca da mesa, que mal se distinguiam em meio à luz esfumaçada da manhã. Aproximando-se da mesa, Som-Som olhou mais de perto, apertando o olho que ainda podia apertar.

Um dos objetos era uma esfera indistinta de cobre que não lhe dizia nada. A outra parecia mais um ovo, cujo topo havia sido removido num único corte limpo.

Só que era verde.

Só que tinha órbitas vazias, que a encaravam, e um sorriso sem lábios.

Ela reparou no odor de alcaçuz, ao mesmo tempo que percebeu que Rawra Chin não tinha respirado nem uma única vez desde a sua chegada ao cômodo.

Não foi um horror físico que atirou Som-Som para trás, através da porta amarela pálida, com um suspiro e um tropeço, empurrando-a até o pátio pela enormidade do que havia lá dentro. Tampouco foi a aversão à presença de um cadáver. A meretriz de feiticeiros, ao longo do seu serviço, é testemunha de coisas piores do que a mera mortalidade, e os suicídios na Casa Sem Relógios eram frequentes o bastante para que não houvesse nada de notável neles. Certamente eram frequentes demais para engendrar uma reação tão violenta em alguém cujos fregueses, vez por outra, se transformavam em seres de espécies diferentes ou entidades compostas de vapor branco revoluto no momento de maior prazer.

Tampouco foi de todo um horror que atacava a mente, nem inteiramente uma repugnância do espírito. Não tinha forma, nem dimensão alguma que ela pudesse apreender, e esse era o seu maior horror. Um crime monstruoso fora cometido, uma atrocidade em escala e magnitude apavorantes, que de algum modo permanecia ao mesmo tempo abstrata e intangível. Desprovida de limites discerníveis, sua monstruosidade era, portanto, infinita, e foi isso que atirou Som-Som de costas na direção do pátio escuro e frio.

Ela queria gritar para as janelas indiferentes da Casa Sem Relógios, ainda fechadas contra a luz matutina enquanto aqueles que elas protegiam gozavam de qualquer sono que tivessem conquistado ao longo da noite anterior. Queria acordar aos brados a própria Cidade da Sorte, alertando-a quanto à abominação perpetrada enquanto Liavek desviava o olhar, sem suspeitas.

Mas é claro que ela nada podia dizer. A enormidade do que ocorrera permaneceu trancafiada dentro de si, uma coisa escamosa e fria e repugnante dentro da sua mente, que jamais poderia ser vista, jamais poderia ser tocada nem comentada com quem quer que fosse. Enrolada na escuridão inatingível por trás de sua máscara de porcelana, ela se refestelava, além de qualquer possibilidade de prova ou refutação.

Mal e mal estava lá.

Nem mesmo lenda

Pela minha experiência, quando tem um jilco no meio, geral-mente registram como explosão da tubulação de gás.

Quando Merelda enfim fez sua chegada bombástica à reunião do CISAN – ela tinha estacionado perto do antigo mercado coberto e atravessado esbaforida a maior parte da Fetter Street antes de lembrar que o dossiê com todas as suas sugestões tinha ficado no banco de trás, o que era bem a sua cara –, a maior parte dos membros já estava lá. A porta secreta dos agentes imobiliários estava destrancada e, após passar por salas escuras menores até chegar ao espaço mais amplo da sala de reuniões logo depois, ela mergulhara no papo jovial anterior à reunião, passando uns cinco minutos agradáveis mandando beijinhos no ar para cumprimentar todo mundo.

Na ponta da mesa central, ela flagrou o fundador do Comitê para a Investigação Surrealista das Alegações dos Normais, Marcus Clarke, uma figura cheia de tiques e com uma sombra de barba por fazer, tagarelando com entusiasmo nos ouvidos do lúgubre David Watkins. Watkins, sempre a pessoa de trajes mais sóbrios nas reuniões quinzenais do grupo de estudos paranormais, era o gerente de filial na Chalcombe & Bentine, motivo pelo qual o pessoal do CISAN tivera acesso ao edifício após o expediente. Desajeitada, Merelda tirou o casaco respingado de chuva e acenou para sua amiga, a professora Emma, que andava obcecada com criptídeos e estava sentada na frente de Dave e Marcus. As várias conversas impraticáveis pairavam no ar com cheiro de couro e criavam um ruído parecido com sinos de vento atonais. Brian Appleby, o Brian Maior, dava um sermão sobre fantasmas junto com Adriana, a palestrante gótica de estudos midiáticos que entrara no grupo fazia coisa de umas poucas semanas ou algo assim. Brian Taylor, o Brian Menor, não dava as caras pela terceira semana seguida, mas Merelda imaginava que ele e a esposa – era Sandra o nome? – ainda estavam se acostumando com o novo bebê.

Então, cerca de dez pessoas. Nada mal. Errol Meeks oferecia agora uma anedota doméstica sobre seu novo aquecedor do chuveiro, que fez todo mundo dar risada e sentir uma pontada obscura de culpa por não terem mais negros no grupo. Carl, o do sobrenome estrangeiro, alguma-coisa-vich, estava sentado mais perto da porta. Não parecia feliz. Por algum motivo, havia um tapete enrolado e apoiado contra a cadeira vazia ao lado dele, e Merelda pensou tê-lo ouvido dizer que estava para se mudar em breve. Devia ter algo a ver com isso. Sua expressão carrancuda, por outro lado, era provavelmente por conta de Alison Macready, que o fuzilava com o olhar a partir da ponta da mesa onde estavam Dave e Marcus e onde ela se sentava junto aos amigos e vizinhos do andar de cima, Steve e Sheila Denton. Carl e Alison tinham namorado pelos últimos dezoito meses, mais ou menos, o que significava que o seu término na última reunião viera junto com um certo climão. Desconfortável, mas acontece.

Com o casaco pendurado no antebraço como se fosse um toureiro, Merelda contornou a mesa aos poucos, parando para trocar uma ou outra palavrinha com todo mundo até chegar à cadeira vazia ao lado de Emma. Na verdade, era possível que, com o grande debate que o Marcus agendara, aquela noite fosse das mais animadas. O tema era uma proposta de mudança de direção, para o CISAN como um todo, mas especialmente para sua revista trimestral de tiragens modestas, a *Tempos Interessantes*. Sentando-se ao lado da amiga, ela perguntou o que a jovem professora achava do esquema de Marcus de "águas inexploradas", mas Emma disse que não tinha certeza de que tinha compreendido e, mudando de assunto, mostrou a Merelda uma foto borrada, no celular, de um suposto chupa--cabra. O burburinho foi minguando num gradiente súbito, como quando baixam as luzes no cinema antes do filme principal, e Merelda imaginou que a reunião de fato estivesse prestes a começar. Mal podia esperar.

Eu o deixei ali o máximo que foi possível e então pedi licença. No que eu pisei lá fora, no meio do vento e da garoa, ouvi alguém atrás de mim gritar: "Ei, espera aí! Você esqueceu a sua... sua coisa". Pelo que me disseram umas duas semanas desde então, isso deve ter sido por volta da hora em que o jilco já havia dilata-do os seus dois filetes laterais. É claro que ninguém entendeu exa-tamente o que era aquilo, mas tiveram um tempo – um segundo ou dois, no máximo – para compreender exatamente o que não era. Vocês podem pensar que eu estava correndo um belo risco com um exercício de limpeza tão drástico, mas não era o que a minha experiência me dizia.

Ele fez que sim com a cabeça e produziu resmungos intermi-tentes para cada palavra que Marcus dizia, porque gostava do cama-rada, conhecia-o fazia anos, mas para ser bem honesto David tinha um pé atrás com tudo isso de "nova direção". Com certeza o grupo já estava ótimo do jeito que era, mas ele sentia que não podia dizer isso com todas as palavras. David estava desconfortavelmente aten-to a ser o membro mais antigo do CISAN e não queria que os outros pensassem que se opunha a novas ideias, por estar preso aos seus hábitos ou por ser "careta", em qualquer sentido da palavra. As pessoas ainda falavam isso, careta? Ele não sabia e aceitava com pesar no coração que isso fazia dele ainda mais careta.

Marcus agora agitava com entusiasmo sua cabeça raspada na máquina um, à medida que seu discurso ia ficando mais animado:

– Digo, as pessoas que relatam fenômenos, no geral elas relatam coisas dentro de categorias preexistentes. E se alguém encontrasse alguma coisa para a qual nós não temos uma categoria, para a qual sequer temos palavras? Como que você relata isso? Não dá, né? Deve haver uns mil casos em que... – David então deixou sua imaginação divagar para longe do restante dos Investigadores Surreais, que murmuravam sequências de blá-blá-blá espalhadas incongruentemente sobre a mesa polida, mais acostumada às discussões bem ordenadas da Chalcombe & Bentine sobre o mercado imobiliário. Houve um bafafá perto da porta assim que a volúvel Merelda Jacobs entrou, espevitada, reclamando que tinha esquecido alguma coisa no carro e tivera que voltar toda a Fetter Street "debaixo dessa chuva toda" para ir buscar. Bem, e a culpa era de quem? Do outro lado da sala, bem na frente de Carl Wasowiec e sua pilha bamba de jornais velhos, Brian Appleby estava obviamente de papinho com a recém-chegada, Adriana, seu pomo de Adão imenso subindo e descendo grotescamente feito um ioiô. David suspirou, mas foi um suspiro interior.

Talvez Marcus tivesse razão. Talvez já tivesse passado da hora de o CISAN ser recauchutado de um jeito ou de outro. Pensou na época em que os dois começaram tudo aquilo. Fazia o quê, uns três anos já? Em 2016? Foi na época em que David estava passando por uns maus bocados, depois que Anne foi embora – ela votou Pró--Brexit, ele Contra –, e ele se deu conta de como eram poucos os seus amigos, então começou a aproveitar qualquer oportunidade para conversar. Conhecia Marcus desde os anos 2000, quando o cara mais jovem fora seu cliente, e juntos descobriram que eram leitores de longa data do *Fortean Times*. Após a partida de Anne, Marcus passou a aparecer talvez duas vezes por semana para tomar uma cerveja ou várias e fazer companhia para David. Foi numa dessas ocasiões que jogou a ideia de um grupo de estudos paranormais, "mas com um senso de humor", e então David, alcoolizado, sugeriu que poderiam se reunir na espaçosa sala de conferência do seu escritório – e agora, três anos depois, lá estavam eles. Se fosse honesto, David até admitiria que, no íntimo, nutrira esperanças de conhecer alguma mulher com quem pudesse sair, mas não aconteceu. Depositara suas esperanças na pernuda da Sheila Hall até que, aparentemente do nada, ela se casara com Steve Denton. Pensando bem, será que ele era melhor, em qualquer sentido, que o coitado do Brian Appleby, disfarçando sua solidão por trás de um sermão matraqueador sobre o poltergeist de Enfield?

Ao seu lado, Marcus pediu ordem e, gesticulando, engatou o seu discurso com a proposta para "estudar o espaço negativo na fenomenologia", o que quer que isso quisesse dizer. A noite estava começando agora.

Como eu disse mais cedo, demora um pouco para se acostumar com a vida emocional de um Zé Sussurro: embora eu a tivesse acabado de conhecer naquela noite – e é óbvio que ela me detestava –, da minha parte, eu pensava mais no quanto iríamos transar e em como seus olhos eram bonitos. E, sim, eu me sentia culpado em relação a ela; em relação a todo mundo lá. Sei que não faz sentido, racionalmente, já que era a primeira vez que eu botei os olhos naquele pessoal, mas seria a última vez que eles botariam os olhos em mim. A última vez para um monte de coisas, para eles. Embora eu aceite que isso é praticamente impossível para mim, tentei enxergar as coisas da perspectiva deles, e é por isso que fiquei com pena. Eu sabia, quando os conheci duas semanas atrás, que não ia parecer tão ruim, mas ainda queria que tivessem um tempinho juntos no que seria, da sua perspectiva, sua última noite. Eu não me levantei para ir embora de uma vez, é isso que estou dizendo aqui. Não sou um monstro.

* * *

Essa era definitivamente a última reunião de que ela participaria. A gota d'água para ela foi quando, no meio de toda aquela palestrinha pentelha sobre os mortos inquietos, o tal do Brian esquisitão perguntou se ela tinha visto um tal filme com uma atuação ótima de Timothy Spall. Ele tinha um DVD na casa dele, caso Adriana estivesse a fim de dar um pulo lá para assistir...

Agora que pensava a respeito, esse negócio todo do CISAN não era bem o que ela procurava, que era essencialmente material para sua dissertação de mestrado, "A Subcultura Paranormal e a Nova Direita". O problema, era preciso confessar, acabou sendo ela mesma: não havia sido sincera quando pediu para participar do grupo. Deixou que pensassem que ela estudava fenômenos psíquicos, quando na verdade seu objeto de estudo eram pessoas que estudavam essas coisas: gente que nem eles.

Na ponta da mesa, o professor de inglês careca e obviamente gay continuava o seu monólogo empolgado. O carro-chefe da sua argumentação, se Adriana entendeu direito, era que, em vez de procurar vampiros, discos voadores, yetis, monstros do Lago Ness e um monte de outras coisas que provavelmente não eram reais, o grupo devia procurar provas de coisas que ninguém nunca disse existirem, para começo de conversa.

– Digo, todo mundo entende o que são fantasmas. – Bem, não. Na verdade, não. – Devíamos era procurar por coisas que são invisíveis para nós.

O que, se você pensasse bem, nem que fosse só por um momento, obviamente incluía fantasmas. Em suma, ele não era nenhum acadêmico.

Adriana, evitando com todo cuidado fazer qualquer contato visual com aquela figura bizarramente esquálida à sua esquerda que não parava de fazer mexer a mesa, permitiu que seus cílios artificiais roçassem brevemente pela visão do restante do grupo. Ao lado do professor que gesticulava e não parava de falar, sentava-se o agente imobiliário com idade para ser seu pai, mas com um aspecto ainda mais deprimente e nervoso. Do outro lado, seguindo, via-se o polonês que fazia questão de que todo mundo visse o sistema de som de alta tecnologia que ele aparentemente havia acabado de comprar, enquanto, na outra ponta da mesa, a ruiva de cinquenta e tantos anos que chegou atrasada fazia um escarcéu por conta de seu dossiê, acompanhado de *tscs* em voz alta. Próxima a ela, sentava-se a loira baixinha que sempre usava blusões emprestados de alguma série de romances policiais nórdicos – aquela que Adriana imaginava ser outra professora –, e por fim tinha o Errol, sentado a alguns lugares vazios de distância à direita de Adriana. Errol era a única tentativa de se ter alguma diversidade racial no CISAN e, por coincidência, o único cujo nome ela era capaz de lembrar.

Nenhum deles tinha lá muita utilidade para os seus propósitos, no sentido de que ninguém ali era particularmente de direita. Seria uma abordagem melhor ao seu problema se ela tentasse abordá-lo pelo outro lado, infiltrando a Liga de Defesa Inglesa e ficando atenta caso houvesse menções à Atlântida ou à Terra Oca. Transferindo seu chiclete laconicamente de um lado para o outro da boca, Adriana redobrou seus esforços e decidiu que, sem sombra de dúvida, quando o grupo se reunisse dali a uma quinzena, ela não iria aparecer.

Em todo caso, quando enfim cheguei àquela noite de outubro em questão, eu fiz o que a mormolim, com sua voz sonolenta e aconchegada, havia mencionado lembrar, o que, da sua perspectiva, é claro que já tinha acontecido: cheguei comparativamente cedo no local, onde encontrei o jilco me esperando no beco que dá em Purser's Row. Havia um bueiro coberto nas sombras, de onde eu imaginei que o jilco tivesse saído, e por onde ele iria embora quando a questão estivesse concluída. Eu nunca visitara a área antes, mas havia um mapa da rua naquele recorte do jornal local que eu destaquei, o dia depois de amanhã. Eu viria aqui muitas vezes ao longo dos últimos três anos, aparentemente. Por conta da chuva intermitente, não tinha quase ninguém na rua, mas, com a coisa da psicologia evolutiva que eu mencionei, não faria muita diferença se tivesse. Digo, quando eu levei o jilco até os escritórios, nós esbarramos num homem calvo que parecia saber quem eu era. Um dos meus futuros conhecidos, sem dúvida. Olhando de relance para o jilco, ele deu um sorriso compreensivo e disse: "Noite de lavar roupa, hein? É, eu conheço essa". Foi literalmente fácil assim.

Transcorreu que, fora o calvo e um outro homem que parecia trabalhar no local, nós havíamos sido os primeiros a chegar. Entramos e arranjamos uns assentos para nós, para eu poder acenar com a cabeça a todos os rostos desconhecidos, chegando sozinhos ou em pares, para a reunião. Houve um momento delicado quando uma morena atraente de jeans apertadinho e casaco de pele falsa – com gotículas de chuva penduradas nos pelos de acrílico iguais a diamantes – praticamente cuspiu em mim quando chegou com um casal de amigos e eu ofereci um sorrisinho neutro de boa noite. Virando-se na hora, sem dizer nada, ela e o casal saíram e se sentaram no canto mais distante daquela sala enorme. Imaginei que fosse a Alison, a quem eu estava ansioso por conhecer desde que descobrira que ela existia no diário que eu preencho todos os dias, um diário que já está sempre lá para eu tê-lo lido no dia anterior. Da perspectiva dela, duas semanas antes, sem qualquer motivo aparente, eu terminara um relacionamento apaixonado que estava rolando havia mais de um ano, por isso ela tinha todos os motivos para me desprezar. Dentro das próximas duas semanas, eu ia fazer algo pavoroso.

Errol estava bem distraído, para ser honesto, e não prestava atenção total à palestra motivacional de Marcus, mas mesmo assim não tinha certeza se gostava desse papo de "nova direção". O único motivo de Errol estar no CISAN – beleza, não era o único motivo, quase todas as pessoas lá eram bem simpáticas, mas o principal motivo – era que o comitê lhe dava um veículo para publicar as ilustrações e cartuns que ele fazia para a revistinha deles, a *Tempos Interessantes*. Tudo bem, houve apenas quatro edições em três anos, mas Errol fez todas as capas e as ilustras internas. Estava melhorando cada vez mais; talvez em breve ficasse até mesmo bom o suficiente para arriscar virar profissional e abrir mão do seu turno trabalhando no asilo. A questão era que todo o trabalho que Errol fazia para a *Tempos Interessantes* se baseava em estereótipos familiares – vampiros e zumbis e alienígenas de olhos pretos –, especialmente os cartuns. Se o CISAN agora estava prestes a jogar fora a combustão humana espontânea e as sondas anais em prol de algo que ninguém antes jamais imaginou, o que é que ele ia desenhar?

Entre suas várias distrações, a número um era obviamente a bacia plástica no armário do seu aquecedor. Ele a colocara lá para apanhar os pingos lentos, porém constantes, que vazavam do novo aquecedor até que o seu colega, o Paul Encanador, viesse dar uma olhada na sexta-feira. Mas a tigela não era das maiores e enchia até o ponto de transbordar em cerca de quatro horas. Errol havia se treinado para acordar no meio da noite e esvaziá-la no banheiro, para que o teto da cozinha não estivesse vazando de manhã. Era um ritual que ele havia realizado antes de partir para a Chalcombe & Bentine, fazia uma hora, e imaginava que fosse aguentar até chegar em casa mais tarde, só que nunca se sabe. Chegar em casa e encontrar o banheiro do andar de baixo inundado seria a pior forma imaginável de encerrar a noite de quinta-feira, por isso era uma possibilidade que pesava em sua cabeça.

As outras distrações eram relativamente menores e tinham a ver, no geral, com seus colegas, os outros membros do CISAN. A recém-chegada, Adriana, sentada à sua esquerda, tinha um perfume do qual ele não gostava nem um pouco – uma lavanda pesada e sufocante que o fazia querer espirrar e ir dormir ao mesmo tempo. Depois, à direita, no outro lado da mesa, havia a pintura com moldura dourada que o Carl trouxera, francamente horrível e que podia muito bem ser a imagem de um cavalo terrivelmente deformado. Ou algo assim. Em termos de distração, porém, pior do que essas duas era a Merelda Jacobs, na outra ponta da mesa, que não parava de fuçar no diabo do dossiê dela e sussurrar sabe-se lá o que ao sinal da menor inconveniência, fazendo a noite toda girar em torno de si, como sempre. Errol não gostava nem do nome dela.

Ele tentou manter o foco no monólogo do Marcus, que naquele momento tratava de "entidades às quais nossas taxonomias nos cegaram". Errol não tinha tanta confiança no seu entendimento de "taxonomias" e não conseguia entender como é que coisas às quais as pessoas eram cegas poderiam servir para fazer tirinhas que prestassem.

Pensando bem, a coisa parecia mais um sofá do que um cavalo, mas a pintura era tão ruim que não dava para dizer. Merelda Jacobs deu o que viria a ser o primeiro de uma série de suspiros exasperados, e Errol, em sua cabeça, viu a água na bacia se aproximando insidiosamente da beirada de plástico.

Isso não quer dizer que minha vida não tenha lá suas graças inesperadas. Por exemplo, após passar todo o ano de 2020 me arrastando, fui honestamente tomado por uma euforia abobalhada ao chegar no Natal de 2019, após anos de lockdowns e perturbações. Todo mundo estava arrasado com a eleição geral em dezembro e a vitória avassaladora dos tories, enquanto eu estava lá com os olhos arregalados, maravilhado como se tivesse acabado de entrar no reino das fadas. Só de ver as pessoas apertarem as mãos e se abraçarem, ou as multidões espremidas e taciturnas no transporte público, fiquei surpreendentemente emotivo, o que não é nada típico.

Para falar a verdade, eu estava mesmo era ansioso para voltar a transar, após esse longo período de seca em isolamento. Como eu disse, para nós, Zés Sussurro, o que pega mesmo é o sexo, e se podemos botar fé no meu diário evanescente, eu estava prestes a embarcar num período longo e frutífero de satisfação em série que chegava até os anos 1980, numa altura em que já sou um adolescente com uma incomum experiência acumulada. Mas, para poder dar início à minha era de ouro do sexo, eu aparentemente seria obrigado a repassar todo esse período deprimente no centro da cidade, como relatado pelos recortes no meu scrapbook cada vez mais vazio. Com base no diário, me parece que na última semana de outubro eu iria dar um pulo na casa da minha amiga Trudy, para papear com ela sobre o que eu faria/já fiz na quinta-feira, dia 17. Naturalmente, a Trudy é uma das pessoas veladas também. É uma mormolim. Ela faz o que mormolins fazem.

E, preciso confessar, eu caio nessa toda santa vez: fui para a cama no Dia das Bruxas e tive uma noite péssima de sono, como se tivesse comido um sanduíche de anfetamina e café antes de deitar. Ao acordar na manhã do dia 30, passei o dia todo meio grogue e cansado, como se estivesse de jetlag, até chegar a noitinha em que fiz a minha visita combinada à casa da mormolim. Ela morava em Granby Estate, a oeste de Calderford, numa residência fuleira e desinteressante, ao passo que o quintal da frente do vizinho era uma loucura de bricolagens desnecessárias que ele mesmo tinha feito, exatamente o que você esperaria de alguém que mora ao lado de uma mormolim. Com seu sorriso presunçoso e sonhador de sempre, Trudy me convidou para entrar.

Como consta no meu diário, eu já sabia que tinha um jilco lá, por isso sabia o que procurar. Além do mais, já tinha encontrado um deles em 2035, graças à minha ainda-não-esposa Mila. Quando entrei na sala de estar da Trudy, reparei no estojo do violão e soube na hora o que era que eu estava vendo: como se uma mormolim fosse ter energia para aprender a tocar um instrumento. Fiz um gesto amigável com a cabeça na direção do estojo de violão e recebi um breve floreio de cores em resposta. Ninguém sabe o que são os jilcos, porque nunca ninguém viu um de verdade.

Eles exploraram a evolução da percepção humana, sempre priorizando seletivamente a sobrevivência mais do que a precisão, de modo que a maior parte do que vemos é um glifo simplista em vez do que realmente está lá. Os jilcos não podem ser simplificados e por isso a mente, em desespero, elabora alguma outra coisa para preencher a súbita lacuna em sua realidade. Até onde se pode compreender, eles se alimentam da energia liberada pela perturbação das ligações covalentes. Não sou nenhum especialista, mas aquele estojo em especial me parecia bem gordinho e contente, mais que o normal, esparramado no sofá da Trudy. Eu me sentei na poltrona do lado oposto.

A mormolim logo de cara começou a afirmar, languidamente, que o que eu tinha feito fora necessário; quase heroico. Ela me contou que em setembro eu lhe relatara como o grupo de estudos que eu vinha monitorando havia decidido considerar fenômenos estranhos fora de categorias preexistentes e precisaria ser encerrado. Toda a comunidade dos velados, disse ela num tom suave, estava grata pelo que eu fizera com o jilco, e me perguntou se eu li o artigo no Thropshire Herald. Eu a lembrei de que passara as próximas décadas olhando esse recorte no meu scrapbook, mas imaginei que fosse desaparecer em algum momento durante as últimas duas semanas. Ela respondeu com uma risada preguiçosa e disse que eu era uma maravilha. Como sempre, aceitei a lisonja e logo me senti energizado comigo mesmo e a minha futura missão já concluída. É assim que são os mormolins. É assim que eles operam. Todo mundo gosta da companhia deles, porque deixam a pessoa energizada e estourando de entusiasmo, quando na verdade o que está acontecendo é que estão lhe tirando a habilidade de se acalmar e relaxar. É como se sugassem a serotonina dos outros e depois se refestelassem nela, sempre com aquele sorrisinho sonolento. É por isso que eu não dormira na noite anterior, mas isso só me ocorreu quando estava voltando da casa da Trudy, a passos largos, cheio de vigor e toda uma pompa desgastante. Caralho de mormolim.

Pelo menos ela tinha me dado os detalhes do que me aguarda-
va na última quinzena, mas não posso dizer que tinha grandes
expectativas para o passado.

... e então, beleza, como se fosse para esfregar na cara dela, tinha os balões de hélio. Igual numa festa de aniversário infantil.
Como se ele estivesse comemorando, e isso logo após a surpresa do
palitinho azul na terça-feira. Ela queria gritar; queria irromper em
lágrimas; queria se levantar no meio da história do Marcus e sua
lenga-lenga sobre pensar o impensável, simplesmente atravessar a
sala e quebrar o nariz do desgraçado. Não conseguia entender como
é que a coisa tinha chegado a esse ponto.

Ela o conhecera quando tinha acabado de entrar para o grupo,
lá na primavera de 2018 e não muito depois de ter se mudado para
um apartamento térreo no prédio do Steve e da Sheila, que se conheceram no grupo e acabaram se casando, e uma noite sugeriram
que Alison viesse junto. Ela imaginou que eles tivessem boas intenções, sabendo que ela estava sozinha e talvez esperando que conhecesse alguém – o que é claro que aconteceu. Ela olhou o casal de
rabo de olho, sentado entre ela e Marcus, de mãos dadas, apaixonados em público. Ainda não tinha contado a eles sobre o teste de
gravidez. Queria vomitar.

Na primeira noite, dezoito meses antes, ele tinha se compor-
tado com tanta delicadeza e ternura. Mesmo no calor urgente do
encontro, havia algo nos seus modos que sugeria uma tristeza cativante. Fora tão atraente e atencioso, que foi quase como se estivessem dizendo adeus e não olá um para o outro. O sexo foi incrível. Ela nunca tivera um amante que parecesse tão familiarizado
com seu corpo e suas necessidades, desde o comecinho. Com a
garganta apertada, ela admitia: achava que ele fosse para casar.
Mesmo os olhares de dor e culpa que às vezes lançava a ela – mais
para o final do seu relacionamento do que no começo, agora
que pensava a respeito – ela havia desconsiderado como mero

nervosismo pré-nupcial. Quando ele perguntou se podiam conversar, duas semanas antes, ela presumiu pateticamente que ele fosse pedi-la em casamento. Não pediu. E depois, como a cereja do bolo, vieram as notícias de dois dias antes.

Ela não sabia o que fazer – quanto à gravidez, quanto a qualquer coisa. Nem sabia se devia contar para ele. Pretendera contar, planejando encenar uma grande cena de novela, bem dramática, mas de que ia adiantar? O modo como ele a recebera quando ela chegou, como se nunca tivessem se conhecido. Como se todos os momentos resfolegantes que partilharam juntos jamais tivessem acontecido ou como se tivessem acontecido somente com ela. Era como se fossem estranhos, era isso que ele estava dizendo? Ah, beleza. Mensagem recebida. Pelo menos, pensava, ela compreendia sua situação com clareza agora.

Exceto pelos balões.

O que isso significa é que eu sou uma das pessoas veladas com as quais os seres humanos ordinários dividem o planeta. Somos o que um homem chamado Donald Rumsfeld daqui a uns dezoito anos aparentemente vai chamar de "desconhecidos". Não aparecemos no folclore, porque todos temos estratégias diferentes para evitar chamar atenção, e é esse o motivo mais provável de termos conseguido sobreviver por tanto tempo, sem que ninguém nos detectasse ou sequer sonhasse que existimos. Há talvez duas ou três dúzias de espécies de velados no mundo, mas, no Reino Unido, a tendência é encontrar fecha-casacas, jilcos, mormolins e Zés Sussurro. Eu mesmo não conheço nenhum fecha-casaca de que me lembre – para ser honesto, eles são uns hibridozinhos asquerosos de insetos e vegetais que são capazes de se camuflar como quase qualquer coisa e comem animais domésticos –, mas mormolins e jilcos eu acho toleráveis em pequenas doses. Todos temos um tipo de entendimento de que não é para sacanearmos outros velados, embora mormolins sejam tão relaxados que nem isso os incomoda muito.

Quanto aos Zés Sussurro, o motivo pelo qual ninguém sabe que estamos aqui é que, de qualquer perspectiva biológica, somos seres humanos completamente comuns. Mas acontece que a nossa consciência está viajando na direção oposta no tempo. Isso se dá não de momento a momento, como se a gente fosse vomitar o leite com sucrilhos na tigela antes de ir dormir às sete da manhã – não acho que conseguiríamos viver desse jeito –, mas mais num sentido de dia a dia. Acordamos na manhã de domingo, passamos o dia todo normalmente e então vamos dormir e, quando acordamos no dia seguinte, é sábado. Se nossas vidas fossem um livro, você leria a última página primeiro e depois a penúltima, e assim por diante. Isso traz diversas vantagens, mas os relacionamentos são difíceis, pelo menos no começo, o que pode ser problemático, porque relações íntimas são basicamente uma das grandes preocupações de um Zé Sussurro. Fecha-casacas fazem o que podem para degustar um terrier; jilcos se alimentam de um tipo específico de energia; os mormolins são, sei lá, insonívoros ou coisa assim; enquanto nós, Zés Sussurro, estamos nessa pelo sexo.

Ninguém tem a menor ideia de por que somos chamados de Zés Sussurro, uma vez que sequer sussurramos e não parece haver entre nós uma maior quantidade de homens chamados Zé do que em qualquer outro grupo demográfico. Digo, cerca de 58% de nós é mulher. Tem uma teoria de que ganhamos esse nome em algum ponto do futuro distante, digamos, no século 23, e que foi transmitido ao passado via tradição oral, repassada de geração para geração ao longo da genealogia normal de Zés Sussurro.

Por exemplo, no meu caso, as minhas primeiras memórias são do meu leito de morte no verão de 2059, um homem de oitenta e dois anos drogado e confuso, cercado de máquinas autônomas. Minhas primeiras lembranças coerentes, por outro lado, são de uma ala de hospital calma e ensolarada em Aberdeen. Uma linda mulher de cabelos escuros de setenta anos estava sentada ao lado do meu leito, junto de um belo rapaz de quase trinta. Ambos sorriam para mim. "Bem-vindo ao mundo", ela diz. "Você é Carl Wasowiec, e você é um Zé Sussurro." Era minha esposa, minha querida Mila, e nosso filho Jan, cujas memórias iam até o século 22. Ambos eram Zés Sussurro também. Era um belo modo de desmorrer.

Foram idílicos aqueles primeiros anos de velhice. Todos nos sentíamos mais jovens, mais fortes a cada dia, mas ainda assim me parecia estranho que Jan tivesse chegado à infância com mais experiência de vida do que eu ou Mila, e nós três sabíamos para onde tudo estava se dirigindo, até a hora exata. Lembro de uma ocasião, quando Jan era um menino saudável de seis anos de idade. Mila olhava para ele, balançando a cabeça incrédula, com seu penteado sofisticado. "Olha só pra você! Como é que um dia vai caber em mim?"

Jan desnasceu em 2028, e para Mila a gravidez súbita e volumosa foi um choque dos mais desagradáveis, mas ao longo dos nove meses anteriores ela foi diminuindo até virar aquele nada de que tanto sentia falta. Fizemos sexo sem proteção na mesa de jantar como um tipo de velório. Então, dois anos antes mais tarde, era hora de nos conhecermos, em 2026, numa das festas de rua que foram dadas para comemorar o fim dos anos pandêmicos. Mila e eu não estávamos celebrando, no entanto. Choramos um pouco e fizemos amor, e adormecemos um encarando os olhos do outro no travesseiro ao lado, e então acordamos os dois em camas vazias no dia anterior, e foi a última vez que nos vimos.

Depois disso eu entrei num período desgraçado de lockdowns, alarmes falsos, revoltas e pandemônios, quando minha vida romântica consistia em fantasias grosseiras sobre as meninas do supermercado que vinham trazer minhas compras. Ao longo desse período, eu me mantive ocupado principalmente olhando os meus muitos diários e scrapbooks para ver o que me aguardava depois que as ondas pandêmicas atingissem seu ponto conclusivo de origem em 2020. Até eu me sinto às vezes um tanto assombrado com

*os meus diários: havia dúzias deles a princípio, todos preenchidos
à mão, descrevendo coisas que ainda não tinham acontecido comigo. O que eu faço é: toda noite escrevo sobre o dia que eu passei e
então acordo e essa entrada do diário desaparece, junto com a que
vem antes – que eu só vou escrever mais tarde, de noite. Por boa
parte deles eu só fiz uma leitura dinâmica, voltando ao que parece
ser uma infância que terei em Gdansk, durante todo aquele período conturbado dos anos 1970. É uma vida plena. Dentro de dez
anos, vou conhecer meu pai e minha mãe, antes da colisão na au-
toestrada em 2009 que vai trazê-los até mim.*

*Uma das coisas mais intrigantes, no entanto, uma coisa so-
bre a qual eu pensei muito durante o lockdown, foi um recorte de
jornal no meu scrapbook de 2019 que passou uns bons quarenta
anos desamarelando na minha coleção cada vez menor. Foi recortado do Thropshire Herald, sábado, 19 de outubro, e a manchete dizia* DEZ MORTOS EM TRAGÉDIA MISTERIOSA NO CENTRO
DA CIDADE.

*O artigo dizia respeito a um grupo de pesquisas paranormais
exterminado, do qual parecia que eu iria fazer parte – meu nome foi
mencionado, e minha ausência no dia do evento fatídico em questão
se dava por estar incapacitado devido a uma enxaqueca. Claro que
o meu eu de 2019 estava mentindo descaradamente, porque eu não
tenho enxaquecas. Isso sugeria o meu envolvimento no que estava
para acontecer, embora a escala do desastre indicasse que eu não
estaria operando sozinho. Com base nas descrições suavizadas da
cena, me pareceu que eu estaria participando com um jilco.*

*Ao cruzar referências com meu diário de 2019, consegui desco-
brir mais umas coisas. O grupo, do qual parecia que eu iria fazer
parte até 2016, aparentemente estava pensando em abrir uma
nova área de estudos que poderia expor as pessoas veladas. Essa,
me pareceu, seria a motivação para a desmontagem desses dez
seres humanos. Quanto a questões de moralidade – bem, para um
Zé Sussurro, isso não existe. Existem apenas coisas que nós*

definitivamente vamos fazer, e os nossos sentimentos a respeito não fazem a menor diferença. Esta é nossa existência, trabalhando de frente para trás num diário já escrito, de romance a massacre, sem ter muito o que decidir ou dizer de qualquer coisa.

– Por isso, para concluir, espero que eu os tenha feito pensar nas coisas que podemos estar ignorando. Coisas maravilhosas, que podem estar bem embaixo do nosso nariz. – Marcus arriscou um olhar de rabo de olho a David. Será que ele estava entendendo *qualquer coisa* das entrelinhas? – Eu só acho que é muito importante, enquanto indivíduos, nos sentirmos livres para explorar além dos limites e categorias que impomos a nós mesmos. – Ai, pelo amor de Deus. Podia ficar mais óbvio que estava dando em cima dele? Devia estar óbvio para todos do grupo, exceto o destinatário. – Devemos parar de habitar um passado que nunca deu certo do modo como esperávamos que desse e nos abrir a novas experiências. – David ficou apenas sentado ali, carrancudo, enquanto encarava o nada, e claramente não havia capturado a referência a sua dor de cotovelo por conta de Anne. – É só que eu acho que chega uma hora, para todos nós, em que precisamos seguir em frente e, talvez, sei lá, experimentar coisas novas?

Pelas expressões de dúvida no rosto dos outros membros, Marcus já podia ver que ninguém estava muito a fim dessa coisa toda de mudança de direção, mas isso não o incomodava. Ele mesmo não estava tão a fim. Era só para camuflar as coisas que ele tinha a dizer para David. Marcus andava praticamente obcecado por David desde que o outro o ajudara a comprar sua casa atual em 2007; e o consolou quando aquela branquela detestável que era a esposa de David vazou após o referendo da UE. Aquelas noites de farra na casa de David, dois solteirões bebericando cerveja, escutando o acervo medonho de discos do 10cc e conversando sobre o *Fortean Times* – foram tantas noites em que Marcus tinha certeza de que algo estava para acontecer, mas nunca aconteceu nada de fato.

– Enfim, meio que é isso. Espero que eu tenha deixado vocês todos bem animados a ansiosos para experimentar novas possibilidades. Se tiver qualquer coisa que vocês queiram me dizer, então podem vir falar comigo mais tarde quando eu estiver disponível. – Será que tinha sido meio Kenneth Williams demais? Não para David, óbvio. Ele ainda estava encarando o teto, cabisbaixo. Bem, pelo amor de Deus, o que era que Marcus estava esperando também? Que eles fossem esperar todo mundo ir para casa e depois trepar na mesa de conferência?

Em vez disso, todo mundo ficou lá sentado, com uma cara meio constrangida. Alison Macready parecia estar prestes a dizer alguma coisa, mas então Carl Wasowiec se levantou, abaixando a cabeça como se estivesse envergonhado ou desconfortável. A fala de Marcus fora tão ruim assim? Wasowiec disse:

– Sinto muito, pessoal, mas eu preciso ir. Mal posso esperar para conhecer melhor todos vocês.

E o que, por obséquio, ele queria dizer com isso? Antes que qualquer um tivesse chance de perguntar, Carl saiu correndo pela porta ao seu lado e deixou para trás a pilha de roupas sujas de cores variadas que trouxera consigo, ali na beirada da cadeira, quase caindo. Veio o som da porta mal azeitada da Chalcombe & Bentine abrindo para a rua, e Errol Meeks olhou para ele, perplexo, e gritou:

– Ei, espera aí! Você esqueceu a sua... sua coisa.

Mas não houve resposta.

Para Marcus, que era capaz de julgar as pessoas pela sua roupa suja, aquela pilha precária era um quebra-cabeça. Todos os diferentes padrões, todas as cores. Agora ele a estudava mais de perto, havia... nos lados, pareciam bolsos para fora, virados do avesso, com elaborados forros com estampas de paisley. E então – o que estava acontecendo? Vazando das aberturas berrantes, tinha algum tipo de fio metálico, só que...

Meu nome é Carl, e eu sou o que se chama de Zé Sussurro.

Local, local, local

Bedford beirava a perfeição.

Angie conferiu o relógio no painel. Faltavam alguns minutos para dar dez e meia naquela manhã derradeira de domingo, sem ninguém nas ruas e nenhum veículo em movimento fora o dela. Apesar de tudo, era um raro dia bonito de agosto.

Avançando na direção leste pela deserta Mill Street, o ronco controlado do motor do Astra parecia quase constrangedor contra o que era, fora isso, um silêncio ininterrupto, como uma criança barulhenta que alguém trouxera consigo a um funeral num arroubo de insensatez. Ela entrou à direita na Castle Road antes de chegar ao pináculo imenso da igreja de St. Cuthbert, dando seta apenas por hábito. Não havia ninguém atrás dela.

Os raios do sol caíam em colunas, salpicando de luz lindamente as calçadas e os carros estacionados fora do museu John Bunyan à sua direita, conforme ela passava. Os pontos de luz eram resultado das circunstâncias atmosféricas do dia derradeiro. O aplicativo de previsão do tempo de Angie, para variar, acertara em cheio: "Os céus far-se-ão num mar de vidro, como cristal, ostentando sete candelabros". Ensaiando uma curva suave pelo trecho principal da Castle Road, ela contou apenas quatro – intrincadas imensidades flutuantes que faziam revirar o estômago só de olhar –, mas não tinha dúvida de que os outros três estavam fora de vista, em algum lugar atrás das árvores elevadas que se erguiam naquela ponta da Newnham Road.

Ela se esforçou para ignorar o céu, assim como para filtrar todos os outros elementos perturbadores daquele fim de semana cheio de acontecimentos – valendo-se de uma concentração unifocal nas suas tarefas enquanto executora do fundo de caridade. O beneficiário da herança, tendo retornado à cidade após um longo período afastado, viria encontrá-la em sua propriedade dentro de alguns minutos para fazer a vistoria e a entrega das chaves e dos documentos necessários. Ela não tinha uma ideia muito clara de qual seria a trajetória de sua carreira depois disso, nem de onde se via dali a uns doze meses.

Estacionando a uma breve caminhada do cruzamento da Albany Road, Angie reparou que uma das casinhas geminadas de tijolos vermelhos do outro lado da rua ainda tinha um pôster do Partido do Brexit, desbotado pelo sol, na janela do andar inferior. Fora mesmo no final do ano passado que tudo isso tinha acontecido, quando metade da população estava empenhada em antecipar o fim do mundo enquanto a outra metade se preparava para o paraíso? Acima de Castle Mound e do rio oculto ao sul, havia uma besta com uma cabeça de leão, além de seis asas apinhadas de olhos desinteressados com pálpebras pesadas. Certamente era o pior resultado possível: aquele em que absolutamente todo mundo estava correto. Com um suspiro resignado, ela saiu do carro.

Era um dia glorioso. O ar estava limpo e fresco, com uma pungência mentolada que ela identificou como incenso, talvez de eucalipto. Além disso, assim que saiu do Astra, descobrir que aquele silêncio penetrante era temperado pelo canto longínquo de pássaros fez a empreitada toda parecer menos temerosa, embora não muito. Do outro lado da Castle Road, a leste, uma segunda eminência imponente presidia, essa com uma cabeça de touro, mas as mesmas seis asas, dobradas como leques enormes, e a mesma indiferença nos milhares de olhos que não piscavam. Mas era bacana ouvir os passarinhos.

Ainda a alguns metros da curva da Albany Road, ela tomou um breve susto ao vislumbrar seu cliente do outro lado do arbusto aparado quadradinho que servia de fronteira da casa da esquina. Em pé no meio da rua, diante da sua nova residência, ele estava de costas e parecia contemplar os lotes do outro lado da Albany Road, diretamente de frente para o portão do jardim e a porta principal branca, ambas fechadas, por enquanto, deixando-o para fora. Embora tivesse se esforçado para se purgar dos preconceitos, ele não era nada do que Angie esperava. Não era tão alto assim, para começo de conversa. Talvez mais robusto. Usava uma jaqueta leve, cor de ferrugem, com calças combinando e o que pareciam ser tênis Air Max. Cabelo castanho claro na altura do colarinho, com pontas loiras e luzes, num corte que parecia um mullet. Fumava um cigarro eletrônico, dando goladas intermitentes de uma caneta tinteiro dourada e estilizada enquanto examinava os lotes dispersos.

Confiante em sua decisão de usar um terninho azul-marinho e resquícios quase homeopáticos de maquiagem, Angie lhe ofereceu uma saudação casual enquanto seus passos tiquetaqueavam pelo silêncio ermo da Albany.

– Hm... oi. Imagino que o senhor seja meu cliente das dez e meia. Veio ver a casa? Sou a Angie, da Carstairs & Calderwood. Espero que não tenha esperado muito.

Ele se virou para ela e sorriu, guardando a caneta eletrônica no bolso da jaqueta.

– Ah, não, só uns minutinhos. Cheguei meio cedo, em todo caso. Acho que eu queria ter um tempinho para curtir a nostalgia e ter uma ideia de como o lugar está agora. Prazer, Angie.

Ele lhe estendeu uma mão que pareceu completamente comum ao ser apertada. Um aperto de mão firme, confiante, sem choques elétricos ou qualquer cura perceptível em sua leve dor no ciático. Visto de frente, não era um homem de má aparência, mas não havia a menor semelhança com as imagens publicitárias. Não era tão jovem, para começo de conversa, talvez uns quarenta ou trinta e tantos anos? Reforçando a avaliação que ela fizera por trás, havia algo de rechonchudo no seu rosto barbeado, exceto por um trecho distinto de barba no pescoço um pouco abaixo do queixo. A camiseta que ele trajava sob a jaqueta avermelhada dizia: "Posso estar velho, mas pelo menos pude ver todas as bandas que prestam". Um Rolex. Um furo na orelha com uma pequena argola dourada.

– Então, como devo chamá-lo? Tem algo mais adequado que… "Vossa Alteza" ou "Vossa Majestade"? Não sei muito dessas coisas. Não quero ser mal-educada.

Ele abaixou os olhos para si mesmo e deu uma risadinha autodepreciativa.

– Bem, imagino que eu deva estar com cara de Jê nesse arranjo aqui, não é?

Dando risada também, Angie começou a gostar dele.

– Jê será, então. Vamos entrar?

Virando as costas para a paisagem cercada dos lotes amarelados, os dois seguiram sem pressa rumo à casa da esquina, de número 18. Ambos comentaram, com admiração, o modo como o telhadinho de ardósia subia e formava um torreão modesto sobre as amplas janelas salientes, e nenhum dos dois julgou razoável comentar sobre a forma colossal de mais uma besta que se estirava até os céus azuis cristalizados logo acima. Esta, além da plumagem recoberta de olhos em suas asas sêxtuplas, possuía um rosto de homem. Seu princípio de calvície e olhar mentecapto fizeram a advogada lembrar de seu ex-marido, Derek, e ela se perguntou por um breve momento onde ele estaria agora, assim como todos os outros. Então Jê destrancou o portão de ferro forjado e os dois avançaram por uma breve trilha de tijolinhos que levava à porta da frente, sob uma varanda na qual as palavras "A ARCA" estavam gravadas em letras pretas logo acima. Ela pescou as chaves do reino do céu dentro da bolsa, com o característico logo da

Carstairs & Calderwood no chaveiro de plástico, entregou-as a ele e de dois em dois eles entraram.

No corredor, grãos de poeira davam piruetas cintilantes em meio aos raios de sol que desciam oblíquos de uma janela na metade das escadas, e um relógio de carrilhão media a eternidade aos baques, milímetro por milímetro. O novo dono, pelo menos, não parecia desgostoso com as primeiras impressões e fez uma pausa para estudar uma imagem emoldurada que pendia na parede esquerda, coberta por um papel de parede sem graça, acima de uma mesinha cheia de frescuras, com um vaso de flores artificiais. Olhando por cima do ombro do seu cliente bem arrumado, Angie conseguiu distinguir o retrato de uma mulher mais velha, com uma cara de passarinho, vestindo túnica branca e touca e sentada com uma Bíblia pesada aberta no colo contra um fundo sombrio e solene. Seus lábios apertados quase sorriam, mas havia sinais de uma preocupação cuidadosamente cultivada em seus olhos de tinta. Nesse ponto, o futuro residente lançou um olhar de relance para Angie, gesticulando com a cabeça na direção da imagem, com uma expressão carinhosa.

– É a Joanna Southcott, coitadinha. Imagino que não tenha sido fácil para ela.

Vincando a testa, Angie nem tentou disfarçar sua ignorância.

– Sinto muito, receio que eu não saiba nada a respeito. Foi uma das quatro mulheres que começaram o movimento Panaceia? Acho que eu li que a líder era de Bedford. Foi ela?

Ele balançou a cabeça. Os olhos dele, Angie pensou, tinham algo do olhar que ela lembrava da Escola Dominical, mas imensamente diluído. Castanhos e calorosos, não eram tanto depósitos de sofrimento e angústia quanto de alguma decepção ou frustração de longa data.

– Não. Joanna era uma jovem de Devon, criada em Gittisham. Foi... quando? Metade do século 18, algo assim? Um dos lacaios se engraçou com ela na época em que era uma criada doméstica, e então, quando ela não quis nem saber, o rapaz inventou que ela estava doida. Fez *gaslighting*, basicamente. Ela entrou para a turma do John Wesley em Exeter, onde a persuadiram de que era uma profetisa. De repente, ela começou a falar para todo mundo que era a Mulher do Fim do Mundo, a grávida vestida como o sol do Apocalipse. Ela vendia selos em papel, a doze xelins cada, que garantiriam um lugar no céu para umas doze mil dúzias de pessoas. Todo mundo mencionou o nome dela, de William Blake a Dickens.

Aqui o proprietário de primeira viagem voltou seu olhar compassivo ao retrato de Southcott, estendendo a palma de uma das mãos, distraído, enquanto encerrava sua anedota.

– Quando tinha sessenta e quatro anos, o que foi em 1814 ou coisa assim, Joanna divulgou que tinha Siló na barriga, o messias mencionado no Gênesis. A previsão era de que o parto ocorresse em algum momento de outubro, mas, bem, é óbvio que nada aconteceu e então ela entrou no que os seus apoiadores chamaram de "transe", e se presume que queria dizer "coma". Em todo caso, ela morreu no meu aniversário ou perto dessa data. Um século depois, quase que exatamente, veio Mabel Barltrop, e depois suas amigas por correspondência, todas elas mulheres solteiras e bem de vida, que conceberam a Sociedade Panaceia a partir dos ensinamentos de Southcott, ali nos barrancos da Primeira Guerra Mundial. Tenho certeza de que a maioria das pessoas achava que Southcott e as panaceianas eram umas velhas corocas delirantes, mas cá estamos nós.

Ele deu de ombros, humildemente, e Angie, como que em resposta a um acordo tácito, abriu a primeira porta que saía do corredor e levava à esquerda de onde eles vieram. Juntos, adentraram a calmaria revestida de bordados que era a sala frontal impecavelmente preservada daquela propriedade no fim da rua.

Um carpete verde-escuro cobria tábuas envernizadas, chegando quase à beirada do salão e ostentando um padrão simétrico de palmeiras e arabescos que, para Angie, lembravam um híbrido incômodo de piões com águas-vivas. As redes e cortinas em imitação de veludo recém-lavadas estavam amarradas dos dois lados, formando uma moldura para a paisagem dos lotes opostos, que não davam a impressão de estar tão estéreis e abandonados quanto lhe pareceram a princípio. Além da cerca que batia na cintura, dava para distinguir os rococós de brotos nascentes e um arbusto pesado com amoras robustas, por mais que aquela enormidade com rosto de touro, ainda em pé no horizonte ao leste, chamasse a maior parte da atenção. Jê experimentava um imenso sofá de pelagem de cavalo e examinava a cristaleira, onde os rostos envernizados de mulheres eduardianas fitavam-no de suas placas comemorativas. Ela direcionou a atenção dele aos ornamentos logo acima suporte aéreo para pendurar quadros, quando captou algum movimento de rabo de olho e mais uma vez se virou para a janela.

Lá fora, uma coisa terrível rastejava pela Albany Road.

No que ela recuava, seus sentidos protestaram com uma tentativa de identificar o que ela via como algum tipo de maquinário, um veículo de construção engenhosamente articulado que se deslocava sem rodas, mas... não. Não era isso, de modo algum. Estava vivo. Era um inseto, um gafanhoto gigante, maior que um ônibus, que palmilhava na direção do rio, e o movimento preciso de datilógrafo de suas pernas asquerosamente grossas fez o estômago de Angie se revirar. Na parte traseira carnuda de seus membros erguiam-se pelos eréteis como antenas de rádio, hirsutos e grotescos. O peso e as texturas de seu corpo preto-carbono – a cartilagem ofuscante, a laca da quitina – possuíam uma urgência terrível, que desencantou suas últimas tentativas débeis de interpretar a criatura como um efeito de CG, que era o modo como ela conseguia lidar com a estratosfera de vidro e sua perturbadora frente de ar de bestas e candelabros. Era inegável que se tratava de um inseto gigante tão real e palpável quanto o portão dos lotes pelo qual ele passava agora, furtivamente, ou a composteira azul que se encontrava logo além. Então ela se deu conta, com um espasmo, que mesmo essa análise temerosa ainda era apenas uma tela de autoproteção, um esforço para que ela evitasse compreender o que estava ali de verdade. Não era um inseto gigante – pelo menos, não exatamente. Era algo muito, muito pior que isso.

Na traseira daquela monstruosidade, enrolando-se a partir das rendas negras de suas asas recolhidas, surgia o dedo fatal e convidativo de uma cauda de escorpião, gorda e segmentada, culminado numa presa envernizada babando uma gota viscosa de veneno pela ponta. No entanto, ainda mais perturbadoras eram as adições às extremidades frontais do gafanhoto, nas quais Angie ainda não havia reparado antes do seu estalo de lucidez: erguidas à sua frente como um cão mendicante se viam duas garras de crustáceo, e entre as duas, brotando do tórax do inseto, uma cabeça humana. Seu cabelo preto caía em cortinas frouxas, revelando feições macilentas conforme aquele horror inclinava o pescoço para a direita e para a esquerda, varrendo a rua vazia à sua frente em busca de obstáculos ou presas. Sua mandíbula era deslocada e disforme, acomodando dentes desproporcionais como uma grelha de aquecedor, os sabres ensanguentados de um predador faminto das selvas. Ele revirava os olhos furiosos e inclementes na insânia da verdade hedionda do que era. Angie se deu conta de que estava hiperventilando.

Enquanto observava aquela coisa escabrosa se afastar, rastejando barranco abaixo, ela reparou que Jê estava em pé ao seu lado, observando junto com ela. Ele havia apanhado o cigarro eletrônico do bolso da frente e o pitava pensativo, voltando à advogada paralisada um olhar que parecia demonstrar preocupação genuína.

– Sinto muito. Eu não parei para pensar como tudo isso deve ser para as pessoas normais, não é? Aí está você, encarando um caso sem dúvida cansativo com tamanho profissionalismo que nem me ocorreu que deve estar aterrorizada. Por favor, não fique. Nada disso é o que parece ser.

Angie permitiu que ele a conduzisse até o assento fulvo de um canapé antigo, onde ele se sentou na outra ponta e esperou até ela parar de tremer, seu vape agora projetando-se do bolso.

– O-olha, eu sei que não é da minha conta e eu não quero passar de nenhum limite, mas, se não é o que parece, então o que é? Você está dizendo que eu não acabei de ver um gafanhoto enorme com rosto humano e cauda de escorpião rastejando pela Albany Road agorinha há pouco?

O único beneficiário do Fundo Panaceia encarou as decorações celenteradas do carpete esmeraldino. Remexendo-se no couro rangente do sofá, ele parecia quase constrangido.

– Não. Digo, sim, era sim um gafanhoto gigante. Era real. Tudo isso é real, mas... Bem, você não deve se deixar intimidar por todas essas coisas com cabeças de leão e tudo mais. São apenas símbolos manifestados numa certa sequência, como as letras numa palavra ou numa frase. É um tipo de linguagem.

Angie estava começando a se sentir minúscula e compadecer-se de si mesma, o que a deixou incomodada.

– Bem, se é assim, é uma linguagem impenetrável e elaborada para deixar todo mundo apavorado.

Ela tinha certeza de que tinha ido longe demais. Não estava no direito de criticar um cliente, ainda mais aquele. Ansiosa, esperou que seu cenho se nublasse numa expressão tonitruante de censura, e ficou surpresa quando, em vez disso, seu rosto se iluminou. Ele parecia deleitar-se com o comentário.

– Sim! É isso mesmo! Enquanto advogada, você entende bem da linguagem a que eu me refiro.

Ela pensou por um tempo antes de se pronunciar.

– Você quer dizer juridiquês?

Ele não poderia ter ficado mais contente. Bateu com entusiasmo as palmas contra as coxas, um gesto que parecia antiquado, praticamente dickensiano, o tipo de coisa que um menino em idade escolar dos anos 1940 poderia ter adotado em imitação do seu professor de latim.

– Acertou na mosca. Juridiquês. É exatamente isso, deliberadamente intimidador e insondável. Os gafanhotos com cabeça humana e homens com cabeça de touro, o cordeiro sacrificado com sete olhos e sete chifres... tudo isso são cláusulas, subcláusulas e isenções de responsabilidade de um documento jurídico. E, sim, eu sei que a gente precisava atualizar toda essa baboseira arcaica e torná-la mais acessível. Parte dessa terminologia, as imagens e os símbolos em que tudo foi composto é anterior aos sumérios. Não é assim que se administra um negócio moderno. Eu sempre falo isso para todo mundo, mas...

Ele deixou a frase no ar, fitando carrancudo as campainhas-azuis ao redor da lareira ornamental. No corredor, o relógio de carrilhão continuou sua listagem tediosa dos segundos, sublinhando a pausa melancólica. Angie pensou no que ele tinha acabado de dizer, determinada a manter a postura profissional e não recair numa reverência paralisante. A parte sobre o cordeiro morto de sete olhos a deixou perturbada, simplesmente porque ela ainda não tinha testemunhado aquela visão celestial em particular e não gostava muito de imaginá-la. De modo semelhante, tinha uma suspeita desconfortável de que por "negócio" ele queria dizer "o universo", um comentário cujas implicações faziam a sola dos seus pés se contorcerem e formigarem, como quando ela via alguém num filme precariamente equilibrado na beirada de uma janela bem alta. Era um pensamento no qual era possível despencar em uma queda que jamais teria fim. Ele ainda encarava os azulejos florais em torno da lareira. Ela sentiu que devia dizer alguma coisa.

– Esse contrato... ele está ativo faz um tempo, então, e só agora vai ser executado? Se é isso, quais são as suas condições? Ao que se refere? Se tudo isso for confidencial e você não quiser conversar, tudo bem. É só falar que eu calo a boca.

A resposta veio na forma de um sorrisinho débil, e Angie pôde ver o cansaço nos olhos dele.

– Não. Para ser sincero, é legal ter alguém com quem reclamar. Não tenho muitas oportunidades para desabafo. O problema todo do contrato está nos detalhes triviais da transferência de propriedade.

O nosso jurídico está de picuinha com as frases exatas há coisa de, o quê, uns cinquenta anos ou mais? "Ali precisa de uma vírgula. Ali precisa de uma prensa de vinho enorme jorrando sangue. Ali precisa de um gafanhoto com cabeça humana." Beleza, cinquenta e tantos anos, é mais tempo para você do que para nós, mas ainda assim. É mais de meio século que ficamos num limbo empresarial sem a devida gerência, e isso sem contar os quase dois milênios de inatividade que vieram antes. Faz a empresa parecer estagnada, não é? Não é a mensagem que deveríamos estar transmitindo.

Estava difícil para Angie acompanhar.

– Desculpe, mas não estou entendendo o que é essa transferência de que você fala. O que está sendo transferido e para quem?

Ele pareceu pasmo, como se achasse que o fato fosse óbvio demais para precisar ser mencionado.

– Bem, a empresa. O negócio. Com o falecimento do antigo chefe executivo, vai ficar tudo para mim. Você não faz ideia de quanto tempo eu esperei por isso, me sentindo um vagabundo sem um emprego de verdade, mas agora que chegou... sei lá. É uma grande responsabilidade, mas acho que dou conta.

– Então, o antigo chefe executivo...?

– Meu pai.

Após vários momentos sem piscar, ela conseguiu processar o que ele dizia e ficou surpresa em sentir um golpe desolado no âmago do seu ser. Sempre se considerara ateia.

– Ele morreu?

O cliente suspirou e fez que sim com a cabeça, coçando a palma da mão distraidamente. Ela compreendeu que ainda era um assunto sensível, tudo muito recente, algo com que ele tentava lidar fazia uns cinquenta e tantos anos, o que poderia ser uma ou duas semanas de onde ele vinha. Encarando os tênis plantados nas espirais do carpete esmeraldino, ele continuou naquele tom de voz intrigado e distante, como se estivesse falando mais consigo mesmo do que com Angie:

– É engraçado, aconteceu apenas alguns meses depois de sair aquela manchete na revista *Time*. Quer dizer, agora eu vejo que foi só uma coincidência, uma aberração estatística, mas ainda assim deixou todo mundo assustado. Claro que fazia uns séculos que o meu pai estava nas últimas. Só piorava e piorava, mas sabe como é. De algum modo, você pensa que ele vai estar lá para sempre.

Angie sentiu que devia dar um tapinha no ombro dele, mas demorou demais e decidiu que era melhor não.

– Então, a imortalidade...?

Jê soltou ar pelo nariz.

– Bem, claramente não existe nada do tipo. Como alguém pode saber que é imortal a não ser que chegue até o fim do tempo sem morrer? Provavelmente só é muito longevo, né? Naturalmente, meu Pai sendo meu Pai imaginou que era imortal, mesmo quando estava tendo hemorragias de estrelas e cuspindo matéria negra. Nos últimos mil anos, sem brincadeira, ele mal conseguia se levantar do trono. A gente falou que ele deveria ir num profissional, mandar alguém dar uma olhada, mas ele não ouvia. Era desses, achava que sabia de tudo. E agora morreu, e eu estou encarregado... bem, disso tudo.

Com um olhar inconsolável, ele ficou encarando algum vazio interno por alguns momentos, então pareceu recuperar a compostura e ofereceu a Angie um sorriso dolorido que era quase uma careta.

– Ah, bem. Já deu, né? Vamos continuar com o tour pela casa?

No corredor seguinte à esquerda, a sala de estar/jantar era maior que o salão, mas talvez pegasse menos sol. Havia uma mesa de madeira de lei tão polida que dava para ver o seu reflexo nela, complementada por cadeiras de encosto reto que Angie imaginava que fossem do período da Regência, com um padrão de flor-de-lis que se repetia no estofado. O tapete branco e dourado parecia um fantasma atropelado por um rolo compressor.

Um aparador quase do tamanho de um sarcófago se apoiava contra a parede norte, com cacarecos de porcelana amontoados nas extremidades a fim de acomodar uma valise de cantos arredondados no centro. Tinha mais ou menos um metro de largura e sessenta centímetros de altura por trinta de profundidade, e suas tábuas manchadas pareciam estar em pé apenas graças à quantidade generosa de barbante com a qual a caixa estava amarrada. Uma etiqueta de bagagem, amassada e amarela, estava presa na parte de cima, com alguma coisa escrita por uma mão trêmula, numa letra pequena demais para Angie distinguir. Do preto quase absoluto de uma fotografia antiga, a presença canhestra da caixa dominava o que era, exceto por isso, um espaço de uma decoração impecável. O cliente passou a mão delicadamente pela superfície surrada do objeto, brincando de dedilhar o barbante retesado.

– É isso, então. Esta é a panaceia da sociedade contra o crime e a bandidagem, junto com a tristeza e a perplexidade. Não é grande coisa vendo assim de perto, né?

Angie admitiu, relutante, que provavelmente todo crime e bandidagem acabara em Bedford e que, apesar do desaparecimento da sua população, ela mesma não estava particularmente triste – talvez porque o médico lhe havia receitado antidepressivos por volta desta época no ano anterior –, mas certamente estava perplexa.

– O que é isso? – Ela lembrava que o Apocalipse dizia algo sobre um livro com sete selos, mas não se recordava de qualquer menção a uma caixa amarrada com barbante. Jê abriu um sorriso, gesticulando com a cabeça na direção do corredor.

– Esta é a caixa dela, da Joanna Southcott. Quando morreu, ela a deixou fechada com instruções dizendo que só deveria ser aberta por duas dúzias de bispos no momento da mais grave emergência nacional. O que Mabel Barltrop, Rachel Fox, Kate Firth e Helen Exeter fizeram dos anos 1920 em diante foi mandar petições ao governo para que reunissem vinte e quatro bispos e abrissem o baú do tesouro de Southcott. Nem tenho certeza se a Igreja Anglicana sequer tinha vinte e quatro bispos a essa altura, mas Mabel e as outras não se deixaram abalar por detalhes técnicos.

Então o futuro inquilino ergueu a caixa com as duas mãos, a fim de testar o seu peso, antes de abaixá-la de novo. Embora fosse grandona, claramente não pesava muito. Angie fez a pergunta óbvia:

– E alguém sabe o que tem dentro?

Voltando-se do pacote sombrio na direção da janela oeste da sala, o último cliente da vida da advogada ergueu as sobrancelhas com um ar especulativo e fez um bico duvidoso com os lábios.

– Depende de quem você acredita. Segundo as panaceianas, são as profecias de Joanna Southcott para o apocalipse em 2004. E, beleza, dezesseis anos de margem de erro, mas em termos de séculos, não está nada mal. O que confundiu as coisas é que, em 1927, um tal investigador paranormal, Harry Price, alegou ter encontrado e aberto a caixa. Disse que estava vazia, exceto por alguns papéis desimportantes, uma garrucha e um bilhete de loteria. Naturalmente, a Sociedade Panaceia alegou que a caixa que Price abriu era falsa ou a caixa errada. Que elas que tinham a verdadeira aqui em Bedford, insistiam, e que continuariam com as petições para que ela fosse aberta. É de admirar elas não darem para trás desse jeito, não? Digo, um grupo composto quase exclusivamente de mulheres solteiras abastadas, vivendo numa Inglaterra que estava bem perto de O conto da aia.

Os dois estavam em pé perto da janela agora, admirando, do outro lado do generoso jardim dos fundos da casa, o terreno cercado do Museu Panaceia, em Newnham Road, com o aparador e sua coleção indeterminada de destroços ou profecias logo atrás deles. Angie se virou para seu cliente, incrédula.

– Você conhece O conto da aia?

– Bem, só a primeira temporada. – Ele lançou um leve olhar de culpa para ela. – Não cheguei a ler o livro.

Do lado de fora, uma luz do sol estranhamente difusa pulverizava o gramado dos fundos da casa número 18, um retângulo brilhante fechado pelos galhos altos de um cipreste de Leyland verde esmeralda aparado à perfeição. Além dali, fora a parte de trás do museu e as árvores em Newnham Road, da perspectiva limitada de Angie não havia muita coisa visível. Pouquíssimo do céu estava à vista, mas ela imaginava que a figura gigantesca de seis asas com a cara de seu ex-marido Derek ainda estivesse por ali, a oeste, supervisionando morosamente o dia do juízo em Bedford. Angie enfim conseguiu isolar o que era exatamente que a perturbava naquela situação – além do óbvio, que era tudo.

– Tem uma coisa aqui que eu não estou entendendo. Como é que você consegue ser tão normal? Não quero dizer, tipo, "Ah, você é uma celebridade tão grande, mas age como uma pessoa comum". Não estou elogiando você por ser pé no chão. Digo, você assiste série, usa tênis e camisetas de mau gosto, e tem até um sotaque de Bedford. No entanto, pelo visto é o filho de alguma coisa inconcebível que criou o universo. Como é possível que a gente esteja aqui falando de *O conto da aia*?

Ele pareceu magoado.

– Você não gostou da camiseta?

Angie se esforçou para chegar a uma resposta que não envolvesse a sua perdição imediata.

– Olha, não tem nada de errado com a camiseta, meu irmão Craig tinha uma igualzinha. Só que é exatamente o tipo de coisa que me deixa angustiada. Por que você está vestido igual a alguém em quem eu poderia esbarrar na Games Workshop? Por que liga se eu gosto ou não da sua camiseta? Não dá para isso tudo ser por minha causa. Eu estaria igualmente feliz se você aparecesse com as túnicas e sandálias que usou da última vez. Sei que não é de propósito, mas isso realmente me deixa um tanto confusa e perturbada. Desculpe.

O rosto rechonchudo ficou sério, e o cliente fez que sim com a cabeça, indicando que entendia o que ela estava falando.

– Sim, bem, o modo como você me vê não é como eu sou, mas mesmo assim a versão de túnica e sandália também não era. Não estou projetando nenhum tipo de tela hipnótica, alguma ilusão para lhe poupar do horror alienígena da minha aparência verdadeira; nada sinistro nesse sentido. Para ser bem sincero, é só a biologia evolutiva humana. O aparato perceptivo da humanidade foi consistente em preferir, com bons motivos, o valor prático da sobrevivência à precisão. Uma compreensão verdadeira e abrangente de, digamos, uma onça feroz poderia diminuir a habilidade de um humano de fugir dela à primeira vista, com efeito eliminando do fundo genético essas percepções mais completas. Vocês ouvem e veem as coisas meio que como ícones simplificados de um computador ou o mapa do metrô de Londres: sabem que o mapa não tem nenhuma semelhança com qualquer realidade geográfica, mas, se acompanharem a ficção conveniente das linhas coloridas, chegarão ao seu destino. É basicamente assim que você me percebe. É assim que a sua espécie percebe todas as coisas.

Apesar de ter se arrependido de trazer o assunto à tona, Angie se esforçou para digerir o que ele disse.

– Então, nada nunca foi do modo como achávamos que era, é isso que você está dizendo? Quando eu vejo um sujeito normal, em roupas modernas normais, é só uma espécie de atalho para alguma coisa que eu não teria recursos linguísticos para conceber ou descrever? E quando escuto você falando de coisas cotidianas em meu idioma contemporâneo, com sotaque de Bedford, é tudo alguma bobagem que estou inventando para evitar que a minha realidade fictícia se desmanche?

Mais uma vez Jê fez que sim com a cabeça, a barba no pescoço balançando de acordo.

– É, bem isso. Só que não é bobagem, e você não está inventando nada. É mais uma aproximação do que está acontecendo, uma tradução em termos humanos que são, pelo menos, equivalentes distantes e portanto podem ser úteis para você. Por exemplo, quando você me ouve falar do meu pai, ele não é meu pai. Não é nem "ele". Eu não sou filho dele. É mais como a relação entre um meta-algoritmo senciente e um valor numérico que esse algoritmo gerou de modo espontâneo. Naturalmente, é difícil para um homem ou uma mulher comum, não algorítmico, se identificar com isso, mas se tudo for apresentado como um arranjo entre pai e filho ou a herança de uma empresa, então eles passam a ter um jeito de compreender as mudanças que estão acontecendo.

Voltando-se para a janela e a grama debaixo do sol, suas feições relaxaram, dando lugar a um sorrisinho brincalhão.

– Claro que a única coisa a que nada disso se aplica é o meu sotaque de Bedford. É assim que ele soa mesmo. Passei muito tempo em Bedford quando era criança. Que tal sairmos e darmos um pulinho no jardim?

O comentário foi tão inesperado que Angie se flagrou acompanhando o seu cliente por uma cozinha que parecia uma cápsula do tempo dos anos 1930, rumo à porta dos fundos da propriedade, antes de sequer conseguir pensar em lhe perguntar sobre sua criação em Bedford. Entretido, ele parou entre um fogão a gás que parecia um verdadeiro encouraçado e uma pia de pedra sem fundo para considerar essa afirmação intrigante, com um sorriso encabulado.

– Desculpa, foi brincadeira... mas não exatamente. É verdade que eu lembro de Bedford de desde muito tempo atrás, antes de eu me manifestar fisicamente, mas era a Bedford pré-cambriana. Havia deslizamentos de terra e gêiseres, mas nada disso tinha um sotaque local perceptível. Foi só eu sendo babaca mesmo.

Embora a resposta sem dúvida fosse explodir a sua cabeça, Angie ainda assim foi lá e fez a pergunta:

– Por que é que você estava na Bedford pré-cambriana?

Havia uma geladeira na parede oposta à do fogão, que o cliente de Angie abriu e inspecionou por um momento antes de responder. O motor ainda zumbia e sua luz interna acendeu, o que indicava ainda haver eletricidade, mas ela não conseguia entender bem como. Jê deu um resmungo contido de aprovação enquanto permitia que a porta pesada se fechasse.

– Às vezes o meu velho me deixava visitá-lo no trabalho, na época em que ainda estava montando o negócio. Durante o pré-cambriano, sua oficina ficava ali subindo a estrada, a nordeste daqui. Acho que onde tem uma loja de bicicletas agora. Eu ficava sentado no canto com um saco de balas, assistindo enquanto ele editava os genes todos e tal. Ele xingava e chutava as coisas quando cometia um erro de digitação, confundia a guanina com a adenosina, mas eu tinha, sei lá, só três ou quatro milhões de anos, típico moleque, por isso achava graça. Só depois percebi que o pai era disléxico, mas naquela época, no pré-cambriano... você precisa entender que era uma época diferente. Não tínhamos a mesma compreensão de dificuldades de aprendizado, e ele estava na metade da produção dos marsupiais quando alguém percebeu que tinha algo errado. Mas, é, em todo caso, eu conheço Bedford desde quando o pai fez o trabalho preliminar no Éden.

Angie piscou cinco vezes em rápida sucessão, então repetiu de volta para ele a última palavra de sua reminiscência nostálgica, num tom monótono, sem esperança ou entusiasmo:

– Éden.

– Bem, tinha que ser em algum lugar, né, então por que não aqui? Acho que o John Bunyan deve ter tido uma noção, mas as panaceianas acertaram quase exatamente na mosca: elas diziam que o Éden ficava no jardim da casa número 18, ali fora. Qual dessas chaves que você me entregou abre a porta dos fundos?

Como se atordoada por uma concussão teológica, Angie indicou, em silêncio, uma chave de latão, daquelas para fechaduras de encaixe, presa às iniciais da Carstairs & Calderwood. Após se atrapalhar por um momento e comentar que seria bom passar um WD-40 na tranca, Jê abriu a porta e os dois saíram, sentindo o ar mentolado da manhã. Sem as janelas dos fundos para bloquear a visão, ela viu de relance o céu duplamente envernizado, esquecendo-se de imediato da revelação chocante do Éden que havia pouco a deixara congelada.

– Jesus Cristinho!

Foi sem querer. Angie bateu a mão na própria boca, horrorizada, e ficou encarando o cliente com os olhos arregalados, como se pedisse desculpas, constrangida. Jê balançou a cabeça e gesticulou com a mão gordinha na direção dela, relevando o *faux pas* com um risinho.

– Não, não se preocupe. Blasfemar hoje em dia não chega nem a ser um delito menor, não é? Eu uso a expressão o tempo todo, tipo quando finalmente me mostraram os livros de contabilidade da companhia. E no caso das coisas que estão acontecendo lá em cima, concordo plenamente: Jesus Cristinho!

Os dois ficaram em pé no topo dos degraus de tijolos que levavam ao jardim, os pescoços esticados para trás enquanto contemplavam os céus revoltos diretamente acima.

Contra a relva azul da atmosfera superior, espectros assombrosos com mais de um quilômetro de altura estavam suspensos como os trombones de Magritte, duas formas que se encaravam numa paisagem inerte de violenta oposição. Um dos espectros era de uma mulher, extremamente grávida. O outro era difícil dizer. A figura feminina gestante parecia ter maior altitude, e suas feições ansiosas voltavam-se na direção da dupla no jardim. Angie pensou ter reconhecido o rosto, em seu terror sagrado, mas não conseguia dizer de onde. A mulher tinha uma lua crescente voltada para cima abaixo dos pés descalços. Vestia uma constelação de doze estrelas como uma tiara, e o traje desmazelado que agarrava nas mãos era radiante demais para contemplar; um trapo de plasma amassado que se prendia às pernas abertas e à barriga entumecida como um brilho incandescente arrancado do próprio sol. Ela tinha a translucidez distante de uma aquarela e parecia estar com medo.

A criatura que pairava abaixo dela tinha suas costas carmim voltadas para o mundo e os observadores lá embaixo, uma tempestade fervilhante de sangue em contas ou rubis. Músculos do tamanho de países inteiros se retesavam em suas espáduas e nádegas, vermelho-pimenta com franjas de salamandra. Sua anatomia quadrúpede o fazia pender para a frente, atormentando a mulher e seu rebento ainda por nascer; trechos grudentos se destacavam reluzentes de uma couraça de pele de cobra serpenteante, e o menisco da coluna arqueada, daquela perspectiva, ajudava a ocultar o fato de que a coisa tinha um excesso de cabeças.

Aqueles corpos ciclópicos pairavam sobre Bedford, asteroides em perpétua queda, de modo que Angie pensou que estivessem imóveis, um filme em escala industrial congelado, até ver que ambos se moviam imperceptivelmente numa câmera lenta glacial, como se funcionassem num ritmo diferente de tempo, no qual as coisas lendárias aconteciam sempre e para sempre. Os lábios da mulher vestida como o sol começaram a se contorcer num grito sem pressa, como uma flor que desabrocha. Embora mais magra e trêmula do que ela se lembrava, a corretora de quarenta e tantos anos enfim conseguiu recobrar a voz extraviada.

– Aquela mulher... é a Joanna Southcott?

O futuro dono mais uma vez recorreu ao vape, sugando-o pensativo enquanto olhava a imagem lúrida como uma capa da *Weird Tales** acima deles, com os olhos apertados e a expressão de um explorador vitoriano. Com um tanto de afetação, Angie reparou. Será que estava tentando impressioná-la?

– É, você tem razão, mas é a Joanna jovem ou, pelo menos, é assim que você a vê nessa cena. É óbvio que era como ela se via, vestida de sol e no seu terceiro trimestre. Era bonita, não? Acho que era isso que estava em sua mente quando ela perdeu a consciência após a gravidez fantasma. Esse é o sonho que Joanna Southcott teve no coma.

Ele tragou o vape mais uma vez, exalando arabescos de vapor fragrante, então olhou para Angie.

---

*   *Weird Tales* é uma revista de contos de fantasia e terror em circulação desde 1923, famosa por veicular a publicação original, por exemplo, das histórias da mitologia de Cthulhu e de Conan, o Bárbaro. [N. de T.]

– É, é só o juridiquês do contrato, mas se uma criada do século 18 sem estudo e dotada de premonições de algum modo tem um vislumbre disso, fica toda avacalhada da cabeça. Faz sentido. E claro, a maior parte dessa terminologia, as imagens, é tudo inacreditavelmente hostil para as mulheres. Vamos, a gente não precisa assistir a isso. Eu preferiria que você me mostrasse o jardim.

O vape voltou para o bolso cor de ferrugem conforme o cliente foi descendo até o gramado, seguido por Angie, seus olhos fixos nos sapatos que pisavam sobre os tijolos desnivelados dos degraus. Ela pensou que, se pudesse simplesmente aprender o truque de nunca olhar para cima, poderia passar por aquela experiência sem perder os parafusos. Acompanhando-o até o feltro plano do gramado, limitando seu olhar às cercas vivas ao redor, decidiu se ater à sua estratégia inicial de se concentrar no trabalho à frente.

– Bem, é isso. O terreno daqui até o museu é parte da propriedade, por isso é tudo seu. Admito que é grande para um quintal, mas nunca ia imaginar que era onde ficava o Éden, se você não tivesse dito.

Ele levantou a sobrancelha, seu paletó fazendo um contraste interessante com o verde-escuro da sebe logo além.

– Ah, desculpa, não, não era aqui o Éden. Acho que eu me expressei meio mal, mas o que eu disse é que era aqui que as moças da Sociedade Panaceia *achavam* que ficasse o Éden, e elas erraram em coisa de apenas algumas dúzias de metros. O jardim de verdade ficava um pouquinho mais para o leste, atravessando a Albany Road a partir da porta da frente.

Ela teve uma imagem mental súbita do novo executivo-chefe do mundo como o avistara da primeira vez, de costas para ela e sua nova propriedade, sugando seu vape e admirando tudo serenamente...

– Esses lotes? Foi ali que aconteceu o Livro do Gênesis?

Ele enrugou o dorso do nariz, uma versão minimalista de um dar de ombros.

– Bem, mais ou menos. Mas o problema do Gênesis é que é difícil chamar aquilo de relato em primeira mão. Não teria como.

Acho que foi escrito lá pela metade do Livro de Reis, algo assim. Pegaram uma versão corrompida da história, vazada por algum profeta balbuciante no meio de um torpor de lótus, e aí alteraram para transformar numa metáfora para quando Nabucodonosor expulsou os israelitas da Judeia e queimou seu templo. Então, aquela parte dos anjos com espadas de fogo era só um jeito mais poético de dizer soldados babilônicos. A história real do Éden aconteceu aqui em Bedford, ali do outro lado da rua. O resto eles tiraram do cu. Ainda que, verdade seja dita, os anjos de fato tenham espadas de fogo.

Angie, que estava refletindo sobre a primeira vez que escutara "Gates of Eden" do Bob Dylan, quando não imaginara os portões do Éden como uma cerca de alambrado da altura da cintura, flagrou-se chocada pela leve boca suja de Jê. Claro que, após pensar por um momento, ela percebeu que sua reação era ridícula: se alguém fosse onipotente, é claro que teria o poder de pronunciar a palavra "cu". Num silêncio confortável, os dois atravessaram solenemente o retângulo verde aparado. Ela não conseguia pensar em mais nada para dizer ou perguntar sobre as origens locais do Éden. Conforme foram dando as costas mais uma vez para os fundos da casa número 18, sem nunca levantar os olhos para além dos degraus de tijolinho e a porta escancarada do jardim, ela mudou de assunto, preferindo o que esperava ser um tópico menos contencioso.

– Imagino que você vai abrir a caixa, aquela que me mostrou, com as profecias de Joanna Southcott? – Angie resistiu à tentação de olhar para cima e ver como estava a jovem Southcott em pleno ar em seu trabalho de parto. – Digo, sei que não vai dar para reunir os bispos como ela queria, e está meio tarde para abrir agora, já que tudo está acontecendo, mas imagino que você deva estar pelo menos curioso. Eu sei que eu estaria.

Os dois subiram de volta os degraus que davam para a porta dos fundos. Ele deu de ombros com o nariz de novo, com um pouco de escárnio.

– Não, acho que não. Eu preferiria deixar o mistério em aberto, que nem o gato de Schrödinger. É o apocalipse de Schrödinger, que tal? Digo, é inevitável que o conteúdo da caixa seja decepcionante, não é, depois de todo esse suspense? E se fosse só uma pistola mesmo e um bilhete de loteria, como insistiu Harry Price? Não seria muito satisfatório, seria? Não seria uma grande revelação, nem mesmo para um fim de temporada de série. Era de se esperar algo de fazer cair o queixo, algo impossivelmente dramático que redobrasse a tensão e deixasse todo mundo no ar, desesperado pelo próximo episódio. Francamente, eu não vejo como o conteúdo na caixa da Joanna estaria à altura do potencial de *Killing Eve*, a não ser que...

Na metade da frase, ele parou e se virou para Angie, seu rosto iluminado pelo pensamento que acabara de passar por sua cabeça.

– Já sei! O que eu faria, se isso fosse o episódio final de uma série inteira, seria fazer que eu (digo, o meu personagem) deixasse você, o seu personagem, abrir a caixa você mesma, se é isso que você quer. Eu talvez deixasse os dois ficarem fazendo piada sobre o assunto e tirando sarro, sabe, para deixar o público recair numa falsa sensação de segurança. Meio que para disfarçar. Em todo caso, com o seu personagem, a gente a faria abrir a caixa. Talvez ela se sinta lisonjeada. O que ela sentiria? Ou, sei lá, é uma mulher moderna, então talvez pareça uma piada para ela? Não importa. O principal é que ela desamarra todos os barbantes (talvez tenha sete, tipo os sete selos) e abre a caixa. Dentro tem um bilhete de loteria e uma garrucha, igual Harry Price descreveu. Decepção tremenda! Dá para ver no rosto dela. Penso num *close*, por baixo.

Angie tentou conter um arrepio. Será que estava começando a fazer frio, logo ali, naquele jardim ensolarado? O que ela queria, mais do que tudo, era voltar para a cozinha. Estava tão perto, com a porta dos fundos escancarada daquele jeito, mas seu cliente estava muito envolvido no acúmulo de tensão da sua narrativa estilo Vince Gilligan.

– Então, nós dois, nossos personagens, estão na sala de estar com a caixa aberta sobre a mesa e dentro dela não há nada além exceto o bilhete e a pistola. Você, a sua personagem, está muito decepcionada, mas põe a mão dentro da caixa e apanha o bilhete de loteria para olhar mais de perto, e é só isso. É um bilhete de loteria. E não é nem um bilhete número meia-meia-meia, nem nada do tipo. E aí você olha o verso.

Chegando ao clímax, sua voz suave foi ficando mais grave e cascalhosa, como quem reconta uma história de fantasmas ou uma lenda urbana, a parte em que os personagens descobrem que a pessoa pedindo carona desapareceu.

– E, no verso, escrito em uma caligrafia aracnídea, a letra bem apagada, lê-se: "Pegue a arma e atire na cabeça dele, ou ele vai acabar com a humanidade". Aí vem a tomada da sua reação, só o seu rosto em choque, depois o disparo, a tela preta, a música-tema, talvez algo do Nick Cave, e os créditos finais. O que acha?

Angie ficou aterrorizada, incapaz de não imaginar a cena, a escolha pavorosa. O que ela faria? E o que ele queria, contando essa história assim? Era isso que iria acontecer? Será que era um tipo de jogo preliminar antes de ela ser mandada para o inferno? Sabia que era provavelmente o que merecia. Quando dormiu com o Trevor da firma, ela e Derek ainda eram tecnicamente um casal, o que qualificou o caso como adultério. Ela desejava nunca ter feito aquilo, desejava que não tivesse acontecido mesmo durante os seis minutos durante os quais estava acontecendo. Trevor era hediondo. "Pegue a arma e atire na cabeça dele ou ele vai acabar com a humanidade." O que ela faria? O cliente a encarava cada vez mais preocupado enquanto ela enfim registrava o choque e o pânico em seus olhos de veado paralisado pelos faróis na estrada.

– Ai, olha, desculpa. Eu sou um idiota. Foi muito sinistro, não foi? E ameaçador. Não era minha intenção, eu juro. Eu vejo televisão demais e sou um lixo em conversas com pessoas de verdade. E com você, digo, você está lidando tão bem com isso, e acho que eu estava tentando dizer algo divertido, algo que você fosse achar engraçado. A última coisa que eu queria era ser assustador. Por favor, me perdoa. Você deve achar que eu sou um babaca enorme.

Ele parecia tão sincero em seu arrependimento que Angie se sentiu tranquilizada de imediato – constrangida, até, pelo seu estado de fuga sacrílego de alguns momentos antes e o fato de tê-lo interpretado tão mal. Ela deu um suspiro de alívio e uma risada envergonhada quase ao mesmo tempo, para que o cliente visse que ela estava assustada, mas tinha entrado na onda o suficiente para conseguir rir. Aliviada a tensão, eles continuaram voltando para a casa.

– Não, eu não vou achar que você é babaca, se você não achar que eu sou uma pilha de nervos que não está à altura do trabalho. Só fiquei chocada com o que você disse, essa ideia toda. Imagino que por isso mesmo seria um bom término de temporada, afinal de contas. Não dá para não ficar imaginando o que a personagem faria.

Jê já estava entrando pela porta dos fundos.

– O que você acha que ela faria?

Angie pensou.

– Bem, ela não ia atirar, ia? Olha, se é uma garrucha do século 19, é mais provável que estourasse na mão dela e a fizesse perder um olho. Além disso, não acho que ela teria a motivação. Digo, "atira nele ou ele vai acabar com a humanidade"? E o que ela ganharia com isso? Eu acordei hoje às oito e meia, e a humanidade já parecia ter acabado. Todo mundo desapareceu, exceto eu. Exceto ela. Então, não, ela não atiraria.

Antes de acompanhar o cliente até aquela cozinha teimosamente anacrônica, Angie arriscou dar uma última olhada para o céu com os olhos apertados. Embora ainda estivesse horrível, não era nem de longe tão ruim quanto ela esperava. A vasta mulher grávida que era para ela o elemento mais incômodo em todo o cenário – titânica e ainda assim assustadoramente vulnerável – sofrera uma imensa redução de tamanho, recuando até um espaço seguro, gradualmente minguando nas alturas azuis do meio-dia. A foice lunar sob seus pés descalços estava do mesmo tamanho da lua vista comumente durante o dia. Será que aquela mulher com o rosto de Joanna Southcott agora estava no espaço, em órbita? Angie se sentia aliviada por ela. Estava longe já.

Aquela coisa vermelha escabrosa, um punho cerrado de açougueiro cheio de ódio e malícia, ainda estava grande como na última vez que ela olhara, pairando aproximadamente na mesma postura, mas ao menos tinha as costas aladas viradas para ela. As asas estavam abertas, espetaculares, e se antes ela mal as havia percebido, agora as pipas ornamentadas com uma membrana rosada úmida se abriam num guarda-chuva de costelas ossudas. Abaixo de cada vela içada pendia uma nuvem fervilhante, do negror de uma escara, ambas dissolvendo-se nas margens em pingos sanguinários que se erguiam para macular e pontilhar o azul. Suas pupilas foram se ajustando a distância, e Angie a princípio achou que as manchas que lentamente se moviam fossem nuvens de insetos, depois alguma espécie de pássaro de grande porte; uma revoada de flamingos de alcaçuz. Após vários segundos de observação, no entanto, não havia como negar: eram anjos carmim, erguendo-se no que quer que fosse o substantivo coletivo para essa espécie – uma revoada ou um bando. Um enxame.

Agora que os tinha sob seu olhar, estava claro que esses flocos ascendentes de escuridão coagulada não eram os únicos fenômenos aéreos nos céus meridianos. Ainda mais acima, vindo das vizinhanças da mulher que se retirava com sua coroa estelar, caía uma precipitação de pontos brancos, um pó de talco que pairava na estratosfera acima dos jorros arteriais escuros que espirravam para cima, vindo de encontro a eles por baixo. Ela compreendeu que era o time adversário. Percebendo que ela tinha parado, o cliente deu uns passos para trás, parou ao lado de Angie e olhou para cima, carrancudo, a fim de ver o que ela estava admirando.

– É, essa é a grande cena de luta por vir, com os anjos do dragão vermelho e os anjos do Senhor. Parece uma final da copa do mundo, mas é mais como luta livre; o dragão é o vilão, por isso é ele quem vai beijar a lona. É só a letra miúda do contrato mesmo, com uma longa lista de cláusulas para penalidades e coisa e tal, mas fica um negócio meio Sam Peckinpah em alguns pontos. Para ser honesto, acho que é melhor a gente ficar dentro de casa até eles terminarem a matança toda. Você pode me mostrar o andar de cima.

Ao longo dessa breve excursão, as quatro bestas de seis asas mantiveram suas posições nos quatro pontos cardeais, mudas e impassíveis, como os árbitros ou os postes dos quatro *corners* de um ringue de boxe etéreo. Angie e Jê voltaram para dentro, e Jê trancou a porta.

– Hã. Sei lá por que eu me dei ao trabalho de fazer isso. É como você disse, não tem mais ninguém além de você. Força do hábito, acho.

Os dois atravessaram a cozinha atávica. No corredor, os segundos ainda caíam como chumbo, disparados do relógio de carrilhão, e Angie perguntou ao cliente se realmente não havia mais ninguém na Terra além dela. Ele parou na base das escadas e refletiu por um momento.

– Não. Não, é só você. Todo o resto... bem, já ouviu falar do Arrebatamento? É meio que nem isso, só que não é só para todos os fãs, os cristãos, ou para quem não cobiçou o asno do vizinho ou coisa assim. É todo mundo. Bom, mau ou indiferente, ateu e mórmon, satanista e budista, muçulmano e Testemunha de Jeová, tudo. Na verdade, "Arrebatamento" é uma expressão desatualizada. Em termos atuais, imagine que "as informações de todos foram upadas num instante na nuvem". Exceto as suas, claro. Os serafins do jurídico disseram que era preciso manter uma corretora decente para representar o Fundo de Caridade Panaceia, a fim de garantir a legitimidade da transação.

O cliente começou a subir as escadas, e Angie o seguiu, pensando no que ele dissera. Pelo que deu para entender, havia alguma ambiguidade quanto à sua posição. Uma vez concluída aquela transação enfadonha, será que seus serviços ainda seriam necessários ou iriam "upá-la num instante na nuvem", o que, francamente, não lhe parecia nada ideal? Ela não conseguia pensar num jeito de levantar a questão, uma vez que a resposta arriscava reduzi-la a uma suplicante arrasada, estragando o que até então vinha sendo uma interação muito bem conduzida entre advogada e cliente. Melhor, talvez, mudar de assunto.

Na metade da subida, havia uma pequena janela na face norte que – ela pôde perceber ao passar – dava para a Castle Road. Não conseguia ver o Astra desse ângulo, mas do outro lado da rua era possível distinguir o pôster desbotado do Partido do Brexit no qual ela havia reparado mais cedo, ainda agonizando atrás do vidro no terraço deserto. Uma ideia súbita lhe ocorreu.

– Imagino que você não tenha acompanhado o Brexit, nem tenha uma opinião a respeito.

Ele continuou sua ascensão, a qual, no caso, não foi muito além do último degrau.

– Bem, pela minha experiência, quando você dá as cédulas para uma multidão populista, em nove de dez vezes o voto vai para Barrabás. Ou o bezerro de ouro. Era a vontade do povo, não era?

Incapaz de retrucar com qualquer resposta decente, Angie se uniu a ele no andar superior. Ali fizeram uma inspeção veloz do banheiro, de muito bom gosto com sua decoração marfim e verde--menta. A banheira em si era daquelas com pezinhos em garra, que ela só tinha visto em livros ou filmes, e que sempre lhe causaram uma vaga repulsa – uma forma de vida saída de um quadro de Jerônimo Bosch, acompanhando elmos ambulantes e garrafas de água quente que rastejam. Não parecia ter chuveiro e, embora não tivesse tocado no assunto, Angie se perguntou se aquilo não causaria dificuldades para o cliente se banhar. Tendo lido parte da literatura, não tinha certeza se ele era capaz de deslocar a água normalmente ou se teria que ficar ali em cima da superfície fumegante, todo seco.

Ela tinha certeza de que nenhuma das matronas fervorosas da Sociedade Panaceia, ao longo do século em que a casa ficou em sua posse, jamais tomara um único banho ou dera uma única descarga naquela privada sagrada.

Os dois prosseguiram do banheiro para o quarto nos fundos da propriedade, que dava para o jardim de trás. Sem dúvida partindo do pressuposto de que o messias retornado não organizaria muitas festinhas do pijama, o espaço tinha sido convertido num escritório. Uma escrivaninha eduardiana fora instalada na janela oeste com vista para o museu na Newnham Road, enquanto as paredes que sobraram estavam forradas de estantes, do chão ao teto. Era tudo muito aconchegante, mas Angie não sabia por que um ser onisciente teria necessidade de estudar qualquer coisa que fosse. O cliente parou ali, conferindo sua nova biblioteca, as mãos enterradas nos bolsos enquanto lia as lombadas em relevo sem qualquer entusiasmo perceptível.

– Então esta é a minha lista de sugestões de leitura? É isso que elas acharam que eu ia gostar de ler nas tardes chuvosas? Não tem nada aqui além de livros sobre meu pai e eu, como se eu fosse o Frank Sinatra Júnior ou sei lá quem. Digo, quem é que faz uma coisa dessas? Quem quer ler sobre a sua infância de merda ou como o seu pai está sempre prestes a destruir o lugar todo? Não tem uma ficção policial, uma ficção científica, nada escrito por qualquer pessoa negra ou asiática. E, apesar de nunca ter havido mais do que um ou dois homens na Sociedade Panaceia, não tem nada aqui escrito por mulheres. Se você entra numa livraria e é este o catálogo, você sai de lá na hora. Provavelmente vou me livrar de tudo isso de uma vez e mandar instalar uma TV de tela plana. É mais a minha cara, para dizer a verdade.

Angie passou a mão pela madeira envernizada da escrivaninha, pelo couro reluzente e o papel fofo e macio do mata-borrão; certificando-se de que ainda estava num mundo sólido, embora cada vez mais borrado e parecido com um sonho. A partir dessa reafirmação da realidade, ela lançou um olhar de relance pela janela e ficou desnorteada ao descobrir que estava nevando em agosto. Flocos brancos e gordos caíam preguiçosamente sob a luz lancinante do sol, mas, conforme ela observava, sua mente logo corrigiu esse erro de percepção inicial. Óbvio que não eram flocos de neve. Eram penas, algumas das quais estavam em chamas. Jê se juntou a ela ao lado da antiga escrivaninha.

— Ah sim, são os destroços do holocausto angelical que está acontecendo acima de nós. Entende por que eu sugeri entrarmos antes de chegar a Completa Gomorra Inglesa? Vai ficar assim durante uma hora ou duas. Receio que não haja nada que eu possa fazer a respeito.

Do lado de fora da janela, a distância, chiando através da borrasca de plumas de cisne, viam-se estrelas cadentes intermitentes, parábolas em chamas que despencavam como Spitfires abatidos sobre Bedford. Angie especulou que fossem anjos mortos, queimando conforme atravessavam a atmosfera da Terra. Os dois assistiram à precipitação fosforescente durante um tempo, depois ela e o cliente voltaram até a escada para dar uma olhada no quarto frontal, onde havia um pouco mais de luz.

— Ah, que bacana.

Angie concordou. Era bacana mesmo. O papel de parede era de grinaldas azuis sobre um rosa brumoso, e a cama de ferro fora polida até ficar dourada debaixo de uma colcha de chenille branca. Sobre a cômoda rococó, havia um pote de vidro de *pot-pourri* em cima de um paninho bordado, gentilmente perfumando o ar com rosa e lavanda. As espessas cortinas bordô estavam afastadas por dois laços de brocado de ambos os lados das janelas salientes, e através das redes impecáveis se viam as plumas escorchadas e os cadáveres angelicais meteóricos caindo sobre a vizinhança de Albany Road. A besta com cabeça de touro mantinha guarda ao leste, sem piscar, como uma sentinela entediada do Palácio de Buckingham, mesmo quando os corpos em chamas pareciam cair diretamente em cima de seu imenso rosto bovino.

Demorou um bom tempo até ela se dar conta de que os lotes do outro lado da estrada não eram tão estéreis quanto parecia quando ela chegou. Talvez porque a real glória verdejante do espaço cercado não fosse visível do térreo, perceptível apenas em visão aérea, mas ali em cima aqueles hectares modestos eram uma visão de fertilidade. Como foi que ela perdera aquela meia dúzia de árvores firmes ou ignorara as canas escolióticas, curvadas por tomates do tamanho de luzes de semáforo?

Pensando em comentar isso, ela se voltou e reparou que Jê a observava com uma expressão desconfortável, seu cenho e lábios retorcidos como se estivesse sofrendo os estertores de algum conflito interno. Ela perguntou o que havia de errado, o que pareceu piorar o que quer que fosse aquilo.

– Olha, eu não queria... não. Não, é uma péssima ideia. Esquece.

Sem saber o que deveria esquecer, ela o pressionou mais um pouco. Ele resmungou e parecia estar genuinamente infeliz.

– Angie, eu sei como isso vai parecer. Tem um imenso gradiente de poder entre nós e eu não quero abusar disso, ok? Você pode me mandar pastar, pode negar e não tem nada de condicional aí. Não vai mudar o quanto eu respeito você pelo trabalho que fez hoje. Não vai mudar nossa relação. É só que você é a primeira mulher com quem eu tenho uma conversa decente há quase dois mil anos. A última coisa que quero é que você ache que isso aqui é um lance meio Harvey Weinstein, mas será que ficaria ofendida se eu perguntasse se há a possibilidade de transar com você? Tudo bem se você se ofender, é completamente compreensível. Sinto muito, sei que não é nada profissional. Eu não devia ter dito nada.

Ela olhou para ele e pela primeira vez reconheceu em seus olhos atormentados um pouco do homem em todas as pinturas. Era um camarada de boa aparência – não lindo como os homens em suas fantasias sexuais ocasionais, mas muito acima dos espécimes com quem ela já dormira na vida real. Não era nenhum Trevor, digamos assim. Quanto à ideia de ir para a cama com ele, ela não conseguia pensar em motivos para dizer não. Ele parecia agradável e, considerando a incerteza do futuro, talvez fosse seu último casinho. Sério, quem iria torcer o nariz para a ideia de um rala e rola com o salvador da humanidade, mesmo que ele tivesse confessamente feito a humanidade desaparecer? Quem seria capaz de fingir que teria uma oferta melhor por vir? Agora que ela se permitiu pensar nesses termos, era uma situação meio sexy ter toda a casa, todo o planeta, só para eles dois.

– Não, não se desculpe. Acho que eu gostaria disso, sim, do que você disse. E, não, por algum motivo eu não me sinto pressionada. Mas antes podemos dar uns beijos e tal?

Com o rosto tomado de alívio e gratidão, ele deu um passo na direção dela e a envolveu com os braços. Seu corpo era quente e macio, e ele exalava um cheiro de raspas de madeira e roupa recém-lavada.

– Claro que sim. Beijos e sexo e tudo o mais são literalmente a única vantagem de estar num corpo feito de carne. O resto só dói. Angie, seu cheiro é tão gostoso. Que coisa incrível.

Então a língua dela estava na boca dele, e as mãos dos dois se moviam nas colunas vertebrais como as de um virtuoso no piano. Beijar transformava qualquer um num adolescente, e claramente nem Angie nem o seu cliente eram exceções. Os dois se acariciaram e se apalparam, soltando suspiros de prazer pelo nariz enquanto carinhosamente se despiam, cegos e mudos, seus lábios presos por sucção e os olhos cerrados. Só quando ela já estava de sutiã, com a blusa e o paletó em algum lugar do tapete, ao lado dos sapatos tirados num chute, Angie pensou em uma coisa e interrompeu o contato cada vez mais quente.

– Espera só um minuto.

Pisando de meia até a janela, ela soltou as amarras elaboradas e puxou as cortinas cor de vinho, unindo-as com um tilintar das argolas no varão. Sabia que o titã bucéfalo e suas asas com milhares de olhos não estavam encarando os seus peitos de propósito, mas ainda era perturbador e broxante. Com as cortinas fechadas, ela tinha menos a sensação de estar fazendo parte de alguma versão bizarramente eclesiástica do filme *Confissões*. Feito isso, Angie e seu cliente continuaram de onde haviam parado.

Em questão de minutos, ambos estavam nus, e suas osculações, frenéticas. Os mamilos dela foram chupados até virarem dedais de borracha, e ela sentia o calor da ereção dele na palma da mão. Aqueles dedos da sua mão direita, geralmente representados no alto, levantados num gesto de bênção, estavam dentro dela, abençoando suas secreções, transformadas em água benta. Conforme seguiram num movimento em conjunto, cambaleando inexoravelmente até a cama, como a pantomima de um cavalo atormentado, Angie percebeu que, sob o crepúsculo do quarto acortinado, a cabeça dele brilhava de leve com uma iluminação própria, difusa e leitosa. Nada muito radiante ou que ofuscasse a vista. Não daria para perceber à luz do dia normal.

Foi bem bom, o sexo. Excelente, até. Ele era solícito e atencioso o tempo todo, e quando perguntou se poderia chupá-la, sua expressão era a de um filhotinho incredulamente feliz. Excessivamente escrupuloso, ele garantiu a ela o saldo de um orgasmo antes de avançar sobre ela, assumindo uma posição de mamãe e papai que não foi nada surpreendente e tomando o cuidado de assegurá-la de que não havia nenhuma necessidade de contraceptivos.

– Está tudo bem, você não vai engravidar. Minha mãe e meu pai eram não só de espécies diferentes, mas de ontologias inteiramente distintas, por isso tecnicamente eu sou como uma mula, estéril. Não posso me reproduzir.

Os dois foderam com entusiasmo enquanto carcaças fumegantes de anjos caíam aos berros sobre toda a área de Bedford ao seu redor. Ele conteve o clímax até Angie gozar pela segunda vez, para que pudessem chegar lá juntos, o que para ela sempre foi um tipo de pequeno milagre, mas ela acabou se sentindo meio superficial por ter esperado algo além; talvez algo transcendente, com uma dimensão espiritual. Ou, se não transcendente, pelo menos mais safado. Em termos objetivos, foi a melhor trepada que ela já teve, e

ALAN MOORE

se os efeitos especiais a deixaram decepcionada, ela sabia que era provavelmente culpa sua. Sua e da mortificante cultura viciada em espetáculos que esculpira seus desejos e necessidades. Ela era moderna demais.

Depois disso, os dois ficaram deitados, lado a lado, conversando, as palavras pontuadas por sons de colisões conforme as fatalidades da guerra acima impactavam as avenidas próximas. Ele parecia querer falar dos pais. Enquanto escutava, Angie correu uma das unhas pintadas de magenta sobre as costelas dele, parando para traçar o contorno do que a princípio acreditou ser a cicatriz de uma apendicectomia.

– Eu gostaria de poder ter feito mais pela minha mãe, as coisas que ela passou. Minha concepção foi tudo menos imaculada. Você deve ter reparado que as narrativas de Relações Públicas da Bíblia não falam nada de consentimento. E quando dizem que ela era virgem, naquele tempo e época, significa que tinha uns quatorze anos. Nem consigo imaginar como deve ter sido, uma equação iterativa onipotente imprimindo com violência uma sequência genética numa criança indefesa a quem faltam os sentidos necessários até para entender o que está acontecendo. Durante toda a minha infância, ela só falou disso uma única vez. Pelo que eu pude entender, a experiência da perspectiva dela foi a de sofrer uma agressão sexual cometida por uma enorme gaivota de oito asas. Aquele olhar distante que ela tem em toda a iconografia era transtorno de estresse pós-traumático. A coisa toda a destruiu.

Então perguntou a Angie se ela se incomodava se ele fumasse o seu vape. Quando ela disse que não, ele saltou de baixo das cobertas para buscar o cigarro eletrônico no paletó amassado no chão. Ela precisava admitir que ele tinha uma bundinha linda. De volta na cama, ele encheu os pulmões com fumaça frutada antes de continuar.

– Meu pai era um pesadelo, basicamente, e piorava quando bebia. Sim, eu sei, não era bebida de verdade, você só está escutando

114

um equivalente próximo ao que eu estou dizendo. Era, na verdade, oração. Ele enchia a cara de oração. Não foi por isso que ele criou a humanidade, mas era certamente um bônus inesperado. Seu comportamento foi ficando cada vez mais errático e, então, no fim ele caiu num tipo de círculo vicioso: as pessoas oravam, ele ficava bêbado e aniquilava uma ou duas cidades, o que fazia todos os sobreviventes orarem, e assim por diante. Ele achava que conseguia esconder, mas todo mundo sabia. Digo, pega lá o Livro de Jó. É óbvio que ele está completamente na mão do palhaço, e aí aquele Satã o convence a encher alguém de porrada como se fosse o Mike Tyson do boteco estragando a noite de sexta-feira de todo mundo. O que a gente podia fazer? Não é como se alguém fosse armar uma intervenção.

Angie ofereceu uma anedota engraçada sobre o próprio pai, que era um compositor de tipos, quando ainda existia essa profissão, que tinha uma paixão por cerveja de verdade e vinis dos anos 1960, mas essa linha de conversa pareceu que não ia dar em nada. Os dois conversaram um pouco mais, até a torrente de anjos lá fora aparentemente ter passado, e então Jê perguntou se Angie estava a fim de almoçar.

Eles nem se deram ao trabalho de se vestir. Deixaram as roupas espalhadas no chão do quarto, como se houvesse um acordo tácito de que a era de usar roupas tivesse acabado. O mundo e seus códigos de vestimenta não existiam mais. No andar inferior, Angie sentou-se confortavelmente nua na sala de estar enquanto Jê fuçava a cozinha, seu olhar continuamente atraído ao peso obscuro da caixa de Joanna Southcott, que esperava no aparador como uma bomba-relógio ainda não detonada do Novo Testamento. Do outro cômodo, Jê perguntou se queria vinho branco no jantar e, se sim, Pinot Grigio serviria? Ele procurou em todos os armários, mas não encontrou as taças de vinho, por isso infelizmente precisou servir em xicrinhas frescas de chá. Angie disse que não se importava.

O almoço acabou sendo uma porção lindamente preparada de robalo para cada um, acompanhada de pãezinhos artesanais ainda frescos. O peixe estava perfeito, desmanchando no garfo, e subia vapor do pão fresco quando se rachava a casca. A essa altura do seu dia estranhamente agitado, Angie percebeu que aquele almoço nudista acabava sendo mais esquisito do que a natureza paranormal do seu comensal. Imaginou que estivesse se acostumando com a situação. Bebericando hesitante das porcelanas diminutas, ela ficou surpresa com a qualidade do vinho, ainda que estivesse sendo servido numa temperatura muito próxima da ambiente. Pensando nisso, ficou ainda mais surpresa pelo fato de o pessoal abstêmio da Sociedade Panaceia ter considerado deixar uma ou duas garrafas para o novo dono aproveitar quando voltasse. Ao comentar isso com Jê, ele a encarou por um momento com cara de tacho, o garfo pausado na metade do caminho até a boca, e só então ela percebeu o equívoco.

– Ah, o quê, isso aqui? Não é da Sociedade Panaceia. Peguei da torneira. Por isso que não está gelado. Se tivesse pensado nisso mais cedo, eu teria enchido uma jarra e colocado na geladeira.

Ela ficou ruminando o que ele disse junto com o robalo – o que, pensando agora, era um ingrediente tão improvável para o fundo de caridade quanto o vinho. Toda aquela cena na cozinha, Jê preparando tudo e tal, tinha sido um teatrinho, ela entendia agora; uma encenação para o seu bem, a fim de fazer a refeição parecer menos insólita. Sem dúvida, se ela fosse até a cozinha, o forno a gás estaria gelado que nem uma pedra. Ele só fez um aceno e invocou os anjos, não foi? Mentiroso, mas provavelmente bem-intencionado. O rango estava bom, ainda assim, e muito satisfatório. Nenhum dos dois chegou a comer tudo.

Após ele limpar os pratos e retirar os talheres, os dois se sentaram e tomaram uma segunda xícara de boneca de Pinot Grigio transubstanciado. Angie teve a sensação desconfortável de que o seu trabalho ali no número 18 estava concluído, e que seria educado da sua parte partir em breve e permitir que o cliente prosseguisse com seu dia. Parecia um bom momento para trazer à tona essa questão dos seus afazeres.

– Suponho que eu deva ir embora logo. Tudo bem se eu ficar em Bedford ou devo me preparar para o *upload* na nuvem?

Ele parecia magoado de ela sequer ter perguntado.

– A nuvem? Não. A não ser que você queira. Me falaram que é bem bacana, de um jeito meio nirvana, com a luz branca e o êxtase e tudo o mais, mas para dizer a verdade nós esperávamos que você ficasse aqui pela cidade. Você é a representante legal da outra parte, e a companhia é obrigada a levar a sua satisfação muito a sério. Além do mais, como ficaria pra mim se eu deixasse você me mostrar a casa, depois fosse para a cama contigo e aí mandasse desintegrarem você? De uma perspectiva prática também, todo o nosso jurídico foi selecionado pelo meu pai. Pode ser que chegue uma hora em que eu precise de uma advogada independente. Não, pode ficar onde se sentir confortável. Até onde eu sei, toda a área de Bedford é sua.

O que lhe pareceu uma gratuidade generosa. Ela agradeceu a Jê e sua companhia por terem tanta consideração, e o papo fluiu rumo a outros assuntos, no geral a terceira temporada de *Killing Eve*. Ambos concordavam que a performance de Jodie Comer estava brilhante, mas Jê argumentou que estava meio cansado de psicopatas carismáticos na ficção. Uma hora, recaiu um silêncio tranquilo sobre os dois e ela reparou que ele mais uma vez coçava a palma da mão, distraído. Ela entendeu que era hora de partir.

Ele a acompanhou até a porta da frente, onde o relógio do corredor informava que haviam se passado um ou dois minutos apenas após a uma e meia, como se os minutos e horas ainda fizessem sentido. Ela não se deu ao trabalho de buscar as roupas no andar de cima, nem mesmo o paletó com as chaves e o celular no bolso interno. Não era mais um planeta para esse tipo de coisa. Nus no limiar da porta, os dois trocaram um beijo carinhoso e desejaram sorte um ao outro antes de o cliente voltar para dentro e Angie dar meia-volta para descobrir o que sobrava de Bedford, agora que pertencia a ela. Os tijolinhos alaranjados do caminho do jardim estavam mornos sob os seus pés.

Ela se demorou no portão da frente, considerando suas opções. Embora tivesse pensado originalmente em buscar seu carro na Castle Road e voltar até o seu apê, essa ideia parecia incoerente com o mundo atual. Carros e casas, assim como celulares e roupas, já estavam começando a parecer uma coisa meio retrô; algo meio noite de sábado passado, antes do advento de um domingo de um bilhão de anos.

Angie saiu na calçada aquecida pelo sol da Albany Road e fechou o portão atrás de si. Havia dúzias de penas chamuscadas pairando na brisa lânguida que soprava na sarjeta, e o que parecia ser um punhado exagerado de carvão repousava, fumegante, no meio da rua. Mais além, do outro lado da rua, a cerca baixa que até então demarcava os lotes agora envolvia uma minifloresta decídua, repleta de árvores de uns trinta anos de idade que não pareciam estar ali às dez e meia da manhã. A maioria delas parecia estar dando frutos, e corais de pássaros se empoleiravam nos galhos já pesados, cedendo o emaranhado de flores silvestres no chão às abelhas peregrinas e pelo menos três espécies de borboletas. Do lado de fora do portão trancado dos lotes transformados, erguia-se um homem com asas que devia ter quase três metros de altura, pela estimativa de Angie. Tinha o peito estufado e as mãos unidas nas costas. Seu cabelo estava raspado rente, e ele usava uma túnica branca e trazia uma espada com uma chama azul de acetileno no lugar da lâmina, que de algum modo estava pendurada no seu cinto de corda sem atear fogo à túnica. O segurança.

O leão de chácara beatífico, virando sua cabeça raspada em intervalos para vislumbrar a Albany Road, de um lado para o outro, com seu olhar cínico, não parecia ter qualquer interesse pela advogada naturista. Entendendo isso como um indicativo de que ela não fazia parte do grupo das principais presas do grandalhão angelical, Angie pisou no macadame cinzento e começou a atravessá-lo em direção a ele. Parando no meio do caminho, ela identificou o material tostado no meio da estrada como um imenso torso incinerado, um dos combatentes superiores que não chegara a queimar completamente na atmosfera antes de atingir as ruas de Bedford. Não tinha restado nada, exceto por costelas enegrecidas com um esterno de um metro de comprimento, uma sanfona gótica, fumegante e derrotada. Perguntando-se se a chacina aérea já tinha terminado, ela olhou de volta para a casa e os céus assombrados por portentos logo acima.

A guerra alucinatória nos céus estava concluída, suas baixas e rastros já desaparecidos, liberando o elevado palco dos cirros para o que parecia ser o show principal: meio equestre, ostentava uma amazona com trajes sumários, cavalgando sem sela sua montaria, a qual, no entanto, parecia antes rastejar do que trotar. Angie reconheceu a montaria dolorosamente lenta como o dragão vermelho que antes atormentava a mulher grávida, reduzida aqui a uma besta de carga de sete cabeças, sujeita aos caprichos de sua patroa volúvel. Dois ou três dos crânios quase imóveis da criatura vermelha estavam jogados para trás com rosnados ressentidos, conforme ela progredia pelo firmamento num ritmo de *stop motion* em tempo real. Relaxada sobre as suas costas, indolente como um chefe de parlamento tory, aquilo que Angie compreendeu ser uma profissional do sexo iraquiana ergueu seu graal encrustado de pedras preciosas num brinde sardônico aos céus.

Com o corpo suntuoso insuficientemente coberto por teias vermelhas e púrpura, apenas os olhos pintados da meretriz colossal revelavam sua idade, diante da qual mesmo as mais distantes nebulosas pareciam meras adolescentes. Sua expressão era de uma ex-miss que resgatara sua fantasia com cheiro de naftalina do armário mais uma vez para fazer outra reprise fatigada de uma cena definidora da sua carreira na 19ª edição de uma convenção de quadrinhos. Não era à toa que ela derrubava o Sangue dos Santos. Angie ficou imaginando qual parte do contrato a sagrada prostituta representava, concluindo que devia ser algo como um sinete ou assinatura, lá embaixo na última página do documento. Era possível que o combo de mulher e besta fosse um logo corporativo, possivelmente um mascote, algo como uma versão exagerada do leão da MGM. Com uma pontada inesperada de compaixão por aqueles atores veteranos, Angie deu meia-volta e seguiu atravessando a Albany Road.

Ao longe, na calçada, a sentinela impossivelmente alta que guardava o portão oeste dos lotes – ele tinha mais de três metros, ela decidiu, vendo mais de perto – arrepiou suas penas numa postura pomposa quando ela se aproximou. Ele a mediu de cima a baixo, sem muito interesse, como se apenas se certificasse de que ela não tinha onde esconder armas ou bebidas, e então fez um aceno perfunctório com a cabeça.

– Ah, você está liberada, chuchu. Pode entrar.

Sua voz era como um furacão a quinze quilômetros de distância. Até aquele momento, Angie não havia planejado entrar de fato nos lotes paradisíacos, mas também não tinha nenhum plano específico de não entrar. Agora que o porteiro imponente mencionou, dava para ver que tinha lá suas vantagens: se ela havia decidido deixar de lado a ideia de voltar para seu carro e apê, então ia precisar de um lugar para se acomodar, e aquele era tão promissor quanto qualquer outro. Além disso, a Luz do Mundo morava do outro lado da rua, e seria legal ter alguém que ela conhecesse na vizinhança, alguém em quem poderia esbarrar quando ele fosse fazer sua caminhada matinal junto ao grande rio Ouse, ou qualquer que fosse a sua rotina. Ela se divertiu com o pensamento fugaz de que talvez uma noite ele pudesse convidá-la para assistir à quarta temporada de *Killing Eve*, antes de lembrar que não haveria uma quarta temporada. Ah, bem, Angie agradeceu o anjo e então, deslizando o ferrolho que era a única trava no portão baixinho, adentrou a selva.

Assim como uma Tardis* ou um divórcio litigioso, parecia muito maior por dentro, e o cheiro era maravilhoso; um caldo de tudo. Ao

* Veículo usado pelo protagonista do seriado *Dr. Who*, exibido pelo canal inglês BBC desde 1963. Usada para viajar pelo tempo e pelo espaço, a Tardis aparece externamente como uma police box, uma cabine telefônica azul usada para acionar os serviços de emergência, comuns à época do lançamento da série. A descrição de que ela é "maior por dentro" é um bordão recorrente. [N. de T.]

fechar o portão e avançar pela relva exuberante buscando a sombra do caramanchão mais próximo, ela contemplou os arredores divinos com sua biodiversidade francamente inacreditável. Papagaios respingavam cores rosseaunianas sobre o dossel da mata enquanto raposas de pelagem tangerina faziam farfalhar as orquídeas que atapetavam o solo. Deslocando-se com a deliberação magnífica de uma floresta distante de olmos, ela pensou ter avistado um tigre, e contra o mogno aveludado do seu antebraço corria uma única joaninha, clara como um corte depilatório. Enroscando-se num ramo logo acima dela, havia algo que pensou ser uma trepadeira exótica, mas com um curioso verniz metálico, reluzente e acobreada. Tudo formigava.

Angie mal se deu conta de que havia adquirido um séquito de libélulas de um tom turquesa iridescente, que pairavam em formação diante do seu cenho como um cintilante diadema de sete pontas. Caminhando sem pressa em meio às árvores frutíferas, ela usou a língua para deslocar de entre os dentes da frente uma fibra recalcitrante de robalo, reparando no laivo persistente da refeição de peixe que voltava à boca. Pena que o cliente não pensara em lhe oferecer uma sobremesa, algum agradinho doce para limpar o palato e permitir-lhe apreciar mais plenamente os sabores e perfumes daquela arcádia em plena Castle Road.

A última mulher, então, ali no jardim, com uma fominha.

Leitura a frio

Na velha chapa em preto e branco, a sombra à esquerda do rosto do fantasma estendeu suas pernas para rastejar com pressa na direção da margem, rumo à mesa entulhada logo além. Eu me encolhi contra o meu assento e, juro, realmente consegui sentir. Passou num segundo assim que eu percebi que era apenas uma aranha de jardim que entrara para se refugiar do frio, camuflando-se contra as porções mais escuras da fotografia, mas eu senti de verdade aquele tipo de arrepio na espinha sobre o qual os meus clientes sempre tagarelam, então sei do que estão falando. Consigo simpatizar. Não é só teatrinho.

Na verdade, para ser perfeitamente sincero, acho que em nove a cada dez vezes é isso que nos dá o que eu imagino que chamam de sensação do sobrenatural: algo que se mostra não ser o que se achava que era. Lembro-me de quando tinha seis ou sete anos e vi meu primeiro e único fantasma. Estava com minha mãe e meu pai no salão de um bar à beira-mar, de noite, colado nas portas de vidro, encarando o escuro sem pensar em nada específico. Foi então que eu vi um homem atravessando o estacionamento, para o lado oposto ao meu. Não tinha cor. Era todo desbotado e cinzento, e eu percebi que partes dele eram transparentes. Dava para ver pedaços da grama baixinha, os postes de segurança e as correntes frouxas que fechavam o estacionamento em meio às dobras e sombras do paletó. Pensei: *é um fantasma! Estou vendo um fantasma de verdade!* E então – e esta foi a parte mais assustadora – ele virou a cabeça e olhou direto na minha direção. Tinha dois rostos borrados, um levemente desencontrado do outro, e sorria para mim, do outro lado do vidro, no meio da noite, e disse o meu nome. Tipo, eu vi os lábios dele se mexerem, mas ouvi a sua voz como se estivesse bem do meu lado e não lá fora, no estacionamento. Ele disse:

– Ricky, você quer uma Fanta?

Era o meu pai, óbvio, atrás de mim no salão, seu reflexo sobrepondo-se à escuridão lá fora. A impressão de dois rostos, pelo visto, era causada pelas duas camadas do vidro insulado, mas por apenas um segundo, sabe?, eu achei que era um fantasma e que comprovava todas as histórias que eu já tinha ouvido das outras crianças da escola. Acho que aquilo me fez chorar, e quando expliquei o porquê – com o fantasma e tudo –, meu pai me deu uma bronca e disse que eu era que nem uma velha, me impressionando com bobagens supersticiosas. Meu pai sempre tinha a cabeça no lugar, e eu provavelmente puxei a ele nesse sentido, embora na verdade nunca tenha gostado muito dele. Eu era muito mais próximo da minha mãe, mas é assim que costuma acontecer com meninos, ainda mais filho único. Quando meu pai faleceu, imagino que foi minha mãe quem passou a constituir não apenas minha primeira plateia, mas também a mais disposta e interessada. Ela pensava que eu era o máximo, minha mãe. Deu um suspirinho de susto e ficou com os olhos marejados quando eu imitei a voz dele e disse: "Eu sempre amei você, Irene".

Conhecendo o meu pai, era uma aposta segura que ele nunca lhe dissera isso em vida e, quando vi o conforto que pude trazer àquela mulher, minha própria mãe, soube que tinha um dom. Foi então que descobri o motivo de Ricky Sullivan ter sido trazido para esta Terra. Ah, sempre haverá descrentes e céticos nos jornais, nas telinhas ou seja lá onde, e eu fico, sim, com raiva quando dizem que pessoas como eu são frias, insensíveis, que só querem tirar vantagem e tudo mais. Lamento, mas se pudessem simplesmente ver a felicidade no rosto das pessoas, se pensassem de verdade no serviço que eu e outros como eu estão prestando ao darem força às pessoas para tocar a vida adiante após perderem um ente querido, bem, elas não conseguiriam dizer as coisas que dizem. Lamento, simplesmente não conseguiriam. Não preciso me justificar.

Quer dizer, será que eu acredito em todas as coisas que conto? Para ser sincero, não posso dizer que sim. Mas e quanto aos padres? Ninguém pode me convencer de que todos eles acreditam em cada palavra que pregam, mas as pessoas não vêm xingá-los de "carniceiros de cardigã" ou "Vincent Price desmunhecado", né? Não, não vêm. Isso porque reconhecem o consolo e o conforto que a religião traz às pessoas, e não importa de verdade se é real ou não. Ou os médicos; é que nem os médicos quando dizem que um placebo – que é, o quê?, uma pílula de açúcar? – que um placebo faz maravilhas sem qualquer efeito colateral, mas que não podem prescrevê--los por conta da toda a burocracia médica e ética, saúde, segurança, essas coisas. É isso que sou. Sou uma pílula de açúcar espiritual, mas faço bem para as pessoas. Lamento, mas é isso: eu toco corações.

E, sim, imagino que se possa dizer que eu me dei muito bem com isso, terminei de pagar a hipoteca desta casa no ano passado, mas não é por esse motivo que faço o que faço. Não é pelo dinheiro. Como explicar? É mais pela gratidão, o olhar na cara de uma pobre viúva, saber que consegui ajudá-la. Isso, para mim, o que posso dizer? Esse olhar vale mais do que ouro. É a minha recompensa, bem ali.

Tudo bem que minha casa é *sim* bem bacana, devo dizer, com a mobília antiquada e os livros todos, as estatuetas de anjinhos na lareira, tudo isso. A maior parte é para o benefício dos clientes, igual a música New Age que eu ponho para tocar. Isso os tranquiliza, faz com que se sintam em boas mãos. Não, não, é muito confortável. É muito acolhedor, especialmente agora que atrasamos uma hora nos relógios e faz frio à noite. Se eu olhar para o parque do

outro lado da rua pela janela, parece que esta noite temos uma daquelas neblinas à moda antiga, em que sequer dá para ver as árvores direito. Isso só ajuda a me sentir ainda mais quentinho, com o
aquecimento central ligado, parado aqui neste cardigã novo que
uma das minhas senhorinhas tricotou para mim. Ela disse que eu
não havia cobrado o suficiente por toda a felicidade que eu lhe trouxera, Deus abençoe, e sabia que eu gostava de cardigãs. Uma senhorinha adorável. Não, quando eu era pequeno, o que eu mais gostava
eram as noites de vento, bem chuvosas, quando eu podia deitar
aconchegado na cama e pensar em todas aquelas pessoas lá fora, no
frio, para me sentir ainda mais aconchegado em comparação. Tenho sorte que a minha vida hoje em dia seja toda assim, muito
aconchegante. Aconchegante em comparação, pode-se dizer. Ah. Ó
lá o telefone. O fixo, não o celular, apesar que é difícil para mim
distinguir um do outro, porque os toques são bem parecidos.

– Alô. Você ligou para Ricky Sullivan, da central de atendimento
angelical. Aqui quem fala é o Ricky. Então, como posso ajudá-lo?

– Hm, oi. Meu nome é Dave, David Berridge. Olha, eu... bem,
eu perdi alguém, sabe, recentemente, e fiquei, assim... sei lá. Para
ser sincero, ainda estou em dúvida se deveria ter ligado. Nunca fui
muito disso, sem querer ofender, e não sei se ela aprovaria, a pessoa
que eu perdi...

Só pelo sotaque, sei que é um homem daqui, provavelmente
classe média baixa, e deve ter, o quê? Uns quarenta? Cinquenta e
pouquinhos? Parece perdido, como se sua vida tivesse acabado de
se desmanchar em pedacinhos e nada fizesse mais sentido. Está ligando para pedir ajuda e já me disse o suficiente para eu saber que,
dentre os perfis dos meus clientes, este é um Ricky Sullivan clássico. Dá para dizer muito sobre a pessoa só de conversar no telefone.
Anoto seu nome completo no meu bloco de notas enquanto conver-
so com ele.

– Sr. Berridge, deixe-me interrompê-lo aí mesmo. Eu prefiro o
que os meus receptáculos de luz... é assim que eu chamo os meus

clientes... que os receptáculos de luz não me digam nada deles mesmos antes de chegar para a consulta, caso seja essa sua decisão. Assim posso fazer uma leitura mais nítida da sua aura, sem qualquer preconcepção, e é mais justo. O que eu sempre digo é: se uma pessoa tem um dom genuíno de vidência, por que contar tudo para ela? É ela quem deveria contar para você! Assim, você pode julgar por si mesmo se meu dom é genuíno ou não. É o mais justo. A gente tem, sim, alguns golpistas neste meio, e é por isso que eu insisto que as pessoas especiais que tiveram a coragem de procurar minha ajuda recebam o tratamento correto e o crédito como os adultos inteligentes que são. Lamento, é assim que eu sou. Agora, caso o senhor decida marcar uma consulta, o valor é de apenas cinquenta libras, ou cem para a visita em domicílio. Não precisa trazer em dinheiro, pode me pagar quando receber o boleto daqui a uma ou duas semanas, e só se o senhor achar que o meu trabalho em contatar o seu ente querido vale isso.

Eu costumava cobrar menos, mas descobri que as pessoas ficam mais dispostas a acreditar nas coisas se pagarem caro. O sr. Berridge me parece já estar a meio caminho andado de se convencer, mas tem um jeito muito abalado e incerto. Imagino que tenha passado por uns maus bocados. Ele faz alguns hmms e aaahs, aí pergunta se pode vir até aqui para uma consulta, talvez mais tarde, por volta das oito horas, mais ou menos? Eu lhe digo que tudo bem, e ele pode passar até antes, se quiser, eu estarei em casa a noite inteira. É um pequeno toque, mas deixa tudo mais relaxado e casual. Tranquiliza as pessoas e faz com que se sintam no controle das coisas, o que é importante quando você acabou de passar por uma perda.

Ele me agradece e desliga, e logo depois eu pego o meu velho iPhone e confiro o site do jornal local, descendo pelos obituários das últimas duas semanas até encontrar o nome que rabisquei no meu bloco de notas. "Berridge, Dennis, irmão querido de David, tio de Darrell e Josephine, faleceu em paz em seu lar, novembro, blá-blá--blá", e depois tem um daqueles poemas que eles devem tirar de algum livro, tipo discursos de padrinho. Não critico. As pessoas têm direito aos seus sentimentos, claro, é só que acho brega e inadequado, lamento, mas é, especialmente se for algo tão pessoal quanto a morte de alguém.

Pois então, olha só, era um irmão. Eu dou uma pesquisada para ver se o sr. Berridge tem Facebook, e por acaso dou sorte. Só de ler as atualizações e acompanhar os links para outros sites, logo já tenho todas as informações de que preciso para causar uma boa impressão no cliente quando ele chegar. Com base no que leio aqui, eles não eram só irmãos, eram gêmeos. Não é de surpreender que David Berridge soe tão abalado. Dizem que eles muitas vezes partilham de um vínculo psíquico, os gêmeos, e deve ser terrível quando um deles morre. Lembro de Ronnie Kray, o gângster; quando ele morreu, saiu no jornal que o seu irmão Reg mandou uma coroa de flores para "a minha outra metade". Deve ser um horror perder alguém tão próximo. Você fica muito vulnerável. Ainda assim, vendo pelo lado bom, facilita muito meu trabalho de preparação, só ter uma data de nascimento para lembrar e tantos detalhes da criação deles em comum. E aqui diz que eram gêmeos idênticos, por isso a foto de David no Facebook também serve para o Dennis: um rosto bem sem gracinha, com um cabelo fininho, bagunçado, grisalho e um princípio de calvície; uma leve camada de sardas no nariz; olhos sem brilho e uma mandíbula um pouco prognata que deixa a boca parecida com a de um coelho. Não parece ser grande coisa, para ser bem franco, mas imagino que possa ser só uma fotografia mal escolhida. É por isso que eu sempre me certifico de que a Jenny – é ela quem cuida da minha divulgação –, eu faço questão que ela me mostre as fotos comigo antes de mandá-las para qualquer coisa. Não quero mais fotos minhas com aquele bigodinho que eu tinha. Digo, nunca fui parecido com o Vincent Price, isso seria ridículo, mas não faz sentido ficar dando munição para os outros, não é? Além do mais, com a barba feita eu pareço mais jovem.

Ah, que interessante. Dennis Berridge tinha um blogue, aparentemente. Hmm. Passando pelas postagens mais recentes, receio que vou precisar dizer que... Ai, nossa, que negativo. Que dureza... Preciso dizer que ele não me parece alguém com quem eu fosse me dar bem. Seguiu o ramo de ciências na escola, depois deu aula de física até tudo ficar pesado demais e se aposentou antes da hora no último mês de abril. Me parece um homem bem amargurado. Ele começa ralhando com os americanos, os cristãos, porque eles dizem que a Bíblia devia ser ensinada junto com a evolução nas escolas. Bem, não vejo nada de errado com isso, colocar os dois lados do argumento. Ah, aqui está. É Richard Dawkins isso e Richard Dawkins aquilo. Tem o de sempre sobre a homeopatia, como é que pode funcionar com a diluição e o resto, e eu espero... Ah, sim, chegamos lá. "Por que a Doris Stokes não manteve mais contato depois que morreu? Certamente ela ainda tem livros pra vender, não é?" Golpe baixo. Lamento, é golpe baixo. Digo, a mulher já morreu e não tem como se defender. Tenha algum respeito, só isso.

Pensando bem, deve ser isso que o irmão quis dizer quando falou que não sabia se o falecido aprovaria essa consulta. Não, não, aposto que não. Aposto que aos olhos do Dennis isso seria uma ironia dolorosa, pensar que alguém como eu ia rir por último. Não é?

Eu decoro todos os detalhes importantes... Um dogue alemão chamado Benji pelo qual os dois gêmeos tinham muito carinho quando tinham onze anos, coisas assim... e então dou uma ajeitada na sala da frente para quando o sr. Berridge chegar. Não há muita coisa que precise ser feita, só alguns toques para criar a devida atmosfera. Abaixo a luz só um pouquinho no *dimmer* e acendo uma vareta de incenso. Nem sei bem que tipo de incenso é, tecnicamente. É do tipo que tem um cheiro meio cor-de-rosa, você sabe o que eu quero dizer. Coloco alguns dos meus livros de fantasmas mais impressionantes na mesinha de centro. Tem o *Inglaterra mal-assombrada*, do Elliot O'Donnell, onde a aranha me deu aquele susto mais cedo, e um catatau repleto de anjos pintados com aerógrafo. Ambos jogados por aí casualmente, como se eu lesse esse tipo de coisa o tempo todo, quando na verdade não sou bem o que se poderia chamar de um grande leitor. Até o *Inglaterra mal-assombrada* eu comprei só pelas fotos, na verdade. São bem impressionantes, à primeira vista. O monge, por exemplo: "CHAPA II. FOTOGRAFIA DE UM NOTÓRIO FANTASMA DE SOMERSET". É bem o que eu chamaria de uma aparição assustadora à moda antiga, manifestando-se nas escadas de uma casa chique em Bristol em plena luz do dia. Só depois que você fica um ou dois minutos olhando repara no modo como a luz recai sobre o monge de um lado diferente em comparação com todo o resto na fotografia, por isso dá para sacar que é um caso de dupla exposição. E, claro, é preciso se perguntar o que o fotógrafo (um certo sr. A. S. Palmer, como consta na legenda) estava fazendo ao montar sua câmera e seu kit de iluminação para tirar uma foto de uma escada vazia. Ainda assim, como eu digo, é bem eficaz se você olhar só de relance.

Foi a campainha agora? Com a música de fundo que eu coloquei para tocar, *Sons da floresta tropical*, tem uns trechos cheios de plim-plim – como que chama? – de uns sinos de vento, e é difícil dizer se tem alguém à porta ou não. São umas sete e meia, então não deve ser a hora do meu receptáculo de luz ainda, mas eu falei que ele podia chegar mais cedo se quisesse. Mesmo aqui, no corredor, não consigo dizer se tem ou não alguém do outro lado desse vidro opaco. Provavelmente são só sombras na minha cerca-viva, mas acho que é melhor dar uma olhada, caso seja...

– Oi. Desculpe, não quis assustar. Por acaso o senhor é o sr. Sullivan?

Meu Deus, Ricky, tome tento. Primeiro uma aranha, agora isso. Já ouvi falarem de gente sensitiva que é uma pilha de nervos, mas aí já é demais, é ser uma velha igual seu pai falou. Ainda assim, eu me recupero rápido.

– Sim. Sim, sou eu. Sou Ricky Sullivan, prazer em conhecê-lo. Espero que não tenha ficado aí fora muito tempo; é que eu tinha música tocando e não tinha certeza se estava ou não ouvindo a campainha. O senhor deve ser o sr. Berridge.

Igualzinho na foto do Facebook, só que ele está um tantinho mais retraído e amarfanhado desde que tirou aquela foto, um tantinho mais desgrenhado, o que eu entendo que é o luto. Está parado ali, sob a moldura da porta aberta, deixando entrar todo o ar frio. Ele olha para cima e consegue dar um sorrisinho cansado, Deus abençoe.

– Sr. Berridge, sim, correto. E, não, eu acabei de chegar. Nem tive a chance de tocar a campainha. O senhor deve ter tido um daqueles pressentimentos que vocês costumam ter.

Bem, olha só que golpe de sorte. Ele já está quase convencido e nem passou pela porta ainda.

– Ah, bem, não é muito, mas tem vezes que ter um dom de Deus acaba sendo útil. Em todo caso, por favor, entre e se aqueça. Vamos ver o que eu posso fazer para ajudá-lo, tudo bem?

Ainda com aquele sorrisinho autodepreciativo, ele passa por mim timidamente, e eu fecho a porta atrás dele. Está frio lá fora e dá para sentir no corredor, mesmo com o aquecedor ligado. Não tem vento, e a neblina está pairando ali como os borrões esfumaçados de um desenho a lápis. Ele chega na sala da frente, se senta no sofá sem nem tirar o sobretudo, o que me dá a impressão de que não pretende ficar muito tempo. Bem, veremos. Sento-me na poltrona oposta.

– Sr. Berridge, posso só dizer uma coisa? Assim que o senhor chegou, eu tive uma sensação muito forte. Mais forte do que o que eu geralmente capto nos meus receptáculos de luz em geral. O senhor recentemente foi separado de alguém, correto? Não só alguém próximo, mas alguém tão próximo que eu nem consigo imaginar como deve ter sido. Não, não, deixa eu terminar. Está chegando para mim a letra "D" e o que eu acho que deve ser um primeiro nome? Denzel? É isso? Espere um minuto... não. Não é isso. Não, é Dennis. Definitivamente Dennis. E a imagem que eu estou recebendo... não, deve estar errado. Não pode ser. Lamento, sr. Berridge, mas acho que vou acabar decepcionando-o. Devo estar descalibrado hoje. Estou recebendo uma imagem do seu ente querido, mas tudo que eu vejo é... bem, é o senhor, basicamente.

Ah, sim. Isso chama a atenção dele. Ele olha nos meus olhos com aquele mesmo sorrisinho pesaroso e balança a cabeça, admirado.

– É o meu irmão gêmeo. Foi dele que eu me separei. Preciso dizer que eu não sabia se devia visitá-lo assim, mas, ah, bem, o senhor está à altura das minhas esperanças e expectativas. Então, será que ele tem alguma coisa para me dizer, meu irmão? Tem alguma mensagem para mim?

Lamento,, mas não consigo resistir, não depois de toda aquela besteira que eu li no blogue do irmão dele.

– Sim. Tem, sim. Não tenho certeza se estou entendendo direito, mas acredito que o Dennis quer lhe dizer que estava errado. Isso faz algum sentido? Estou captando que ele nunca achou que existisse uma vida após a morte, e que talvez tenha dito algumas palavras duras sobre aqueles dentre nós que acreditam nisso. Essa minha impressão está correta? Ele diz que quer pedir desculpas e que sabe a verdade agora. Diz que é maravilhoso o lugar onde está. Me diz que está reunido com velhos amigos. Me mandou contar que está com o... Benjamin ou Benji? É isso? É alguém que vocês conheciam?

Para dizer a verdade, eu botei essa última parte por impulso, mas já tirei a sorte grande, por assim dizer. Ele está ficando marejado. Seus olhos ficam úmidos enquanto me encara. O sorrisinho desapareceu.

– O Benji era... era um dogue alemão que a gente tinha quando criança. Nós dois amávamos esse cachorro. Mas até aí o senhor já sabe. Sr. Sullivan, imaginar que poderia trazer à tona um querido animal de estimação da nossa infância assim... o senhor é realmente inacreditável. Se eu tinha quaisquer dúvidas sobre o tipo de homem que o senhor é antes de vir, elas já se dissiparam. E o que disse agora, como o Dennis sempre teve tanta certeza de que não havia vida após a morte e agora tem que admitir com relutância que estava errado, tudo isso parece muito verdadeiro também. É bem como o Dennis era. Sempre racional, com uma frieza no olhar. Suas circunstâncias atuais devem tê-lo flagrado de surpresa, mas, se o conheço bem, ele também veria a graça nisso.

O sorrisinho volta mais uma vez. Não sou de me gabar, mas acho que podemos contar aí uma vitória para Ricky Sullivan. Fico me perguntando se devo oferecer uma xícara de chá e biscoitos, talvez possamos papear sobre o seu irmão por um tempo e então eu o acompanho até a porta, tim-tim, cinquenta paus, mas não, ele começa a falar de novo.

– O senhor disse que atendia a domicílio por cem libras, é isso mesmo, estou correto? Mais cedo eu não tinha certeza se era o certo a se fazer, mas, como eu disse, com aquele negócio do Benji o senhor me convenceu. É a pessoa certa para isso. Digo, certamente você receberia uma mensagem mais clara se estivéssemos na casa onde Dennis morava, não?

Estou assentindo desde que ele mencionou as cem libras. Bem, devo dizer que não achava que isso parecia muito promissor quando do David Berridge ligou mais cedo. Parecia tão nervoso e hesitante que eu não tinha nem certeza se daria as caras, mas olha só ele agora, após uma dose do que eu chamo de efeito Ricky Sullivan. É quase uma pessoa diferente. Está mais confiante. É como se tivesse se convencido. Acho que isso dá uma ideia da magia que eu trago para a situação, a minha personalidade é assim mesmo.

– Bem, sim, tenho certeza que isso deixaria as coisas mais claras. Teria mais vibrações com a visita, óbvio. O senhor pretende marcar um horário ou estava pensando nesta noite mesmo? Digo, para mim não faz mal. Com a minha agenda, hoje na verdade seria bastante conveniente.

O que significa que é melhor, da minha perspectiva, se fôssemos agora, enquanto ele ainda sente esse entusiasmo, em vez de ter tempo de mudar de ideia. Mas, não, ele assente com a cabeça. Parece ansioso.

– Não, hoje está bom. Hoje seria perfeito. Não fica longe. Chegamos em vinte minutos.

A noite está sendo bastante lucrativa. Para a cena na casa, ainda tem muito material que eu não usei, os nomes dos pais e por aí vai, por isso posso fazer o dinheiro dele valer. Fazer uma visita com tudo que tem direito. Será que arrisco imitar a voz do irmão? É seguro pressupor que a voz dos dois devia ser parecida, mas nunca se sabe. O irmão podia gaguejar ou ter um cicio ou algo assim. Vamos ver como a coisa caminha, no improviso. Ele se levanta do sofá com as mãos ainda enfiadas nos bolsos do casaco impermeável... O tempo todo que esteve aqui, não tirou as mãos do bolso. Deve estar sofrendo com o mau tempo ainda mais do que eu... e eu pego meu cachecol e casaco de couro pendurados no corredor para podermos sair. Custou caro, o casaco, mas, nossa, você tem que ver como fica. Me faz parecer bem mais alto e mais misterioso, como alguém saído de *Arquivo X* ou *Matrix*.

Eu vou pastoreando-o até a porta e, enquanto viro a chave, já fora de casa, escuto o telefone tocar. Poderia ser outro cliente, por isso o meu impulso natural é voltar e atender, mas não. Deixo tocar. A secretária eletrônica vai atender e, em todo caso, se eu tiver interesse sempre posso ligar da rua para o telefone fixo e ver quem deixou a mensagem. Ao colocar as chaves no bolso, dou uma conferida rápida e garanto que estou com meu celular, seguro dentro de uma meia infantil de tricô, que é onde eu o guardo. Eu me viro e arrisco, bem tranquilo:

– Certinho. Vamos então?

Mas David, o sr. Berridge, já passou dos portões da frente e está seguindo pela rua, de modo que preciso me apressar para alcançá-lo.

Ai, que tempo péssimo está fazendo esta noite. O vento penetra o cardigã. Acho que não consigo me lembrar de um dezembro tão frio que nem este desde que eu era criança. É o tipo de frio que traz memórias e fica um horror com a neblina. Eu tinha esquecido, mas ela tem um cheiro, a neblina. É como uma fumaça úmida ou algo assim; é menos um cheiro do que uma desgraça de sensação bolorenta no nariz. E aí vem aquele tipo de queimadura de frio nas vias aéreas quando você inala. Para ser honesto, não vejo a hora de terminar logo esse negócio do Berridge para voltar para casa o quanto antes. Que horas são, acabou de passar das oito? Vinte minutos para ir e vinte para voltar, mais vinte para os negócios, acho que dá para chegar a tempo de assistir o episódio de hoje de *Quite Interesting*. Admito que o humor deles não é tanto do meu gosto, mas tem um monte de pequenos fatos interessantes, tipo como a lesma do mar é na verdade um tipo de pepino, se eu lembro direito. Não é fascinante? Ah, se esses céticos, todos esses tipinhos como o falecido irmão do sr. Berridge, pudessem abrir os olhos e ver como são portentosas e inexplicáveis as maravilhas de Deus, de verdade, tipo com a natureza e tudo mais, então talvez não fossem tão arrogantes e ferrenhos na hora de dar opiniões. Porque não passam disso, opiniões. Ninguém entre nós é capaz de saber ao certo, não é, o que nos aguarda do outro lado? Devo dizer que gostaria que o sr. Berridge andasse um pouco mais devagar. Ainda assim, ele está interessado, é isso que importa.

Percorremos a rua do lado do parque e atravessamos a faixa de rodagem de mão dupla que fica no fim do parque. Engraçado, para um período tão perto do Natal, não tem vivalma na rua. Deve ser o clima, deixa todo mundo dentro de casa. Ou a recessão. As pessoas sempre ficam com um olhar tão preocupado e tenso nessa época do ano. É muito estressante tentar dar conta das expectativas de todo mundo, não é? Não que seja um problema para mim, o Natal. Para ser honesto, sempre espero ansiosamente por essa data. Digo, desde que minha mãe morreu, nunca mais tive ninguém para quem dar presentes, por isso não sai tão caro para mim. Sei que para alguns é uma época solitária, e é quando se tem a maioria dos suicídios e tudo mais, mas, falando em termos pessoais, sempre tenho um pequeno aumento no volume dos clientes e consultas por volta de janeiro. A desgraça de uns, e assim por diante.

Tem o neon de uma loja de espetinhos e um ou outro farol queimando na neblina. Caminhamos pela via de mão dupla por uns minutos, depois atravessamos outra estrada principal que desce ladeira abaixo. Estou ofegante demais por tentar acompanhá-lo para conseguir conversar direito, mas não é como se houvesse um silêncio constrangedor. Estamos apenas com pressa para chegar aonde estamos indo, por motivos diferentes. Ele pensa no seu irmão e eu penso no Stephen Fry e naqueles cento e cinquenta paus.

Sabe, ao longo de todos os anos morando onde eu moro agora, nunca tive muito motivo para seguir por esse caminho antes, e nunca vim tão longe. É nisso que eu penso enquanto passamos pelos bairros mais barra-pesada, onde fica a maioria dos prédios residenciais, mas aí tem uma ou outra construção que remete à época do Cromwell ou até mesmo antes. Não sei por que não mandam cimentar tudo, botam uma delegacia ou algo assim, com alguns cafés legais na calçada. Provavelmente é coisa dessa ralé daqui, com seus direitos de inquilino e tudo o mais, que impede que isso aconteça. Sei que parece horrível falando assim, mas se tivermos um inverno ruim, com todos esses cortes, talvez dê uma limpada nos obstáculos por estas bandas e aí vai acabar sendo a melhor coisa que já aconteceu no distrito. Lamento, mas pronto, falei.

Se quiser saber o que penso, acho que é em áreas como estas que ficam os fantasmas de verdade, não é? Coisas velhas e mofadas, coisas mortas de centenas de anos atrás que não têm o menor direito de ficar fazendo aparições no presente, com o ranger de madeiras e o arrastar de correntes. Esses jovens terríveis com os rostos pálidos, desnutridos e encapuzados, como aparições, igual ao monge da fotografia do sr. A. S. Palmer. Chiados na noite e manchas espectrais de sangue nas lajes externas de um restaurante de comida para viagem que desaparecem antes da tarde seguinte, é que nem um romance gótico. E, assim como um fantasma, uma vizinhança dessas fica por aí durante séculos, com seus trapos ao vento e essa atmosfera deprimente. É uma presença acusadora, que faz com que todos se sintam culpados de coisas que aconteceram antes de a maioria de nós ter nascido. Não é culpa nossa se as pessoas eram preguiçosas demais para fazer algo da vida e encontrar um lugar melhor para morar. Deixem-nos em paz.

Ah, olha só. Um belo de um toletão de cachorro na calçada. Que nojo. Dei sorte de ter visto, com essa neblina. Se o Dennis Berridge foi obrigado a morar por aqui, tudo que eu posso dizer é que ele não devia ser grande coisa como professor de física. Ou talvez fosse, mas nunca se deu bem com o sistema educacional, tal como ele é agora. Em todo caso, deve ter ficado amargurado por uma pessoa que nem ele só conseguir bancar um lugar assim. De ler o seu blogue, deu para perceber que era um homem com muita raiva. Muitas vezes, quando você vê pessoas que dizem coisas escabrosas sobre curadores espirituais – que é como eu me enxergo –, muitas vezes você descobre que são suas próprias frustrações que as incomodam, bem no fundo. Agora, o seu irmão David aqui parece muito mais contente consigo mesmo, cabeça mais aberta, mais simpático. Andando a uma ou duas passadas à frente, ele se vira e lança um olhar para mim por cima do ombro, com aquele seu sorrisinho engraçado que, francamente, sob a luz desses postes inúteis que eles têm aqui, acaba parecendo meio sinistro. Não parece lá muito um receptáculo de luz, para colocarmos nesses termos. Mas é preciso lembrar o baque que ele sofreu. Pobre alma.

– Não está muito longe agora. A casa do Dennis fica aqui no finalzinho da rua.

Bem, graças a Deus por isso. Se precisássemos ir mais longe, acho que eu iria precisar de vacina para raiva. Lamento, mas é isso mesmo. A rua em que a gente está é como se fosse de casas conjugadas, com uns jardinzinhos desmazelados, a maioria dos quais têm os portões arrombados ou portão nenhum. David vira à direita num trecho coberto de cascalho, e eu sigo logo atrás. A casa parece estar em melhores condições do que as outras propriedades por aqui, mas não muito. É xexelenta, e a pintura está descascando toda na porta da frente, mas pelo menos ninguém quebrou as janelas nem as cobriu com placa de reboco igual à casa pela qual passamos umas duas portas atrás. Alguém desenhou um pinto no portão de madeira com tinta spray preta, incluindo, sabe como é, aquilo lá, as gotinhas pingando da ponta. Quem quer ver uma coisa dessas? Que mente horrível certas pessoas têm. Horrível.

– É o seguinte, eu só vou dar a volta aqui para ver se todas as janelas e a porta dos fundos continuam intactas após a morte do Dennis. Ele deixava uma chave embaixo do vasinho de flor, perto da entrada ali. Pode ir na frente. Caso tenham cortado a luz, tem uma lanterna grande no corredor, logo depois da porta.

Essa parte é meio fora dos padrões, mas ainda assim são cem libras. Dá um trabalho encontrar o vasinho no escuro e a ponta dos meus dedos está tão gelada que eu já não sinto nada, por isso demoro para destrancar a porta e encontrar a lanterna mencionada pelo sr. Berridge, tanto que ele já está de volta da sua inspeção, bem aqui, em pé, atrás de mim. Não consigo ver o rosto dele sob essa parca iluminação, mas sei que vai estar com aquele sorrisinho exausto e apalermado, mostrando seus dentinhos de coelho, com aquela mandíbula prognata que ele tem. Ligo a lanterna e ela lança uma poça de luz cor de chá na entrada, de modo que eu posso ver o pé das escadas. Eu acho que é… não. Será? Acho que tem umas hastes de latão na escada para segurar o tapete, à moda antiga, igual costumava ter. Que vergonha. Você está me dizendo que um professor de ciências não tinha dinheiro nem para instalar um carpete de verdade?

O sr. Berridge vai na frente, e reparo que ele deixa para mim o trabalho de fechar a porta atrás de nós, nossa, muito obrigado. Nascido no estábulo, como minha mãe dizia. Não que fechar a porta tenha feito a menor diferença no que diz respeito ao frio. Na verdade, está mais frio dentro do que fora, e tem aquele cheiro, o cheiro da casa dos outros. Nas residências melhorzinhas, não dá para reparar, só tem o cheiro de Glade ou coisa assim – é como na minha –, mas nas casas das pessoas mais pobres dá para sentir o cheiro de peixe frito empanado e das meias sujas de anos atrás, como se estivesse acumulado na mobília. Tento ligar o interruptor no corredor, mas nada acontece. Duvido que a prefeitura corte a luz de alguém tão rápido após a morte, provavelmente o que aconteceu é que ele não pagou a conta. Acho que é melhor eu apressar um tanto as coisas aqui, pôr logo a mão na massa, por assim dizer. Não quero passar muito tempo aqui, não.

– Bem, olha só, que atmosfera, sr. Berridge. Que atmosfera. Quase consigo sentir a presença do Dennis, como se estivesse bem aqui do meu lado. Sinto que ele está preocupado com o senhor, preocupado que esteja sofrendo desnecessariamente após a morte dele. Diz que não quer que fique magoado.

Ergo o facho da lanterna do ponto onde a luz estava brincando com o papel de parede intragável e o rodapé lascado, e lá estão eles, os dentes apatetados e o sorriso pesaroso enquanto ele reflete.

– É, isso é a cara do Dennis. Sempre fomos tão protetores um com o outro, sendo gêmeos. Se qualquer um de nós em algum momento estivesse encrencado ou tivesse alguém implicando com ele, então o outro caía em cima com dez pedras na mão. O Dennis, especialmente. De nós dois, era o Dennis quem tinha mais sangue nos olhos.

Por que isso não me surpreende? Qualquer um que seja capaz de ralhar durante páginas e páginas contra quiropatas e coisas assim dificilmente vai ser uma pessoa normal que simplesmente deixa as coisas como estão. Para ser franco, fico feliz de nunca o ter conhecido. Parecia um pesadelo.

– Ele parece ser um homem amável, muito preocupado com os outros. Só deixa eu perguntar o seguinte... Tem algum objeto ou pertence a que o Dennis tivesse algum apego em especial? Algo que eu possa tocar? É só que, para mim, muitas vezes o toque faz com que o contato se torne mais forte. Pode ser as chinelas favoritas ou um disco de que ele gostasse. Literalmente qualquer coisa. Só algo que eu possa usar para estabelecer uma conexão.

Lá vai o sorriso de novo. Provavelmente é só a luz batendo nessa passagem estreita, mas seu olhar parece quase compadecido, até mesmo condescendente. Ah, está frio aqui. Gelado.

– Bem, se o senhor quer alguma coisa para se conectar com o Dennis, acho que posso dar um pulo no andar de cima rapidinho eu trazer alguma coisa. Por favor, fique aqui na sala e sinta-se em casa.

Ele se vira e segue na direção das escadas, depois olha de volta para mim e... não. Não, sua voz sai muito fraca, e eu mal consigo entender o que diz. Está perguntando se eu quero... sei lá. Uma canja? Ele está me oferecendo sopa? Eu balanço a cabeça para dizer que não, com um sorriso educado.

– Não, não, não preciso de nada, não. Pode ir em frente e eu vou ficar aqui esperando na sala.

Ele dá meia-volta e sobe as escadas bem casualmente, para alguém que está andando no escuro, embora obviamente esteja também mais familiarizado com o local do que eu. Imagino que tenha passado muito tempo aqui.

Abro a porta com um empurrão e faço uma varredura da sala de estar com o facho da lanterna. Meu Deus, que muquifinho deprimente para alguém passar seus anos derradeiros. Tem três estantes, em sua maior parte com livros de ciência e ficção científica, pelo visto, e não tem televisão. Duas poltronas capengas ficam de cada lado de um velho aquecedor halógeno. Não vejo um desses há anos. No andar de cima, escuto o sr. Berridge andando para lá e para cá à procura de qualquer cacareco sentimental que ele vá trazer aqui para eu fazer a minha fusão mental vulcana. Não vou ficar surpreso se for um autógrafo do Richard Dawkins. Se vai demorar, imagino que posso me sentar numa das poltronas e descansar os pés depois dessa caminhada toda. Espero que não demore. Já são vinte e cinco para as nove, e eu vou perder o começo de *Quite Interesting* a não ser que o sr. Berridge se mexa logo. Ficar sentado aqui no escuro, bem, não é como eu gosto de passar minhas noites de sexta-feira, digamos assim.

Ah, espera lá, teve aquela ligação que eu recebi quando estava trancando a porta da frente, não teve? Enquanto o Charlie Boy está lá em cima chorando em cima das lembranças do irmão, posso pelo menos dar uma olhada nisso e ver se tem outro cliente na sequência. Honestamente, meus dedos, enquanto pesco a meinha com o iPhone no bolso do casaco, estão meio congelados. Se esfriar mais, vão começar a cair.

Demora uma era para conseguir discar os números e o sufixo que me liga à secretária eletrônica. Toclof-toclof-toclof no andar de cima, os passos pelo teto. Em retrospecto, não era bem "canja" que ele me ofereceu quando estava prestes a subir a escada. Era mais tipo "santa" ou alguma palavra assim, só que não faz... Ah! Prontinho. A voz da mulher me diz que ligaram às oito horas e aí vem aquela longa pausa antes de tocar a mensagem.

Fanta. Foi isso que ele disse. "Ricky? Você quer uma Fanta?" Mas por que é que ele...?

– Sr. Sullivan? Sinto muito, aqui é o David Berridge. Escuta, eu andei conversando com a minha esposa e, bem, me desculpe, estou repensando a minha consulta com o senhor. Não acho que seja algo que o falecido fosse querer. Sinto muito em cancelar o agendamento e espero que eu não o tenha incomodado ou coisa do tipo. Em todo caso, obrigado mais uma vez e sinto muito. Hm, cuide-se. Tchau. Tchau...

O quê? Isso... ele está de pegadinha ou coisa assim, ligando de lá de cima, é uma piadinha de mau gosto para me fazer... não, não foi ele que me ligou. Fui eu que liguei, o que é que eu estou dizendo? É o telefone de casa, não é? O meu telefone fixo. Eu que liguei e disse oito horas e ele estava comigo na hora, no meu portão. Deve ter, sei lá, deve ter alguma explicação para isso – se acalme, Ricky –, alguma coisa em que eu não pensei, e dentro de um minuto vou estar dando risada do quanto sou tapado. Porque, se David Berridge, se ele me ligou às oito para cancelar, se ele ainda está em casa, então...

Acima de mim, das escadas, vem um rangido. Alguém está descendo. Eu lamento.

Lamento demais.

O estado altamente energético de uma complexidade improvável

Foi o melhor dos tempos; foi o primeiro dos tempos. Naquele femtossegundo que deu início a tudo – e se um femtossegundo durasse um segundo inteiro, então um segundo duraria trinta milhões de anos, ou algo assim –, naquele sobressalto quântico de supetão, enquanto toda a noção do passado estava ainda no futuro, tudo era perfeito.

Retinindo da vacuidade do nada, sucedeu-se um arranjo sofisticadamente intrincado do que poderiam ser azulejos translúcidos de laca. Na falta de um meio por onde transportar o som, esse retinir era puramente visual. Desprovidos de escala, os azulejos que tombavam eram inimaginavelmente imensos ou infinitesimais. É impossível, claro, falar em termos de formato ou cores no nada e no vazio anteriores a essas qualidades, mas a forma emergente tinha algo como o perfume da geometria, dentro de suas voltas uma premonição – mais um laivo – de um cor-de-rosa gélido e nítido numa oscilação de estado misto com o azul suntuoso da asa de um pavão. Pela sua própria natureza, era algo de uma beleza incomparável. Essa incomparabilidade também se aplicava à duração do instante subatômico em que esses fenômenos preliminares ocorreram: faltava muito ainda para se alcançar a menor medida da cronologia, e tudo parecia prosseguir eternamente sem parar.

O evento, marcante e sem precedentes, sequer nos princípios da substância, tinha como seu material, em vez disso, o que se poderia chamar de uma quimera de luz, um diagrama otimista para a energia e para a matéria. Tendo gerado, portanto, um precursor espontâneo à solidez e com isso um objeto primordial, a força matemática insensata que impensadamente precipitou a erupção ontológica parecia compelida a repassar cada contingência plausível de estruturas, conforme a cascata de superfícies cada vez mais elaboradas quebrava-se em silêncio, passando à existência. Numa dilatação caleidoscópica fabulosa, havia pavilhões de vapor, corredores de tesselação, grandes Alhambras, piscinas espectrais, avenidas, saguões, corredores de uma estatura incalculável se abrindo e se fechando como um oráculo em papel feito por uma criança na escola. Quiosques germinados espontaneamente floresciam na forma de catedrais futuristas, amadurecendo até virarem cidades inimagináveis iteradas nos limites do momento que se inflava de maneira gradual. Cintilava a lógica arquitetônica abstrata, radiante em sua manifesta contingência. Embora fosse um inferno aritmético além de qualquer capacidade de definição ou descrição, essa situação que evoluía era o mais próximo do paradisíaco que se poderia chegar.

Caracteristicamente, o supracitado objeto inicial, acumulado exponencial e incessantemente autocomplicante, implicava – e, de fato, necessitava de – um sujeito inicial. A partir dessa simetria efervescente, conforme estádios multiplicados iam se desdobrando a partir do vácuo vazio em toda parte ao seu redor, um rumor de partículas submicroscópicas convergiu com uma aleatoriedade altamente ordenada rumo a uma nova configuração bastante marcante, uma fortuita inovação estilística, com uma ausência chocante de linhas retas. Nessa época, é claro, na álgebra eufórica daquele primeiro femtopiscar-de-olhos, a improbabilidade sequer era possível. Enquanto acidente coreografado, livre de improbabilidade, aquela chusma de protoátomos e moléculas incipientes colidiu, formando a antecipação de um organismo. Agora – e só havia o agora –, suspensas no centro de um vazio altivo cuja frágil superfície interior era bordada de basílicas, coagulava um elipsoide autoconfiante de proporções incertas. Iluminada pela mesma inflexão de rosa/azul que os seus entornos progressivamente mais elaborados, reluzente e ameada com um tracejado fractal de vincos, essa entidade primária era o que viria a ser chamado, mais cedo ou mais tarde, de um cérebro de Boltzmann.

O cérebro de Boltzmann, uma forma de vida senciente extemporaneamente formada a partir do acaso subatômico, a consequência inevitável de um universo não finito, tal como consta no experimento mental do físico e teórico do século 19 Ludwig Boltzmann, era, naquele paraíso rapidamente replicante e surpreendentemente bem regimentado, anterior à estatística, não menos provável do que qualquer outro resultado. Em todo caso, a partir da perspectiva ainda recém-solidificada do cérebro, sua existência foi uma surpresa inacreditável.

Nascido nas condições do escuro de um silêncio que, na falta de noções tanto de som quanto de brancura, sequer era compreendido como tal, o protótipo desconcertado da consciência se tornou a princípio desconfortavelmente consciente da própria existência e então consciente de sua consciência – e, com esses princípios iniciais estabelecidos, foi inventada a filosofia, junto com o solipsismo. Com relativa rapidez – se é que é possível falar em rapidez naquela femtolasca de um princípio –, esse lócus emergente de cognição, cego e escorregadio, desenvolveu uma hipótese quanto ao que poderia estar acontecendo, uma tentativa inicial daquilo que em eras vindouras seria chamado de realidade.

Despreocupadamente dando origem à razão, o cérebro raciocinou que, se ele existia, como parecia ser o caso, era concebível que houvesse pastos mais amplos da existência, algum lugar onde ele pudesse experimentar essa existência. Além do mais, enquanto criava incidentalmente a atividade de reparar nas coisas, o cérebro reparou que suas especulações quanto ao campo potencialmente mais amplo do ser deveriam ter necessariamente chegado a algum ponto após seu feito anterior de percepção; o momento em que reparara que existia. Por meio dessa inferência de uma natureza sequencial aos eventos e suas conjecturas sobre a possibilidade de uma localização, o cérebro isolado, ainda passando pelos processos traumáticos do seu nascimento, concebeu tanto o tempo como o espaço. Claramente tinha pegado um bom embalo.

Embriagado da gênese, essa curiosidade de Boltzmann postulou, na sequência, que era possível que esse contínuo recém-deduzido não fosse o vazio escuro e solitário que lhe parecia ser. Na opinião apressadamente cristalizada do próprio cérebro, uma hipótese alternativa apontava para uma existência na qual haveria vários outros pontos informacionais que sinalizavam sua natureza, mas, sem meios de registrar esses sinais imaginários, o pudim eletrificado azul/rosa continuou não sabendo de nada. Ah, se apenas a forma quase material que ele sentia possuir pudesse ser amplificada por algum tipo de aparato sensível o suficiente para perceber a menor perturbação, a mais sutil flutuação em qualquer que fosse o meio no qual todos esses acontecimentos preliminares estivessem ocorrendo.

Embora desprovido de escala em seus próprios termos, pelos padrões atuais, esse contínuo em rápido desenvolvimento habitado por um deslize cerebral da probabilidade era menor do que mais fugidio dos quanta, por isso suscetível a princípios quânticos. Por exemplo, o efeito do observador – que, com o tempo, viria a ser empregado por Werner Heisenberg – era, por diversos fatores, num universo nascente infinitamente minúsculo onde havia apenas um único observador, mais dramático e imediato, e não demorou, logo que esse observador singular teceu essa observação, para que a névoa indistinta de quase partículas ao seu redor começasse a se solidificar, assumindo forma e visibilidade por meio de uma nova estrutura protuberante nas saliências anterior-superiores do cérebro. Essa nova forma, fantasmagórica a princípio, mas logo ganhando definição, era em essência uma construção cônica, indistinta de um chapéu de bruxa de feltro macio, com a ponta voltada para dentro no extremo pontiagudo, formando uma concavidade profunda. Esse novo ornamento era, portanto, ao mesmo tempo peniano e vaginal em seus contornos, tombando para a frente e pendendo do "cenho" do cérebro, semelhante aos órgãos luminosos que viriam mais tarde a ser usados pelos peixes-lanterna.

A partir da perspectiva de tanque de privação sensorial do experimento mental de Boltzmann, esse processo de crescimento vaporoso foi percebido inicialmente como uma sensação vaga, inespecífica, de formigamento. Ainda assim, era uma sensação; algo que não havia existido anteriormente e, por isso, admirável. O cérebro já estava, portanto, maravilhado a ponto de se perder nesse sentimento antes de o órgão que brotava de seu lobo frontal desenvolver uma cobertura exuberante de pelos, ou filamentos, sobre suas superfícies exteriores e interiores, milhões de cílios individuais subitamente tremulando com informações conforme esse pesadelo recém-cunhado da percepção troava, sem aviso, pelo silêncio escuro e solitário do primeiro habitante da criação. O que, como podemos especular tranquilamente, era bem notável.

Um crisântemo militante de mesquitas e locomotivas inchou a partir de um lugar-nenhum localizado centralmente, preenchendo quase num instante o campo de consciência recém-descoberto do cérebro flutuante, enquanto países de maravilhas contraditórios, mais recentes, se expandiam dos interstícios até então ocultos desse arranjo, a fim de o substituírem: lagoas de espadas, icebergs de bolos de casamento, panópticos de palafita, e assim por diante, infinitamente.

E quanto barulho. O cone peludo que pendia da superfície frontal superior do cérebro de Boltzmann como um chapéu molhado havia simultaneamente propiciado o advento do primeiro espectador e do primeiro ouvinte, o que significava que as vibrações inundando o femtocosmo emergente poderiam ser descritas significativamente como sons. Embora no geral pudessem ser tipificados como um ruído branco oceânico e rudimentar, ali, naquele lampejo inicial repleto de probabilidade, esses assovios e estalos ocasionalmente culminavam em breves trechos de uma sinfonia contingente ou numa ária acidental. Toda a erupção do ser, incessante e alucinada, era acompanhada pelas possibilidades da música; pelos jingles, hinos e o heavy metal de bilhões de mundos por vir. Vozes permutadas de modo aleatório igualmente trinavam e pairavam entre as maravilhas incipientes daquela Criação azul/rosa bruxuleante, brados de inúmeras fisiologias especuladas ou aparatos vocais, indicando, em algum lugar no meio da glossolalia improvisada e da cadência gotejante, uma ideia precursora da linguagem.

Deslumbrado ante toda essa extravagância vaporosa e esforçando-se para assimilar sua primeira experiência de uma experiência, o cérebro flutuante, não sem razão, chegou a associar essas rajadas sônicas aleatórias com quaisquer aspectos visuais do espetáculo ao qual seu broto cefálico protuberante por acaso estivesse apontando. Foi por esses meios, puramente como modo de classificar e categorizar as informações que recebia, que chegou a um vocabulário cacofônico. Para oferecer um exemplo, uma breve fanfarra de trombetas em dó maior foi associada ao que parecia uma almofada de alfinetes de peças de xadrez siamesas, embora apenas bispos e peões. Enquanto isso, uma fonte colossal que produzia um jorro de duodecapodes estilizados era representada pelo tinido afiado de uma garrafa se espatifando. Começou primeiro com substantivos, mas logo depois foram adquiridos verbos ruidosos e até mesmo alguns gritos, balidos ou explosões adjetivais.

Utilizando sua própria sintaxe e gramática improvisadas, ele determinou que era possível referir-se ao tipo de emaranhado sônico que representava entidades definidas como um substantivo – algo como a palavra "mínimo" produzida por uma gaita –, ao passo que cada atividade distinta na qual essas entidades se engajavam, tudo isso de se manifestarem, tombarem e zumbirem, poderia ser chamada de verbo – um efeito sonoro que lembrava um grande animal quadrúpede caindo escada abaixo. No rastro dessa última criação linguística veio a percepção desalentada do cérebro de que ele mesmo era um substantivo sem um verbo ligado a si: em todo aquele panorama metamórfico que se espalhava diante de sua inquirição recém-descoberta, ele era a única coisa que não estava visivelmente envolvida numa atividade; o único objeto não engajado em manifestar-se, tombar ou zumbir.

Ao observar que, com sua manifestação já concluída, a maioria das outras atividades verbais envolvia alguma forma de movimento, ele tentou imaginar um órgão útil para esse fim. Mais uma vez explorando a indeterminação de Heisenberg, como fizera com seu aparato sensorial flácido, foi capaz de produzir da sopa de protopartículas ao seu redor uma pluma vaporosa posterior que rapidamente se condensou num flagelo chicoteante com vértebras articuladas, cerca de vinte e cinco vezes mais longo do que o próprio cérebro e de um pálido genciano.

Tentando, por instinto, fazer uma dancinha experimental com sua esplêndida nova extensão, o cérebro descobriu-se propulsionado adiante, a alguma distância em relação à sua posição anterior, a qual, sendo o único local já conhecido até então, havia sido seu ponto de nascimento. A especulação de Boltzmann concluiu, taciturnamente, que a probabilidade de vir a ocupar aquela precisa localização espacial mais uma vez era insignificantemente diminuta, e assim forneceu um esboço inicial grosseiro para o sentimento de nostalgia antes de, mais uma vez, flexionar a nova cauda e disparar como um foguete pela espuma fervilhante de formas, um espermatozoide sapiente. Logo confirmando que a rápida ação giratória era a mais eficiente, aquela serpentina vertebral experimental funcionou mais como um batedor de claras, agitando o rastro efervescente de minúsculas bolhas a partir do meio fluido pelo qual viajava, o albúmen cristalino do espaço-tempo.

Sobre terraços derretidos e paliçadas recombinantes, atravessando túneis vítreos como o avanço de uma onda tremenda, entre as transatlânticas lâminas dilacerantes de algum ventilador imenso, o cérebro disparou torpedeante, com sua esteira de espuma, rumo ao rosa e azul estroboscópicos de toda parte. Pairou, em êxtase, sobre jardins metálicos ornamentais ostentando cercas ameaçadoramente afiadas e, ah, os milagres enigmáticos de que foi testemunha, o desastre orquestral ouvido. Muitas foram suas aventuras nesse período, sua juventude incontrolável: o caso do lustre risonho; o incidente do obstáculo autorreferencial; um episódio preocupante com as *maisonettes* aladas; a avalanche de rombos; e o advento rapidamente obsessivo da enumeração, para mencionar apenas cinco exemplos. Sozinho, ele planou por avenidas exponencializadas e refletiu, pela primeira e última vez, que isso seria possível sem autoconsciência ou ironia, que em todas as suas explorações tinha feito descobertas significativas sobre si mesmo.

O cérebro aprendera, por exemplo, que tinha a tendência de oscilar entre uma postura inconsequente e um excesso trépido de cautela. Aos sobressaltos, deduzira uma tabela periódica de suas próprias reações, com elementos preliminares como paranoia e perplexidade já bem estabelecidos, deixando lacunas para substâncias ainda por serem descobertas, como *ennui* ou lascívia. Tendo se deparado com o que era um tipo de antecessor da sensação de entretenimento, com a futilidade absurda do que parecia ser um imenso carrossel autodesmantelador, postulou a existência possível de um senso de humor em algum lugar naquele cosmos que se inflava, mas enfim aceitou, com certa decepção, que não havia nenhum.

Por um lado mais pragmático e menos egocêntrico, o experimento mental de Boltzmann aprendeu que era capaz de vibrar magistralmente os folículos que cobriam a superfície do cone sensorial ostentado como um gurupés à sua proa, conseguindo reemitir impressões auditivas e visuais do mesmo modo como microfones modernos também servem como autofalantes, reproduzindo precisamente as vibrações que acompanham a recepção inicial do conteúdo. Acusticamente, o som era como o de um sintetizador primitivo, enquanto as transmissões visuais eram repassadas na forma de uma bolha, em estilo de holograma, contendo a cena expressa em miniatura, assim como um balão de diálogo de uma história em quadrinhos, embora realizada em três dimensões.

No rastro dessa inovação, a passagem da criatura preliminar pelas geometrias florescentes que raiavam e bruxuleavam ao seu redor era acompanhada por enunciados como globos de neve cintilantes, suspensos em meio à espuma em intervalos irregulares; vinhetas como joias, cada uma delas embrulhada na trilha sonora que a acompanhava; trailers macabros anunciando um desenho animado por vir. Com sua cauda de vestido de noiva feita de maré purpúrea recamada por essas opalas imagéticas à deriva, o cérebro de Boltzmann amplificado continuou seu cruzeiro de exploração rumo a um atordoante crescimento formal, a premonição funesta de um turista perdido naquele Éden insondável.

Contorcendo-se por arcadas algébricas em busca de abrigo durante uma breve, mas intensa, monção de flautas, o cérebro usou esse período involuntário de inatividade para inventar jogos caseiros. Ao experimentar variedades da vibração deliberada de seus filamentos sensoriais, percebeu que não era obrigado a apenas reproduzir as vistas e sons de sua experiência, mas que podia criar novas visões e sinfonias-desastre a partir de sua própria imaginação em rápido desenvolvimento, ruídos inexistentes feitos por coisas que não haviam acontecido. Portanto, com a cessação da torrente de instrumentos de sopro, mais uma vez ele disparou em meio aos pastos das manifestações amoucas, mas agora trajando um colar de mentiras e obras de arte às costas, em meio à escuma quase violeta. O primeiro monstro da eternidade chapinhava e gracejava, regozijando-se com sua singularidade e suas habilidades únicas.

A descoberta do segundo cérebro, então, foi um choque pavoroso.

Aconteceu durante a travessia da entidade inicial por diversas construções imensas, semelhantes a máquinas de escrever, unidas engenhosamente de modo a constituir um empório portentoso de caracteres e pontuação que bicavam e mergulhavam. Pendurado mais ou menos no ponto central desse arranjo, havia o que o viajante já experiente a princípio imaginou ser uma falha em seu próprio equipamento sensorial; um borrão em seu campo visual com um formato ovoide, aparentemente feito de névoa. Suspeitando que sua protusão óptica estivesse sofrendo de algum tipo de catarata, o devaneio de Boltzmann brecou em meio às efervescências a fim de examinar de perto essa anomalia fantasmática.

Sob inspeção, a coisa nova revelou-se um fenômeno com existência própria, em vez de ser a falha óptica antecipada. Era uma elipse vaporosa, uma fumaceira dotada de gavinhas que tomava forma e assumia uma textura escorregadia conforme ia se condensando até ganhar substância. Reparando numa semelhança entre a composição nevoenta do objeto e a névoa de partículas semelhante que ele mesmo havia testemunhado enquanto materializava a própria sequência de vértebras que compunha sua cauda, o cérebro compreendeu, aos solavancos, que aquela devia ter sido a sua aparência quando a sopa quântica revolta foi se amalgamando pela primeira vez até gerar consciência. Rapidamente somando à evolução de sua tabela periódica de reações os sentimentos de desconforto generalizado e pavor existencial, o cérebro percebeu, com um susto, que estava testemunhando o processo de nascimento de outro indivíduo igual a si mesmo. Confirmando essa apreensão perturbadora, a nuvem rudimentar sacudiu os últimos vestígios de sua imprecisão anterior e foi piscando até se tornar um foco pontual, com um brilho pegajoso sobre seus lobos, suas dobras ameadas. Era, sem dúvida, outro cérebro. Na falta de órgãos audiovisuais ou método de propulsão, o desconcertante recém-chegado ficou pairando ali em meio ao fluxo constante de gerações arquitetônicas, sem sentidos nem movimento. Sequer sabia ser um substantivo.

Aquele que era até então o único habitante do universo aqui fez tremer sua espinha estendida numa demonstração de agitação ou, para usar a terminologia do próprio cérebro, do elemento 83. Ele sabia que esse desdobramento preocupante exigia alguns ajustes veementes ao seu vocabulário e cosmovisão incipientes. Antes de tudo, em meio às muitas angústias filosóficas que essa ocorrência representava, constava a questão, ainda desconhecida e não examinada, da identidade, algo que até aquele ponto ele, enquanto o ex-único habitante de qualquer coisa, não havia sentido de fato a necessidade de contemplar.

Essa perturbação exigiria novos acréscimos ao sistema linguístico do cérebro, algum tipo de pronome para se descrever enquanto um ser à parte de qualquer outro cérebro que por acaso estivesse de passagem, possivelmente um pronome diferente para se referir a esse recém-chegado malquisto que, à sua protuberância sensorial sem prática, lhe parecia menor, menos atraente e menos carismático do que ele mesmo. Confessamente, seu conceito de "atraente" não havia avançado muito em relação a "não repugnante", enquanto o carisma era visto apenas como a falta de alguma desimportância lastimável, mas, em todo caso, o horror de Boltzmann estava cada vez mais persuadido de sua própria avaliação desdenhosa do invasor relativamente apático e feio. Parecia-lhe possível que seria necessário algo além dos pronomes para distinguir entre o cérebro original e seu sucessor anão medonho.

Talvez algum tipo de processo identificador de etiquetamento pudesse ser implementado, algo que fosse além do simples "cérebro de Boltzmann" e pudesse transmitir o estatuto e a significância de um ser senciente, sua personalidade única? Esse processo, tal como ele o concebeu, deveria se chamar "chamar". Começando a gostar da ideia, ele se empenhou para forjar a partir de sua memória de sons e sílabas uma apelação maravilhosa o suficiente para representá-lo, e embora sentisse que a sequência "Pamperrégio" contivesse toda a sensação necessária de admiração e uma gravidade magnificente, ainda faltava alguma coisa. Num vislumbre de inspiração, ele inaugurou o artigo definido – uma implosão macia – como o indicador do que faz com que dada coisa seja única e proeminente. O Pamperrégio. Soava legal. Podia haver um sem-número de cérebros invasores, mas nenhum deles jamais poderia ser O Pamperrégio.

Sentindo-se bem melhor após a aquisição de uma identidade improvisada, O Pamperrégio voltou suas atenções mais uma vez ao outro cérebro que boiava à sua frente, feliz em sua insciência do que estava acontecendo. Então, o que fazer com aquilo, com aquela bolha anônima que não era, nem de longe, tão grande ou interessante quanto O Pamperrégio? Despercebidas, grandes chaminés de tijolos se organizaram na forma de um imenso ouriço marinho industrial em algum lugar acima do primeiro cérebro de Boltzmann, enquanto ele considerava suas várias opções, atormentado pela indecisão (elemento número 9). O caminho que exigiria menos esforço da parte d'O Pamperrégio seria simplesmente ignorar o recém--chegado e continuar pelo seu percurso violeta espumante, ainda que reconhecesse que isso poderia causar dificuldades maiores mais à frente. E se o novo cérebro, por sua vez, desenvolvesse um modo de perceber o seu ambiente, de se deslocar nele, agir sobre ele? E se chegasse à conclusão absurda de que aquele parque de diversões autoinventado da existência fosse, de algum modo, o domínio do novo cérebro, sem perceber que ele existia, em vez disso, para a conveniência d'O Pamperrégio? Será que isso não deitaria as bases para conflitos futuros?

Após alguma deliberação, uma alternativa mais elegante tornou--se evidente. Como o novo cérebro não estava observando nada no momento, a lacuna jurídica heisenberguiana ainda não poderia ser explorada. Em tese, isso permitiria ao Pamperrégio alterar a protos-substância do retardatário do mesmo modo como alterara a sua própria, estando a consciência sensorial e a mobilidade entre seus dons. Muito melhor o penetra ser apresentado a esse universo crescente de acordo com O Pamperrégio do que formular uma cosmovisão própria e rival, e melhor ainda seria fazer o novo cérebro sentir-se endividado (elemento 30) desde o começo, em vez do elemento 87, a animosidade, ou o 42, ressentimento. De quebra, o cérebro mais velho decidiu que iria lhe conceder apenas aquele topete murcho como equipamento sensorial, esperando para conceder a cauda óssea (e com isso a chance de ir embora nadando) só quando O Pamperrégio sentisse que suas lições introdutórias teriam sido adequadamente absorvidas.

Com isso resolvido, ele se concentrou naquela massa de potencial nevoento em torno da entidade mais nova, centelhas quânticas hesitando quanto ao que ser. Essa observação concentrada da parte d'O Pamperrégio começou num instante a colapsar a onda de probabilidades numa camada tênue do real, e o cérebro mais desenvolvido olhou interessado conforme uma fumaça indistinta de hipótese foi se reduzindo a uma forma específica. De uma perspectiva moderna, esse processo parecia a filmagem desacelerada de uma aspirina se dissolvendo num copo d'água, mas indo de frente para trás. Partículas sobrepostas num estado pulverizado de suspensão se reuniram numa substância espumante conforme fluíam rumo a um ponto imediatamente acima do cérebro mais jovem, onde uma vaga silhueta pontuda do chapéu pênsil e protuberante na testa começava a se insinuar, depois gradualmente foi se colorindo de solidez e semelhança. Era talvez um pouco menor do que o montinho supracefálico de som e visão d'O Pamperrégio em si, o que pareceu ser o mais natural e adequado. Inacabado, nu, funcionalmente inútil sem seus adereços foliculares, o tumor sensorial recém-forjado exibia luzes móveis rosas/azuis no seu brilho de couro de cobra antes de estas serem obscurecidas pelo espraiamento de borrões de filamentos trêmulos, o estofamento de uma camurça sensível que cobria as superfícies interiores e exteriores do pólipo neurológico com um carnaval de sensações. Mais uma vez, essa penugem de fios individualmente vibratórios poderia ser vista como menos exuberante do que o penteado brilhoso que O Pamperrégio concedera a si mesmo, mas, naquele femtomomento de população escassa, quem mais poderia vê-lo?

Conforme as correntezas da percepção, luminosas e plangentes, foram se quebrando sobre o silêncio negro e solitário da consciência do segundo cérebro, todas as suas fibras se eriçaram, como os pelos nas costas de um gato arisco. Alguns milhares de espinhos eréteis delicados estrepitaram e vibraram, uns sobre os outros, e O Pamperrégio ficou perturbado pelo sinal agudo e contínuo, claramente um indicativo de aflição (elemento 43), com o qual o órfão saudou o seu primeiro vislumbre da gloriosa existência: um grito, primordial por definição. Intrigado pela veemência dessa reação, quando a sua própria conquista das sensações o fizera apenas reagir com um maravilhamento calado (elemento 01) e uma perplexidade atordoada (elemento 02), O Pamperrégio não considerou que a visão inicial da realidade do recém-chegado continha o próprio Pamperrégio – um cérebro sem corpo coroado com uma cabeleira trêmula em estilo colmeia e um flagelo propulsor esquelético pendurado embaixo dele feito o traço de um horrendo ponto de interrogação – como uma parte dominante da paisagem. Só pôde concluir que essa segunda aberração de Boltzmann estava um tanto histérica e parabenizou-se internamente por sua decisão anterior de não equipar o novo cérebro com qualquer meio de locomoção ou fuga.

Esperando até que o neonato tivesse exaurido o seu paroxismo de terror, suas ululações apavoradas por fim minguando até se tornarem um suspiro apreensivo, O Pamperrégio começou sua tutoria. Isso se deu por meio da geração de bolhas de informação em formato elipsoide, balões de diálogo, enunciações em ovos de vidro que continham tanto imagens quanto o som que as acompanhava, de modo que seria possível ensinar ao cativo/pupilo os rudimentos da linguagem, com o porém de que, como era a única língua existente na ocasião, teria que ser pamperregês. A fim de ilustrar a natureza egocêntrica desse processo, o primeiro glóbulo verbal rutilante emitido foi um retrato altamente idealizado do cérebro mais velho, um imenso girino de filme de terror, associado à fanfarra de trombeta femural que era, onomatopeicamente, o grupo fonêmico

"Pamperrégio". Após cerca de uma centena de repetições desse cacareco imagético, consideradas suficientes para embuti-lo na memória do substituto, a lição seguinte foi sobre muitos outros substantivos monumentais, os verbos inquietos, o pó facial decorativo dos adjetivos, os pronomes de algum modo acusatórios e a pontuação capaz de alterar as inflexões. Demorou um bom tempo. Da perspectiva do aluno, que não consentira a isso, nascido do nada e mergulhado numa aula de idioma de educação secundária, pareceu uma eternidade.

Uma vez completada a doutrinação, com o cérebro secundário agora relativamente fluente em pamperregês, seguiu-se uma breve sessão de perguntas e respostas. Embora a tradução de um modo de discurso composto por imagens em movimento acompanhadas por ruídos aleatórios só possa ser inexata, uma aproximação da conversa inaugural do femtoverso segue reproduzida abaixo:

– O que são todas essas coisas altamente estruturadas que estão acontecendo? Estou em pânico (elemento 95)!

– Ora, meu jovem discípulo, a existência é simplesmente assim quando aparece do nada. Quando tiver o tempo de vida que eu tenho, tudo vai lhe parecer banal e até mesmo decepcionante.

– Sigo em pânico, mas agora estou também sinto intimidação intelectual (44) e inveja (13). Embora seja certo que eu lembrarei o seu nome tantas vezes reiterado para todo o sempre, devo perguntar: quem é você e como foi que você passou a existir?

– O Pamperrégio, O Pamperrégio, eu sou O Pamperrégio! Sou uma colisão maravilhosa de pseudomoléculas improváveis que passou a existir com o advento desse cosmos tonitruante e revolto, e antes de mim nada existia. O Pamperrégio!

– Permaneço na aflição do sentimento 95, mas há agora também um toque de (01) maravilhamento e (03) paranoia. Devo deduzir, a partir de seus penduricalhos de fala anteriores, que você é, por implicação, o criador autocriado desta torrente existencial, esse redemoinho em expansão suspeitosamente bem-organizado?

– Seria falso se eu não negasse que esse não era o caso. O Pamperrégio!

– Acaso você é o meu criador também? Por favor, perdoe minha incredulidade; é só que a sua aparência é, a um grau insignificante, um tanto perturbadora (71).

– Como eu disse com clareza, é dificilmente errôneo refutar que eu não sou esse ser onipotente postulado. Eu sou, com grande certeza, O Pamperrégio, adornado pelos mais cataclísmicos adjetivos, e em minha própria e sofisticada imagem criei você!

Este último anúncio, tão cristalino, contendo a primeira vez que o Pamperrégio usou o termo "você" em referência ao cérebro recém-incubado, foi acompanhado por uma representação desagradável do organismo de Boltzmann mais jovem, o qual, até aquele momento, não tinha a menor ideia da sua aparência. E a sua aparência era de um punhado amassado de vísceras entrando na puberdade, de forma que, embora não tenha se prolongado por muito tempo, o grito desta vez foi mais lastimoso e desesperado (64). Quando seu lamento enfim começou a minguar até se tornar apenas uma trilha de pérolas tilintantes em meio a hífens, equivalentes a soluços ou talvez fungadas, a entidade aprendiz, agora aflita por sua tremenda perda de autoestima (11), aos trancos deu continuidade à primeira, estranha e desconfortável tentativa de diálogo da raça dos miolos.

– Sinto muito. É só que foi meio que um choque me ver nessas condições… Mas eu reparei que não fui uma obra feita inteiramente à sua imagem, pois me falta uma dessas extensões flexíveis inferiores que parecem ajudá-lo a se locomover, gesticular e realizar outras atividades verbais. Será que poderia me fornecer um flagelo ósseo, dentro da sua capacidade enquanto manufatureiro de todas as coisas que existem?

– Veremos. Pois acaso não sou O Pamperrégio?

– Esta é a impressão firme que estou recebendo o tempo todo. Posso perguntar se, além desse rastro tão desejado de juntas ósseas, eu poderia ganhar um rótulo aural próprio, um nome pelo qual você possa se referir a mim?

O Pamperrégio pesou essa proposta como um murmúrio de moinhos titânicos, cata-ventos que viravam um borrão giratório como hélices de avião, zumbindo pela vastidão panorâmica dos milagres logo atrás. No fim, a aparição mais velha selecionou, a contragosto, uma breve interseção de um glissando de harpa, insciente de sua semelhança incidental com o que seria, mais tarde, um primeiro nome inglês para meninos terrestres.

– Deste momento em diante, você será conhecido como Glynne.

– Eu sou O Glynne, então?

– Não. Não, só Glynne.

Pouco depois desse diálogo, conforme o enxame de moinhos era substituído pelo papel alumínio ruidoso de flores de malmequer de tamanhos idênticos, O Pamperrégio cedeu e recompensou Glynne com uma cauda óssea e nodosa. Com esforço, ficou observando até que o semimaterial passasse a existir, apenas um pouquinho mais descolorido, delgado e fraco do que o do seu criador. Embora essa disparidade intencional fosse em sua maior parte motivada pelo que não era mais do que uma infinita vaidade (14), era também uma medida prática nascida da preocupação d'O Pamperrégio de que Glynne pudesse enxergar a dádiva da locomoção como uma oportunidade para fugir e se esconder: em posse de um novo membro que, em essência, consistia em um filamento com uma série de nós atados desdobrando-se das regiões traseiras de Glynne, feito um rastro de excremento de peixinho dourado, O Pamperrégio estava confiante de que conseguiria exitosamente impedir qualquer tipo de fuga, alcançando-o no espaço de um ou dois comprimentos do seu corpo. No momento, porém, tal precaução acabou não sendo necessária, estando Glynne intimidado demais com toda essa coisa da existência encarnada e ansioso para permanecer próximo ao autoproclamado criador do espaço-tempo azul/rosa.

Foi assim que começou a primeira relação do universo iminente; sua primeira fábula romântica, seu primeiro drama e o primeiro e longo embuste. As façanhas d'O Pamperrégio e Glynne – as quais, contadas pelo primeiro com balões de diálogo cristalino, viriam a constituir um antecessor da balada em panfleto – seriam cantadas com exultação até os mais distantes confins do cosmos incipiente, por Glynne e pelo Pamperrégio, mas principalmente pelo Pamperrégio. Havia algumas anedotas formidáveis sobre como o heroísmo d'O Pamperrégio teria salvado Glynne, cronologicamente, de uma vida sem o benefício da educação, de um estouro de manada de octaedros ensandecidos, de mariposas de tijolos, do que possivelmente era uma violenta guerra de gangues entre bibliotecas e butiques, de um tornado de candelabros e de uma perigosíssima avalanche de relógios.

É óbvio que nem tudo era aventura. Havia momentos memoráveis de gracejos, folias, idílios, piruetas e brincadeiras de perseguição pelos prados de um saca-rolhas monumental. Havia conversas épicas ou, para ser mais preciso, monólogos interrompidos, que literalmente brilhavam com os pesos de papel que eram os epigramas d'O Pamperrégio. Havia o silêncio da companhia que um fazia ao outro, como quando observavam o espetáculo de um pôr do sol de origami dobrado intricadamente, e por um momento as pontas vertebrais dos dois cérebros se enroscaram uma na outra com hesitação, como se fosse um acidente. Durante o tempo que passaram juntos, em meio a todas as brincadeiras e diversão, O Pamperrégio foi lentamente passando a ver Glynne sob uma luz diferente. A estatura menor da criatura mais jovem agora parecia menos um tipo de inferioridade gorada do que um formato esbelto e agradavelmente miúdo. Às vezes, O Pamperrégio reparava que o *pompadour* perceptivo de Glynne agora parecia mais atraente, após ter crescido um pouco, ou admirava, maravilhado, o movimento sinuoso acelerado que Glynne adquirira para compensar o fato de ter uma cauda mais curta. Por que nunca havia reparado até então no quanto eram esteticamente encantadores os contornos fornidos dos lobos occipitais de Glynne, vistos por trás? Como foi que ignorara os charmes dos impedimentos de fala do cérebro adolescente, o modo como Glynne expelia cristais audiovisuais que eram menos elipsoides do que cilíndricos? O Pamperrégio, ao mesmo tempo intrigado e alarmado por esses sentimentos sem precedentes, oscilava, sem perceber, entre os limites da lascívia (78) e até mesmo do amor (111).

A consumação inevitável aconteceu em meio às sombras malva dos vales profundos de um leque ornamental *king-size*, onde o casal alucinado costumava pairar à deriva, recreativamente. O Pamperrégio suavemente conduziu a discussão até uma consideração filosófica da experiência sensorial em si, avançando aos poucos até um debate sobre os métodos por meio dos quais essa experiência poderia ser ampliada prazerosamente. Sem dizê-lo de modo direto, O Pamperrégio fez uma forte insinuação de que, enquanto ser supremo, estava oferecendo generosamente a Glynne uma iniciação no mais sagrado mistério da criação. Glynne – toda cocota, ao que pareceu ao Pamperrégio – fingiu não saber ao certo o que estava sendo proposto, praticamente implorando ao cérebro dotado de maior conhecimento para que empregasse uma linguagem engarrafada de clipes de filme mais explícita e direta, até mesmo grosseira, o safado. Acima das dobras rígidas do grande leque pairavam nuvens de roupa suja, e uma luz de lavanda sarapintava cada vinco e dobra sobre fios de cirros desfiados.

– É possível demonstrar, empiricamente, que seres conscientes e perceptivos como nós somos os principais fenômenos do espaço-tempo, por isso a realização plena de nosso potencial perceptivo é um dever sagrado e uma obrigação existencial, concorda? Ah, Glynne, esse brilho gelatinoso sobre esse seu convidativo flanco parietal me deixa louco! Sabemos que as vibrações de nossos filamentos sensoriais permitem-nos tanto ver quanto ouvir, ao passo que, quando os nossos fios supracitados vibram um sobre o outro, nos é permitido ter um discurso pictográfico com fraseologias de aquário. Glynne, aposto que você tem um hipocampo todo apertadinho. Extrapolando a partir de nossa constituição metabiológica, podemos deduzir, então, que a experiência perceptiva definitiva seria a induzida por um indivíduo senciente vibrando seus folículos sensoriais contra os de outro. Vamos fazer uma sacanagem, meu bem, eu e você. Quanto às partes técnicas desse intercurso, o mais natural seria a parte mais jovem flutuar de cabeça para baixo, de cima e de frente para o coparticipante mais venerável. Glynne, você é tão delicinha, estou preocupado que vá cobrir você precocemente com gotículas reluzentes de luz e música em movimento! Seria mecanicamente conveniente a esta altura que o cérebro invertido mais jovem tensionasse sua protuberância sensorial e então a introduzisse na concavidade aberta e relaxada do volume detector do seu colega mais maduro e conhecedor do mundo. Ah, Glynne, enfia seu pedúnculo ocular na minha órbita hirsuta, que eu não vou perder o meu respeito por você! O Pamperrégio!

Embora não sem alguma apreensão, Glynne era, em termos relativos, uma figura recém-chegada à existência, sem motivo para pressupor que aquilo que o assim-chamado criador do espaço-tempo havia sugerido não era algo corriqueiro e completamente normal. Cuidadosamente conferindo o que era em essência um manual de instruções tridimensional nos balões de fala suspensos d'O Pamperrégio, Glynne ascendeu até a elevação recomendada e prosseguiu obedientemente, virando-se de ponta-cabeça. Nesse processo, o ingênuo de Boltzmann observou que o cosmos ao seu redor, repleto de simetrias infinitamente reiteradas, era igual não importava para que lado você estivesse virado. Tendo chegado à orientação correta, Glynne tentou tensionar seu topete perceptivo como estipulado pelo Pamperrégio, descobrindo que a subsequente compressão tornava o órgão mais denso, um tanto mais estreito e possivelmente um pouco mais longo. Após um olhar de vislumbre para confirmar que o cérebro mais velho e presumivelmente mais experiente estava na posição correta, logo abaixo, com seu topete sensorial adequadamente dilatado e relaxado, Glynne avançou, com apreensão, a fim de realizar a inserção adequada, o tempo todo sem esperar nada além de escuridão e uma brusca redução sensorial. Quanto a isso, não poderia ter se equivocado mais.

O Pamperrégio, de sua parte, desenvolveu um tom acerejado em sua coloração, tremendo com entusiasmo em frequências que produziam um distinto zumbido subsônico. Com o redemoinho-receptor escancarado e relaxado, o primogênito do universo estremeceu, várias centenas de milhares de fios inteligentes eriçando-se em antecipação conforme mensuravam a aproximação de Glynne e sua fibrosa e sensível baguete. Incapaz de se controlar, O Pamperrégio deu um salto à frente, numa tentativa de cabeçada sem crânio, sua cabeleira abocanhando como a mandíbula deslocada de um píton enquanto engolia a do jovem invertido, quase até o reluzente pseudoescalpo fornecido pelo lobo frontal de Glynne, e então...

E então um show de fogos de artifício envolvendo carapaças de besouros e nebulosas; envolvendo guinchos, bramidos e uma orquestração completa conforme os filamentos neurais dos dois indivíduos disparavam aleatoriamente, estridentes um contra o outro, para a frente e para trás, o crescendo forçosamente súbito de um violino pré-orgânico de faíscas e vozes. Suspirando clipes enigmáticos de filmes de arte com trilhas sonoras inadequadas, as trêmulas abominações espremeram suas cabeleiras uma contra a outra, furiosamente, numa fuga de sensações mútuas em mídia mista. Lubrificados por um suor de luz e música, os dois regozijavam sob o show estroboscópico de slides da tesselação de peixinhos dourados, demolições de manjares e uma avalanche de *non sequiturs* sonoros, as rajadas de imagens e ruídos ocorrendo ritmicamente, num compasso acelerado. Cada vez mais realizado com essa nova atividade tão satisfatória, o par foi ficando ousado em seus experimentos: foi Glynne quem primeiro se perguntou, timidamente, como seria a sensação de girar o seu moicano monitorador de sinais em vez de apenas usá-lo para entrar e sair, começando com uma única

rolagem cerebral que conferiu ao tumor hirsuto do cérebro adolescente uma volta solitária dentro d'O perturbado-porém-extático
Pamperrégio, como um lápis repugnante dentro de um apontador
histriônico. Tão comovido pela manobra ficou o mais velho dos de-
lírios lácteos de Boltzmann, que insistiu que Glynne continuasse
esse movimento horário circular enquanto O Pamperrégio começava uma rotação complementar na direção oposta. Os dois rapidamente descobriram que quanto mais rápido isso fosse feito, mais
delirante e estimulante era a correnteza de percepções ensandeci-
das. Logo estavam girando como uma Roda de Santa Catarina, os
flagelos ósseos atirados para fora pela força centrífuga e agitando as
microbolhas rosas/azuis aeradas ao seu redor até formarem uma
auréola luminosa em torno de sua consumação barulhenta e ofuscante, sua bandalheira ridícula.

Sua sorte de principiante permitiu-lhes atingir, ao mesmo tempo, um estado climático e convulsivo de arrebatamento, num ponto
em que o caos da entrada de dados sobrecarregou a capacidade da
dupla de processá-los. Houve um flash obliterador de algo que eles
não sabiam que era branco, o duplo trovão do estalo das pontas
vertebrais giratórias pelo prelúdio da barreira do som, e então um
afastamento um do outro, enervados, ambos ofegando murmúrios-
-diamantes. Seguiu-se um período de recuperação. Quando a dignidade e os ares prévios de compostura erudita foram suficientemente restaurados, O Pamperrégio fez vibrar um longo monólogo de
ovos de vidro, descrevendo a comunhão com Glynne em termos
lubricamente floreados, dando origem tanto ao soneto de amor
quanto à pornografia.

Agora começava uma era de ouro ou, pelo menos, uma era de um
rosa mais suntuoso, um azul mais intenso. A libertadora intimidade de
sua recente experiência compartilhada causou mudanças profundas na visão d'O Pamperrégio quanto à existência; mudanças no
modo como ele se enxergava e, o que era tão importante quanto,
no modo como ele enxergava Glynne. A inteligência mais velha

agora compreendia que, antes de encontrar e equipar o seu jovem protegido, a vida era incompleta. Ele percebeu que toda a expansão da criação que rapidamente se multiplicava só podia ter sido elaborada como um pano de fundo perfeito, o cenário para as paixões eróticas d'O Pamperrégio e Glynne, um caramanchão de formas incessantemente em erupção a partir do qual seria possível conduzir seus encontros lendários e rodopios de amor, seus concílios salazes de mentes. Era como se todo o contínuo, nascido à perfeição, estivesse conspirando para melhorar o que era um estado já impecável, ao conferir primeiro um par esbelto e mais jovem para O Pamperrégio, depois os meios pelos quais esse jovem atopetado seria capaz de levar o cérebro mais maduro e plenamente encorpado além dos limites do êxtase (77). O mundo imaculado, multiplicando em sua abundância tudo ao seu redor, foi transformado num verdadeiro Paraíso pelo advento de Glynne e o entretenimento infinito que Glynne representava. Os sentimentos sem precedentes que esse pensamento engendrou n'O Pamperrégio poderiam ser vistos como um equivalente inexato do tesão ou de uma excitação generalizada (91).

No fim das contas, a situação havia melhorado nitidamente, reforçando a postura filosófica d'O Pamperrégio, que foi lentamente se consolidando. Trocando em miúdos, miúdos estes que ainda não tinham sido imaginados, sua postura girava em torno da noção de que a existência – sendo um fenômeno inteiramente fabricado para a conveniência d'O Pamperrégio – tinha um direcionamento já embutido, que era o de que as coisas, por uma necessidade física, tendiam a se tornar melhores, depois melhores ainda, continuamente melhores, numa perfeição sem limites, a perfeição levada até a falta de um fim. O Pamperrégio batizou isso, em segredo, como o princípio da Ter-mais-dinâmica, a ideia de que a energia era como uma festa que podia começar calminha e reservada, mas que vai se animando conforme progride. Essa teleologia satisfatória ou autossatisfatória cedo ou tarde viria a ter uma significância crucial, mas por ora servia para fornecer às investidas cada vez mais lascivas d'O Pamperrégio sobre o outro cérebro, talvez jovem demais, um verniz filosófico que as justificasse. O céu, pelo visto, sequer era o princípio do limite.

O femtossegundo inicial da existência já estava mais ou menos pela metade a essa altura e, naquela tarde gozosa, O Pamperrégio e Glynne divagavam, entregues à libertinagem. Por prados arcadianos de antenas de carro que oscilavam e sussurravam numa brisa browniana, o par folgava, desavergonhado, no jardim de prazeres cada vez mais infinitamente expansivo, prazeres que pertenciam apenas aos dois. A cada oportunidade, o casal colocava em prática o novo e deleitoso esporte que inventaram, dando piruetas coitais sobre estruturas híbridas compostas de um ponto intermediário e implausível entre uma luva de boxe e um jukebox. Os dois rolavam juntos, pegajosos com o grude de filmagens e ruídos industriais, e em suas conversas íntimas gosmentas referiam-se a esse passatempo cativantemente indecente pelo apelidinho de [PILHA DE LOUÇAS ARREMESSADA NUMA CÂMARA DE ECOS], um verbo melhor transliterado como "choquescangalhatinir". O Pamperrégio choquescangalhatinia Glynne incessantemente, tanto na vertical quanto na horizontal, a partir de uma variedade libidinosa de ângulos. Dependendo do clima, O Pamperrégio às vezes começava em cima e assumia o papel do parceiro responsável pela compressão e inserção. Em sua metarrotina, eles maculavam as escadas de incêndio que não paravam de cair e faziam chacoalhar os aeródromos inflados do Céu com suas ejaculações documentais. Sem supervisão, glorificavam-se em sua liberdade libertina, embora Glynne não tanto, e mal se passava um instante sem que O Pamperrégio exultasse nesse universo improvavelmente desregrado, criado à primeira vista apenas para eles dois.

Foi por volta desse momento que se depararam com os outros cérebros, uma centena e mais um quarto deles.

Cegos e mudos, sem qualquer juba para aprimorá-los, eles pairavam numa formação em cubo, cinco por cinco por cinco, um cardume; um esquadrão; uma armada; reluzindo como cavalinhas recém-pescadas. Nenhum deles estava ciente de que os outros estavam ali, suspensos em suas fileiras ordenadas, ignorantes um do outro como quem pega o transporte público para o trabalho. Situavam-se, sem cauda e por isso imóveis, num vácuo entre duelos de giroscópios gigantescos. Porém, dada a preocupação então constante d'O Pamperrégio e Glynne com os seus amassos e o ângulo oblíquo de sua abordagem, eles não se deram conta do bloco flutuante de cérebros recém-formados até que, aos berros e capilarmente enganchados, estivessem em cima deles. Houve um momento de um silêncio atordoado que demorou bem mais do que deveria até O Pamperrégio lembrar que era ele quem supostamente criara tudo. Não querendo parecer menor aos folículos sensoriais de Glynne, O Pamperrégio tentou se safar com uma desculpa muito pouco convincente, algo como: "Olha só, Glynne, o incrível presente-surpresa que eu inventei para você no nosso aniversário de relacionamento! O Pamperrégio!". Não ficou explicado qual aniversário era, claro.

Desse ponto em diante, O Pamperrégio começou a improvisar de um modo frenético, mas tomando cuidado para manter sua aura de tranquilidade onisciente. Quando Glynne perguntou o que deviam fazer com todos aqueles cérebros, o organismo mais velho explicou, hesitante, que essas novas criaturas iriam servir como um grupo de pares para o jovem aprendiz, amigos da mesma idade de Glynne, esse tipo de coisa. Sem pensar muito, O Pamperrégio fez o anúncio extemporâneo de que iria generosamente permitir a Glynne que modificasse esses seus novos companheiros, concedendo-lhes as perucas sensoriais necessárias para que aprendessem os rudimentos do pamperregês coloquial. Ficou implícito que Glynne deveria enxergar essa tarefa demorada como uma promoção, dado que o jovem havia sido abençoado com o poder extraordinário de fazer as coisas se manifestarem apenas por via da observação forçosa. O fato de que Glynne possuía essa habilidade desde o começo não foi mencionado.

Por sorte, graças aos esforços cuidadosos d'O Pamperrégio para aliciar Glynne, a ingenuidade era sua característica mais marcante. Após seu amante e superior imediato lhe dar uma lição razoavelmente relapsa em manifestação aplicada, Glynne começou a trabalhar industriosamente, imaginando cabeleiras perceptivas sobre aquele pelotão flutuante de iniciados. Seguindo as instruções d'O Pamperrégio, Glynne a princípio forneceu aos recrutas insensíveis apenas protuberâncias nuas, até então desprovidas do adorno camurçado de cílios receptivos. Desse modo, todos os cento e vinte e cinco cérebros poderiam receber suas antenas trêmulas ao mesmo tempo, de uma vez, e assim terminar logo com as ululações preliminares o quanto antes.

Como era de esperar, quando Glynne chegou a essa parte do procedimento, o efeito foi ensurdecedor. Mais inesperado foi que a histeria vocal em massa também tinha um efeito estranhamente comovente. Flutuando ali, em frente à assembleia de cérebros esgoelantes, como um tirano condecorado supervisionando um desfile, O Pamperrégio se flagrou tocado por todas aquelas vozes apavoradas erguidas num uníssono de terror; o diapasão abismado de um coral de traumas. Embora a princípio irritado por essa intrusão em meio à sacanagem de que ele tanto desfrutava com Glynne, O Pamperrégio podia ver os possíveis benefícios em ter tantos Glynnes como súditos – um fã-clube estendido, por assim dizer. Representando uma melhoria significativa de condições que já pareciam ideais, isso combinava perfeitamente com as doutrinas da Ter-mais--dinâmica e com a filosofia pessoal d'O próprio Pamperrégio quanto à constante e incremental melhoria do universo. Quando o puro pandemônio de uma dezena de dúzias de mentes neonatas horrivelmente aflitas enfim sossegou, dando lugar a soluços e fungadas, o primeiro marajá do espaço-tempo, em toda a sua autossatisfação, veio deslizando numa aproximação sinistra para se apresentar. Como de costume, começou com mil repetições do glifo de vidro e da acústica de trombeta que identificavam O Pamperrégio. A segunda palavra do vocabulário, "Glynne", em contraste, foi reiterada um número de vezes que mal e mal chegava a dois dígitos.

O tutorial, nessa ocasião, prolongou-se por muito mais tempo do que a doutrinação de Glynne, considerando-se que muitas novas experiências e portanto novas palavras-bolha tinham sido criadas nesse ínterim. Outro motivo para o prolongamento da aula foi a decisão d'O Pamperrégio de incluir material adicional após o fim do curso de idioma, quase como um bônus. Primeiro o público cativo teve o privilégio de ouvir uma recitação que reprisava "A Balada d'O Pamperrégio e Glynne" em todas as suas muitas e muitas estrofes. Depois veio o que poderíamos chamar de uma compilação de erros de gravação, em que os elipsoides de fala cintilantes capturavam momentos em que Glynne havia cometido algum equívoco ou chegado perto de se ferir de algum jeito engraçado. O item final e mais polêmico foi uma explicação talvez excessivamente vívida do termo "choquescangalhatinir", ilustrado por uma gravação em bola de cristal daquela primeira vez tão especial para O Pamperrégio e sua companhia neuromorada consideravelmente mais jovem, formando aspas simples ou vírgulas numa tentativa de 69. A exibição teste dessa *sex tape* foi, por virtude da compreensão midiática presciente d'O Pamperrégio, assistida por todo mundo no universo. Os espectadores cativos, deve-se dizer, não tinham ideia do que estavam testemunhando. Diante de um filme pornô passado numa creche, um filme rosa/azul, suas reações foram apenas de confusão (27), náusea (12) e medo (19).

A sessão de perguntas e respostas que se seguiu foi bastante animada, ainda mais com a participação brilhante de Glynne no papel de moderador. Os maiores dilemas da existência – como foi que ela passou a ser; se há um propósito; por que é que existe vida senciente; o que é aquela coisa ali, misto de cobra morta e um Teddy Boy? – foram esclarecidos logo no começo da conversa, sua única resposta sendo várias repetições adicionais de "O Pamperrégio". Não chegava nem a ser monoteísmo, pois o termo pressuporia algum tipo de alternativa imaginável. A frota de cérebros estudantis parecia ter aceitado seu papel subordinado com a mesma prontidão de Glynne, compreendendo que esse arranjo devia simplesmente ser o modo como a existência funcionava, sem ter nada à mão com que pudessem comparar. Estabelecida a supremacia d'O Pamperrégio, a discussão foi adiante, com demandas clamorosas por caudas, além de um número surpreendente de pedidos por informações suplementares sobre choquescangalhatinir.

Tendo tirado isso do caminho, quando foram estabelecidas as condições de trabalho e alguns padrões básicos de comportamento, Glynne começou a alocação dos chicotes vertebrais. Mesmo com cinco se materializando de uma vez, fazendo as colunas uma por uma, era um processo demorado que lembrava muito uma linha de montagem fordista e, portanto, o fascismo. Uma vez equipados com causas ósseas, cada quinteto sucessivo de novos convertidos foi encorajado a se organizar a alguma distância dali, ainda em sua formação vertical, reconstruindo assim a organização cúbica original do grupo, após os tratamentos de Glynne a terem desconstruído. Isso porque O Pamperrégio pegou gosto pela disciplina impressionante daquela formação, que tinha algo de fanfarra – embora realizada em três dimensões e com cérebros de Boltzmann que não marchavam, apenas se sacudiam. Pode ter sido esse aspecto militar ou, pelo menos, alguma premonição desse formato que inspirou o estilo administrativo d'O Pamperrégio após Glynne ter feito o trabalho necessário e mobilizado todo o pelotão.

Tagarelas e entusiasmados, os filhotes recém-aprimorados estavam ávidos, compreensivelmente, por experimentar seus novos flagelos, embora O Pamperrégio insistisse que isso devesse se dar de um modo organizado e até mesmo majestoso. Para esse propósito, todos os cento e vinte e sete grotescos extracranianos embarcaram numa longa turnê teatral das províncias em infinita expansão. Ao mesmo tempo que mantinham suas posições no cubo, a congregação de hambúrgueres sapientes se espremeu pelos pastos mutantes liderados pelo Pamperrégio, à frente da procissão, seguido por seu consorte real: Glynne foi obrigado a servir como uma combinação de baliza de banda e condutor de orquestra, a cauda óssea balançando como um metrônomo e conduzindo a armada cúbica de cérebros ao longo de um ambicioso remix polifônico da "Balada d'O Pamperrégio e Glynne".

O som resultante – um crescendo oceânico de angústia – foi o antecessor das composições corais posteriores de Gyorgi Ligeti, mas ainda mais apocalíptico. Assim como a maré que recua antes de um grande tsunami de desespero (64), ele ressoou pela cascata de ferros de passar roupa e relógios-cuco do espaço-tempo conforme o coral aterrorizante continuava o seu passeio. Naturalmente, os losangos de fala expelidos por essa multidão vocalizadora chegavam com rapidez à ordem das centenas de milhares e logo depois milhões, uma corrente poluidora de ornamentos exauridos de karaokê, porém a frota hedionda ainda continuou a navegar. Para O Pamperrégio, como esperado, era tudo a mais perfeita diversão, e por ele esse desfile de hospício teria continuado até o restante da eternidade. Glynne, mais sensível aos rumores de insatisfação em meio às fileiras em marcha, acabou sugerindo que seria melhor pausar em breve, de preferência em algum destino significativo que pudesse justificar toda aquela tribulação desoladora.

Vincando o seu lobo frontal num franzido, O Pamperrégio aceitou tardiamente que um destino teria sido uma boa ideia, mas também compreendeu que agora não era a melhor hora de admitir seu lapso. É certo que uma confissão desse tipo comprometeria sua aura de onisciência, os ares de divindade dos quais dependia o seu império farsesco. Improvisando loucamente, ele confessou ao vice que, por uma coincidência maravilhosa, o terreno indistinto do qual estavam se aproximando era de fato o fim da jornada. Aqui Glynne respondeu, num sussurro furtivo de glóbulos linguísticos em miniatura, que a área adiante não parecia ser nada além de um deserto levitante de rosquinhas ciclópicas. Inventando tudo de improviso,

O Pamperrégio declarou que aquela vizinhança aparentemente sem graça era, na verdade, o exato centro da existência, ciente de que essa afirmação seria quase impossível de verificar. Uma vez que Glynne não ridicularizou seu pronunciamento de imediato, O Pamperrégio foi além e explicou que aquele local desengraçado, porém historicamente importante, seria um excelente espaço para um novo instituto de aprendizado, cujo conceito havia pouco viera à mente nua da criatura mais velha. Ao passar essa ideia, literalmente, para Glynne, O Pamperrégio fez uma sugestão bastante explícita de que o contínuo deles não poderia ser considerado um universo de verdade sem uma universidade de renome.

Ao mesmo tempo intrigado e cativado pela ideia, Glynne fez cessarem as mentes marchantes, porém teve a consideração de permitir que chegassem ao fim do verso da balada já cantado pela metade. A surpresa foi que os rumores que Glynne interpretara como insatisfação não terminaram com o fim do desfile, o que sugere que eram um produto do ruído de fundo. Ao trazer o assunto à atenção d'O Pamperrégio, foi declarado que era provável que essas reverberações fossem espasmos secundários do ato original da criação d'O Pamperrégio, o que levou Glynne a apontar que os rumores não estavam ficando gradualmente mais fracos, como seria de esperar, mas sim mais fortes, ainda que de forma sutil. Emitindo um elipsoide de fala pontiagudo, sugestivo de um tom de irritação crescente com o cérebro mais jovem, O Pamperrégio retorquiu que, segundo os princípios bem estabelecidos da Ter-mais-dinâmica, tudo estava o tempo todo apenas se tornando melhor, ou até mesmo maior, e isso incluía os espasmos secundários. Com um tom um tanto petulante, ele acrescentou que a aparente ignorância de Glynne quanto aos princípios básicos da ciência apenas demonstrava a necessidade de estabelecimentos educacionais, como o centro de excelência acadêmica que fora recentemente proposto pelo Pamperrégio. A implicação, claramente evidente, era de que quanto antes Glynne e a nova força de trabalho construíssem o campus exigido, mais rápido seriam libertados da necessidade de perguntas idiotas.

Glynne, é justo dizer, não ficou feliz com essa atitude autoritária, mas não ia arriscar um confronto com a coisa que teria supostamente criado o espaço-tempo. Assim nasceu a passivo-agressividade: assumindo por instinto o papel de representante sindical, Glynne estipulou que os membros do seu novo exército cerebral deveriam receber nomes individuais antes de começar a trabalhar no projeto monumental d'O Pamperrégio. Quando essas demandas foram recebidas por um jorro elipsoide de indignação afrontosa da gerência não eleita do universo, Glynne reagiu com condições adicionais, como cláusulas que garantiriam períodos de repouso e recreação para o proletariado recém-formulado, insinuando que não haveria qualquer tipo de choquescangalhatinido até essas questões serem resolvidas.

Após essa troca robusta de pontos de vista, O Pamperrégio fez um pronunciamento grandiloquente ao cubo ainda flutuante de cerebelos coagidos, anunciando que eles estavam prestes a ser recompensados com nomes e dias de folga por seu trabalho vindouro na fabulosa academia, a ser conhecida como O Pampeliseu.

A cerimônia de batismo foi, na opinião de Glynne, súbita e eficiente, quase perfunctória. Todos os cento e vinte e cinco nomes eram pedaços breves, fracionais, de sons mais longos, todos começando com o mesmo fonema, que era "gl". Assim aconteceu com Glack e Glod, Glimp e Glert, além de muitos outros nomes que acabaram, por coincidência, sendo homofônicos com palavras de idiomas futuros, como Glabro, Glena, Gleba, Glide, Glomo, Glauco e pelo menos três Glossas, mas com grafias diferentes. Glynne ficou desconfiado de que O Pamperrégio associava nomes breves começados por "gl" – como o nome do próprio Glynne – com uma deplorável inferioridade. Dito isso, as novas fileiras de recém-batizados pareciam mais do que felizes em receber até mesmo essas identidades rudimentares. Tendo nomes, agora tinham pelo menos um ego para inflar, um ego pelo qual se apaixonar, se iludir ou justificar. Um nome, sendo quase uma qualidade, era algo de que ter orgulho; algo que podia ser usado para se sentir superior aos outros nomes, o que possibilitou, portanto, todo tipo de preconceito satisfatório. Por exemplo, mais tarde, após os cérebros serem libertados de sua formação cúbica, Glynne reparou que tinham uma tendência de se congregar apenas com cérebros cujos nomes continham a mesma vogal. Glynne também observou, enquanto conversava com Glytte, Glig e Glimp, que cérebros cujos nomes continham um som de "u", como Glute e companhia, eram no geral indolentes, suspeitos e avarentos. Era um julgamento puramente estético, mas também a única forma de racismo que havia à pronta disposição. Ainda que, em defesa de Glynne, fosse uma época bem diferente.

Após terem sido distribuídos os glifos denominadores, incluindo ao próprio Glifo, O Pamperrégio mais uma vez reencenou a farsa vaidosa de conceder à milícia de Boltzmann ali reunida a habilidade de manifestar coisas por meio da observação, a qual todos já possuíam, sem o saber. Aos cérebros então foi permitido relaxar em seu hexaedro, o que lhes deu a oportunidade de fraternizar e bater papo, enquanto O Pamperrégio e Glynne projetavam a universidade universal, embora, a bem da verdade, a maior parte do trabalho tenha sido de Glynne. Os novatos se refestelaram em sua folga enquanto os altos escalões discutiam, as entidades-júnior se sacudindo por toda parte e avidamente arriscando conversas vidradas e bulbosas, muito embora não houvesse lá tanto assunto para debate. O número limitado de tópicos que predominava nessas primeiras tentativas de diálogo era, em ordem descendente, um debate sobre o que era aquele rumor e por que estava ficando mais alto; algumas deliberações quanto ao grau de gostosura de Glynne; e um acordo geral de que todos os cérebros com um som de vogal diferente no seu nome eram gordos e feios. Esses discursos iniciais tipicamente se concluíam quando o assunto de choquescangalhatinir vinha à tona. E logo descobriu-se que conversar sobre a prática levava, quase que inevitavelmente, à prática da prática. Não demorou nada para que todo o espaço-tempo, de ponta a ponta, ressoasse com o concerto prolongado de louças caindo.

Não importava o quanto, à primeira vista, pudesse parecer curiosa ou convidativa essa orgia fervilhante de miolos flagelados em estados de excitação, pois para O Pamperrégio e Glynne era uma inconveniência asquerosa. Enquanto os dois tentavam (ou Glynne tentava, pelo menos) se concentrar em suas intenções arquitetônicas, por toda parte, ao seu redor, se via a penetração e ventosidade de penteados copulantes. Em termos matemáticos, a horda de participantes virginais havia ampliado perceptivelmente o número de permutações eróticas possíveis, abrindo maior espaço para a perversidade. Arranjos poliamorosos pareciam ser os mais populares, com muitas das consciências *rockabilly* reunindo-se em trisais, fazendo rodar um horrendo tríscele de Manx de luxúria desenfreada. Havia também grupos de quatro, mas essas configurações ostentavam uma semelhança infeliz com a imagem de suásticas molestando a si mesmas. A bandalheira onipresente lembrava incontáveis perucas medonhas girando em torno de um ralo de banheira invisível, e o som era o de uma avalanche de sacanagem. Nada nisso era lá muito favorável para o desenvolvimento de projetos municipais.

A visão inicial otimista d'O Pamperrégio para aquele pretenso espaço de aprendizado foi imensamente decepcionante, até mesmo para O Pamperrégio em si: uma grande quantidade de rosquinhas flutuantes monstruosas daquela região estava empilhada como um monte de pneus ou um barril de petróleo empelotado, o que conferia àquela área já estéril a aura de um lixão na periferia da cidade. Quando Glynne sugeriu com muito cuidado algumas pequenas melhorias no projeto original da coisa ancestral, O Pamparrégio ficou mais do que feliz em sentar, relaxar e assistir ao espetáculo de encefalofilia que continuava por toda parte. Arcos de ejaculações de gotículas de fala disparavam aqui e ali em meio aos protocorpos

ofegantes, como fontes ritmadas. Embora a maior parte dos inter-
cursos tendesse à homofonia entre aqueles cujos nomes partilhavam
do mesmo som vocálico, logo surgiu uma subcultura heterofônica
que encontrou todo um frisson no que os "os", "as" e "is" podiam
fazer um com o outro. Isso logo virou moda imediatamente, embora
tenha se tornado um consenso generalizado de que choquescangalhatinir com qualquer um chamado Glãp, Glãm, Glãg, Glãph, Glãt,
Glãd e semelhantes era similar ao bestialismo – o que, é claro, não
significa que não acontecesse.

Observando essa fantasmagoria erógena realizada sob os tons
bruxuleantes de azul e rosa, O Pamperrégio percebeu-se insuportavelmente excitado. Sentindo que Glynne estava então imerso em
seu planejamento e não teria interesse em avanços do tipo, O Pamperrégio experimentou alternativas. Logo descobriu que, se a ponta
de sua probóscide peluda e picaresca fosse virada de fora para dentro, de modo que o cone sensorial se enrolasse em sua própria cavidade, O Pamperrégio ficava muito bom em choquescangalhatinir
consigo mesmo. O ato era, há de se confessar, um tanto tedioso e
repetitivo sem a participação sensorial de um parceiro, mas era melhor do que não ter choquescangalhatinir algum. Pelo menos, essa
era a opinião d'O Pamperrégio. Glynne, em sua tentativa de projetar
a primeira escola do espaço-tempo apesar da suruba cerebral contínua e d'O Pamperrégio inventando a masturbação, via as coisas de
um modo diferente. Primeiro que o que O Pamperrégio estava fazendo era de uma feiura suprema para quem olhasse de fora, semelhante a um mamute-lanoso que de algum modo conseguira inalar a própria tromba. Girando seus cílios perceptivos em um revirar de olhos
desesperado, Glynne voltou ao trabalho em meio aos diagramas
elipsoides que pairavam.

O rumor continuava, mas a essa altura todos já estavam
acostumados.

Cedo ou tarde, quando todo mundo no universo incipiente –
exceto Glynne – estava à deriva, mole e exausto nesse rescaldo

vagamente sórdido e inteiramente exaurido, entre um trilhão de bolhas de rosa-e-centáurea e balões de diálogo usados, o planejamento urbano foi concluído. Conforme aguardava que as dúzias de libertinos desincorporados e seu generalíssimo autoerótico retornassem de seu estado de estupor ignóbil, Glynne tossiu educadamente, expelindo uma bolinha de gude de olho de gato para atrair a atenção da multidão pós-coito, depois explicou as especificações técnicas de sua nova academia.

A estrutura externa seria feita de três das tremendas rosquinhas flutuantes. Duas delas, orientadas verticalmente, seriam coladas, cruzando em ângulos retos uma com a outra, com uma terceira, de orientação horizontal, amarrada em torno delas como uma cinta. De esqueleto esférico, esse esquema básico seria então adornado pelas materializações, observadas em massa, dos movimentos das caudas dos novatos. Crucialmente, o interior oco da esfera seria equipado com um cubo de seis anfiteatros voltados para dentro, um de frente para o outro, a fim de criar um espaço global para palestras, sem que houvesse um em cima ou um embaixo. As entradas seriam por túneis no topo e no fundo, com outros quatro nas direções cardeais do anel horizontal, onde havia a interseção com o par de círculos eretos. No geral, em beleza e utilidade, era uma obra ousada e muitíssimo moderna, dotada de grande dignidade.

O Pamperrégio descreveu esse triunfo do design como "rosquinhas coladas umas nas outras", sugerindo assim que a ideia veio toda de sua cabeça. Em seguida, propôs pequenos ajustes, incluindo um leve achatamento da esfera proposta, além da adição de uma cauda esculpida via observação e uma curvinha sensorial, de modo que a academia seria, com efeito, uma estátua gigantesca d'O Pamperrégio. Ninguém gostou desse conceito exceto pelo Pamperrégio, mas, como acontece tantas vezes, foi essa a versão que recebeu o sinal rosa-e-azul, sendo implementada de imediato.

Vinte e seis gangues cerebrais labutaram para erguer o edifício, implacavelmente observando-o até que passasse a existir, sob supervisão de Glynne e cinco mestres de obra designados, um de cada um dos principais sons de vogais. A empreitada demorou um bom tempo. Assim como qualquer outro canteiro de obras, tudo acabou sendo bem barulhento e bagunçado. Em seus esquadrões mergulhantes de olhar fixo, cada um com meia dúzia de indivíduos, os jovens parrudos de Boltzmann se esforçavam, suando efeitos sonoros pelas nuvens passantes de poeira quântica que criavam uma crosta de cor malva sobre os lobos grudentos. Após a remoção de um toroide que flutuava livremente e não seria usado, como um faraó horripilante conferindo o progresso de uma esfinge deformada, O Pamperrégio supervisionava essa paisagem de labor cerebroespinhal, pré-reminiscente dos grandes construtivistas russos, choquescangalhatinindo consigo mesmo até quase desmaiar no processo.

Os alaridos do trabalho de construção, por um tempo, abafaram O Pamperrégio e seus suspiros vítreos de êxtase autoinfligido, chegando até a mascarar o rumor de fundo cada vez mais alto. Enquanto isso, o espaço-tempo, em outras paragens, continuou normalmente: ficando maior; consumindo sua femtoexpectativa de vida; vomitando seus prodígios e permutações incessantes e descuidadas. Harpas brobdingnaguianas, trilobitas, torres de resfriamento e buquês de âncoras constavam dentre os únicos componentes nomeáveis dessa erupção constante de formas, pelo menos a partir de uma perspectiva moderna. Desnecessário dizer que todas essas formas geradas espontaneamente eram muito mais interessantes e magníficas do que a efígie perturbadora que a força de trabalho cerebral estava em processo de erguer – um show de horrores em miniatura, exposto ao lado de obras-primas.

Por fim, O Pampeliseu foi finalizado, para a satisfação d'O Pamperrégio – e só dele. Tão feliz ficou o epônimo ditador/divindade com as dimensões desse ídolo desprezível que sequer reparou como a ponta do topete da imagem gravada estava voltada para dentro, num gesto de autoprazer. Esse toque sutil – O Pamperrégio eternamente tocando punheta no suposto centro do universo – foi

concebido pelo rancor cada vez maior do vice-diretor Glynne e executado por uma coorte foneticamente afim composta por Glytte,
Glig, Glimp e Glock, o qual optava por se identificar por um som
vocálico inteiramente diferente. Assim que começou o primeiro semestre da protouniversidade, a panelinha de Glynne ficou olhando,
segurando o riso com muito cuidado, conforme a enxurrada de cérebros estudantis alinhava-se solenemente dentro do auditório
multiorientado, sob a semelhança de seu demiurgo, capturado num
eterno autodelito flagrante.

Enquanto durou, essa era paleoacadêmica, em sua maior parte,
foi um período simpático, agressivamente erudito e esmagadora-
mente monótono. Isso porque O Pampeliseu empregava apenas um
único palestrante e lecionava uma única disciplina, esta sendo a
Ter-mais-dinâmica. Pior, o único palestrante parecia não ter elaborado até o fim a sua teoria autoconcebida, por isso oferecia apenas
algumas anedotas, terrivelmente enviesadas, para sustentá-la. A
principal delas era a noção, tantas vezes repetida, de que o rumor
– a essa altura, dotado de volume o suficiente para tornar muitas
das palestras ininteligíveis – eram meros espasmos secundários
sendo tudo que podiam ser, num universo que melhorava a cada
momento, eternamente. O mais típico era O Pamperrégio fazer
uma apresentação balbuciante dessas mesmas ideias, vez após vez,
ao que se seguia uma sessão costumeira de perguntas e respostas,
antes de anunciar um intervalo. Esses períodos de pausa, durante
os quais era permitido socializar e, como era inevitável, também
choquescangalhatinir aos montes, eram pontos de demarcação tão
cruciais quanto o crepúsculo e a aurora naquele contínuo rosa e
azul sem qualquer variação. Eram as únicas coisas que faziam com
que a vida acadêmica fosse remotamente suportável, o único impedimento para que os estudantes reunidos se tornassem inquietos e
ainda mais radicalizados do que já eram, em termos de política.

Glynne não conseguia deixar de reparar que os frequentes intervalos ofereciam amplas oportunidades para que o único

professor ali ficasse de papinho com o corpo discente, do qual boa parte parecia ficar excessivamente lisonjeada com as cantadas do diretor pervertido. Com frequência havia cerca de uma dúzia de estudantes competindo pela atenção d'O Pamperrégio, sempre flutuando nos espaços mais próximos ao palestrante, brincando com suas extensões sensoriais, ostentando estilos cada vez mais extravagantes e flertando de modo descarado nas sessões de perguntas e respostas. Glynne ficava enojado com o modo como fingiam compreender e ter interesse pela Ter-mais-dinâmica e com seus risinhos bajuladores toda vez que O Pamperrégio arriscava uma piada elipsoide. Pelo visto, ele conhecia apenas uma única piada, a demonstração de algo idiota, real ou inventado, que Glynne teria supostamente feito. Na verdade, "a piada de Glynne" em suas muitas variações havia se tornado tão comum que uma série de alunos chegou a sugerir longas dissertações de vidro sobre o assunto, suas vozes ridículas de biblioteca sonora ecoando pela acústica deturpada d'O Pampeliseu.

Nos períodos de intervalo, O Pamperrégio se disponibilizava pessoalmente para sessões de tutoria individual com qualquer cerebelo que se insinuasse, piscando convidativo seus cílios, em episódios que invariavelmente ocorriam fora do campus, no geral ali pela vizinhança das rosquinhas levitantes remanescentes. Em uma dessas ocasiões, Glynne sugeriu que Glock, que queria muito agradar, seguisse o palestrante e os alunos a fim de estabelecer a validade dessas excursões extracurriculares. Para a surpresa de ninguém, quando o bicão culturalmente apropriador voltou para dar o seu relatório aos seus "parças de vogal" – Glynne, Glytte, Glig, Glimp e companhia estremeciam visivelmente sempre que Glock usava essa expressão –, foi regurgitada uma imagem elipsoide telescópica d'O Pamperrégio numa alegre situação lasciva de estímulos gliais, por acaso na companhia de Glia: no chamado lado obscuro do punhado toroidal flutuante mais próximo, mestre e pupilo faziam a "tesourinha cerebral". Na infinita repetição da filmagem de paparazzi de

Glock, O Pamperrégio e Glia enroscavam suas caudas vertebrais num caduceu obsceno, bombeando seus casquetes hirsutos uns contra os outros, numa entrega delirante. Com um hipocampo endurecido, Glynne observou friamente essa situação lastimável e imunda, conforme o horripilante cérebro mais velho se envergonhava junto com o jovem que gemia. Glynne não excretou sequer uma única palavra pontiaguda de vidro, mas todos os seus companheiros, até mesmo Glock, sabiam que o vice sentia ao mesmo tempo ressentimento e humilhação (42 e 50). Glynne estava literalmente eriçado.

Era uma história tão antiga quanto o tempo, o que quer dizer menos de um femtossegundo.

O confronto inevitável aconteceu no começo do semestre do verão, ainda que, de acordo com os princípios da Ter-mais-dinâmica, todos os semestres fossem de verão. O rumor a essa altura era tão pronunciado que as declarações bulbosas d'O Pamperrégio precisavam ter o tamanho de dirigíveis de vidro para serem ouvidas em meio às reverberações tonitruantes. As aberturas dos túneis de entrada do Pampeliseu precisaram ser alargadas para que esses glóbulos conversacionais usados pudessem ser varridos para o vácuo exterior pelos alunos que eram obrigados a servir como zeladores de Boltzmann, porém ainda assim os detritos de garrulices costumavam se acumular nos cantos do auditório multiplano, brilhando e tilintando de um modo desagradável.

O Pamperrégio havia acabado de concluir um relato tergiversante de como a Ter-mais-dinâmica sugeria que a clássica piada de Glynne só tenderia a ter cada vez mais graça quanto mais fosse repetida, o que suscitara uma sessão de perguntas e respostas, e estava com seu sensor peludo apontado libertinamente para os alunos que davam risinhos na primeira fileira. Foi aqui que Glynne e sua equipe escolhida à cauda de parceiros fonéticos fez a sua entrada, assumindo uma posição entre o palestrante e a plateia, com aquela espuma cor de cereja por toda parte. Naquele silêncio apreensivo imediato, enquanto O Pamperrégio contraía o seu cone receptor numa expressão de perplexidade, Glynne se voluntariou para fazer uma pergunta cuidadosamente ponderada.

– Para quem é que esse universo em perpétuo melhoramento está melhorando?

O Pamperrégio, chocado pela inquisição de Glynne, balbuciou um longo fluxo de ornamentos flutuantes, algo sobre como o espaço-tempo estava melhorando continuamente a partir de sua própria perspectiva, e que era certo que deveria ser assim com tudo e todos. Ciente de que poderiam enxergar a fragilidade do seu argumento, O Pamperrégio fiou-se no rumor cada vez mais alto como prova, depois encerrou com um floreio de retórica parabólica ao perguntar se Glynne por acaso tinha uma teoria mais convincente. Glia, Glem, Glup e todos os outros queridinhos do professor já começavam com os risinhos, mais uma das clássicas sacadas do seu tutor, concordando que aquela intervenção mal pensada levava todo o negócio das piadas de Glynne a um novo patamar, quando então o vice-cérebro movimentou sua ponta aveludada num gesto afirmativo.

– Sim, eu acredito que sim. Parece-me que esta existência, muito longe de estar constantemente aprimorando a perfeição, está é piorando, e não pouco. Como prova, eu citaria o volume cada vez mais alto do rumor que torna o nosso diálogo inútil e inaudível, que nos obriga a cuspir discursos iguais a zepelins translúcidos. Como é que isso melhora a nossa situação, em qualquer sentido da palavra?

Abalado por essa heresia, sua abertura sensorial flácida de descrença, O Pamperrégio acidentalmente conferiu maior peso à proposta de Glynne ao exclamar:

– O quê?

Na inflexão de suas bolhas audiovisuais agora dotadas de um tom fortemente irônico, Glynne reprisou seus comentários iniciais de forma condescendente, depois foi além e piorou tudo ao questionar a explicação de sempre sobre o resmungo cada vez pior da eternidade.

– Eu proponho a ideia de que, em vez de serem espasmos animados posteriores à criação, é mais provável que esses sons sejam, em vez disso, os prenúncios de algum cataclismo por vir.

Tartamudeando contas imagéticas incoerentes, O Pamperrégio ergueu a voz de novo e insistiu que essa noção absurda contradizia os princípios estabelecidos da Ter-mais-dinâmica, ao que Glynne apenas respondeu com um aceno afirmativo.

– Eu argumento que já passou da hora de a Ter-mais-dinâmica dar lugar a uma teoria mais substancial que concebi pessoalmente. Eu argumento que este nosso contínuo de um grau improvável de organização está, na verdade, se degenerando, e o advento de criaturas autoconscientes representa uma contribuição ativa para esse declínio: está claro que deixar um punhado de cérebros encarregados do espaço-tempo é uma ideia desastrosa.

O rumor onipresente foi por um breve momento desafiado pelo burburinho incrédulo dos estudantes enquanto tentavam acompanhar o pensamento radicalmente novo de Glynne. O Pamperrégio reparou, angustiado, que Glia, Glem, Glup, Glena e Gleam – seu fã-clube/harém – agora olhavam, todos babões, para Glynne, usando as pontas de suas caudas vertebrais para brincar, bem cocotas, com suas madeixas luxuriantes. Da perspectiva d'O Pamperrégio, nada disso estava correndo bem. Enquanto o autoproclamado criador do espaço-tempo hesitava quanto ao melhor modo de suprimir essa insurreição, Glynne calmamente deu continuidade ao monólogo inflamado:

– Minha teoria declara que vai haver uma mudança em nosso universo improvável para uma condição de contínuo colapso, talvez disparada por qualquer que seja a catástrofe pressagiada por esses rumores atuais. A lenta desintegração terá fim quando o nosso contínuo estiver desprovido de toda complexidade; de vida, forma e energia; livre do fardo dos muitos lugares-comuns que constituem sua existência. Esse estado destrópico, inevitável e irrevogável eu batizei de Destropia.

"Além disso, posso prever com confiança que, quaisquer que sejam as eras do cosmos que venham depois, os sinais da Destropia serão tão bem estabelecidos que firmarão a minha conjectura como um fato universal. De fato, essas eras posteriores estarão tão imersas na Destropia, conforme toda a existência for escorrendo de volta à frígida e negra desordem, que o nosso mundo só será imaginável ao se presumir que o universo começou num estado altamente energético de complexidade quase infinita, como oposto lógico de seu fim inevitável no frio e na escuridão, em completo desarranjo: em Destropia. E, exceto pela implicação de que O Pamperrégio não vai mais enroscar a tonsura com sirigaitas baratas nas rosquinhas que sobraram, receio que não consigo enxergar como a vacuidade congelada seria uma melhoria."

Embora o rumor, a essa altura de rachar os sensores, abafasse aqui e ali uma ou outra palavra, todo mundo entendeu a ideia. Alguns dos cérebros mais nervosos desmaiaram, flutuando com o topete para baixo, inconscientes, em meio aos colegas boquiabertos. Glia e Glup aplaudiram, batendo suas partes inferiores uma na outra. Talvez tenha sido essa indignidade final que levou O Pamperrégio a ter sua infeliz reação.

Uivando "Glynne! O Pamperrégio! Já basta! O Pamperrégio!" num glóbulo discursivo do tamanho de um duplo Hindenburg, O Pamperrégio ergueu seu flagelo esquelético acima do penteado trêmulo, tal qual um escorpião ainda-por-existir. Antes de ter tempo para sequer compreender plenamente o que estava fazendo, o cérebro mais velho golpeou, furioso, um chicote ósseo na direção de seu vice sorridente. O estalo, conforme a ponta flexível da cauda quebrou o protótipo da barreira do som, foi como uma bomba atômica, audível mesmo em meio ao sísmico ruído de fundo que a tudo consumia.

Pretendido como um tapa de reprimenda, a cauda estreita atingiu Glynne em cheio no lobo frontal, esmagando o cérebro mais jovem e o transformando em pseudomoléculas. Sofrendo espasmos, a cauda de Glynne, não mais ancorada ao córtex central, afundou sem pressa nas profundezas ou alturas do auditório perplexo.

O Pamperrégio ficou tão surpreso quanto qualquer um. Tendo acabado de inventar o homicídio, até então não tinha ciência da alarmante vulnerabilidade da forma encefálica. Com isso em mente, já começou a materializar uma carapaça rígida e protetora em torno de suas partes mais moles, uma armadura de um azul metálico que deixava expostas apenas a cabeleira e a cauda. Os cérebros estudantis, ainda entorpecidos pelo choque, observando os restos de Glynne rolarem para longe, rumo à imensa concavidade do Pampeliseu, não perceberam de imediato o que O Pamperrégio estava fazendo. Quando viram, logo se deram conta de que nada os impedia de modificar sua própria forma do mesmo modo.

De imediato, começou uma corrida armamentista semibiológica. Agora adornados com bolas de ferro medonhas que transformavam cada cauda agitada num mangual, Glytte e Glig se atiraram na direção d'O Pamperrégio, tomados por uma sede de vingança (115). Para a sorte do tirano abismado, um esquadrão de cérebros com nomes com "i", que ainda proclamava sua lealdade a ele, também havia evoluído até ostentar uma besta do tipo gastrafeta, intervindo entre O Pamperrégio e os atacantes glynnistas. Setas de ossos vibraram pela atmosfera fluida em trajetórias borbulhantes, abrindo um buraco fatal em Glig, mas conferindo a Glytte os instantes necessários para evoluir e obter uma carapaça defensiva mais robusta, um galeão com placas de metal contendo duas fileiras de canhões que espiavam pelas aberturas de cada lado do casco.

O femtossegundo estava a um triz de chegar ao fim; o rumor de fundo a um triz de seu clímax. Debatendo-se a fim de fugir do epicentro do engajamento rumo a um ponto mais seguro, O Pamperrégio ficou desconcertado pela rapidez com a qual o incidente estava se desenrolando, e como conduzia ao avanço da tecnologia militar num borrão assassino de uma fita em *fast-forward*. Em outras partes do universo-tornado-campo-de-batalha, os trigêmeos homofônicos

Glossa, Gloça e Glosça modificaram-se com motosserras antes de massacrar uma gangue de ditongos que havia acabado de construir catapultas. Os cérebros mal falados dotados da vogal nasalizada no nome, enquanto isso, expeliram motores a diesel, barbatanas de aviões biplanos e submetralhadoras, num ajuste de contas com as vogais mais privilegiadas que até então os difamavam como seres brutos e promíscuos. O vasto interior do Pampeliseu agora via um tiroteio estilo Jerônimo Bosch, marcado pelos arcos de uma fumaça preta fúnebre, conforme Glãp ou Glãg despencavam dos ares em chamas. Era um blitzkrieg de Boltzmann, conforme por toda parte combatentes com revestimentos de aço disparavam por salvas de bolas de canhão e granadas de fragmentação, no processo realizando lobotomias ao acaso uns nos outros.

O rumor agora era visível, e tudo estremecia. Rachaduras horríveis começavam a correr pela superfície interna e oca do Pampeliseu, bem no momento em que Glytte brotava mísseis teleguiados e alcançava capacidades nucleares. Não dava para ver nada no meio dos pedaços de miolos.

"Choquescangalhatinir", pensou O Pamperrégio, aproximada e tardiamente.

Em algum lugar acontecia o hidrogênio, e dali em diante foi tudo ladeira abaixo.

Iluminações

Ele nunca teria abandonado o passado pelo futuro, para começo de conversa, se não tivesse sido por ela. Ela o atraiu, afastando-o dos castelinhos de areia, e lhe contou que o mundo dos adultos era de sorvete. Os dois caminharam juntos pela praia dos anos, acumulando bons empregos/casa e dois filhos/idade e então ela o abandonou na garoa da orla do amanhã, quando o tão postergado parque de diversões estava logo adiante, e todos os seus festões foram se apagando, luzinha a luzinha.

Ele está olhando o álbum, as folhas negras lamentando verões infantis. Triângulos argênteos de uma goma antiga e do cuspe de seus falecidos pais, páginas para fotos comemorativas há muito caídas, ou quadrados de ausência, conforme o livro vai perdendo, uma por uma, as suas lembranças. Numa das imagens que sobrou, uma menininha desconhecida, diante dos gradientes de cinza, pisa timidamente em uma praia do século passado, todo o seu um metro e vinte de reflexo flagrado ali na camada da água salgada sob os dedos hesitantes dos pés.

Sua ex-esposa não apenas aboliu os tempos por vir como cancelou, nessa barganha, também os tempos idos. Com base na despercepção mútua, todos os momentos que ele achava que lembrava haviam se tornado irreais, ou reais apenas para ele, um sonho que se apaga ao despertar. A maior parte de quem ele fora já não era mais, deixando um buraco escancarado que tentava freneticamente preencher com fotografias, recortes de jornal, qualquer coisa; um espantalho eviscerado com um blazer onde antes havia um peito.

Virando as páginas, com todo o peso da luz encarcerada, ele olha longamente para um mundo melhor, as tristezas editadas pelas limitações da câmera antiga: nas emulsões vitrificadas da sua memória, nada acontece no interior das casas ou depois que escurece, nem debaixo da chuva. O único mês é o de agosto, a única quinzena dos trabalhadores de fábrica. A mãe e o pai apertam os olhos, segurando uma mão plana para cobrir a vista com uma faixa de sombra como marinheiros à procura de terra firme, sorrindo, os dois felizes só de estarem de volta a Welmouth e não mais enterrados.

A dupla mudou de tempo verbal, de é para era, durante os anos de desmoronamento que acompanharam o divórcio, as crianças substituídas por vozes semanais ao telefone. Primeiro ele perdeu o pai, motorista de ônibus aposentado, de falência do coração, então seis semanas depois a mãe, cada vez mais surda e distraída pelo luto, foi atropelada pelo ônibus 27 que não vira chegar. Seguiu-se um funeral escasso, dada a compaixão recém-exaurida dos presentes, e então fizeram a limpa na casa; descobriram-se os álbuns de fotografias.

Ele e a mãe estão ambos em roupas de banho, molhados, sentados nas toalhas atrás de uma cerquinha que ondula no vento, as dunas brancas atrás deles ostentando um moicano preto espetado, feito de grama. Com oito anos de idade e o cabelo repartido ao meio, ele brinca com um baldinho de plástico, a mãe inexpressiva enquanto desenrosca a garrafa térmica. A água salgada reluz em gotas capturadas pelo elástico do decote, e ele sente o fantasma do pai, fora de cena, com sua luxúria momentânea a farfalhar brevemente sobre o acabamento reluzente, debatendo-se contra as lentes há muito tempo perdidas.

Transformado numa família de um só membro, um isso-não--existe, ele não sabia quem era ou o quê. Procurou por toda parte pelo homem desaparecido – casa, trabalho, bar, internet –, tentando recuperar uma versão de si mesmo que pudesse reconhecer, o tempo todo com uma cara de retrato falado malfeito no espelho do próprio banheiro. Então, sentado no sala de estar evanescente dos pais, enfim encontrou o molequinho sorridente, com uma janelinha na boca, montando um caracol gigante de fibra de vidro pintada uns cinquenta anos atrás, e pensou: "*Aí* está ele!".

Linhas tênues de areia, o pó de giz nas divisórias entre as pedrinhas da calçada, e ao fundo ergue-se Pleasureland, com o pináculo do seu escorregador, a roda-gigante e os trilhos da montanha-russa mergulhando logo além dos falsos portais de castelo. O pai se abaixa para lhe dar alguma coisa ali no limiar, saindo ou entrando, e no meio de um pórtico com balões feito tumores é possível ver os carros-caracóis, vagabundos vigilantes, corredores fantasmas, saias levantando no vento da casa de espelhos; premonições perturbadoras da vida adulta, tudo pintado naquela paleta cinzenta de 1967.

Será que aquele passeio montado no molusco foi a última vez que sentiu a felicidade incondicional? O tempo todo ele se flagrou pensando em Welmouth, os acessórios e cenário da cidade-resort na costa leste servindo de pano de fundo para os seus sonhos. Achava que talvez devesse voltar para lá e passar um dia, um final de semana, e assim deter o embalo, agora indesejado, que faz a sua vida avançar. Todos os dias ele corajosamente se realistava na luta humana contra o amanhã, mas, quando a batalha ficou séria, fez planos para bater em retirada rumo ao território do ontem.

Cada registro é a pele réptil trocada de um momento e traz à tona a pergunta terrível: aquela brecha entre as nuvens, aquela rua, aquela tarde, aqueles figurantes, aonde foram parar todos? Por que ninguém investigou? Aquelas crianças mortas, batendo pernas e braços ossudos na maré, como é que acabaram sendo achatadas assim em volumes pesados, espremidas até perderem toda cor? Ele fica ali cismado, como um detetive num programa de TV incomodado com um caso arquivado que jamais lhe pareceu bem resolvido, colando no quadro branco de seu crânio as imagens de rostos com excesso de exposição.

A decisão lhe veio aos poucos, em incrementos imperceptíveis, ao longo de uma semana passada em Welmouth, de modo que não teve a compreensão consciente de tê-la tomado. Havia um livreto aqui, um itinerário de ônibus ali, e rapazes no trabalho cujas bocas disseram: "É, parece bacana", mas cujos olhos deixavam transparecer que era uma péssima ideia. Ninguém falou nada de crise de meia-idade na sua frente, mas a comunicação telepática das sobrancelhas foi ensurdecedora. Prescindindo das fotografias, ele formava suas memórias agora como retângulos reluzentes em preto e branco.

As pedrinhas cintilando conforme a onda recua, e mulheres com os pés doloridos e óculos angulosos voltam olhares indecisos para as atrações. As cabeças de dois metros e meio de comediantes famosos da época emergem dos pôsteres acima do Hipódromo, seus nomes e bordões impressos em letras encorpadas, cuja empolgação antecipa a da plateia. Dedos de chantilly pingam do relevo empapado de um cone, e uma estrela-do-mar, morta e petrificada, há seis meses se encontra à beira-mar num balde d'água de torneira, aguardando sua ressurreição.

Não era uma revisitação, mas uma recriação obsessiva. Fez a reserva para uma semana no South Becks Caravan Park, que agora se chamava Ocean Vista. Decidido a fazer essa coisa toda de segunda infância até o fim, ele comprou um bilhete para pegar o ônibus de manhã cedo até Welmouth, embora houvesse modos muito mais convenientes e rápidos de chegar lá. Com relutância, aceitou que seria grotesco ler uma revistinha *Beano Summer Special* no trajeto. Em todo caso, também não sabia se ela ainda existia.

Eis aqui o seu pai – de terno pós-Segunda Guerra, camisa limpa de gola aberta – trocando ideias desatualizadas num papo militar com o condutor, que fuma um cigarro Woodbine enquanto leva suas valises, com esforço, até o compartimento secreto na lateral do ônibus. Eis aqui a muralha redonda do castelo de Southwich no caminho para lá, a mesmíssima rota todos os anos, seguida pelo vidro da janela manchada de impressões digitais, com ele, a mãe e sua câmera espectral no reflexo. Ele se senta com a mãe, o filho único. Seu pai e um estranho excessivamente entusiasmado dividem o assento duplo à frente.

A jornada de quatro horas foi horrível e deu-se, em sua maior parte, sobre rodovias cuja pavimentação era relativamente recente. Sentado, ele observou as pistas fechadas e as previsões de atraso nos displays de LED, seus colegas passageiros tendo se retirado para um estado catatônico induzido por fones de ouvido, cuja necessidade ele enfim compreendia. Southwich já havia sido completamente deixada para trás. Seu castelo ainda em pé, a prova de que os dias perdidos de fato existiram, transformou-se em algo hipotético, e a abordagem revisada a Welmouth prosseguiu sem qualquer primeiro vislumbre – daqueles de fazer explodir o coração – de um mar distante.

Numa garagem de ônibus aberta a um céu enorme, meninos com penteados rock'n'roll e carrinhos de mão de madeira conduzem a bagagem até o ponto de ônibus por dois xelins. Daqui em diante sua família segue a brisa marítima até South Becks. Cá estão ele e sua mãe, seu copo de refrigerante Vimto e sua mistura de cerveja com limão, empoleirados nos tijolinhos *art déco* do pátio do bar Admiral Nelson, enquanto seu pai dá um pulo na papelaria do acampamento para buscar as chaves da caravana, penduradas no mural atrás do balcão, a luz do sol lentamente desbotando os anúncios da Kodak.

Desta vez o ônibus foi direto para Ocean Vista, e as dimensões do erro que ele cometera foram como um murro na cara. Essa franquia hoteleira disneyficada reformou toda South Becks, transformando-a num clone de outros resorts com um estilo de jardim de infância e uma "Splash Lagoon", onde estudantes vestidos de animais marítimos rondam a recepção em busca de vítimas para animar. Durante meia hora ele esperou para fazer o check-in do lado do pirulito vermelho que designava o bloco específico de sua caravana e começou a perceber que ir para lá tinha sido um equívoco.

Ele avança em meio às vans amontoadas, pães de lata a intervalos irregulares sobre a grama fina. Uma rara cena interior mostra janelas inundadas de luz nos fundos, ele e a mãe dos dois lados de uma mesa central, ela de óculos e palavras-cruzadas, ele com uma ediçãozinha barata de *Os gafanhotos de prata*, de Ray Bradbury. Cortinas amarradas, contidas diante da luz invasora. Usando um quepe do qual não se lembra, o menino franze o cenho e pensa sobre o seu futuro em Marte nos longínquos anos 1990.

Seguindo um panfleto com um mapa, ele andou cismado entre os trailers espaçosos distribuídos numa grade bem-organizada, na direção do 14A, que era, em essência, um longo quarto de hotel. Todas as conveniências foram sentidas como perdas pessoais: o encanamento moderno sumiu com o bloco de sanitários do acampamento e suas torneiras comunitárias. A eletricidade apagou o miasma sussurrante da luz de gás. Ele sabia que essas insatisfações eram ridículas. Aqueceu uma refeição pronta que trouxe de casa, depois pensou em passar a tarde no Admiral Nelson.

Os dias de férias giram em torno de uma bela construção na ponta norte de South Becks. Sua varanda redonda é a parte traseira de um navio de tijolos, com janelas de vidro curvado na fachada arqueada. Ele e os pais se sentam, ano após ano, num desdobramento baixinho do lado do alçapão para entregas, com sua madeira cheia de farpas, abaixo do balcão do bar que vende bebida fechada além de salgados e doces. A mãe reorganiza uma saia com padrão de flores sobre os joelhos enquanto ele interroga um saco de confeitos Revels, tirando os fondants de laranja.

O bar oscilava, abandonado, sob as sombras que se reuniam ao ocaso. Enlutado, ele parou ali e encarou os degraus rachados por ervas daninhas, as muretas cambaleantes de bêbadas diante do prédio principal. A Ocean Vista comprou o Admiral Nelson e permitiu que ele se desintegrasse, antecipando a competição com os estabelecimentos locais da própria marca. Conforme a noite caía, ele deu duas voltas em torno do lugar sem detectar nenhum sinal de uma Double Diamond, depois voltou cabisbaixo à sua van, com seu vinho de mercado e sua autorrecriminação furiosa.

De volta ao assoalho rangente do seu losango móvel, o pai chacoalha fósforos e as instalações de gás derramam uma meia-luz submarina. Lençóis e cobertores transformaram um dos sofás de plástico embutidos em seu leito crepitante, no qual ele se insere todo alegre enquanto a mãe gira a válvula do painel e acende a luz. A chuva no telhado é como alfinetes, e às vezes há detonações abafadas da maré contra o vento. Ele tomba no sono, e mesmo as salas confusamente arquitetadas dos seus sonhos estão cientes de que a família se encontra num outro lugar.

Na manhã seguinte, naquele trailer desconhecido, ele acordou ansioso, como se algo medonho tivesse ocorrido na noite anterior, apesar de não ter sido o caso. Depois de um café da manhã de sucrilhos clandestinos, deu um pulo lá fora para ver se a situação deplorável do Admiral Nelson seria aliviada pela luz do dia, mas o sol só fez piorar. Metade do bar estava afundada, como se tivesse tido um derrame, e seus olhos surpreendentemente ainda intactos mantinham-se fixos na praia vazia do outro lado da rua, dunas amontoadas atrás da cerca de arame. Ele arriscou um passeio acompanhando a fachada.

Com trajes de banho sob as roupas, suas toalhas e uma garrafa de refrigerante Tizer numa sacola de palha, o trio vai descendo a ladeira de concreto até as areias. Primeiro há o resplendor da praia, o pai usando uma bermuda preta grande demais enquanto mergulha seu rebento, aos berros, nas ondas. Depois, estão em meio às pequenas e frágeis colinas mastigando sanduíches, uma bandeira inglesa de papel hasteada do balde que faz as vezes de torreão do castelo, botas de silicatos esmagados cobrindo as canelas de todo mundo.

Dava quase um quilômetro acompanhando o quebra-mar até o centro da cidade, e o tempo todo ele não viu ninguém naquela praia cercada de arame. Erguendo-se colossais da espuma oceânica ao longe, turbinas de vento severas colhiam o vento. Pálidos postes de luz assomavam a intervalos regulares, com filetes de lâmpadas apagadas entre si, como gotas de saliva num fio reteso de baba. Do outro lado de uma rua larga, casas residenciais se voltavam, boquiabertas, para um horizonte remoto – sem o reconhecerem, no entanto, como se Welmouth fosse incapaz de lembrar onde ou quem era.

Ele se demora, deliciando-se, enquanto a mãe e o pai vão na frente pela King Street, uma extravagante rua principal subindo o morrinho da praia. Aqui encontramos prateleiras de cores fortes contendo cartões postais de sacanagem do lado de fora de um empório gigantesco de quinquilharias e insinuações. Aqui, há homens insistentes com bigodinhos finos, câmeras e macacos. Eles assistem a uma demonstração improvisada de palavras cor-de-rosa dobradas à mão até formarem palitos de pedra, e no final da rua há o Welmouth Palladium de um lado e o indecifrável museu de cera de Louis Tussaud do outro.

Ainda incapaz de encarar Pleasureland ou os fliperamas mais adiante, ele atravessa a rua até a King Street. Constrangidamente à beira-mar, o lugar ainda lembrava o suficiente o seu eu antigo para fazer com que os apagamentos se tornassem dolorosamente visíveis. Os cartõezinhos indecentes abriram suas asas mamárias e saíram voando. Não se via nenhuma grosseria, nenhum macaco, nenhuma quinquilharia, e os sorvetes locais deram lugar a marcas nacionais. A fábrica de pedras sumiu e levou o espírito grudento de Welmouth consigo. Então ele viu as estátuas imóveis de cera.

Ele vaga coberto até a cintura pelas sombras no corredorzinho, calado em meio aos mortos isolados pelos cordões em suas conversas enrijecidas. Um não-exatamente-Khrushchev provoca um nem-a-pau-que-é-o-John-Kennedy, e duques e príncipes adultos ainda são crianças aqui, igualzinho a ele. Atendentes de cera uniformizados, depois um outro que ainda está vivo, assustam a sua mãe. Uma Câmara dos Horrores, encolhendo-se do mofo dos assassinos ingleses – Crippen, Christie, George Haigh e seu banho de ácido, e depois o pior de todos, o homem pendurado por um gancho de aço que atravessa seu estômago.

Ao pagar a entrada, ele ouviu alguém mais à frente dizer: "Bem, eu *acho* que era Hitler", e riu, sabendo que aqui, pelo menos, haveria uma decepção genuína, à moda antiga, que não havia mudado nada desde os seus tempos de menino. Os Beatles eram um Ringo deformado e três Georges. Margaret Thatcher foi o único acréscimo das cinco últimas décadas, e a câmara de horrores reduzida foi reformada, reposicionando o homem do gancho, que agora decorava um cavalete de tortura mal projetado. Mesmo as dores do passado, ele percebeu, eram incompreendidas.

A King Street deságua no mercado de Welmouth, com sua avalanche de peixes e flores nas barracas e sotaques mais aspirados do que articulados: "Cessãobem?". O pai leva as compras até o quintalzinho murado de um bar ali perto da praça, onde podem tomar alguma coisa e descansar um pouco antes de voltar a South Becks. Aqui está ele usando um chapéu estilo James Bond, com um sorriso misterioso, do lado de um vaso com um arbusto. Ele para ao lado do pai para urinar no banheiro dos cavalheiros, ambos calados, desconfortáveis com as pichações.

Após sentir-se estranhamente reconfortado pelas obras de cera, seu júbilo perverso logo se dissipou ao descobrir que o mercado havia se reduzido a uma barraca de vegetais abandonada e um lugar que faz portabilidade de celulares. A praça estava cercada de lojas de grandes redes, e ele comprou mais vinho e comida da Mark & Spencer's antes de optar por voltar a pé até a Ocean Vista por uma longa estrada que descia pela orla, da qual ele tinha lembranças após uma única visita na vida real e dúzias de passagens em sonhos saudosos e excessivamente iluminados.

Ele tem treze anos, e a mãe e o pai o deixaram seguir até o acampamento sozinho enquanto ficavam para tomar a saideira e depois pegar o ônibus. Está com a mesada das férias no bolso, e nas ruas de trás ficam todas as lojinhas sinistras de usados, as bancas de esquina com os livros baratos que não dá para comprar onde ele mora. Ele encontra um lugar estreito, só de madeira e janelas, com pilhas, montes, caixas de sapato contendo revistas e livros usados, e toda a sua poeira alergênica transformada em ouro em pó pelo sol baixo e comprido. Tudo cintila.

Seguindo suas lembranças incertas de volta até o local das caravanas, claro que todos aqueles pequenos estabelecimentos enganosos não eram mais visíveis, se é que ele estava mesmo na rua correta, se é que realmente existiram lá um dia. Só de encontrar uma loja Oxfam ele já ficou grato, a contragosto. Com um desespero que mal conseguia conter, procurou por pedaços dos destroços de sua infância naufragada. Absurdamente, tudo que comprou foi um velho radinho de transistor, como o que os pais tinham, e algumas pilhas, por sugestão do vendedor.

O negócio aparece em quase todas as fotografias: empoleirado na mesa dobrável na ponta mais clara da van; em pé em meio às dunas baixas, despejando o Who e os Kinks e Manfred Mann. De plástico marrom, é do tamanho e formato de uma pequena bolsa feminina, com uma tira em cima, para transporte. Tem dois botões, um para selecionar entre ondas longas e médias e outro para ligar/ desligar e os controles de volume, além de um botão grande para sintonizar, com um autofalante prateado parecido com a grade de um carrinho de brinquedo. Vozes da música pop sublinham a luz do sol de Welmouth.

Voltando ao 14A, ele esnobou o micro-ondas e fez questão de preparar sua refeição no fogão elétrico, por uma questão ideológica. Deprimido, não saiu durante o restante da tarde e da noite, bebendo mais vinho do que deveria e ficando irritado ao descobrir que não conseguia sintonizar direito o radinho de transistor. A calibração do botão grande era tão sensível que ele deslizava, aos guinchos, entre indicativos de chamadas repetidos e lastimosos de estações estrangeiras, rajadas de ópera e então, perturbadora e irrecuperavelmente, um jingle de uma estação de rádio pirata fechada meio século atrás.

Sim, sim, ele sabe que não são piratas de verdade, mas tem uma adoração por rádio pirata, especialmente aqui na costa onde o sinal é mais forte. A Rádio Caroline é boa, mas a London é melhor ainda, com Tony Blackburn, John Peel, Kenny Everett, Dave Cash. Ele pluga uma pinha de plástico na orelha e escuta *O jardim perfumado* após o apagar das luzes, emocionado em pensar nos DJS difundindo seu sinal a partir de suas cabines ao mar, suas playlists saindo de um transmissor no mastro, na forma de um anel pulsante de raios de desenho animado.

Foi só ouvir a chamada dizendo "O maravilhoso grande L", em tons eletronicamente alterados, que ele ficou ali girando o botão, alcoolizado, durante horas, sem conseguir encontrá-la. Claramente ouviu algo errado ou teve uma alucinação auditiva, nascida de sua melancolia cada vez mais incapacitante. Por fim, desistiu e foi se deitar, em parte resignado por não conseguir localizar o comprimento de onda correto, em parte com medo de como seria se tivesse conseguido. Estava tendo um colapso? Durante a madrugada inteira, acordou sobressaltado de pequenos pesadelos que se perderam ao despertar, mas depositaram, em todo caso, seus sedimentos indesejados, o negrume dos resíduos.

Aos doze anos, ele vê os sonhos como apenas mais um dos distritos de sua vida e os discute como se fossem eventos reais, junto às outras crianças. Há tanta sobreposição de lugares entre suas diferentes aventuras oníricas – o mesmo parque, a mesma escola, as mesmas viagens de férias no litoral – que lhe parece natural pensar nos sonhos como uma paisagem persistente, uma geografia. A Welmouth imaginária está sempre lá, em avenidas reorganizadas e mal rememoradas quando ele se encontra em outro lugar, amontoadas de fantasmas de regata até mesmo no auge do inverno.

Seu cérebro estava em frangalhos ao despertar, e durante trinta longos segundos ele não sabia onde estava, até que se lembrou do rádio. Ao longo do café da manhã, flagrou-se olhando para ele com apreensão, enfim guardando-o atrás de uma almofada, onde não era possível vê-lo. Apesar disso, não queria continuar lá dentro, fazendo-lhe companhia, por isso decidiu dar mais um passeio na orla, desta vez passando pelos fliperamas até Pleasureland. Depois do flashback do jingle, começou a suspeitar que Welmouth estava escondendo algo dele.

Há outras lembranças, fotos que ninguém tirou. A menina da sua idade, com uma perna com órtese ortopédica e os amigos logo atrás, que lhe pede em casamento quando ele está sozinho, brincando na areia. Um menino precoce que mora na região e o informa sobre "a gosma branca que sai de onde você faz xixi", o que o leva a confundir os blocos sanitários no mictório com sêmen. A primeira e única vez que ele viu, de longe, uma criança com hidrocefalia, empurrada numa cadeira de rodas sob uma cascata de luzes, a cabeça impossível, os olhos da mãe altivos e furiosamente amorosos.

Irritado consigo mesmo, ele marchou pela calçada e, passando a King Street, seguiu adiante. Atravessando a rua, havia palácios de diversão envoltos em fios de luzinhas avarentas, mas agora decorados com personagens de filmes recentes de fantasia e terror. Não suportava o mundo, e sabia que se algum político – até mesmo Enoch Powell ou Oswald Mosley – prometesse trazer a Inglaterra de volta aos anos 1960, provavelmente teria o seu voto em dois toques. Talvez seja isso o fascismo, sempre a nostalgia empunhada como arma?

O quebra-mar pelo qual ele caminha até Pleasureland, à frente da mãe e do pai, está repleto de novidades. Quiosques com fachadas esculpidas com jato de areia, tetos velados por galhos pesados com os frutos de baldinhos, pás e bolas de praia. Há o desastre anunciado das fraturas de ossos jovens na fazenda de trampolins, uma pista de golfe inconveniente, mas longe de ser absurda, e uma vila em miniatura onde pessoinhas de dois centímetros fingem meio freneticamente que não existem gigantes entediados por toda parte. O píer, o rinque de patinação e depois a música de órgão, gritos com efeito Doppler.

Aquela localidade urbana em miniatura o deixou assombrado por ainda continuar existindo inesperadamente, assim como o jingle da Radio London. Houve minúsculas alterações, lascivas e indecentes, como microadúlteros nus pendurados em janelas, embora de resto a atração ao ar livre continuasse perturbadoramente inalterada. Era como se, em escalas menores, fosse possível evitar o futuro. Do nada, ele pensou nos seus dois filhos, e então se afastou com pressa daquela Liliput quase do pós-guerra antes de se sentar sobre o predinho de trinta centímetros da prefeitura e chorar.

Há mais fotos jamais batidas: punhados marrons impossíveis de identificar adornados com pernas brancas que se enroscam na areia molhada, e bolinhas de gude de geleia igual o miolo de uvas no espelho chato da linha da maré. Há um homem careca à noite no bulevar que parece estar perdido e o encara com olhos assustados, depois sai correndo antes que ele possa alertar os pais. No Ripley's Odditorium, um crocodilo com uma fúria homicida sustenta uma couraça adicional de metal com todas as moedinhas de um centavo arremessadas pelos meninos, aguardando por anos o seu momento.

Ao sair da vila em miniatura, ele encontrou outras estranhas sobrevivências. Mecanismos de inserir moedas foram resgatados do fliperama do outro lado da rua e ainda era possível operá-los ao se trocar uma libra por valores pré-decimais da moeda local. Encantado, ele ganhou um tubo de doces dessa bagatela movida a molas, machucando o pulso para impulsionar os jóqueis de lata até a linha de chegada. O que mais o incomodou, porém, foram as cenas movidas a corda abaixo do vidro empoeirado, onde homens condenados e avaros reencenavam incessantemente seus castigos mecânicos.

A bruxaria litorânea que o atrai e o assusta se encontra no interior dessas caixas. Bêbados de papel machê, sua pintura sofrendo de psoríase, disparam entre cemitérios, atormentados por esqueletos que saltam do interior. Usurários nos seus minúsculos leitos de morte desprezam benfeitores retráteis que sacodem o pratinho da coleta, depois são visitados por satãs descascados, queimados de sol. Aos trancos e barrancos, o prisioneiro sobe, rígido, até a guilhotina, onde é substituído por uma figura ajoelhada. Conforme a lâmina começa a cair, conclui-se o espetáculo de luz e movimento que se compra a um centavo.

Do meio daqueles jogos mortos, galvanizados até voltarem trêmulos à vida, ele retornou à orla iluminada, surpreendido pela luz do sol. Começava a conceber a possibilidade de que sua Welmouth desaparecida estivesse flertando com ele, provocando-o com vislumbres de um reino ido que, de algum modo, ainda estava por lá, imanente e velado. Talvez a cidade estivesse testando sua devoção antes de lhe mostrar uma porta mágica capaz de levá-lo de volta ao local aonde ele precisava ir. Nesse estado de espírito perigoso, ele se aventurou até as tábuas do píer reconstituído.

Espiando por entre as rachaduras a escuridão de maré e espuma, ele sabe que essa península de tábuas existe apenas graças à clemência do mar, e mesmo segurando-se na barra de ferro, a sensação é precária. A alguns metros do continente, há outro país, com rituais diferentes. Livre da supervisão dos pais por um breve momento, ele experimenta um mutoscópio de *What the Butler Saw*, onde as fotografias com beiradas carcomidas caem pela abertura de visualização, uma animação monstruosa, conforme uma mulher eduardiana esvoaçante derruba sua toalha e entra, ciente de estar sendo observada, na banheira.

Mais segura e reforçada, a rua sobre as palafitas perdeu sua atmosfera de invasão instável sobre o território dos plânctons. A única coisa notável ali era uma exposição histórica vendida como a "Welmouth Secreta", onde ele pôde observar um assassinato com desmembramento de 1892, uma serpente marinha em baixa resolução de 1947 e uma história do jornal, curiosamente banal, sobre o corpo de um homem não identificado que foi parar na praia em agosto de 1966. Ele estava de férias lá nesse período e concluiu que foi por isso que acabou lendo esse recorte corriqueiro duas vezes.

Algumas imagens reveladas na câmera escura de sua mente talvez não sejam, de forma alguma, fotografias reais. Acaso aquele é o seu pai fazendo *tsc tsc* para o jornal *Welmouth Herald*, dizendo: "Você viu onde o pobre diabo acabou indo parar?". Será que ele se lembra de nadar cachorrinho na parte rasa, apertando os olhos, perplexo com a multidão ao longe e a ambulância no ponto mais distante da praia, perto de Pleasureland? Ou será que essas imagens foram falsificadas, levando-o cada vez mais próximo da ação mórbida? Quanto dessa vida passada é uma montagem no Photoshop, uma versão do diretor?

Ele satisfez seu apetite pela brisa marinha com o *fish and chips*, tamanho grande, do bar que serve peixe ao fim do píer. Lambeu dos dedos os flocos brancos, escorregadios e fumegantes, tão bons quanto eram, e mais uma vez flagrou o rastro esquivo de Welmouth como ela deveria estar. Seguir nessa trilha, avistando cartazes escritos à mão e pavilhões desbotados, o levou apenas ao choque do rinque de patinação abandonado, sua planície lisa rachada agora pelos punhos atravessados de dentes-de-leão, a torre com o autofalante enferrujado e mudo.

Welmouth rodopia ao seu redor, em tons de dourado e azul, e, numa voz enlatada e falha, "All You Need Is Love" passa por alguma brecha na qual a música é inseparável do movimento. Sob o céu em redemoinho num ricochete newtoniano de crianças, esse deslizar lírico é toda sua existência. A mãe se encontra no perímetro, o borrão do seu sorriso passando a intervalos, um número na face do relógio. Conforme a música começa a esvanecer, colapsando em outras canções, mesmo naquele momento ele já se sente nostálgico com o "She loves you, yeah, yeah, yeah".

À deriva em meio a patins, ex-mulher e estranhos afogados, ele se viu antes do esperado sob as garras de Pleasureland. Os torreões na entrada declaravam, sem afetação, que essa era dos aviões a jato agora era medieval, ao passo que, além dali, acompanhamentos de cavalos pintados e vozes giravam num turbilhão acústico. Algodão doce e cebolas fritas para cachorros-quentes fisgaram com um anzol olfativo as suas narinas. Ele se lembrou de sentir na infância que o parque de diversões era um único animal colossal e ficou se perguntando se o lugar lembraria dele.

Embora não consiga articular esse pensamento, ele sabe que o litoral não é de verdade. Esse devaneio saudoso de inverno é apenas Welmouth, uma fuga imaginária da prisão do trabalho, da escola, do comportamento e de uma existência quase insuportável. O resort é apenas uma suspensão do mundo e todas as suas leis do que é permitido ou não acontecer. Das estátuas de cera às loiras nos cartões postais, Welmouth é construída a partir de nada além de fantasias interiores. Nisso repousa seu apelo irresistível, mas também o laivo impreciso de alguma coisa faminta e ameaçadora.

Passando os portões, ele foi engolfado pelo som estendido, a luz sequenciada e as famílias que passavam flutuando em tumultuosos punhados genéticos. Acima, imutável, a roda gigante girava como o tempo ou a fortuna, e uma montanha-russa alternava entre o suspense crescente e o mergulho no terror, mas havia omissões: o labirinto de espelhos, com as pessoas perdidas entre suas cópias, tinha sumido, e a Casa onde a Diversão era uma dona de casa com a saia levantada. O trem-fantasma foi igualmente exorcizado, embora, na verdade, toda Welmouth fosse um trem-fantasma agora.

Ele entra em pânico no corredor dos reflexos e bate de cabeça em si mesmo, correndo na direção oposta. O assoalho sob os seus pés é uma armadilha que o faz deslizar nas duas direções, assim como a memória, o que dificulta o progresso, e no trem assustador seus olhos ficam fechados a viagem inteira. A personalidade de Pleasureland, ele reflete, é jocosa e vingativa, com um coração cruel sob o seu paletó listrado. O grande prêmio é inatingível, as crianças vomitam o excesso de movimento, e marujos leprosos não conseguem parar de rir em redomas de cristal.

Arrastando os pés em meio às barracas, ele não sabia por que tinha ido lá ou o que devia fazer. Não havia mais os tiros ao alvo com as armas de cano dobrado, nem patos para abater. Parado no topo da roda gigante, ele reparou numa procissão de jovens com Síndrome de Down, junto com sua cuidadora, percorrendo gravemente a praia lá embaixo, suas sombras esticando-se atrás de si. Foi só depois, quando voltou à terra firme mais tarde que o esperado, ao seguir na direção da saída, que ele encontrou os caracóis.

Ele e a mãe e o pai encenam essa lenta turnê todos os anos, na falta de qualquer outra tradição familiar. Gastrópodes em tons pastéis com traços que poderiam ser sorrisos em seus rostos vestigiais, a metade frontal de cada concha removida para dar lugar aos assentos, rolam montados num trilho por túneis de grutas, saindo ao ar livre, para a indiferença do público. Não há nada de espetacular neles, mas são confiáveis. As antenas rígidas parecem de rádio, e ele pressupõe que os trilhos metálicos nos quais viajam são suas caligrafias argênteas de muco.

Incapaz de resistir, ele compra o ingresso de um homem muito velho com uma mancha de morango embaixo do olho esquerdo, que o conduz ao seu corcel e fecha a barra de segurança sobre o seu colo. Inclinando-se no processo, o atendente compartilha um sorriso cariado e excessivamente familiar, dizendo: "Hhaaah, eu lembro de você, menino", mas, antes que ele pudesse responder ou perguntar ao vendedor o que ele queria dizer com isso, o carro-caracol já dava a partida, rumo às catacumbas artificiais de luzes rosa, com paredes mucosas reluzentes e um ar com cheiro de óleo.

Eles fazem o mesmo passeio em todas as férias, uma peregrinação rastejante, até que, sob as luzes que piscam nas passagens, ele não consegue mais dizer que ano é este, nem mesmo se essas excursões anuais não são todas um único ano que se repete. Embora ainda haja datas e dias, as duas semanas em Welmouth se passam em algum lugar fora do tempo e não têm qualquer consequência. Sacolejando com os pais sobre essa vetusta forma de vida em meio às cavernas sintéticas, sua cria se vê pressionada, ofegante, entre o passado e o futuro.

Na metade da garganta em pedra falsa, lhe ocorreu que tudo isso foi na verdade uma péssima ideia, um espasmo do luto e do divórcio. Sua carruagem quase sem rosto o levou, ao seu próprio ritmo excruciante, por corredores de um ontem decrépito, linhas predeterminadas rumo à parede de uma curva por vir. Ele nunca

ALAN MOORE

devia ter vindo para cá, devia ter deixado tudo como uma lembrança superexposta, mas agora era tarde demais. Os pontos no trilho à
frente desviaram o seu caminho rumo a um fosso lateral de que ele
não tinha certeza se se lembrava ou não.

Na fotografia, ele dá risada em cima do caracol, mostrando sua
mandíbula prognata, mas está sozinho. E, sim, claro que está, porque
a mãe e o pai devem estar lá fora para tirar a foto assim que ele emer-
gir de volta à luz do sol, mas como isso é possível quando ele sabe que
os três estão na atração, que fazem a mesma coisa todos os anos? Ele
apalpa o assento, procurando-os ao seu lado, naquela obscuridade
rosada sacolejante, mas nenhum dos dois está lá. Ele está sozinho,
avançando devagar pelo crepúsculo das minas da memória que per-
tencem apenas a ele, vazias exceto por sua própria presença.

Havia algo errado, e seu desconforto foi crescendo a cada metro avançado dentro daquela cavidade cintilante. Tinha quase certeza de que aquele desvio inesperado não estava lá nas últimas visitas, mas também havia muitas coisas que, pelo visto, não eram
como ele as havia imaginado. Mais à frente parecia haver alcovas
iluminadas ao lado do trilho que ele definitivamente nunca vira. Ou
será que vira? Começou a ficar extremamente nervoso, mexendo-
-se no assento, tenso.

Na primeira abertura, há uma menininha, a princípio confun-
dida com aquelas caixas da Spastics Society em formato de criança
que já foram tão comuns, mas ela é diferente. Ainda tem uma órtese de ferro que aprisiona uma das pernas, mas é uma menina mais
velha, uns doze ou treze anos, e não está pedindo doações. Em pé
na areia fina, contra um pano de fundo de céu e dunas mal desenha-
das, ela levanta a borda da saia com uma mão rígida, mostrando a
pintura das anáguas empoeiradas. Seus lábios descascados de gesso
se curvam num sorrisinho malicioso, os olhos cegos transbordando
de presunção com indizíveis segredos.

Seu estômago afunda; ele não compreende. Algo mudou, aqui
nas sombras trepidantes, e sua situação lhe parece agora mais

206

desconfortavelmente imediata e real, batendo contra o peito. Ele sabe que as coisas só vão se tornar mais insuportáveis daqui em diante, mas está preso. Não pode fazer nada para interromper a viagem e não pode descer; não há espaço. Sua carruagem, cuja expressão ficara inescrutável pela corrosão dos anos, o arrasta inexoravelmente rumo a uma segunda cavidade.

Aqui, sobre o chão revestido de modo a parecer uma calçada e um pano de fundo imitando as luzes noturnas da orla, vê-se o modelo de uma criança que sofre de algo anteriormente chamado de água no cérebro, amarrada a uma cadeira de rodas reconstruída. O crânio do menino está inchado até parecer um bulbo de pele fina, cujo tamanho excede o do rosto abaixo. Eternamente parado no *trompe l'oeil* desse meio-fio, a expressão da pequena estatueta detém um olhar de decepção suavizada que aos poucos dá espaço a uma sabedoria apavorante e incontestável.

No fundo, uma parte de si, capaz de sondar além do que ele mesmo consegue, começa a dar um grito abafado, martelando contra o vidro do seu olhar fixo. Ele mal sabe o que está acontecendo, só sabe que não pode acontecer, e não há nada que possa pensar ou fazer para diminuir o impacto, torná-lo menos destruidor, embora não tenha certeza do que é que está se destruindo. Com relutância, concede que não pode ser o caracol que ele ouve gemer conforme progridem naquela falsidade subterrânea rumo ao que parece ser a última exposição.

De bruços na areia reluzente, salpicada da água do mar, o defunto tem um formato maleável e saturado, todo mole e caído, de modo que a cabeça mordiscada pelos peixes aponta para as ondas pintadas com aerógrafo ao fundo. Faltam um sapato e a meia que o acompanha, e o pé branco exposto é assustador, com sujeirinhas pretas encrustadas na carne úmida e corrugada. Em torno do cadáver, discos invertidos de sépia rodam antenas pálidas sondando o perímetro e enterrando-se deliberadamente como se fossem minas terrestres.

Seu desejo é que isso seja um sonho ruim, uma alucinação suscitada pelo estresse, pois o que mais poderia ser? As paredes irregulares passam lentas sob aquele brilho rosado, e ele mesmo parece um daqueles papéis mastigados em cenários movidos a moedinhas, condenado e rangendo num purgatório mecânico até o amargo fim. Se fingir que nada disso aconteceu, ele pode voltar para sua caravana esta noite e então amanhã irá para casa, deixando seu susto e seu radinho de transistor para trás. O carro chega aos trancos até a saída, rumo a uma noite já caída.

Como é possível que ele tenha demorado tanto nesse passeio? Conforme o caracol vai parando, ele procura o velho camarada que o deixou tão inquieto ao entrar, mas é evidente que já acabou o turno do fim da tarde e um jovem magrelo com topete agora o ajuda a sair do veículo resvalante. Ao reparar numa mancha embaixo do olho do novo atendente, ele conclui que deve ser o filho do outro sujeito, ignorando a sua certeza de que marcas de nascença não são hereditárias. Ele se apressa para sair, atravessando aquela feirinha adulterada em que ele se esforça para não reparar.

Ao deixar Pleasureland para trás, ele fixa seu olhar à frente, pois sua visão periférica se encontra amontoada de coisas que não estão lá. Armadas constituídas de patos em cores gritantes formam uma barricada em estreitos constritos, e em varandas borradas anáguas de rabo de olho florescem e se tornam tulipas chiando ao vento. Ao longo de plataformas cobertas de esqueletos, passageiros parcialmente vislumbrados aguardam viagens com destino a um pesadelo, enquanto, em salões de vidro, aparições infinitamente repetidas se deparam num confronto silencioso. Como ele repara que não há nenhuma luz de LED, mesmo esse escuro é do tipo errado.

Escapando pelos portões do castelo falso, ele tropeça com o coração ainda na boca e o sereno despertando arrepios nos braços descobertos. O que faz não é tanto pensar quanto fazer colidirem carrinhos de bate-bate de perplexidade, perturbado com o negrume avassalador da orla e as luzes solitárias a queimarem nos cipós flácidos. Um garoto de cabelo ruivo o derruba, carregando o que ele presume que seja um brinquedo de pelúcia recém-conquistado, uma figura com cabeça de leão usando uniforme de futebol que ele evita, por pouco e com muito esforço, reconhecer.

Dolorosamente prolongada, num ritmo de caracol, chega a revelação de que é isso que ele queria. Esta é Welmouth, tal como ela era. Desviando de um Ford Anglia cor de gelo, ele se flagra pelos fliperamas da avenida, do outro lado da rua do quebra-mar e da praia enegrecida. Deslocando-se contra a corrente de vestidos e paletós de uma multidão ambulante, ele para boquiaberto, num estado de admiração fascinada, diante da luz que se concentra em torno de uma barraquinha de mariscos; o imenso outdoor com a cabeça do comediante Jimmy Clitheroe, há muito falecido, agora se apresentando no Welmouth Palladium.

A cidade não estava flertando com ele, não precisava; ela o fisgou usando o gancho e a corrente presa em seus intestinos. Ao longo de todos aqueles anos em que a julgou irrecuperável, ela aguardava por ele aqui, um crocodilo de couraça de moedas. Espectros de lâmpadas coloridas adornam sua cabeça calva e, de um radinho portátil isolado, um jovem Mick Jagger comenta as agruras do envelhecimento, como se fosse uma escolha de estilo de vida. Moedas amargam o hálito dos salões de jogos e em seus ouvidos há um zumbido, alarmes de incêndio distantes.

Ele os enxerga apenas alguns metros à frente – o homem, a mulher e seu filhinho – afastando-se até um jardim de um bar parcamente iluminado à sombra do Hipódromo. Alguma coisa no jeito de andar do casal o faz parar ali mesmo, o marido com frio, as mãos dentro dos bolsos, a esposa se debatendo de um lado para o outro feito as ondas. Em sua familiaridade difícil de localizar com exatidão existe algo inexplicavelmente alarmante, depois o menino de doze anos atrás dos dois se vira para olhar para ele, e ele é perfurado por uma compreensão catastrófica.

Balançando a cabeça igual a um cachorro desses de pendurar no vidro traseiro do carro, ele recua antes que sua presença seja apontada para os pais da criança e tudo piore ainda mais. Respirando aos soluços, segue trôpego, atravessando a rua movimentada entre as Minis e as Vespas, atirando-se do quebra-mar até a areia, sem que ninguém repare nele em meio à necessidade gritante de fugir desse horror que lhe era tão caro, de todas aquelas luzes. Seus passos esmagam a areia úmida no escuro ofegante em meio às dunas, embora mais à frente o caminho seja reto até o quebrar e o rufar do oceano.

Quando ele não apareceu para trabalhar na segunda-feira seguinte e seu telefone estava desligado, os colegas preocupados que passaram no seu apartamento relataram que não havia ninguém em casa. Sua esposa e seus filhos foram contatados, mas ninguém tinha a menor ideia do seu paradeiro. Em algum momento, a polícia recuperou alguns dos seus pertences, em sua maior parte peças de roupa e um antigo rádio de transistor que o pessoal do Ocean Vista recuperou em sua caravana abandonada. Apesar de todas as especulações óbvias, seus restos mortais não foram encontrados nunca mais, ou, pelo menos, não subsequentemente.

O que se pode saber a respeito do Homem-Trovão

Para Kevin O'Neill

1. (Agosto, 2015)

Pela janela da frente de uma lanchonete Carl's Diner, uma tarde de terça-feira derramava seu sangue. Sob uma lâmpada incubadora de espinhas, em meio ao amarelo da fórmica embotada por trinta anos de *ennui*, o Clube do Jantar das Terras Infinitas se espremia nos bancos embutidos de uma mesa tamanho família e passava os diversos mundos a limpo.

Todos os quatro eram roteiristas, obviamente – Jerry Binkle, Dan Wheems, Brandon Chuff e Milton Finefinger –, dado que os escritores costumam se envolver bem mais nas minúcias da continuidade dos quadrinhos do que, digamos, artistas ou coloristas. Artistas e coloristas, como tantas vezes expectorava o "Satânico" Samuel Blatz, o genro universalmente reverenciado do dono da editora, só precisavam desenhar as coisas que você mandava que desenhassem e tentar não pintar fora dos traços. Não precisavam saber que a Rainha Lunar da década de 1940 era a única capaz de se transformar em luar, ou que o Raio de Bronze adolescente, com o poder de redirecionar energia, era o filho do Homem-Trovão de uma outra linha temporal: não precisavam saber disso e, na opinião do Clube, nem se importavam muito.

– É como se eles não enxergassem por que a continuidade é importante. Ficam, tipo: "Ah, quem caralhos liga se a mãe e o pai do Sr. Oceano vieram da Atlântida ou de Lemúria?", e eu fico, tipo: "Como é que é? O menino que você já foi, amigo, é ele quem liga, porra. O menino que venerava o Sr. Oceano e queria saber tudo sobre ele, até que vem um cuzão que nem você dali uns vinte anos e muda tudo". Com todas essas revisões, o que eles estão fazendo é transformar todo esse conhecimento dos fãs, que nós nos dedicamos tanto para aprender, numa perda de tempo quase inútil.

Dan Wheems e Milton Finefinger, fingindo estar concentrados na comida, cruzaram o olhar acima dos condimentos posicionados ao centro da mesa por um breve instante. Bem se sabia que o Jerry Binkle, o "Binkalhão", fundador daquele encontro semanal, gostava do Sr. Oceano mais do que deveria. Binkle havia pedido demissão de um cargo bem pago na American quando cancelaram sua saga *Profundezas do oceano* após o terceiro volume, depois voltara para a Massive, onde trabalhava no Menino-Besouro e tomava um monte de remédios contraindicados.

Com a boca ainda amortecida pela novocaína após uma consulta com o dentista mais cedo, Wheems arriscou um olhar de esguelha para o famosamente impassível Brandon Chuff, sentado ao seu lado. Binkle era o mais velho dos quatro ali, mas, no cargo de editor-chefe do outro lado, na American, era Chuff o segundo membro mais antigo do Clube do Jantar das Terras Infinitas. Enquanto estava ali sentado, ouvindo às contestações de Jerry Binkle, Chuff não parava de encarar a fórmica daquela mesa afligida por icterícia, dando um sorriso calado que queria dizer: "Bem, eu sei mais do que você, mas estou desinteressado demais no que diz para corrigi-lo". Wheems presumia que ele estivesse pensando no crossover da *Briga infinita* da American do verão retrasado, quando Chuff, mostrando que havia feito o seu dever de casa como editor/roteirista da nova versão, revelara que Fufu, a água-viva amiga do Sr. Oceano, e o seu ajudante Menino Oceano eram falsas memórias implantadas pelo Desacontecedor.

Fora do restaurante, estabelecera-se um gradiente azul-escuro com uma ou duas estrelas conjecturadas, além da poluição luminosa.

Ostentando seu sorrisinho permanente infligido pela paralisia de Bell, que conferia a cada frase um tom desnecessariamente sardônico, Milton Finefinger, ainda ardido com os atrasos da sua revista, a *Supercamaradas*, causados pelo desastre do Arvo Cake, arriscou uma interjeição no meio do monólogo enervante do Jerry Binkalhão:

– Ouvi uma vez que o Sherman Glad teve a ideia para o Sr. Oceano quando visitou um restaurante de frutos do mar com esse nome, em Boston. É claro que, na história que o Glad contava – a risada de Milton era quatro jorros de ar detonando em algum lugar dentro dos seios da sua face, hnohh-hnohh-hnohh-hnohh, desse jeito –, ele teve um sonho quando era criança de que estava se afogando e foi resgatado por um tritão estranhamente bem-apessoado. Ora, não me parece bem o que chamaríamos de um sonho *seco*, se vocês entendem o que eu digo? Hnohh-hnohh-hnohh-hnohh.

Jerry abaixou o queixo no pescoço e vincou sua testa que ficava cada vez maior.

– Milton, nós dois já tivemos esta conversa. Como você sabe, em 1962, eu entrevistei o Glad para a minha revista de fãs, a seminal *Vigilante encapuzado*. Visitei a casa dele, conheci a sua esposa, a Gail, e tudo mais, quando eu era, tipo, um moleque de quinze anos. Foi então que perguntei como foi que ele inventou o Feixe, o Águia Dourada, o Sr. Oceano e todo o resto, e ele deu a declaração lendária de que apareceram para ele em sonho. Disse que os sonhos chegaram a ele de algum outro lugar, um mundo paralelo ou reino do Ideal Platônico ou coisa que o valha, onde tudo nas histórias do Sherman acontecia de verdade. Beleza, talvez seja o tipo de coisa que um escritor diz para um fã adolescente, tipo "o Papai Noel é real" ou sei lá o quê, mas achei que me pareceu sincero. E quanto a ele ser gay, você não diria isso se tivesse conhecido a Gail Glad sendo um jovenzinho impressionável. Ela era bem... inesquecível, se entende o que eu quero dizer.

Ninguém entendeu ao certo, mas todos presumiram de imediato ser uma referência aos peitos da falecida matrona. Sem conseguir evitar uma bufada de escárnio, Finefinger deu mais uma garfa-
da no seu Slippy Joe, que era só um Sloppy Joe comum, mas com
cem gramas de manteiga derretida por cima. Dan Wheems tentou
ressuscitar a conversa com uma anedota sobre o que era ou um
personagem chamado X-zema, ou possivelmente algo a ver com ec-
zema: a boca de Dan não funcionava direito por algum motivo, de
forma que ninguém entendia uma palavra do que ele dizia, mas
continuaram sorrindo e fazendo que sim com a cabeça, enquanto
esperavam que ele se cansasse.

Finefinger deu uma espiada em Brandon Chuff, sentado do outro lado de Binkle, perguntando-se o que estava se passando na cabeça daquela figura ursina, tão amada pelos fãs, enquanto admirava
o brilho das prímulas da mesa. Com base no sorrisinho irônico que
folgava nos lábios contraídos de Chuff, Milton especulou que ele
provavelmente pensava no destino de Sherman Glad. Sherman, um
escritor de ficção científica popular que fazia bico nos quadrinhos,
criara muitos dos personagens mais conhecidos e duradouros da
American, mas em 1965 tentou, com outros roteiristas, se sindicalizar. Desnecessário dizer que Glad e os outros da velha guarda foram
demitidos na hora, seus cargos de roteirista substituídos por uma
multidão ávida de jovens fãs de quadrinhos tão gratos pela oportunidade de viver seus sonhos de infância que não pareciam entender
ou se importar com o fato de estar tirando o trabalho de criadores
previamente oprimidos. Saem os hipsters grisalhos da década de
1950, como James Flaver, Edward Sullivan e Sherman Glad, que
passou a pagar as contas ralando para produzir livros baratos de
pornografia de nicho após ser defenestrado da American, e entram
os adolescentes/jovens de vinte e poucos anos, entusiastas do Rei
Abelha e dos Comparsas Sobre-humanos, como Jerry Binkle, Ralph
Roth, David Moskowtiz e Brandon Chuff. No geral, concluía Milton,
não faltavam motivos para Chuff sorrir.

Do lado de fora, através de uma janela que encerrava a cena como a moldura de uma página, acima do armazém de roupas do lado oposto, o céu era agora um estudo minimalista de um artista que não tinha o menor receio de espaços vazios, um negrume com um pingo ou outro de branco perfeitamente posicionado, por meio do qual se podia decifrar as formas oclusas. Postes de telégrafos. Fios e caixas-d'água. Linhas cruzadas no bocejo pútrido de um beco.

Em meio ao amarelo ofuscante do interior do estabelecimento, Jerry Binkle empurrava com paciência seus óculos de aro dourado mais para cima, até as sobrancelhas loiras que ele quase não tinha.

– Dan, corrija-me se eu estiver errado, mas você parece estar falando da Esme? Esme Martinez?

Dan Wheems fez dois joinhas e gesticulou vigorosamente com a cabeça, muitíssimo aliviado de alguém mais na mesa conseguir captar o fio do discurso, livrando-o do fardo que era a necessidade de sua glossolalia inarticulada. Para celebrar esse alívio, o duplo ganhador do Prêmio Sammy (por suas edições polêmicas d'*Os Vingativos*, pela Massive) preencheu a boca amortecida com mais três andares de seu hambúrguer triplex e relegou a Binkle a tarefa de desvendar o ininteligível tributo de Wheems a Esme Martinez.

Considerando que esse surto de Dan fora despertado pelo entusiasmo de Binkle por Gail Glad, Jerry estava quase certo de que devia se tratar dos atributos físicos de Esme Martinez, os quais eram consideráveis. Uma menina genuinamente bonita, de ascendência hispânica, Martinez era uma das duas ou três mulheres, no máximo, que trabalharam com arte na indústria tal como era nos anos 1950 e 1960, camelando em salas sem janelas repletas de homens enquanto eram bolinadas e tinham que aguentar sem dizer nada. Por sorte, Jerry arranjou um jeito de botar a conversa de volta nos eixos sem ter que mencionar qualquer coisa do tipo.

– Ora, a Esme... e como os seus gestos sugerem, Dan, ela era mesmo o exemplo mais preclaro do sexo frágil... a Esme era, para mim, a melhor arte-finalista que o Sr. Oceano já teve, de todos.

Não contem para o John Capellini que eu disse isso, óbvio, mas muitos anos atrás, quando o Sr. Oceano era só uma história secundária no *Melhor aventura do mundo*, as coisas que a Esme era capaz de fazer naquelas historinhas de seis páginas eram incríveis! Digo, pensem bem! "A Morte de Fufu", quem lembra? Ou aquele em que o Sr. O e o Menino Oceano encaram o Sr. Oceano da 13ª dimensão que tem tipo vinte metros de altura e pele violeta? As pessoas não se dão conta disso, mas todos os personagens que ainda existem hoje, como o Cabeça-de-martelo ou a Lady Prilla de Lemúria, ou lugares como o Oceanário, foi tudo obra da Esme, tudo desenho dela. Nunca esbarrei nela na época, mas o Sol Stickman disse que ouviu falar que ela era lésbica.

Milton Finefinger traçou um gesto desdenhoso com seu garfo sobrecarregado.

– O Sol Stickman dizia isso de todas que davam um toco nele. A mulher casada no departamento financeiro que tinha dois filhos, a Linda? Lésbica. As coloristas? Todas lésbicas. Chegou até a dizer que a Mimi Drucker era lésbica, o que é como dizer que a piranha é um peixe vegano. Hnohh-hnohh-hnohh-hnohh.

Todos deram uma risadinha, exceto Brandon, que manteve o sorriso e a análise dos narcisos na fórmica. Miriam Drucker era a vice-presidente da American e, embora claramente tivesse enormes questões psicológicas e sexuais para resolver, falta de heterossexualidade nunca foi considerada uma delas. Dan Wheems mastigava, pensativo, uma fatia de tomate especialmente recalcitrante, talvez oriunda do apartamento de luxo do seu hambúrguer triplex, e deu um longo olhar de rabo de olho para Brandon Chuff, curvado ali ao seu lado, em cima de um prato de asinhas apimentadas ainda intacto.

O sorrisinho cínico e característico de Chuff parecia agora lascivo e, para Wheems, vagamente nostálgico. Sem dúvida, "o respeitado autor de *Raio Azul* e *Comparsas Sobre-humanos*" (*Colecionadores em Fuga* #247, agosto de 1998) estava recordando todas aquelas famosas orgias da cena dos quadrinhos de Nova York do começo dos anos 1970, das quais Chuff e Binkle e outros fãs-profissionalizados certamente participaram. Mascando com uma determinação renovada o bocado resistente do vegetal, Dan rememorou anedotas hediondas que ouviu ao longo dos anos sobre essas reuniões e suas doses industriais de lubrificante. E assim foi ficando distante, avançando rumo a um leve transe, misto de pesadelo e excitação, que não era de todo raro para o ganhador de múltiplos Sammies.

Mastigava com fúria, imaginando os quadros de um Bosch pornográfico que certamente constituíam essas reuniões de pirralhos repletos de hormônios: Pete Mastroserio, o editor promissor da Banner Comics que fora para a American na época, um bicho-preguiça gigante de bigode a quem Dan Wheems só conseguia imaginar pelado como uma vastidão ilimitada de carne recoberta de poros ásperos, hirsuta e reluzente, desprovida de forma, membros ou orifícios; Mimi Drucker, pré-análise e, segundo relatos, trajando a peruca platinada da Rainha Lunar, a bandana da lua crescente, botas prateadas até o joelho e o chicote lunar enrolado, seus gemidos de êxtase anunciados, imagina-se, naquela voz perturbadoramente grave que ela tinha; e chegava até mesmo ao idoso Sol Stickman, feito uma tartaruga fora do casco, sua pele caindo em dobras flácidas, a língua preênsil sondando a traqueia da recepcionista no ritmo da trilha sonora estridente dos seus sucessos favoritos de música disco; um exemplar de *Quadrinhos eletrizantes #1*, desastrosamente deixado de fora de seu saco hermético protetor, estragado por uma ejaculação errante.

Wheems estremeceu. Havia entrado para a indústria uns bons dez anos depois disso, quando a aids já havia se tornado parte do vocabulário corrente e tais festinhas havia muito tinham sido relegadas a um passado inimaginável de contos de fadas. Sentia-se ao mesmo tempo perturbado e invejoso dessas oportunidades sexuais mais amplas das quais os veteranos desfrutaram; do jeito que eles tinham com as mulheres e que, pelo visto, era uma característica natural dos empregados e freelancers da editora que produzia

aqueles clássicos fantasiados. Brandon Chuff, por exemplo, até recentemente havia servido como o sofá de casting hiperestofado da
American, sobre o qual uma ou duas sentadas entusiasmadas poderiam transformar uma candidata bem-sucedida em revisora de
texto para a *Onipotente Jovem Milícia*.

Bem, aquela fatia bulbosa de tomate não ia desistir tão cedo.
Emergindo de seu horrível devaneio erótico, Wheems reparou que
um dos vários meninos sentados com uma mulher até que nova na
mesa ao lado – uma festinha de aniversário com pizza ou algo assim, imaginou de maneira vaga – o encarava com aquela expressão
assombrada e incrédula que Dan havia se acostumado a receber de
pessoas daquela faixa etária, sem jamais compreender de verdade o
porquê. Mais perto de casa, do outro lado do verniz de calêndulas,
Milt Finefinger envolvia-se num embate mortal, passivo-agressivo
e quase indiscernível, com Jerry Binkle, volúvel defensor de Mimi
Drucker:

– A Miriam, como eu acho que ela prefere ser chamada, era uma
pessoa completamente diferente na época, antes das revelações que
teve na terapia. E mesmo então, quando estava naquele estado vulnerável, ela total conseguiu reenergizar a American depois dos anos
do Metzenberger. Todos os títulos e talentos novos que chegaram
com ela, não dá para descartar tudo isso só por causa de um comportamento que não era culpa dela. Digo, eu nem sou feminista, mas se
um homem agisse como a Miriam agia, ninguém diria nada.

– Jerry, eu acho que se um vice-presidente homem arrastasse
todas as jogadoras de um time *feminino* de basquete até a sua sala
para comê-las em cima da sua mesa, é possível que alguém trouxesse o assunto à tona, sim. Em todo caso, aquelas edições novas e os
novos talentos, o que você está dizendo na verdade é que a Mimi,
como ela parece se referir a si mesma, cancelou a *Melhor aventura
do mundo* e deu ao Sr. Oceano a sua própria publicação, tendo você
como roteirista e o John Capellini na arte. Digo, o Dan aqui trabalhou com o Capellini naquele negócio dos *Pequenos Vingativos*

para a Massive, e é essa a história que ele conta. Conta para ele, Dan. Ele... Jesus Cristo, Dan! Que porra é essa?

Pelo sorriso torto de Finefinger, Dan compreendeu que esse arroubo foi dito de forma irônica, talvez pela completa falta de qualquer imprevisibilidade da parte do pálido Wheems que justificasse tamanha perturbação. Ele ensaiou uma careta autodepreciativa em resposta e reparou, no processo, que o menino da outra mesa ainda o encarava fixo, mas agora também chorava. Depois, reparou na quantidade exagerada de ketchup que respingara no laminado amarelo da mesa, na sua camiseta do Ormazda, nos talheres e na sua mão. Percebeu que, ao longo dos últimos cinco minutos, vinha mascando vigorosamente não um pedaço de tomate cru, mas o seu próprio lábio inferior insensibilizado. Escapando naquilo que seu médico mais tarde lhe disse ser uma pressão sanguínea estranhamente alta, o sangue de Wheems acabou espirrando por toda parte. Abismado, ele começou a produzir um tipo de som plangente.

Com toda a retícula de vermelho a 10% vazando de suas feições embasbacadas, Jerry Binkle não fazia a menor ideia do que estava acontecendo. Nunca tinha visto tanta sanguinolência. Era pior do que o notório especial de página dupla de *Rottweiler: a sanguinolência* que os distribuidores obrigaram a Massive a retirar de circulação. O que havia acabado de acontecer? Será que Dan Wheems havia tomado um tiro? Será que fora envenenado, alguma coisa naquele hambúrguer agindo igual veneno nos filmes e fazendo a vítima jorrar sangue até o público se tocar? Jerry estava boquiaberto, sem palavras, voltado para Milt Finefinger ao seu lado, mas Finefinger parecia achar que o espetáculo cruento era uma piada engraçada e ainda ostentava aquele seu olhar sarcástico.

Enojado pela insensibilidade do colega mais novo, Binkle recorreu a Brandon Chuff. Se Chuff pudesse sair do lugar e deixar Wheems levantar da mesa, talvez tudo pudesse ser resolvido de forma discreta no banheiro? O distinto editor-chefe meramente continuou sua contemplação da mesa, com o olhar fixo, talvez refletindo sobre os dias de outrora quando o Código dos Quadrinhos tinha o poder de tirar as editoras das bancas por representar circunstâncias como a que estava acontecendo. Ou possivelmente Chuff ainda devaneasse sobre o estrago que causara na reputação do Sr. Oceano com aquela atrocidade que foi *Briga infinita*. Ou...

Foi por volta dessa altura que todo mundo percebeu qual era a do Brandon Chuff.

Para ser completamente franco, essa súbita compreensão coletiva não ajudou em nada a situação e, de diversas maneiras, piorou tudo. Dan Wheems, ainda pingando igual a um irrigador de jardim no Dia das Bruxas, tendo então compreendido que estava preso no seu assento ao lado do falecido escriba de *Comparsas Sobre-humanos*, agravou as coisas em doses cavalares ao sofrer um ataque de pânico, bem no momento em que as crianças traumatizadas com sua talvez-mãe na mesa ao lado começaram a gritar. Isso chamou a atenção de Jo, a garçonete assertiva e de pernas grossas que estava atendendo naquela noite, e logo depois veio o Carl, que era o gerente da Carl's Diner, mas não o Carl a que o letreiro do lugar se referia. Era uma longa história. Jerry Binkle desmaiou e a mulher horrorizada com as crianças ululantes do aniversário chamou primeiro a polícia e depois, após uma pausa para pensar, os paramédicos. Dan Wheems, desesperado para escapar da mesa, tentou empurrar a massa inerte de Brandon Chuff na direção dos azulejos brancos e amarelos do corredor do restaurante, enquanto Carl-mas-não-o-Carl-do-letreiro, suspeitando que ter um corpo no chão passaria dos limites, em algum sentido indefinido da palavra, fez força do outro lado para evitar que isso acontecesse. A compressão resultante de seus esforços combinados fez com que os óculos de Chuff caíssem em cima de suas asinhas apimentadas, e a garçonete Jo deu um tapa em Milton Finefinger pelo que, a seus olhos, era uma insensibilidade mordaz da sua parte. Visto do lado de fora do restaurante, esse momento pavoroso foi enquadrado pela moldura quase perfeitamente encaixada da janela retangular da frente, enquanto, no mesmo momento, as luzes azuis e os efeitos sonoros de sirenes, em onomatopeia, invadiam a cena pela direita, de fora da vinheta.

Em todo caso, foi assim que Worsley Polock conseguiu o posto de editor-chefe na American.

2. (Agosto, 1959)

1959, no finalzinho da incumbência de Eisenhower. A sociedade era como um carro grande e limpo, parado ali no acostamento dando ignição no motor, mas sem ter o que qualquer pessoa poderia chamar de um destino. A década, embora agitada, era percebida como um tanto indistinta, de algum modo, e ninguém tinha certeza de nada. Aos cinco anos, Worsley não conseguia decidir o que sentia a respeito do sábado. Era o seu pior dia da semana ou o melhor?

O motivo para o sábado ter potencial para ser o pior dia da semana era porque no sábado, logo depois do almoço, o pai de Worsley dava um pulo em casa para buscá-lo, de modo que os dois pudessem passar um tempo juntos. Worsley até que gostava do seu pai, às vezes os dois se divertiam na companhia um do outro, mas aquela criança perenemente ansiosa logo passou a ter pavor das conversas pesadas, ainda que breves, que os pais conspiravam para ter nessas ocasiões, sem falta, e que reviravam seu estômago. A campainha soltava as duas notas bruscas do seu toque de alarme, e então era só Oi, sou eu e Eu sei que é você, e aquele timbre de punho cerrado nas vozes. A mãe convidava o pai para entrar, a contragosto, enquanto Worsley botava o casaco, e acima do radar de sua compreensão possível eram disparados os mísseis aéreos do diálogo deles. É cheiro de perfume? Não sei, você que me diga: é cheiro de uísque? E aí inevitavelmente o dinheiro, é só isso e meu Deus, Jean, o que você esperava, eu falei que não me pagam hora extra.

Quando esse diálogo terminava num armistício amargurado, ele e o pai saíam. Às vezes iam ao parque e teve uma vez que

223

foram num jogo de bola, mas na maioria das vezes iam ao cinema, onde não precisavam pensar em coisas para dizer um para o outro. Quando de fato conversavam, o único assunto era então, fera, a sua mãe tem recebido visitas, e, bem, tem a sra. Stevens do lugar onde ela trabalha que veio, então sim, mas de homens, não sei, eu acho, e aí um silêncio ardido que durava um tempinho.

O motivo para esse dia ter o potencial para ser o melhor da semana era que, depois dessa excursão, fosse aos fliperamas ou ao cinema suavemente desbotado, os dois sempre iam parar na lojinha de bugigangas do sr. e sra. Salter, a duas ou três quadras da casa da mãe. O lugar, para Worsley, era uma maravilha sagrada. Devia-se a algo no seu cheiro – jornal, bala, tábuas de madeira e verniz metálico – ou sua atmosfera formigante, inarticulada; um quê de talco caindo sob a luz da tarde pelo vidro empoeirado da fachada da loja, mas na época ele sequer pensava em diferenciar esses fenômenos separados. Para ele, era tudo uma coisa só, a loja e suas impressões, um paraíso baratinho descendo a rua.

Ray Porlock, usando calças e paletó cor de areia, já parecendo saído de uma fotografia velha e amassada, sempre se aproximava do balcão num tipo de postura descuidada de vaqueiro que Worsley nunca viu o pai usar em nenhum outro lugar, exceto na loja dos Salter, como se fosse importante que o sr. Salter o visse como um caubói tranquilo, sem quaisquer nuvens no horizonte. A sra. Salter, por algum motivo, parecia nunca estar por lá. O operário de quarenta e tantos anos sempre comprava uma Coca-Cola para o filho e um maço novo de Camel para si. Depois passava para Worsley aquela garrafa de contornos maternais, aberta e com um canudo de papel encerado, junto com um dólar e uma moeda de 25 centavos, dependendo de como estivessem as coisas no trabalho. Ele e o sr. Salter, se não houvesse muitos fregueses por lá, depois iam até o fim do balcão para conversar e dar risada das coisas, enquanto fumavam um cigarro juntos. Seu pai chamava o sr. Salter de Ted, e o sr. Salter chamava o seu pai de Joe, porque tinha muitos fregueses e os chamava assim para poupar tempo. A fumaça dos cigarros laçava o ar em cordas de azul e marrom, tendo um cheiro amargo que, a julgar pela embalagem dos Camels cor de pergaminho, Worsley presumia que fosse egípcio. Então ele levava sua Coca-Cola e seu dinheiro, 75 centavos nesse período de prosperidade, até a outra extremidade da loja, perto da porta onde o sol arrombava a vitrine, longas barras de ouro que se quebravam em pó sobre as canetas esferográficas, pilhas para lanterna e cartões de papelão com agulhas de costura.

A Coca de Worsley era uma experiência homogênea – o gosto de café frutado; o ardor carbonificado atrás do nariz, que dava vontade de espirrar; a fonte elegante, com suas voltas brancas como um avião escrevendo no céu; o tom esverdeado fantasmagórico que manchava os voluptuosos quadris de vidro – e satisfatória, física, emocional e psicologicamente, uma parte vital de sua infância ali nos Estados Unidos. Porém, apesar de tudo, eram os 75 centavos que o deixavam arrepiado até os folículos de seu corte escovinha.

O revisteiro se erguia logo à frente, a face de um penhasco num continente novo e impossível; seus periódicos lustrosos e suas caligrafias portentosas pegavam fogo e viravam um vitral sob a luz do sol que se derramava, constituindo uma visão religiosa. No brilho ofuscante da fileira de cima, ficavam os preocupantes catálogos de mistérios para adultos, com nomes como *Spank* e *Cafajeste* e *Histórias de guerra reais e picantes*, capas que fervilhavam de mulheres que eram ou fotografias coloridas ou desenhos, mas sempre de maiô ou roupa de baixo, sorrindo ao lado de bolas de praia ou então torturando os soldados suados que tomaram como prisioneiros. Sob esse pináculo lúbrico e desorientador, na seção intermediária do revisteiro, havia uma cordilheira de periódicos, como o *Alerta noturno do sábado*, o *Mecânico amargurado*, o *Americano centrífugo* e uma edição da *Biruta* com seu mascote mentalmente deficiente, Wilbur T. Floyd, fantasiado de beatnik na capa lindamente pintada, menos alarmante do que as revistas acima, mas ainda incompreensível. E então, descendo ao sopé, mais embaixo e por isso posicionadas perfeitamente na linha de visão pediátrica, havia três eletrizantes prateleiras, totalmente dedicadas, de cabo a rabo, aos novos quadrinhos do mês.

Se a porta da loja estivesse aberta, com seu cotovelo metálico engenhoso, e a brisa fizesse farfalhar as capas saturadas de cores, então era como se fossem grandes borboletas exóticas presas em alfinetes para uma exposição de história natural. Quase certamente por acaso, o arranjo vertical dos quadrinhos de diferentes editoras, para Worsley, transformava o revisteiro num espectro suavemente graduado de desinteresse e desejo incompreendido: mais perto da vitrine da loja, à sua esquerda, o sr. ou a sra. Salter dispunha uma fileira de folhetos engraçadinhos, das editoras Blinky e Bullseye Comics, a primeira sendo as aventuras de um aluno do segundo grau ruim de vista, Blinky, e seus amigos em *Blinky em encontros a cegas*, *Blinky trompa e tropeça* e o *Hospício assombrado de Blinky*, que tinha piadas de vodu e lobisomens. A Bullseye, por outro lado, da perspectiva do Worsley, do alto dos seus cinco anos de idade, parecia apenas produzir um monte de coisas para crianças pequenas. Havia a *Olívia obesa*, *Sue doida-das-listras*, *Risadas em combate armado com o cabo carrancudo* e *Aubrey Avareza, o menor dos milionários*, junto de todo um gênero de mortalidade infantil que parecia ser um nicho pertencente somente à Bullseye, como *Cardew, a criança espectral* e *Defuntinho, o zumbi duro na queda*.

Dali, indo um pouco para a direita, havia três prateleiras de títulos de editoras menores que despertavam em Worsley a sensação de que devia levá-los mais a sério, mas dos quais ele não gostava de verdade: gibis sobre coisas cotidianas reais, como caubóis, guerra e monstros. Havia os gibis da Banner Comics, feitos numa gráfica normalmente usada para caixas de cereal e que, como consequência, eram quase ilegíveis, tudo impresso usando uma batata sobre um pano de prato fibroso e mal lavado. Seu catálogo insípido incluía *Lutadores apaixonados*, o *Veterano espacial* e o *Esquilo*

Atômico, destinados ao jovem leitor de gostos menos sofisticados. Sob a Banner saía uma linha que parecia nem mesmo ter selo, mas, olhando melhor, na verdade era uma editora que se chamava Punctual Comics na década de 1940, depois virou Goliath e, dentro de um ano ou dois, mudaria seu nome para Massive. Sob essa linha, em 1959, constavam bangue-bangues como *Kid Túmulo*, *Kid Derringer*, *Kid Cody* e *Kid Cacto*, um pessoal que atirava em muita gente apesar de serem *kids*, e aí tinha os quadrinhos de mistério da Goliath – *Jornada ao desconhecido*, *Contos estarrecedores*, *Contos sobrenaturais* e nomes assim, que tinham monstros gigantes feitos de coisas com texturas esquisitas, tipo carvão e lã e gás, com nomes como Zim Zam Zub ou Klorg, o Cogumelo Que Anda Igual Gente. Eram meio intrigantes, mas os artistas usavam muita tinta preta, por isso Worsley nutria certa suspeita generalizada de que eram para meninos mais velhos do que ele, os garotos de nove ou dez anos impossíveis de chocar, já empedernidos pela vida, que não achavam Klorg sinistro nem horripilante, nem teriam que lidar com todas as guelras daquela monstruosidade nos seus sonhos por muitas semanas.

No outro extremo da loja, seu pai e o sr. Salter ainda batiam papo, enroscados no seu laço de fumo egípcio, e o sr. Salter disse e aí o menino diz Senhora, se eu botar um centavo ali e apertar o botão, a campainha toca, e seu pai disse sim, sim, essa é boa tenho que lembrar e contar para os colegas na fila. Do lado de fora, estourou o escapamento de um caminhão, e baixinho, descendo a rua, o radinho de transistor de alguém tocava uma música de que Worsley gostava, sobre como caía o assoalho do carro do velho quando ele apertava a embreagem, o que, se Worsley entendeu direito a letra, era o resultado de um passe de mágica. Sem dizer uma única palavra acerca da gratificação deliberadamente atrasada, ele foi chegando devagar para a direita, não deixando os olhos recaírem sobre o tesouro até estar bem na frente dele, quase conseguindo apalpar as cores lúdicas que reluziam contra sua camisa e calça jeans.

A American fazia gibis como eles claramente deviam ser feitos. Tinham a aparência ideal, e com isso vinha a implicação de que as outras editoras estavam levemente erradas ou não passavam na nota de corte. Embora fosse verdade que a American produzia um monte de coisas que não interessavam a Worsley – por exemplo, *Conquistadores do mistério*, *Nosso exército desgrenhado*, *Henny Youngman* e o pomposo *Perry Mason*, onde um advogado de traços malfeitos parecia um bolo desmoronado com olhos raivosos e acusadores –, nada disso importava, dado que eles também traziam os milagres tênues que agora preenchiam os olhos fixos e as pupilas dilatadas do menino.

Rei Abelha. Melhor aventura do mundo. Quadrinhos de exploradores. Homem-Trovão...

Talvez tivesse uns dois meninos na turma de Worsley que soubessem quem era o Blinky, mas todo mundo, até a sua mãe, já tinha ouvido falar do Homem-Trovão. O Homem-Trovão tinha sua própria série na TV, mas não era exatamente a mesma coisa e ele não tinha tantos poderes também, já que era só um homem comum, o ator, e não o Homem-Trovão de verdade.

O Homem-Trovão de verdade estava na frente de Worsley, e estava ali em várias etapas de sua superexistência ao mesmo tempo, a centímetros do rosto do menino de cinco anos, radiante de deslumbramento. Aqui estava o Homem-Trovão na sua própria revistinha, onde a exposição ao Raio Randômico do seu adversário Felix Firestone parecia ter feito com que nosso herói vestido de roxo e dourado ficasse com a cabeça de um tigre de Bengala. Aqui se via o Homem-Trovão quando era apenas um menininho loiro de talvez uns doze anos, sendo ameaçado pelo delinquente arcturiano igualmente jovem, o Pirralho Antimatéria, na capa da *Menino-Trovão*, ao mesmo tempo que era sentenciado por um júri de colegas do século 50, os Amigos do Amanhã, ali na capa da *Quadrinhos de exploradores*. Aqui se via o Homem-Trovão com o Rei Abelha e seu jovem colega, Zumbido, na *Melhor aventura do mundo*, enfrentando um grupo de oponentes, o Bufão e, mais uma vez, Felix Firestone. Chupando mais refri pela infinita espiral de barbearia do seu canudinho, Worsley refletia sobre a falta de autoconfiança de Firestone em suas próprias empreitadas criminosas: durante todas as seis páginas nas quais o suposto gênio fugia da cadeia, ele continuava usando o uniforme cinza da prisão e nem se dava ao trabalho de trocar de roupa, como se já tivesse desistido e soubesse que não tinha motivos para tentar.

O homem das tempestades, como a editora às vezes o chamava, também aparecia em *Quadrinhos eletrizantes* (com um sorriso no rosto enquanto lutava com o deus grego Atlas); *Teddy Baxter, o chapa do Homem-Trovão* (resgatando o fotojornalista júnior de um lugar que o balão identificava como "O Planeta dos Baxters Condenados"); e *Peggy Parks, a namorada do Homem-Trovão* (encarando em choque a ruiva persistentemente ameaçada enquanto ela realizava mais uma transformação maluca, a parte inferior do corpo agora a de uma cobra gigante, na forma de "Píton Peggy Parks"). Worsley não tinha certeza em que sentido da palavra dava para dizer que ela era a "namorada" do Homem-Trovão, sendo que tudo que ele fazia, edição sim, edição não, era apanhá-la quando caía de uma janela. Mas você nunca o via levando-a ao cinema ou ao baile, nem colocando a mão embaixo da saia dela, igual Worsley viu o tio Paul fazer algumas vezes com a sua mãe no mês passado, no Dia da Independência.

Ao longe, no Egito da outra ponta da loja, seu pai e o sr. Salter conversavam com suas vozes roucas, como se entendessem das coisas. Salter disse ele vai perder na TV, parece um mendigo, vamos conseguir aquele anúncio de pasta de dente, e o pai de Worsley disse é o que parece, em todo caso, é nele que a minha Jean vai votar, eu imagino, e aí Salter disse pois é, então, em todo caso, Joe, como está indo isso aí, e o pai disse está bem ruim, e Salter, ah ela vai tomar juízo, e o pai, não, não vai não. Os dois estavam envoltos na gaze amarelada flutuante agora, mumificados em fumaça.

Com a boca momentaneamente preenchida por espuma marrom, Worsley admirava os títulos remanescentes da American, os que tinham o Homem-Trovão. Eram o *Rei Abelha*, que também aparecia em *Quadrinhos de perseguição*, ao lado de um personagem meio mais ou menos, chamado Patrulheiro Foguete, depois uma edição nada convidativa da *Rainha Lunar*, onde ela aparecia amarrada no próprio chicote de prata, presa a um totem alienígena de talhe grotesco, e por fim uma revistinha chamada *Comic Clarion Apresenta* em letrinhas pequenas num pergaminho, sob a qual se via o Feixe, um personagem – de fantasia branca e botas vermelhas aladas – que Worsley nunca vira antes. Ele sugou toda a Coca até chegar nos ruídos obscenos do fundo da garrafa, sentindo a dúvida deliciosa que era em qual dos quadrinhos gastar o seu dinheiro quente e grudento.

Eram todos tão sedutores, com as artes das capas como janelas iluminadas para mundos ardentes de satisfação. A impressão das imagens e cores todas saía tão melhor naquele papel brilhoso da capa do que no miolo, de modo que cada revistinha virava uma joia desejada com ardor, com céus de um ciano lindamente graduado, as capas dos heróis iguais a estandartes, a poeira ocre do Kansas. Ele amava toda a mobília arcana das ilustrações, o pequeno disco na parte superior esquerda onde se dizia American e Homem-Trovão, o selo grande e serrilhado no canto superior direito que indicava que aquela edição fora aprovada pelo Código dos Quadrinhos, os logos gloriosos voando com linhas de velocidade ou entalhados em platina sobre uma nuvem violeta sinistra. Tinham um brilho, um lustro metafísico.

Por fim ele escolheu *Homem-Trovão*, *Rei Abelha*, *Eletrizantes*, *Explorações*, *Perseguição*, *Menino-Trovão* e pensou em arriscar o *Comic Clarion* e o *Feixe*, porque gostava do esquema de cores, o branco e vermelho, que nem bandeiras japonesas e tampinhas de Coca. Transportou a sua seleção solenemente, junto com a garrafa vazia e o canudo, que fora chupado até ficar chato, ao sr. Salter no balcão. Lá, usou os centavos que restaram no caixote de quadrinhos velhos de segunda mão, do lado da caixa registradora, à venda por cinco centavos, vendo quais não estavam amassados nem rasgados demais. Escolheu um exemplar surrado de *Apavorante devaneio adulto*, uma das antologias infantis vagamente sinistras da Goliath, de títulos inexplicáveis, no qual a criatura da capa, O Inexplicável Voom, parecia ser feita de pinhas laranjas, o que levou Worsley a acreditar que seria capaz de encará-lo. Ficou na pontinha dos pés para entregar os gibis, a garrafa exaurida e seus 75 centavos ao sr. Salter, que chamou Worsley de campeão enquanto batia a venda. A tarde zumbia igual a um dínamo.

Seu pai e o sr. Salter, a essa altura, já tinham apagado o Egito num copão de cinzeiro Johnnie Walker que ficava ali em cima do balcão. Seu topete alcoólico do final do período vitoriano caminhava a largas passadas por uma neblina vulcânica de cinzas com borrões no seu monóculo, e, pensando bem, o Johnnie Walker era meio que um herói de desenho também, tão famoso e popular quanto o Homem-Trovão.

Então o pai de Worsley disse bem acho que é hora de picar a mula, e o sr. Salter, fica na paz Joe a gente se vê por aí, então Worsley e o pai andaram as poucas quadras que faltavam até a casa da sua mãe, sem conversar muito. Ray Porlock, seu filho já sabia, jamais viveu e jamais viveria uma vida colorida e heroica, na qual estaria sempre sorrindo, salvando mundos e dando piscadinhas para os leitores. Seu pai não tinha o queixo correto, nem a atitude correta, nem a casa correta dentro de uma montanha escavada no meio do deserto. Não havia leitor nenhum. Nada disso era culpa do pai, mas Worsley não conseguia se livrar da impressão de que, se Ray tivesse se esforçado um pouco mais, seus pais ainda estariam juntos e tudo ficaria bem de novo. Voltaram para casa a pé, lado a lado, nenhum dos dois com muita vontade de chegar. Em algum lugar lá em cima, um tipo de foguete feito uma bola de boliche de ferro espinhosa disparava, girando e girando em torno da Terra, com uma cadela russa dentro, e era chamado de Spotnik. Acima dos prédios altos e nuvens e pássaros e aviões, a cadela russa talvez olhasse de lá de cima para Worsley e o seu pai, pensando que os Estados Unidos eram um lugar triste demais para se jogar bombas.

A mãe dele os encontrou na porta e perguntou Vocês se divertiram para o pai dele, mas Worsley sabia que ela queria dizer que ela não tinha se divertido nem um pouco e a culpa era do seu pai. A mãe não convidava o pai para entrar, mas fazia Worsley se despedir e entrar para tirar o casaco enquanto os dois tinham um bate-boca sussurrado e furioso ali na rua. Ele ouviu a mãe perguntar ao pai se ele levou Worsley ao bar, e ele ouviu o pai perguntar por que a mãe dele era uma vaca, mas estava concentrado no *Rei Abelha* #200, onde havia na capa alguém chamado Homem Enigma, lançando um desafio ao Rei Abelha e ao Zumbido dentro do seu próprio esconderijo secreto, a Colmeia. Ele parecia saber a identidade secreta dos dois e tudo mais. Adivinhe quem eu sou Rei Abelha ou revelarei seu nome real ao mundo. Eu só não quero que ele descubra que você é um pinguço falido. Pelo fantasma do grande Lincoln quem é o Homem Enigma e como sabe tudo sobre nós. Meu Deus Jean você é foda quem é Paul e quem é Bob como você tem coragem. Como será que a dupla abelhuda será capaz de salvar os seus segredos descubra em *O mistério intrigante do Homem Enigma*. Seu fracassado alcoólatra de merda vai pro inferno só vai pro inferno Ray. Aprovado pelo Código dos Quadrinhos. E a porta bateu.

Quando voltou à sala, ela não disse uma única palavra sobre o que tinha acontecido nem houve qualquer menção ao pai de Worsley durante o resto daquele sábado. O que foi um alívio, na verdade, e certamente bem melhor do que o de sempre, tipo bem, o que ele disse sobre mim ou então você ouviu ele falar com a voz enrolada, estava com cheiro de cerveja? Conforme o sereno de agosto caía sobre Wisconsin, Worsley e sua mãe se sentaram juntos no sofá e assistiram ao seriado *Gunsmoke* enquanto comiam uma janta de micro-ondas da Swanson, com a pintura de giz de cera da luz azul elétrica colorindo os rostos. Depois comeram gelatina de limão e uma lata de segmentos de laranja mandarina bem suculenta, que o rótulo dizia vir do Japão. Worsley gostava de *Gunsmoke*, mas se tivesse mais gente fantasiada, robôs, máscaras e poderes especiais, seria fenomenal. Do jeito que era, ele gostava de como o delegado Dillon passava a maior parte de cada episódio refletindo sobre qual seria o melhor modo de agir. Ele também sentia uma grande onda de afeto pela srta. Kitty que achava que talvez fosse amor, mas não sabia o que isso implicava, nem o que ele e a srta. Kitty poderiam fazer se um dia se encontrassem, exceto que talvez ela o adotasse.

O ponto decisivo para Worsley que fazia com que o sábado fosse sim o seu melhor dia era o que vinha depois, quando a mãe o mandava para a cama, no andar de cima, mas ele tinha permissão de usar a luminária e ler por um tempo se ficasse quietinho. Quando o longo dia já estava encerrado do lado de fora da porta do seu quarto, junto com todos os adultos e as outras pessoas, quando ele ficava sozinho, então o mundo inteiro era somente Worsley.

Ele organizou as sete revistinhas – sete e meia, se contasse a *Apavorante devaneio adulto* – viradas para cima, como cartas de cartomante enormes, sobre a sua coberta castanha aconchegante, então começou a ler na ordem de preferência inversa, de modo a encarar a pior delas primeiro e depois ir seguindo até a melhor, deixada por último. Nem é preciso dizer que a primeira foi a *Apavorante devaneio adulto*, com aquele rasgo de meio centímetro na capa peculiar, com as letras fininhas, um aspecto nervoso e uma paleta de cores perturbadoramente abatida, cinzas de pedra e um azul-marinho sombrio no fundo, vermelhos e laranjas que tinham mais um tom de lareira do que pirulito. Surpreendentemente, as histórias no interior, quatro mais uma página de texto que ele não se deu ao trabalho de ler, eram todas boas e nem de longe tão assustadoras quanto fez parecer aquela capa amassada de mendigo mau. A história sobre o Inexplicável Voom, por exemplo, acabou sendo, na verdade, sobre um sujeito que mentia o tempo todo, dizendo que era parente do presidente e coisas assim, por isso ninguém gostava dele. E aí ele é capturado pelo Inexplicável Voom, que deseja invadir a Terra e vai perguntar para esse mentiroso quais são as defesas do planeta. O sujeito diz estamos armados com o raio do desaparecimento, mísseis explode-lua, gases do esqueleto e punhais atômicos, por isso Voom diz que, já que é o caso, ele vai deixar a Terra em paz, e todo mundo segue achando que o sujeito é um babaca mentiroso e não fazem ideia de que ele salvou a Terra do Voom. Worsley achou aquela história mais adulta e realista do que mais uma fuga da cadeia do Felix Firestone, mas não conseguia ao certo dizer por quê.

A segunda pior era a *Comic Clarion Apresenta*, na qual, apesar do apelo do seu tom austero de ambulância, com o traje vermelho e branco, o Feixe foi meio decepcionante. Embora a história fosse verossímil, com um mecânico que acabava ficando preso no cíclotron de modo que as partículas na velocidade da luz que colidiam contra ele o fizessem se tornar tão rápido quanto elas, a arte era rígida e maçante. O Feixe parecia tão duro ao correr que era de imaginar que estivesse paralisado, sequer capaz de chegar até sua caixa de correio para buscar o jornal matinal, que dirá dar dezenove voltas ao mundo em meio minuto. Depois vinha *Quadrinhos de perseguição*, cuja história central contava com o arqui-inimigo do Rei Abelha, o Bufão. Ele dava um veneno especial às pessoas que fazia com que elas morressem se sorrissem, e aí lhes contava piadas, mas depois a história do Patrulheiro Foguete no final tinha algo a ver com armas que causavam terremotos.

A próxima era *Quadrinhos eletrizantes*, então *Rei Abelha*, onde descobrimos que o Homem Enigma era o leal mordomo do Rei Abelha e do Zumbido, o Carruthers, que sofreu lavagem cerebral após beber uma mistura química, depois *Menino-Trovão*, e depois *Homem-Trovão*, que ele geralmente deixava para o final, sendo o seu gibi favorito. Desta vez, no entanto, essa posição tão cobiçada ficou para *Quadrinhos de exploração*, que não apenas prometia uma história com o Menino-Trovão como também uma aparição de seus melhores amigos futuristas, os Amigos do Amanhã. Até onde Worsley sabia, eles tinham dado as caras uma única vez até então, uns meses antes, o que aparentemente agradara muito os leitores e o levara a concluir que a ideia de um clubinho secreto de supercrianças de qualquer século era simplesmente a melhor coisa do mundo.

Primeiro de tudo, prolongando a experiência ainda mais, ele leu a página das cartas dos leitores, as Inquisições dos Exploradores, onde algum sabichão de Iowa chamado Mervyn Clarke III perguntou por que que o Menino-Trovão não voltou no tempo para impedir a guerra alienígena na qual o Planeta Trovânia foi destruído. Worsley achou essa carta idiota, mas os editores, em resposta, disseram que era uma ótima ideia e poderia aparecer nas suas histórias "Improváveis". Essas eram as histórias que tecnicamente não tinham acontecido de verdade, porque nelas o Homem-Trovão fazia algo bem improvável, tipo, digamos, se casar, ter filhos ou morrer. Worsley ainda assim achava que Mervy Clarke III e suas ideias eram idiotas.

Então ele leu a história no fim, a qual, no caso da *Explorações*, geralmente era sobre o Raposo Vermelho, uma cópia descarada do Rei Abelha, com seu parceiro, Filhote, seu esconderijo secreto chamado Toca da Raposa, seu Raposomóvel e nem um milionésimo do carisma do Rei Abelha. O que apareceu nessa edição também não ajudou em nada a reverter essa tendência, e na verdade introduziu um criado chamado Carrington.

E, por fim, no pico do dia de Worsley, ele leu a aventura principal do Menino-Trovão, que superou todas as expectativas. Muito aliviado, ele logo descobriu que a cena do julgamento na capa era só um teste para ver se o Menino-Trovão era digno de ser um dos Amigos do Amanhã, incluindo o balão onde sentenciavam o herói pré-adolescente a um século de trabalhos forçados no espaço. Os Amigos do Amanhã, em sua aparição original, eram quatro alunos de uma escola especial para supercrianças que existia no ano de

4959 d.C. e formavam um tipo de superturma ou tropa de escoteiros. Os quatro membros fundadores, Donzela Poeira, Rapaz Expansor, Garoto Relógio e Supersônica, haviam pelo visto escolhido um quinto membro, o Menino Paradoxo, entre uma aparição e outra, e agora, com a admissão surpresa do Menino-Trovão, eram seis, todos eles sendo amigos em seu futuro cheio de casas com cúpulas e sapatos-foguete.

Worsley simplesmente não enjoava dos Amigos do Amanhã. Um dos motivos era que eles eram do futuro, por isso ainda não existiam e poderiam um dia ser de verdade verdadeira. Ele começou a elaborar um plano de escrever uma carta ao Rapaz Expansor ou ao Garoto Relógio, dizendo para eles virem buscá-lo na casa da sua mãe em setembro de 1959. Ele colocaria a carta numa cápsula do tempo com um aviso de Não Abrir Durante Três Mil Anos e aí era só sentar e esperar até a ampulheta voadora do Garoto Relógio aparecer do nada para trazê-lo consigo. Se conseguisse virar um Amigo do Amanhã, teria todos aqueles irmãos e irmãs mais velhos para cuidar dele, que seriam a melhor família de todo o sistema solar, e eles viveriam todos juntos numa cúpula de cor turquesa, e seu nome seria Menino Pensador, pelo tanto que ele pensava.

Terminando a leitura, ele saiu da cama e colocou as suas sete revistinhas e meia na pilha modesta que crescia ao lado da cômoda no canto. Tinha quase vinte revistinhas agora. Voltou para a cama, entrando debaixo das cobertas, diligentemente apagando a luminária e se aconchegando no escuro e no silêncio. Depois do que parecia ser muito tempo, ouviu sua mãe falando com alguém no andar inferior, no telefone, parecia. Então, depois disso, a ouviu de novo, mas não dava para saber se estava chorando ou rindo de alguma coisa que alguém disse na TV.

E mais tarde, Worsley não tinha certeza do quanto, ele percebeu que tinha feito algo bem idiota e agora tinha certeza de que estava numa enrascada real: embora não conseguisse lembrar de todos os detalhes, aparentemente tinha saído da cama e andado as duas ou três quadras até a loja do sr. Salter no meio da noite, ainda de pijama. Estava olhando um dos exemplares de *Melhor aventura do mundo* que ele preferiria ter comprado em vez da *Comic Clarion Apresenta*. A loja estava aberta, mas com as luzes apagadas e não tinha ninguém por perto, exceto a sra. Salter, ali em pé atrás do balcão, encarando-o sem dizer nada. Ele percebeu que ela devia pegar o turno da noite, e era por isso que ele nunca a via durante o dia, e ela também era a amiga da sua mãe, a sra. Stevens, e que por isso a sra. Stevens era bígama. Worsley procurou o exemplar de *Melhor aventura do mundo*, mas não estava lá, e a única coisa que ele encontrou, fora a sra. Salter-Stevens sob a luz horripilante do luar, foi um gibi com o título *O sumiço do Homem-Trovão*. Na capa, o Homem-Trovão estava bêbado e tinha uma garrafa de Johnnie Walker numa mão ou talvez o Johnnie Walker estivesse lá também, tentando ajudar o Homem-Trovão a levantar, não ficou claro. Em pé, no limiar, à direita, estava Peggy Parks, apontando para o Homem-Trovão e com cara de brava. Peggy Parks estava sem roupa, por isso dava para ver seu peito e ela tinha o seu pequeno pipi pendurado, que ele imaginava que todo mundo tivesse. O Homem-Trovão dizia Acabou e o balão de fala da Peggy dizia Você está atrasado demais para qualquer coisa, o que não fazia muito sentido, mas ele achava que conseguia entender o que significava. Worsley olhou para a capa e soube então que sua vida estava arruinada. Soube também, de repente, que a figura do outro lado do balcão escuro não era a sra. Salter, não era nem mesmo a sra. Stevens, e foi horrível. Foi horrível.

Assim, enquanto Worsley choramingava no sono, lá em cima, sobre a sua cabeça, sobre o teto do quarto e as telhas e a parabólica, lá em cima perto da lua, havia uma cadela espacial russa sentada sobre o céu, em julgamento. A cadela olhava lá para baixo, para os Estados Unidos, e estava com a cabeça inclinada de lado, igual cachorro faz às vezes, com seus olhos de arrependimento caramelo, e era muito provável que ninguém jamais soubesse o que ela estava pensando, porque todos os seus pensamentos estavam em russo e em cachorrês.

3. (Junho, 2015)

Era a noite mais calorenta de um verão calorento, e a teoria do flogisto para explicar o fenômeno do calor como uma substância fluida, havia muito desacreditada, ressuscitava convincentemente em Nova York. O ar quente se acumulava uns quinze centímetros acima das calçadas, de modo que, conforme ele arrastava seu baú pesado de madeira mais ou menos na direção do rio, Arvo Cake vadeava por uma água morna de máquina de lavar louça que não conseguia ver.

Que inferno de noite. O borrão das luzes coloridas e as cacofonias das ruas eram uma explosão numa fábrica de jujubas, estilhaços voadores de setas e meninas com cara de burra e cabelo neon. Suando e se arrastando pela avenida, a corda amarrada ralando o seu ombro até abrir uma vala dolorida, Arvo ficou surpreso de se flagrar piscando os olhos marejados, mas, bem, essa era mesmo uma coisa horrível que ele estava sendo obrigado a fazer, jogar fora algo que já amara no passado, e não havia nada de justo nisso.

Cerise lhe dera um ultimato sobre a sua coleção:

– Ou vai essa merda embora ou vou eu.

E com as mulheres, tudo aquilo que não lhes interessa, por acaso, era merda, o Arvo tinha razão ou tinha razão? Tentou explicar para ela – por Deus, praticamente implorou – que não era só um negócio de nerd de gibis, nostalgia ou incapacidade de largar a infância, um estereótipo preguiçoso devaneado pelas feministas. Agora que trabalhava para a American, pintando o Byron James para a nova revistinha *Supercamaradas* com roteiro do Milton Finefinger, sua coleção passava a ser material para referência. Mas a Cerise só disse, "Nã-ã", um maneirismo tirado da programação vespertina da televisão, que ela achava fofo.

– É sério, Arvo. Ou vai essa merda embora ou vou eu.

E aqui estava ele.

Devia ser o quê, três, três e quinze da madrugada? Por isso tinha tantos babacas por toda parte, só que era tudo aquele tipo de babaca que floresce durante a noite, portanto, maiores ainda as chances de serem fora da casinha. Um deles passou ao seu lado de skate, disparando pelo meio da rua enquanto comia um sanduíche enorme. Arvo puxou seu baú, arranha-bate, arranha-bate, percorrendo vários metros de supermercados 24 horas e lojas de conveniência, e todo jornal que via tinha manchetes sobre alienígenas ou o Elvis ou algum outro lixo que não era de verdade, como se ele se encontrasse agora num ponto cego informacional. O que parecia ser uma mendiga de segunda ou terceira geração gritava com um atendente que mal estava acordado sobre a aids nas garrafas d'água, e os bueiros fumegavam como vulcões inativos de esgoto, arranha-bate, arranha-bate, arranha-bate.

A Cerise, quando os dois se conheceram, bem, nessa época ela não dava tantos ultimatos. Era tímida e insegura com seu peso, o que talvez explicasse, pensava Arvo, como foi que ele chegou aos finalmentes com ela com tanta facilidade após uma longa lista de decepções anteriores. Ele nunca lhe disse que era bonita, nem sugeriu nada sobre o formato do seu corpo ser excitante, até que ela provavelmente ficou com a impressão de que ele estava lhe fazendo um favor ao comê-la – e foi o que fez, basicamente. Mas então ela mudou, ao ler livros e artigos em revistas, era o que ele pensava. Começou a criticar o que ele dizia e como se comportava, até que nas últimas semanas o papo sobre o seu acervo havia ultrapassado os limites da maluquice. E agora isso. Que diabos, não era isso que ele esperava fazer numa noite abafada de junho. Não quando ainda tinha as últimas doze páginas (e um trechinho) da edição da *Supercamaradas* para terminar de colorir até o próximo fim de semana.

O vazamento de um milhão de luzes se derramava sobre tudo, transformando a noite no fantasma radioativo do dia, um crepúsculo elétrico permanente com cheiro de peido e gritos e cachorro-quente. Prédios gigantescos se amontoavam e amplificavam o calor de forno, reduzindo Arvo a uma formiga arrastando uma semente de maçã com sua escala desmoralizante. Prismas de jujubas, buzinas de carro berrando, o efeito de *lens flare* onde não havia lente alguma. Levar o baú até o outro lado da rua nos cruzamentos era motivo de ansiedade, pelo simples fato de que os sinais de Pare não lhe davam muito tempo, e Arvo se via obrigado a se abaixar e puxar a caixa de madeira de lei pelas alças de metal, correndo feito um corcunda da Universal Pictures.

Mas voltando à Cerise e ao modo como ela vinha ditando as regras do jogo nos últimos tempos: beleza, tecnicamente o apartamento era dela. Tecnicamente. E sim, quando se mudou, ele disse que os gibis ficariam no quartinho dos fundos coisa de um ou dois meses, no máximo, até descobrir o que faria com tudo aquilo, mas, olha, nem todas as coisas dão certo tão rápido quanto seria o ideal, nem tão perfeitamente quanto gostaríamos. Cerise jamais compreenderia, isso Arvo aceitava com pesar no coração. Assim como a maioria das mulheres que conhecia, o único quadrinho que ela já leu foi *Blinky*, por isso não era capaz de entender as revistinhas de que ele gostava, nem o porquê de Arvo estar tão determinado a trabalhar na indústria. Não entendia. Claro, era o trabalho dela na companhia de seguro que respondia pela maior parte da renda deles agora, mas, dentro de um ou dois meses, quando a *Supercamaradas* saísse, quando começassem a chegar todas as resenhas legais na *Contemplador de gibis* e *Colecionadores em fuga*, então seria outra história. Aí ela ia ver que ele tinha razão, exceto que, a Cerise sendo do jeito que era, ele sabia que isso jamais ia acontecer. Nunca ia mudar, não a essa altura.

Sua coleção inteira. Era como se nunca o tivesse conhecido de verdade, nunca soubesse o que aquelas revistinhas significavam para ele, senão jamais diria assim, desse jeito: "Ou vai essa merda embora ou vou eu". Para ser bem honesto, ele provavelmente estava em choque com a situação toda, agora que tinha enfim dado o passo final. Conseguiu adiar um ou três dias, após o ultimato, mas então no estado que ela ficou com suas demandas, bem, basta dizer que as coisas não iam melhorar tão cedo, até que ficou basicamente insuportável só estar no mesmo cômodo que ela. E assim foi que ele acabou resignado, com seu baú, sua corda e aquela excursão impensável. Ele amava o seu acervo, e todo aquele martírio tinha para ele as proporções de uma genuína tragédia grega.

Ele não estava agindo, na verdade, do jeito que costumava agir. Sabia que ia ficar chateado, mas, minha nossa, nunca imaginou que seria difícil assim, que nem conseguiria pensar direito e ficaria chorando e tudo o mais. Estava se comportando igual nos sonhos. Por exemplo, não houve a menor decisão consciente de partir na direção do rio, se era para lá de fato que ele estava indo, e ele não sabia o que faria, ao certo, quando chegasse. Talvez devesse realizar algum tipo de cerimônia? Táxis amarelo-gema-de-ovo passavam, mal-humorados, sofregamente, os ombros roçando uns nos outros, os faróis franzindo o cenho com o constante anda-e-para.

Quando chegasse em casa esta noite, livre do fardo que rangia atrás de si, a primeira coisa a fazer seria ir direto para a página doze da primeira edição da *Supercamaradas* para finalizar o quadrinho largo ao pé da página, no qual o artista, Byron James, rabiscara a primeira imagem em grupo dos Supercamaradas Americanos, que eram os Sobre-humanos originais de lá da década de 1940. Quando a American ressuscitou o título na década de 1960, ninguém estava muito confortável com a palavra "camarada", por isso mudaram para "comparsas". Do jeito que era, tinha personagens mais velhos, como o primeiro Feixe, o Éon, o Doutor Caixão e o primeiro Águia Áurea, além do Rei Abelha e do Homem-Trovão, quando eram mais magrelos e não tinham tantos poderes e bugigangas, e uma Rainha Lunar mais bonita que demorava minutos para desenhar nas reuniões. Milton Finefinger e Byron James davam às narrativas agora uma pegada *noir*, de detetive durão, como o gibi que Arvo estaria colorindo mais tarde, onde o primeiro Raio Azul e o Homem-Trovão dos anos 1940 aparecem fumando. Era quase um sacrilégio e os fãs iam perder as estribeiras.

ALAN MOORE

Ali perto, tipo a uma rua de distância, se ouvia o chiado asmático dos caminhões de lixo ao erguerem os latões e seu clamor reverberante ao descê-los. À sua frente, havia lojas de bebidas, butiques de móveis futuristas equivocadamente otimistas, buracos na parede onde apareciam cigarros eletrônicos e jornais, uma garotada atravessando a rua e um policial. Grunhindo de tanto fazer força, Arvo abaixou a cabeça e continuou seu trabalho hercúleo, sua trajetória constante rumo ao rio que agora era, em sua maior parte, apenas uma vaga noção.

Sentindo necessidade de superar seu corpo e suas circunstâncias, tentou se refugiar na imaginação e se concentrar nas coisas boas que sairiam desse projeto dos *Camaradas*. Worsley Porlock era o seu editor, e Worsley era bem gente boa; não interferia em nada e deixava todo mundo trabalhar para fazer uma grande revistinha. Era meio que o editor mais conhecido, trabalhando sob o lendário Brandon Chuff, e uma companhia bacana nos bares durante as convenções. Tipo, em San Diego, no ano passado, Arvo teve a chance de andar com o Porlock, com Dan Wheems e Dick Duckley, o responsável pela linha de quadrinhos pornô que a revista *Bordello* estava dando de presente para o mundo. Divertiram-se a valer, e Porlock contou uma história sobre ter flagrado David Moskowitz, o editor e bambambam da American – saca só – sentado num carrinho de bebê! O Moskowitz ergue os olhos para o Porlock e, sem nem um sorrisinho, diz: "Que noite quente para arrastar um negócio desses, hein?". Que loucura, não? Era o editor, caramba, e ele...

– Eu disse, que noite quente para arrastar um negócio desses, hein?

Era o policial. Uma vacuidade frígida se anunciou no estômago de Arvo, e ele não queria mais estar ali. Queria que a coisa toda fosse um sonho, uma farsa, ou uma História Improvável.

– Ah! Ah, você estava falando comigo. Desculpa. Viajei. Pois é. É. É uma noite bem quente, verdade. Não é que é isso mesmo? Bem quando você tem coisas pra jogar fora, está assim, como você diz, é uma noite quente. Nem me fale.

Ai, caralho. Cala a boca, caralho. Cala a boca.

242

– Então, o que é que você tem aí?

O mais simples seria contar a verdade. Em sua visão periférica, a palavra sony piscava repetidamente.

– Então, olha só. Sei o que você vai pensar. Eu sou um completo panaca, mas, entende, é a minha namorada. Ela disse que eu precisava me livrar dos meus quadrinhos ou ela ia me abandonar.

O policial franziu a testa, numa expressão compreensiva.

– Quadrinhos, é? Pois é, entendo o que você diz. Quando era moleque, eu era fã da Massive, com o Menino-Besouro, o Bruto, o Ormazda e todo esse pessoal. Minha mãe me obrigou a tacar fogo nas revistas no quintal e, depois disso, eu meio que passei a odiar a mulher. Que azar que você deu, hein, amigo.

Ao contrário, foi bem menos azar do que Arvo tinha esperado. O policial era fã também. Compreendia o tipo de noite que Arvo estava tendo. Era tipo um milagre.

– Hm, na verdade, eu meio que trabalho com isso. Sou artista, bem, colorista. Nunca desenhei o Ormazda ou o Bruto, mas estou trabalhando numa revista agora mesmo, tem o Rei Abelha e o Homem-Trovão, já ouviu falar?

Arvo estava jogando um verde. Tinha plena ciência de que todo mundo já tinha ouvido falar do Rei Abelha e do Homem-Trovão. O olhar do policial se iluminou igual uma criança de oito anos de idade.

– Você está de sacanagem! O Rei Abelha, é sério mesmo? – O policial começou a cantar, com um barítono surpreendentemente melodioso: – Rei Abelha! Rei Abelha! Atenção, bandidagem, aí vem o Rei Abelha! É um príncipe entre campeões, e das abelhas ele é rei, e com seu parceiro Zumbido, os patifes vão sofrer… ai, meu Deus!

Aquela brisinha leve que soprava havia evidentemente mudado de direção e, como dito, era a noite mais calorenta de um verão já muito calorento. De repente, o policial estava segurando a ânsia de vômito e o assunto da conversa mudou, de um modo um tanto brusco, deixando para trás a *performance* animada da música-tema do programa de TV do *Rei Abelha e Zumbido* e partindo para coisas

mais, tipo, "Senhor, você... meu Deus... você precisa deitar na calçada com as mãos nas... hhuch... as mãos nas costas". E aí, bem,
um monte de outras coisas.

Era para ter sido um momento de crise na American, mas, por
um golpe de sorte quase inacreditável, Todd Permian, que era o
colorista da *Força Freak*, na Massive, foi preso na mesma semana por levar meninos menores de idade até o seu apartamento, a
fim de mostrar para eles "os esboços do Rottweiler", com o que
ele queria dizer, na verdade, o próprio pênis. Sob circunstâncias
normais, qualquer uma das duas empresas teria alegremente usado essa munição para manchar a reputação da rival, mas nesse caso houve um entendimento tácito de que era do interesse de
todo mundo fingir que o mês de junho jamais acontecera. O oficial
Barnard recebeu uma condecoração e um pequeno aumento de
salário, que enfim financiou a compra de um box de DVD do *Rei
Abelha e Zumbido*, com todas as cinco temporadas finalmente
disponibilizadas no formato.

4. (Janeiro, 1952)

UM CÉSAR NO DIVÃ
(Transcrição de uma sessão de psicanálise com Julius Metzenberger, gravada em 2 de janeiro de 1952; reimpressa em *O contemplador de gibis* #339, outubro de 2013, com permissão da
família Metzenberger.)
(...)
JM: Pois é. Pois é, entendo o que você diz. Não, acho que é justo.
Acho que a maioria das minhas, minhas, minhas amizades, vamos chamar assim, é de gente que eu conheço de fora do serviço,
fora da indústria. Mantenho afastadas essas duas áreas, se você
entende o que eu digo. Não tenho amigos no trabalho, isso é certo.

Sei disso. Sei que tenho uma reputação, mas muito disso acho que é ressentimento, o que você vê. O que eu fiz com o Homem-Trovão, eles não conseguiriam fazer nada disso, o que eu fiz desde que assumi tudo. Treze anos que essa merda durou, e com o programa na TV que a gente tem aí no horizonte, pode durar mais treze anos também. Acha que o pequeno Sammy Blatz da Punctual seria capaz disso? Meu cu que seria. Ou aquele filho da puta do Jim Laws da Científicas? Desculpa, da Sensacionais, é assim que eles se chamam agora. Você acha que ele...

(...)

JM: Quem, o Jim Laws? Ele é o sujeito que faz aquelas revistas da PC que eles têm por toda parte. Publicações Científicas, como era quando o James Laws Sênior que comandava tudo, antes daquele caso escabroso com... você sabe. Com o mijo todo. Deus o tenha. Era um sujeito bacana, sabe? Era bacana. Mas seu meninão, o Jim Júnior, sempre foi um inútil, na minha opinião. Agora que é o editor, eles tiraram todas as coisas saudáveis e dignas, *A vida de Thomas Edison* e revistinhas assim, e é tudo pensado para os beatniks, os neuróticos. É afeminado, assim que eu vejo. Digo, os títulos que eles produzem, *O sarcófago do assassinato*, o *Cemitério da morte* e aí tem a *Biruta*...

(...)

JM: *Biruta*, é o tal do título de humor deles. Uma merda doentia, isso sim. Entende, o que eles fazem – e isso faz meu sangue ferver –, o que eles fazem é tirar sarro das coisas. Coisas que as pessoas conhecem e gostam, coisas que elas respeitam, como programas de TV, filmes, tirinhas dos jornais, tipo o *Bitsy* e o *Floyd Pé-Chato*, e aí tem os quadrinhos. Minha nossa, como eles gostam de tirar sarro dos quadrinhos.

(...)

JM: Pois é! Pois é, é disso mesmo que estou falando: é uma revista de histórias em quadrinhos e eles estão tirando sarro de quadrinhos? De quadrinhos decentes e comuns feitos para crianças, para meninos saudáveis, não para delinquentes juvenis. Sabe o Blinky? O menino míope do segundo grau que sempre esbarra nas coisas? Pois, bem, na *Biruta* eles fizeram uma história chamada "Blanky – o adolescente mais com cara de nada nos Estados Unidos", onde, tipo, eles desenham o garoto, mas sem rosto, como se fosse um nada, entende o que eu digo? Como se esse menino comum fosse um chato, aí aparece ele andando com as crianças que o Jim Laws e os seus roteiristas drogados pensam que é o normal, e elas ficam lá dando uns amassos e fumando baseados e tudo o mais. E eles acham que isso tem graça? E por fim – essa você vai adorar –, e por fim eles chegaram no Homem-Trovão. Que eles chamam de "Homem-Bobão".

(...)

JM: Pode apostar. Pode apostar que eu enxergo isso como uma afronta pessoal. É uma afronta contra mim e contra a American. O que aqueles palhaços fizeram... Beleza. Beleza. Então, no quadrinho de verdade tem a Trovânia que é explodido por homens espaciais, você sabe disso, né? E o que eles fizeram é o Bobânia, que é uma coisa muito doida, que explode porque trombou num sinal de Pare que está ali, só flutuando no espaço, como se uma coisa dessas pudesse acontecer. E aí tem o Bebê-Bobão, que desce até a Terra e é adotado por um casal de caipiras, uns agricultores, acho que de Delaware. Agora, Delaware, é de lá que vêm Si Schuman e Dave Kessler, os dois moleques que... bem, devo dizer, foram eles que criaram o primeiro esboço, ainda muito tosco, do Homem-Trovão. Basicamente só o nome e alguns desenhos do traje púrpura dos camaradas, sabe? Aí então, lá nessa coisa da *Biruta*, o que a gente poderia chamar de uns malandros da cidade dão as caras e fazem esses meninos do interior assinarem um contrato que entrega os direitos do Homem-Bobão, para ele poder trabalhar e fazer dinheiro para os sujeitos da cidade. E esses três, são três, eu juro que não tem uma só mentira aqui, um deles foi desenhado para parecer comigo, um sujeito brabo, que tem cara de macaco e fala cuspindo. Um deles é que nem o Solly Stickman, o sujeito que edita todas as revistinhas de ficção científica da American, e um deles parece o coitado do velho Hector Bass, que faz as de guerra, *Nosso exército desgrenhado* e tudo o mais. Entende? Entende o que o Jim Laws e aqueles filhos da mãe da PC estão fazendo? O que eles estão fazendo é desencavar aquela história que eles, o Schuman e o Kessler, começaram a falar de processo. E isso é humor. É assim que fazem o público rir. Então, pois é, pode apostar que eu enxerguei como uma afronta pessoal. Pode apostar.

(...)

JM: Bem, é por inveja, como eu dizia. É ressentimento. Que vão eles todos pro inferno. Não seriam capazes de fazer o que eu fiz na American. Diga um único editor que ainda produz esses personagens de cueca em cima da calça, que ainda ganha dinheiro com eles. Uns dez anos atrás, nem tinha espaço para respirar no meio desses fantasiados todos. Tinha o Guarda Nacional, o Homem-Peixe, o Pete Massinha e o Sr. Maravilhoso – todos grandes nomes, e cadê eles agora? As revistinhas do Homem-Trovão que eu faço, do Rei Abelha, são os únicos títulos dos mascarados que ainda têm leitores. Sim, sim, tem a *Rainha Lunar* que o Sol Stickman cuida, mas eu sou editor-chefe, por isso tenho acesso aos números e... cá entre nós? A *Rainha Lunar* vende um quarto dos exemplares que eu vendo com o *Homem-Trovão* e a *Eletrizantes*. Ninguém sabe como eu consigo. Ninguém.

(...)

JM: Meu segredo é que consigo pensar igual criança. Sei como elas pensam. O que faço é que, quando não estou no escritório, fico de bobeira perto dos colégios, máquinas de refrigerante, qualquer lugar assim. E se eu flagro, sabe, uma molecada dessas, umas crianças, assim, saudáveis, que estão por aí se divertindo, fazendo micagem, talvez eu chegue e puxe papo, deixo saberem que eu sou o chefão da empresa que faz o *Homem-Trovão*. O modo como os olhos deles se iluminam, você tinha que ver. Aí pergunto o que gostariam que acontecesse nas historinhas, e talvez eles digam que o Menino-Trovão devesse ter um cachorro que nem o deles, aí levo isso aos roteiristas e quando você vê saiu o Zando, o Cão-Trovão. Ou talvez digam – e são meninos normais, saudáveis, bonitos, é o que eu digo –, talvez eles digam que gostariam que o Homem-Trovão arranjasse briga com alguém igual a ele, mas oposto. Foi assim que eu cheguei ao Demento-Homem-Trovão e à garrafa temporal do Homem-Trovão, todo tipo de coisa. Acho que meio que tenho um menininho dentro de mim, no meu coração. É o que penso.

(...)

JM: Bem, sim. É o meu trabalho. É o que passo o dia inteiro fazendo. Do que mais você acha que eu devia falar?

(...)

JM: O Homem-Trovão? Você está dizendo que eu só falo do Homem-Trovão? Não, não, entende, não acho que isso seja verdade. Falo sobre todo tipo de coisa. É verdade, eu sempre volto ao Homem-Trovão?

(...)

JM: Eita. Bem, colocando desse jeito, acho... é. É uma questão interessante. Talvez seja isso mesmo.

(...)

JM: Espera aí... se eu me identifico? Com o Homem-Trovão? Não. Não, claro que não. O Homem-Trovão é para criancinhas e eu sou um homem adulto. Por que diabos me identificaria com...

(...)

JM: Sim. Sim, acabei de dizer isso agora mesmo, não foi? Sobre a coisa do menino, mas... sei lá. Você me jogou um pepino aqui agora. Preciso pensar nisso. O Homem-Trovão, será que eu me identifico...

(...)

JM: Sim, sim, estou pensando. Acho... Uma coisa que sempre gostei no Homem-Trovão era como ele saiu de outro lugar que foi destruído e veio parar nos Estados Unidos. É um imigrante, portanto. Bem aí já tem algo com que eu me identifico. Nunca pensei nisso.

(...)

JM: Minha família? Nós viemos da Ucrânia faz mais de cinquenta anos. Cinquenta anos atrás, dá para acreditar? Eu era só um menininho de uns três ou quatro anos. Não lembro de muita coisa, só do que me contaram. A gente morava nesse pequeno *shtetl*, essa pequena vila, éramos uma família de respeito, segundo os relatos. Meu avô era o rabino. Todo mundo, todo mundo vinha consultá-lo. Não que tenha feito muita diferença. Quando chegou a hora, fomos embora, igual todo mundo.

(...)

JM: Foram os filhos da puta dos cossacos, os Russos Brancos. Pessoalmente, não tenho nenhuma lembrança disso, mas pelo que ouvi falarem, aqueles desgraçados chegavam estuprando, matando, botando fogo em tudo, por isso a gente teve que... Ei. Ei, acabei de pensar em algo: é a minha Trovânia, o *shtetl*. É, tipo, o lugar de onde eu vim para os Estados Unidos, o lugar que foi destruído por... Puta que pariu! Os cossacos, eles são os supercriminosos, a nação de piratas espaciais que explodiu o Trovânia. Nunca me dei conta. Todos esses anos editando a revistinha, nunca me dei conta. Que tal, hein? Tem algo aí, mesmo. Tem algo bem aí.

(...)

JM: Não, não, acho que isso aí é importantíssimo. Só estou tentando pensar se tem alguma coisa... acho que tem a garrafa temporal do Homem-Trovão. Você não sabe o que é? O negócio é que o Homem-Trovão tem esse treco que ele guarda na Montanha-Trovão – o seu esconderijo secreto no deserto. O negócio é que parece uma grande garrafa de vidro, mas lá dentro o Homem-Trovão juntou toda a luz e todo o som que conseguiu do Trovânia em um único dia no passado, antes de o planeta ser exterminado. É um único dia que fica se repetindo, sempre igual, com todos os detalhes. E o Homem-Trovão... Desculpa. Fiquei meio emocionado. Não é do meu feitio. Os pais dele, os pais do Homem-Trovão, estão ali na garrafa temporal, ainda vivos, com o próprio Homem-Trovão quando era só um bebezinho. Ainda estão ali, sabe? Todas as... todas as memórias de que ele não consegue abrir mão, eu acho. É igual comigo. Faço isso. Penso no *shtetl*, nas coisinhas de que lembro e nas lembranças que tenho do meu avô, só uma ou duas, sabe, que nem pequenas fotografias. Dá para ver os dois ali na lavoura, dando duro na época da colheita. Penso demais nessas coisas. Minhas lembranças, entende, porque aquele lugar desapareceu, são muito preciosas para mim. Eu sinto que... Acho que sinto que, enquanto as minhas memórias estiverem a salvo, nem tudo estará destruído. Então, tem isso. É a minha garrafa temporal, igual à do Homem-Trovão.

(...)

JM: Mais alguma coisa? Eu... eu não sei, estou tentando pensar. Isso é tudo novidade para mim, sabe? Estou traçando essas conexões agora. Digo, faz sentido, essas semelhanças entre a minha vida e a do Homem-Trovão. Tem que ser assim, porque... você entende, essas coisas todas que constituem o Homem-Trovão, as coisas que a molecada pode saber a respeito dele, são ideias minhas! Bem, o que quero dizer é que eu sou o sujeito que escolhe quais ideias vão parar no *Homem-Trovão*. São minhas ideias nesse sentido. Funciona assim, eu peço para algum roteirista que me chega, digamos que seja o Artie Leibowitz, e ele diz: "Sr. Metzenberger, me veio essa ideia: o Homem-Trovão volta no tempo e luta com os dinossauros". Aí digo: "Que ideia de jerico. Tenho uma melhor. Que tal se o Homem-Trovão construir uma base dentro de uma montanha oca no deserto? Escreve essa história aí para mim". Aí dá um, dois dias, chega outra pessoa, digamos, o Heinz Messner, e diz: "Tenho essa ideia em que tem pedaços do planeta Trovânia quando ele explodiu e que aí viram Pedras-Trovão que podem ser perigosas para o Homem-Trovão". E aí eu digo: "Que ideia de jerico. Tenho uma melhor. Que tal o Homem-Trovão voltar no tempo e lutar com dinossauros? Vai lá e escreve essa história para mim". Entende? Sou eu o sujeito que escolhe as ideias. É por isso que tem essas semelhanças. Acabei de pensar em mais uma. O Homem-Trovão tem o poder de conjurar tempestades, certo? É igual a mim, tenho uma re-putação por causa do meu temperamento. Rapaz, se você me deixar fulo, cuidado! Tem um roteirista que morre de medo de mim, não vou dizer qual, mas ouvi dizer que ele sempre tem um par de calças limpas e dobradinhas penduradas na cadeira para quando eu ligo. Porque bem na hora que o telefone toca, toda vez ele se caga todo. Ah. Você acredita nisso? Aí ó, o poder de conjurar tempestades. (RISOS)

(...)

JM: Não, não, entende, o negócio é assim mesmo, a gente pega pesado. Todo mundo sabe disso. Já de cara, todo mundo sabe disso. Sabem o que esperar. É uma indústria difícil, o que posso dizer? Tem que ser durão se quiser vingar. E os roteiristas, se acham que eu sou ruim, deveriam ver quem eram os sujeitos encarregados da American quando cheguei, uns dez anos atrás. Alguns daqueles sujeitos me faziam (logo eu) cagar na calça. Agora, eram uns sujeitos sérios. *Ratatatá*, entende? Digo, hoje em dia não é tão proeminente, mas na época? Pois é. Sim, cla-ro. Eu encontrei com o Hymie Weiss uma vez; Legs Diamond... era um sujeito esperto, interessante. Tinha um desenho enorme no banheiro, aquela pirâmide com o olho, na cédula do dólar, o símbolo da Departamento do Tesouro. Sujeitinho estranho. Se você saísse para dar uma mijada, ficava um clima descon-fortável, como se ela estivesse vigiando você, a tal da pirâmide.

Talvez olhando pro seu bráulio. (INAUDÍVEL) Em todo caso, entrei numa tangente aqui. Do que a gente estava falando?

(...)

JM: Ah, sim. Pois é, as semelhanças, o quanto me identifico, etcetera. Bem, deixa eu pensar. Hmm. Tem mais uma – não tenho certeza, a coisa vai vindo conforme vou pensando, mas tem o Demento-Homem-Trovão, que eu falei mais cedo, é tipo esse monstro que é o oposto do Homem-Trovão. É assim, às vezes... assim, se algo vai indo bem, talvez uma, uma, uma amizade, algo nesse sentido, algo que me faça feliz, então eu, sei lá por que faço isso, começo a me comportar que nem doido, como se deliberadamente tentasse ferrar tudo, faz sentido? Acontece toda vez, como se o Felix Firestone virasse a arma de raio laser dele para mim e de repente sou o Demento-Metzenberger: "O que ser bonito, nós faz ser feio", aquela coisa toda. E tem mais um negócio...

(...)

JM: Não, não tem a ver com o Demento-Homem-Trovão, é uma coisa à parte. É do que eu estava falando um minuto atrás, sobre como tive a ideia das Pedras-Trovão. Então, as Pedras--Trovão, o que são? São uns pedaços, como dizia. Uns fragmentos que vêm do Trovânia quando ele explodiu após ser atingido pelo tal do raio nuclear dos superpiratas, na origem do herói. Aí a gente descobre que o raio nuclear é baseado em elementos desconhecidos pela ciência, e o que ele fez foi que esses fragmentos – eles parecem uns cristais vermelhos brilhantes, como rubis gigantes, maiores que a sua cabeça –, eles ficaram radioativos, mas só para quem vem do Trovânia. O Homem--Trovão, o Menino-Trovão, o Cão-Trovão – se alguém vem de lá, a pedra envenena e deixa fraco, depois mata, entende? Lança essa luz rosa que deixa todo mundo brilhando rosa bem forte, aí morre. Esses fragmentos caíram aqui na Terra como meteoritos, bem quentes e vermelhos, e aí todo mês um ou outro bandido – geralmente é o Felix Firestone – escava um desses cristais brilhantes e usa para ferir o Homem-Trovão. Já escavaram tanto disso a essa altura que dava para reconstruir todo o Trovânia umas dez vezes.

(...)

JM: Bem, o motivo de isso ser relevante é aonde eu queria chegar. Entende, comigo, as coisas são assim, é tipo a garrafa temporal, o que disse sobre as lembranças. Algumas das lembranças que tenho... Eu estou com o quê? Cinquenta e seis anos? Já fiz um monte de coisas. Um monte de coisas. Algumas das minhas lembranças, as que tenho na garrafa temporal, são preciosíssimas para mim. Já outras... bem, as outras, elas são particulares, você entende o que quero dizer? E se algum inimigo meu – e confia em mim, eu tenho um monte de inimigo –, se alguém dessa laia, algum Felix Firestone, se alguém escavar essas lembranças venenosas, então essa pessoa poderia me ferir de verdade, de todos os modos. Profissionalmente, pessoalmente... talvez até me matasse. Essas lembranças ruins, essas coisas que eu não quero que escavem, são as minhas Pedras-Trovão, entende? Como se fossem meu ponto fraco secreto, igual com o Homem-Trovão.

(...)

JM: Como é que é?

(...)

JM: Oras, é só a cor delas.

(...)

JM: Por que é que...? Sei lá. É só a cor que fica melhor na impressão, só isso. Podia ser qualquer cor, sei lá; podia ser azul, podia ser verde. Não entendo por que...

(...)

JM: Não significa nada. Por que é que tudo tem que significar alguma coisa? Estou usando calças pardas, o que isso significa? Você tem uma gravata azul, então devo perguntar o que isso significa? Isso eu não engulo. Por que é que tudo tem que ser significativo? Aquele relógio ali, o que...

(...)

JM: Uma pinoia! Uma pinoia que eu estou na defensiva! Sabe de uma coisa? Isso é tudo uma asneira. Desliga isso aí.

(...)

JM: Você me ouviu. Isso é tudo um monte de bosta. Desliga isso aí agora, antes que eu... (INAUDÍVEL)

SESSÃO ENCERRADA

5. (Agosto, 2015)

Aquelas cinco ou sete semanas após a situação na Carl's Diner teriam sido certamente as mais agitadas da vida de Brandon Chuff, se tivesse continuado vivo. Primeiro de tudo, houve o incidente em si, depois a autópsia, cujos termos foram tão vagos que chegava a ser chocante, como se o legista tivesse apenas dito a primeira coisa que lhe deu na telha. Depois, o apartamento de Chuff pegou fogo e aí veio o rebosteio que foi o seu funeral, onde apareceu um filho que ninguém sabia que Brandon tinha e Dan Wheems pareceu tão inexplicavelmente aflito que sem querer roeu os pontos que puseram no seu lábio após a ocasião na Carl's, de modo que aconteceu tudo de novo, aquilo de ter sangue espirrando por tudo/as crianças gritando/Jerry Binkle desmaiando. Num ano normal, tudo isso teria sido o máximo de desgraça a recair sobre a experiência *post mortem* de Brandon Chuff, mas, como todos sabemos, isso foi antes do que transcorreu lá pela metade da homenagem a Chuff e sua obra, na Satyricon 2015, no final de setembro.

Em todo caso, foi no sábado, logo após aquela terça-feira atordoante, que Dan Wheems, ainda todo cheio de pontos, e Worsley Polock, ainda abalado, foram até a casa de Brandon para ver se havia alguma coisa que pudessem fazer. Wheems vivia a apenas uma rua ou duas de distância e tinha uma cópia da chave do apartamento que o falecido editor-chefe lhe dera para usar em caso de emergência. Reconhecidamente, a única emergência de verdade já havia acontecido e chegado a uma conclusão infeliz quatro dias antes, e por isso Dan e Worsley tinham consciência de que estavam fechando as portas do estábulo depois de o cavalo já ter caído de cara no seu prato de asinhas apimentadas. Mas, do modo como enxergavam a situação, alguém precisava verificar se o perímetro ainda estava seguro e apanhar o que tivesse de correspondência acumulada, coisas assim. Era um favor normal e decente de fazer por alguém que tinha sido seu colega, seu rival profissional mais famoso e bem pago, seu superior imediato no serviço. De quebra, cada um dos dois imaginava, no íntimo, que era concebível Chuff estar em posse, talvez, de uma coleção de interesse considerável a figuras como eles, eruditos dos quadrinhos, ainda que fosse só para olhar, obviamente. E se não fossem quadrinhos, talvez houvesse itens pessoais comoventes, alguma lembrança do sujeito: aquele pingente que ele sempre usava nos anos 1970 ou o seu broche do Pelotão Maciço Militante Mortal com a imagem do Bruto, dos Cinco Insólitos e do Menino-Besouro – itens desse tipo.

Os dois concordaram que cumpririam essa tarefa enquanto todo mundo ainda estava atordoado e em silêncio nos escritórios da American, sentindo as consequências do falecimento público – público até demais, aliás – de Brandon. Todos acharam uma boa ideia eles irem visitar o lugar, e até mesmo David Moskowtiz, um dos sujeitos dos andares de cima na companhia, disse que poderia dar um pulo mais tarde no sábado designado, a fim de prestar sua homenagem e sem dúvida conferir o acervo hipotético de Chuff. Dan e Worsley não conversaram muito enquanto transitavam as ruas mormacentas do começo de agosto até chegarem ao apartamento enlutado, Dan porque era difícil falar com os pontos no lábio inferior e Worsley porque estava tentando digerir o que era ser o editor-chefe, o que lhe parecia um sonho maravilhoso, ainda que moderadamente trágico. Era natural que tivesse ficado devastado com a morte de Chuff, é claro que ficou. Brandon tinha sido para ele, ao mesmo tempo, um colega e um chefe com demandas incessantes, quase um meio-irmão meio cruel, e ia fazer falta, sem dúvida. Mas, bem, editor-chefe. Mas o Brandon. Mas, bem, editor-chefe, cacete. Dá para imaginar.

Wheems parecia estar mais desconcertado. Francamente, após aquele espetáculo grotesco na Carl's na outra noite, Dan começou a questionar muitos dos pilares de sua existência prévia. Por exemplo, a continuidade dos quadrinhos. Será que isso era importante mesmo, dado o esquema humano mais amplo da vida e da morte? E quanto a ele e seus amigos, seus sócios da indústria? Por Deus, o que haviam se tornado? O que foi que essa indústria fez com eles? Como foi que isso aconteceu, e como é que Dan Wheems poderia sair dela? Por trás de tudo havia o sentimento persistente de que os últimos momentos de Brandon Chuff neste mundo foram passados escutando um monólogo de Jerry Binkle sobre o Sr. Oceano. Brandon detestava o Sr. Oceano. Aliás, ele também detestava Jerry Binkle. Não me deixa morrer assim, pensou Dan. Por favor. Tudo menos isso.

Com a cabeça tumultuada desse jeito, mal havia espaço para pensar nas revistinhas órfãs de Brandon.

Continuando no bulevar naquela tarde caótica, os dois estavam num paradoxo mal concebido; duas tartarugas sem um Aquiles à vista. O nada que tinham a dizer era ensurdecedor. Parte do problema era que a relação entre os dois, tênue na melhor das hipóteses e inteiramente construída sobre o interesse comum dos quadrinhos, não fora projetada para lidar com eventos reais como uma morte súbita. Nos quadrinhos, a morte era sempre um evento condicional – o Homem-Trovão teve tantos finais trágicos nos últimos quase oitenta anos que a American conseguiu produzir duas coleções bem-sucedidas de *Melhores mortes*.

Outra questão com Dan e Worsley era o gradiente de poder, que sofrera alterações incômodas entre os dois ao longo daqueles anos embrulhados em sacos herméticos desde que se conheceram. Seu primeiro contato veio na adolescência, na AbelhaCon I de Jimjon Jackson em Albany, ainda que o I no nome acabasse sendo supérfluo, já que não houve nenhuma outra convenção com esse nome nunca mais. Os dois trocaram cartas e se encontraram de tempos em tempos por uns anos depois disso, assistindo a várias convenções, um par a que os outros fãs se referiam como Blinky e seu melhor amigo Bottleneck, inspirados na famosa dupla colegial. Dan, que à época usava lentes corretivas de aro grosso, era obviamente o Blinky. Já Worsley era o Bottleneck porque à época estava dando os seus primeiros passos para se tornar um alcoólatra em recuperação – passos estes que eram basicamente os primeiros necessários para se tornar alcoólatra, para começo de conversa.

Pouco tempo depois, Porlock ganhou um dinheiro do padrasto e publicou um fanzine em impressão offset chamado *Comiclasm*, do qual hoje muitos se lembram com carinho e para o qual Dan foi convidado a contribuir com uma coluna de opinião, "Os Enfins do Wheems". Foi a primeira vez que ele viu seu trabalho impresso: seu senso de humor cínico chamou a atenção dos freelancers mais jovens da Massive e da American, o que enfim levou Dan a ser chamado para trabalhar no roteiro de alguns dos títulos de mistério menos rentáveis da American, *Torre do Medo* e *Câmara do Pavor*. Foi a primeira vez que houve um abalo na diferença de status entre os dois, porque agora Dan era o profissional e Worsley ainda só um fã, mas não seria a última vez que essas inversões aconteceriam. Primeiro, Worsley desistiu do *Comiclasm* e passou um tempo como comerciante de artes originais, páginas de quadrinhos adquiridas de profissionais em aperto financeiro que muitas vezes não entendiam completamente o valor do próprio trabalho. A lista de artistas com quem Worsley tinha contato logo ficou imensa, e sua agenda de contatos tão lendária e bem cotada que, quando a American designou Worsley como assistente editorial na *Exploradores* e *Eletrizantes*, ninguém ficou surpreso. Foi por volta dessa época que Dan entrou naquela briga medonha com Hector Bass e precisou pedir demissão da American para ir para a Massive, trabalhando em títulos de guerra que ninguém lia, nem os autores, como *Capitão Chilique e seus Marujos Submissos* ou o tedioso *Sargento Distante*. Depois, com o tempo e os problemas de Jerry Binkle com a Massive, Wheems se flagrou no cargo de roteirista para *Os Vingativos*, tornando-se, da noite para o dia, um dos prediletos dos fãs, ainda que atualmente já não fosse mais tanto. E agora, com a morte de Brandon Chuff num restaurante meia-boca, Worsley Porlock era o novo editor-chefe da American. Entre os dois, enquanto iam arrastando os pés cabisbaixos rumo à residência de Chuff, havia muito o que se refletir.

Quando ambos temeram que seus monólogos interiores fervilhantes pudessem atingir algum limiar a partir do qual se tornariam audíveis, Dan Wheems arriscou quebrar o gelo dizendo:

– E efa aufófia, hein?

Ao que Worsley virou para olhar para ele por um segundo, num silêncio atordoado. Então disse:

– O quê?

Erguendo a voz, mas ainda mantendo a ininteligibilidade, Wheems estava quase aos brados:

– Eu dife, e efa aufófia, hein? Gomo afim ele "varou"? Fério mefmo?

Ao que Porlock achou que a melhor resposta seria fazer que sim com a cabeça, bem sério, e dizer "Não é que é mesmo?", na esperança de que fosse mais ou menos por aí.

A questão é que, na autópsia de Chuff, o legista entregou o veredito de que a causa da morte foi Brandon ter "parado". A soma da força de todos os narizes que se torceram ao ouvir isso seria o suficiente para fazer um único nariz sair voando daqui até a Lua. Quando David Moskowitz trouxe o assunto à tona, hesitante, e elencou suas preocupações, o oficial médico – uns bons três anos mais novo do que Moskowitz –, de cabelos prateados e um tom charmosamente paterno, sorriu e apoiou uma mão no ombro de cabide do editor:

– Bem, filho, deixe-me colocar nesses termos. Alguma vez você já teve alguma coisa em casa a que nunca deu muita atenção? Quem sabe um eletrodoméstico ou talvez um animal de estimação?

Moskowitz fez que sim com a cabeça, maravilhado com a intimidade imediata estabelecida pelo simpático árbitro mortal e seus olhos cintilantes. Oras, ele já *tivera* sim um eletrodoméstico uma vez. O legista continuou:

– Então, imagino que esse eletrodoméstico ou animal, de tempos em tempos, vai apresentar algum tipo de defeito, tipo começar a soltar fumaça ou estragar as suas fitas de vhs ou ficar trazendo pássaro morto do jardim. Algo que faz você saber que não está funcionando direito, entende o que digo?

Moskowitz ficou hipnotizado. Nunca tinha conhecido um legista de Nova York que falasse desse jeito antes.

– Quando algo assim está acontecendo, é natural que você queira levar o item até uma loja de consertos, ou um veterinário, se for o caso, e mandar arrumar, não é? Agora, dá para fazer isso uma, duas vezes, talvez, mas vai chegar um dia, filho, que não importa o que faça, você sabe que aquilo não vai mais tostar os seus bolinhos nem correr atrás do caminhão dos correios nunca mais. Ele parou. Talvez você não saiba o porquê de ter parado, mas depois de um tempo começa a pensar que saber o motivo não vai fazer funcionar de novo, e parece que vai pro lixo de um jeito ou do outro, e não é como se não desse para arranjar um substituto, provavelmente na internet. Acho que o que estou tentando dizer é que às vezes é assim com gente também. Fizemos um exame completo no seu amigo e, na nossa opinião, não tem o que dizer. Ele simplesmente parou.

Tudo soou muito convincente, mas ainda havia quem não conseguisse evitar a impressão de que a certidão de óbito de Brandon Chuff continuava meio abaixo da média.

Apesar de um progresso que mal dava para chamar de incremental, a essa altura Dan e Worsley já haviam conseguido chegar, com relutância, ao local onde Chuff vivera, na época em que isso era realidade. Era um predinho simples, de dois andares, e o apartamento ficava no andar superior, acima de uma loja recentemente fechada que vendia equipamento de mergulho sob o nome "Scuba-Do". Através das janelas inferiores, baças de poeira como olhos com catarata, eles conseguiram ver os embrulhos laminados que ainda recobriam as paredes do interior esvaziado, paisagens em alta resolução de leitos do mar onde peixes de Paul Klee se amontoavam contra os relevos intrincados de corais de Max Ernst, em perfeitos tons azuis e verdes de pavão. Wheems se perguntou por um breve momento se essa proximidade à Scuba-Do era o que nutria o escárnio de Chuff pelo Sr. Oceano, depois decidiu que não tinha interesse o suficiente por nenhuma das partes envolvidas para levar adiante essa reflexão. Ficou encarando as profundezas fotográficas onde lindas águas-vivas e polvos rosa-chiclete davam pinotes ressabiados, depois suspirou e começou a fuçar o bolso do casaco atrás das chaves.

Ele nunca pôde entrar antes. Na época em que Dan escrevia os roteiros para a American, antes das confusões com Hector Bass, vez ou outra ele fazia uma caminhadinha da sua casa à de Brandon a fim de pegar carona até o trabalho. Nessas ocasiões, podia ver o exterior – o andar de baixo era uma loja Navy Surplus; outro estabelecimento marítimo, pensou Wheems, irrelevantemente –, mas nunca foi convidado a entrar. Agora com a sensação de ser um invasor, ao mesmo tempo que sentia empolgação e um vago incômodo, ele desrosqueou a trava rígida e descobriu que, de fato, a porta da rua levava a uma escadaria estreita que subia até o apartamento de Brandon. Mesmo após Dan localizar o interruptor de luz passando a porta, a iluminação do lance de escadas era parca, oferecendo uma atmosfera amarelo-papel-pega-mosca. Voltando-se do portal crepuscular ao colega que o aguardava, ele disse:

– Famof, enfão?

Porlock considerou suas palavras por um momento antes de responder:

– Quê?

Com Wheems adiante e Porlock na retaguarda, a dupla laboriosamente subiu os degraus de madeira rumo a um lusco-fusco xântico. Na metade do caminho, com a capa arreganhada como um pássaro caído, havia uma revista pornográfica intitulada *Gozadas teens na cara* prestes a escorregar do sétimo degrau, onde batia as asas sem forças, quase morta. Sob um título numa fonte meio Comic Sans saída de um cardápio infantil, uma animadora de torcida seminua, possivelmente em sua quarta ou quinta década de vida, abaixava os olhos numa tentativa de ver o retângulo preto mate que pendia do seu filtro labial. Amortecido, Dan fitou aquele auxílio masturbatório largado no chão. Pensou em arriscar um comentário espirituoso para Worsley, mas decidiu que a frase teria um excesso de sibilantes e seguiu escada acima, em vez disso.

Os dois chegaram a um impasse temporário no topo das escadas, onde descobriram que a porta que dava ao apartamento de Chuff era quase impossível de abrir. Primeiro, ao presumir que deveria estar trancada, Wheems testou as outras chaves do molho que era o legado de seu falecido colega, antes de perceber que a porta estava apenas emperrada por algum objeto desconhecido, que evidentemente havia tombado do outro lado. Passando com dificuldade pela escadaria feita para silhuetas esbeltas, os dois profissionais dos quadrinhos aplicaram seu peso e fizeram força até a obstrução invisível rancorosamente ceder e começar a se deslocar, enrugando e farfalhando no processo.

Worsley Porlock foi o primeiro a entrar.

Percorrer o corredor de Chuff, naqueles primeiros instantes desorientadores, foi como Worsley imaginava a experiência de morrer ou de tomar ayahuasca. Todas as leis do bom senso e da perspectiva visual a partir das quais os seres humanos constituíam sua realidade foram deixadas de lado feito palha, revelando, num momento marcante e apocalíptico, os enervantes princípios alienígenas sobre os quais predicava-se, na verdade, o universo.

Não havia chão. Porlock vadeava por um mar estático na altura da sua virilha, aos trancos e barrancos, mas um mar estranhamente imóvel, uma correnteza paralítica. Ôndulas e espuma congeladas por toda parte, as dobras dos vagalhões pairando como se estivessem prestes a cair. Havia vales abissais e declives íngremes que faziam o observador duvidar das verticais e horizontais das paredes e do teto, de modo que Worsley perdeu o equilíbrio por um segundo, cambaleante e pasmo, num turbilhão infindo constituído apenas de papel revolto e ressequido. Foi sem um pingo da dificuldade antecipada que ele encontrava agora a coleção de Brandon Chuff, e não era de gibis.

Eram quarenta anos mensurados em ereções inconvenientes, praticamente uma vida de compulsão erógena. Penhascos elevados de material erótico pictórico assomavam ao seu redor, deslizamentos de sacanagem em cores indecentes ou sentimentais tons monocromáticos, um arquivo preso por grampos enferrujados a catalogar o desejo masculino nos dias derradeiros da era industrial. Engenharia do decote. Ligas que imitavam pontes de suspensão. Partes pudendas esculpidas, lisas e polidas como o capô de um Volkswagen. Ali também estava a história dos aprimoramentos da fotografia e da impressão, junto com uma aula sobre a evolução da caligrafia sensacionalista, com títulos que estimularam três gerações de solitários: *Safada. Renda. Bordello. Manicures do fisting. Vaginado. Falência lésbica?* – incorporando ali um ponto de interrogação, como se estarrecido pela própria existência. Worsley percebeu que estava hiperventilando enquanto Dan Wheems se espremia pelo vão da porta aberta atrás dele, dizendo "Vefuif!", ao que Worsley foi incapaz de moldar uma resposta adequada.

Com os movimentos difíceis dos astronautas, os dois homens se viram boquiabertos, numa expressão silenciosa de maravilhamento diante das dunas pornô que tombavam naquele planeta novo e predominantemente cor-de-rosa, sua atmosfera quase irrespirável. Por isso, sabiamente inalando pela boca e não pelas narinas, a respiração dos dois tinha algo de pausado e metálico, como se usassem um capacete espacial ou um pulmão de aço. Apesar de uma réstia de sol se infiltrar pelas janelas distantes, a fonte predominante daquele esplendor perolado que inundava a paisagem extraterrena era o brilho refletido por vários milhares de luas pálidas, algumas cindidas e outras com mamilos. Por toda parte, mulheres com aspecto constrangido, em cinza reticulado ou em cores, contorciam membros aparentemente desconjuntados em novas constelações que se espalhavam pelo firmamento vincado, a Máquina de Canoagem, a Estrela-do-Mar Obediente.

Ficou evidente que qualquer empreitada bem-intencionada que a dupla pudesse ter em mente seria vã. A única coisa que podiam fazer era uma escavação horrenda em busca de souvenirs; lembretes da vida normal que Brandon devia ter tido, de algum modo, entre suas sessões de punheta. Tremendo, Porlock reuniu coragem a partir das suas rasas reservas de força de vontade e tentou impor algum tipo de controle àquela expedição enlouquecedora.

– Beleza. Beleza, a gente consegue. Vamos só manter a calma. Podemos dar conta da maior parte do espaço se você começar pela frente do apartamento e eu pelos fundos.

– Ferfamente, Worfely, nof fepararmof feria um erro. Em filmef de ferror fempre agontefe algo gom guem enfra no fófão…

– DAN, CALA A BOCA! CALA A BOCA, DAN! NÃO CONSIGO TE ENTENDER! NÃO CONSIGO ENTENDER UMA PALAVRA QUE VOCÊ DIZ! SÓ… Desculpa. Desculpa, cara. Estamos os dois muito estressados. Olha, vamos só acabar logo, beleza? Beleza, Dan?

Confrontos sempre deixavam Dan Wheems em choque, e ele conseguiu fazer que sim com a cabeça, tenso, e responder com algumas piscadelas em *staccato* antes de se afastar de Worsley e se virar, a fim de resolver sua parte designada do problema desmoralizante que os dois tinham nas mãos. Para ser justo, Wheems estava sofrendo uma pressão muito maior naquele aperto absurdo do que Worsley Porlock podia imaginar. Os amplos e diversos pastos de material punhetístico não eram novidade para o novo editor-chefe, algo que ele tinha em comum com seu antecessor. Dan, por outro lado, certa vez foi flagrado pela sua mãe em posse de uma caneta esferográfica na qual o maiô da moça desaparecia se você a segurasse de ponta-cabeça, e desde então nunca mais tocara em pornografia pesada. Com sua primeira esposa Susan, ao longo dos dezoito meses durante os quais foram casados, ele desfrutou de atividades carnais intermitentes, porém sempre corteses, quando parecia ser o que a situação pedia. Fora isso, as típicas imaginações íntimas de Dan para propósitos de alívio manual envolviam dois ou mais membros femininos dos Cinco Insólitos, Amigos do Amanhã, Vingativos, Força Freak ou Comparsas Sobre-humanos, e uma ou duas vezes a figura de Esme Martinez. Essas vinhetas internas eram de uma natureza inteiramente voyeurista, pois Dan Wheems tinha vergonha demais para aparecer em suas próprias fantasias sexuais. Cercado agora por uma catarata do Niágara, um rio Zambesi de mulheres invertidas com seus maiôs desaparecidos, ele se sentia perdido, com uma ameaça obscura voltada ao cerne frágil do seu ser. E se, em alguma reviravolta no estilo do *Sarcófago do assassinato* da PC, sua mãe falecida havia quinze anos chegasse agora e o flagrasse? Sufocando um grito interior, Wheems mergulhou na torrente lustrosa e partiu rumo ao que acreditava ser a sala da frente de Brandon, entre moças que faziam bicos para pagar a faculdade e datilógrafas com seu segundo emprego batendo em ondas frias contra suas coxas plúmbeas.

Porlock, enquanto isso, se debatia em meio a uma lúbrica areia movediça, rumo aos fundos do apartamento. Embora fosse, em sua atitude quanto à literatura onanista, mais... bem, endurecido não é bem a palavra; talvez resiliente?... em comparação com Wheems, não estava de modo algum impassível ao se ver a bordo de um trem--fantasma de meia arrastão. O mero volume estupefaciente envolvido no hobby de Brandon já o deixava tonto – o imenso dispêndio de tempo humano, as horas de trabalho ou, melhor dizendo, os anos de trabalho que seriam necessários para fazer até mesmo uma breve leitura dinâmica daquela avalanche de genitálias e inundação mamária. O entusiasmo de Chuff e sua amplitude de décadas, representado pelas vindimas distintas de putaria discerníveis na espuma de periódicos ao seu redor, eram assombrosos. Lançando-se aos seios literais da enxurrada, lutando contra a corrente de papel brilhoso para poder avançar, Worsley não conseguiu não reparar em títulos que lembrava de sua infância, espaçados com exemplos mais recentes do gênero. Reparou na *Cafajeste*, *Lothario*, *Patife* e *Atazanador Sexual*, sentindo-se muito idoso por um momento breve ao pensar que já havia se esquecido da figura do mulherengo que piscava para o leitor no logo da *Patife*. Sofrendo contra a maré oposta de pôsteres escorregadios, ele pensou, como se fosse a primeira vez, nas ninfas e matronas, as rameiras 2D no momento enroscadas ou rasgadas nos seus tornozelos. Muitas delas deviam estar velhas àquela altura, pensou, e muitas já deviam ter morrido. Por que isso o incomodava? Pensou nas incontáveis vidas consumidas, de um jeito ou de outro, por aquela indústria global viciante, mas parou antes que pudesse traçar uma comparação direta com o próprio campo de trabalho. Seguiu abrindo caminho entre o matagal depilado, a mandíbula travada, com sorte rumo ao quarto de Chuff.

Os logos exclamatórios que boiavam, seguindo na direção oposta, eram um ginásio de verbos: *Chupa*, *Fode*, *Lambe*, *Apalpa*, *Bolina* e *Soca*, mas essa última, *Soca*, acabou sendo uma revista satírica tediosa da Inglaterra. Worsley enxergava a ironia em sua situação, se é que entendia corretamente a palavra. Aos treze anos, afogar-se em sacanagem teria sido sua mais doce esperança, uma ambição inatingível. Confrontado agora com aquela realidade quase inimaginável, podia ver, como acontecia com tantas outras coisas, a ingenuidade perigosa de suas presunções de juventude. Ser enterrado fisicamente sob o peso de conteúdo adulto igual a uma mosca da fruta em âmbar libidinoso não era puro prazer, ele compreendia agora, como também havia sido o caso quando passou a ter idade para beber ou começou a trabalhar na indústria dos quadrinhos.

Avançando como uma geleira, a moreia de falos e batons amassados voluvelmente à sua frente, Worsley demorou vários minutos para passar pelo limiar emperrado à sua direita, o que lhe conferiu tempo mais do que o suficiente para fazer uma inspeção minuciosa do cômodo adiante. Ali, pelo visto, ficava o banheiro de Brandon, tão inundado de revistas de fodelança quanto o resto do apartamento – o que sugeria que, ao alcançar um dado volume, a pornografia visual se comportava menos como um sólido e mais como um líquido, nivelando-se sozinha. Seguindo devagar pela passagem entupida de sexo, pôde estudar sem pressa o dilúvio de ondas em technicolor que se quebravam contra a borda da banheira, beirando o vaso sanitário. *Fap. Squirt. Sofisticada. Bailarina Incontinente*. Agarrando-se com desespero à ideia de um mundo onde a física funcionasse normalmente, Porlock considerou, ansioso, uma pergunta inquietante: como Chuff se deslocava em seu próprio espaço pessoal, como ele realizava até mesmo as mais básicas funções humanas sem auxílio?

Ocorreu-lhe, talvez na metade do caminho ao atravessar a porta do banheiro, que Brandon, por necessidade, deveria se impulsionar de quatro sobre a superfície mole e desigual daquele rio de mulher pelada, feito um percevejo aquático quadrúpede e robusto. Já era tarde demais para conseguir resistir a essa imagem mental ou evitar que ela ficasse gravada em ácido no seu prosencéfalo. Worsley então percebeu que, pelo menos em algumas dessas ocasiões, Chuff estaria pelado. Conjurada sem qualquer convite, lhe veio a lembrança da cena clássica do *Drácula* de Ralph Roth e Paul Deeming, onde o conde desce de cabeça pela muralha do castelo como um grande lagarto preto. Engolindo a bile de volta, ele avançou pelo seu safári krafft-ebinguiano. Sentia-se como um coroinha assustado no abatedouro no amor.

Após ter passado talvez mais um quarto de hora, Porlock estava parado, seu peito chiando, sobre o limiar transbordante do que devia ser, a julgar pelas aparências, o aposento de dormir do seu falecido chefe. Assim como – bem, ao que parecia – basicamente todas as outras coisas na vida privada de Brandon, o quarto estava submerso num lago em alta definição de bandalheira e escandinavas lambuzadas. No centro do cômodo, por onde Worsley podia ver, havia a cena incongruente de uma cama com dossel lindamente entalhado, como algo saído dos livros de Hans Christian Andersen, se em sua obra houvesse mais tapetes constituídos de ex-modelos de casacos de chuva profissionalmente devassas. Tinha até uma colcha verde-esmeralda, recém-arrumada e afofada até ficar perfeitamente lisa, sobre a qual silhuetas florais bordadas à máquina se destacavam, ora pretas, ora prateadas. Após sua visão anterior de Brandon como um aristocrata morto-vivo dos Cárpatos, Worsley foi bruscamente arrastado rumo ao outro extremo do espectro folclórico, onde Chuff se tornava uma princesa – ainda que uma bem relaxada –, dormindo inocente em meio a um pântano de asquerosos sonhos copulatórios. Ele foi incapaz de decidir qual das duas interpretações era a mais perturbadora.

Além da liteira estranhamente pitoresca, a única outra peça de mobília que lhe parecia remotamente acessível era uma cômoda à moda antiga, não muito longe dos pés da cama. Era do tipo com quatro gavetas e um espelho triplo, mas as três gavetas inferiores havia muito se perderam em meio à ascensão da linha-d'água de acrobatas bicuriosas, de modo que não dava para abri-las. Se havia qualquer posse de Brandon que pudesse justificar o pesadelo que era aquela jornada pela libido do falecido editor-chefe, essa coisa só poderia estar na gaveta de cima, a menos de dois metros da entrada da câmara soterrada e talvez a uma meia hora de viagem.

Ele chegou muito perto de dar meia-volta e ir embora. Era quase certo que não havia nada de interessante enfiado ali e, dado o que descobrira sobre Brandon até o momento, era bem possível que o que houvesse fosse marcante e traumático. Worsley não estava a fim de seguir vadeando em meio ao que era, pensando bem, nada menos que madeira fatiada bem fininha, e acabar descobrindo qual era o sabor favorito de lubrificante de Chuff ou encontrar fotografias de animais de fazenda usando biquíni. Ainda assim, ter chegado até ali, ter suportado todo esse aborrecimento... Não lhe apetecia a ideia de fazer a cansativa viagem de volta sem ao menos dar uma conferida. Talvez, se tentasse encarar a coisa como Brandon encararia ou se deslocar do modo como Brandon devia fazer...

Sentindo-se um tanto ridículo, Porlock subiu e apoiou as mãos e os joelhos naquele quase um metro de vergonhas trêmulas. Pensou que, para alguém que olhasse de fora, ele devia parecer uma criatura fofinha, porém digna de pena, de algum zoológico infantil bizarro e proibido. Andar de quatro não era apenas terrivelmente infantilizante como também não dava tão certo quanto ele tinha imaginado. Era mais rápido, claro, do que vadear naquela massa de folhetos para autopolução, mas mais aflitivo do que o antecipado quando ainda estava na vertical. Um dos motivos era que sua nova terra firme não era tão firme assim, e as pilhas de publicação que a constituíam derrapavam a cada movimento, como uma planície de musgo chileno, ou gelatina, ou talvez o chão de uma casa de espelhos. As palmas das suas mãos, já suadas e quentes do calor de agosto, grudavam de um jeito repulsivo nas vastidões de material brilhoso pelas quais ele rastejava, limitando ainda mais o seu progresso e sua autoestima.

Ele ficou ali ajoelhado, tentando descobrir o que devia fazer, sua pose imitando pelo menos dois terços das mulheres sobre as quais estava rastejando. Não era possível que este fosse o método de mobilidade de Chuff. Devia ter alguma outra estratégia; algo que Worsley não conseguia enxergar. De repente, sua observação anterior – de que a pornografia, após atingir uma massa crítica, assumia as características de um líquido – retiniu de novo em sua consciência febril, como se oferecesse uma dica crucial.

Hesitante, Worsley se abaixou de barriga, intuitivamente, sobre o terremoto luxurioso que preenchia o quarto de Brandon, fazendo uma transição da postura de quatro para papai-e-mamãe, e tentou nadar.

Deu assombrosamente certo. Adotando o nado de peito de um iniciante, Porlock ensaiou um chute de sapo contra as páginas que se acumulavam e rasgavam logo atrás de si, massacradas contra os contornos intrincados de seu tênis de corrida. Ao mesmo tempo, suas mãos mergulharam à frente, unidas, antes de deslizarem num gesto cortante de varredura para trás, nos dois lados, em arcos rasga-capa que, inacreditavelmente, propeliram adiante a massa substancial do seu corpo a uma velocidade considerável, fazendo seu dorso escorregar com facilidade sobre as capas lustrosas e lisas que cediam sob ele. Worsley ficou ao mesmo tempo assustado e eufórico: quando menino, era assim que costumava voar em seus sonhos, nadando pelos ares a alguns metros da calçada onírica. Era como se tivesse enfim encontrado seu elemento natural e, enquanto atravessava a nado aquele reservatório vincado e crepitante de impulsos estagnados, seus movimentos eram graciosos e encantadores como os de um peixe-boi relaxado.

Com apenas alguns gestos, ele alcançou a cômoda, uma mão agarrando o canto de madeira de lei mais próximo do modo como um nadador agarraria os azulejos da beirada da piscina entre cada ida e volta. Fazendo força com os cotovelos, o sucessor de Brandon Chuff puxou com uma mão a alça de metal chique da gaveta superior e a fez se abrir com um mínimo de esforço. Preparando-se para a decepção, Worsley deslizou alguns centímetros para mais perto da cômoda e olhou o seu interior.

Ai Seu Deus Do Céu. Será que era um maldito sonho? Não podia ser possível, no entanto... não. Não, estava acontecendo, de fato. Era incrível, como um milagre religioso, um jorro de fogo transcendental.

Dentro da gaveta havia quadrinhos, talvez vinte, vinte e cinco, sensatamente guardados em saquinhos, numa quantidade que não era nem mesmo suficiente para se dignificar com o termo "coleção". Tampouco eram antiguidades genuínas, pelo menos em termos relativos – nada dos anos 1940 ou 1950, nenhuma edição #1 da *Eletrizantes* ou #22 da *Perseguição*. Na verdade, era um tanto desleal, considerando que Chuff trabalhava predominantemente para a American e essas eram revistinhas da Massive ou Goliath, a antecessora da Massive. O que fez com que Porlock perdesse o ar em sua posição de decúbito dorsal, no entanto, era que ali estavam todas as estreias e primeiras aparições. Era a origem da Massive, sua natividade, as capas que viriam a se tornar tão arquetípicas e familiares quanto os três reis magos e o bebê na manjedoura. SDDC.

Diante das pupilas dilatadas de Worsley estavam as primeiras edições, quase lacradas, de *Cinco Insólitos*, *Força Freak* e *Vingativos*, com todas as capas e artes no miolo feitas pelo lendário Joe Gold. Durante a atordoante erupção conceitual do Joe Gold do começo dos anos 1960, ele criou sozinho quase todo o vasto portfólio da Massive, ajudado apenas pela linha auxiliar trêmula do Satânico Sammy Blatz. O frontispício icônico dos *Cinco Insólitos* era exatamente o que o novo editor-chefe lembrava de ver aos oito anos, quando desprezou um exemplar, hoje inestimável, do *CI* #1 em troca de uma historinha medíocre com Felix Firestone em *Homem-Trovão*. Lá estava aquele logo tremido, de aspecto ansioso, as letras num azul anêmico, a bolinha com os dez centavos, o selo de aprovação gigante do Código dos Quadrinhos, número, mês e a ausência incompreensível do selo da editora. Lá estavam os Cinco Insólitos de Gold, perfeitamente sólidos e sombreados, avançando com apreensão por uma avenida urbana toda rachada e estourada, com rebanhos de nova-yorkinos aflitos espalhados pelo pano de fundo de arranha-céus, e em primeiro plano, à direita, a luva blindada e brutal do vilão da primeira edição entrando em cena. Partindo na direção do leitor feito um gênio da lâmpada, sua metade inferior uma coluna vincada de fumaça cinza, o Mestre-Neblina tinha um balão de fala de contorno preto proclamando:

"Minha nossa! O **Curador das Criaturas** pretende dominar a cidade com suas criações!". Seu colega, o Dr. Insólito, mais perto do leitor, transformando seu braço direito num saca-rolhas, respondia com uma bolha onde se lia: "Então ele não esperava pelo **Dr. Insólito** e os **Cinco Insólitos**!". Em outro ponto, o avuncular John Monstro erguia uma betoneira para usar como projétil, a Garota Insubstancial atravessava um ônibus capotado e o Eletrikid, mascote da equipe, produzia faíscas e chispas de indignação adolescente.

Debaixo desse volume, estava os *Vingativos* #1; os três curtos volumes das primeiras histórias d'*O Bruto*, saídos num *timing* péssimo; *Apavorante Devaneio Adulto* #19, a primeira vez em que se viu, de longe, o Menino-Besouro de Robert Novak; *Contos Estarrecedores* #37 e a estreia de Ormazda; a #1 de *O Alarmante Menino-Besouro*; o Tanque Humano em *Jornada ao Estranho* #73; *Vingativos* #9 onde o Guarda Nacional de Joe Gold voltava à ação após dormir num banho de nutrientes desde a Segunda Guerra... tudo. Estava tudo ali. Worsley havia encontrado sua criança interior, ainda que caída de cara em meio aos acúmulos pornográficos de um defunto. Quando não foi arrebatado rumo aos céus ali mesmo, entrou num estado de indecisão paralisante. O que fazer? Será que devia contar para o Dan? Sim. Moralmente, claro que devia. Claro que devia contar para o Dan. Era Dan quem tinha a confiança de Chuff, com as chaves. Porém. Porém, assim, só para ser o advogado do diabo, será que havia um modo de... não. Melhor nem pensar nisso. Por outro lado, devia ter ali, o quê? Duas dúzias de revistinhas no máximo? Dava para imaginar que seria possível – ele não sabia – simplesmente as enfiar ali nas calças ou escondê-las no casaco, algo assim, mas não ia dar certo, na verdade, dadas as condições nada ideais em que Worsley se via no momento. Por que ele não trouxe sua bolsa a tiracolo? Por que não foi ali na véspera, de noite, com uma lanterna, uma máscara e o guia de preços deste ano? Por que não comprou a primeira edição dos *Cinco Insólitos* lá em 1961, quando estava bem ali na sua frente nas prateleiras do sr. Salter? Por que...

A distância, em um outro mundo, Dan Wheems gritava.

Porlock fechou a gaveta com um empurrão, num susto culpado. Debatendo-se intuitivamente, deu um jeito de fazer um movimento de pivô, manobrando a barriga redonda até apontar para a porta do quarto. Wheems ainda estava aos berros, muito longe da escada, como se sua própria alma estivesse para ser extinta. Com três chutes, já muito hábeis a essa altura, Worsley atravessou a porta e, nadando de bruços, voltou pelas passagens inundadas de sexo rumo ao seu colega escandaloso, mudando para um nado borboleta em prol da rapidez. Ambos os braços giravam à frente como a hélice de um moinho, seu movimento revirando um jorro esvoaçante de escopofilia para ambos os lados, as duplas penetrações, gozadas na cara e sentadas de frente rasgadas pairando no ar como gotículas d'água. Cada avanço enfiava o rosto de Porlock no buquê picante das páginas amassadas de literatura relaxante pelas quais ele nadava, de modo que, cada vez que vinha à tona, naquela superfície salpicada de mamilos, era obrigado a tomar grandes goladas de ar antes da próxima imersão. Como um peixe voador saltando pelos picos do Pacífico ou um salmão tarado debatendo-se rio acima, o progresso de Worsley pela sala tinha uma magnificência própria, e a própria onda de proa de material erótico mutilado que ele produzia abria um grande V atrás de si.

Wheems, aparentemente exaurido de tanto gritar, estava sentado no sofá parcialmente submerso da sala de Brandon, com os ombros trêmulos e uma mão cobrindo o rosto. Quando Worsley desceu de seu flúmen de cios e seguiu farfalhando sala adentro, Dan se via num estado para o qual não havia palavras. O roteirista dos *Vingativos* só conseguia apontar para alguma coisa do outro lado da superfície ondulante daquela lagoa de lascívia, gesticulando para um portal avolumado que levava a um espaço adjacente. Perplexo e cada vez mais apavorado, Porlock seguiu a trincheira irregular que o amigo chorão já havia escavado, rumo à abertura obscura e o que quer que estivesse além dali.

272

Era um cômodo grandinho, e Worsley especulou que outrora deveria ter sido a sala de estar do apartamento, mas era evidente que havia muito fora transformada em outra coisa. Agora parecia um tipo de armazém, contendo apenas numerosas caixas de papelão mais ou menos do tamanho de uma TV antiga, tridimensional. Todas abriam em cima, cada uma delas com os números de um ano diferente escritos na frente com canetão preto. As datas pareciam remontar ao começo da década de 1990. De volta à sala de estar, Dan Wheems agora soluçava alto conforme Worsley se aproximava ainda mais dos cubos beges e agourentos. As caixas mais próximas, aparentemente todas do século atual, estavam repletas de flocos de isopor, de cor branco-marshmallow, sob aquela luz tênue. O que poderia estar escondido ali sob os torrões pálidos?, questionou-se Porlock. Animais infláveis ou pedaços de cadáveres com evidências de canibalismo? Seguindo em meios passos cautelosos, ele foi chegando mais perto, a fim de ver melhor. Ao chegar do lado dos receptáculos, voltou atrás em sua opinião quanto ao que estava dentro. Não era isopor. Afinal, havia filamentos e rótulos e... o que era aquilo exatamente? Worsley se inclinou, franzindo o cenho.

Foi duas ou três horas depois, quando o sol de verão já estava bem baixo, que David Moskowitz deu as caras. O editor, uma figura diminuta, mas que parecia mais alta em seu longo casacão preto, meteu o dedo na campainha ao lado da porta do prédio, depois ficou olhando fixo a biodiversidade marinha nas paredes da Scuba-Do até um Worsley Porlock muito pálido descer com passos pesados as escadas estreitas para deixá-lo entrar.

Porlock parecia estar passando mal e era incapaz de se pronunciar, mesmo na presença do homem que era o figurão definitivo do andar superior na American (subordinado aos donos da corporação, obviamente, mas ainda assim). Quando Moskowitz perguntou o que tinha acontecido, seu novo editor-chefe só conseguiu balançar a cabeça em silêncio e indicar que o superior deveria segui-lo até o apartamento de Chuff, subindo os degraus gastos e reclamões. No corredor de entrada de Brandon, após sua avaliação inicial da enxurrada pornográfica, o homenzinho intensamente nervoso – Moskowitz parecia mais baixinho cada vez que os seus subordinados o encontravam – ficou estupefato. Ainda menos acostumado ao gênero monodestro do que Dan Wheems, o editor só parou e ficou piscando os olhos atrás dos óculos de marca, enquanto se debatia em busca de alguma coisa para dizer que fosse remotamente adequada.

– Ai, minha nossa. Acho que isso explica por que foi que o Brandon parou.

Moskowitz, desprovido no geral de maior familiaridade com o mundo do conteúdo adulto, supôs que aquela vasta pletora de entretenimento picante, até então inimaginável, fosse a fonte da atitude pasma de Worsley Porlock, mas claro que não era o caso. O novo editor-chefe, ainda em silêncio, conduziu Moskowitz pela sala, onde Dan Wheems estava deitado em posição fetal, choramingando sobre o sofá mamário, erguendo-se como um atol a partir de um impudente mar dos Sargaços. Conforme o executivo-chefe foi absorvendo esse espetáculo abjeto, muito além de sua zona de conforto para que conseguisse tecer qualquer comentário, Porlock meramente gesticulou para a entrada escancarada da antessala. Então sentou-se no sofá, ao lado de um Wheems abalado e cheio de tiques, sem olhar Moskowitz no olho, deixando aparente que, se o perturbado editor quisesse investigar o cubículo adiante, precisaria fazê-lo desacompanhado. O roteirista e o editor estavam traumatizados, concluiu Moskowitz. O que quer que fosse, era uma tarefa para a gerência.

As caixas se erguiam sob aquela luz moribunda num silêncio de mausoléu. David não gostou nada disso, nem um pouco. Todas aquelas revistas de sacanagem enchendo a sala e o corredor de entrada, transbordando por toda parte como o esgoto psíquico de um cano rompido, davam-lhe a sensação de que jamais conhecera de verdade o ex-editor-chefe. Não era o conteúdo erótico das publicações que o perturbava – sexo era apenas mais um gênero editorial pelo qual não tinha interesse, como animais engraçados ou caubóis –, mas as condições terríveis em que ele habitava. Como seria possível qualquer pessoa com algum grau de sanidade, independentemente do seu entusiasmo por uma coleção, conviver com ela num estado desses?

Pelo menos aquelas caixas enigmáticas de papelão sugeriam uma tentativa de ordem, em meio ao caos carnal. Cautelosamente, como se poderia esperar de um editor de quadrinhos naqueles tempos desafiadores, Moskowitz aproximou-se das caixas marcadas com canetão, examinando cada uma delas conforme ia passando.

Assim como Porlock, Moskowitz a princípio confundiu com isopor as bolas amassadas de lenços de papel, depois reparou que cada pelota tinha o seu próprio rótulo, afixado com um fio de algodão e possivelmente cola em bastão. O que eram? Parando diante de uma caixa em cujo frontispício se lia 2001 em numerais pretos e apressados, ele esticou a mão e tomou um dos plugues compactos de Kleenex a fim de examiná-lo mais a fundo. Rígido e quebradiço, como pétalas secas de uma rosa branca, em seu rótulo estava inscrita a data "12 de agosto" no que David reconheceu como a caligrafia distinta e aracnídea de Chuff. Jogando-a de volta, ele escolheu outra, esta datada de "9 de julho". Depois tinha uma que dizia "domingo, 13 de maio", com o breve adendo "Dia das Mães". Depois 18 de maio, 2 de novembro, 14 de fevereiro – "uma noite romântica", 8 de outubro, 23 de maio... Pelas estimativas de Moskowitz, parecia haver três ou quatro centenas de unidades de lenço de papel em cada uma do que eram ao menos duas dúzias de caixas. Continuou a investigar aqueles travesseiros crocantes, completamente perplexo, mas determinado a compreender o que era tudo aquilo. Enfim, seus olhos encurralados, correndo de um lado a outro, avistaram uma anomalia solitária, um pequeno rótulo preto preso à sua roseta com um fio preto, rabiscado com uma canetinha de ponta fina prateada. Seus dedos, de unhas bem-feitas, tremiam enquanto ele o pescava.

"11 de setembro – hoje, um novo Pearl Harbor."

David encarou as palavras, piscando mais algumas vezes, e pensou a respeito.

Worsley Porlock ergueu os olhos, sem surpresa, conforme o vulto de duende em miniatura de Moskowitz recuou daquele armazém em alta velocidade, um personagem de filme sendo rebobinado, seu diálogo frenético numa voz fina e invertida. Então ele parou de chofre, virou-se num semicírculo e vomitou em cima da TV de tela plana de Brandon Chuff, que despontava da luxuriosa camada superior do solo daquela sala. Os barulhos violentos da garganta de Moskowitz, roucos, com certa qualidade canina, fizeram até mesmo Wheems arregalar um olho desesperado e contemplar aquela visão miserável durante uns quinze segundos antes de fechá-lo de novo, buscando fugir numa tentativa de catatonia autoinfligida. O dia lá fora avançava em seu declínio.

Mais de uma hora se passou enquanto os três homens ficavam ali, agachados em meio às colinas oníricas e cascatas de meretrício quaquaversais; agachados, olhando fixo, nenhum deles capaz de dizer qualquer coisa que fosse, nada. A noite começou a entrar pelo apartamento, caindo em precipitações finas e fuliginosas. Ao longe, no filme em exibição que era Nova York, sirenes costuravam de través o escuro longínquo com fios de um azul cintilante.

Por fim, Porlock rompeu o silêncio com uma sugestão de jerico.

– A gente podia, sabe, podia só deixar tudo isso aqui, talvez. A gente podia, sabe, só ir pra casa.

Do outro lado das lentes corretivas, os olhos de David Moskowitz eram febris e intensos.

– Não. Não, não, não. Não podemos simplesmente deixar tudo aqui. Vai ter gente vindo para cá, o proprietário, talvez parentes. Será que Brandon Chuff tinha parentes? Não parecia o tipo com família, mas nunca dá para dizer. Não podemos arriscar. Se vier gente aqui, tudo isso pode parar no *National Enquirer*. Arrisca lesar a editora, e isso não pode acontecer.

Esse último argumento era tudo menos uma possibilidade remota. Dada a situação da indústria dos quadrinhos, havia alguns anos numa condição de colapso, o ar se via sempre saturado de rumores de que a editora seria comprada, por isso qualquer escândalo, por menor que fosse, tinha potencial para ferrar muita coisa e causar grandes inconveniências aos donos, o que, nesse caso, se referia à onipotente corporação Brothers Brothers. Ninguém queria a Brothers Brothers puta com eles, especialmente David Moskowitz.

O ocaso recaía como cinzas que obscureciam a vista e os relógios de pulso eletrônicos continuavam com seu tique-taque falso e desnecessário, de modo a não confundir os idosos. Wheems e o abismo prosseguiam sua mútua inspeção. Moscas zumbiam sem ânimo. Após alguns minutos, Worsley tentou de novo:

– Será que a gente não podia, sei lá, será que a gente não podia jogar fora em algum lugar?

As duas ideias de Worsley, claro, foram propostas na esperança de talvez encontrar alguma oportunidade dissimulada de salvar aquelas primeiras edições escondidas na cômoda de Chuff. Do jeito que as coisas estavam indo, Worsley iria acabar a noite gritando por dentro e sentindo um luto que ele sabia que jamais poderia compartilhar com vivalma. Mas agora, sentado sob o ocaso no silo de bronha de Brandon, o ronco adenoidal de David Moskowitz disparou no ar, em desdém:

– Você está louco? Provavelmente era isso que Arvo Cake planejava com a namorada dele. Não. Deve ter algum modo de consertarmos isso. Calem a boca, vocês dois, para eu poder pensar.

Wheems não dizia uma única palavra havia várias horas.

Após um silêncio fervilhante, o editor parecia ter alcançado, internamente, o cume calmo e ventoso de uma decisão. Erguendo a cabeça pequena de feições bem marcadas, seu olhar tinha a solenidade de um herói de filme de ação em meio à obscuridade que recaía sobre os sócios ensandecidos. Lá fora, passava um carro que mandou um facho laranja de raios preguiçosos pelo teto da sala afogada em lascívia.

– Já sei – disse Moskowitz, os faróis dançando em seus óculos. – Já sei o que podemos fazer.

6. (Maio, 2016)

Era um dia agradável na periferia de Gary, Indiana, e lá em cima no azul vítreo havia uma única porção de purê de batata de nuvens brancas, as mais límpidas que Charlie Morelli já tinha visto. Não era só o branco de roupas recém-lavadas e dobradas numa propaganda de lava-roupas, nem da neve alpina virginal ou de dentes perfeitos. Um galeão entalhado em vapor, era tão branco quanto Deus, um pináculo imaculado com o qual todos os outros brancos só poderiam sonhar. Brilhava com uma pureza e higiene que quase faziam Morelli querer chorar.

Era um sujeitinho magrelo, o tal Charles Morelli. Com setenta e poucos anos, ainda tinha um bom prado de cabelos grisalhos e um belo bronzeado, mas achava que fazia seu rosto parecer uma couraça. Calças azuis, camisa creme, mesma coisa todos os dias. Às vezes pirava um pouco com as meias, só pela variedade. Andava pelo quadradinho de baeta verde que era o seu jardim da frente, cuidando das flores sem pressa, com movimentos que sugeriam uma paciência tremenda, a luz do sol reluzindo dourada nas marcas de erosão em suas faces.

Se pediam que falasse de si mesmo, ele entregava tudo sem rodeios: nascido em Providence, Rhode Island, 1929, os pais chamados Joseph e Irene Morelli. Reprovou no segundo grau, depois trabalhou na padaria do pai e se mudou para Nova York com a família em 1951, o que explica de onde tirou aquele sotaque. Casou com Joan Summers em 1963, teve uma pizzaria em Connecticut que não deu certo, e divorciou-se em 1970, sem filhos. Depois foi o gerente de uma loja de aspiradores de pó em Cleveland até se aposentar em 2005, quando se mudou para cá, nas redondezas de Gary. Grande fã do Sinatra, cultivou ao longo da vida um interesse por horticultura. Era essa a história toda, toda vez, praticamente palavra por palavra.

Sua casa, a propriedade em tons de rosa pastel e bem equipada logo atrás dele, enquanto poda as plantas e remove as ervas daninhas perto da cerquinha de madeira, era o único lugar ali onde alguém morava, de tão fora de mão que era, o que era bom. Morelli desviou o olhar de suas luvas e tesoura de jardinagem e o levantou para conferir, desconfiado, a placa de Vende-se no quintal do vizinho. Ele morava ali fazia, o quê? Uns dez anos já? A casa do vizinho esteve vazia todo esse tempo, e Charlie gostava que fosse assim. Provavelmente não iria dar em nada, ele se consolou, voltando à sua poda. Quem diabos iria querer morar ali, afinal? A lojinha mais perto ficava a quilômetros de distância. Não, estava tudo bem. Estava tudo bem com ele.

Cuidava das suas rosas. As rosas eram as únicas flores ali que cheiravam bem, o aroma parecido com manjar turco, mas melhor. Pela experiência de Charlie, vinham muitas delas em cartões de boas-vindas. As com que estava se ocupando agora eram meio que de uma cor violeta e tinham um nome lá. Uns bichos como vespas gordas e peludas erravam amigavelmente de flor em flor enquanto Morelli cortava e aparava. Se o pressionassem, admitiria que se sentia muito bem. Essa era a vida boa. Charlie não ficava mais tão estressado e irritado quanto antigamente, nem se via diante dos mesmos problemas e ansiedades.

Inconscientemente, ele percebeu o zumbido distante de um motor, a princípio mais quieto do que as vespas peludas, mas depois tornando-se mais alto, mais próximo, bem depressa. Provável que não fosse nada. Não vinham muitos veículos para as bandas de Charlie, mas seis ou sete vezes por semana passava um carro, um caminhão, um motoqueiro ensurdecedor, coisas assim. Havia tempos que ele parara de reagir toda vez que escutava um motor, mas não parou de reparar neles. Este era um utilitário com vidro fumê, rugindo pela estrada rumo à casa de Morelli que, fora isso, se via deserta. O velho pareceu se tornar mais compenetrado, seu olhar mais intenso, no escrutínio de seus arbustos de rosas, o rosto enterrado em meio às flores grandes e fragrantes. Lambeu os lábios, subitamente ressecados, e pensou em como gostaria de uma cervejinha naquele momento.

O carro passou batido, sem nem desacelerar, e num momento desapareceu de vista. Morelli se esticou e respirou fundo. Isso de jardinagem, se a pessoa exagera, dá um cansaço dos diabos. Tirou as luvas, jogou-as no gramado, ao lado das tesouras, e entrou para pegar uma cerveja. Aquela nuvem de uma pureza mágica ainda pairava sobre sua casa, o que lhe parecia estranhamente reconfortante.

Charlie Morelli claramente não tinha a menor conexão com o mundo dos quadrinhos.

7. (Julho, 1969)

Em retrospecto, daria para resumir o tema daquele verão como "americanos se aproximando de novos mundos desconhecidos". Nos meses quentes de 1969, além da atmosfera da Terra, Buzz Aldrin, Michael Collins e Neil Armstrong observaram enquanto o corpo lunar mais gigantesco do sistema solar, tecnicamente um planeta menor, foi crescendo em sua escotilha. Em Los Angeles, igualmente fora da atmosfera terrestre, Tex Watson, Susan Atkins e Patricia Krenwinkel rebolavam no escuro feito lagartas rumo a uma casa iluminada em Cielo Drive. E Worsley Porlock, de quinze anos, com um corte de cabelo catastrófico, quase pulava pelas ruas de mica de Albany, NY, a caminho de sua primeira convenção de quadrinhos.

Worsley morava em Nova Jersey fazia já uns quatro anos, pois sua mãe casara de novo e eles se mudaram de Milwaukee com o Paul, que antigamente era seu tio ocasional, agora promovido ao posto permanente de padrasto. Não mantinha mais contato, na verdade, com seu pai, Ray, que pelo que ouviu andou tendo algum tipo de problema com o fígado e ainda trabalhava no seu serviço antigo em Wisconsin. Conversavam uma vez ao ano por telefone, talvez no Natal, mas agora que Worsley pensava a respeito, no ano passado ele não tinha ligado. Talvez no ano anterior, mas também não tinha certeza. Achava que meio que sentia falta do seu velho, provavelmente.

Em todo caso, era a sua primeira vez em Albany, o sol brilhava e, desde sua infância relativamente recente, Worsley nunca esteve tão empolgado, até onde podia lembrar. Seu destino era o Billingham, um hotel decadente, mas ainda assim respeitável, que servia de sede para a muito esperada (havia seis meses, pelo menos) AbelhaCon I.

Ficou sabendo da existência quase inconcebível da convenção coisa de um ou dois meses antes, ali nas cartas quase sempre tediosas da *Perseguição* #316, a qual, por si só, vinha sendo uma revista quase sempre tediosa desde que deixaram tudo mais exagerado para imitar o programa de TV recente *Rei Abelha e Zumbido*, pelo menos na opinião de Worsley. Lia as últimas edições só por hábito, mas não dava mais a mínima, nem para a história principal, nem para as histórias secundárias absurdas do Patrulheiro Foguete, e estava taciturnamente correndo os olhos pelas cartas de reclamação dos Postais Perseguidores quando se deparou com uma missiva de um entusiasta do Rei Abelha, um freguês ubíquo nas colunas de cartas, Jimjon Jackson.

Outrora chamado James Jonathan Jackson III, Jimjon havia adotado esse novo nome para a primeira edição de *Atitude Abelha*, seu fanzine puerilmente exuberante do Rei Abelha. Agora, com a aprovação da *Perseguição* e da American, presumia-se, ele estava promovendo a primeira convenção mundial do herói, que aconteceria em Albany no próximo mês de julho. Worsley ficou incrédulo e emocionado ao mesmo tempo. Não era que tivesse tanto interesse no Rei Abelha, mas era um negócio de quadrinhos – um negócio do universo particular de Worsley –, porém manifestado, surpreendentemente, no mundo real, onde outras pessoas também poderiam vivenciá-lo.

Como era costumeiro naquela época, o endereço de correspondência de Jimjon entrava logo abaixo da sua carta. Worsley mandou os cinco dólares da taxa de inscrição mencionada e, dentro de uma semana, já estava em posse da primeira newsletter da convenção: quatro páginas de folhas dobradas, impressas nas cores violeta do mimeógrafo e com cheiro de álcool metilado. Na capa havia um desenho razoável do próprio Jackson, onde o Rei Abelha posava igual a Atlas, segurando um globo feito de personagens de outras revistinhas ou tirinhas de jornal, como *Floyd Pé-Chato* ou *Squinty*. Dentro, havia atualizações sobre a própria convenção – o ex-desenhista do *Rei Abelha*, Davis Burke, estaria lá, assim como Sebastian Squires, que fazia o papel do Carruthers no programa de TV –, além de anúncios para cinco ou seis fanzines amadoras de quadrinhos, um fenômeno do qual Worsley até então não estava ciente. Dentre estes constavam o *Atitude Abelha*, do próprio Jackson, junto com *Viciados em quadrinhos*, de Snit Whitley, em Ohio, o distinto *Vigilante Encapuzado*, de Jerry Binkle, um fã que conseguiu se profissionalizar, *O colecionador Massive*, de Washington, e um item peculiar chamado *Mas hein?*, feito por um tal de Milton Finefinger, de Boston. Consumido por uma necessidade ardente que não existia antes, Worsley entrou em contato com todas elas, e já recebera, agradecido, exemplares da *Colecionador Massive* e da *Atitude Abelha*.

Alguns dos artigos e ilustrações dos fãs eram incríveis, outros nem tanto, mas não era essa a questão. A questão, para Worsley, era que esses eram artefatos que testemunhavam a existência de um país diferente, onde as pessoas sabiam quem era Joe Gold e compreendiam a diferença entre as duas Rainhas Lunares, onde ninguém veria Worsley Porlock como uma espécie de introvertido subnormal. Era um reino que ele sentia que vinha procurando sua vida toda, como na vez que o Kid Unicórnio, da Força Freak, encontrou a Terra Materna dos Mutantes, escondida nos gélidos Himalaias. O melhor de tudo, porém, era que esse planeta desconhecido estava a apenas um trajeto de ônibus de onde Worsley morava com sua mãe e o Paul. No momento, seus portais incandescentes estavam a uma curta caminhada pela rua, onde se via a placa majestosa do Hotel Billingham, à moda antiga, acima do fluxo dos pedestres de 1969.

Só podia ser ali. Conforme Worsley se aproximava da entrada do hotel, reparou em dois adolescentes que chegavam também, o mais alto usando uma camiseta dos Vingativos. Na calçada, bem na frente do hotel, um menininho de uns onze, doze anos com óculos enormes recebia um sermão de um casal de aspecto preocupado que só podia ser seus pais, com uma cara de quem queria que a terra se abrisse ali mesmo e o engolisse. Pobre diabo. Com o coração nas alturas, Worsley subiu os degraus de pedra branca, passou a porta giratória e entrou no saguão. Então seguiu uma placa, escrita à mão, junto com os dois adolescentes risonhos, e desceu um breve lance de escadas rumo ao subsolo do hotel, onde havia pôsteres da AbelhaCon I por toda parte.

Estava no país das maravilhas, presumindo que o país das maravilhas fosse uma meia dúzia de jovens num espaço para convenções, conversando, lendo quadrinhos e se divertindo. Era evidente que aquela era a área de recepção da AbelhaCon I, e no centro havia uma mesa dobrável com uma pilha de panfletos sobre a convenção, com crachás de plástico e o que parecia ser o lugar onde se fazia o credenciamento. Atrás da mesa, sentava-se um rapaz radiante de uns vinte e poucos anos com cabelo ruivo desgrenhado que era, na verdade, Jimjon Jackson. Worsley ficou momentaneamente surpreso – esperava alguém mais novo.

Dando um passo adiante, ele se apresentou e agradeceu a Jackson por lhe mandar um exemplar da *Atitude Abelha*. Os olhos alarmados de Jimjon recaíram brevemente sobre o cabelo do menino de quinze anos, como se estivesse faltando um pedaço do corpo, e então ele apertou a mão de Worsley com entusiasmo. Deu a Worsley um crachá de plástico e um livreto e lhe emprestou uma caneta para preencher o nome no crachá. Disse que esperava que Worsley se divertisse lá e parecia estar prestes a lhe oferecer algum conselho capilar, mas achou melhor não. Jackson fez um tique onde estava escrito "Porlock", e Worsley saiu distraído, já folheando avidamente o livreto da convenção com a agenda dos eventos e os esboços doados, após muita pentelhação, por uma série de artistas de gibis: o Rei Abelha, tal como imaginado por John Capellini, Robert Novak, Preston Williams, David Burke e, inacreditavelmente, Joe Gold! Deslocando-se feito um sonâmbulo ou alguém embaixo d'água, Worsley ficou à deriva por ali, andando aos trancos e barrancos na direção que as setinhas indicavam ser a sala dos vendedores.

O lugar tinha o tamanho, o grau de intimidade e a atmosfera de um bazar de igreja, exceto que ninguém ali era velho. Mesinhas estavam distribuídas na periferia do espaço e havia um quadrado de mesas no centro, como um círculo de caravanas. Isso deixava um caminho retangular para os participantes da convenção zanzarem, como patos de plástico numa velha pescaria de feirinha. Só o cheiro de tapete do hotel e o seu som murmurante já eram emocionantes, e a vista era um show de fogos de artifício concretizado em cartão e papel. Havia gibis de toda época, capas reluzindo com a cor esquecida da década de 1940 e revistas baratas, mas fantásticas, cujas capas pingavam com guerreiros, abominações, princesas nuas e o violeta de céus alienígenas.

Mudo e amortecido de maravilhamento, Worsley circum-navegou aquele empório de devaneios. Havia um cheiro doce de incenso vagabundo vindo de algum lugar, e uma suave corrente de música vagava do The Ventures, que Worsley até que conhecia, até umas melodias meio cintilantes e místicas de bandas de San Francisco que lhe eram mais desconhecidas. Embrulhado num deslumbre da mais perfeita satisfação, ele foi parando em cada estande, com um sentimento obscuro de safadeza, como um voyeur, fuçando as mercadorias sabendo que não teria dinheiro para comprá-las. Havia revistinhas como as *Aventuras dos Homens Maciços*, da década de

1940, na época em que a Massive ainda era a Punctual, sua capa repleta de detalhes violentos que representavam o Homem-Peixe, o Mestre-Neblina original e o Guarda Nacional, todos sorridentes enquanto massacravam soldados de infantaria japoneses, dentuços e de cor de banana, usando óculos grossos fundo de garrafa. Quase congelou ao avistar uma *Homem-Trovão* das antigas, #87, algo por aí, quando Felix Firestone tinha barba, bigode e um cabelo de cor diferente, enquanto o Trovomita parecia um *leprechaun*. Ele teve uma breve fantasia de possuí-la, essa coisa que fora feita antes mesmo de ele ter nascido, mas um adesivo no embrulho de plástico dizia vinte dólares, e era quase o valor total que o seu padrasto Paul lhe dera, com uma cara de culpa, para passar o fim de semana inteiro.

A mesa ao lado acabou sendo a que abrigava tanto o palito de incenso incandescente quanto o toca-fitas da playlist psicodélica. Representando o que era ou um negócio de venda por correspondência ou uma loja chamada Sétimo Céu, o estande compacto, mas fascinante, era administrado por um jovem com cabelo castanho comprido que usava uma bandana de estrelas e listras, além de uma loira muito bonita que provavelmente era sua namorada. Até avistá-la, Worsley não tinha ciência de que a AbelhaCon i era, com exceção dela, um ambiente todo masculino, e sua aparição foi tão inesperada quanto teria sido no banheiro dos homens. Enquanto embalava as compras dos clientes atrás da mesinha, tinha no rosto um sorriso de quem acha graça das coisas em silêncio, pelo qual Worsley sentiu uma gratidão indevida. Considerando que, pela sua experiência, as expressões femininas variavam entre desinteresse e desgosto, até descrença, acharem graça dele em silêncio já estava bom demais. E o estande em si estava cheio de coisas atrativas e cativantes que ele nunca vira. Enquanto o proprietário cabeludo mantinha uma conversa animada com um jovem alto que dava muita risada pelo nariz e a loira entretida pegava o troco de uma caixa de papelão, Worsley investigou.

ALAN MOORE

Havia livros e revistas de ficção científica da Inglaterra que tinham capas sem quaisquer imagens de galáxias giratórias e, para ser franco, pareciam um tanto assustadoras. No fundo, viam-se alguns dos quadrinhos mais viajados e progressistas da American ou da Massive, como *Professor Anormal*, *Marinheiro Solar* ou *O Éon*, mas estavam em desvantagem numérica em comparação com os itens mais exóticos. Na frente, havia exemplares de *Perturbador* e seu título-irmão, *Indecente*, duas revistinhas classudas de quadrinhos em preto e branco com belíssimas capas pintadas, produzida pela Shaw Magazines, que geralmente lançava periódicos para fãs de filme de terror. Por serem revistas e não gibis, as publicações da Shaw escapavam ao Código dos Quadrinhos e podiam contratar todos os artistas lendários, como Jeff Pleasant e Slim Whittaker, que trabalharam nos gibis da PC nos anos 1950. Worsley estava de olho numa edição da *Perturbador* cuja capa exibia um caçador apavorado correndo na direção do leitor em meio a uma floresta escura, caçado por uma matilha de homens-lobo sinistros de olhos vermelhos que o perseguia em meio à neve entre as árvores escuras e congeladas.

Em outros lugares parecia haver fanzines, mas com uma qualidade de produção e design que humilhava muito material profissional. Havia a erudita, mas enérgica, *Grafomania* e uma outra coisa chamada *margens*, que era uma revista experimental de tirinhas editada por Slim Whittaker, com artes de muitos de seus colegas famosos. Os batimentos de Worsley dispararam – e isso antes de reparar na variedade dos quadrinhos mais *underground* no meio da mesa.

Já tinha ouvido falar deles, mas achou que fossem ilegais. *Squack*, *Tirinhas Pilha da Futa*, *Douglas Sem Drogas* e um outro em formato de tabloide chamado *Zepelim Amarelo*. Com a mão um tanto trepidante, esperando que a loira não estivesse vendo, Worsley casualmente apanhou a *Squack* #3 e começou a folheá-la, afetando o que esperava ser um olhar blasé.

Caramba. A capa era uma versão lindamente desenhada e colorida da Prostituta e da Besta de sete cabeças do livro do Apocalipse.

286

Worsley poderia passar o dia inteiro olhando para aquilo, mas aí a primeira história era sobre um sujeito qualquer tentando simular um boquete em si mesmo com um aspirador de pó, mas que acabava sendo puxado lá para dentro e encontrando um nirvana libidinoso. A seguinte, de um artista ainda mais radicalmente distinto, sequer era uma história de verdade – mais uma progressão delirante de formas transmutadas que, em certo ponto, incluíam os delinquentes Kurt e Karl, das tirinhas dos jornais, fazendo sexo penetrativo com aquela mulher em formato de pino de boliche que era a mãe/tia/cozinha/governante, sabe-se lá quem diabos. Worsley, incapaz de acreditar nos próprios olhos, decidiu comprar ali mesmo a *Squack* #3, mas isso implicava também ter que comprar a *Perturbador*, a *Grafomania* e a *margens* para tentar disfarçar as intenções esquálidas da sua aquisição. Tentando parecer sério e erudito, ele interrompeu a conversa do dono do estande com o adolescente desengonçado e pediu para pagar por sua seleção. Enquanto o hippie amistoso e sua assistente claramente entretida lidavam com isso, Worsley ficou ali naquele silêncio constrangedor ao lado do menino mais velho e mais alto, que parecia ter uns dezoito anos. Ele ofereceu a Worsley um sorrisinho, medindo-o dos pés à cabeça.

– Bacana o seu cabelo, hnohh-hnohh-hnohh-hnohh.

Worsley, que não tinha ideia da própria aparência – um dos participantes da convenção raspou a própria cabeça e se alistou no exército depois de vê-lo –, estava prestes a agradecer o adolescente magrelo pelo elogio, quando o menino o deixou sobressaltado ao acrescentar:

– Ei! Você é o Worsley Porlock!

Aquele, por acaso, era Milton Finefinger, de Boston, e ele ficou ali fuçando na sua bolsa de viagem antes de encontrar e entregar para Worsley um envelope pardo contendo a nova edição de *Mas hein?* pela qual Worsley havia enviado o pagamento de um dólar. Aparentemente era uma edição especial da AbelhaCon I, tendo na capa um desenho engraçado do Rei Abelha e do Zumbido, que mostrava o vingador apiário no meio de uma poça dos seus próprios intestinos, enquanto comentava com seu jovem assistente horrorizado: "Está vendo, é por isso que eu não posso usar meu ferrão". Finefinger era bem simpático, e ele e Worsley ficaram conversando enquanto a Mona Lisa loira embalava o seu quadrinho de sacanagem *underground* e a sua camuflagem. O dono do estande, cujo nome era Sean, entrou de novo na conversa, de modo que Worsley pôde reparar no logo da American no gibi que ele tinha em mãos. Parecia ser uma edição de *A namorada do Homem-Trovão, Peggy Parks* – um título que, havia anos, nenhum leitor sério de quadrinhos conferia –, mas o que dava para ver da arte da capa não parecia certo. Não era ruim – incrível, na verdade – só... não era certo.

– Com licença, o que é isso? Parece a *Peggy Parks*, mas...

O proprietário deu um sorriso simpático.

– Ah, você não viu esse ainda? É o que eu e o Milton aqui estávamos discutindo agora há pouco. Só vai para as bancas na semana que vem, mas eu conheço um cara que trabalha na American. Aqui, dá só uma olhada.

E, tiro e queda, era *Peggy Parks*, mas com arte e roteiro de Joe Gold. Worsley foi atingido por uma extrema dissonância cognitiva. Era exatamente como nos sonhos que tinha de estar em alguma banca desconhecida da esquina, onde havia quadrinhos que não podiam existir, como *Menino-Besouro e a meia de Natal de Blinky* ou *O sumiço do Homem-Trovão*. Ele ficou boquiaberto com essa impossibilidade, ali em suas mãos, enquanto o dono do estande de bandana explicava tudo, muito solícito:

– Pois é, parece que a Massive encheu demais o saco do Joe Gold. Pelo que eu ouvi, ele mandou o Sam Blatz pegar *Os Cinco Insólitos*, Ormazda e o Guarda Nacional e enfiar tudo no cu, depois vazou para a American, onde está planejando toda uma onda de novos títulos. Na American, quando perguntaram se ele gostaria de experimentar em alguma das publicações deles, ele aparentemente disse: "Qual é a sua revistinha que menos vende?". E aí, quando responderam *"Peggy Parks"*, Gold disse: "Passa para mim que eu conserto". E foi assim que aconteceu o que você tem em mãos. Só tenta não babar em cima, beleza?

Worsley não conseguia entender como nunca tinha compreendido antes que Peggy Parks era uma personagem tão fascinante. Lá estava ela, vindo com tudo na direção do leitor pelo cilindro do que parecia ser uma versão Joe Gold de um cíclotron, usando um macacão preto e prateado que tinha faixas e válvulas e tubos em toda parte, a mancha de óleo que era sua sombra acompanhando-a e rastejando embaixo dela enquanto corria. Ela tinha até aquela curvinha de tinta no queixo que era a marca registrada do Joe Gold, simbolizando sua bravura e determinação. No seu rastro, pelo tambor do colisor de átomos, vinha o que parecia ser o Cuidador, um velho herói do Joe Gold da década de 1940, e depois as amadas gangues infanto-juvenis de Gold, os Meninos Pistoleiros, também dos anos de guerra. Uma caixa de texto superentusiasmada prometia aos leitores que iriam sondar "O mistério vertiginoso do **Complexo da Alternidade!!**". Enquanto isso, nem sinal do Homem-Trovão.

Ainda se refestelando na aura da revistinha, ao mesmo tempo eletrizante e desorientadora, Worsley a devolveu a Sean, o jovem empreendedor, depois disse a ele e a Milton Finefinger que esperava vê-los mais tarde. Com sua bolsa de tesouros e o exemplar da *Mas hein?* sob o braço, o adolescente Porlock, com seus quinze anos, se lançou em meio à multidão cada vez maior, aturdido com tantas maravilhas.

No extremo da sala dos vendedores, sobre uma mesa solitária, havia algo anunciado como a exposição de arte da AbelhaCon I. Na realidade, era menos de uma dúzia de ilustrações pequenas, a maior parte delas artes de fãs, todas em preto e branco, mas foi a primeira vez que Worsley avistou, de relance, os originais das artes de quadrinhos, e ele entrou em transe. Havia duas páginas do ex-ilustrador do Rei Abelha, Davis Burke, que também fora convidado para a convenção e havia trabalhado em *Perseguição* e *Rei Abelha* ao longo da década de 1950. Essa época foi, ao mesmo tempo, a melhor e a sua mais ridícula do personagem, que batalhava contra alienígenas apalermados, e edição sim, edição não, havia uma história em que ele era transformado em "O Rei Abelha de Bolinhas" ou outra coisa igualmente sem noção, mas ainda assim charmosa. De perto, a arte de Burke era uma revelação. Havia setas e instruções em giz de cera azul, linhas tênues de lápis que não foram apagadas e, nas áreas de negrume sólido, vestígios das pinceladas do artista. Worsley teve uma súbita e avassaladora percepção da fisicalidade da obra de arte; de como as páginas impressas que podia folhear em segundos haviam sido trabalhadas, pacientemente, durante horas ou dias por pessoas de verdade, curvadas sobre pranchetas de verdade e fazendo traços no papel, uma linha por vez. Eram milhares de páginas, dias e pessoas, tudo isso despejado em serviço de superpessoas imaginárias. Sentiu uma breve tontura.

A mesa do lado era um estande exclusivamente dedicado ao Rei Abelha, com as últimas edições, edições mais antigas e caras, pôsteres e cartazes dos dois filmes em série do Rei Abelha e, obviamente, merchan associado ao programa de TV. Ao lado disso, estudando com desdém uma miniatura de metal fundido do Abelhomóvel, estava o mesmo menininho com óculos exagerados que Worsley avistara na rua do lado de fora do Billingham logo ao chegar. Seu nome, segundo o rabisco apressado no crachá, era Dave Wheels. Tendo acabado de participar de sua primeira conversa de fãs com Sean da Bandana e Milton Finefinger, e ciente de como fora importante para ele, Worsley sentiu uma enorme pontada de compaixão pelo solitário Dave Wheels, por isso perguntou ao menino se era fã do Rei Abelha.

– Dele mesmo, não muito. Digo, no duro, para mim a série de TV foi feita para idiotas. Não fez nada pelos quadrinhos. Não... Até que o Rei Abelha é decente, mas eu sou mais fã da Massive.

Essa declaração articulava tão intimamente a postura do próprio Worsley que de imediato ele creditou ao menino de doze anos um nível de inteligência quase sobrenatural. Pareceram se dar bem logo de cara, e Worsley sentiu um calorzinho no peito pelo modo benevolente como se apiedou do menino mais novo e sem amigos. Enquanto isso, o menino se sentia bem consigo mesmo por não ter sido malcriado com o pária social enjeitado com o cabelo assustador. A dupla deu tão certo que não precisava de mais ninguém, por isso, quando bateu a hora do almoço, saíram juntos até o restaurante descendo a rua do hotel, e cada um pegou uma porção de fritas, hambúrgueres e uma Coca, enquanto examinavam animadamente suas novas aquisições. O que mais impressionou Wheels foi o exemplar que Worsley adquiriu da *Perturbador* – ele não teve coragem de lhe mostrar a *Squack* – e disse que queria comprar a *Indecente*, mas não achava que desse para levar para casa sem seus pais verem. Parecia-lhe que o jovem tinha um amor secreto pelas Shaw Magazines, sobre as quais era muito bem informado, apesar de nunca ter possuído um único exemplar. Disse a Worsley que o principal roteirista da *Indecente* e da *Perturbador*, Denny Wellworth, iria dar as caras na AbelhaCon I no dia seguinte, mas Wheels não ia conseguir vê-lo porque seus pais superprotetores iam chegar às seis horas para levá-lo de volta para casa. Worsley, que ouviu falar que os fãs sem dinheiro para bancar um quarto de hotel poderiam dormir na sala de cinema da convenção, que ficaria aberta toda a madrugada, fez uma nota mental de aparecer na palestra de Wellworth no dia seguinte, mas achou que seria insensível mencionar isso para o coitado do Dave Wheels.

Após sua refeição, os dois voltaram para o Billingham, onde andaram juntos até o fim da tarde. Apesar de sua antipatia mútua pelo Rei Abelha, ambos foram ouvir a palestra de Davis Burke na outra sala grande do subsolo do hotel e ficaram contentes. Agora com seus sessenta e poucos anos e fazendo trabalhos comerciais muito bem pagos para revistas de adultos, Burke era um sujeitinho que não gostava muito de atenção e parecia feliz e surpreso pelo fato de haver gente interessada nos quadrinhos feitos dez ou vinte anos antes. Discorreu sobre suas influências, no geral *Floyd Pé-Chato*, de Lester Gentle, dotado daquilo que Burke chamou de "seu equilíbrio estiloso e dramático entre o preto e o branco", o que sequer deixou perplexa a maior parte da sua plateia adolescente. Arrancou as maiores risadas com anedotas sinceras – Burke era um contador de histórias naturalmente engraçado – sobre a época em que trabalhou no Rei Abelha para a American. Quando lhe perguntaram sobre o "criador" do Rei Abelha, Richard Manning, Burke respondeu com um olhar sorridente e devastador:

– Richard Manning era um cara que gostava de usar gravatas e smokings. Ele teve uma ideia para um personagem chamado Homem Joaninha, que usaria um traje vermelho com bolinhas pretas. Não conseguia escrever um roteiro nem que a vida dele dependesse disso. Por isso, ligou para o Ron Blackwell, grande roteirista de quadrinhos, com quem eu trabalhei por muitos anos no Rei Abelha, um cara muito gente fina. Blackwell diz para ele que o Homem Joaninha é a pior ideia que ele já ouviu na vida e que ele deveria mudá-lo para Rei Abelha. Então o Manning contrata o artista Edward Sullivan para desenhar o personagem, e Sullivan e Blackwell bolam juntos o Bufão, o Zumbido e todo o resto. Eles escrevem os roteiros e desenham a coisa toda, mas o único nome que sai nos créditos da revistinha é o de Richard Manning. Pelas últimas notícias que tive, ele está morando na Califórnia, produzindo umas pinturas pavorosas, um lixo, pavorosas mesmo. E, pelo visto, mesmo para fazer esse lixo ele contrata alguém para pintar por ele. Era um grande amigo do Sam Blatz, pelo que lembro.

Depois da palestra, já eram umas cinco e meia. Worsley se sentou com Dave Wheels enquanto esperavam os pais dele chegarem para buscá-lo. Um pegou o endereço do outro para poderem se corresponder e Worsley disse que a criação dessa parceria entre Worsley Porlock e Dave Wheels era um momento histórico, ao que o menino mais novo respondeu:

– Quem é Dave Wheels?

Worsley ainda estava sofrendo de um leve constrangimento quando saiu, minutos depois, do Billingham, onde foi apresentado aos pais desconfiados de Dan Wheems, o fã até então conhecido como Dave Wheels. A sra. Wheems deu os devidos agradecimentos a Worsley por cuidar do seu filho pequeno, mas de um jeito que deixava muito claro que pensava que ele provavelmente era um molestador de crianças em treinamento, com aquele corte de cabelo de quem molesta crianças. A família Wheems então voltou para a casa da irmã dele, que vieram visitar de Indiana, e Worsley voltou para o hotel, onde tentou encontrar mais alguém para conversar.

Nisso, ele obteve um sucesso parcial, andando com Milton Finefinger enquanto discutiam a *Mas hein?* e chegando, inacreditavelmente, a trocar um "olá" com a loira do Sétimo Céu no caminho de volta do banheiro masculino. Por fim, fortificado por mais uma ida à lanchonete, ele se acomodou no canto da sala onde assistira à fala de Davis Burke e se preparou para a exibição de cinema que ia durar a madrugada inteira.

Foi uma experiência incomum. Começou com uma série assustadora de desenhos animados da década de 1930, em preto, branco e cinza perolado, como chapas de raio-X, enquanto canções contemporâneas como "Viper Rag" crepitavam fantasmagoricamente na trilha sonora. Com o título de *O Girino Tex*, tendo como protagonista um anfíbio imaturo num chapéu Stetson, uma criação do esquecido mago da animação Ole Knutson, eram histórias curtas e surreais, preenchidas por uma metafísica certamente acidental, como na vez que o Girino Tex encontrava o que parecia ser Deus, imaginado como um sapo branco gigante, que mandava a larva indefesa para um estranho lago-purgatório, repleto de micro-organismos com rostos demoníacos. Já cansado, Worsley pensou que aquilo poderia ser muito bem o tipo de desenho que as pessoas viam sob as pálpebras logo antes de morrerem.

Depois vinham todos os episódios – oito? Dez? Quinze? Cem? – das *Novas Aventuras do Rei Abelha e Zumbido*, o segundo dos seriados cinematográficos da RKO contendo os dois personagens feitos na década de 1940. A seu próprio modo, era tudo tão perturbador quanto *O Girino Tex*. Um dos motivos era que os trajes pareciam ter algo de errado e as antenas da máscara do Rei Abelha estavam meio caídas, como se fossem de feltro. As fantasias também chamavam a atenção para o fato de que, feitos de tecido real, os trajes de super-heróis pareciam meio amassados e absurdos. E havia outras coisas também. O ator que fazia o Zumbido parecia ter uns vinte e tantos anos; o Abelhomóvel era um carro comum que parecia um Oldsmobile surrado; e o pior de tudo era que o esconderijo do Rei Abelha, a Colmeia, era agora uma mesa de cozinha com um microscópio. Numa das cenas via-se o Zumbido inclinado para fora do Oldsmobelha e conversando com o Rei Abelha numa rua cheia de gente, então ele erguia sua máscara até a testa como se toda a coisa da identidade secreta não tivesse a menor importância. Deu para ouvir o suspiro de descrença dos membros da plateia que não estavam cochichando sobre o iminente pouso na lua. O vilão, em vez de ser o Bufão ou outra figura dos quadrinhos, era um típico demônio asiático chamado Dr. Dragão, que tinha um tipo de raio da morte de efeitos especiais. Worsley estava com dificuldade para manter os olhos abertos e caiu no sono por volta do sexto ou sétimo episódio.

Quando acordou, por um breve momento, foi durante a obra-prima de cinco horas de Fritz Lang, *Siegfried*, embora, por ainda estar meio adormecido, Worsley tivesse presumido que fizesse parte daquele seriado interminável. A julgar pela sequência durante a qual ele esteve consciente, parecia que o Dr. Dragão era um dragão de verdade desde o começo. O Rei Abelha evidentemente matou o vilão, depois tirou o seu traje amassado para se banhar no sangue dele, observado pelos passarinhos a piar nas copas das árvores ao redor. Conforme sua mente começou a escapulir de volta ao estado morno e confortável de esquecimento, Worsley imaginou que fosse um tipo de trocadilho cinematográfico sobre a reprodução dos pássaros e das abelhas, o que, naqueles momentos finais de consciência, lhe pareceu muito esperto e sofisticado.

Algumas horas depois, houve mais um breve período de lucidez. Infelizmente, foi na metade de um filme de *exploitation* bizarro, de baixo orçamento, chamado *Abelha Kong Zumbe-Zumbe*, de três anos antes, feito pelo diretor marginal Dexter Fairfield Harris por uns quatrocentos paus, que pegava emprestado o material da série de TV do Rei Abelha, mas com um tom satírico. Worsley, sonhando acordado, não tinha consciência desse fato e interpretou a paródia sem enredo de Harris como uma continuação do seriado que ele achava que estava assistindo: pelo visto, ter se banhado nu no sangue vital de seu inimigo causara um impacto psicológico imenso ao Rei Abelha. Ele tinha agora uma perceptível barba por fazer e uma pancinha, falava com um sotaque diferente e seu traje havia se degenerado até virar uma completa palhaçada. O herói aparecia numa boate sórdida, aos risinhos, dando pitadas no que devia ser um baseado e dançando o Hully Gully cercado por pelo menos uma dúzia de mulheres com os peitos de fora. A narrativa desconexa do seriado da RKO de repente deu uma guinada para o trágico, o nobre Rei Abelha virando um pinguço pervertido como punição por ter matado o Dr. Dragão e depois usado o vilão morto como acessório de banho. A sentinela listrada estava virando doses e encoxando uma stripper quando Worsley apagou de novo, sem nem reparar que esse episódio final espalhafatoso tinha sido filmado inteiro em cores quase fluorescentes.

Ele acordou de verdade perto das nove da manhã, quando a equipe de limpeza do hotel entrou a fim de preparar a sala da convenção para as atividades do domingo. Foi ao banheiro, jogou uma água na cara e depois fez mais uma visita à lanchonete para um café da manhã bem farto. Enquanto estava lá, esbarrou em um participante da convenção que era até mais novo do que Dave Wheels/Dan Wheems, um menino feliz e animado chamado Arvo Cake. Worsley, puxando papo, comentou o quanto foi estranho aquele seriado do Rei Abelha, ao que Cake, pensando na cena em que o Zumbido erguia a máscara, concordou prontamente. Era de fato uma graça de menino.

O restante do dia, após o sono interrompido de Worsley, foi meio que um borrão a ser reconstruído depois. De manhã teve uma mesa-redonda de fãs artistas, organizada às pressas, onde o fato mais interessante para Worsley foi que um dos ilustradores de fanzine reunidos ali – um sujeito bacana e tagarela que atendia pelo apelido de Christmas Day – era negro. Assim como no caso da loirinha ajudando no Sétimo Céu, o fato de o sujeito ser negro fez Worsley perceber que o restante da convenção definitivamente não era. Decidiu que, se esbarrasse no Day, iria elogiar a sua arte, mesmo que nunca a tivesse visto, para que ninguém achasse que ele era racista. Além disso, de manhã havia uma mesa-redonda com Sebastian Squires, o Carruthers da TV, numa entrevista com um Jimjon Jackson entusiasmadíssimo. Tendo já visto o suficiente do Rei Abelha após aquela experiência vanguardista traumática do seriado, Worsley decidiu esperar aquele evento terminar e, em vez disso, ir ler sua *margens* ou *Grafomania* na recepção quase deserta da AbelhaCon I. Mais tarde reencontrou Arvo Cake, que havia escutado a entrevista com Squires e disse que o ator inglês falou, principalmente, de como gostava de morar em chalés junto com pessoas de quem Cake, no alto dos seus onze anos, jamais tinha ouvido falar, como o "querido Johnny Gielgud". Ambos acharam que poderia ser o nome do ator que fazia o inimigo do Rei Abelha, o Cócegas, na série de TV, mas não tinham certeza. Em todo caso, não parecia que Worsley tivesse perdido lá muita coisa.

Ele pulou o almoço, depois do seu café da manhã heroico, e à tarde foi testemunha do seu primeiro evento chique da convenção de quadrinhos. Só oito ou nove dos participantes se deram ao trabalho de criar uma fantasia, mas a competição foi hilária ainda assim. O primeiro lugar foi para dois jovens que se fantasiaram como os mascotes das Shaw Magazines, o Tio Indecente e o Primo Perturbador. O segundo lugar foi para o Sean do Sétimo Céu e sua namorada, em fantasias de apicultor que tinham dúzias de abelhas de brinquedo presas com arames. Alegando serem os apicultores Dr. James Reed e sua esposa Susannah, os pais do Rei Abelha, os dois saíram correndo em círculos gritando e depois caíram duros no chão, recriando assim a sua emblemática cena de origem, representada em *Perseguição #22.*

A última mesa-redonda marcada para a convenção era um tipo de debate amistoso entre alguns dos jovens roteiristas da indústria, a maioria dos quais tinham sido fãs antes de se profissionalizarem. O evento começou logo após o concurso de fantasias. O maior nome entre os convidados era Jerry Binkle, um imenso sucesso entre os fãs por conta de seu trabalho emocionante e entusiasmado com os *Cinco Insólitos,* da Massive. Além dele, havia dois jovens roteiristas da American – Ralph Roth, que fez algumas histórias para a revista de mistérios *Torre do Medo,* e Brandon Chuff que fazia os roteiros do Rei Abelha na *Perseguição* e, segundo rumores, estava para assumir o cargo de roteirista para a *Comparsas Sobre-humanos.* Binkle parecia irritado com seus colegas de mesa-redonda, Roth estava com uma cara aterrorizada e mal falou qualquer coisa, e Chuff, muito satisfeito consigo mesmo, dizia coisas escabrosas sobre os outros convidados e depois fingia estar só de brincadeira. Mas foi o último dos quatro roteiristas, sentado na outra ponta da mesa, contando a partir de Binkle, o motivo da vinda de Worsley e quem lhe causou a impressão mais forte.

Denny Wellworth, usando um suéter preto de gola alta e jeans, botas chelsea e um casaco de couro fininho, era o mais bem-vestido dos quatro, além de parecer também o mais inteligente e engraçado. Era distintamente diferente dos outros, pois parecia ter uma vida social além da indústria dos quadrinhos e não parecia ligar muito para super-heróis. Seu principal interesse, disse, não era tanto nos personagens quanto no que dava para fazer em termos de narrativa visual, com a mídia em si. Quando Brandon Chuff disse: "o Denny aqui é um verdadeiro sabe-de-nada quando o assunto é super-heróis. Não, brincadeira", Wellworth respondeu, com um sorrisinho:

– Desculpa, Brandon, mas quando eu saio do serviço e estou em casa com a minha mulher, o assunto dos seus roteiros para *Rei Abelha* não vem à tona com muita frequência.

Todo mundo riu, menos Chuff e talvez Ralph Roth, que ainda parecia acuado e em pânico. Wellworth falava com modéstia e de um jeito envolvente sobre como era trabalhar para a Shaw, com todos os artistas da PC que foram seus heróis na adolescência, e como gostava de escrever sem as limitações impostas pelo Código dos Quadrinhos. Ele contou uma anedota fascinante sobre Jim Laws, o editor e roteirista da PC que aparentemente estava ainda sob os efeitos de uma dose de anfetamina quando deu seu testemunho para o subcomitê do Senado que investigou as acusações de delinquência juvenil, o que foi mais ou menos o que levou à criação do Código.

Após a discussão se encerrar com um aplauso entusiasmado, Worsley viu que Denny Wellworth ficou ali sozinho, fumando um Marlboro na área da recepção. Reunindo toda sua coragem, ele se aproximou do roteirista, disse a Wellworth o quanto gostou da conversa e perguntou se seria um incômodo para ele assinar o seu exemplar da *Perturbador*. Wellworth não só fez o que lhe foi pedido – "Para Worsley Porlock, com um abraço do seu amigo Perturbador, Denny Wellworth" –, como ainda ficou ali e bateu papo com o adolescente maravilhado durante uns bons dez minutos, como se não fossem admirador e admirado. Ao descobrir que Wellworth chegou a trabalhar, vez ou outra, com o Tanque Humano para a Massive, Worsley lhe perguntou o que ele achava de Sam Blatz, aquela figura sobre a qual ouvira tantos comentários críticos ao longo do fim de semana da AbelhaCon I. O roteirista riu.

– O Sam Satânico? Ah, tudo que dizem é verdade. Ele passou a perna em Joe Gold, Robert Novak, todos eles, e duvido que algum dia tenha escrito algo mais difícil do que uma lista de compras.

Mas... bem, eu sei lá. Não acho que o Blatz seja ruim, acho mais que tem algo de errado com o sujeito. Antes de eu entrar nesse meio... era 1960, quando eu era adolescente, um ninguém... lembro de ter visto Sam Blatz tomando café da manhã na mesma padaria que eu ia. E ele estava conversando com a comida. Ficava ali, encarando o prato, como se o prato estivesse ouvindo o que ele tinha a dizer e aí respondia, e foi nisso, esse vai e volta, a refeição toda. Nem sei se chegou a comer. Não deve ser fácil comer alguma coisa quando você está tendo uma conversa tão franca com ela.

Considerando tudo que rolou, foi o fim de semana mais incrível e transformador da vida de Worsley. Ele se despediu de Denny Wellworth, depois fez um circuito final no subsolo do hotel, apertando as mãos de Jimjon Jackson, Arvo Cake, Milton Finefinger e enfim Sean do Sétimo Céu, mas infelizmente não a da namorada de Sean, que tinha ido para casa mais cedo. Descendo os degraus da entrada do Billingham, rumo ao sol ofuscante de julho, com suas aquisições embaixo do braço, Worsley sentia-se pleno de propósitos e ambições pela primeira vez na vida. Vinha lendo gibis desde que era criança, mas essa fora a sua primeira experiência no mundo dos quadrinhos, um mundo do qual, ele percebeu, queria fazer parte até o fim da sua vida. Não sabia desenhar, nem escrever, mas Sam Blatz e Richard Manning, a julgar por todos os relatos, estavam ambos na mesma posição. Esperando o ônibus de volta para Jersey – para o qual ainda tinha dinheiro sobrando –, com o sol se derramando sobre suas feições convictas, Worsley descuidadamente tomou a decisão profissional que selaria seu destino, depois ficou observando umas formigas durante uns quinze minutos.

Enquanto isso, pousando na lua ou próximo disso, os três astronautas da missão Apollo lidavam com um efeito colateral inesperado de sua missão histórica. Sem ter qualquer atmosfera para protegê-los da radioatividade torrencial que se derramava do sol, os três foram expostos inadvertidamente a uma quantidade de radiação que alterou sua química corporal. Neil Armstrong descobriu que tinha agora a habilidade de se transformar num líquido senciente, enquanto Buzz Aldrin era capaz de gerar e controlar campos magnéticos. O menos irradiado dos três, Michael Collins, foi paradoxalmente o mais afetado, com o efeito drástico de ter se transformado num monstro de magma hediondo, dotado de tremenda força e um enorme coração. Apoiando as mãos com luvas volumosas umas sobre as outras, os três fizeram um juramento solene e voltaram à Terra na forma dos Ultranautas, resolvendo todos os problemas do planeta. Frustrado com a derrota do seu plano maligno de iniciar uma guerra racial apocalíptica, Charlie Manson e sua Família foram trancafiados para sempre em prisões de energia no lado obscuro da lua. A guerra, a doença, o ódio e a fome foram abolidos, e assim 1969 ficou conhecido como o ano a partir do qual tudo simplesmente só melhorou. Worsley Porlock se casou com a loira do Sétimo Céu e todos na Terra desde então passaram a viver vidas fantásticas, pelo menos até Cosmax chegar do espaço em 2025 e devorar o mundo.

8. (Junho, 1954)

Jim Laws está na berlinda e suando não por conta do calor de junho mas das anfetaminas que ele toma para enfrentar as longas madrugadas de véspera de prazo com a esperança de que ajudem a encarar essa merda toda mas mas mas está demorando tanto e esses quatro sujeitos esses senadores parece que eles pensam que Jim é a coisa mais divertida que passou por aqui o dia todo e bem nenhuma surpresa aí quando Jim é o único a isolada alma solitária que tem orgulho do que ele publica o único preparado para se levantar e defendê-la enquanto esses filhos da puta de Bíblia e bandeira não param de investir contra a Constituição em onda atrás de onda e se a indústria ficar só levando sentada

*vai acabar tendo que engolir esse negócio de Código dos Quadri-
nhos essa bandeirinha branca que o Stickman e aqueles cuzões
da American ou o Blinky estão tentando exibir no cabeçalho das
suas revistas neste exato momento fazendo parecer que são moralmente responsáveis quando é só para afinar a concorrência o
que Jim precisa fazer é manter o foco e tentar não lamber tanto
os lábios ou fazer aquela coisa em que ele rotaciona a mandíbula
porque muita coisa depende disso não só a PC e a cadeira é dura e
aquele tal do Morton que é o chefe do conselho parece que está se
preparando para mais uma rodada...*

MORTON: Sr. Laws, o senhor mencionou mais cedo que a sua empresa, a Publicações Científicas, foi herança do seu pai. Será
que o senhor poderia nos contar um pouco mais sobre isso?

LAWS: Meu pai, James Law Sênior, publicou a primeira coletânea
de histórias em quadrinhos dos Estados Unidos da América, *O
desfile das tirinhas*, há quase vinte anos. Ele viu que os quadrinhos eram uma ferramenta importante que poderia ajudar a
educar o país e fazer muita coisa boa. Por isso, fundou a Publicações Científicas a fim de informar as crianças do país sobre
a vida de grandes americanos como Thomas Edison e novas
teorias ou invenções científicas. Quando meu pai morreu num
acidente desagradável, a empresa ficou para mim e eu a rebati-
zei de Sensacionais, a fim de representar mais honestamente a
nova direção que seguiríamos sob a minha liderança, mas ainda
considero que nossas publicações têm fins educativos.

*Jim serve mais água para si mesmo dá um gole tenta não
lamber os lábios e não consegue parar de pensar no pai que
disparate que foi essa morte o melhor que dava para dizer
sobre isso era que Jim Sênior não teve a menor ideia de que
ia morrer até um minuto antes ele está ali ajeitando a bola
para o oitavo buraco está feliz está relaxado e no instante seguinte é pulverizado literalmente pulverizado por treze quilos
de urina congelada liberada por um avião a jato que estava*

passando logo acima tipo o velho foi atingido por uma rajada
de mijo e não um raio de um Deus que o pai de Jim sabia
que não existia talvez seja assim que acontece com ateus e
Deus pensa por que caralhos vou desperdiçar um raio nisso
mas mas mas Jim está perdendo o fio da meada e é melhor se
concentrar porque um dos senadores está franzindo a testa e
agora o chefe do conselho está...

Morton: "Sensacionais" para mim parece indicar uma política
bem diferente de "Científicas".

Sen. Fraser: Sr. Laws, o senhor afirma que as publicações do seu
pai tinham uma influência benéfica sobre as crianças que as
liam. Se os quadrinhos são capazes de alterar a mente dos jovens a esse ponto, como pode ter certeza de que as suas publicações não têm efeitos deletérios sobre os leitores?

Laws: Senador, com todo respeito, acredito que seja uma questão de intenção. Nossos roteiristas e ilustradores constam dentre os melhores do ramo e são capazes de criar uma história
que terá o efeito pretendido. No caso do meu pai, sua intenção
era produzir publicações que contribuíssem para a educação
científica do público, enquanto no meu caso a intenção é a
educação moral, para que possam ser pessoas melhores e americanos melhores. Se o senhor lesse as nossas páginas de correspondência, acredito que ficaria surpreso pela inteligência
e maturidade com a qual as questões sociais que trazemos à
tona em nossas histórias são debatidas. Por favor, lembre-se de
que uma história que trate dos terríveis efeitos da delinquência juvenil dificilmente seria um encorajamento para esse tipo
de comportamento.

... não mais do que a Bíblia encoraja os leitores a massa-
crar os inocentes ou transar com as filhas ou sair por aí cruci-
ficando as pessoas apesar que nas suas circunstâncias atuais
Jim está questionando essa última será que essas pessoas ge-
nuinamente não conseguem enxergar as lições de moral todas

que ele e o Feinman botam nas histórias todo trabalho e cuidado de sujeitos como Slim Whittaker Jeff Pleasant Arnie Eckstein todos esses sujeitos se esforçando para ser entendidos e foi só a PC *que teve os colhões para falar dessas coisas tipo a bomba a Ku Klux Klan a brutalidade policial como os americanos comuns enlouqueceram todos na privacidade dos subúrbios será que eles não conseguem ver tudo isso ou será que tem alguma outra coisa acontecendo aqui e o resultado já foi decidido antes das audiências sequer serem anunciadas mas mas mas talvez sejam os comprimidos a paranoia que faz com que Jim suspeite que seja tudo uma armação e por que é que os poderes vigentes desperdiçariam todo esse esforço num monte de gibis sem importância afinal claro que Jim sabe de todo o barulho com o negócio lá do Wertham a* Sedução dos inocentes *mas sério só precisou de uma publicação com algumas coisinhas na* Revista das senhoras do lar *para vir esse monte de merda para cima do Jim e todo o resto não não não paranoico ou não certamente há um panorama mais amplo que Jim não está conseguindo ver e não há tempo para pensar nisso agora porque o senador Fraser está falando alguma coisa ao outro senador democrata Henning agora os dois olham para Jim ele espera que os comprimidos aguentem um pouco mais é só que eles estão demorando tanto segurando-o aqui tanto mais tempo do que os outros e eles têm tantas perguntas que ele...*

Sen. Fraser: Sr. Laws, eu li várias histórias nos seus títulos representados aqui como provas, e uma maioria delas parece terminar em assassinatos e desmembramentos sem qualquer sugestão de instrução moral. Se o senhor está tão confiante quanto ao valor social redentor de suas publicações, certamente não faria qualquer hesitação em submeter seus quadrinhos a uma autoridade reguladora do tipo sugerido anteriormente, a fim de garantir que teriam o efeito salutar pretendido?

Laws: Não, senhor.

SEN. FRASER: No entanto, compreendo que o senhor não subscreve à versão dessas regulamentações que vimos na manhã de hoje?

LAWS: Há uma diferença entre aceitar uma autoridade reguladora em princípio e concordar com o documento que foi proposto mais cedo. Com algumas das regulamentações propostas eu concordo, com outras não.

... que nem que nem que nem por exemplo aquela parte que diz que é proibido aparecer as palavras morte ou assassinato como parte do título da revista e por que que esses chupadores de rola não vão até o fim e proíbem também a palavra biruta que assim já tiram todos os maiores títulos da PC de circulação num golpe só sem esforço nenhum mas não eles não mencionam a Biruta mesmo que Jim saiba que é essa a revista que está deixando esses desgraçados da American e o Blinky com o cu ardido que por acaso são as principais partes envolvidas em elaborar esse tal de Código dos Quadrinhos e é essa a vingança deles esses merdinhas rancorosos é assim que eles se vingam por causa da porra do Homem-Bobão e a porra do Blanky que o Jim botou na Biruta e será que ele se arrepende agora ah certeza que se arrepende se arrepende de não ter deixado Lenny Berman colocar os engravatados lá enrabando os criadores do Homem-Bobão ou mostrar o Blanky entrando para a sociedade John Birch é disso que o Jim se arrepende mas mas mas talvez agora não seja a hora parece que estão prestes a pegar mais pesado com ele agora esses senadores é agora que eles vão começar a botar as garrinhas de fora ou talvez Jim esteja só ficando cansado é difícil dizer faz tanto tempo que está lá...

SEN. FRASER: Eu gostaria de prosseguir para esse textinho na *Sarcófago do assassinato* #17 apresentada na Prova nº 10. Seu título diz "Não seja um Comuna Pateta", aludindo ao dr. Wertham e ao seu livro enquanto alega que as pessoas a favor da supressão de quadrinhos são comunistas. É o senhor o autor deste artigo?

Laws: Sim, senhor, sou eu. Esse texto faz referência ao fato de que grupos comunistas do mundo inteiro – incluindo a Inglaterra, acredito – fizeram ataques contra histórias em quadrinhos para poder criticar os EUA e seus valores indiretamente.

Sen. Fraser: Decerto o senhor não sugere que as pessoas que não aprovam a leitura de quadrinhos são comunistas?

Laws: Não, senhor, afirmo simplesmente que o Partido Comunista está na vanguarda global das tentativas de suprimir os quadrinhos, sendo o grupo cuja desaprovação é a mais vociferante. Certamente não quero insinuar que as pessoas conectadas às audiências deste subcomitê possam ser comunistas, e estou confiante de que os nossos leitores teriam compreendido isto.

... pois é mas Jim podia ter dito mais do assunto com base no que ele ouviu e as suas sabe suas especulações porque os boatos dizem que Wertham ou é um comunista ou dá para pintá-lo como um e no clima atual isso seria o seu fim o fim da sua carreira e quando o FBI passa lá e soletra isso para ele e diz que eles podem passar uma borracha nisso tudo se ele cooperar então ele vira todo ouvidos e o que querem é de acordo com a história o que querem é que Wertham trabalhe ligando os gibis com delinquência porque porque porque pois é por que é que eles iriam fazer isso é como aquilo que Jim tinha em mente mais cedo pra que passar por toda essa dor de cabeça por causa de algo tão banal quanto gibis e claro que ele gostaria de pensar que as revistinhas da PC são importantes e influentes mas sabe que não é isso e não há motivo para essa perseguição para essa intimidação a não ser a não ser a não ser que e se eles não estiverem atrás dos quadrinhos na verdade e se forem as revistinhas pulp que alguns quadrinhos sustentam financeiramente tipo a Histórias Galácticas de ficção científica que os seus editores não conseguiriam editar sem o dinheiro dos Quadrinhos Galácticos e as revistas de ficção científica as revistas de ficção científica são a única plataforma no país que

é unânime em dar na cara daquele escroto do McCarthy e tal-
vez seja por isso talvez sejam estas as consequências ditadas
pelo Comitê de Atividades Antiamericanas em que eles querem
silenciar o ramo de ficção científica sem parecer que é o que
estão fazendo por isso soltaram os cachorros em cima dos gi-
bis primeiro sabendo que as pulps vão todas cair por terra na
sequência mas mas mas isso não ajuda as circunstâncias do
Jim no momento sua situação e ele começa a sentir que con-
seguiram encurralá-lo estes senadores e é melhor Jim se con-
centrar na tarefa à sua frente e não ficar saltando entre essas
várias linhas de raciocínio que o levam para o deserto que não
o levam a lugar nenhum...

Sen. Derne: Gostaria de fazer uma pergunta. Sr. Laws, acaso o senhor não está sendo dissimulado em suas respostas a este comitê? O senhor fala sério ao alegar que suas publicações têm a
intenção de ser moralmente instrutivas para os leitores? Chamo atenção agora à Prova nº 7, *Cemitério da morte #14*, e para
a segunda história dessa edição, "Jogos no parquinho". Para resumir, é a história de um tal sr. Johnson, um oficial cívico cor-
rupto que anuncia os planos para fechar um parquinho muito
querido pelas crianças a fim de lucrar com as empreiteiras que
pretendem construir um grande hotel no local. Aparecem as
crianças da vizinhança reagindo com lágrimas ao anúncio, perguntando se não há nada que se possa fazer para evitar isso. Por
fim, na última cena vemos que as crianças mataram e desmem-
braram o oficial, aprimorando suas brincadeiras com partes do
corpo dele. Os assentos dos balanços são os braços do homem,
enquanto as cordas que os sustentam são os intestinos. Seu
torso robusto é usado como trampolim e a cabeça do homem
adorna o centro do gira-gira. Suas pernas viraram as duas pontas de uma gangorra macabra, e as crianças aparecem brincando felizes em meio aos restos mortais customizados. A moral
da história, se é que existe uma, é dada por um personagem de

olhar sinistro conhecido como o "o Escrivão Necro-Afiliado" que diz, se posso citá-lo: "Hehehe! Bem, Devotos da Morte! Então o sr. Johnson finalmente conseguiu fazer as crianças gostarem dele – e não foram só os corações das crianças que ficaram em pedaços!". Sr. Laws, como pode o senhor sugerir que uma dessas histórias tem como intenção o aprimoramento moral do seu público?

LAWS: Acho, acho que o senhor deve lembrar que essa história saiu, o senhor sabe, da *Cemitério da morte*, claramente uma publicação de terror. E os nossos leitores, eles esperam de nós – eu imagino – esse humor macabro. O que ela faz, acredito, é tirar sarro da situação e diz ao leitor que ele deve interpretar a história como um tipo de piada ou, ou, ou então como um conto de fadas que tem alguma coisa violenta no fim, como, digamos, sabe, quando o caçador entra e abre a barriga do lobo e resgata a vovó da Cachinhos Dourados de dentro dele. É algo assim. Só que não é um lobo, é um oficial cívico. Nós atualizamos as coisas.

... cala a boca cala a boca cala a boca agora ele está tentando dizer pra eles que as publicações da PC *são que nem a Cachinhos Dourados e que os oficiais cívicos são como lobos assim o que caralhos o Jim está fazendo ali ao certo mas mas mas aquele sujeito o Derne é um dos republicanos e partiu para cima do Jim com tudo e pegou Jim de surpresa e quando eles tiram uma história dessas de contexto fazem parecer que que o Jim não sabe como se fosse para crianças da idade das crianças na história como se a história tentasse fazer essas criancinhas desmembrarem oficiais e é ah não é o que acontece é que ele percebe que os comprimidos estão perdendo perdendo efeito acabou a gasolina e ele se ofereceu para ir até ali e defender as revistinhas das quais tem tanto orgulho e agora isso e tá tudo indo por água abaixo ele tá indo por água abaixo e é tudo porque o fizeram ficar aqui falando durante*

tanto tempo e agora e agora ele se sente igual uma criança
que está na sala do diretor só que tem quatro diretores e não
são diretores são a porra dos senadores por que foi que Jim
se submeteu a isso o que que ele pensou que fosse conseguir e
agora está passando o efeito e ele não consegue pensar direito
e aí vem o Fraser agora o democrata está repassando as pro-
vas tem a expressão de alguém que acabou de peidar e Jim
precisa admitir que a situação não parece poder ser descrita
como boa...

SEN. FRASER: Se eu puder, gostaria de redirecionar a atenção do senhor do conteúdo de sua publicação para as ilustrações das capas. Gostaria que examinássemos a Prova nº 12, *Sarcófago do*
assassinato #22, seu frontispício em particular. Sr. Laws, se em
qualquer momento durante a minha descrição o senhor sentir
que estou fazendo uma representação equivocada do que vejo,
eu lhe peço para que me corrija. Do lado esquerdo da ilustração
três caricaturas fazem uma pontinha, três rostos contidos nos
círculos, sendo o seu trio dos chamados "Anfitriões Atrozes" –
o Papa-Defunto, o Escrivão Necro-Afiliado e o Mórbida Mente –
que apresentam os vários contos ali contidos. A maior parte da
capa, ao qual esses retratos foram acrescentados, nos mostra o
interior de uma grande loja de departamento, talvez algo como
uma Macy's, durante o que parecer ser o período natalino. Do
lado esquerdo da imagem, há uma grande árvore de Natal decorada no interior do espaço, cujos galhos superiores estão obs-
curecidos pelas sombras lançadas pelo teto elevado da loja de
departamento. Em torno da base da árvore, no chão da loja,
vemos clientes e funcionários olhando em terror para o topo da
árvore, onde observamos uma silhueta contra a sombra azul,
uma figura feminina sentada, que esperamos que esteja morta
pois parece estar empalada. Lá embaixo, na loja, há crianças
chorando, mães desmaiando, pais americanos de porte robusto
mordendo os punhos e um guarda que parece estar vomitando

numa caixa registradora. Eu proponho ao senhor, sr. Laws, que esta é uma cena inteiramente desprovida de méritos sociais que a redimam e que, além do mais, foi concebida e desenhada sem qualquer consideração sobre seu impacto moral, nem dos mais rudimentares padrões do bom gosto.

LAWS: Eu, eu, eu, eu discordo. Penso que, penso que, pelo modo que foi desenhado, como foi arquitetado, é de bom gosto. A gente não vê, sabe, do jeito que foi desenhado, não dá para ver nada, com as sombras que tem ali. O aspecto de horror, entendem, está tudo no olhar das pessoas, como elas estão todas com essas expressões horrorizadas. Então, o horror não é tão direto e, na verdade, eu acho até meio sutil, o que estamos fazendo ali, por isso, não, eu não concordo. Penso que a capa, penso que a capa é de bom gosto.

SEN. FRASER: Entendo. E, se eu puder perguntar ao senhor, qual seria a sua definição de uma capa de mau gosto?

LAWS: Bem, o senhor sabe, é bem difícil... é bem difícil dizer, digo, é tudo subjetivo, mas acho que se fizéssemos o artista, se em vez de termos essa imagem a distância, se fizéssemos um close de modo que fosse possível ver a árvore entrando na vagina da mulher, então isso sim teria sido de mau gosto.

... e na hora Jim sabe que puta que pariu ele bem que podia ter lidado com a questão toda de um modo bem melhor porque agora o mundo todo parece ter parado e qualquer som e movimento desaparece de tudo de modo que todos os quatro senadores estão sentados ali congelados olhando para ele com a mesma expressão no rosto como se os narizes estivessem tentando se retrair de volta ao crânio seus lábios abertos se contorcem até quase virar do avesso os olhos murcham nas órbitas até se tornarem bolinhas de gude de vidro duro em desdém asco um ódio arrebatador enquanto toda a cor se esvai do rosto do estenógrafo e o chefe do conselho bate a palma da mão sobre a boca e fica encarando como se testemunhasse

um acidente de trem medonho com uma centena de mortos e tudo isso num silêncio tão completo que Jim sequer consegue ouvir o ruído do trânsito lá fora na rua agora um por um os senadores estão se levantando reunindo sua papelada e as provas e tudo sem desviar o olhar dele sem piscar em completo desprezo por um instante agora todos estão se retirando da sala até mesmo o Merv o advogado de Jim que veio para demonstrar seu apoio e ser um rosto amigável na multidão só consegue balançar a cabeça os olhos uma tragédia só e sai atrás deles da sala de modo que agora Jim ficou lá sozinho e não sabe o que deve fazer e embora o tempo não pareça estar passando ele repara que as sombras dos microfones estão se alongando mais sobre as mesas e aí uma hora chegam as moças da limpeza mulheres porto-riquenhas que não olham para ele mas trocam olhares cheios de significado entre si enquanto limpam ao seu redor e até elas vão embora enquanto Jim fica lá imóvel na sala do comitê à medida que a luz do dia gradualmente vai minguando e ele sabe que acabou tudo e claro que vai poder continuar publicando a Biruta como revista e contornar o código desse jeito mas a visão que ele tinha para os quadrinhos já era e as luzes estão sendo apagadas as luzes estão sendo apagadas e Jim sabe que é isso isso são os treze quilos de mijo congelado que caem sobre ele e mesmo quando fica tudo preto ainda parece que tem muita escuridão por vir...

9. (Novembro, 2015)

<u>Página 1.</u>

Vinheta 1.
Beleza, então é uma tirinha de uma página só com nove vinhetas, todas do mesmo tamanho, dispostas numa grade de três por três

com um cabeçalho que diz: **A origem do HOMEM-TROVÃO – Quem ele é e e como veio a ser!** Talvez bem para a direita do cabeçalho, contido dentro de um círculo, a gente pudesse mostrar só a cabeça e os ombros do Homem-Trovão sorrindo para o leitor, provavelmente naquele estilo de arte do final dos 30/começo dos 40, com os olhos que são só umas manchas pretas. Avançando para a tirinha em si, na primeira vinheta estamos no quarto de um adolescente em sua casa de classe trabalhadora em Delaware, em 1937, e está de noite. Em primeiro plano, à esquerda, afastando-se do leitor e olhando para dentro do quadro, temos um close mais ou menos de cabeça e ombros de um adolescente de dezessete anos, fã de ficção científica e artista de uma revistinha amadora, David Kessler, que tem o seu bloco de desenho aberto e visível enquanto trabalha no primeiro esboço de uma ilustração, segurando o bloco na mão esquerda enquanto desenha com a direita. Kessler tem cabelo claro e usa uns óculos redondos de aro fino. Ele sorri com entusiasmo adolescente enquanto desenha, sua expressão aberta e franca: um menino americano do período da Depressão se divertindo. Traça uma ilustração a lápis do Homem-Trovão, mas não é o Homem-Trovão com o qual estamos familiarizados. Em vez disso, é um vilão de ficção científica, careca e tirano, usando o típico traje de ficção científica dos anos 1930 – túnica e botas de cano alto, pelo que eu lembro – e fazendo uma pose megalomaníaca, as mãos erguidas como se estivesse arranhando o ar. A única semelhança com o personagem de hoje é o emblema do Homem-Trovão no peito, a letra T em que uma nuvem preta tênue forma a linha horizontal e um raio branco é a vertical, e que o personagem careca que Kessler desenha tem na frente da túnica. Além de Kessler e do bloco de desenho, à direita, no fundo, vemos o melhor amigo de Kessler, Simon Schuman, também com dezessete anos. Schuman, um pouco mais baixo e compacto que Kessler, tem cabelo escuro e encaracolado, mas o mesmo entusiasmo e avidez adolescentes em seu sorriso. Está sentado, aparecendo de corpo inteiro, à direita, saindo da vinheta, mas reclina no pano de fundo, virado para a esquerda enquanto datilografa numa velha máquina Underwood apoiada numa mesinha de madeira no centro, perto do pano de fundo, diretamente abaixo da janela do quarto. Enquanto datilografa, Schuman olha para o outro lado do quarto e dá um sorrisinho na direção de Kessler. O que eu quero mesmo é capturar a emoção, a diversão, o entusiasmo adolescente genuíno que esses meninos sentem ao criar algo juntos. Quanto ao quarto em que os dois estão, é aconchegante, bagunçado e iluminado por uma lâmpada. Talvez a gente possa encontrar um daqueles padrões opressivos dos papéis de parede da época, com os motivos florais exagerados, e cobrir o quarto com ele? Vejam o que acham e então façam o que parecer melhor, como sempre. Se houver espaço, podemos jogar algumas revistas pulp pelo quarto, com títulos como *Histórias Inacreditáveis* ou *Astronautas Picantes*. Pela janela, posicionada diretamente acima da máquina de escrever, de modo a sublinhar sutilmente que o material em que estão trabalhando é uma ficção científica, vemos a noite escura de Delaware, com talvez uma ou outra estrela distante e solitária, um ardor pálido no horizonte noturno. Talvez o melhor lugar para a legenda seja no canto inferior direito da vinheta.

LEGENDA: DELAWARE, 1937: OS ADOLESCENTES **DAVE KESSLER** E **SI SCHUMAN** CONCEBEM HISTÓRIAS PARA REVISTINHAS AMADORAS DO TIRANO ALIENÍGENA **HOMEM-TROVÃO**, INSPIRADOS EM REVISTAS PULP DE FICÇÃO CIENTÍFICA.

Vinheta 2.
Nesta segunda vinheta, cortamos para outra noite americana; outro ano americano. Estamos ao ar livre agora, numa área isolada de carga e descarga em algum lugar em Nova York, talvez em 1926, o auge da Lei Seca. A cena é iluminada possivelmente por um poste

isolado em algum lugar à direita, nos fundos da vinheta, se isso nos der a atmosfera *noir* e as sombras que eu acho que beneficiariam esta cena. Abaixo, em primeiro plano, vemos pelo menos parte de duas ou três pilhas de revistas pulp, amarradas com barbante e amontoadas no chão, perto da nossa perspectiva. Se der para distinguir as capas, são todas a mesma edição de algo chamado **HISTÓRIAS PICANTES DE TORTURA** e as capas mostram uma loira da década de 1920, seminua, acorrentada na parede de uma masmorra e sendo ameaçada por um corcunda de olhar depravado que segura um ferro de marcar gado. Essas revistas ficam esquecidas embaixo, em primeiro plano, enquanto a parte principal da vinheta acontece no fundo: mais para a esquerda, entre os dois planos, vemos a traseira de um caminhão de entregas da década de 1920 entrando na vinheta de fora de cena, as portas traseiras abertas. Descarregando da traseira do caminhão vários caixotes do que são claramente bebidas ilícitas, vemos dois capangas bem estereotipados dessa década, com rostos brutais, de bandido, talvez um deles fumando e o outro usando uma boina. Ambos de corpo inteiro. Enquanto descarregam a bebida, bem à direita, vemos um vigarista no mesmo plano, bem-vestido, de corpo inteiro, observando com as mãos talvez enfiadas nos bolsos do casaco angorá bem caro e um charuto grosso projetando-se do seu sorriso satisfeito. Uma pluma de fumaça cinzenta escapa rumo à noite acima, sem estrelas. É o contrabandista e editor Albert Kaufman, supervisionando seu último carregamento de álcool, com pilhas de revistas na traseira dos caminhões a fim de disfarçar o conteúdo real na frente dos agentes federais e oficiais de fronteira. Kaufman tem talvez uns quarenta anos, um homem robusto com o cabelo preto curto escovado para trás e olhos negros reluzentes e jubilosos. Provavelmente usa um chapéu de aba larga, um terno caro e sapatos bem engraxados. De novo, talvez a legenda fique no canto inferior direito da vinheta.

LEGENDA: IMPRESSAS NO CANADÁ PARA EDITORES COMO O MAFIOSO **ALBERT KAUFMAN**, AS REVISTAS PULP SERVIAM PARA ENCOBRIR O CONTRABANDO DE BEBIDA CANADENSE NOS ESTADOS UNIDOS DA LEI SECA.

Vinheta 3.

Agora, nesta última vinheta da fileira de cima, pulamos para um escritório relativamente pequeno na matriz da American Comics, em Nova York, numa otimista tarde de primavera de 1938. Em primeiro plano, à direita, inclinado em sua cadeira de escritório rangente da década de 1930 e olhando para dentro da vinheta, virado de costas para nós, vemos Albert Kaufman, agora cinquentão e provavelmente ainda tragando um charuto fumegante cravado em seu sorriso vagamente predatório. Aqui, ele usa um terno comum dos anos 1930 e tem um ar de gangster menos óbvio, mas ainda usa um anel de brilhantes no mindinho. Do outro lado da mesa de Kaufman – onde há algumas páginas finalizadas do Homem-Trovão de David Kessler, desta vez em vinhetas e mostrando um personagem que mais parece uma versão simplificada do Homem-Trovão atual do que o careca megalomaníaco que vimos em esboço na primeira vinheta –, vemos David Kessler, à esquerda, e Si Schuman, à direita, sentados de frente para nós e para o Kaufman sorridente em meio à mesa apinhada de ilustrações. Ambos os meninos de dezoito anos estão um pouco mais bem-vestidos aqui do que na primeira vinheta, porque estão na cidade grande e têm esperança de causar uma boa impressão, e os dois parecem felizes e empolgados por terem sido recebidos tão calorosamente por esses editores bacanas de Nova York. Kessler, à nossa esquerda no plano intermediário, talvez tenha um portfólio surrado no colo, do qual retira, muito entusiasmado, mais uma página de quadrinhos. Schuman, à direita, segura um dos seus roteiros datilografados e talvez aponte para ele enquanto tagarela, também com entusiasmo. Em pé, atrás dos dois meninos sentados, com as mãos sobre o encosto das duas cadeiras, inclinando-se com um sorriso que combina com o de Kaufman, vemos o advogado da American Comics, Sidney Rosenfeld. Rosenfeld é mais alto e esbelto do que Kaufman, um pouco calvo, mas ainda tem cabelo escuro atrás e nas laterais da cabeça e um rosto barbeado e bem conservado para um homem de cinquenta anos. Ostenta óculos com aro preto pesado e provavelmente veste um terno preto, camisa branca e gravata preta. Se houver espaço no pano de fundo, podemos colocar uns exemplares emoldurados da *HISTÓRIAS PICANTES DE TORTURA* ou a capa tosca da primeira edição de *PERSEGUIÇÃO* pendurados na parede. A legenda aqui talvez deva ficar no canto inferior esquerdo da vinheta.

LEGENDA: APÓS REDESENHAR O HOMEM-TROVÃO COMO SUPER-HERÓI, EM NOVA YORK OS MENINOS TRABALHADORES ATRAÍRAM A ATENÇÃO DE KAUFMAN E DO ADVOGADO DA EMPRESA, **SIDNEY ROSENFELD**.

Vinheta 4.
Nesta primeira vinheta da segunda fileira, temos uma transição brusca de registro visual, conforme passamos de um estilo de documentário para um estilo de capa de gibi do começo dos anos 1940. Estamos aparentemente nos escritórios de alto escalão dos alemães em algum momento entre 1942 e 1945, a julgar pela bandeira com uma suástica pendurada na parede no fundo. Um Homem-Trovão da década de 1940, com olhos que são apenas duas fendas de justiça, salta para o plano intermediário a partir da esquerda, numa pose devidamente dinâmica, e dá um soco com raios na mandíbula de um Adolf Hitler cartunesco, que perde o equilíbrio com o impacto. No canto inferior direito, no fundo, um soldado da tropa de choque nazista, estereotipadamente quadrado – não, eu também não sei o que ele está fazendo

no escritório de Hitler –, aparece suando e com uma expressão comicamente apavorada, num close que pega mais ou menos cabeça e ombros. Ele descarrega sua metralhadora no Homem-Trovão, mas as balas apenas ricocheteiam contra o peito dele. A legenda provavelmente se encaixaria melhor no canto inferior esquerdo da vinheta.

LEGENDA: QUANDO KESSLER E SCHUMAN SE ALISTARAM NO EXÉRCITO EM 1942, O EX-ADVOGADO SINDICAL ROSENFELD FEZ COM QUE ENTREGASSEM OS DIREITOS DO HOMEM-TROVÃO PARA A AMERICAN ATÉ O FIM DA GUERRA.

Vinheta 5.
Nesta vinheta, misturamos os aspectos de gibi e documentário buscando um efeito simbólico: é um dia ensolarado em Nova York e estamos no terraço do prédio da American Comics, mas não precisa indicar, é só um teto reto. Dos dois lados em primeiro plano, vemos por trás tanto Albert Kaufman, à esquerda, quanto Sidney Rosenfeld, à direita, enquanto se afastam de nós, rumo ao fundo da cena, ambos de corpo inteiro e com as mãos complacentemente unidas nas costas. Talvez na mão de Rosenfeld possa haver um contrato enrolado, presumivelmente o contrato de Kessler e Schuman. Entre e além dos dois aparece o plano intermediário, onde vemos um Homem-Trovão de corpo inteiro – talvez uma versão mais arrumadinha, da década de 1960, avuncular e sorridente – prestes a pousar no terraço do prédio enquanto desce do céu de Nova York com uma perna já estendida. Seu rosto está virado diretamente na nossa direção e na dos dois homens, enquanto aterrissa, sorrindo, e em cada um dos seus ombros musculosos há um saco gigantesco com um grande símbolo de $ impresso no lado. Se pudermos ver os rostos de Kaufman e Rosenfeld, eles estão com um sorrisinho silencioso e autoconfiante. Das duas legendas nesta vinheta, que tal

colocarmos a primeira em cima, enquanto a segunda fica no centro inferior do quadro?

LEGENDA: NUNCA RECEBERAM OS DIREITOS DE VOLTA.

LEGENDA: COM DESENHOS ANIMADOS, FILMES EM SÉRIE, TIRINHAS EM JORNAIS E SÉRIES DE TV, O HOMEM-TROVÃO FEZ DA AMERICAN UMA EMPRESA MUITO RICA.

Vinheta 6.
Nesta última vinheta da segunda fileira, cortamos para um necrotério em Nova York, em algum momento do final da década de 1960. O necrotério, por natureza, é um lugar branco, gelado e austero. Nu sobre a laje de mármore na parte inferior do primeiro plano, vemos a cabeça e ombros do defunto, em decúbito dorsal. É uma versão bem mais velha de David Kessler, mas dá para ver só um pouco da cabeça calva de Kessler, porque os braços e as mãos do assistente do necrotério, que está usando mangas brancas, entram em cena de fora do quadrinho, à esquerda, puxando um pano para cobrir o rosto do artista falecido. Em vez de ser um lençol branco de necrotério, é na verdade uma capa do Homem-Trovão, com a letra T de nuvem-e-raio no centro, que é puxada a fim de cobrir o rosto sem vida do cocriador do super-herói. Por motivos de composição de cena e fonte de luz, acho que devemos colocar uma pequena janela num ponto bem alto da parede no centro, ao fundo. As duas legendas aqui talvez possam entrar no espaço que sobrar na parte de cima.

LEGENDA: QUANDO A **BROTHERS BROTHERS** ADQUIRIU A AMERICAN, SIDNEY ROSENFELD SE TORNOU O DIRETOR JURÍDICO DA CORPORAÇÃO.

LEGENDA: ENQUANTO ISSO, O ARTISTA DAVID KESSLER MORREU, CEGO, EM UMA CASA DE REPOUSO NO INTERIOR DO ESTADO.

Vinheta 7.

Esta primeira vinheta da fileira inferior mostra uma cena noturna numa cidade do século 21, provavelmente Nova York de 2012. Estamos do outro lado da rua de um cinema moderno, onde há filas enormes de pessoas empolgadas atrás da bilheteria. De acordo com o outdoor iluminado do cinema, o filme em exposição é um reboot do Homem-Trovão, *HOMEM de TEMPESTADES*. No primeiro plano, do nosso lado da rua, um executivo anônimo da Brothers Bros entra em cena pela esquerda, e o vemos segurando, com a mão que sai do paletó bem talhado, um saco de dinheiro com um pequeno $ impresso do lado. Entrando em cena pela direita, vemos os braços e mãos de uma mulher que pode ser jovem ou de meia-idade: em sua mão, mais perto de nós, ela segura um contrato e, à direita, tem uma caneta com a qual o assina. Nosso olhar fica entre os braços dessas duas pessoas que estão fora de cena, voltado para o outro lado da rua, onde o filme mais recente do Homem-Trovão parece estar fazendo muito dinheiro, a julgar pela multidão na calçada. Talvez ambas as legendas possam entrar no fundo aqui, sob os braços que se estendem de fora de cena dos dois lados.

> LEGENDA: A BROTHERS BROTHERS PROSPEROU COM O SUCESSO DOS FILMES DO HOMEM-TROVÃO. OS SEUS CRIADORES, NÃO.
>
> LEGENDA: ANOS DEPOIS, AS FAMÍLIAS DELES FIZERAM UM ACORDO E RECEBERAM UMA FRAÇÃO DO VALOR DO PERSONAGEM.

Vinheta 8.

A penúltima vinheta é um tipo de cena de documentário que reutiliza elementos composicionais de algumas das vinhetas anteriores. Aqui estamos na bela casa da tia do chefe da máfia John Gotti, em Nova Jersey. Em primeiro plano, quase fora de cena dos dois lados, de costas para nós, que nem com Kaufman e Rosenfeld na vinheta nº 5, temos dois capangas da máfia usando ternos mal ajustados, com as mãos nas costas. O da direita talvez segure um porrete. Entre os dois, no plano intermediário, vemos a cena doméstica, meio brega, de um sofá com estampa floral com uma mesinha de centro à sua frente. Sentado no sofá, de frente para nós, nervoso e deslocado, temos um executivo da Brother Bros à esquerda, com um olhar apreensivo voltado aos mafiosos em primeiro plano. Enquanto isso, sentado à direita dele, temos um executivo da revista *DISTANCE*, debruçado sobre a mesa, assinando com uma mão apressada e trêmula a sua parte do contrato. Em pé, atrás do sofá, de qualquer lado, numa reprise da sua pose da terceira vinheta, vemos Sidney Rosenfeld, já mais velho. Rosenfeld aqui está com cerca de setenta anos e o cabelo nas laterais e atrás da cabeça agora é branco, em vez de preto, mas ele ainda possui a mesma energia maléfica e retesada da juventude, ainda tem o mesmo sorriso vulpino. Talvez, no fundo, para dar um toque doméstico, possamos ver uma fotografia emoldurada de John Gotti, sorrindo, pendurada na parede. As duas legendas talvez devam entrar na parte central inferior.

LEGENDA: A FUSÃO DA BROTHERS COM A EDITORA **DIS-TANCE**, ORQUESTRADA POR SID ROSENFELD, ANUNCIOU A ERA CORPORATIVA.

LEGENDA: O ACORDO FOI ASSINADO NA CASA DA TIA DE JOHN GOTTI.

Vinheta 9.
Nesta última vinheta, temos a vista tradicional do outro lado das águas da ilha de Manhattan e seu distrito financeiro, com as torres gêmeas do World Trade Center erguendo-se à esquerda até os céus límpidos de um dia ensolarado. A ilha deve ser posicionada numa parte relativamente baixa da vinheta, a fim de deixar bastante espaço para o céu. Nos céus acima de Manhattan vemos uma imagem espectral, em plano americano, do Homem-Trovão; uma silhueta

sem cor entre as nuvens à deriva, como se fosse o fantasma benig-
no do Homem-Trovão ou seu espírito imortal ou algo nessa linha.
Ele apoia o punho esquerdo sobre o quadril fantasmagórico, na sua
pose tradicional de super-herói, enquanto a mão direita se ergue
na altura da sobrancelha, num tipo de saudação informal, dando
adeus ao leitor com um sorriso paternal e de boa-fé – o grande e
amigável Homem-Trovão no céu que cuida de todos nós. Das duas
legendas aqui, a primeira fica flutuando em algum ponto no plano
intermediário do quadrinho, enquanto a segunda vai para o fundo,
mais para a esquerda. No canto inferior direito da última vinheta,
onde tradicionalmente haveria uma pequena caixa que diz "Fim",
eu proponho colocarmos um "T" do Homem-Trovão em miniatura,
com a linha horizontal de cúmulo-nimbo e o raio na vertical.

LEGENDA: AL É A HISTÓRIA DO HOMEM-TROVÃO, QUEM
É, COMO VEIO A SER, JUNTO COM OS ESTA-
DOS UNIDOS CORPORATIVOS...

LEGENDA: ... E O MUNDO JAMAIS SERIA O MESMO OU-
TRA VEZ!

10. (Março, 1987)

Dezoito meses sóbrio, por isso a luz ainda retumbava e os detalhes
avassaladores de cada momento às vezes eram como vidro moído
em seus olhos. Porlock seguia pela Quinta Avenida rumo à reunião
na qual seria apresentado ao pessoal da American, rumo ao seu
objetivo, nutrido ao longo da vida inteira, de se tornar algum tipo
de profissional na indústria dos quadrinhos. Avançava em um passo
robótico, seus pés pesados com o chumbo do destino.

Havia começado a beber na adolescência e com determinação
aos vinte e tantos anos. Na época trocava e vendia artes de quadrinhos como uma espécie de ganha-pão, as páginas arranjadas com

conhecidos da época dos fanzines de Worsley. Esse ramo nascente envolvia passar muito tempo nos bares após as convenções, e em algum momento no meio disso tudo Worsley se casara com Ramona, só que alguma coisa devia ter acontecido, porque agora não estava mais casado. Provavelmente tinha sido devastador. Não conseguia lembrar o suficiente sobre o relacionamento, na verdade, para dizer com certeza. Renata! Renata, não Ramona. Por que é que sempre fazia isso?

Não demorou muito depois que Ra... depois que Renata foi embora para que o fundo do poço de Worsley ser rebaixasse até os extremos infravermelhos da degradação. Na ChiCon '84, ele acordou numa caçamba de lixo com merda no cabelo. Depois, na ChiCon '85, quando aconteceu exatamente a mesma coisa, lhe ocorreu que aquilo podia ser algum tipo de alerta. Não que fosse supersticioso, mas a caçamba estava na mesma esquina, no mesmo estacionamento, atrás do mesmo hotel, em ambas as ocasiões. Como podia...? Em todo caso, foi nessa época que Milton Finefinger apontou que Worsley – com seus contatos na indústria, seu caderninho de endereços – seria um forte candidato para um cargo editorial na American, não fossem todos aqueles incidentes de caçamba de lixo/ merda no cabelo.

Bêbado, Worsley reclamou dessa sua caracterização. Apontou a Milton e ao irmão siamês transparente de Milton que os maiores criadores da indústria – muitos deles – foram alcoólatras, como Slim Whittaker, da PC, o roteirista Ron Blackwell, do *Rei Abelha*, Sam Earl, criador do imortal Pete Massinha, Bert McIntyre, célebre pelo Homem-Peixe, e assim por diante, até Finefinger comentar que aproximadamente metade dos nomes da lista de Porlock perecera de cirrose e o resto dera um tiro na própria cabeça. Além disso, o chefão da American, David Moskowitz, era abstêmio e dificilmente seria convencido pelo argumento de Worsley. Agora, se ficasse sóbrio, eles estavam sempre à procura de assistentes editoriais e coisa assim na American, em especial para as revistas capengas do Homem-Trovão. Foi isso que deu a Worsley Porlock o incentivo para virar o jogo. Por que não trocar sua dependência de álcool por seu vício original em gibis, certamente inofensivo? Entrou no programa dos doze passos e, na parte que exigia entregar-se a um poder maior, pensou no Homem-Trovão.

De muitas maneiras, ele refletia enquanto avançava pela Quinta Avenida, seu herói de infância o tinha salvado. Worsley vinha caindo num buraco escuro e sem fundo, onde excrementos eram gel de cabelo, e então, em pleno ar, alguém o apanhara e o elevara à luz e à brisa, como se ele fosse uma Peggy Parks fora de forma em um de seus muitos mergulhos das janelas de um escritório. Ao erguer os olhos para as torres intimidantes dos dois lados, lhe ocorreu que havia muitos escritórios ali com janelas das quais uma jovenzinha inquisitiva poderia cair.

Assomando agora à sua frente, erguia-se o prédio da Brothers onde a American tinha seus escritórios na 777, o que era anunciado por um letreiro em neon ofuscante no telhado, de modo que os numerais ficavam visíveis do outro lado da cidade. Lembrou-se de Denny Wellworth lhe contando, talvez como piada, que era uma referência deliberada a um livro sobre Cabala de um notório sujeito inglês ligado à magia sombria, o Aleister Crowley. Denny tinha uma teoria à base de maconha de que a corporação Brothers Brothers tinha empregado o antigo sistema de magia hebraica para consolidar o seu poder ou conjurar Deuses Ancestrais ou algo nessa linha. Tinha sido bem engraçado, o jeito de falar de Denny.

Como um banco, o saguão do prédio era todo de mármore, com sua quietude eclesiástica carcomida nas beiradas por ecos sussurrados. Homens e mulheres bem-apessoados entravam e saíam num silêncio contido, carregando suas valises em meio a grandes colunas de luz do sol sustentadas pelo vidro da fachada. O tom geral era de um respeito imediato e natural pelo poder, e Worsley percebeu que não tinha problemas com isso. A American, ele sabia, ficava no 28º andar. Andando quase na ponta dos pés, avançou até um pátio lateral, onde dois bancos de elevadores se encaravam mutuamente sobre lajotas ao mesmo tempo marmóreas e sibilantes. Localizando o elevador que prometia como destino os andares de 25 a 40, Worsley reuniu-se com meia dúzia de estranhos que encaravam as portas, quietos como num funeral infantil, e observavam os rubis dos números reluzentes seguirem a contagem regressiva em sua direção. Nove oito sete seis cinco quatro três dois térreo. Plim.

As portas deslizaram com uma aspiração complacente, e no elevador havia um monstro. Com oito patas, um aracnídeo sob medida, mas ostensivamente bípede, tremia de maneira grotesca no centro da carruagem deserta, exceto pela sua presença. Reajustando os parâmetros da palavra "alienígena", sua mente rodopiava, sem conseguir fornecer uma categoria para o que estava vendo: a criatura, ou talvez objeto, parecia estar virada para a parte de trás do elevador, pelo menos a julgar pelo alinhamento de seus sapatos artesanais bordô. Todos os seis membros superiores da coisa estavam dobrados defensivamente em torno do seu tórax de poliéster, quatro emergindo das costas daquele horror, o par superior em azul-marinho com pontos rosados que se dobravam como asas sobre as omoplatas e os inferiores brancos e sem pelos, tensos como as pernas traseiras de um grilo. Enquanto a coisa tremia e se sacodia, emitia ruídos insólitos, oscilando entre diferentes registros guturais, um dos quais era grave e outro ainda mais grave, como no estranho canto gutural do povo tuvano. Rosnando, tiritando, o emissário do outro mundo apresentou-se à pequena multidão atordoada do outro lado das portas arreganhadas, onde ninguém se movia, exceto pelas pupilas, que minguaram até virarem pontinhos com a finura de um alfinete, átomos, quarks e, por fim, nada. Um anjo insondável e hediondo, pronunciando-se apenas em apocalipses.

Então cessou-se a sua tremedeira de aquecedor em ebulição, calou-se a voz dúplice, rouca e inumana, e os membros traseiros gradualmente foram se separando. Parte artrópode, parte ameba, o ente que desafiava a realidade rachou-se em duas formas de vida discretas e separadas. De repente, a caixa espaçosa e atapetada continha um executivo de rosto impassível de cinquenta e tantos anos e uma empresária loira, baixinha, em roupas de marca, de quarenta e poucos. Nenhum dos dois sequer olhou para os espectadores ainda congelados, não como se evitassem contato visual e mais como se os transeuntes abismados do lado de fora simplesmente não existissem em seu atenuado platô de consciência. Alisando a saia azul-marinho de bolinhas, a mulher disse, com uma voz surpreendentemente grossa: "Então, você pode arranjar esses contatos para mim até semana que vem?", e houve o breve zumbido de um zíper sendo puxado antes de seu sócio responder: "Vou ver o que posso fazer". Depois, os dois se viraram para a plateia aparentemente invisível aos seus olhos e saíram do elevador, seguindo cada um para um lado do saguão silencioso e brilhante além dali.

Sem reconhecer o que haviam acabado de testemunhar, Worsley e as outras vítimas do trauma entraram no espaço vazio e socaram os botões requisitados. Foi um atentado-fantasma. Ascenderam em meio à pungência de fornicação, indivíduos selvagemente diferentes unidos por um anseio desesperado de não estar ali; pela certeza de que, em seus leitos de morte, distantes e distintos, cada um deles e todas aquelas outras pessoas que não se conheciam iriam gemer ao se lembrar da mesma memória aterrorizante, transformados pela monstruosidade numa família. Havia um idoso nos fundos que Worsley pensou ter ouvido chorar.

Quando as portas se abriram com um suspiro no vigésimo oitavo andar, ele desembarcou e, de imediato, ficou congelado pelo choque diante do local onde se encontrava. Em pânico, deu meia-volta para o elevador, mas este já tinha ido embora, levando seus passageiros/vítimas de atentado à bomba sexual rumo aos estratos superiores e desconhecidos do edifício.

Porlock estava parado num corredor deserto que tinha todo um aspecto de um flashback indesejado de ácido. Paredes de um amarelo cítrico eram recobertas por um turquesa elétrico num padrão que era como se duas ou mais folhas de meios-tons em círculos concêntricos tivessem sido sobrepostas, de modo que o padrão *moiré* resultante piscava em elipses de borboletas como um atrator de Lorenz ou campos magnéticos ensandecidos, uma aura de ansiedade e estresse manifestada no seu campo de visão. Extraterrestre, a decoração impossibilitava a tarefa de se localizar, e ele refletiu amargamente que um dos objetivos de tratar seu problema com a bebida fora justamente se livrar de episódios como aquele.

Na ponta do corredor, como uma miragem vista através de uma neblina de calor de cores pulsantes, havia um homem alto ao lado de um bebedouro, de costas para Worsley, longe demais para que ele chamasse sua atenção. Dado o fracasso de sua percepção espacial dentro daquela aplicação militar de design de interiores, como num experimento de controle mental da cia, Porlock avançou em meio às paredes que giravam e espiralavam com o passo cambaleante de um marujo de licença que ainda não se acostumou à terra firme. Dezoito meses de sobriedade conquistadas com muito suor e lá estava ele, preso numa abertura de filme de Hitchcock, tropeçando igual a um bebê. A figura distante naquele túnel psicodélico nem se mexeu, tampouco pareceu, por uns bons e assustadores trinta segundos, estar se aproximando. Depois, numa onda de percepções confusas, exacerbada pelo papel de parede, Worsley se viu numa pequena recepção com uma mesa abandonada e um único sujeito junto ao bebedouro, talvez o recepcionista tirando uma folga ou algo assim.

– Rapaz, fico feliz demais de ver você – soltou Worsley, aliviado, ao chegar ao fim do corredor.

A réplica de resina em tamanho real de Ambrose Bell, identidade secreta do Homem-Trovão, não respondeu.

Porlock estava com medo agora, e naquele momento prolongado sentiu-se como se estivesse acima de um abismo berrante, onde não havia como distinguir o que era real ou não. Então Brandon Chuff virou um canto, entrou naquele espaço desocupado e disse:

– Worsley Porlock! Meu Deus, você está um lixo, cara. Não, não, brincadeira.

Worsley só estava feliz por encontrar um rosto amigável – ou, pelo menos, passivo-agressivo. Balbuciou um olá ao roteirista e editor dos *Comparsas Sobre-humanos*, depois deixou que Chuff o levasse em um *tour* da experiência American, passando os corredores cefaleicos. Primeiro bateram na sala de Pete Mastroserio, na qual o diretor executivo da empresa estava envolvido numa robusta troca de ideias com o roteirista Jerry Binkle, o assunto sendo – nem era preciso dizer – o Sr. Oceano. Mastroserio, uma figura amarfanhada, constituída por edredons para enganar os guardas, dizia que a última vez que alguém no planeta teve interesse pela sentinela subaquática foi na década de 1970, quando um colorista demitido fez um desenho grosseiro de um pênis ereto projetando-se do maiô do Menino Oceano, no qual ninguém reparou até chegar nas bancas. Jerry Binkle, que desde os doze anos ansiava por ver uma edição anual gigante de oitenta páginas do Sr. Oceano, tinha uma opinião divergente. Com o cabelo loiro mais ralo e a pele rosada de indignação, Binkle era um sundae de morango confrontando a entrada mais substancial de peixe defumado que era Mastroserio, embora fosse óbvio que os dois nunca deviam ter ido parar no mesmo cardápio. Ambos fizeram uma saudação cordial para Worsley que durou uns cinco segundos, depois retomaram suas ameaças e imprecações a plenos pulmões, como se Chuff e Porlock não estivessem na sala.

– Olha, Jerry, sem querer ofender, mas falando sério? Eu sequer limparia a bunda com o Sr. Oceano.

– Pete, sabe do respeito que eu tenho por você, num nível profissional e pessoal, mas vou ter que caçar e matar você e toda sua família por conta disso.

Captando os sinais de que sua visita ocorria num momento inoportuno, Worsley e seu Virgílio risonho deram ré do escritório e retomaram seu passeio por aquele Inferno arrombador de retinas.

Ao vagar pelo labirinto mecanicamente tingido, ocorreu a Worsley que aqueles espaços em meios-tons e personagens de gibis em tamanho real de alguma forma estranha o achatavam, transformando-o em algo bidimensional, como se a sua entrada na indústria fosse também uma vida nova enquanto desenho, conduzida nos limites rasos de uma página colorida, para sempre um pouco fora de registro. De forma indistinta, ele se perguntou se uma exposição prolongada a essa atmosfera deliberadamente irreal, mês após mês, ano após ano, explicava a personalidade mutilada típica dos profissionais dos quadrinhos de longa data. Decidindo que a resposta provável era que explicava, ainda assim prosseguiu, despreocupadò, em sua própria aventura rumo a essa carreira.

Em seguida, ainda ao lado de Chuff, ele bateu na porta do venerável editor do *Homem-Trovão*, Sol Stickman, aparentemente septuagenário desde que nascera em algum ponto remoto do passado conturbado do país. Após o fogo cruzado ensurdecedor no ambiente hostil de Pete Mastroserio, o covil mais ordeiro de Stickman era um oásis em madeira polida de simpatia e calma, mas ainda assim dotado de suas próprias dimensões adicionais de desconforto. O elemento de maior destaque enquanto causa de incômodo era a conversa fiada hipnótica de Stickman, praticada à perfeição ao longo de uma centena de milhares de cafés da manhã de bagels com salmão até se tornar algo entre um monólogo de um musical off-Broadway e o livro egípcio da *Saída à Luz do Dia*.

– Confie em mim, você vai longe. Como eu sempre digo, se depender de mim, quanto mais longe melhor. Já ouviu falar em Hugo Gernsback? Engraxava os meus sapatos. Teve essa ideia biruta de um negócio que ele chamava de "Ciência Fictícia", tipo como a gravidade fosse um tipo de cola que as coisas secretam, uns troços assim. Eu disse pra ele: "Rapaz, mude essas duas palavrinhas e pode ter alguma coisa aí. Do contrário, não me faça perder tempo". Esses sujeitos, o que é que eles sabem? É que nem o Herb Wells, um britânico que queria que eu fosse o agente dele uma vez. O sujeito me mostra uns romances que não conseguia vender, tipo *A máquina de deslocamento pelo espaço físico*, que era sobre uma cadeira de rodas, ou *O homem que todo mundo conseguia ver*. Tinha outro ainda, *A guerra das paróquias adjacentes*. Eu digo pra ele: "Herb, olha, você é um escritor decente. O que te falta é borogodó", e sugiro umas mudanças pequenas, nada de mais. Aí, de repente, o sujeito me diz que sou o maior editor ou agente literário que o mundo já viu, por isso eu respondo: "Sim, claro. Isso e uns cinco centavos me compram um café. Agora vaza daqui, vagabundo". É que nem eu falei no funeral do Julinho Metzenberger, quando os parentes todos tentaram puxá-lo do caixão e enchê-lo de pontapés: "Já conheci mais otários neste ramo do que se eu fosse um colecionador de otários, juntando otários na Otariolândia, Pensilvânia". Em todo caso, Worsley Porlock. Você me parece o tipo de cara que ainda não se desenvolveu plenamente. Provável que tenha passado a infância me admirando. Imagino que queira ver meu álbum. Todos vocês, fetos em estágio avançado, são basicamente iguais.

Sem esperar pela resposta de Worsley, Stickman fuçou no armário do escritório e retirou de lá o prometido álbum, uma lápide em forma de documento, antes de encurralar seu convidado mudo sob o seu peso eônico. Amortecido e atônito, Porlock foi virando as páginas escuras repletas de recortes de jornais arcaicos, cartas e cartões postais enviados para o agente de ficção científica por gigantes mortos da literatura ou fotografias de Stickman, eternamente septuagenário, numa série de vilas, cidades e décadas diferentes, em geral no inverno, com seu hálito como um lenço de seda branca esvoaçando no ar.

– Está vendo esse bebê de oito meses no carrinho? É o Stephen King!

Lutando contra um pânico obscuro e crescente, Worsley virou as páginas fúnebres do obituário pavoroso até chegar a uma fotografia em destaque, espectral e desbotada pelo excesso de exposição, que conseguiu reconhecer como um daguerreótipo. Nela se via Sol Stickman, em sua sempiterna cara de velho babão, arreganhando um sorriso com uma das mãos agarradas ao ombro de um homem menor e mais frágil, cujos olhos desconfiados penetravam a lente, confusos e apertados. Porlock bateu o álbum antes que sua psique conseguisse, aos trancos, confirmar que aquele era definitivamente Edgar Allan Poe.

Mais tarde, em retrospecto, considerou que provavelmente devia ter ficado em choque, porque não tinha a menor lembrança de ter saído da sala de Sol Stickman e pareceu recuperar plenamente a consciência só quando ele e Brandon Chuff se flagraram, mais uma vez, no redemoinho em tecnicolor do corredor, a caminho do escritório de David Moskowitz. Era aqui, Worsley tinha certeza, que o editor iria submetê-lo à entrevista formal que decidiria o seu futuro – ou falta de futuro – na indústria dos quadrinhos. Foi aqui também que Chuff fez uma careta de desculpas e disse:

– Worsley, temo que eu precise abandoná-lo aqui. Tenho que voltar ao trabalho, por isso vou deixar para David a tarefa de lhe dizer que você é um pamonha inútil e nunca que a American vai ser burra a ponto de contratá-lo. Brincadeirinha.

Chuff então desapareceu naquele vórtice biliar. Porlock roçou os nós dos dedos no carvalho envernizado e percebeu que suas palmas estavam suadas. Passaram-se longos momentos excruciantes até sua batida ser reconhecida, e ele estava prestes a abandonar o prédio e o seu emprego dos sonhos ali mesmo, quando, do outro lado da porta, bem longe, uma voz nasal mas imperiosa enunciou a palavra "Vem". Incerto, ele aguardou, mas a mensagem não parecia ter uma segunda sílaba. Engolindo fundo, engordurando a maçaneta fria de latão com sua transpiração copiosa, Worsley foi.

Sob a suave luz crepuscular do local de trabalho de Moskowtiz, o entrevistado nervoso enfim reparou que nenhuma das salas visitadas até então tinha janelas. Desconectadas da passagem do dia e do tempo humano, o tempo na American eram altas horas aninhadas numa contínua madrugada. A mesa gigante do editor se encontrava no centro da câmara, imersa na poça de uma forte luz que jorrava de cima e servia apenas para reforçar a sensação de que era um local para interrogatórios. Moskowitz sequer desviou o olhar da letra miúda que estava analisando quando Porlock entrou, de forma que Worsley foi obrigado a presumir que precisava encontrar ele mesmo um lugar para sentar e esperar em silêncio até o outro homem reparar na sua presença. Além da cadeira giratória de Moskowitz, no entanto, não havia nenhum outro assento na sala espaçosa, exceto por um banquinho de ordenha de madeira, com três pernas, posicionado no tapete na frente do editor atento. Worsley ficou parado, encarando o banquinho por um tempo – será que era uma piada? Um teste? Uma técnica de infantilização? Uma medida para contenção de despesas? Todas as anteriores? – e enfim sentou-se ali, em todo caso.

Mesmo sem essa perspectiva de olhar infantil, Moskowitz era um homem imponente, entre sete e dez centímetros mais alto do que o candidato que se agachava ali. Atrás de seus óculos de aro fino, os olhos inquietos mantinham guarda, enquanto seu bigode arrumadinho sugeria uma mente igualmente aparada, igualmente ordeira. Após uma breve eternidade, ele juntou as páginas, batendo-as na mesa para alinhá-las, colocou a pilha de um lado e, enfim, desviou seu olhar desinteressado a fim de levá-lo de encontro aos olhos espavoridos de Worsley Porlock.

– Worsley. Então. Nos encontramos, finalmente.

Já haviam se encontrado em diversas convenções, mas Worsley tinha a impressão de que não era hora de mencionar o fato. Respondeu com um som como um gorjeio estrangulado e fez que sim com a cabeça.

– Bem, ouvi muitas coisas sobre você, Worsley. Vou falar sem rodeios, as coisas que ouvi foram, em sua maior parte, bem perturbadoras. Para não falar nada dos incidentes insalubres nas ChiCons entre 83 e 85... três vezes na mesma caçamba de lixo, pelo amor de Deus. Como é possível uma coisa dessas? Enfim, não importa. Entendo que você deixou para trás os seus dias de bebedeira, correto?

Três vezes? Meu Jesus de rolimã, como era possível Worsley ter esquecido da ChiCon '83? Tudo bem que o alcoolismo não era um grande auxílio para a memória, mas a revelação ainda o deixou muito abalado. Fazendo movimentos vigorosos com a cabeça em resposta à última pergunta, sua cabeça como um saco de pancadas atingido repetidamente, Porlock produziu mais um ruído inarticulado, como um esquilo ferido, com a esperança de que saísse com um tom afirmativo. Moskowitz o estudou em silêncio por um tempo, provavelmente ainda tentando entender aquela história toda de merda no cabelo. Então, após um longo período de deliberação silenciosa, arriscou sua próxima pergunta:

– Qual o nome de civil do Garoto Relógio?

O que ocorreu na sequência foi tão assustador para Worsley quanto a notícia de seu vexame na ChiCon '83. Um distrito de sua mente que ele sequer sabia que existia, um lugar ermo e fechado, que por anos não recebera qualquer visita, ganhou vida num instante, funcionando em pleno vapor, como se lembrasse de seu propósito esmorecido.

– Gorlo Vamm.

Como ele sabia disso? O rosto de feições angulosas do editor permaneceu impassível.

– E quanto ao seu mundo de origem, sua terra natal?

– Haxor.

Porlock, estarrecido consigo mesmo, de repente se tornara uma fábrica de informações desimportantes, ávidas para vazar. Do outro lado da mesa ordenada, Moskowitz se permitiu a mais vaga aparição de um sorriso e prosseguiu com o interrogatório. O Rapaz Expansor? O Menino Distorcido? E quanto à Moça Indescritível? Acertando uma sequência invicta de respostas corretas, Worsley começou a sentir que a entrevista estava no papo, e tudo sem dizer uma única palavra num idioma de verdade. Bixil Preen, Zaloora. Lom Tertarvis, Margalanth e Drilpa Nool, Wulpezer. Agora que pensava a respeito, David Moskowitz sempre teve a reputação de ser fã dos Amigos do Amanhã, mas quem ia imaginar que os teria integrado tão minuciosamente à sua técnica de entrevistas? Foi a essa altura que o querido líder da American fez o que acabou sendo sua última pergunta, os dedos encostados uns nos outros, o corpo inclinado para a frente.

– Em algum momento da sua vida, você já considerou construir uma cápsula do tempo contendo o seu paradeiro cronológico e espacial e um bilhete destinado ao século 50 e aos Amigos do Amanhã, instruindo-os a viajar três milênios de volta ao tempo para o aceitarem como um de seus membros?

Worsley sugou o ar de susto e se afastou fisicamente, sentindo o baque da pergunta e esquecendo-se de que tinha se sentado num banquinho. Dessa forma, estava caído no chão, esperneando de barriga para cima, quando respondeu. Tudo fora abaixo e ele não mais sabia ao certo onde estava e o que estava acontecendo.

– Sim! Sim, quando eu tinha cinco anos! Como é que você...?

O sorriso apertado de Moskowitz se alargou agora, revelando os incisivos. Enquanto o entrevistado se debatia, com dificuldade para se dobrar e se erguer, o editor pôs-se em pé e contornou a mesa, estendendo uma mão de unhas feitas, os olhos radiantes cintilando.

– Parabéns, Worsley. Bem-vindo à American. Eu vou fazer de você um assistente editorial e você vai trabalhar com Sol Stickman. Ele bem que pode apreciar a sua ajuda na *Exploradores* e na *Eletrizantes*.

O candidato aparentemente bem-sucedido agora estava de joelhos, como se rezasse, com o novo chefe em pé à sua frente, sorrindo com um deleite desconhecido. Uma palma aberta desceu em direção a ele, mas não dava a impressão de querer ajudá-lo a se levantar. Sentindo-se mais endividado, miúdo e vulnerável do que jamais se sentira desde a infância, Porlock percebeu que não tinha escolha exceto apertar formalmente a mão de Moskowitz naquela posição mesmo, ajoelhado como um escravo liberto. Murmurou uma declaração de gratidão, perplexo, e se perguntou como seria possível a entrevista ficar ainda mais indigna, quando veio a sua resposta: atravessando a porta da sala, sem nem mesmo uma batidinha preliminar, entrou a loira usando roupas de marca que Worsley, fazia apenas uma hora, encontrara copulando no elevador. Moskowitz, sem soltar a mão do novo funcionário, disse:

— Mimi! Pode entrar, vem conhecer o Worsley.

E então todo o constrangimento da situação se tornou gritantemente visível.

Mimi Drucker era a vice-presidente da American, que, ao que parecia, caíra de paraquedas para servir como sua representante carismática quando a Brothers Brothers adquiriu a empresa e decidiu que ela deveria ter a cara de um negócio legítimo, em oposição à operação mafiosa que sempre fora desde as suas origens, na época de Albert Kaufman e Sid Rosenfeld. Achando graça na situação, enrugando o batom vermelho perfeitamente aplicado e parecendo tão contente quanto David Moskowitz, Mimi atravessou a sala num passo brusco e fez o editor soltar a mão do homem ajoelhado para que ela pudesse começar a apertá-la. Sua voz, embora feminina, tinha uma frequência profunda e subsônica do tipo que os policiais de tropas de choque eram proibidos de usar.

— Worsley, eu ouvi tanta coisa sobre você. Coisas boas, não só os seus acidentes da ChiCon.

Com seu campo de visão aproximadamente na altura do peito rosa e azul-marinho da vice-presidente, Porlock flagrou-se hipnotizado por uma imensa argola de plástico dos anos 1950 – um diadema *à la* Carmen Miranda de uvas, abacaxis e bananas – sacodindo no pulso da mão que estava apertando. Esse contato foi mantido por muito mais tempo do que o necessário, enquanto ela e Moskowitz sorriam, os dois, ao mesmo tempo, olhando para baixo na direção dele com uma satisfação horrenda, como se ele estivesse sendo apresentado aos seus pais postiços. Algo na posição suplicante de Worsley e no movimento rítmico de suas mãos unidas, algo a ver com os olhos de Drucker, o fez pensar que estava participando involuntariamente de um ato sexual não consensual de alguma variedade indeterminada. O que piorava tudo era sua falta de certeza quanto ao fato de ela ter ou não reparado nele enquanto fazia sua saída pós-coital do elevador. Ele tinha quase certeza de que não, quase certeza de que ela e seu amigo íntimo não repararam em ninguém, mas e se não fosse o caso? Sua cabeça estava a mil, e o bracelete de frutas sacodia para lá e para cá com o ruído de ossos cerimoniais. Enfim, após satisfazer-se com essa diversão inespecífica, ela o soltou e os dois permitiram que ele se levantasse. Ambos desviaram sua atenção executiva com decoro enquanto isso acontecia, como fariam caso ele estivesse erguendo de volta as calças, de modo a não lhe causar constrangimento.

Nenhum dos dois parecia mais tão interessado nele depois que se levantou. Houve uma reiteração dos seus deveres, começando a partir da segunda-feira seguinte, sob Sol Stickman, com a *Exploradores* e a *Eletrizantes*. Mimi Drucker, com uma nota de leve preocupação em seu baixo profundo, o avisou de que havia encontrado "o coitado do Hector Bass" ao chegar. Instruindo Worsley a não se preocupar caso ele tentasse puxar papo, ela lhe garantiu que Bass era inofensivo, ainda que, até aquele momento, ele não tivesse motivos para pensar o contrário. Então ela e Moskowitz se voltaram um para o outro e começaram a discutir sua agenda para o maior evento crossover do verão, as *Dificuldades em cerca de nove Terras*. Interessado, Worsley ficou ouvindo por um tempo às propostas de cortar os Homens-Trovão das linhas do tempo alternativas, incluindo o cartunesco Coelho-Trovão do Mundo Guímel e o vilão mascarado Piratrovão do moralmente inverso Mundo Daleth, antes de se dar conta de que havia sido dispensado não verbalmente alguns minutos antes. Do modo mais discreto possível, levantou com cuidado a banqueta e foi recuando em silêncio até a porta do escritório, enquanto Moskowitz e Drucker decidiam o destino do Cacique-Trovão, uma variante ameríndia do século 19 (Mundo Tsade). Seu coração agora golpeando num espaço oco no peito arfante, ele escapuliu rumo ao labirinto berrante de seu novo local de trabalho.

Sem Chuff, Porlock se flagrou numa categoria inteiramente nova de desorientação. Optando por dar apenas guinadas à esquerda, com base na ideia de que, assim, cedo ou tarde, chegaria a outro lugar, ele seguiu boiando por um mar de náuseas, evitando redemoinhos ópticos, miseravelmente à deriva em corredores idênticos cor de grito. Sua segunda curva sinistra o trouxe ao exato mesmo lugar de antes, exceto pelo detalhe de uma figura torta que parecia constituída quase inteiramente de sobrancelhas, congelada diante de uma porta na metade do corredor, eternamente estendendo a mão para a maçaneta. Worsley percebeu que era mais um Ambrose Bell, uma réplica em tamanho real de alguém da continuidade bagunçada da American, possivelmente o pai do Rei Abelha. Manobrando com cuidado a fim de contorná-lo, sem o menor movimento e sem remover os olhos de ave de rapina sombreados pelas sobrancelhas da maçaneta inalcançável, o manequim de vitrine falou com ele:

– Eita. Acho que você deve ser o tal Worsley Porlock de quem tanto ouvi falar. Três vezes na mesma caçamba de lixo, é isso?

Como se o seu interrogador o tivesse feito criar raízes ali mesmo, Worsley foi incapaz de fazer qualquer coisa que não estremecer afirmativamente, uma resposta que pareceu aceitável à peça de mobília do corredor.

– Bem, já ouvi coisas piores. Aconteceu com o Heinz Messner uns oito anos seguidos, e isso foi antes de existirem convenções. "Não vá para Chicago" é a lição que eu consegui extrair disso. Foi na caçamba de lixo no canto do estacionamento, certo, atrás do hotel Imperial? Pois é, foi assim também com o Messner. Pode ser um acidente matematicamente improvável de probabilidade ou um tipo de maldição egípcia extremamente local, só naquela caçamba de lixo. Meu nome é Hector Bass.

Depois, após algumas semanas de experiência trabalhando na American, Worsley viria a ter vários encontros significativos com o famoso roteirista/editor de *Nosso exército desgrenhado*, geralmente por volta dessa hora do dia, e viria a entender um pouco melhor a situação do homem: dois anos antes, Bass aparentemente sofrera um colapso mental não especificado, talvez como resultado tardio de sua proximidade com o aterrador Julius Metzenberger. Desde então, Bass aparecia na sua sala todo dia, mas se tornara psicologicamente incapaz de abrir a porta ou passar por ela. No momento em que sua mão se aproximava da maçaneta, todas as questões mal resolvidas, todos os momentos dolorosos relembrados do outro lado do portal começavam a sussurrar, dizendo-lhe que devia entrar, lembrando-o de que ainda estavam bem ali, bem onde ele os deixara. Toda manhã, durante uma hora, Bass ficava inerte, hipnotizado, sua força de vontade em competição feroz com a da maçaneta, até que, com um suspiro de doer o coração, reconhecia a derrota, dava meia-volta e ia para casa, só para retornar na manhã seguinte, já malfadada de antemão. No entanto, como apontado acima, demoraria algumas semanas até Worsley ter fluência com as agonias paralisantes de Hector Bass, de forma que, por ora, estava preso naquele corredor berrante numa conversa com uma lenda inexplicavelmente paralisada do ramo e suas sobrancelhas.

Com o olhar ainda preso na entrada intransigente, Bass parecia feliz por ter até mesmo a mais fugaz das companhias e contou ao assistente editorial novato uma série de anedotas malucas do ramo dos quadrinhos, a vasta maioria delas dotada de conclusões infelizes.

– Eu lembro de Daisy Brenen, que era a colorista de todas as revistinhas de guerra, quando a demitiram. Não recebeu nenhum acordo, nenhum seguro-saúde. Me perguntou qual seria o método mais garantido de suicídio. Eu lhe disse que cair de vinte andares direto no concreto haveria de bastar. Escute. Escute o que eu vou dizer. Tem alguma coisa lá no topo, bem no topo desta empresa, e o que é...

A frase, como o trânsito da mão sarapintada na direção da maçaneta, permaneceu incompleta. Bass havia retornado à sua forma de estátua de resina. Após esperar um minuto inteiro por uma conclusão que evidentemente jamais chegaria, Worsley se espremeu para passar pelo veterano congelado diante da porta e por seus olhos estarrecidos, continuando pelo corredor visualmente confuso em busca de uma saída que não fosse a de vinte andares direto no concreto.

Até que, por fim, Porlock mais uma vez se viu na sala de recepção desocupada, onde Ambrose (Homem-Trovão) Bell o aguardava, apoiado no bebedouro, muito mais vívido do que Hector Bass. O sorrisinho vago do manequim agora parecia dizer: "Estou sabendo da caçamba". Da recepção, Worsley conseguiu localizar o elevador, no qual copular com furor frenético na jornada descendente – e que alívio foi descobrir isso – não era uma política obrigatória da Brothers Brothers, ainda que houvesse uma mulher de cabelo grisalho e óculos pontiagudos que optou por encará-lo proibitivamente durante todo o trajeto de volta ao saguão.

Lá fora, na Quinta Avenida, ficou estarrecido ao descobrir que ainda havia sol, e que era o mesmo dia em que chegara. Pensou que até que a entrevista tinha transcorrido bem. Agora ele era, pela primeira vez, um profissional no mesmo campo que já havia lançado o seu feitiço sobre Brandon Chuff, Sol Stickman, Mimi Drucker, David Moskowitz e Hector Bass. Era um cidadão do Trovânia e, aos trinta e três anos de idade, conseguiu realizar uma ambição à qual jamais se dera ao trabalho de formular. Depois disso, tinha certeza, o restante da vida de Worsley Porlock seria uma viagem tranquila. Enquanto caminhava alegre contra os ventos do bulevar, rumo à estação de metrô, milhares de ruivas xeretas mergulhavam atrativamente de incontáveis janelas ofuscantes, os cachos perfeitos e as saias na altura dos joelhos impassíveis diante da velocidade de sua queda, uma chuva de belezas malfadadas. E o tempo todo, enrolando em seu disfarce de civil, ao lado do bebedouro de mentira, o Homem-Trovão não resgatou nenhuma delas.

11. (Março, 2021)

[–] LimaoMecanico 58 pontos há 8 dias
Não dá pra concordar menos com isso. Como que uma indústria chafurdando nos próprios intestinos prolapsados me vem com um "mais divertida do que nunca"???
<#>

[–] Tombomba 16 pontos há 8 dias
Na real, achei q era pra ser sarcástico.
<#>

[–] Gritandoporfora 52 pontos há 8 dias
Intestino prolapsado resume bem. A Massive caiu num limbo, pq Os Vingativos: Afogamento não para de atrasar, enquanto a American parece q tá fazendo tudo pra se desmontar q nem uma tesoura sem ponta. Tô tão deprimido com essa situação que nem me dei ao trabalho de olhar o negócio lá da CO-MICOnLine que montaram na semana passada. Não tenho forças nem pra rir.
<#>

[–] tuvoti_322 12 pontos há 8 dias
Então quer dizer q apostar todo um gênero artístico num monte de franquias efêmeras de cinema acabou sendo uma má ideia. Quem ia imaginar?
<#>

[–] HansOcioso 45 pontos há 8 dias
Estou enlouquecendo com o lockdown e tão no fundo do poço que acabei olhando a tal COMICOnLine. Na minha humilde opinião, é o que se poderia chamar de acidentalmente interessante.

<#>

[–] mariadocontra 19 pontos há 8 dias
Alguém devia ter avisado a American que não se deve tesourar uma empresa.
<#>

[–] LimaoMecanico 42 pontos há 8 dias
Pois é, acabei de reler o post do @bobfashion_878 e dá para ver agora. Desculpa. Meu senso de humor morreu depois de um milhão de cortezinhos dolorosos.
<#>

[–] gatagore 27 pontos há 8 dias
Vcs acertaram na mosca sobre a American. Essa gente fez alguma coisa direito neste século? Primeiro cancelam os Camaradas quando o primeiro colorista fez picadinho da namorada e aí o segundo vai pra cadeia por organizar rinhas ilegais de cachorro, depois tem aquela parada do Homem-Trovão Cristo Macaco q rolou no filme dos Comparsas Sobre-humanos e agora atrasam uma dúzia de títulos. Os caras estão só com a raspa do tacho da equipe e ainda assim dizem q é uma ótima oportunidade. VTNC.
<#>

[–] MatemMaisMensageiros 36 pontos há 8 dias
Você não acha que a comparação com o Cristo-Macaco é meio injusta com a senhorinha que estragou a restauração daquela imagem? Era só uma tia da limpeza, uma senhorinha devota fazendo o melhor que podia.
<#>

[–] O... Ridiculador 14 pontos há 8 dias

Bom argumento. É total ofensivo para aquela senhorinha da limpeza sem talento, mas com boas intenções, comparar seu trabalho honesto com esse rebosteio corporativo que fizeram com a cabeça do Stephen Beacher. É o filme do qual todo o universo cinematográfico da American depende e eles deram o trabalho de retoque para o sobrinho de alguém com Photoshop. A mulher do Cristo-Macaco teria feito um serviço bem melhor.

\<#\>

[–] Gritandoporfora 37 pontos há 8 dias
A pior coisa do Covid pra mim é que não tem um único ônibus escolar passando pra eu me jogar na frente. Se essas são minhas únicas opções, então acho que eu devia virar niilista de vez e visitar a COMICOnLine mesmo. @HansOcioso, seu safado, o que caralhos você quer dizer com "acidentalmente interessante"?

\<#\>

[–] ondeforampararosfederais 61 pontos há 8 dias
Na real, não é justo falar mal da indústria dos quadrinhos qnd o mundo inteiro tá essa bagunça. A loucura da sociedade pode ser o motivo dos quadrinhos estarem do jeito que tão.

\<#\>

[–] tuvoti_322 9 pontos há 8 dias
Ou vice-versa. Faz 30 anos que os quadrinhos tão essa bagunça. Quando eu vejo o Jamiroquai do QAnon desfilando com a cara toda borrada pelo Senado, o que vejo é uma cria bastarda do Sam Blatz, se pá literalmente. Essas pessoas se autoidentificam como cartuns e eu não acho que os quadrinhos estejam completamente isentos de culpa.

<#>

[–] Lord_Stranglebang 48 pontos há 8 dias
É isso! E mais alguém reparou como toda essa ideia do QAnon
de crianças presas no porão de uma pizzaria para alimentar
demônios pedófilos subterrâneos é a mesma história de "Não
apalpe a comida", da Torre do Medo #19? Só dizendo.
<#>

[–] GrandeTubaraoBranco 16 pontos há 8 dias
Minha nossa! Vocês querem sugerir que a indústria dos quadrinhos é de algum modo um microcosmo metafórico da sociedade toda? Profundo, hein.
<#>

[–] HansOcioso 34 pontos há 8 dias
@Gritandoporfora, você é praticamente um irmão ou talvez
uma irmã para mim, mas acho q vc tem que ver isso aqui
pessoalmente. Dá só uma olhada na mesa-redonda "O que
vem por aí na American" e repara no novo visual do Worsley
Porlock. Prometo, vai ser igual uma estalactite cravada na
sua alma.
<#>

[–] LiberdadeOuQueijo 27 pontos há 8 dias
Não sei nem se tecnicamente posso falar que estou animado para Vingativos: o Rei Afogado. Não lembro como acabou
Xeque-Mate do Louco, exceto a parte em q metade dos personagens se revelaram metamorfos Krugg ou coisa assim. Dan
Wheems nunca foi o melhor roteirista do mundo, nem mesmo
necessariamente do próprio sofá, mas pelo menos conseguiu
dar personalidades diferentes ao Guarda Nacional e ao Tanque Humano. O que aconteceu com ele?

<#>

[−] lulucthulhu̱ 19 pontos há 8 dias
Sei lá. Parece que ele vazou dos quadrinhos uns cinco anos atrás e ninguém nunca mais ouviu falar dele. Aparentemente a carta de despedida/bilhete de suicídio saiu em parte na forma de uma tirinha em que ele fala de Kessler e Schuman, como se esse fosse o crime fundador da indústria. Mas vc tem razão, ele era um roteirista melhor do que a maioria do pessoal da Massive, exceto pelo Denny Wellworth. Quando eu ainda tava no colégio, no início dos anos 2000, aquela série de Força Bruta era meio que um guilty pleasure pra mim.
<#>

[−] O... Ridiculador 8 pontos há 8 dias
Agora, veja só, para mim guilty pleasure mesmo seria estrangular animais domésticos e botar fogo nas coisas.
<#>

[−] eliot_evans 33 pontos há 8 dias
Eu botei fogo nuns exemplares do Força Bruta. Por isso, duplamente guilty, duplamente pleasure ☺☺
<#>

[−] Triunfo_Da_Má_Vontade 12 pontos há 8 dias
@tuvoti_322 definitivamente tem algo aí, e o final de Vingativos: Xeque-Mate do Louco é um exemplo perfeito, quando metade das pessoas que compunham a última administração acabaram sendo metamorfos Krugg. Ou coisa assim.
<#>

[−] gatagore 19 pontos há 8 anos

O fiasco Homem-Trovão Cristo Macaco é tão representativo da American no momento. Não era como se eu esperasse muita coisa dos Comparsas Sobre-humanos, mas quando o cara que é mais ou menos o protagonista sai daquele jeito, você fica se perguntando o que aconteceu. Tentaram tirar a barba e os dreads do Stephen Beacher com a porra da ferramenta blend, aí em metade das cenas a cabeça do Homem-Trovão é um borrão e na outra metade ele parece um sovaco berrando. Sério, era tão difícil de olhar pra aquilo que eu nem cheguei a me incomodar com os muitos outros problemas do filme. Será que foi por isso que fizeram assim?
<#>

[–] JacksonFuinhaLegal 47 pontos há 8 dias
Eu ouvi falar que o título do próximo filme depois de O Rei Afogado é Vingativos: A Vitória do Pombo Enxadrista.
<#>

[–] Gritandoporfora 25 pontos há 8 dias
PQP!! QUE MERDA FOI ESSA? É sério, todo mundo tem que ver isso aqui. Caramba.
<#>

[–] HansOcioso 28 pontos há 8 dias
Como queríamos demonstrar...
<#>

[–] Tombomba 12 pontos há 8 dias
É dessa a coisa da COMICOnLine que vocês estão falando, com o Worsley Porlock numa mesa-redonda via Zoom?
<#>

[–] Gritandoporfora 18 pontos há 8 dias

O q q aconteceu c/ ele? Isso do olho ficar girando, e o modo como ele se mexe... nem parece que é sólido. Meu pai tem convulsão tônico-clônica e eu nunca vi uma coisa assim!
<#>

[–] MicrofoneExtraviadoDoRudy 34 pontos há 8 dias
Eu li que o Stephen Beacher está processando a Brothers Brothers, porque desde as filmagens do Cristo-Macaco ele não tem recebido mais papéis românticos igual antes.
<#>

[–] mariadocontra 11 pontos há 8 dias
Tô indo ver a COMICOnLine agora mesmo.
<#>

[–] eliot_evans 30 pontos há 8 dias
Moi aussi.
<#>

[–] Gritandoporfora 16 pontos há 8 dias
@HansOcioso, agora esse trauma vai ficar comigo para sempre. Tá feliz?
<#>

[–] Tombomba 9 pontos há 8 dias
Caralho! E o que foi aquilo de ficar repetindo Homem-Trovão sem parar? É a técnica de venda dele?
<#>

[–] HansOcioso 24 pontos há 8 dias
É o q parece. Pelo q consegui entender no meio de toda aquela baba, ele falou das coisas que estão por vir com os títulos do Homem-Trovão. Pareceu algo tipo: "Bem q eu queria

contar o que o Homem-Trovão tá reservando para vocês", só q repetido umas oitenta vezes com a voz de um morcego fazendo falsete. Fiquei abalado.

<#>

[–] **Gritandoporfora** 12 pontos há 8 dias
@HansOcioso, você é mesmo a oficina do capeta, igual todo mundo diz. ☹ ☹ ☹ ☹

<#>

[–] **mariadocontra** 9 pontos há 8 dias
Meu Jesus amado. Gente, desculpa se alguma vez eu falei mal de alguém nos quadrinhos. Coitados ☹ ☹ ☹

<#>

[–] **lulucthulhu** 13 pontos há 8 dias
AAAAAAAAAAGH!

<#>

[–] **eliot_evans** 23 pontos há 8 dias
#CANCELAAHUMANIDADE ☹ ☹ ☹ ☹ ☹ ☹ ☹

<#>

[–] **Triunfo_Da_Má_Vontade** 7 pontos há 8 dias
Misericórdia! Cadê Desacontecedor? ☹ ☹ ☹ ☹ ☹ ☹ ☹ ☹ ☹ ☹ ☹

<#>

[–] **LiberdadeOuQueijo** 23 pontos há 8 dias
☹ ☹ ☹ ☹ ☹ ☹ ☹ ☹ ☹ ☹ ☹ ☹ ☹ ☹ ☹ ☹

<#>

[–] **gatagore** 15 pontos há 8 dias

☹ ☹
<#>

[–] JacksonFuinhaLegal 41 pontos há 8 dias

☹ ☹
☹ ☹
<#>

[–] MicrofoneExtraviadoDoRudy 26 pontos há 8 dias

Então, nada sobre o processo do Stephen Beacher, né?
<#>

[–] MicrofoneExtraviadoDoRudy 24 pontos há 8 dias

tem alguém aí?
<#>

12. (Setembro, 2018)

"É UMA NUVEM? É UM METEORO?" –
Um breve histórico do Homem-Trovão nas telinhas e telonas,
por Finefinger
(Publicado em Colecionadores em Fuga #330)

1: Os curtas animados do Homem-Trovão dos Essler Studios (1941–1943) ★★★★★

Logo de cara, deixem-me dizer que esta é uma lista cronológica, não em ordem de mérito, ainda que, por coincidência, o primeiro item seja o melhor de todos, o último o pior, e os do meio, intermediários. As aventuras do Homem-Trovão nas telas, mais ou menos como o progresso das dinastias egípcias ou a carreira de Orson Welles, começam maravilhosamente bem e terminam com anúncios de xerez barato, demonstrando perfeitamente o conceito de entropia.

Talvez haja alguns cinéfilos de antiquário por aí que discordem, mas o Homem-Trovão é possivelmente o primeiro super-herói impresso e decerto o primeiro a chegar às telonas. Por isso, um estudo da história do Homem-Trovão no cinema é o melhor modo de compreender os filmes de heróis como um todo, antes que desapareçam da existência num piscar de olhos ou então continuem a afogar o cinema todo em lixo até o final dos tempos, como aconteceu nos quadrinhos. Pelo menos é o que digo para mim mesmo para justificar nadar no meio dessa porcaria toda: que podemos encontrar algum vislumbre de significado social em meio a todos esses trajes de lycra, no fim das contas. Vamos ver?

Devemos apontar, antes de mais nada, que no ano de 1941 a ideia de desenhos animados e do Homem-Trovão eram, ambas, relativamente novas. Tendo libertado David Kessler e Si Schuman de sua mais importante propriedade intelectual em 1942, o pessoal lá da American Comics, minha ex-empregadora, deve ter se deleitado ao ver como o Homem-Trovão era perfeito para o ramo nascente dos quadrinhos: uma figura chocantemente colorida na paisagem cinzenta da Depressão, capaz de ir a qualquer lugar, fazer qualquer coisa e, num meio visual, gerar espetáculos visuais sem precedentes de um tipo que deixou desesperado aquele público insaciável e sedento por maravilhas. Ninguém precisa ser um gênio para perceber que uma figura infinitamente cinética capaz de voar, levantar a Lua e correr mais rápido que um raio teria um sucesso ainda maior se apresentada como uma animação em stop-motion.

E assim foi. Quando a American contatou os irmãos Essler, que já tinham causado impacto com o seus curtas *Belinda Bipe* e *Direto do apontador de lápis*, e sugeriram fazer um Homem-Trovão animado, Bernard Essler, que tinha uma mentalidade mais focada nos negócios, ficou relutante em assumir o projeto. No que deve ter sido um grande esforço para desencorajar seus potenciais clientes, os Essler disseram que, para fazer o Homem-Trovão direito, cada curta custaria noventa mil dólares, e eles concordaram de imediato.

E foi assim que Bernard e seu irmão Abe, talvez com sentimentos conflitantes, embarcaram no que seria uma das obras mais belas e exuberantes em que os Essler Studios já botaram a mão.

Os custos e o cuidado dedicados ao projeto são visíveis em praticamente cada frame dos quinze curtas cinematográficos completados entre 1941 e 1943. Boa parte da ação principal foi feita com a técnica de rotoscopia, e as figuras contam com um sombreamento cuidadoso a fim de conferir mais realismo e uma solidez quase 3D. Essa ilusão de volume e peso é particularmente impressionante ao ser combinada com o tato impecável dos irmãos Essler quando o assunto é dramaticidade visual: as cenas em que um Homem-Trovão minúsculo se opõe a algo de tamanho muito maior – como o cometa que ele apanha e atira no Sol em *O perigo do jogador de sinuca planetário* ou o robô de construção enlouquecido em *Guerra da Feira Mundial* – são talvez as melhores realizações dos atrativos do personagem, em qualquer meio, em qualquer época.

Se tiver interesse em minha teoria furada sobre o porquê disso, eu apostaria que tem a ver com a ontologia do personagem – ontologia sendo o estudo do que se pode dizer que existe, em oposição à epistemologia, que é o estudo do que se pode saber. O único Homem-Trovão com possibilidade de existir é aquele perfeito e idealizado, composto apenas de linhas sobre o papel ou acetato, e os curtas dos Essler são as mais puras e gloriosas expressões disso: a essência pictórica desse personagem fictício em forma semovente, falante e ilimitada. É quando materializamos o Homem-Trovão como um ser humano de carne e osso, com pelos pubianos e pagando boletos, que começamos a ter dificuldades. Talvez seja como as antigas culturas contavam histórias sobre superseres como Zeus ou Jeová, representando-os em estátuas e pinturas, mas, se alguém se fantasiasse e fingisse de fato *ser* essas figuras, provavelmente estaria sujeito a todo tipo de retribuição divina.

Então, é isso: vale muito a pena assistir aos curtas-metragens animados dos Essler. Alguns deles chegam a ser pequenas obras-primas. *Império dos vermes* é especialmente satisfatório por conta de sua batalha épica entre o Homem-Trovão e o colossal Verme-Imperador que sequestrou Peggy Parks, quando o herói corta no meio o monstro retorcido usando sua Visão-Trovão e se vê combatendo dois horrores segmentados e violentos. Se a saga do Homem-Trovão nas telas tivesse parado por aí, acho que todos viveríamos num mundo muito mais feliz, até porque eu não estaria escrevendo isto. Mas não foi assim...

2: Os filmes em série da Pacific, *Homem-Trovão* (1948) e *Homem-Trovão vs. o Raio Rebelde* (1950) ★★★★

Quando a Pacific Pictures lançou esses filmes em quinze partes, não era como se estivesse percorrendo território inexplorado ou tomando uma decisão arriscada. Desde o sucesso do herói das tirinhas dos jornais, Zoom Wilson, no formato de filme em série apenas uma década antes, ficara evidente que os efeitos especiais modernos eram capazes de sustentar uma narrativa moderadamente fantástica ao longo do número necessário de episódios. Enquanto isso, a popularidade dos curtas animados dos Essler Studios fez do Homem-Trovão um candidato ideal para receber o mesmo tratamento. Havia planos até de reutilizar o falso loiro que interpretara Zoom Wilson, Flip Fraser, para representar o Homem-Trovão, mas por sorte quem ficou encarregado disso foi o veterano do cinema Donald Adams, cujo olhar penetrante, com seus olhos escuros, era perfeito para o papel.

Embora sem dúvidas sejam terríveis sob qualquer padrão cinematográfico moderno, eu acho difícil não gostar desses filmes. Os atores fizeram o melhor que podiam com o material, e as performances de Donald Adams como Homem-Trovão e Josephine Derwent como Peggy Parks são particularmente cativantes. A fantasia amassada, os efeitos especiais precários e os suspenses ridiculamente baratos (Peggy havia escapado do avião antes de a virmos cair e morrer no último episódio; a janela elevada da qual ela despencou ficava no segundo andar, em cima do toldo de uma loja; o legista que pronunciou a sua morte estava só fazendo graça para quebrar o gelo), de algum modo servem para envolver esse trabalho num cobertor fofo e cinzento de afeto, reforçado pela imagem granulada em preto e branco. Ao mesmo tempo, há algo nessas mesmas qualidades que também nos assombra. Em 1943, tivemos a visão a cores, sem limites, do verdadeiro Homem-Trovão dos Essler. Agora, cinco anos e uma Hiroshima depois, era como se essa versão comparativamente prosaica, carne de vaca, do Homem-Trovão fosse a única versão a que tivéssemos direito. O campeão arremessador de cometas dos curtas animados agora estava mais próximo de nós, mais sem-graça e mais vulnerável – uma diminuição das expectativas quanto à divindade americana. A franqueza da performance de Adams e a completa falta de cinismo na empreitada toda também arriscam somar, aos olhos modernos, um aspecto um tanto melancólico a essa atmosfera geral de assombro.

Ambos os filmes têm um enredo decente – o primeiro conta com espiões estrangeiros de sotaque carregado, que não deixam claro que são nazistas nostálgicos ou comunas infiltrados, enquanto o segundo tem a presença curiosa do peso-pesado das telonas, Laurence Bays, no papel de Felix Firestone. Os efeitos do "Raio Rebelde" de Firestone no filme de 1950 são ampliados de forma engenhosa (e barata) com filmagens reais de tumultos e protestos públicos, e ambas as produções têm um ar de serem razoavelmente inovadoras para a época. Dito isso, ainda penso que o aspecto mais interessante das produções se encontra num lugar improvável: os créditos. E aqui voltamos ao que eu disse anteriormente sobre a ontologia do personagem: no primeiro filme, alguém tomou a decisão, provavelmente Julius Metzenberger da American Comics, de que Donald Adams não deveria receber os créditos na tela pela sua interpretação do cruzado cúmulo-nimbo. Em vez disso, as campanhas de publicidade iniciais e os pôsteres do filme alegavam que, como nenhum ser humano seria capaz de interpretar o Homem-Trovão

– uma admissão de franqueza incomum do argumento que fiz anteriormente –, o super-herói havia gentilmente decidido intervir e se oferecido para interpretar a si mesmo.

Precisamos olhar mais de perto para o que está acontecendo aqui. Uma editora de quadrinhos – ciente de que, entre os seus leitores, tecnicamente há um número significativo de adultos – tenta convencer o seu público de que o Homem-Trovão é uma entidade de carne e osso que existe na mesma realidade que eles. Ao passo que alguns são da opinião de que essa foi a primeira tentativa da American de aplicar um golpe de marketing engraçadinho, eu diria que fazer qualquer coisa de engraçadinho sempre foi algo completamente fora do personagem para esse pessoal famosamente voraz. Além do mais, tentar persuadir o público de que um ser onipotente de outro mundo está nos vigiando parece menos uma campanha de publicidade e mais uma tentativa de estabelecer algum tipo de religião comercial.

Talvez seja um eco da necessidade ou desejo dos americanos de sentir que até mesmo os indivíduos mais excepcionais não são diferentes de cidadãos comuns e que as altitudes que habitam estão, de algum modo, ao alcance do trabalhador médio. Não importa se é um presidente pró-fascismo, nascido bilionário e cinco vezes falido, ou um extraterreste capaz de enxergar através das paredes e suportar o impacto direto de uma bomba atômica — para a nossa autoestima, parece ser necessário insistir que ele é um zé-ninguém qualquer, com quem poderíamos tomar umas ou talvez organizar um roubo de calcinhas na faculdade. Parece que ficamos mais confortáveis com nossos deuses americanos se forem chinfrins, seus trajes folgados no joelho.

Levando tudo isso em consideração, o que nos resta são dois filmes em série que parecem cartões-postais prateados de uma época onírica do país que acabou perdida ou abandonada, um lugar onde ninguém falava palavrão e nossas divindades vestiam roupas amassadas, iguais a nós. Não importa quais sejam seus méritos, essas obras no geral bem-feitas e bem atuadas viriam a despertar um interesse público pelo Homem-Trovão, de modo que foi possível começar a sério uma campanha orquestrada a fim de enraizar o personagem na consciência coletiva nacional.

3: Bugle Pictures, *Homem-Trovão no submundo* (1951) ★★★

Pegando carona no sucesso moderado do filme do ano anterior, *Homem-Trovão vs. o Raio Rebelde*, a Bugle Pictures nos oferece em *Homem-Trovão no Submundo* um Homem-Trovão um tanto mais rechonchudo e um orçamento claramente mais magro. No entanto, apesar dos efeitos especiais por vezes cômicos, ainda é um filme interessante por diversos motivos.

Para começo de conversa, é o primeiro longa-metragem do Homem-Trovão e também o primeiro filme de super-herói, onde vemos como é estabelecido o modelo para muito do que surgiria no futuro. Em segundo lugar, é um filme que estabeleceu as bases para a série de TV subsequente, situando o personagem num formato midiático com uma capacidade ainda maior de penetração cultural e, nos anos 1950, dando golpes pesados ao que já fora o monopólio de Hollywood sobre a área do entretenimento. Em terceiro lugar, há a estranha aura do próprio filme – no impacto peculiar que o papel teve sobre o protagonista, começamos a ver a imitação de figuras sobre-humanas parecendo ser menos uma escolha profissional e mais um tipo de síndrome.

Victor Richards, o astro de *Homem-Trovão no submundo*, teve uma infância difícil e seria claramente injusto da nossa parte alegar que sua interpretação do Homem-Trovão foi o começo de seus muitos problemas. Ao mesmo tempo, não parece ter ajudado. Segundo relatos, desde o começo Richards detestava a ideia de interpretar o Homem-Trovão e só aceitou o papel porque o seu agente lhe garantiu que o filme seria visto apenas por crianças pequenas e que ninguém no ramo dos filmes para adultos se lembraria dele, por isso a carreira de Richards como um ator sério não sofreria qualquer impacto. Em termos de profecias, essa previsão poderia ser facilmente superada pelo horóscopo diário de Richards no jornal – ou um biscoito da sorte mofado.

Talvez o melhor exemplo do miasma acumulado de depressão que Richards parece ter trazido ao personagem seja a saudação do ator ao conhecer sua coprotagonista Vera Marshall: "Bem-vinda à privada, querida". A presença de Marshall como Peggy Parks ajuda muito a animar o filme, mas é incapaz de dissipar a sensação de que o Homem-Trovão não está lá gostando muito de ser o Homem-Trovão.

O fato de que boa parte da ação do filme se passa nos esgotos pode ter sido o que inspirou essa saudação de Richards a Vera Marshall, que certamente não parece inadequada. Dito isso, a ambientação subterrânea casa perfeitamente com a ideia que estamos desenvolvendo do Homem-Trovão como uma espécie de deus americano, no sentido de que uma viagem ao submundo parece ser um pré-requisito para muitos deuses, heróis e figuras míticas como Orfeu, Perséfone, Gilgamesh ou Jesus. Isso, no entanto, não ajuda em nada a elevar o filme ou o Homem-Trovão ao reino do mítico, haja vista como a presença contrariada de Victor Richards insiste em puxar o filme na direção oposta.

Richards tinha mais ou menos a mesma idade do seu antecessor Donald Adams – uns trinta e poucos anos – quando aceitou o papel. Seu tipo físico era diferente do de Adams, no entanto, faltando-lhe o físico ágil, a boa aparência e os olhos escuros. Se Adams deu ao personagem um toque de prata, Richards veio com um toque de chumbo. De algum modo, Victor Richards representou o Homem-Trovão como um homem mais pesado, de aparência mais velha, com o cavalheirismo forçado que acompanha o alcoolismo e uma postura generalizada de depressão e derrotismo. Para resumir, o Homem-Trovão havia se tornado o perfeito pai de família americano, igual ao meu e ao de todo mundo que conheci, passando a impressão de que há muito não dava umazinha com a Peggy Parks.

Ironicamente, essa metamorfose em Pai-Trovão parece ter servido para completar a descida do personagem ao mundo material lastimável, garantindo sua aceitação no cerne da psiquê nacional. Essa, à época, parecia ser a versão desgrenhada, exaurida por preocupações e cada vez mais alcoolizada do Homem-Trovão com a qual o país se sentia confortável – a versão que o país queria.

4: Série de televisão da WBC, *As aventuras do Homem-Trovão* (1952-1959) ★★★
O orçamento para *Homem-Trovão no Submundo*, muito adequadamente, encontrava-se em algum ponto do subsolo, o que pode ter contribuído para o filme ter feito sucesso financeiro suficiente para acharem que criar uma série de TV duradoura em torno da mesma fórmula seria economicamente viável. O filme foi reeditado em duas metades, que se tornaram os episódios piloto com os quais a série foi inaugurada. Ficou evidente desde o começo que o programa não apenas iria manter boa parte do elenco de seu progenitor nas telonas como também herdaria sua produção frugal: uma recriação da famosa cena de origem, com os anciões do planeta Trovânia discutindo a destruição iminente de seu mundo artificial nas mãos de superpiratas interdimensionais, há de ser muito satisfatória aos espectadores de olhar afiado, que vão reparar que o figurino dos anciões é feito de fantasias de heróis de vários filmes da década de 1940. Eu pessoalmente flagrei alguns anciões em trajes de segunda mão de Zoom Wilson, do Diabo da Ilha da Alvorada e do Guarda Nacional, mas vocês que são jovens e têm a memória e a vista melhores podem muito bem detectar outros.

A série, em sua maior parte, avança de forma bastante competente, com performances simpáticas de Vera Marshall e do recém-chegado Jeff Trench, no papel do fotógrafo novato Teddy Baxter. Rondo Hatton, por outro lado, com sua acromegalia, foi um erro gritante como escolha para Felix Firestone, um equívoco que poderia ter sido evitado considerando que o Firestone do segundo filme em série, o perfeitamente adequado Laurence Bays, deveria estar disponível. No entanto, como era de esperar, o maior problema com o elenco repousa no próprio Victor Richards.

O sucesso da série deve ter parecido uma faca de dois gumes para o ator cada vez mais atormentado. Por um lado, Richards estava mais rico e famoso do que jamais poderia ter esperado ficar. Por outro, aos olhos da nação, sua própria identidade estava permanentemente se consolidando como a do Homem-Trovão. Sob esse peso, seu alcoolismo e suas circunstâncias pessoais caóticas começaram a sair de controle. E, assim como os fardos da persona do Homem-Trovão viriam a se tornar os fardos do próprio Richards, o ânimo abatido do ator melancólico também viria a se misturar inextricavelmente com a natureza do Homem-Trovão, tal como percebida pelo público.

Um dos motivos é que, assim como ocorreu com a omissão do nome de Donald Adams da campanha de publicidade do primeiro filme em série, houve um caso semelhante de deslize ontológico com Victor Richards. Com o jeito e a aparência avunculares de um tio pé-na-jaca ampliando o seu apelo como um cidadão americano médio capaz de exalar furacões e viajar no tempo, e com chamadas na televisão do tipo "O Homem-Trovão apoia o Dia Nacional da Inspeção das Pilhas de Lanterna" tornando-se cada vez mais frequentes, ficou claro que, para uma ampla seção do público, o nome "Victor Richards" passou a ser um *alter ego*, igual a Ambrose Bell – uma irrelevância, quando todos sabiam que estavam olhando para o único, o exclusivo Homem-Trovão da vida real.

Essa permeabilidade de identificação foi sublinhada de forma marcante por um incidente em 1956, quando anunciaram que o Homem-Trovão – não Victor Richards – iria presidir a inauguração de uma loja de departamentos. Entre os presentes havia um menino de oito anos que, por acaso, trouxe consigo uma arma carregada. Apontando a arma contra a figura fantasiada de Richards, ele anunciou sua intenção de levar para casa, como lembrança, a bala que fosse achatada contra o peito invulnerável do Homem-Trovão.

Para mim, é revelador que a resposta de Richards, invejavelmente tranquila, tenha sido não explicar que ele era apenas um ator humano interpretando o Homem-Trovão, mas sim, assombrosamente, permanecer no personagem e mostrar para a criança que uma bala que ricocheteasse de sua couraça rígida poderia muito bem matar um transeunte inocente. Claro, nesse caso se tratava apenas de uma criança pequena, mas quando lembramos de todas as cartas enviadas a personagens de novela por seus fãs adultos, informando-os de que sua esposa fictícia está tendo um caso, começamos a perceber o quanto, para muita gente, fica borrada a linha que separa o fato da ficção, mesmo quando não há tentativas deliberadas de persuadi-las, para propósitos comerciais, que um ser sobre-humano impossível é tão real quanto elas. Era inevitável que Victor Richards, na mente de alguns milhões de pessoas, fosse o próprio Homem-Trovão, americano e charmosamente pançudo.

Não se pode subestimar, portanto, o profundo choque nacional quando seu suicídio – ou possivelmente assassinato – foi anunciado em 1959. Eu mesmo tinha cerca de oito anos na época e me lembro de ter ficado num estado atordoado de descrença, sentindo um choque que de diversas maneiras seria um precursor do que o país viria a vivenciar quatro anos depois, com o assassinato de John Kennedy: em ambos os casos, um ser humano fora transformado numa encarnação do espírito, da essência e da alma dos Estados Unidos, tal como imaginados pelo público. E em ambos os casos, quando a alma dos Estados Unidos acabou perecendo de um ferimento por tiro em circunstâncias lamentáveis e suspeitas, foi devastador o impacto emocional sobre o coração e a mente, ainda vivos, do país.

E esse foi apenas o efeito que Victor Richards e sua morte, aos quarenta anos, tiveram sobre a nação, ao passo que o efeito que tiveram sobre o personagem do Homem-Trovão foi igualmente severo. A tragédia e a tristeza da vida de Richards e seu falecimento relativamente sórdido acabaram contaminando o tecido do próprio

Homem-Trovão. Como consequência, demoraria quase vinte anos até o personagem voltar a aparecer nas telas.

5: Brothers Bros, *Homem-Trovão* (1978) ★★★

Já escuto os resmungos e xingamentos por ter dado apenas três estrelas ao que muitos consideram o maior filme do Homem-Trovão de todos os tempos, mas devo lembrá-los de que esta é apenas a minha opinião pessoal e muitíssimo enviesada, então podem se sentir livres para ignorá-la (o que é quase certo que vai acontecer). Preciso ainda aconselhá-los a apertar os cintos, porque este comentário só vai ficar mais maldoso e desleixado daqui em diante, uma vez que a ilusão da existência física do Homem-Trovão vai se tornar cada vez mais concretizada de modos cada vez mais perfeitos e dispendiosos, ao passo que a essência mítica do personagem e qualquer significado que ele possa ter tido um dia se tornam coisas que aparentemente não mais possuem a arte de cativar, desaparecendo de vez de vista.

Por volta de 1978, a corporação Brothers Brothers já era, havia muito tempo, a proprietária da American Comics, e evidentemente decidiu que, após vinte anos, quando todos já tinham se esquecido da história de Victor Richards e seria possível lançar de novo, para um novo público, aquela sua propriedade potencialmente valiosa. Determinada a dissipar os espectros infelizes do passado do personagem, a empresa estava preparada a gastar quantias enormes de dinheiro a fim de alcançar seus objetivos. O papel do pai do Homem-Trovão, Zolon, foi dado a Sir Laurence Olivier, que recebeu, segundo boatos, mil dólares por *sílaba* de suas falas impecavelmente enunciadas antes de ser destruído, junto com sua cidade voadora, por superpiratas. Igualmente surpreendente, mas menos custosa, imagina-se, foi a escolha de Dirk Bogarde para o papel do arqui-inimigo Felix Firestone, uma performance genuinamente ameaçadora, porém quase desperdiçada por conta da direção. A única dificuldade de elenco foi encontrar um ator dos grandes que estivesse disposto a interpretar o protagonista, talvez porque o papel ainda tivesse um odor persistente de azar em meio à comunidade cinematográfica. Parece que tanto Robert De Niro quanto Harrison Ford recusaram o papel, que acabou indo para um nome relativamente novo, Saul Richard. Embora eu tenha certeza de que havia receios supersticiosos por conta do seu sobrenome, tão próximo ao de seu malfadado antecessor, Richard entrou com comprometimento genuíno ao papel, trazendo até mesmo algo daquela boa pinta de olhos escuros de Donald Adams. Elaine Merchant trouxe um ânimo semelhante em sua performance, tornando-se a primeira Peggy Parks a chegar perto de sugerir um elemento de atração sexual em seu relacionamento com o justiceiro purpúreo.

Então, com um elenco forte, um grande orçamento e efeitos especiais de ponta para a época, vocês podem se perguntar: qual é o meu problema? Bem, tenho alguns. Primeiro, a questão do tom: por que chamaram Sir Laurence Olivier para conferir uma solenidade tão grande às cenas de abertura do filme, para então arruinar as tentativas de Dirk Bogarde de interpretar um Felix Firestone sinistro de verdade ao transformarem-no em um personagem *camp*, digno da série televisiva do Rei Abelha? Qual exatamente era o público-alvo desse filme?

E esse é o meu segundo problema – apesar da palhaçada toda das cenas do Firestone, trata-se de um filme cuja principal preocupação é estabelecer um público adulto para o Homem-Trovão, herói dos gibis infantis dos anos 1930. A relação entre o Homem-Trovão e Peggy Parks fica em primeiro plano, a ponto de parecer que essa narrativa romântica seria a história central do filme, talvez numa tentativa de conceder ao público adulto almejado uma fórmula convencional com a qual se identificar. E a apresentação do filme no geral parece voltada para esse mesmo propósito, toda estilosa e colorida, com um glamour que lembra a arte de aerógrafo do final da década de 1970. Esse filme fica – de propósito – a anos-luz do charme em preto e branco, brega e despojado, que tinha sido perfeitamente adequado a um público infantil mais tolerante. Com essa aura de importância dada pelo alto orçamento, ele tenta persuadir as pessoas de que um homem de outra dimensão usando uma capa roxa e dourada representa uma proposta dramática séria para um público de marmanjos.

É como se os proprietários corporativos do Homem-Trovão tivessem percebido que uma entidade pictórica divina não poderia ser conjurada na realidade americana física comum sem acabar completamente degradada no processo, tendo optado, em vez disso, por criar uma realidade americana artificial, bela e suave, onde um ser desses poderia existir confortavelmente. Em retrospecto, da perspectiva de hoje, essa visão bonita, indivisa e endinheirada do país conjurada pelo filme parece muito a terra dos sonhos yuppie que, com Ronald Reagan, viria a se concretizar dentro de um ou dois anos. Apesar de toda a proficiência da película, tem algo nela que é apenas tranquilizador e sem graça – mas apesar disso, ou talvez por causa disso, o filme foi bem recebido, o que fez com que uma sequência fosse inevitável.

6: Brothers Bros, *Homem-Trovão II* (1980) ★★★

Em essência, esse filme repete o que vimos acima, ganhando em termos de vivacidade apenas por conta de uma performance maravilhosamente perturbada e megalomaníaca da parte de Malcolm McDowell como o déspota exilado de Trovânia, Lorde Varex. A relação entre Richard e Merchant continua ocupando o espaço central, ainda que, nos quase oitenta anos da existência contínua de Peggy Parks, ninguém tenha tido a mais vaga ideia do que fazer com ela sem arruinar irreversivelmente toda a suposta dinâmica do casal.

7: Brothers Bros, *Homem-Trovão III* (1983) ★★

A essa altura, após cinco anos de rendimentos decrescentes e orçamentos minguantes, ficou evidente que a franquia havia perdido não apenas seu brilho, mas também o embalo. Vincent Price se esforça ao máximo no papel do vilão cômico Mestre-Brinquedo, enquanto um Mickey Rooney mais velho faz uma aparição aceitável como o Trovomita, um pregador de pegadinhas de outro mundo, mas nenhum dos dois consegue resgatar esse filme do pressentimento de ruína iminente.

8: Brothers Bros, *Homem-Trovão IV: A busca pelo amor* (1987) ★★

Com o lançamento de *Homem-Trovão IV*, essa ruína chegou com força total. Não há como negar as boas intenções do filme: o ator principal, Sam Richard, queria uma história em que o Homem--Trovão trouxesse amor, tolerância e harmonia duradouros para a humanidade, mas o que aconteceu com essas intenções seria um pesadelo, se não fosse também meio engraçado. Por conta dos problemas com o orçamento – tipo o fato de que não existia um –, ficou impossível filmar em Nova York, por isso eles deslocaram a cidade de Macrópolis para Birmingham, nas Midlands inglesas, onde o famoso shopping Bullring fica visível ao fundo de muitas das cenas. Outra dificuldade, talvez maior ainda, foi que, na falta de um diretor inglês dentro do orçamento, os produtores escolheram Val Guest, talvez sem perceber que seu maior sucesso comercial recente tinha sido uma comédia sexual softcore chamada *Confissões de um limpador de vidraças*. Quando Saul Richard abandonou o filme em protesto às mudanças no conceito utópico inicial, o astro de *Confissões*, Robin Askwith, tornou-se a próxima encarnação do Homem-Trovão. *A busca pelo amor* foi reimaginada como uma busca pessoal do herói por satisfação erótica, e a maior parte do suposto humor repousa nas cenas em que ele usa sua visão de raio-X nas paredes dos vestiários femininos, com efeitos sonoros que fazem TÓIM-NHOIM-NHOIM e tudo. Tendo fracassado em conquistar o público adulto desembaraçado que queria, a franquia agora buscava um novo público de adolescentes debochados, e o desastre que acabou sendo *Homem Trovão IV* (eu dei duas estrelas porque é hilário de tão ruim) foi a garantia de que essa seria a última aparição do personagem nas telonas pelo resto do século 20. O Homem-Trovão terminou uma vez como tragédia e outra como farsa. Uma cultura mais sábia talvez tivesse aprendido uma lição aí.

9: A série televisiva da Brothers Bros, *Ambrose & Peggy – Feitos um para o outro* (1993–1997) ★★★

Com Brian Ball e Kate Porter nos papéis principais, essa série foi uma comédia romântica água com açúcar perfeitamente decente, se o seu critério de "água com açúcar" incluir o fato de um dos membros do casal ser onipotente e de uma espécie totalmente distinta.

10: Série televisiva da Brothers Bros, *Miniburgo* (2001-2011) ★★★

Com Asher Tarrant no papel do jovem Ambrose, Cherish Montcourt como a sua namoradinha adolescente Pauline Price, e Derek Danner como o jovem rival "Flick" Firestone, essa foi uma série adolescente de mistério/aventura perfeitamente razoável, se o seu critério de razoável incluir o fato de um dos membros etc. etc. E também se você não se incomodar com o fato de que o único mistério convincente da série é "Por que é que não chamaram de *Menino-Trovão*?". (Alerta de spoiler: sempre que um super-herói com um nome bem-sucedido ou fantasia básica muda uma dessas coisas ou então abandona totalmente sua continuidade, é por conta de quedas de lucro ou ameaças de processo, como foi o caso aqui, partindo dos criadores expropriados do personagem, uma vez que o Menino-Trovão fazia parte do espólio de Simon Schuman e David Kessler.) A mensagem que fica desse período da carreira do personagem parece ser: "Não faz mal fazer alguma coisa com o super-herói Homem-Trovão, contanto que não seja uma história de super-herói de verdade e ninguém mencione o nome Homem-Trovão".

No entanto, a série parece ter mais uma vez sugerido a possibilidade provocante de o Homem-Trovão ser uma propriedade viável nas telonas, como certamente atestam os itens subsequentes.

11: Brothers Bros, *Mais uma volta do Homem-Trovão* (2006) ★★

Assim como o *Homem-Trovão* de 1978 saiu quase vinte anos após a morte chocante de Victor Richards ter ateado fogo na franquia cinematográfica original, essa obra do diretor Dennis Midler chega quase duas décadas após as nádegas contraídas de Robin Askwith encerrarem horrivelmente a segunda encarnação do personagem. O filme é bem-feitinho, e com os princípios da explosão atual de filmes de super-herói em CG no ar, deve ter parecido uma ideia sensata. No entanto, a única visão que o filme nos oferece é uma nostalgia pelos tempos de Saul Richard – o ator principal, Christopher Gent, é um sósia quase perfeito de Richard – e a obra não ajuda em nada a demonstrar qual necessidade o século 21 teria do Homem-Trovão. Porém, conforme propriedades da Massive como a Força Freak vinham anunciando o começo do Universo Cinematográfico da Massive, a Brothers e a American devem ter sentido uma necessidade urgente de trazer seu personagem mais famoso às salas lotadas de cinema mais uma vez. Demorariam só uns sete anos para fazer isso.

12: Brothers Bros, *Homem das tempestades* (2013) ★★

Desde o final da década de 1980, a indústria dos quadrinhos vem sofrendo do mal-estar autoinfligido de ter que oferecer versões "sombrias" e sinistras – melhor ainda se forem psicopatas – de seus personagens originalmente coloridos voltados ao público infantil, a fim de suprir as necessidades de um público minguante de fãs de super-heróis habituais, cuja idade física há muito ultrapassou o seu equivalente emocional. Bem, em *Homem das tempestades*, essa doença/moda finalmente alcança o Homem-Trovão. Quanto aos efeitos especiais deslumbrantes do filme, devo confessar que eu preferiria ver alguém arrastando uma enorme cauda falsa de rato pelo chão do estúdio enquanto Vera Marshall encena uma reação horrorizada do que testemunhar o alegre espetáculo do massacre de uma cidade inteira que é representado aqui; o fato de que tudo que vemos, seja lá o que seja, é factível dada a imensa quantidade de dinheiro envolvida nos priva de qualquer sensação genuína de admiração ou deslumbramento. Quando a maioria dos filmes de super-heróis contemporâneos serve apenas para exibir o desenvolvimento da indústria dos efeitos especiais, a questão de qual filme tem maior valor artístico ou cinematográfico passa a ser uma competição entre as firmas de CG – e é melhor nem perguntar.

13: Brothers Bros, *Rei Abelha vs. Homem-Trovão: Comparsas Sobre-humanos* (2016) ★★

Li uma resenha online desse filme que dizia: "Ele tem todo o drama que você espera de uma história explorando a lendária e milenar inimizade entre insetos polinizadores e fenômenos meteorológicos". E não consigo pensar em nada de útil para acrescentar.

14: Brothers Bros, *Comparsas Sobre-humanos* (2017) ★

E aqui estamos, o fim da linha. São diversos os motivos para esse tão antecipado divisor de águas da American Comics nas guerras de bilheteria com a Massive ser um desastre tão grande e completo, mas sob todos eles se encontra o fato lastimável de que nenhuma das grandes editoras de quadrinhos sequer finge se preocupar mais com a continuidade. Nenhum dos personagens parece ter certeza de qual versão de si mesmo são em um dado momento, podendo muito bem sofrer uma visita do Desacontecedor e acabar como alguém totalmente diferente no próximo reboot semianual. Os Comparsas Sobre-humanos da América agora são meia dúzia de esquadrões diferentes numa galáxia de membros rotativos, sequer constituindo uma entidade suficientemente bem-definida para render um filme – ainda mais um filme que não seja um desastre tão grande quanto este.

A incoerência básica do ramo dos quadrinhos é perfeitamente representada pelo processo de criação deste filme. Como parece a prática padrão da indústria cinematográfica de hoje, em vez de ter um roteiro coerente e bem concebido desde o princípio, a preferência atual é reunir um elenco caro e filmar um monte de cenas que os produtores ou o diretor acham que seriam "legais". Depois, na etapa de edição, quando fica claro que não tem nada ali que sequer lembre uma história, os atores são chamados de volta para as filmagens das cenas adicionais, necessárias para que a palhaçada existente faça sentido.

Tudo isso aconteceu com *Comparsas Sobre-humanos*, com a complicação adicional da mudança brusca de diretores na metade do processo, e outra a anedota ridícula do que ficou conhecido como "Homem-Trovão Cristo Macaco" ou "Rasta-Trovão". O que aconteceu foi que, após finalizarem a filmagem inicial de *Comparsas Sobre-humanos*, o ator Stephen Beacher – que faz o papel do herói desde *Homem das Tempestades* – passou para o seu próximo papel, como o náufrago eremita Ben Gunn numa nova adaptação da *Ilha do Tesouro*. Sendo um ator do método, ele já havia adotado um visual com dreads e uma barba comprida para se preparar para o papel, então, quando o chamaram de volta para ser o Homem-Trovão nas refilmagens de *Comparsas Sobre-humanos*, os produtores do seu filme de pirata insistiram que sua barba e seu cabelo não deveriam ser cortados. Talvez ainda desse para salvar alguma coisa aí, se a Brothers Bros, com sua mentalidade mesquinha e ausência de prioridades, não tivesse confiado o trabalho de retoque digital a um completo incompetente, o que acabou deixando Stephen Beacher e o Homem-Trovão, de fato, com o aspecto do notório fiasco que foi o "Cristo-Macaco".

Pelo menos aqui, no final amargurado da trajetória do personagem em encarnações físicas, o Homem-Trovão parece enfim ter ganhado algum tipo de semelhança com uma figura religiosa. Será que dá para parar agora?

13. (Maio, 2014)

– Não, eu estou de boas com a minha Pepsi, mas você pode ir lá e pedir outra dose. Eu parei de beber faz uns trinta anos já, em 85, antes de me aceitarem na American. Foi meio que uma condição para o emprego, eu acho. O Dave Moskowitz é, tipo, abstêmio? Por isso, não. Nada de álcool. Mas se for dar um pulinho no banheiro pra dar um raio, aí pode contar comigo. E pode meter o pé na jaca o quanto quiser. As convenções estão aí pra isso.

"Então, o que eu ia dizendo? Estava contando do novo projeto do Milt Finefinger e do Byron James sobre os anos 40 e aí falei de como o Byron andava fazendo o *Robô Anal* para a Bordello e... é isso! Dick Duckley. Você me perguntou quem é. Não acredito que nunca ouviu falar de Dick Duckley.

"Duckley é o editor da linha de quadrinhos pornô da Bordello. Em vários sentidos, fui eu que arranjei o trampo para ele. Mas o que é engraçado de verdade é que, tipo, você já viu as coisas da Bordello, né? Super-heroínas pagando boquete e tomando no rabo e coisa assim. O que é engraçado de verdade é que o Duckley, que edita essa sacanagem toda, é um sujeito supercertinho e religioso, ou pelo menos costumava ser.

"Primeira vez que nos encontramos foi em 98, 99, algo assim. Comecei vendendo arte dos quadrinhos antes de me contratarem na American e ainda mexo um pouco com isso de vez em quando. Em todo caso, na época, anos 1990, eu recebi uma carta escrita à mão – e a caligrafia do sujeito era simplesmente linda –, perguntando se eu podia encontrar umas páginas do trabalho do Lou Shapiro nos gibis antigos da *Peggy Parks* e, saca só, ele assina assim: 'Permaneço, senhor, seu humilde criado, Richard S. Duckley'.

"Aí eu estava esperando esse velho babão, mas pelo visto ele tem uma grana preta, por isso eu respondo e digo que ia ver o que podia fazer. E a coisa funciona assim – não conta pra ninguém que eu disse isso –, mas lá na American tem esses cofres onde eles guardam os originais, de uns cinquenta, sessenta anos atrás. A maioria dos artistas já morreu a essa altura, e eu meio que tenho um arranjo, sabe? Busco essas páginas fenomenais do Shapiro, da *Peggy Parks* #14, e vou entregar pessoalmente para ele.

"Pois é, eu sei. Ele mora em Connecticut e é uma puta viagem, mas fiquei intrigado, sabe? Pego o carro e vou até lá, nesse casarão antigo bem no meio do nada. Toco a campainha e quem responde é um sujeito novo – mais novo que eu, em todo caso. Talvez uns trinta e poucos anos? Pergunto se posso falar com Richard Duckley, imaginando que fosse o pai do sujeito ou coisa assim. Ele diz: 'Richard Duckley sou eu'.

"Ele me convida para entrar e a gente conversa e ele me dá a história toda. Sua mãe e seu pai eram uns religiosos conservadores bem rígidos, que achavam que os anos 1960 e 1970 – com toda aquela história de sexo e drogas – era tudo a obra do Satanás, literalmente. Eles herdaram muita grana, por isso contrataram tutores – todos homens – e criaram o Duckley assim, tipo numa bolha indestrutível de Jesus, desde bebê.

"Ele nunca foi pra escola; nunca brincou com outras crianças. Nunca nem viu a foto de uma mulher até o final da adolescência. A essa altura ele podia ler o jornal do dia, mas com uns buracos quadrados, onde ficavam antes as fotos e artigos que eles recortavam porque não queriam que ele visse.

"O que me faz rachar o bico é que ele me contou que a primeira menina bonita que viu na vida foi a Peggy Parks. Não, tô falando sério. Parece que o pai do Duckley encasquetou que havia algum tipo de mensagem religiosa em *Homem-Trovão*, porque, tipo, 'Homem-Trovão' era um nome primitivo para Deus e coisa assim, por isso esses são os únicos quadrinhos que eles o deixavam ler: *Homem-Trovão, Eletrizantes, Teddy Baxter, Peggy Parks* e assim por diante.

"Você tinha que ver a cara dele olhando para essas páginas do

Lou Shapiro, onde a Peggy Parks aparece em algum tipo de concurso de beleza interplanetário num maiô dos anos 1950. Era como se eu estivesse mostrando pornografia pesada de bestialismo ou coisa assim. Ele comprou as artes todas – não, nem quero pensar no que fez com elas – e perguntou como poderia arranjar mais. Sei lá. Acho que fiquei com pena do sujeito. Digo, os pais o isolaram do mundo ao longo de todos aqueles anos.

"Não tinha TV na casa, nem rádio, nem telefone. Ele era um menino cristão, tímido e desengonçado que não sabia como conversar com as pessoas, como se comportar, nem com homens e certamente não com mulheres. A vida dele foi isso até 1996, por isso ele tinha uns trinta e três anos quando a mãe e o pai deram perda total num acidente de carro e aí, bum, desde então ele estava sozinho.

"Claro que os pais deixaram a casa e muita grana em fundos fiduciários para ele, e ele podia chamar alguém pra ir limpar a casa e coisa assim, mas, quando você pensa a respeito, é como se o sujeito estivesse totalmente sozinho num planeta alienígena sobre o qual não sabia absolutamente nada. Dá para ver como alguém assim vai se identificar com o Homem-Trovão.

"Nos anos seguintes, volta e meia eu viajava até lá para ver como ele estava, se encontrava alguma arte nova. Uma vez vi uma capa da *Peggy Parks* pelada que o Lou Shapiro fez só para sacanear o Sol Stickman, e o Duckley surtou. Disse que estava começando a ficar preocupado, tipo, até quando ia durar o dinheiro da mãe e do pai, pensando que talvez devesse arranjar algum trabalho.

"E, assim, o cara não sabia nada do mundo ou da vida adulta, nunca nem fez jardim de infância. Beleza, com todas as aulas particulares, parece que ele adquiriu um grande domínio do inglês formal e é um gênio da matemática – e, claro, sabe de absolutamente tudo sobre o Homem-Trovão –, mas fora isso, é como se fosse um recém-nascido gigante com uma obsessão punhetística pela Peggy Parks. O único trabalho que consegui imaginar que ele seria qualificado para fazer seria algo em quadrinhos.

"Entende, acho que sou, tipo, uma espécie de mentor para ele... Ei, cuidado! Quase derramou ali. Você vai estar na mão do palhaço quando for encontrar os seus colegas depois no bar. Onde disse que era mesmo? Sério? Então, o Burgess... esse é o antigo Imperial, né? Ah. Não. Não é nada. Só lembrei de algo engraçado, só isso. O que eu ia dizendo... Ah, sim. O trampo do Duckley nos quadrinhos.

"A gente conversa muito sobre quais seriam suas opções, agora que ele não tinha os pais observando cada coisa que fazia. Falei para arranjar uma TV, assistir uns filmes – porra, nem precisava morar em Connecticut se não quisesse. Podia vender a casa, alugar um apartamento em Nova York, talvez arranjar um emprego na indústria. Ele ficou me olhando boquiaberto como se nada disso jamais tivesse lhe ocorrido.

"Ao longo dos meses seguintes, eu o ajudei a acertar toda a logística. Digo, gostava do sujeito, sabe? Ainda gosto. O Duckley é o sujeito mais engraçado que existe. Não de propósito, mas é completamente hilário. E eu sabia que o pessoal da indústria também acharia isso, o Brandon e todo mundo. O Dick Duckley era, tipo, 100% feito para os quadrinhos. Aí vendeu a casa e arranjou um lugar em Manhattan.

"Era que nem a Alice no País das Maravilhas ou talvez o moleque em *Esqueceram de mim*. Arranjou uma TV *widescreen* e nunca vou esquecer a cara dele quando contei que podia assistir pornografia nela, como se sequer soubesse que isso era possível ou lícito. Digo, ele nem sabia que era possível ou lícito assistir TV.

"Por um tempo, foi difícil tirá-lo do apartamento. Era tímido, meio constrangido. Sabia que não se encaixava em lugar nenhum, por isso não socializava e não conhecia mais ninguém além de mim. E ficava assustado e envergonhado demais para se candidatar nas firmas de quadrinhos. Aí um belo dia eu estava na casa dele. Preparei umas carreiras e ele me perguntou o que eu estava fazendo.

"Não. Não, ele não bebia, não usava drogas, nada do tipo. Não tinha experiência com nada. Mas depois que eu o apresentei à manobra peruana, foi como se finalmente tivesse descoberto o que precisava, sabe? Ganhou confiança e aí podia fazer agora coisas que nunca tinha feito antes. Conseguia beber, conversar com mulheres. Chegou até a conseguir um trampo na American por um tempo.

"Não, ele até que se virou bem. Tudo o deixava entusiasmado, ele falava do Homem-Trovão o tempo todo e não fazia cagadas, pelo menos não mais que qualquer outro. E o Brandon, o Ralph Roth, esses sujeitos, bem, todos achávamos o Duckley muito divertido. Quando ele descobriu as convenções, a coisa passou de qualquer limite.

"Tipo, eu lembro de uma vez em San Diego, quando o convencemos a dar um pulo até Tijuana para ver as paisagens, sabe? Deixamos o sujeito completamente destruído de tequila, aí o levamos para um show em que uma mulher trepa com um jumento. Digo, você precisava ver a cara do Duckley. Não tem preço. Pensando bem, talvez tenha sido a primeira convenção dele, em San Diego daquele ano.

"Eita, esta é a sua primeira convenção? Sério? E a primeira vez em Chicago? Rapaz, que coisa, hein? Isso pede mais uma dose. Deixa eu pegar lá para você. Não, não, não faz mal. É por conta da firma. Ei! Ei, meu chapa! Arranja pra este cara aqui mais uma do que ele está tomando, beleza? E mais uma Pepsi para mim. Valeu. Sua primeira convenção. Que ótimo. Não, não, só estou rindo. Estou rindo, porque fico feliz por você.

"Então, Duckley. Como eu ia dizendo, depois de passar todos aqueles anos enfurnado com os pais, quando finalmente teve um gostinho da vida moderna ficou completamente pirado. Começou a beber, a cheirar uma tonelada de pó – e a pornografia! Nunca conheci alguém que assistisse a tanta pornografia. Engraçado – em vez de fazer com que ele fosse demitido da American, como achei que fosse acontecer, foi o que levou a receber uma proposta em outro lugar.

"Bem, sabe como é, ele tinha uma reputação enorme na época como o sujeito do Homem-Trovão-e-pornô. Estava em uma dessas convenções e começou a falar com alguém que era ninguém menos que Sylvester Lewis. É o chefão da revista *Bordello*, do Mike De Matteo, certo? Ele fala com o Duckley por um tempo, pega a ideia de uma revista de pornô de super-herói, a Bordello Comics, e faz do Duckley o editor-sênior.

"Pois é, eu sei, que loucura, né? Um sujeito que doze meses antes nem sabia o que era pornô. E é só através do pornô que ele descobre o que é buceta. Sem brincadeira. Quando Duckley tentou sair com mulheres, acredite em mim, foi um desastre. Digo, está tudo bem agora. Arranjamos uns contatos para ele, umas moças bem bacanas, boa reputação no Craigslist, então está tudo bem agora. Mas na época...

"O quê? As histórias de Duckley com mulher? Olha, a melhor delas – o que é irônico, porque nessa eu acabo tendo a culpa, acredita? –, a mais engraçada é a da Joanne Jackson. Já ouviu falar dela, né? É quem trata dos direitos de quadrinhos estrangeiros na City Comics. Em todo caso, ela estava para sair com o Duckley e ele começou a surtar, sem saber o que fazer. Por isso, como ele sabia que eu tenho experiência, veio pedir conselho para mim.

"Ele me diz: 'Worsley, você já saiu com mulher. Do que elas gostam? O que devo fazer?', por isso eu digo pra ele – e é piada, está bem? Estou fazendo piada –, eu digo pra ele que as mulheres falam em código quando querem sexo, certo? Tipo, quando elas estão com tesão de verdade, dizem 'pare' ou que vão chamar a polícia, mas na verdade querem mesmo dar para você. É óbvio que é uma piada, né?

"Mas aí o que acontece é que, na convenção seguinte, me vem a Joanne Jackson gritar na frente de todo mundo que eu sou um tarado. Rapaz, ela ficou tão puta, e eu disse: 'Joanne, era uma piada'. Foi hilário. Óbvio que ele falou para ela: 'Mas é o que o Worsley Porlock disse que eu devia fazer', por isso eu fiquei como o vilão da história. Ela ainda não fala comigo, mas, sabe como é, ainda assim é uma história engraçada.

"Então esse foi o fim da carreira de namoro do Duckley. Como disse, explicamos para ele o que eram prostitutas – pois é, eu sei. Dá para acreditar? E agora a situação está sob controle. E ele está se dando muito bem na Bordello. Digo, um ou dois meses atrás ele disse que a grana esta meio curta, mas agora deve estar tudo resolvido, imagino. Já parece OK de grana, em todo caso.

"Ei, olha só o horário. São só onze e quinze. Pois é, eu sei, só não quero que você perca o encontro com os seus amigos. Tudo bem, ainda tem tempo. O velho Imperial – o Burgess agora, como você disse –, é só dobrar à esquerda saindo aqui. Fica a alguns quarteirões. Dez minutos, no máximo.

"Em todo caso, foi ótimo falar contigo. Não, não, provavelmente não vou conseguir te ver amanhã de manhã. Vou embora meio cedo e você vai estar no seu quarto, provavelmente, lavando o cabelo ou coisa assim. Oi? Não, por nada, não. Você tem um cabelo legal, sabe? Bem bacana, bem limpo. Parece que cuida bem dele, é o que eu quis dizer. Não, não, pode ir. Vai ser uma noite ótima com seus amigos.

"E aproveita o resto da ChiCon, beleza? Pela sua cara, imagino que vou esbarrar em você da próxima vez, certo? Talvez várias vezes, quem sabe? Talvez eu possa apresentá-lo ao Dick Duckley algum dia. Ah. Pois é. Pois é, cuide-se, meu chapa. À esquerda passando pela porta, não tem erro. Até mais! Pois é. Pois é, vejo você ano que vem. Tchau. Tchau...

"Hahaha. Quanta merda na cabeça."

14. (Julho, 1960)

Certa manhã azul, nos dias antes de assumir-se publicamente satânico, Sam precisava de uma refeição reforçada antes de enfrentar o trabalho no escritório da Lexington. Sob um céu de porcelana sem uma única rachadura, ele quase dançava sobre a calçada reluzente, com seu chapéu inclinado e o paletó jogado sobre um dos ombros feito Sinatra – com seus óculos escuros estilosos, se sentia o próprio espírito de Manhattan.

Assim como todos os outros no limiar da nova década, a cabeça de Sam estava repleta de monstros. Ele só pensava em monstros naquela época, mas pelo menos os monstros do Sam saíam ótimos, desenhados por Gold ou Novak, de modo que tudo que ele tinha que fazer era bolar uns nomes malucos. Às vezes mudava uma ou duas palavras nos diálogos sugeridos que o artista rabiscava ao lado das vinhetas, claro, mas na maior parte das vezes eram os nomes – Klorg, Vuxor, Zim Zam Zub, etcétera. Em certas ocasiões, também precisava pensar num adjetivo – digamos, "Vuxor, o Inominável" –, mas era isso o que os roteiristas faziam.

Os nomes eram um jazz interno, ao som do qual Sam saltitava, arrastava e batia os pés enquanto atravessava a rua: Baragam, Vavu, Zar, Goragoom, Dadeet, o Inconveniente. O sininho na porta que tocava assim que ele passava era como o leve toque num chimbal ou triângulo, bem no fim. O dia era todo um bebop.

A atmosfera dentro da padaria, o seu cheiro e sabor, já era uma entrada, sem direito a reembolso, no pagamento da refeição. Esgueirando-se, acanhado, até sua mesa favorita ao lado da porta, Sam tirou o chapéu e os óculos escuros, repousando-os junto do paletó sobre o vinil gordinho cor de sálvia do assento vazio ao seu lado. Afrouxando a gravata, mais por estilo do que pelo conforto, ele ergueu o dedo a fim de atrair a atenção da garçonete, então pediu pastrami, pão de centeio, ovos fritos com a gema mole e um bule de café, como sempre fazia.

Sam curtia o ar reconfortante do lugar, como se nada tivesse mudado desde 1930. A madeira pintada de um marrom profundo, lajotas marfins e uma tintura verde-escura, com a cafeteira soltando prolongados suspiros de exasperação ebuliente em algum lugar na cozinha atarefada. Era um esquema de cores clássico, como o de uma farmácia à moda antiga, o que, por algum motivo, sempre o fazia se lembrar vagamente de sua falecida mãe. Casualmente, lançou seu olhar sobre os outros fregueses, mas eram os mesmos de sempre a essa hora da manhã. Havia muitos sujeitos da mesma idade que ele ou mais velhos, metade dos quais estava no ramo editorial ou algo relacionado, e nenhum outro broto além da garçonete. Um rapaz de uns dezenove anos e um jeito descolado se empoleirava perto do balcão. Olhou do jornal para Sam, inexpressivo, depois voltou ao jornal. Provavelmente devia ser dramaturgo, escritor, jornalista, alguma coisa assim, ficando de bobeira perto dos grandes nomes, com a esperança de ouvir sobre alguma oportunidade de trabalho, algum escritor que tenha acabado de cair morto, a fim de pagar o aluguel. Boa sorte para ele, pensou Sam. Boa sorte para todos esses pobres coitados que não tinham a sua sorte de ter um editor na família.

A comida chegou enquanto ele debatia internamente se Torgam era um nome melhor do que Targom. Agradeceu Oi-eu-sou-a-Judy e havia acabado de levantar os talheres em preparação para a batalha quando, igual na Bíblia, Sam Blatz ouviu uma voz vinda do nada. Naquele instante subitamente refrigerado, lhe pareceu possível que fosse a voz de Deus, a consciência de Sam, alienígenas telepáticos ou alguma outra coisa que a maioria das pessoas duvidasse que existisse. O tom era paternal, preocupado, porém obscuramente aterrador.

– Então, Sammy. Como estão as coisas? Não olha para trás. Só continua aí com seu café da manhã.

Era alguém na mesinha atrás dele, e Sam não estava mais com fome. Esperou alguns segundos, imaginando que seus miolos fossem acabar em cima do pastrami, depois, com a voz trêmula, arriscou uma pergunta:

– Escuta, eu estou em perigo?

A conversa de fundo borbulhava naquele caldeirão corriqueiro, e a cafeteira remota novamente deu voz à sua frustração úmida e escaldante. A voz atrás dele agora era debochada.

– Não seja idiota, cacete. Acha o quê, que alguém pensando em fazer uma coisa dessas vai agir numa padaria lotada? Vida real,

Sam. Você tem que pensar de um modo realista, como as coisas funcionam no mundo normal. Que bom que não é roteirista, é só o que eu posso dizer.

A mente de Sam estava a mil, tentando lembrar se havia alguém na mesa de trás desde que chegara ou, se não, se entrara alguém enquanto ele se sentava, mas não conseguiu chegar a nenhuma conclusão. Seus ovos fritos, intocados, o encaravam, o olhar cremoso lentamente se tornando opaco, como se respondendo à chegada da morte.

– Então não é coisa da máfia?

Seu interlocutor invisível suspirou, coincidindo com o suspiro da cafeteira distante.

– Não, Sam. Não é, não. Mas já que trouxe o assunto à tona, a quantas anda o Frank Giardino lá na Goliath? Talvez você devesse chamar o tio Sal para posar para uma daquelas revistinhas de monstro que você faz.

Sam engoliu seco e ficou ciente do suor na palma das mãos, que agarravam os talheres com um aperto antinatural, o garfo e a faca inertes e eretos, como alguém que espera o jantar nas tirinhas de jornal de domingo. A conversa piorava a cada momento.

– Você sabe do Giardino?

Abaixou a faca com um leve clangor, apanhando a xícara para mandar num gole só o negrume recém-fervido como se fosse limonada. A voz demonstrou certa decepção agora, como alguém conversando com uma criança.

– Ai, Sam, faça-me o favor. E você? Sabe do Klorg, o Cogumelo Que Anda Igual Gente? A gente sabe do Frank Giardino e do seu tio Sally e de todo tipo de coisa. Claro que sabemos. É que nem eu falei agora mesmo: não somos da máfia. Não somos da família, Sam. Somos da empresa. O Ted mandou um abraço.

E foi assim que o assoalho craniano de Sam cedeu e, ali mesmo, na padaria em pleno verão, ele mergulhou dezoito anos no passado, até as águas frias da década de 1940. Havia se alistado em 1942, mas Sam nunca foi um sujeito durão do Brooklyn igual ao Joe Gold; nunca foi alguém que desse para imaginar desviando de balas nas trincheiras. Sam Blatz era *de fato* esperto, com um instinto afiado de autopreservação, o que o levou a achar um lugar na Interceptação de Sinais, onde ficava sentado escutando as transmissões de todo mundo, compartilhando suas descobertas com o Escritório de Serviços Estratégicos, como era chamado na época. Ted era o nome – quer dizer, provavelmente não era – do contato por telefone de Sam no ESE. Sob qualquer outra circunstância, o modo como Ted mantinha contato de tempos em tempos desde que as hostilidades cessaram daria um calorzinho no coração, mas, naquele momento, calorzinho não descreveria bem as muitas coisas que o coração de Sam sentia.

– Ah. Certinho. Então, hã, que que a sua gente anda fazendo?

Sobre o balcão, tirando os olhos do jornal de quando em quando, o jovem Denny Wellworth ouviu essas palavras, mas supôs que a pergunta fosse dirigida aos ovos fritos de Sam. Sem saber que estava sendo analisado, Sam ficou encarando a porta de vidro, observando as idas e vindas dos otários comuns pela rua ensolarada lá fora. Por um breve momento, desejou ser um deles. Lambendo os lábios e sentindo-se idiota, como alguém que conversa com um tabuleiro Ouija, ficou ali sentado esperando os espíritos responderem.

– A nossa gente? Bem, obrigado por perguntar. Acho que as coisas vêm dando certo para a nossa gente, ao longo dos últimos dez anos. Trabalhamos como consultores administrativos em todo o mundo, lugares como Guatemala, Irã, Filipinas, dando a eles uma liderança mais eficaz, porque, né, é o que a nossa gente faz, e tudo isso legítimo, por cima dos panos. Os países dos outros estão todos dentro da nossa área de atuação. Por esse motivo, só a ideia de que possamos estar fazendo essas coisas aqui nos Estados Unidos já deixa as pessoas nervosas, mas, do jeito que a nossa gente vê, se as coisas acontecem aqui ou lá fora é meio que uma zona cinzenta, questão de interpretação.

Lá fora, o sol desperdiçava sua abundância dourada num

vira-lata mijando contra um hidrante. No sinal verde, as pessoas se derramavam como molho sobre a rua, e Sam conseguia ouvir o poder, o sangue e a guerra no estrangeiro, sua respiração controlada na mesa atrás do seu ombro. Queria desesperadamente voltar a batizar seus monstros, mas o homem que não estava lá simplesmente parou de falar, e Sam sentiu recair sobre si o ônus de preencher o silêncio, como se o chiado da cafeteira não pudesse dar conta do recado sozinha.

– Eu, eu não sei o que você quer dizer. Como é que...

A voz envelhecida em barril o interrompeu.

– Vou dar um exemplo. Arte, Sam. Vamos falar de arte. Não quero dizer as coisas que você publica, pagando uns vinte pilas por página para aqueles manés. Estou falando de arte de verdade, as coisas que são vendidas por cem, duzentos mil dólares. Deve ser uma surpresa para você, Sam, mas entre a nossa gente não tem nenhum filisteu. Acompanhamos as coisas, Sam. Estamos de olho no mundo da arte. Daria para dizer que somos mecenas. Naturalmente, não gostamos de tudo que vemos. Na arte é preciso demonstrar discernimento, é o que sinto. Mas, para voltar ao que eu ia dizendo, qual é a nacionalidade de uma obra de arte? É o lugar onde ela é pintada ou o lugar retratado? É o lugar que compra a pintura ou o mundo que ela vai influenciar? Entende o que digo? A gente interfere na arte, é uma zona cinzenta. Que nem a própria arte, uma coisa aberta a interpretação, certo?

Sam não tinha ideia de onde isso ia dar e não sabia se gostaria do destino ao chegar lá. Com o olhar desolado fixo no café da manhã que esfriava à sua frente, concluiu que a opção mais segura seria falar apenas quando parecesse absolutamente necessário. Por isso engoliu um pouco mais do café e disse:

– Certo.

– Certo. Então, entre a arte que a gente não gosta tem essas coisas soviéticas, construtivismo. Você já deve ter visto: três ou quatro russos grandalhões de regata, vistos de baixo. Músculos por toda parte, e todos eles olhando na mesma direção, e umas gaivotas sentadas na cerca com expressões severas, como se tivessem acabado de ver alguém limpando a bunda numa foto do Stálin. Um desses filhos da puta de queixo largo segura uma foice e tem uns jatos passando acima num show aéreo. "Dignidade no Trabalho", que é como eles chamam, e os colecionadores de arte estão pirando com essas coisas que são basicamente publicidade comunista. Acho que dá para ver como a nossa gente enxerga uma arte dessas como deficiente em valor estético.

"O que a gente estava pensando é o seguinte: como é que não tem nenhum movimento artístico com base nas nossas ideias, na vida aqui nos Estados Unidos, entende o que digo? Por que é que o capitalismo não tem a sua própria arte de campanha publicitária, quando foi ele que inventou as campanhas publicitárias? Certo, é difícil fazer o pessoal na fila do banco parecer heroico, ou então os lascados da linha de montagem da Ford, mas e quanto aos nossos produtos? E a nossa tralha toda, Sam? Latas de feijão e caixas de detergente, até mesmo uns gibis de merda. As coisas que a gente vende, por que não transformamos em arte moderna? Então, o que a gente faz é achar uns sujeitos que estejam fazendo coisas de que a gente goste... e tem o Robert Rauschenberg, o Claes Oldenburg, uns sujeitos assim... e gastamos um dinheirinho para ajudar as suas carreiras e de repente eles viram grandes sensações. *Pop art*, Sam. Arte popular. Lembre que foi aqui que você ouviu primeiro."

Atrás do vidro, grandes nuvens haviam temporariamente obscurecido o sol. Sem pressa, elas arrastavam suas sombras alongadas pela rua, depositando seu cinza nos olhos de todos, de modo que a vida não estava mais tão ótima quanto parecia um minuto antes. Encurralado num diálogo que não compreendia, Sam foi editando sua realidade perturbadora até tornar-se algo que desse para encaixar na *Jornada rumo ao estranho*, onde o agente Steel, por exemplo, diria a Sam que Spaktoom, o Impossível, estava partindo em sua missão para fritar o mundo, e Sam, com seu conhecimento especial dessas monstruosidades de nomes ridículos, era o único cara a quem os Estados Unidos poderia recorrer.

– Agora, a essa altura, Sam, imagino que você esteja pensando: *tudo bem, mas o que isso tudo tem a ver comigo?* É isso?

Sam, que estava de fato se perguntando como lidaria com toda aquela situação de Spaktoom usando apenas mentiras e ardis, respondeu:

– Acertou.

E o agente Steel, digamos, continuou:

– Bem, Sam, nos ocorreu que, pelo fato de lidarmos com o alto escalão da arte, é capaz que alguma coisa nos fuja. Digo, a arte real, claro, tem lá sua influência, mas só sobre uma minoria minúscula e bem de vida. Se você quer chegar no zé mané mediano na rua, a arte elevada não serve para isso, com as galerias e salões. Para isso, o que você quer não é o alto escalão. É a sarjeta. São as borras da cultura, coisas que ninguém em um milhão de anos vai dizer que é arte. É você, Sam.

Uma grande mosca, seu abdome inchado de um azul iridescente brilhante, pousou sobre o pastrami gelado de Sam. Ele poderia tê-la espantado, mas a essa altura estava com um humor engraçado. Já havia passado pelas cinco fases do luto quanto ao seu café da manhã, chegando enfim à aceitação de que não iria conseguir comê-lo. Sendo esse o caso, imaginou que a mosca azul pelo menos poderia garantir que a sua refeição mais importante do dia não acabaria desperdiçada. Sem se dar conta desse ato, de um raro altruísmo, da parte de Sam, a voz desencarnada prosseguiu:

– E o que a gente vê quando olha para os gibis... não só os seus, os de todo mundo... o que fisga nosso olhar são todos esses supersujeitos. Fato, não tem mais tantos quanto tinha antes, uns dez, quinze anos atrás, mas mesmo assim nos parece que eles ainda têm muito potencial. Pensa só. Supersujeitos, é só este país que fabrica isso. Só Deus sabe o porquê, mas é fato. Em termos de símbolos, são unicamente americanos. São os nossos musculosos com as foices, só que têm regatas melhores. A gente estava pensando que esses paspalhos de cueca por cima da calça poderiam servir como ótimos veículos de propaganda.

A mosca, usando seu canudo embutido, bebericava o pastrami de Sam como um refrigerante. Tendo o que considerava uma compreensão relativamente firme ao menos dessa parte do diálogo arrepiante, Sam sentiu que podia confiantemente trazer à tona uma objeção pertinente:

– Pois é, mas, assim, veja só, a diferença é que, exceto pela American, ninguém mais faz personagens mascarados. Parece que ninguém mais quer saber deles depois da guerra. Além do mais, você está falando com o sujeito errado. Lá na Goliath, o que a gente faz são revistinhas de monstros, de faroeste, uma ou outra coisa para adolescentes, *Ellie Acompanhante* e coisas assim, mas não lidamos com heróis fantasiados desde que desistimos do Guarda Nacional faz uns quatro ou cinco anos. Além da Rainha Lunar, do Homem--Trovão e do Rei Abelha na American, os supers estão acabados.

Na pausa seguinte, antes da resposta, Sam escutou o sussurro das páginas do jornal sendo viradas atrás de si. Considerou que aquela voz em off podia estar tão entediada com aquele diálogo sem pé nem cabeça que estava furtivamente lendo *Floyd Pé-Chato*, mas depois pensou que não. Era mais provável que estivesse segurando o jornal como um biombo na frente de rosto, de modo que ninguém pudesse ver o que estava falando, virando as páginas de vez em quando para dar uma disfarçada. Sam bem que queria ter um jornal que nem ele ou até mesmo um saco de papel com furos para os olhos. Essas coisas meio capa e espada eram tensas, mas, pior que isso, eram constrangedoras.

– Acabados não, Sam. Discordamos. Não sei se você já viu os números que o Sol Stickman está arrecadando com o novo gibi do Feixe na American, mas eu vi e, acredite em mim, são bem impressionantes. Talvez três, quatro vezes a grana que você tira dos seus caubóis aboiolados e monstros bocós. Você apresentou um argumento convincente de que a sua editora não trabalha mais com os fantasiados, mas eu estou cagando e andando, porque o ponto desta nossa discussãozinha refinada de hoje é que ela *vai* sim voltar a trabalhar com eles. Só que, sei lá, estávamos pensando que vocês vão precisar de um nome melhor. Digo, Goliath... o Golias tinha o quê, dois metros e dez, dois e quarenta? Sam, tem gente no Harlem Globetrotters mais alto que isso. E ele acaba morto por um pirralho judeu com um estilingue? Não é bem a imagem que a gente quer projetar. Vocês precisam de um nome maior que Goliath, que soe imbatível, invulnerável a qualquer perigo. Vou deixar isso na sua mão, Sam. Você que é o poeta.

Espera um minuto. O que foi isso, ele acabou de dizer...? Não. Não, não, não. Isso não podia estar acontecendo. Mudar a linha editorial? Mudar o nome da editora? Sam sentiu o ar saindo dos pulmões como se tivesse levado um murro na barriga, como se um piano tivesse caído sobre ele no meio da padaria sem ninguém reparar. E o tom da voz fantasma – claramente não era uma sugestão, um pedido por obséquio. Era mais como se sua vida tivesse sido alvo de um requerimento formal, e ele não sabia se ia vomitar, ter um infarto ou explodir. Quando as palavras vieram, foi num balbucio agudo e suplicante.

– Ei, espera aí, digo, eu não posso, essa, essa, essa editora não é minha, é do pai da minha esposa, Jackie Berman. É ele que é o dono da Goliath. Não posso simplesmente... olha, por favor, não é que não queira ajudar, mas você tem que pensar na posição em que me põe desse jeito. Não dá para... sei lá... não dá para vocês levarem esse discurso para a American? Essa coisa dos heróis fantasiados, eles têm mais experiência que a gente com isso. Além disso, eles têm todos os grandes nomes que as pessoas já conhecem, tipo o Homem-Trovão. Será que vocês não podiam...

– Sam?

Essa palavra, entoada assim, em voz baixa, foi uma rolha sobre o jato da garrafa transbordante que era Sam. A mosca de barriga azul, imóvel sobre as anáguas reluzentes do seu pastrami, parecia encará-lo diretamente com seus olhos compostos, impassível, como um policial de trânsito. Esfregava as mãos de antecipação. Quando a voz se pronunciou de novo, Sam achou difícil não imaginar que viesse da mosca.

– Sam, não temos interesse na American. Uma editora dessas, eles já têm muito dinheiro e não são tão suscetíveis aos nossos incentivos. O que a gente procura, o que é mais útil pra gente, é um operadorzinho carente e de terceira divisão que nem você – disse a mosca. – Além do mais, os heróis mascarados da American são playboys milionários ou vêm do espaço ou têm alguma bobajada mágica. Como é que isso reflete os valores do nosso país, Sam? Por que não podemos ter uns americanos bons e comuns, uns cientistas nucleares, pesquisadores cibernéticos e fabricantes de armas, por que é que não dá para essa gente ser super? Entende o que eu digo?

A mosca parou por um breve momento para dar uma cagada, depois continuou sua palestra intimidadora:

– Em todo caso, você é um cara que a gente já conhece, já trabalhamos juntos antes. Lembra? Dez anos atrás, perguntamos se podia transformar o Guarda Nacional num esmurrador de comunas... todos aqueles vilões que nem Ratski Fatski, Marx Imundo, Ivan Agenda... e na época, Sam, você foi bem solícito. Pense nisso como se fosse igual àquela vez, só que em maiores proporções. Se jogar direitinho, será uma oportunidade bem maior para você, para nós, para todo mundo.

Esse papo de oportunidades levou Sam a pensar que, afinal de contas, dava para fazer negócios com uma mosca. Apertou os olhos de leve, para que ela soubesse que devia levá-lo a sério.

– Então, você está dizendo que esses supers, você quer que eles batam nos comunas?

A mosca fez que sim com a cabeça.

– Ora, mal isso nunca faz, Sam. Nunca faz mal. E essa é outra área em que vocês ganham mais pontos que a American. Você já viu o Rei Abelha ou o Homem-Trovão bater num comunista? Então, é, claro, um monte de vilões vermelhos é sempre bom, mas desta vez os vermelhos não são nossa prioridade. Desta vez, para dizer a verdade, nossa preocupação maior são as bombas atômicas.

A mosca já havia levantado voo e saído zumbindo na metade da última frase, por isso Sam ficou ali, tendo uma conversa sobre bombas nucleares com a pessoa real na mesa de trás, em vez de um inseto mágico falante. Fez aquele ruído interrogativo bem agudo que as pessoas fazem quando lhes pedem para fazer alguma coisa associada a armas atômicas.

– Bom que você perguntou. Sabe o que mantém os Estados Unidos por cima de tudo ultimamente, Sam? Sabe no que repousa a posição dos Estados Unidos no mundo? São os mísseis, Sam. MBICS com grandes cargas atômicas, e o fato de que temos mais deles do que o outro sujeito. Para isso, é preciso um bom fornecimento de material nuclear... urânio, plutônio... o que, por sua vez, exige toda uma zona de usinas atômicas para produzir essas coisas. Então, o que você vai ver ao longo da próxima década é um monte de coisas assim sendo construídas, comissionadas, tanto faz. E isso é bom. A energia atômica é uma coisa boa, mas de vez em quando vai ter um pouco disso, um pouco daquilo, explosões, vazamentos, esse tipo de acidente. E todos os pacifistazinhos e liberais vão dizer: "Ai, minha nossa! Essa energia atômica é ruim demais" ou "Eu morava a quinze quilômetros de uma usina nuclear e agora tenho um bebê de duas cabeças", ou umas merdas assim. Entende, Sam, a questão é um problema de imagem.

Sam encarava, com os olhos vazios, o vidro da janela da frente. Os clientes entravam ou saíam pela porta pesada, indo e voltando à sua frente, mas Sam Blatz não enxergava nenhum deles. Em sua imaginação febril, via o branco da bola de fogo nuclear dilatando--se pelas avenidas amontoadas, com os arranha-céus e policiais e cachorros e hidrantes derretendo até virarem vapor, chupados pela grande sequoia de fumaça, com seu tronco de mais de um quilômetro de largura apagando o céu de julho, sombras de executivos e prostitutas expostos à detonação impressas nas emulsões brutas da parede de uma biblioteca, carros e gibis e tudo pegando fogo, e então o próprio fogo pega fogo e, com o coração martelando, ele rezou para que Spaktoom chegasse lá primeiro. A melhor resposta que conseguiu foi um tremelicante:

– O que quer dizer com isso?

– Está tudo nos filmes, Sam. Em todas as séries de TV e histórias de ficção científica, você recebe uma dose de radiação e na hora tudo se transforma num monstro gigante. Pessoas gigantes, lagartos gigantes, formigas gigantes. Digo, uma formiga gigante... é tipo um chihuahua, só que com mais patas, não é? Ou alguma bobagem em que tem uma guerra nuclear e todo mundo vira um mutante com o rosto desmanchando. Mutações são uma coisa boa, Sam. É a mutação que faz a evolução funcionar, mas todas essas representações negativas, o que elas fazem é que levam as pessoas a pensar que a radiação é perigosa, que vai transformá-las em algo feio e gigantesco. Então, o que a gente estava pensando é: e se houvesse histórias em que as pessoas são irradiadas, mas em vez de acabarem, sei lá, com leucemia ou coisa assim, elas se transformassem em super-homens? Acho que daria para chamar de metáfora: a energia atômica transformou os Estados Unidos numa superpotência, então talvez possa ser o mesmo com cidadãos individuais. É basicamente esse o argumento que eu gostaria que você transmitisse. E não se preocupe com Jackie Berman. Depois que você falar da grana preta que vai fazer, ele vai cair em si. Você é um sujeito persuasivo, Sam. É um dos motivos pelos quais a gente gosta tanto de você.

Lá fora, além do vidro, Nova York se ausentava, até o horizonte, coberta de cinzas. Não havia nenhuma formiga gigante, nenhum mutante, nada mais para se olhar. Era meio triste, mas então Sam deu de ombros e pensou, bem, se não for ele, vai ser outra pessoa, e aí o sol saiu de novo e ainda havia pessoas e automóveis e ele se sentiu bem. Tinha algumas questões, claro, mas eram mais pecuniárias do que morais.

– Beleza, mas, tipo, mesmo que eu consiga bolar todos esses superpersonagens da minha própria cabeça, como é que eu sei que vão vender? Comparado com a American, a gente tem só uma pequena cota do mercado. Depois tem o fator de tempo a se considerar. Essas novas revistas, mudar o nome da editora... vai demorar um pouco.

Enquanto tudo isso acontecia, os fregueses iam e vinham, sem serem percebidos por Sam, entre o interior verde e marfim da padaria e o dia de casquinha de sorvete lá fora, e sempre que a porta se abria tocava o sino com seu tilintar baixinho, trim-blim-blim.

– Você tem até o ano que vem. Isso não é negociável. Quanto aos personagens, só tem que fazer o que sempre faz: repasse as nossas orientações aos verdadeiros talentos que você tem nas mãos, um Joe Gold, um Robert Novak, qualquer um menos Frank Giardino... e aí senta, relaxa e recebe os créditos. E, por favor, Sam, não preocupe essa sua cabecinha monstruosa com a questão de se os gibis vão vender ou não. Vão vender, sim. Vão vender tanto que vai chamar atenção e você vai ser um grande fenômeno, igual fizemos com o Rauschenberg. É por isso que chamam de *pop art*, Sam. É popular. Dois ou três anos, pelos nossos cálculos, e é até capaz de vocês baterem a American. Deixa com a gente.

"Pois bem, Sam, eu preciso dizer que você tem levado todas essas coisas muito na esportiva. Não deve ter sido uma conversa fácil, esta nossa, da sua perspectiva. Digo, quem sou eu? Cheguei aqui, interrompi seu café, o jeito que eu falo pode ser interpretado como, sei lá, meio desdenhoso, e eu nem me apresento para você. Coincidência doida, eu sei, mas meu nome é Ted também. Sou seu novo Ted. Em todo caso, imaginamos que seria justo que você pudesse ter uma voz nisso, saber o quanto a nossa gente valoriza o que você tem a dizer. Vai lá, Sam. Diz para mim o que sente a meu respeito e acerca dessa proposta toda. Não precisa florear. Sou todo ouvidos."

Pois bem. Agora sim, finalmente decidiram tratar Sam como um igual e não como uma putinha com medo deles que vai fazer qualquer coisa que pedirem, assim que estalarem os dedos. Era mais parecido com o cenário do Spaktoom. Abaixando o que acabou se tornando uma faca e um garfo puramente ornamentais, ele corrigiu a postura no assento e ajustou a gravata. De cara, sentiu-se mais profissional, mais por cima da carne seca, como se controlar a sua gravata lhe conferisse o poder de controlar suas circunstâncias, esse tipo de coisa. Os clientes da padaria entravam e saíam, a mesma coisa de antes – Sam viu a mosca da bunda azul partir, passando pela porta e subindo direto ao quinquagésimo andar, pelo que parecia –, mas não prestou atenção nisso enquanto se preparava para declarar seu posicionamento, com uma eloquência da qual apenas ele seria capaz. Quase dava para sentir o agente Ted, digamos, inclinando-se para perto dele, talvez sacando um caderninho de notas encapado em pele humana a fim de anotar as opiniões e ideias de Sam. Com uma confiança renovada, Sam pigarreou e respirou fundo.

– Antes de tudo, ó, sub-reptício assegurador de certezas, deixe--me dizer que o Sacana do Sam assevera ser um sujeito suficiente-mente sagaz para o seu subterfúgio, por isso, senhor, seria supérfluo substituí-lo! Você tem aqui uma promessa em platina de um dos pilares do protetorado das publicações que se empenha em provi-denciar uma pletora de protótipos pós-atômicos para perplexidade, prazer e promoção da perniciosa propaganda pró-bomba aos pré--adolescentes com uma possível e presunçosa impunidade! Blatz é quem basta, então bote aí que a banda vai ficar besta com o buquê de brilhantismo abundante deste bastião da burla! A iteração de ideias e imagens intimando iniciar e influenciar, insidiosamente, imaginações introspectivas dos imaturos e inocentes, instigando in-teresse em instrumentos de infâmia intercontinental, isto é minha intenção imediata!

Estava indo bem, pensou. Parecia que o agente Ted Steel,

digamos, estava envolvido com cada palavra de Sam, sua atenção capturada como em um transe estrambólico, encantado por um mestre da hipnose. Dava para ouvir um alfinete caindo. Encorajado, Sam continuou seu discurso:

– Marque as minhas mensagens masculinamente, ó mentor maquiavélico! Medite com maior mesura, maestro, sobre o *magnum opus* mental mensalmente maquinado pela minha mente majoritariamente mastigada! Experimente essas estarrecedoras, há quem diga espetaculares, e espontâneas especulações, espirrando como espermatozoides, que esguicham, *swami*, dos extremos do espírito de Sam! O Mike Mutante, um cara de quem você vai gostar bastante! O Homem Pedestal de Raio-X e Brilhoso, o Menino-Abajur! Kid Teclado com Dedos Adicionais! O material se escreve sozinho! A Mulher De Seis Cabeças Esperta Pra Chuchu! O Cruzado dos Cromossomos Lesados! Os Intratáveis! Não me sustente assim em suspensão, safado! Simplesmente exponha sua seleção singular em minha salada de sentinelas em estrôncio, e assim sem espera sussurraremos nossos suaves saionarás. O que me diz, ó torturador taciturno?

Evidentemente, era uma escolha difícil. Sam quase conseguia ouvir as engrenagens de deliberação girando na cabeça do agente atrás de si. Sabia que conseguia impressionar quando precisava, por isso permitiu-se um sorrisinho satisfeito com os rumos que o seu café da manhã arruinado havia tomado enquanto acrescentava:

– E aí? Espero sua resposta. Está na hora de tomar uma decisão, *muchacho*!

Denny Wellworth saía pela porta da padaria nessa hora e ouviu essa última parte. Balançando a jovem cabeça, abismado, ele torceu para que, em nome de Jesus, não fosse este o fim de todos os roteiristas – ter como único amigo um sanduíche morto.

Conforme a padaria foi se esvaziando, Sam continuou sentado, fitando os olhos de catarata dos seus ovos, começando a se sentir meio desanimado com a indecisão do agente. De súbito, ocorreu-lhe um pensamento perturbador. Lenta e imperceptivelmente, começou a girar a cabeça, um grau por vez. Então, quando não veio nenhum comando para parar, virou todo o torso a fim de ver a mesa atrás de si. E então disse:

– Filho da puta.

O desgraçado provavelmente fora embora junto com a mosca.

Murmurando de raiva, ele apanhou seus óculos de sol, seu chapéu de malandro e o paletó decorador de ombros, e então saiu ao ar matinal com seu passo petulante. E olha só, enquanto seguia pela rua o seu rumo faminto e aviltado, quem por acaso estava rondando por ali – ninguém menos que Spaktoom, o Impossível! Ah, até que fim! Spaktoom tinha cerca de trinta metros de altura e um tom cor de rosa sujo, como se feito de velinhas de aniversário derretidas. Por onde passava, seu peso tremendo deixava marcas de concreto comprimido e macadame negro tridactílicas, do tamanho de caminhões, e, ao se pronunciar, as palavras do tirano interestelar tinham uma linha preta espessa ao seu redor, a fim de transmitir seu timbre gutural e inumano:

– Onde está o humano conhecido como Blatz, o Inacreditável? Disseram a Spaktoom que Blatz é o único terráqueo possivelmente capaz de dissuadi-lo da ideia de fritar o vosso globo insignificante!

Sam ruminou suas opções. Podia buscar outro sanduíche em outro lugar, depois levá-lo até a Lexington e comê-lo no escritório.

– Desculpa, colega – disse enquanto passava pela imensa abominação, seguindo pela rua –, nunca ouvi falar.

Atrás dele, dava para ouvir a padaria fervendo enquanto a enormidade extraterrestre começava seu surto decepcionado de destruição. Era uma pena, mas Blatz tinha coisas maiores com que se ocupar.

15. (Setembro, 2015)

Ele sabia que não conseguiria aguentar mais. Sabia que, se não saísse dessa indústria, um ato que até coisa de um mês antes seria impensável, então, de um jeito ou de outro, ela acabaria com ele. Iria reduzi-lo a um rabisco, um cartum de fácil compreensão, assim como fazia com tudo e com todos. Acabaria emocionalmente comprimido, todo seu desenvolvimento bruscamente interrompido aos doze anos de idade, de modo que a única forma de crescer seria pelas laterais. Passaria a ter a aparência de alguém espiritualmente mais alto que acabou achatado, suas complexidades resumidas a uma palavra só, aliterada, e ele seria o Dan Depressivo até o dia da sua morte. Seria um anão pornográfico risonho, um Brandon Chuff, um Worsley Porlock ou uma vítima catastrófica do Sr. Oceano como Jerry Binkle. De um jeito ou de outro, acabaria como um grotesco inane, uma aberração de circo, e ele sabia, sabia, sabia que não conseguiria aguentar mais.

Fazia algum tempo que essa conclusão vinha se aproximando, provavelmente anos, mas desde aquela noite de horrores na Carl's Diner, já estava próxima demais, detalhada demais, para ignorar. Foi a pura idiotice de tudo ali – ele mascando o próprio lábio, Chuff morrendo sem ninguém perceber, depois o desmaio de Binkle e Finefinger levando um murro da garçonete por conta do sorrisinho infeliz da sua paralisia de Bell. Para ser justo, esse último incidente teve um final feliz: Jo, a garçonete, ficou mortificada ao descobrir sobre a condição de Finefinger, por isso mandou-lhe flores com um pedido de desculpas e eles estavam namorando desde então. Foi legal, mas perto dos horrores do ramo dos quadrinhos, era como tossir na direção do furacão Katrina.

Então, apenas alguns dias após ele tentar, em pânico e sangrando, empurrar o corpo sem vida do seu colega sobre o chão reluzente da lanchonete, houve a... Dan ainda não conseguia pensar naquela noite escabrosa na casa do Brandon, com Moskowitz e Porlock. O que viram, o que fizeram, e todos aqueles seios e cus e vaginas em chamas. Em teoria, Dan ainda podia ir parar numa porra da prisão de verdade por conta disso, na cela vizinha à do Arvo Cake, se alguém descobrisse. Apesar de isso ser uma fonte insuportável de ansiedade para alguém como o Dan, que nunca nem recebera uma multa da biblioteca, era uma insignificância, um nada, perto do pavor farfalhante, esfolador da alma, que ele conhecera no apartamento de Chuff. O mero fato da existência insuportável do lugar e o modo como o fazia imaginar o mundo interior de Brandon. As etiquetinhas com as datas em caligrafias minúsculas, as comemorações emboladas do que Chuff claramente imaginava serem seus melhores momentos, masturbando-se durante uma transição estupefaciente entre os milênios. Essa súbita reavaliação de uma vida humana, cercada por dez mil orifícios vigilantes – foi isso e não o incêndio que fez com que algo crucial em Dan Wheems se partisse de vez.

Ele nunca mais ficou bom desde então. Foi essa a sua única desculpa, a explicação solitária para o papelão medonho que ele fez no funeral de Brandon, uma repetição sinistra do incidente fatal da lanchonete, quiçá ainda mais terrível que o original. O problema era que ninguém esperava por Crosby Bunsen. Ninguém sequer sabia que Crosby Bunsen existia.

O funeral acontecera havia duas semanas, no fim de agosto. Os nervos de Dan estavam se aproximando do colapso desde a sua participação na fogueira das obscenidades. Não estava em boas condições para participar – isso ele enxergava agora –, mas no fim acabou se obrigando a ir, convencido de que sua ausência de algum modo iria expô-lo como o incendiário. Em retrospecto, foi um erro hediondo de cálculo.

Considerando que não parecia haver ninguém da família de Brandon por lá, imaginaram que seria adequado que seus colegas se sentassem na primeira fileira. Lá estavam Ralph Roth, Worsley Porlock, Jerry Binkle, Milton Finefinger e David Moskowitz – estranhamente mais baixo agora do que era uma semana antes; devia estar usando um sapato com um salto menor. Essa formação deixava espaço para Dan Wheems no final da fileira, com um único assento vazio entre ele e o corredor. Desde o princípio, quando começaram a assumir os lugares, esperando começar o velório, a atmosfera era como a vibração tensa de um violino – ou, pelo menos, era como parecia a Dan. Ele, Moskowitz e Porlock não conseguiam, pelo visto, parar de trocar olhares de culpa constantes, e Dan se flagrou roendo nervosamente os pontos que colocaram no seu lábio após aquele fiasco na Carl's. Por isso, era óbvio que ele estava numa condição delicada já antes de Brandon Chuff entrar e tomar o assento logo ao seu lado.

Embora tivesse já lido e redigido dúzias de histórias de terror, Dan sempre foi da opinião de que as reações dos personagens diante do sobrenatural eram melodramáticas e teatrais demais – todas aquelas quedas bruscas de temperatura, o medo paralisante e todo o resto. Naquele momento, porém, conforme sua narrativa interna dava uma guinada desconcertante, indo de Philip Roth para M. R. James, ele sentiu como se a realidade estivesse afundando, como se seus ossos fossem feitos de gelo seco fumegante, o zero absoluto, tudo tão frio que os átomos cessariam suas vibrações, e então ele, o banco onde se sentava e toda a cidade de Nova York colapsariam numa geleia nuclear densa e translúcida, conhecida como condensado de Bose-Einstein. É justo afirmar que Dan revisou com pressa suas próprias opiniões sobre como devia ser ter um defunto sentado ao seu lado naquele instante.

Porque definitivamente era Brandon Chuff. Simples assim. Brandon Chuff quando tinha os seus vinte e poucos anos, o que sugeria que, no além, as pessoas passavam a eternidade no seu auge. A aparição tinha o cabelo ralo e enrolado; a barba minimalista; os óculos de aro fino. Diferente dos outros participantes, o espectro de Brandon vestia jeans ectoplásmicos e calçava um par de tênis fantasmagóricos. Quando Dan arriscou sua sanidade e virou a cabeça, a visão do pingente de Brandon, sua marca registrada, pendurado no pescoço do espírito – aquele mesmo que Brandon usara ao longo de todas aquelas convenções do começo dos anos 1970 – perfurou Dan das tripas ao cérebro como se fosse a ponta aniquiladora de uma estalactite. O retornado chegou até mesmo a dar um sorriso enigmático para um ponto fixo à meia distância, igual Brandon tinha feito naquela noite fatal.

Pregado ao assento pelo pavor, a mente esfarelada de Dan começou a repassar, num frenesi, os vários motivos em potencial para a visita do Chuff fantasma. Seria uma aparição benevolente, com a intenção de permitir a Dan algum tipo de encerramento após toda aquela pornografia no apê e lembrá-lo do ser humano vital que Brandon já fora, antes de ser arruinado pelos quadrinhos e o vício em fazer justiça com as próprias mãos? Um último tapinha nas costas do falecido editor-chefe, para que Dan pudesse esquecer os rótulos, as caixas, as rosetas de papel, tudo? Que essa comunicação era voltada apenas a Dan ficou evidente desde o princípio pelo fato marcante de que Brandon parecia invisível a todos os outros (embora, alguns dias depois, Dan tenha percebido que isso era porque ele bloqueava a vista de todo mundo da primeira fileira e ninguém mais no velório tivesse a menor ideia de como era a aparência de Brandon Chuff aos seus vinte e poucos anos).

Após passar-se um minuto inteiro sem que o espectro evaporasse em névoa, a sanidade de Dan estava perto do ponto de colapso e ele começou a roer seus pontos. Se fosse uma despedida carinhosa, um gesto de conforto do além, então Chuff já teria piscado e desaparecido, sem deixar nada para trás além daquele sorriso irritante. Ocorreu-lhe então, a essa altura, que o único outro motivo provável para essa aparição póstuma era uma retribuição infernal, feito algo saído de *Torre do medo*. A verdade gritante desvelou-se, atingindo-o como o desmoronar de uma parede de tijolos congelados: era por conta do incêndio.

Ai, Deus. Claro. Foi a Dan que Brandon confiou a posse da sua chave, foi Dan quem esbarrou na necrópole de esperma seco, foi Dan quem entrou em pânico e apalpou o cadáver ainda morno de Brandon na lanchonete. Era uma clássica trama de gibi da PC que decerto terminaria com Wheems sendo cremado no lugar de Chuff, enquanto, no canto inferior direito da vinheta final, o Escrivão Necro-Afiliado daria uma gargalhada, dizendo, "Heh, heh, heh! Parece que o Dan vai SUAR por conta daquelas revistinhas QUENTES que ACENDERAM no coitado do Brandon um DESEJO ARDENTE! E nunca mais ninguém o VIU, cara de PAVIO! Heh, heh, heh!". Sentado ao lado do falecido roteirista-editor, tremendo igual uma lava e seca no ciclo de centrífuga, ele percebeu aquele gosto emocionante de cobre na boca antes de se dar conta do que havia feito.

O que aconteceu na sequência pareceu desprovido de qualquer volição, como se algum imperativo neurológico de repente relembrasse o que tinha feito da última vez que Dan esteve numa situação desse tipo, incapaz de falar e esguichando sangue, preso no seu assento pelo volume inamovível de Brandon Chuff. Agindo de acordo com alguma memória muscular impressa pelo medo, ele deu voz a um guincho inarticulado num jorro carmim e iniciou uma tentativa de empurrar Chuff do seu assento, garantindo assim a sua fuga. Só que, como nessa ocasião não havia um gerente de lanchonete do outro lado de Brandon para aplicar uma força igual, seus esforços acabaram dando mais certo, se é que podemos falar nesses termos, e o jovem assustado soltou um:

– Mas que porra é essa?

E capotou com tudo no corredor.

Alguém que ele percebeu ser Ralph Roth o agarrou por trás e gritou:

– Dan! Esse não é o Brandon!

Mas a essa altura o lugar todo estava um tumulto só, de modo que Jerry Binkle desmaiou e Milton Finefinger levantou-se, berrando:

– Eu não estou rindo! É paralisia de Bell!

E blá-blá-blá, os oficiais de prontidão blá-blá-blá o boletim de ocorrência blá-blá-blá.

Na verdade, quando chegaram os policiais, Dan estava tão atormentado que confessou ter ateado fogo ao apartamento de Brandon, só que, por sorte, ninguém compreendeu seus balbucios salpicados de sangue. Quando Ralph Roth se ofereceu para conduzir Dan ao hospital, a polícia pareceu simplesmente aliviada, igual a todos os outros, especialmente Crosby Bunsen, que estava aliviado pra cacete.

Ralph contara a história de Bunsen enquanto tomavam café na casa de Dan, após voltarem do hospital, onde remendaram de novo o seu lábio. Roth expressara sua gratidão a Dan por ter lhe dado uma desculpa para sair do funeral de Brandon e revelara-se compassivo em relação à sua investida histérica e ensanguentada contra o jovem que se parecia tanto com Brandon Chuff. O único motivo que levou Roth a se dar conta de quem era o sujeito, pelo que ele explicou, foi uma confissão alcoolizada da parte de Chuff, feita alguns anos antes quando eles conversavam uma noite depois de saírem de uma convenção.

Linda Bunsen era uma aspirante a colorista lá no começo dos anos 1990, conhecida de Brandon Chuff. Segundo a história que ela viria a contar ao seu rebento, ele mesmo, seu filho, foi como ela conseguiu seu emprego de merda como colorista para a *Onipotente Jovem Milícia* na American. E também foi como ela perdeu esse emprego, assim que a barriga começou a aparecer. Chuff, criado à base de super-heróis com padrões morais inabaláveis, caracteristicamente negou a paternidade, apesar da semelhança, exata ao ponto de parecer piada, entre ele e Crosby Bunsen, como foi batizado o menino de cabelos encaracolados. Claro que, mais tarde, tudo foi confirmado com exames de sangue, mas a essa altura o fracasso inicial de Brandon em reconhecer Crosby como seu filho já havia deixado uma marca na psicologia incipiente do jovem ressentido. Sendo já praticamente idêntico ao seu progenitor dissimulado, o menino se esforçou para sublinhar e fortalecer essa semelhança disputada. Usava roupas e um corte de cabelo iguais ao que se via nas fotos antigas de Chuff, a que teve acesso, e sentiu um prazer macabro quando encontrou o pingente que a mãe guardara, por algum motivo, e que ficara esquecido na gaveta por mais de vinte anos. Segundo os caras que ficaram no funeral após a saída de Ralph e Dan, depois que se recuperou do ataque sangrento e ininteligível de Dan, Crosby levantou-se para ler um elogio fúnebre que começava com as seguintes palavras:

– Meu pai foi um arrombado egoísta que nunca fez porra nenhuma por mim, nem por minha mãe. Não, brincadeira.

Todos concordaram que ele era igualzinho ao pai.

Roth passou uma hora ou duas na casa de Dan, só para garantir que ele ia ficar bem. Considerando como estava a boca de Dan, o que resultou disso não foi bem uma conversa, mas as informações trocadas entre os dois acabaram sendo algo como um ponto de virada para Wheems, em termos de decisões profissionais subsequentes. Ralph lhe perguntou qual afinal era o problema dele com tudo aquilo e, após várias repetições de "Fão fó xibif" e ele finalmente entender que o que se dizia era "São só gibis", Ralph entrou num longo discurso em comiseração das deficiências de seu campo profissional:

– Eita! Nem me fala. É como se cada história, cada anedota que alguém começa a contar nesse ramo, você já sabe que vai terminar de algum jeito horrível. É sempre, tipo, "E o criador do Zoom Wilson jogou o carro contra um muro, mas queria levar alguma outra pessoa junto" ou então "Sam Blatz costumava ficar sentado em cima de um arquivo e aí jogava os cheques dos artistas de lá, de modo que eles tinham que se curvar diante dele para apanhá-los do chão". Ou então: "E aí ele se matou"; "E aí ele precisou dormir no escritório para dar conta do prazo e infartou"; "E aí ele fez picadinho da namorada". Ou é trágico ou é apavorante ou as duas coisas.

"Digo, beleza, eu já trabalhei em outras indústrias e, pois é, sei que todas são meio assim. Sei que acontecem essas merdas em qualquer lugar, mas nos quadrinhos parece cinquenta vezes pior, e sabe por quê? É o absurdo. Já saquei. É essa desconexão imensa entre essas porras desses personagens infantis bocós e as vidas escabrosas dos sujeitos que escrevem e ilustram essas histórias.

E que publicam também. Tipo, de um lado você tem o Pete Massinha se transformando num balão de ar quente para voar até Marte enquanto, do outro, tem Sam Earl estourando os miolos após uma indiscrição na Mansão Playhorse, onde ele encheu a cara, comeu uma das potrancas e ficou com a sensação de que havia traído sua esposa, que ele amava. É o absurdo, o patético, que fica bem ali na vizinhança entre o grotesco e o inexprimivelmente hediondo. Isso é o ramo dos quadrinhos.

"Ou, pelo menos, é o que eu costumava pensar que fosse a explicação, mas, quanto mais eu trabalho na American, mais penso que tem alguma outra coisa também. Algumas das coisas que eu ouvi sobre o pessoal do andar de cima, algumas das coisas que eu vi..."

A essa altura, Dan Wheems perguntou: "Faif gomo?", e precisou repetir oito ou nove vezes até Roth entender que ele queria dizer "Tais como?".

– Bem, tais como Sol Stickman. Um ou dois anos atrás, eu vi um artigo numa revista de domingo sobre uma descoberta arqueológica no Mar Negro, num lugar que foi um dos pontos mais ao leste do Império Romano. Escavaram um velho mosaico do século primeiro que acreditam ser uma representação do escritor Luciano, autor da primeira jornada à lua. Mostrava a fotografia da coisa e lá do lado do Luciano, no mosaico, tinha um sujeito careca e velho, de terninho e óculos, com uma das mãos sobre o ombro do Luciano e a outra fazendo um joinha. Te juro, Dan, é sinistro pra caralho. Ou então, que tal o David Moskowitz? Ninguém reparou que ele está encolhendo? Quando eu o conheci na década de 1970, devia ter um e oitenta, um e oitenta e cinco. É que você não ficou na American por muito tempo até ter a sua primeira treta com o Hector Bass e partir para a Massive, por isso não viu a pior parte. Digo, teve aquele negócio com a Mimi Drucker, após a grande revelação terapêutica dela, como diziam.

Aqui, Dan fez uma interjeição – "Gueguefem?" – e demorou um ou dois minutos até Ralph Roth poder continuar com seu monólogo.

– Dan, é sério, você não pode falar disso para ninguém, beleza? Mas então, olha, quando você esteve na American, antes daquilo com o Bass, deve ter sido chamado ao escritório da Mimi pelo menos uma vez, né? Não precisa me responder, está bem? Só balança a cabeça para cima ou para os lados.

Fechando os olhos brevemente, ele fez que sim com a cabeça. Sim, Dan Wheems já estivera no escritório de Mimi Drucker.

– Pois é. Então você lembra do principal item de decoração lá, a coisa de que ela não conseguia parar de falar?

Mais uma vez, Wheems fez que sim com a cabeça, engolindo um pouco de baba morna e sentindo uma pontada de constrangimento pela lembrança.

– Aguela fofoguafia.

Roth, cada vez mais acostumado à dicção borbulhante de seu colega de profissão, confirmou com a cabeça, num gesto sinistro.

– Isso. A fotografia. Aquela foto emoldurada enorme na parede, tirada por Avedon ou sei lá quem, com o pai da Mimi, o senador, jogando golfe junto do general Pinochet. Que bom. Você viu. E, enquanto você estava lá, ela fez aquilo que ela sempre fazia?

A resposta capital de Dan desta vez foi rápida, mecânica e difícil de parar. Sim, Mimi fez aquilo. *Aquilo* era um ato compulsivo de atentado ao pudor, ao ponto de que quase – quase – parecia que a vice-presidente não tinha consciência de que o estava fazendo. E ela sempre fazia, abrindo e fechando os joelhos, abrindo e fechando, de um lado para o outro, hipnoticamente, como um par de limpadores de para-brisas. Ou às vezes se sentava com cada uma das pernas apoiadas sobre os braços da cadeira giratória. Dependia do seu humor, mas ela fazia isso em qualquer lugar. Chegou a fazer com os editores, com os roteiristas, com os artistas, não importava o gênero ou idade. Fez até mesmo numa sala cheia de escoteiros de treze anos, que ficaram de queixo caído durante uma apresentação sobre o Homem-Trovão, e uma vez ela quase fez ao vivo com o David Letterman. Não era nem mesmo um gesto sexual. Na verdade, era a qualidade obsessiva do gesto, como um relógio quebrado, que fazia dele algo genuinamente aterrador.

Roth suspirou.

– Beleza. Você também sabe disso tudo. O comportamento da Mimi na época... o time de basquete e as trepadas com os artistas na sua mesa embaixo do duto de ventilação, de modo que todo mundo conseguia ouvir, ou a história que o Porlock sempre conta do elevador no primeiro dia dele na American... bem, quem é que entende o problema dela, né? A melhor hipótese a que eu cheguei na época era que ter um pouquinho de poder na indústria dos quadrinhos deixa as pessoas doidas, por isso elas pensam que poderiam fazer qualquer coisa que quisessem, como se fosse tudo um sonho. Mas Mimi Drucker, depois da sua suposta mudança, fez todas as outras coisas parecerem normais, até mesmo saudáveis.

"O que aconteceu.... e isso faz, tipo, uns cinco anos, foi em 2010, por volta dessa época... é que eu estava lá na American e a Mimi Drucker de repente aparece do meio daqueles padrões *moiré*, dá uns beijinhos duplos no ar e diz que tem algo que ela quer me mostrar no seu escritório. De cara, eu já penso: "Por favor, que não seja o colo do seu útero", mas tem algo nos trejeitos dela que me parece diferente. Até mesmo aquela sua voz gutural subsônica ganhou um tom meio de menininha empolgada. Pois bem, estamos lá na sua sala, e ela se senta à mesa e me estende a mão para perguntar o que eu acho. Ali mesmo, no seu dedo, tem uma aliança de brilhantes que deve custar mais do que a minha casa, um diamante do tamanho da cabeça da Mimi. Faço um olhar de surpresa e pergunto quando foi que ela se casou, e ela meio que sorri e gesticula na direção de uma foto pequena emoldurada sobre a mesa. Preciso me inclinar para chegar perto a fim de conseguir distinguir.

"Era... era uma foto de casamento. Tem a Mimi à direita, usando um vestido de casamento incrível, toda sorridente na foto, com uma felicidade que eu nunca tinha visto antes, tipo, simplesmente radiante de alegria. E aí, na esquerda, tem o noivo."

Aqui Ralph se calou por um tempo. Suas mãos, Dan observou, tremiam.

– Dan, eu não estou inventando nada. O noivo, no quadro sobre a mesa, Dan, era aquela fotografia. A outra fotografia, a que ficava na parede da sala, do pai dela com o Pinochet. Estava ali, do lado dela, com uma moldura dourada, quase da altura dela, e na parte de cima da moldura alguém tinha grudado um quipá. Eu fico encarando durante um minuto e meio, talvez, até sequer começar a compreender o que aquilo queria dizer, até compreender que Mimi Drucker agora está casada, legalmente, com uma fotografia inanimada em preto e branco do seu próprio pai, o senador, e um ditador chileno notoriamente maligno, jogando golfe. E o pior é que ela me mostra essa foto do seu dia especial esperando que eu faça algum comentário comemorativo. E tudo que eu consigo falar é: "Nossa, Mimi, fico tão feliz por você. Vocês dois parecem tão... lustrosos". E aí ela emite uma espécie de ronronado baixo de felicidade e me diz algo como "não é?".

"Foi a essa altura que eu reparei que a fotografia maior, aquela que agora é o marido dela, não está mais na parede da sala. Restou só um daqueles retângulos vagamente mais escuros que fica no espaço. Eu pergunto e ela me diz que "Papai-e-Augusto" agora fica em casa e que ela prometeu levar um DVD para os dois assistirem juntos. Parece que o casamento foi uma sugestão do terapeuta que a editora pagou para ela, a fim de aliviar o problema com a sua libido. Algo a ver com se comprometer com a coisa que fosse mais significativa para ela, a coisa que realmente fazia com que ela fosse feliz e, pelo visto, essa coisa era Papai-e-Augusto. Eu fico ali sentado, tentando digerir tudo isso, quando ela então adota um tom confidencial e me diz que sabe o que eu devo estar pensando, e nem eu sei o que estou pensando, mas ela diz que não quer que eu tenha a impressão de que o seu casamento com Papai-e--Augusto seja alguma coisa que não platônica ou que haja, sei lá, algo de incestuoso ali.

"Então ela... Dan, esta é a pior parte. A pior coisa que eu já vi na vida. Ela sentou ali na mesa e fez aquilo. Ainda com aquele mesmo sorriso sonhador e satisfeito, começou a abrir os joelhos. E, sabe, normalmente era uma coisa súbita, na metade da conversa, eles simplesmente se abriam como as páginas de um livro pesado, mas desta vez foi diferente. Mais lento e, sei lá, mais teatral, como cortinas sendo abertas para uma grande declaração dramática dos nossos tempos. Ela apartou os joelhos, um centímetro por vez, e eu... não consegui desviar o olhar, como se fosse falta de educação ou coisa assim. Ela... ela estava sem calcinha e, quando suas pernas abriram por completo, o que tinha lá..."

Os olhos de Roth, dentro de anéis de carvão, encaravam, maníacos, aquele tapete indiscutivelmente feio, mas era óbvio que o que viram fora algo infinitamente pior. Por fim, quando Dan Wheems já tinha imaginado, num furor febril, todas as possibilidades do que poderia haver debaixo da saia de Mimi Drucker, Ralph desviou o olhar do tapete e encarou o seu insondável anfitrião com sua boca de Frankenstein com uma expressão como talvez tivesse o rei Lear ao descobrir que tinha caído na malha fina do imposto de renda.

– Dan, não tinha nada lá. Nem pelos, nem genitais, só... nada. Ou então, não lembro, talvez houvesse poros. Não sei. Era tipo um Comandos em Ação, mas sem as juntas. E não era como se tivesse cicatrizes também, como se fosse o resultado de uma cirurgia cosmética. Você precisa entender isso, Dan: não tinha nada lá, nem vestígio. Quando a Mimi viu que eu captei a ideia, ela fechou os joelhos toda modesta e alisou a saia, depois me olhou bem séria e disse: "É só essa minha coisa com Papai-e-Augusto. Não quero que você ache que tem algo esquisito aí". E eu, basicamente, estou em choque, por isso só respondo: "Não, não, Mimi, haha, nunca". E aí é isso, acabou o show, mas, enquanto ela me leva até a porta, começa a falar aos sussurros, com um tom de conspiração. Ela diz: "Ralph, quero que você lembre que esta editora pode te dar tudo que você quiser. A editora quer o que a gente quer, Ralph. Ela quer que a gente tenha o que o nosso coração deseja. Eu juro, tem alguém que cuida da gente, aqui na American". E aí eu saio correndo por aqueles corredores que doem na vista, tentando lembrar para qual lado fica a luz do sol.

Roth parecia traumatizado. Ficou sentado lá, apenas balançando a cabeça em silêncio enquanto seu café sofria morte térmica, como se aquele interlúdio com a Mimi tivesse sido a gota d'água, a anedota bizarra que fizera tudo transbordar. Dan sentia uma empatia avassaladora, com a impressão de que a história sobre Drucker – certamente metafórica – era um perfeito resumo dos sentimentos que ele mesmo começara a ter sobre os quadrinhos desde a morte de Brandon Chuff: o modo como esse ramo dessexuava e desumanizava as pessoas que trabalhavam nele, o modo como as tragava rumo a uma realidade alternativa insana, onde não havia paredes ou limites, nada a não ser uma infinita queda livre psiquiátrica que, talvez bem no começo, passasse a sensação de estar voando.

É provável que tenha sido ali mesmo que Dan Wheems tomou a decisão definitiva de que devia sair daquela indústria demente enquanto ainda tinha nervos capazes disso. O sentimento de camaradagem entre ele e Ralph, dois irmãos na adversidade, era como uma corrente de ar grande e sombria soprando pela sala. Ele bateu com uma mão no ombro de Roth, num gesto de apoio, depois começou a discursar, de coração, de um jeito que nunca fizera antes. Com uma retórica como ouro quente e martelado, discorreu sobre como os gibis de quatro cores eram uma bandeira falsa da inocência, hasteada a partir de uma fossa séptica de depravações e golpistas. Em sílabas buriladas, catalogou os detalhes alarmantes de sua rixa épica com Hector Bass e desmentiu todos os boatos que abundavam com um voo lírico de argumentos que mais lembrava uma canção. Rogou uma maldição retumbante sobre a área dos quadrinhos como um abatedouro imbeciloide de sonhos infantis e jurou que preferiria arrancar os próprios olhos a labutar mais um momento naquela videira de retardo emocional e cultura inútil devoradores de vida. Ralhou contra os prêmios Sammy que ele próprio havia conquistado, agora as insígnias de uma enfermidade terrível, uma moléstia da idade adulta enjeitada. Manejando uma língua mais refinada do que em qualquer outro ponto de sua carreira, Dan exprimiu sua verdade humana, uma torrente de expressões vulcânicas e uma fulminação capaz de incendiar a noite. Infelizmente, tudo que Ralph Roth conseguiu entender foi "Ubuffuff wuffuffabuff", repetido durante vinte minutos, ao que ele respondeu, ao término, com um sorriso cansado e um "Falou e disse, amigo, falou e disse", o que era, pelo menos, tecnicamente verdade.

Roth partiu pouco depois, por isso Dan pediu um delivery de comida chinesa e ficou sentado ali até de madrugada, com os pensamentos a mil, perguntando-se se teria mesmo o estômago para levar a decisão a cabo. Será que tinha os colhões para abandonar o emprego que queria desde os doze anos, com efeito abrindo mão de toda a sua vida, sem jamais olhar para trás? Não sabia se ele, ou qualquer um, era capaz disso de verdade; não sabia sequer se era possível. Mas era necessário, se não quisesse terminar igual a um Worsley Porlock, uma Mimi Drucker, um Brandon Chuff ou algo pior e inimaginável. Após chegar sua refeição, tirou da prateleira os quatro volumes em formato *trade* da sua coleção dos *Vingativos* e pensou em relê-los mais uma vez, talvez a fim de redescobrir seu apreço perdido por essa área na série inovadora que lhe rendera os dois Sammies.

O que descobriu foi que ainda gostava deles. Não conseguiu parar de ler, de modo que já era três da manhã quando foi deitar. Continuava orgulhoso de seu trabalho, tão avançado para o começo dos anos 1990. Aquela cena em que ele fez os Vingativos originais se reunirem após alguns anos, como indivíduos mais velhos. A atmosfera e o realismo relativos do seu diálogo, como a famosa interação entre Ormazda e o Bruto – ninguém mais arriscava coisas assim na época. Ele bem que tinha motivos para se sentir satisfeito com o que fizera, no entanto...

No entanto, aquela obra não lhe pertencia de verdade. Ele não era o criador daqueles personagens tão queridos, o motivo de todo mundo comprar as revistinhas, os ícones bem estabelecidos que concediam sua ressonância a todas aquelas cenas inteligentes e modernas concebidas por Dan. Não foi ele quem inventou o Guarda Nacional, o Bruto, o Tanque Humano, Ormazda, o Mini-homem e a Mini-dama, nem a ideia de botar todo mundo junto numa revistinha só, chamada *Os Vingativos*. Tudo isso fora obra de Sam Blatz e Joe Gold, o que era o mesmo que dizer que tinha sido Joe Gold. Um menino durão dos cortiços, abençoado com uma imaginação para os quadrinhos mais fértil do que qualquer coisa já vista, e tudo que ele tinha foi roubado por Sam Blatz e pela Massive Comics; o sujeito que, somando todos os bilhões que os filmes de super-herói da Massive conseguiram espremer das suas criações, fora a vítima do maior roubo já sofrido por qualquer indivíduo na história humana. Era disso, portanto, que Dan tinha orgulho? Da cumplicidade em espoliar um indivíduo genuinamente talentoso do que lhe pertencia? Era isso o melhor que os profissionais da indústria atual podiam dizer de si mesmos, quanto ao seu trabalho? Ele levou consigo esses pensamentos para a cama e, de manhã, viu que não tinha escolha: sabia que não aguentaria mais.

Como consequência, foi até os escritórios da Massive com toda a determinação que conseguiu reunir e absolutamente nenhum plano. A princípio sua intenção era chutar a porta de Gene Pullman, o cuzão-chefe atual e insuportável da Massive, e fazer algum tipo de condenação sentida da indústria ao mesmo tempo que entregava seu pedido de demissão. Depois pensou um pouco mais e decidiu que seria muita dor de cabeça. Pullman provavelmente devia estar em outro lugar, de toda forma, roubando uma barra de ouro ou algo assim, e, mesmo que estivesse por lá, estaria cagando e andando se Dan Wheems pedisse demissão, fosse atropelado se entrasse para a Associação de Amor por Menores de Idade. Seria só mais uma história do Dan Depressivo e sua torrente infinda de insatisfações.

Não, o que Dan ia fazer era só entrar, limpar a própria mesa e escrever uma carta à editora, entregando o seu pedido e explicando sua decisão. Estava ansioso para isso – não via a hora de tirar todo aquele veneno do peito.

Sua visita aos escritórios na Lexington não lhe propiciou nem um pingo da catarse ansiada. Subiu de elevador até o quinto andar, onde ficava o lendário "Chiqueiro" da Massive, e demorou-se por um tempo, melancólico, fora do escritório separado que costumava ser ocupado por Denny Wellworth. Denny já tinha ido dessa para a melhor por conta de um câncer de próstata uns três anos antes, mas antes disso e antes de partir para a American, seu escritório era um oásis de calma e racionalidade em meio à brutal fábrica de tensões que era a Massive Entertainment. Denny foi o melhor roteirista e talvez o único adulto do ramo. Possivelmente graças à autoconfiança que vinha com essa certeza, ele nunca se tornou o esfíncter infantilizado e amargo que a maioria dos seus contemporâneos acabara virando. Dan quase venerava Denny e sua esposa Diane, ambos já falecidos, e quando Denny estava para morrer no hospital, ia visitá-lo quase dia sim, dia não. Denny chegou até a demonstrar entusiasmo quando Dan sugeriu que eles gravassem uma entrevista, com algumas considerações finais sobre o ramo dos quadrinhos, no seu celular. Embora o artigo nunca tivesse sido publicado, Dan ainda tinha a transcrição em algum lugar e pensou, enquanto olhava enlutado para a porta que já fora de Denny, que deveria procurá-la.

Chegar à salinha lateral de Dan – pequena demais para ser considerada um escritório de verdade – implicava a marcha forçada e desalentadora de sempre pelo próprio Chiqueiro. Parando na entrada, a fim de se acalmar e puxar uma inspiração fortalecedora, ele abandonou toda esperança e escancarou os portões do inferno.

Quando tinha dez anos e lia sobre o Chiqueiro Monstruoso da Massive na página "Mural do Chiqueiro" que havia em todas as revistinhas semanais, Dan o imaginava como um emocionante playground para adultos, onde todos estavam isentos dos fardos da maturidade e poderiam continuar sendo meninos entusiasmados para o resto da vida. Em sua mente pré-púbere, imaginava o Joe Joia Gold trocando histórias engraçadas e charutos com o Raivoso Robert Novak, o Geoff Gelatina Stevenson ou o Frankie Fanfarrão Giardino, enquanto o próprio Sam Satânico sentava-se debruçado sobre sua máquina de escrever, inventando todos os personagens. E quem sabe a Wendy Dietrich, ou Donzela Dietrich, viesse entregar a cada um o seu café, porque ela genuinamente gostava disso e não porque era obrigada. Ele imaginava o lugar como um Éden, mas com super-heróis.

O espaço de trabalho coletivo cujos portais se abriam agora à sua frente era, digamos, do tamanho de quatro salas de estar medianas. No centro via-se uma grade cinco por seis de caixas abertas no topo que lembravam cubículos de lavatórios indiscretos, e quase todas continham um arte-finalista manejando um lápis ou pincel com o olhar preocupado, cavando a cova do próprio talento. Sem janelas, com uma iluminação artificial muito aquém do ideal, a neblina de desespero e ansiedade que pairava imediatamente acima desses currais criativos era quase visível, uma fumaça velha de cigarro da psique. Como galinhas de criadouro, cujas sensibilidades outrora perspicazes foram todas podadas para o seu próprio bem, homens com os olhos de sobreviventes de um massacre apressadamente rabiscavam ovais interligadas, balões animais que Dan reconhecia como as formas larvais do Menino Besouro, do Bruto ou do Doutor Insólito. Aqui e ali, o tamborilar de uma chuva de dedos sobre o teclado marcava a masmorra dos roteiristas, e em algum lugar alguém murmurava: "*Acho* que tenho um enredo. *Acho* que tenho um enredo", vez após vez, com uma voz monótona que sugeria a Dan exatamente o oposto. O cheiro não era tão ruim quanto o de um chiqueiro de verdade, ao mesmo tempo que lhe faltava o frescor e a naturalidade que haveria num lugar desses, ainda que ambos transmitissem a sensação inegável de serem espaços de confinamento para animais infelizes. Ele conhecia alguns dos prisioneiros, que encontraram o seu olhar, mas logo viraram o rosto – não por não gostarem dele, mas pelo medo de fraternizar quando deveriam estar trabalhando, qualquer lapso facilmente identificável naquele panóptico de plano aberto.

O caminho oblongo que bordejava o perímetro do cercadinho central tenso e industrioso contava com seis portas que levavam às salas individuais onde os editores e editores-roteiristas como Dan ficavam a postos. A partir dos graus variados de desgaste aparente no tapete verde-picles desagradável, era possível deduzir as rotas mais populares e as mais evitadas, como era o caso do trecho quase virgem do lado de fora do escritório de Gene Pullman, ao qual por acaso Dan se aproximava agora. Ele havia ouvido falar, sabe-se lá onde, que quando grandes predadores – como lobos – eram introduzidos entre uma população de sua presa principal – como caribus –, esta sem falta estabelecia algo chamado de mapa do medo. Esses mapas incluíam zonas até então populares, como pastos, que passavam a ficar abandonadas por conta da maior probabilidade de morrer mastigado, em prol de outros destinos menos nutritivos, porém mais seguros. O tapete espesso do lado de fora do escritório de Gene Pullman não parecia um pasto muito frequentado, para colocar nesses termos.

Ao passar na frente da porta desprezada, que se encontrava aberta, Dan ficou aliviado ao descobrir que Pullman não estava ali naquele dia, mas o espaço ainda estava carregado com a sua presença: o que já fora uma unidade de escritório comum do ramo dos quadrinhos agora existia num estado de superimposição com um ginásio bem equipado e de alta tecnologia, parte da tentativa de Pullman de se transformar fisicamente num super-homem. Sua cadeira fora substituída em prol de uma bicicleta ergométrica flanqueada por pesos, enquanto, perto de uma das paredes, a fotocopiadora fora redesignada para funcionar como um cavalo com alças de ginástica. Esteiras em miniatura se viam jogadas ao léu como almofadas, para os momentos em que o ocupante se flagrasse olhando para o nada e não quisesse desperdiçar a oportunidade de malhar. Por cima de tudo, pendurado no teto por uma longa corrente, via-se o apoio de voo do Pullman, instalado para que ele pudesse pessoalmente fazer as vezes de modelo de sua própria criação inspirada em si mesmo – o Melhor Sujeito – para os artistas assustados sentados logo abaixo, na sala repleta de sacos de pancada, com seus blocos de desenho.

Um dos muitos motivos para o Melhor Sujeito não ter dado certo, na época, era contingente à própria anatomia atípica de Gene Pullman. A questão é que Pullman era bizarramente largo. Não gordo, de modo algum, apenas... largo. Parecia que tinha sido desenhado com uma caneta esferográfica sobre a película de uma bexiga, depois esticado lateralmente, ou que estava aparecendo na proporção de tela errada em comparação com todo mundo. Francamente, doía olhar para ele às vezes, como se fosse um tipo particularmente diabólico de ilusão de óptica. E, para complementar a infelicidade de sua aparência, personalidade e reputação, Pullman era simplesmente azarado. Quando se considerava todas as coisas medonhas que calharam de acontecer sob a sua tutela – empregados que trabalharam até morrer de exaustão ou as milhares de páginas contendo artes originais de Joe Gold que foram roubadas logo antes de a editora ser obrigada por lei a devolvê-las –, ficava difícil não concluir que o pobre coitado tinha simplesmente um azar monumental. Segundo boatos, era ele o jovem roteirista a quem Julius Metzenberger se referiu na sessão psiquiátrica reimpressa na *Contemplador de quadrinhos*, em 2013, o jovem que guardava uma muda de calças limpas do lado do telefone para aquelas emergências esvaziadoras dos intestinos quando Metzenberger ligava. Dan achava que compreendia como uma trajetória de carreira que começara assim poderia terminar com alguém pendurado no teto do escritório, fantasiado com um traje especial extralargo, fingindo ser o Melhor Sujeito.

Ele avançou até passar o escritório de Gene Pullman, rumo aos trechos mais pisoteados do tapete cor de pepino logo à frente, e deu uma guinada brusca à direita, onde se situava sua própria salinha. Ao abrir sua porta pelo que, com sentimentos confusos, ele percebia ser sua última vez, Dan entrou na minúscula caixa de Skinner que ele se obrigara, nos últimos cinco anos, a enxergar como "aconchegante". Para ser justo, Dan não tinha a menor necessidade de todo aquele espaço que Pullman obviamente exigia, uma vez que não tinha que acomodar tantos halteres, cordas penduradas ou barras nas paredes.

Tudo que havia em sua sala era uma mesa, uma cadeira e uma estante avulsa onde ficava o material de referência de Dan, em pilhas desorganizadas. Eram as "Edições de Luxo" que reeditavam as primeiras aventuras canônicas dos personagens individuais que compunham os Vingativos. Empoleirados no topo da estante, ficavam os dois prêmios Sammy de Dan, um de cada lado, pelo bem da simetria. Cada um era uma estatueta de vinte centímetros representando uma caricatura do pai fundador da Massive, Sam Blatz, suplementada com chifrinhos cartunescos, uma cauda pontuda e um forcado, mas ostentando um sorrisinho luciferino que pertencia, inquestionavelmente, ao próprio Blatz. As paredes estavam forradas de pôsteres dinâmicos e material promocional, a maior parte deles promovendo as revistinhas do próprio Dan, uma decoração que ele considerou ser casual e moderna quando ganhou seu próprio escritório em 2010, mas que agora lhe parecia autocongratulatória e pueril. Dan suspirou, assim como sua cadeira giratória cansada quando depositou seu corpo cansado sobre ela.

Parte do motivo de Dan achar que o seu espaço de trabalho era tão profundamente depressivo era sem dúvida o fantasma persistente, ou ao menos a aura, de Frank Giardino. Giardino foi o arte-finalista veterano, gritantemente desprovido de talento, que ocupara aquele suposto escritório várias pessoas antes de Dan, e ele demorou um tempinho para entender como foi que um arte--finalista – especialmente um tão incapaz quanto o Frankie Fanfarrão Giardino – tinha a própria sala, enquanto um pessoal como

Joe Gold e Robert Novak ralava nas galés do chão do Chiqueiro. Dan entrou na Massive alguns anos após a saída de Giardino, por isso nunca conheceu o homem em pessoa, mas lembrava de uma fotografia borrada que vira uma vez. Saiu nas páginas de encheção de linguiça de uma reedição de 25 centavos chamada *Os marcos da Massive*, dos anos 1960, uma publicação bônus barata na qual enfiaram uns registros da "Chusma do Chiqueiro". Lá estava o pequeno e atarracado Joe Gold, com os braços dobrados orgulhosamente e um charuto protuberando do seu sorriso; lá estava Robert Novak, míope e prestes a se aposentar, meio que dando as costas enquanto se afastava da câmera; e lá estava Frank Giardino. Na foto Giardino dava um sorrisinho, assim como Joe Gold, mas enquanto Gold sorria para o espectador, o Frank Fanfarrão ria dele, porque eram todos trouxas que não sabiam a real, diferente dele, apertando os olhos numa tarde ensolarada meio século antes.

A história com Frank Giardino, como Dan mais tarde descobriu, encontrava-se quase inteiramente na seção de *true crime* das prateleiras. Nas décadas de 1940 e 1950, pelo visto era comum que as editoras de quadrinhos menores recebessem uma visitinha da franquia local da máfia, que ofereciam conselhos sobre como elas poderiam evitar que os seus escritórios pegassem fogo de repente. A Goliath Comics não foi nenhuma exceção, mas Sam Blatz conseguiu deixar sua marca distintamente mefistofélica nesse arranjo ao oferecer um cargo para o sobrinho imprestável do respeitado *capo* Salvatore Giardino, em vez de simplesmente pagar a taxa de proteção. Em tese, Frankiezinho era um arte-finalista, se partirmos da definição de "arte-finalista" como alguém que repassa as linhas de lápis à tinta, em vez de um artista de fato que concede à página esboçada o seu próprio volume, peso e textura. A única distinção de Frank Fanfarrão, todos concordavam, era que era preciso um talento muito especial para fazer a arte de Joe Gold parecer apenas aceitável.

Um dos modos pelos quais Frank Giardino conseguiu esse feito sem precedentes foi por meio de sua exigência em receber sexo oral com uma pontualidade rigorosa. Talvez por meio de algum arran-jo com o seu tio Sally, uma felatriz profissional aparecia no escritório de Frankie Fanfarrão todo dia de semana, às cinco da tarde, sendo sua pontualidade de extrema importância. Por isso, se estivesse chegando as quatro e meia e ele tivesse ainda uma das belíssimas páginas de Joe Gold para *Os Cinco Insólitos* para finalizar antes de receber seu boquete diário, Giardino pegava uma borracha e apagava vários arranha-céus no fundo ou tirava o que achava serem figurantes desnecessários em meio às detalhadas cenas de multidão do artista. Alguns meses, os Cinco Insólitos quase viraram três.

Dan sempre presumiu que a presença de Giardino na editora, um autêntico sócio menor da máfia, devia de algum modo ter servido para acariciar o ego ilimitado de Sam Satânico. Blatz gostava de andar com Giardino, talvez com a esperança de pegar por tabela um pouco daquele glamour do crime organizado, e havia a história, recontada à exaustão, da vez que Frank Fanfarrão teve que retirar Blatz de um dos estabelecimentos alcoólicos do qual seu tio Sal era proprietário. Infelizmente, em termos de apreensão da realidade ordinária, a ca-pacidade de Sam Blatz era muitíssimo tênue – e inexistente quando se tratava da realidade das Cinco Famílias que o tio de Giardino representava. Ao ser confrontado por um espaço repleto de ma-fiosos (incluindo talvez até o próprio Frank Giacomo), o trocista do Blatz decidiu fazer sua pior imitação de James Cagney enquanto os xingava de "ratos sujos" e imitava atirar neles com uma metralhadora imaginária. Quando aqueles cinquenta homens, todos com expressões idênticas e homicidas de incredulidade, colocaram as mãos dentro dos casacos como se buscassem um bolso interno, Frank teve que inter-romper a fanfarronice para salvar vida do seu empregador:

– Não, por favor, este sujeito é um imbecil. Já tiro ele daqui.

Sentado no antigo espaço de trabalho de Giardino, assombra-do pelo resíduo dessas muitas transações desagradáveis, ocorreu a Dan que a morte do arte-não-finalista em 2005 acabou sendo tão suspeita quanto a sua própria vida. As primeiras notícias sobre o falecimento imprevisto de Giardino já vieram com o anúncio de seu funeral iminente, que seria de caixão fechado. Muitos queixos foram coçados e sobrancelhas vincadas, ainda mais quando alguém disse que Frank estava fanfarroneando pouco tempo antes. As melhores hipóteses eram que foi um caso de proteção de testemunha ou, o mais provável, algo a ver com arranjos de dormitórios písceos.

Tal como dissera Ralph Roth na noite anterior, todas as anedotas do ramo dos quadrinhos – tiro e queda – terminavam com suicídio, cirrose, colapso mental ou algum outro tipo de caixão fechado. Sobre a mesa de Dan, havia um envelope lacrado ostentando o logo da Satyricon 2015, sem dúvida com imprecações fresquinhas direcionadas a ele, exigindo que confirmasse sua presença nesse festival, geralmente febril, que ocorria no final de setembro, dali a poucas semanas. Em seu presente humor, Dan não estava muito a fim de ir. A Satyricon, já fazia alguns anos, havia deixado de ser uma celebração dos quadrinhos para se tornar algum tipo de orgia interespécies com fantasias bizarras. Era quase certo que a única função do evento seria a produção de novas histórias repulsivas e lendas de degeneração fresquinhas. Algo absolutamente horrível podia acontecer, qualquer coisa, e tudo que resultaria disso seria mais um causo completamente hilário para o repertório mórbido de Worsley Porlock. Exausto, Dan empurrou o envelope para longe e voltou a considerar o motivo de seu retorno àquele local, o ninho de amor mafioso que ele tentara imaginar ser seu escritório. Sua intenção era coletar alguns souvenires queridos de sua existência no mundo dos gibis antes de abandoná-lo, mas a essa altura já sentia náuseas e começava a repensar a empreitada.

De suas posições elevadas na estante, muito acima dele, seus prêmios Sammy contemplavam Sam com um olhar penetrante, cada um de um lado. Era meio como quando personagens de desenho animado se veem diante de decisões éticas, com um vício ou uma virtude empoleirados em cada ombro, só que era a versão do ramo dos quadrinhos e não havia nenhuma virtude. Assim, tendo apenas diabos para dar conselhos, a escolha não era entre a metade boa e a metade má de um indivíduo, mas entre a metade má e a monstruosamente genocida. O Sammy Satânico da esquerda poderia recebê-lo com um "Saudações, Peregrino! Por que não fazer algo desastroso de que você vai se arrepender para sempre?", enquanto o Sammy da direita poderia retorquir com "Olha para a frente, Explorador da Eternidade! Não dê ouvidos a esse veadinho! Vai lá e bota fogo num orfanato inteiro, depois saia devorando os corpos! Faça alguma coisa de que todos vão se arrepender para sempre!".

Dan estava encurvado em sua cadeira, pensando sério nisso tudo – Sam Blatz, a indústria, Joe Gold, Mimi Drucker, Frank Giardino, Brandon Chuff morto na lanchonete, o incêndio do seu apartamento e seu funeral, Gene Pullman, Denny Wellworth, tudo – quando reparou que a constante voz interior de suas frustrações e angústias, com a qual convivera ao longo de toda sua vida adulta, de repente tinha se calado completamente. Ele não estava suando, nem batendo o pé incontrolavelmente ou mastigando seus pontos substitutos. Com uma sensação de maravilhamento, percebeu que estava em paz e, sob a perfeita clareza daquele estado de graça inesperado, ele soube, sem sombra de dúvida, o que devia fazer.

Não tirou nenhum dos pôsteres promocionais das Edições de Luxo e deixou o seu fichário contendo resenhas e recortes de jornal ali mesmo onde estava. Não conferiu sua correspondência fechada, especialmente o convite da Satyricon; não foi buscar seus Sammies do topo da estante; não pegou nada. Simplesmente levantou-se e, após uma última olhada, saiu da sala. Refez seus passos pelo tapete verde azedo, passando pelos olhares desviados dos trabalhadores nos cubículos ali fora, passando pela porta escancarada do escritório de Gene Pullman. Com um último olhar para o suporte voador do Melhor Sujeito, ele se permitiu um vago meio sorriso. Chega de Edições de Luxo, chega de convenções, chega de prêmios e chega de resenhas. Se qualquer pessoa daquela editora quisesse enganar a gravidade, só precisava soltar o fardo da Massive que trazia sobre os ombros. Aí descobriria o que era voar.

Dan Wheems passou flutuando pela porta do Chiqueiro, com um aceno de carinho e respeito direcionado à porta da antiga base de operações de Denny Wellworth. Era como acordar de um longo sonho de trabalho monótono na linha de montagem, com o raiar da percepção de que nada daquilo era real, ele não precisava fazer mais nada e nunca precisara. Dan jamais imaginou que fosse tão fácil, que era só decidir "basta" na metade de um diálogo imaginário entre duas estatuetas conflitantes do Sammy. A terminologia da indústria e os complexos protocolos de política da firma foram se descascando do seu corpo como uma cobra que muda de pele, revelando um novo indivíduo, todo rosa, por baixo. Oras, sequer havia chegado às portas que davam para a rua, ainda descia o elevador, mas já havia esquecido as gradações de realce para as variações das capas. Com o coração alçando voo, tonto com aquela súbita leveza e repleto de novas ideias de como iria compor sua carta de demissão, ele pegou um táxi de volta ao seu apartamento.

Era lá que ele estava agora, a mente transbordando de planos emocionantes e novas concepções que, pela primeira vez em anos, não envolviam o Guarda Nacional ou o Tanque Humano. Repassou todos os aspectos práticos do seu salto iminente, rumo a lugar nenhum, e tudo lhe parecia viável. Deu um golpe de sorte uns anos atrás, quando *Vingativos: Escolhendo os peões*, o primeiro filme da franquia, havia acabado de chegar aos cinemas. O segundo volume lançado no período em que Dan trabalhou na série, contendo algumas referências sombrias, em flashbacks, às origens da equipe, estava nas bancas nessa época e vendeu em quantidades jamais vistas antes nem, como se descobriu, depois. Em suma, estando livre do fardo de uma família, um vício em cocaína e prostitutas ou ambos, Dan possuía uma conta bancária bem saudável. Podia bancar uma mudança definitiva para longe de Manhattan – talvez até encontrar um lugarzinho no Centro-oeste, onde crescera. Tinha o bastante para se virar confortavelmente por uns anos e ganhar algum tempo enquanto começava o seu Grande Romance (Não Gráfico) Americano, que sempre quis escrever. Sem um emprego ou um veículo mensal para levar suas ideias embora, Dan descobriu que tinha ideias novas momento sim, momento não, uma torrente de criatividade que não sentia havia anos. Teria que fazer alguma coisa com isso. Algo literário, sem figurinhas.

Para esse propósito, pensou em algumas possibilidades para sua fuga: parar de trabalhar para a Massive Comics não exigiria mais do que uma breve carta ou talvez uma mensagem de texto, mas despedir-se de todo o ramo dos quadrinhos parecia exigir algo mais criativo, algo que abrangesse todos os pensamentos e sentimentos de Dan, algum tipo de declaração artística final.

Ocorreu-lhe que começar essa declaração com uma página de tirinha seria ao mesmo tempo adequado e inovador, contanto que tratasse de questões centrais ao argumento nebuloso que vinha se formando em sua cabeça. Enquanto pensava a respeito, sentado à mesa da cozinha sob a iluminação branco-azulada de seu notebook aberto, começou a perceber que a história mais emblemática da indústria dos quadrinhos era também a sua primeira. Era a narrativa de David Kessler e Si Schuman, sentados juntos sob o céu estrelado naquelas noites de ficção científica de Delaware, construindo com tinta e papel um novo tipo de criatura, poderosa o suficiente para mudar suas vidas e distorcer a cultura que os cercava com sua gravidade tremenda, a força de seu poder de atração. Dan conseguia até enxergar como ligar o roubo do Homem-Trovão de seus criadores com o nascimento dos Estados Unidos corporativos, e a ideia toda foi se expandindo rumo a territórios mais amplos quanto mais ele pensava a respeito. Do nada, chegou-lhe uma imagem espontânea, uma vinheta com Dave Kessler de decúbito dorsal sobre a mesa do legista, enquanto, entrando em cena de fora da vinheta, um atendente puxava a capa dourada do Homem-Trovão para cobrir o rosto de Kessler. Foi isso que convenceu Dan a adotar o conceito. Era o que ele ia fazer, sem se importar com como terminaria.

As possibilidades da empreitada desabrochavam feito uma flor. O Homem-Trovão era um microcosmo da indústria dos quadrinhos, enquanto a indústria era um microcosmo do país. Seu discurso de despedida podia ser algo em várias partes, a fim de incluir todos os casos díspares que precisavam ser discutidos, como uma colagem ou mosaico. Ele podia investigar toda a noção do Homem-Trovão a partir de uma variedade de ângulos, até capturar tudo que fosse possível saber ou dizer a respeito do personagem e seu efeito sobre a cultura. Incluiria aquela entrevista com Denny Wellworth e algumas outras coisas que se anunciaram a ele enquanto datilografava suas notas preliminares. Ainda não tinha um título, mas estava confiante de que alguma ideia ocorreria a seu próprio tempo. Tudo seria incrível.

O que ele ia fazer era mandar essa sua nota de despedida em várias partes para uma das revistas mais sérias e dignas do ramo, depois desaparecer. Simplesmente desaparecer. Seu contato com outros profissionais da indústria era praticamente inexistente e, se cessasse de vez, o mais provável era que ninguém fosse reparar. Dan sentia-se ilimitado, eufórico e se perguntava por que não fizera isso antes. Todo o estresse que evaporara ao passar pelas portas do Chiqueiro, só Deus sabia o que aquilo vinha fazendo com ele. Estava certo de que sua decisão de abandonar os quadrinhos faria uma diferença enorme em sua expectativa de vida, entre tantas outras coisas.

Seus dedos estavam em chamas. Abriu um novo documento a fim de começar o trabalho na tirinha de Kessler e Schuman, botando a primeira vinheta, depois a segunda, lá em cima, igual sempre fazia, e meteu a mão na massa, mergulhando tanto e tão rápido no trabalho que o apartamento sumiu do seu campo de percepção.

Sentado ali, ignorado e mudo no sofá de Dan, assistindo a essa cena, o Tanque Humano soltou um suspiro que ecoou dentro do seu capacete de prata. Olhos decepcionados desviaram atrás de suas fendas metálicas, voltados inquisitivamente na direção do Bruto, sentado ao seu lado. O gigante azul balançou sua imensa cabeça em desgosto e exprimiu a opinião de que aquilo era de uma frieza fodida e que ele não ia ficar ali sentado aguentando em silêncio. Do lado dele, na outra ponta do sofá, o Guarda Nacional só pôde fazer que sim com a cabeça, num gesto triste de concordância. Dan Wheems, curvado sobre o seu notebook, sequer olhava para eles. Foram se levantando um por um, resignados. O Guarda apanhou seu escudo de água estilizado, apoiado contra a mesinha de centro, e fizeram fila ao passar pelo roteirista, que os ignorava, a caminho da porta. Claramente irritado, o Bruto fez tombar o cesto de lixo de Dan com um chute enquanto passava, porque eles eram, afinal, os Vingativos.

Saíram todos por conta e nunca mais retornaram ao seu apartamento depois disso.

16. (Janeiro, 2021)

E com mil cabeças, a coisa se derramou como a luz do sol de domingo sobre a famosa avenida, comportando-se como um gás multicolorido ou um organismo manchado e gelatinoso. Retorcendo-se e pisoteando, com apresentações ritualizadas, ondulando num dragão de Ano Novo chinês de mais um quilômetro com bandeiras reais no lugar das bandeirolas, a coisa foi avançando rumo à catástrofe desejada.

Contra um silêncio abismado, ela seguiu assobiando, entoando e latindo. Ria e proclamava o nome das pessoas que queria que morressem. Adiante, uma rotunda branca se erguia contra o céu de brigadeiro sobre os tubos de escape marmorizados de suas colunas, enquanto aquela imensidade compósita se contorcia, fluindo até inundar o primeiro plano com um oceano turbulento de ressentimentos que se derramou sobre o pórtico de alabastro. Sua cabeça-enxame se debateu contra os frontões altivos até explodir em borboletas radicalizadas, suas farfalhantes asas-estandartes pintadas com listras, estrelas e suásticas; com cobras de Gadsden, letras do alfabeto e Jesus Cristo.

A coisa criou uma miríade de mãos que se eriçavam com slogans impressos profissionalmente, rádios de comunicação, tasers, algemas de ziplock, sprays de pimenta e bombas caseiras, e vestia uma camiseta prometendo que o trabalho nos libertaria. Sobre os seus ombros, vinham os rudimentos de uma força, chegando para celebrar a morte violenta da coerência, da história, dos fatos. A partir do órgão de igreja multiplicado que eram suas inúmeras gargantas, a voz composta declarava um catálogo de alucinações pulp, sentindo-se tornar-se, em sua mente agregada, a massa iluminada pela luz da forja de uma futura pintura patriótica. Seu sangue cantava em pigmentos suntuosos, o coração intumescido com possibilidades fervilhantes, uma besta do povo que uivava para uma realidade inconveniente.

Com sua consciência parcialmente dissolvida pelo home-office da pandemia, Worsley Porlock piscava para a tela da TV e não fazia a menor ideia do que estava acontecendo.

Ao seu redor, estendia-se o showroom de mercadorias que era o seu escritório, sua sala de jantar e às vezes, quando não tinha motivação suficiente para sair do sofá, também seu quarto. Cada superfície horizontal havia se tornado uma varanda a partir da qual seus personagens favoritos – na forma de bonecos caros de ferro fundido, *action figures* fazendo pose, pelúcias neotênicas, pessoinhas cubistas de Lego e infláveis rechonchudos – encaravam Worsley em sua samba-canção do Rei Abelha enquanto ele tentava, ao mesmo tempo, assistir TV e ler uma revista, fracassando igualmente em ambas as empreitadas.

A revista lhe fora enviada por Milton Finefinger e chamava-se *Kulchur*, claramente a retomada de alguma publicação dos anos 1950. Milton abandonara a indústria fazia uns quatro anos, em parte em apoio a Dan Wheems, em parte em protesto pela não publicação da sua revistinha dos *Supercamaradas*, e vinha se dando bem com suas resenhas de cinema, artigos de opinião, coisas assim. Casou--se com Jo, agora gerente da Carl's Diner, e parecia feliz. Mandou a revista *Kulchur* a Worsley porque a última edição continha o único artigo sobre quadrinhos que Finefinger escrevera recentemente, e o primeiro sobre o assunto que a revista já publicara. Seu título era "Uma embalagem de lycra para um almoço nu" e parecia ser sobre neurologia, mas Worsley não estava concentrado o suficiente para que fizesse muito sentido. Em parte por causa da loucura toda que acontecia na sua TV no mudo, mas principalmente devido ao convite da American para que Worsley subisse ao andar de cima dentro das próximas cinco ou seis semanas.

Será que era uma promoção ou o prelúdio de uma promoção? Fazia mais de cinco anos que ele era editor-chefe e desde então passaram-se alguns vice-presidentes. O cargo estava desocupado no momento e ele não conseguia não especular. Ao mesmo tempo, talvez tivesse a ver com o fato de que, como editor-chefe, era ele quem estava ali durante o declínio mais debilitante que a American já vira. E embora nada disso fosse culpa de Worsley, ele não podia dizer que tinha feito algo para ajudar a situação. Talvez quisessem que subisse para sumir com ele, igual fizeram com Mimi Drucker, segundo os boatos. Essa oscilação cansativa entre receio e antecipação claramente não fazia nada bem a Worsley, por isso ele tentou mais uma vez se concentrar no artigo de Finefinger.

"Se, como eu, você já passou algum tempo na companhia de viciados, há de ter reparado que, embora muitos consigam evitar a imagem clichê do viciado em drogas, há uma série de aspectos, a marca registrada desse estereótipo, que ainda assim se aplicam a eles de modo geral – uma certa palidez, coceira nos braços, um plano de dieta assustadoramente eficaz e dinheiro que desaparece. Basicamente, há semelhanças sintomáticas suficientes nesse grupo diverso de cidadãos para que possamos declarar, com algum grau de confiança, estarmos diante de um pessoal que necessita de tratamento urgente para sua dependência do uso de drogas intravenosas. É a intenção deste artigo argumentar que o mesmo se aplica aos fãs contemporâneos de quadrinhos: assim como ocorre com os habituados a drogas, qualquer crescimento social é encerrado e o viciado em super-heróis entra para uma subcultura na companhia de pessoas que talvez deteste, mas que partilham de seu vício. Nota-se também que, não importa se a fissura é por heróis ou heroína, um tom distinto de lamúria, uma necessidade arrebatadora e certo vitimismo parecem ser comuns a ambas as comunidades."

O que parecia, a Worsley, um tanto severo demais, e não havia nada em sua experiência de vida real que justificasse uma comparação tão invejosa. Nunca ninguém chupou o seu pau porque precisava de dinheiro para a próxima edição de *O alarmante Menino Besouro*. Ele deixou a revista no sofá ao seu lado, na companhia de caixas de pizza vazias e dos exemplares de cortesia da American recebidos naquele mês e espalhados por ali. Sob as circunstâncias financeiras atualmente apertadas da indústria, as publicações consistiam em pouco mais de uma dúzia de títulos, contendo personagens ligados a franquias cinematográficas no momento suspensas. Lá estava *Rainha Lunar*, *Homem-Trovão*, *Rei Abelha*, *Comparsas Sobre-humanos* e mais alguns, como o imenso sucesso que era a equipe de supervilões dos *Americanos do Mal*. Esses títulos representavam, tipo, um quinto da quantidade de revistinhas que a editora produziu nessa mesma época no ano passado. Ela sabia que a indústria conseguiria se recuperar dessa crise, porque, bem, sempre conseguiu, e porque um mundo sem gibis todo mês seria inimaginável, mas se ele não possuísse a autoconfiança que vinha do fato de ser do ramo, chutaria que a situação atual pareceria uma agonia de morte de cores berrantes, um tipo de superextinção.

Pois é, teve a pandemia, e aí todo o sistema de distribuição dos quadrinhos entrou em colapso, o que deixou os executivos em pânico, inspirando sugestões de talvez montar banquinhas de limonada nas esquinas e vender todos os títulos assim. O tipo de ideia para gestão de crise que uma criança de doze anos teria. Então, conforme os dominós continuaram caindo, todos os filmes dos quais a indústria se permitira tornar-se dependente pararam de sair, e nem mesmo a Massive, no topo, parecia mais tão maciça quanto antes. Aconteceu um monte de coisas fora do controle de qualquer um, mas, se o ramo dos quadrinhos fosse honesto consigo mesmo, o seu canto do cisne já começara alguns anos antes da conspiração de morcegos e pangolins dar a dádiva do Covid-19 ao mundo.

Um problema dos grandes parecia ser que quase todos do ramo – artistas, roteiristas, editores e executivos – não passavam de fãs de gibis que haviam sido promovidos a profissionais. Embora soubessem tudo sobre o Rei Abelha, não tinham nenhuma ideia própria que fosse original ou viável e pudesse aliviar a condição quase terminal do mundo dos quadrinhos. Outra dificuldade, no entanto, era o público leitor, no presente atrofiado e consistindo em uns cem mil devotos, em sua maioria de meia-idade ou mais velhos, um público-alvo que não apenas estava encolhendo, mas literalmente morrendo. E isso significava – já que todos haviam decidido que gibis não eram só para crianças, logo não eram para crianças de forma alguma – que a indústria não tinha mais como substituir os leitores perdidos, havendo confiantemente serrado o galho no qual estava sentada. A fonte de fãs estava secando, sumindo, enquanto os seres imortais e atemporais – aos quais todos dedicaram sua vida em serviço, até se tornarem velhos e solitários – só podiam assistir, sentados em cima do aparelho de som ou da mesa de centro de Worsley Porlock, olhando tudo isso de cima, ansiosamente, e se perguntando se seriam os próximos da lista.

Inquieto por conta dos vários meses de maior inatividade que de costume, preocupando-se inutilmente quanto ao que poderia estar esperando no andar de cima da American dentro das próximas seis semanas, ele pegou mais uma vez a *Kulchur*, mas só conseguiu ler uma ou duas linhas antes de seus olhos serem atraídos às imagens de um show de horrores impossível que passava pela sua tela muda de TV.

Mirmidões de uniformes pretos com rostos e escudos de vidro pareciam derreter em contato com a mega-hidra, intocável por conta de sua predominante branquitude. A revolução era um festival de rock ou evento esportivo, uma tentativa de golpe como entretenimento de reality show – de um lado a Constituição, do outro a Independência, e a Legião na lacuna escancarada entre os dois. Um organismo-colônia, uma caravela, a massa milipédica agora cobria metade do sepulcro branco. Investia de oeste a leste, apertando-se, e seus pseudópodes repletos de penduricalhos gritavam de raiva ou em prece ou com uma jocosidade nervosa conforme bolas de gás lacrimogênio desabrochavam aqui e ali no perímetro, sem qualquer efeito perceptível. As janelas anunciavam sua última música, e o pavor secreto de toda autoridade entrou numa enxurrada pelo inviolável palácio da autoridade, aos mandos de um autoritário. Com uma ideologia vestigial de chapéus pretos e brancos, ainda que de forma geral usasse bonés vermelhos, suas gavinhas se desdobraram sobre o chão do Senado e, de repente, gente importante estava sendo escoltada por assassinos treinados para algum lugar distante do jorro de amadores. Confrontados por uma onda de jubilação medonha, cientes de que os reforços militares – que pegariam mal – não estavam por vir, a linha azul dentro do Capitólio jamais se sentiu tão tênue, tão vulnerável. Mas, a essa altura, o desfile cataclísmico já havia começado a sério.

Os olhos de Worsley não eram grande coisa, por isso ele não conseguia ler a legenda na tela àquela distância, mas imaginou que a coisa toda pudesse ter a ver com o Trump.

Balançou a cabeça e soltou ar do nariz, num gesto ambíguo. Worsley tinha sentimentos conflitantes sobre toda a coisa do Trump, mas o principal era um mistura de exaustão e de culpa deferida que ele esperava poder adiar tanto quanto possível. É claro que não chegou a votar, de fato, no quase ex-presidente horrivelmente tenaz, mas também não votara contra ele, em nenhuma das vezes. Vergonhosamente, lá em 2016, ele fez bastante barulho com seu apoio ao astro de reality show, proclamando a quem quisesse ouvir que o grande apelo de Trump era que "não era parte do establishment político", ao que alguns responderam que faltava inserir um "nem mesmo" em algum lugar da frase, talvez depois de "era". Porlock não tinha uma explicação para o modo como pensara, ainda que, em sua defesa, um monte de gente nos quadrinhos fosse da mesma opinião.

Talvez tivesse algo a ver com a aura cartunesca e exagerada do sujeito, pelo menos da perspectiva de Worsley. Ainda em 2016, tudo possuía meio que uma atmosfera de super-herói, especialmente Donald Trump ou, como seus apoiadores se referiam a ele, o Donald, como o Feixe ou o Rei Abelha, quase seu nome de super-herói. Naquele ano, seis entre os doze filmes de maior bilheteria foram filmes de super-herói, e ele imaginava que as pessoas queriam que o mundo fosse mais simples, para que pudessem entendê-lo. Queriam grandes inimigos e ameaças dramáticas, não importava se forçassem a credibilidade, e também queriam um personagem improvável e marcante que oferecesse soluções simples e tão inacreditáveis quanto as ameaças imaginárias que juravam combater. Como foi que o eleitorado chegou a esse estado tão maleável, Worsley não fazia ideia.

Dando mais um olhar de relance para a batalha campal televisionada que ocorria do outro lado do cômodo, ele se viu cada vez menos capaz de se identificar com o que estava acontecendo em comparação com, digamos, o final de temporada de um seriado com um enredo mal planejado. Dando uma coçada sem vergonha dentro da samba-canção do Rei Abelha, decorada com onomatopeias explosivas, ele pegou com relutância o ensaio de Finefinger na *Kulchur* em meio à pilha de gibis e caixas de papelão sobre o sofá, tentando retomar de onde tinha parado.

"Alguém pode se perguntar: mesmo que seja possível justificar essa descrição meio forçada da atenção dos fãs como algum tipo de vício, como podemos saber que o seu foco são os super-heróis e não algum outro aspecto do formato ou da indústria? Em resposta, eu sugeriria que o meu interlocutor visitasse os fóruns de quadrinhos contemporâneos a fim de descobrir por si mesmo: as estruturas e possibilidades narrativas dos quadrinhos nunca são discutidas, o que implica pouco ou nenhum interesse pelos quadrinhos como formato. Quanto à indústria, de modo geral os criadores são mencionados em relação a um personagem ou narrativa, ao passo que até mesmo o nome das editoras só surge nessas discussões quando é para reclamar do mau serviço prestado tanto aos leitores quanto às propriedades que publicam. A lealdade dos fãs, portanto, não é nem aos artistas, nem aos roteiristas que criam as figuras que eles tanto admiram, mas aos personagens em si.

"Mesmo um artista tão reverenciado quanto Joe Gold pode ser vítima do roubo de suas criações sem qualquer protesto da parte dos leitores, mas se algum aspecto da continuidade, já mutilada a essa altura, do Tanque Humano ou do Guarda Nacional for tratado com o mais sutil desrespeito, eles se sentem no direito de protestar em bando. Talvez o melhor jeito de explicar essa atitude seja recorrendo à nossa metáfora central do vício em drogas, no sentido de que aqueles habituados à cocaína não ligam para as condições de trabalho dos camponeses que catam as folhas de coca. Sua lealdade se deve apenas aqueles que lhes fornecem diretamente a coisa da qual dependem. Sua lealdade existe apenas ao cartel."

Ao devolver a *Kulchur* à companhia dos recipientes de comida e fantasia instantâneas que emporcalhavam o sofá, Worsley ficou triste em ver outra pessoa que também se aposentara da indústria detonando-a como Dan Wheems fizera. Sentia-se desmoralizado pela atmosfera toda de colapso e recriminação amargurada que se instalara no ramo ao longo dos últimos quatro ou cinco anos, coincidentes com a administração atual – e com sua própria gestão como editor-chefe, agora que parava para pensar. Suas estatuetas montadas e ídolos pintados, sobre os vários altares domésticos, pareciam partilhar com Worsley essa perspectiva de desamparo.

Embora soubesse que estava apenas impondo padrões sobre uma sequência aleatória de eventos, não conseguia deixar de sentir que a parada precoce de Brandon Chuff na Carl's Diner havia precipitado uma medonha reação em cadeia de uma complexidade e terror imensos. Ao incendiar, ao lado de Wheems e Moskowitz, o hediondo mausoléu de luxúria de Brandon, o tempo todo ciente de que aqueles volumes com primeiras aparições e histórias de origem inestimáveis também seriam consumidos na fumaça pornográfica, ele de algum modo compreendeu que estava condenado. Seu cúmplice no incêndio, Dan Wheems, pareceu ter enlouquecido espetacularmente no funeral do Brandon, atacando o filho dele e desaparecendo da indústria logo depois. Não deixou nada para trás além de uma reclamação incoerente contra o ramo dos quadrinhos, e era provável que tivesse sido daí que Milton Finefinger tirou essa ideia. Pelo menos Wheems não estava presente no memorial e tributo a Brandon Chuff na Satyricon do final de setembro daquele ano, por isso acabou não incluindo o incidente horrendo que aconteceu lá em seu catálogo de desencantamentos. Mesmo que tivesse, Worsley achava que decerto não seria capaz de difamar os quadrinhos mais do que já estavam difamados. Sua decadência terminal, em 2015, já se tornava berrante de tão aparente.

Um problema imenso era que quase todo mundo do editorial, em toda a indústria, era fã de quadrinhos iguais a Worsley, capazes às vezes de apreciar boas ideias, mas nunca de tê-las. Por isso, quando as vendas entraram em parafuso, todo mundo ficou em pânico e começou a se agarrar a ideias mal concebidas como se fossem sua potencial salvação, sem conseguir distinguir quais ideias eram boas, quais eram ruins e quais sequer eram ideias. Na Massive, por um tempo, parecia que chegaram à conclusão de que uma nova cor era o mesmo que um novo conceito, por isso havia agora o Bruto Amarelo, o Bruto Malva – francamente medonho – e todo um espectro de Meninos Besouro que ia do verde-limão ao magnólia. A American, enquanto isso, se prendeu num ciclo de reboots infinitos, recauchutando toda sua continuidade a cada poucos anos, até ninguém mais ter a menor ideia de qual Terra era qual, ou o que diabos estava acontecendo. Nos últimos anos, a conquista mais famosa da editora foi uma edição de 2018 de *Rei Abelha*, em que o aparato de polinização do vingador apiário ficou brevemente visível. Worsley lançou um olhar de relance aos seus armários, onde havia encarnações diferentes do personagem em poses de plástico ou resina, e sentiu um alívio íntimo em perceber que o Rei Abelha com o saco de fora não constava entre elas, embora fosse bem provável que uma coisa dessas existisse.

Em todo caso, aí aconteceu o Trump, aconteceu o Covid, o arte-finalista substituto da *Supercamaradas* do Finefinger foi para a cadeia por organizar rinhas de cachorro e por isso Milton saiu do ramo e ninguém nem recebeu uma ligação de despedida de Dan Wheems, o que deixou Worsley um pouco magoado. Beleza, ele entendia que Wheems precisava largar os quadrinhos, mas os dois haviam passado por tanta coisa juntos, mesmo naquelas breves horas que transcorreram no apartamento de Brandon Chuff, e teria sido bacana receber pelo menos um cartão-postal. Em vez disso, mais de cinco anos e nem uma palavra; um silêncio que durou mais que toda a administração do Trump. Mas será que durou mesmo? Quão sério era esse carnaval armado que se abatia sobre o senado? Apesar dos seus melhores esforços, os olhos de Worsley se voltaram, duas agulhas em bússolas molhadas, ao irresistível norte magnético da TV.

Ultrapassando a epiderme de pedra e as membranas mucosas de vidro escorregadio, adentrando agora o próprio corpo político, pedaços se separavam da massa central em metástase pelo prédio. Algumas células passaram por telas históricas e bustos reprovadores como se estivessem fazendo um tour sem guia, com os passos e a expressão de voluntários de shows de hipnose. A grande transgressão, a impossibilidade, fora encenada. Agora o Real decepcionante estava violado, e dentro dele se via um sonho grandioso e

arrebatador onde não havia consequências, não havia leis, ninguém
iria para a cadeia. Homens rosados em uniformes cinzentos hastea-
vam grandes bandeiras confederadas para lá e para cá, pintando o
ar, os olhos transbordando de resolução ardente e perplexidade paralisada. A criatura serpenteou pelos corredores com ecos nítidos e
atravessou câmaras retumbantes onde dormia o passado nacional.
Com gritos de torcida polifônicos e implacáveis, prensou oficiais
entre portas blindadas ou posou para selfies com seus colegas menos obstrutivos. Clamava por enforcamentos e sofreu emergências
cardíacas. Por onde passou, deixou pegadas de merda e sangue no
peito marmóreo de Zachary Taylor. Retratos foram esfoliados, estátuas cegadas por resíduos corrosivos. Cornudo e incrédulo, um
curandeiro, talvez irônico, arrancou o assoalho reluzente do mundo e entrou, deslumbrado, num tempo onírico de paranoia.

Sentado em seu sofá, alienado, Worsley sentia os cânions de-
sertos de Nova York estendendo-se sombriamente ao seu redor. Se
olhasse para o que estava acontecendo na TV a partir de qualquer
perspectiva editorial, tudo já havia passado muito além do ponto
em que seria necessário chamar o roteirista para uma conversa séria: era um completo colapso narrativo, irredimível. Era a realidade
dos Estados Unidos transformada num gibi de super-herói de merda, sua última edição sem sentido antes que fosse cancelado bruscamente. Supôs que já deveria ter imaginado algo assim quando
Kellyanne Conway se fantasiou de Mulher-Trovão para o baile de
vitória do Trump ou quando Anthony Scaramucci posou, durante
seu reinado de dez dias, na clássica postura de voo do Homem-
-Trovão, com todo tipo de itens valiosos e pôsteres do herói e fac-
-símiles da *Eletrizantes* #1 atrás dele. O que se via na TV era o final
pastelão de uma gestão cartunesca, com um enredo falido igual ao
que esperava do próximo filme dos Vingativos, se um dia ele saísse.

Numa tentativa de animar o seu espírito desalentado, permitiu-
-se um devaneio sobre a sua visita vindoura ao andar de cima e
suas perspectivas futuras, talvez como o novo vice-presidente da

American. Sua tv naquele momento relatava gritos para lincharem o outro vice, mas Worsley continuava insensível às intrusões do mundo material. Estava em algum outro lugar, imaginando como seriam as coisas quando ele, tipo, estivesse praticamente mandando na editora inteira. Todas as ideias que tivera, ao longo dos anos, de como faria tudo ser melhor se tivesse a chance – essa era a oportunidade de colocá-las em prática, se conseguisse lembrar qual eram. Uma vez teve a grande ideia de trazer de volta a fantasia original do Feixe ou então de matar o Rei Abelha, até que descobrimos, algumas edições depois, que era mentira. E muitas outras de onde essas vieram. E se todos os personagens tivessem um chapeuzinho? Ou e se o Homem-Trovão fizesse aquilo lá e outra coisa acontecesse? Worsley estava com tudo.

Mas talvez o mundo do andar de cima tivesse seus problemas também. Pensou na última vez que vira David Moskowitz sem ser numa conferência via Zoom. Devia ter sido no final de 2019, quando ele ligou para os escritórios e lhe disseram que, por qualquer motivo, Moskowitz estava no porão do prédio. Worsley diligentemente desceu de elevador e, como prometido, lá encontrou o executivo. Desde que tinham queimado o apartamento de Chuff, junto com Dan Wheems, os dois passaram a se evitar por motivos de constrangimento mútuo. Pelo fato de não ter deitado os olhos em Moskowitz fazia um bom tempo, Worsley se assustou ao ver que o chefe agora parecia ter um pouco menos de um metro e meio, ficando ainda mais estarrecido ao descobrir que Moskowitz tinha encontrado uma vassoura de algum lugar e agora varria o porão obsessivamente. Ele respondeu às dúvidas de Worsley ligadas ao trabalho, mas não fez nenhuma menção às suas atividades de zelador, exceto para comentar que gostava de garantir que "tudo estivesse chuchu-beleza aqui embaixo". Não parecia estar ciente do simbolismo psiquiátrico das suas ações, o que fez Worsley pensar que ninguém que estivera na casa de Brandon naquela noite conseguiu sair de lá inteiramente ileso. Dan Wheems deu um perdido em todo mundo, Moskowitz se perdeu numa faxina junguiana e Worsley estava sentado em sua samba-canção do Rei Abelha, assistindo enquanto o mundo desmoronava, sem uma compreensão fundamental de, bem, coisa alguma.

Ainda assim, mesmo que o alto escalão da gerência dos quadrinhos estivesse repleto de dificuldades, caso o motivo da visita a ser feita no mês seguinte fosse oferecer uma promoção a Worsley, ele decidiu que a aceitaria. A alternativa era continuar no mesmo patamar da sua carreira, década após década, até enlouquecer e acabar igual ao Jerry Binkle. Worsley estava na plateia do cinema junto com Binkle e sua esposa Elaine para ver *Comparsas Sobre-humanos*, e o filme horripilante foi a menor das suas preocupações. A tentativa lânguida da parte do filme de estabelecer um enredo, presumivelmente para aplacar os fãs mais velhos do gibi, girava em torno de um vilão icônico da primeira aparição desse combo de super-heróis lá na *Comic Clarion Apresenta*, uma geleia interplanetária conhecida como Celêntero, o Controlador. No clímax do filme, quando o organizador dos Comparsas Sobre-humanos, o Sr. Oceano, utiliza seu controle sobre os organismos marinhos para fazer Celêntero se enforcar com os próprios tentáculos, a coisa passou do limite para o Jerry. Enquanto os outros membros da plateia tinham convulsões histéricas por conta do que viria a ser chamado de "Homem-Trovão Cristo-Macaco", Binkle se levantou do seu assento e começou a gritar para a tela:

– Ele nunca faria uma coisa dessas! O Sr. Oceano não faria isso! Vocês não entendem isso, seus imbecis? Seu melhor amigo era uma água-viva! Fufu era tudo para o Sr. Oceano! Tudo!

Foi uma cena mortificante. Todo mundo mandou Binkle se sentar e no final sua esposa Elaine precisou usar um taser nele.

Pensar no que parecia ser a fixação de uma vida inteira que Binkle tinha pela maravilha marítima voltou a consciência de Worsley, que pairava à deriva pelo espaço, na direção geral do artigo de Finefinger. Não tinha certeza que havia entendido o xis da questão, mas, se tinha, então era um xis que não o interessava. Ainda assim, precisava ler até o fim, para usar de argumento na próxima vez que Finefinger acusasse Worsley de ser incapaz de ler textos sem figurinhas e poder citar "Uma embalagem de lycra para um almoço nu" em sua defesa, confessamente fraca. Com um grunhido de desprezo antes de sequer começar a ler, Worsley apanhou a *Kulchur* com cautela, como se suspeitasse dela, não importasse como era grafada.

"Em todo caso, como posso justificar a comparação entre personagens fantasiados e uma substância viciante como cocaína ou heroína? Acredito que a resposta se encontra na palavra 'fantasiado'.

"Andei lendo recentemente sobre o papel importante que a cor desempenha naqueles joguinhos de perder tempo, como Krystal Krunch, que você se flagra jogando no celular obsessivamente até de madrugada. Parece que certos tons e certas combinações de cores são viciantes, liberando as substâncias químicas ligadas à sensação de recompensa. Para quem duvida, basta alterar a configuração de tela do seu celular para tons de cinza e ver por quanto tempo Krystral Krunch consegue prender a sua atenção.

"Em outro artigo de revista científica, não relacionado, sobre descobertas recentes no campo da pesquisa neurológica, descobri o fato assombroso de que a mente de uma criança pode ser reprogramada pela exposição a um logo ou emblema, de modo semelhante à estampagem filial de pintinhos recém-saídos do ovo, que se apegam emocionalmente ao primeiro objeto em que reparam. Ao refletir sobre o assunto, nenhuma dessas noções devia ser lá grande surpresa. Lembro-me de brincar com umas grandes bolinhas de gude quando era criança, como eu inventava nomes e até mesmo personalidades para as minhas prediletas, tendo como base nada mais além daquela mística que as cores diferentes exerciam sobre mim naquela idade.

"Além disso, lembro-me da aura reconfortante, quase sagrada, que cercava os nomes de produtos em suas fontes distintas e emblemáticas. O logo da Coca-Cola, por exemplo, com suas voltas e contornos, remetia a um classicismo e a um refinamento que não ficaria incongruente acima do capô de um carro europeu de prestígio. Combinando isso ao formato da garrafa, quase idêntico ao de figuras de fetiche sexual paleolítico que eu já vi, o que se tem é uma investida contra o indivíduo por meios semióticos, com um propósito comercial; uma intrusão de imenso poder persuasivo subliminar, em muitos níveis dos quais sequer suspeitamos. Quando falamos em marcas, devemos nos perguntar qual é a substância que está sendo marcada, que terá aquele logo quente e fervilhante impresso sobre si, e se acaso não é o nosso próprio prosencéfalo.

"Por fim, ocorreu-me que os personagens heroicos fantasiados que tanto me cativaram quando pequeno poderiam, com efeito, ser reduzidos em minha consciência infantil a um emblema no peito e uma combinação de cores. Muito antes de saber o nome do Homem-Trovão, eu reconhecia a nuvem em formato de T e seu raio, falando dele como "o herói roxo e dourado". Agora, se as embalagens comerciais são estilizadas de forma intencional a fim de atrair e habituar um público adulto, quão maior não deve ser essa potência em produtos que, durante quarenta anos ou mais, miraram exclusivamente crianças pequenas e impressionáveis? Será que não é o suficiente para moldar e escravizar uma geração, mantendo-a, como viciados, numa condição de carência infantilizada, em que não conseguem individualizar-se de verdade e tornar-se adultos genuínos?

"E acaso isso não explicaria o fenômeno da colônia minguante de pessoas que foram lesadas por esse condicionamento inócuo dos gibis? A julgar pelo tom aparente na maioria dos fóruns de quadrinhos populares, o público não consegue desfrutar mais do material ao qual está, em todo caso, viciado. O *habitué hardcore* de quadrinhos parece se ver na mesma condição tantas vezes relatada em meio aos usuários de crack de longa data: com uma forte sensação de efeitos decrescentes, tentando a cada cachimbo voltar à pureza angélica daquela primeira tragada, cada tentativa sendo mais decepcionante do que a anterior – no entanto, simplesmente parar, é claro, está fora de cogitação. O que faz com que o dilema do fã de gibis seja pior é que, na melhor das hipóteses, aquela 'primeira tragada' que eles esperam recriar a cada lançamento mensal é o frisson perdido e irrecuperável da própria infância."

Havia mais uma ou duas páginas, mas Worsley se deu conta de que já havia lido o suficiente. Olhou para a falange silenciosa de Camaradas, Vingativos, Forças Freak, Onipotentes Jovens Milícias e Cincos Insólitos que apinhavam suas janelas e prateleiras, mas nenhum deles considerou que valeria a pena dignificar com uma resposta a diatribe de Finefinger. Ele sabia como se sentiam. Se a hipótese alucinada de Finefinger estivesse correta, então as coleções de todos os fãs – inclusive a do próprio Worsley – seriam como um acúmulo de agulhas hipodérmicas, colheres pretas e cadarços; ou como aquelas caixas de papelão no apartamento, havia muito tempo destruído, de Brandon Chuff. Pior ainda, se o que Finefinger dizia fosse verdade, era capaz de render um processo. Ficou ruminando tudo isso, irritado, enquanto deixava o seu olhar, quase sem foco, retornar à televisão de tela plana no mudo do outro lado do cômodo.

Anticorpos, células-T à prova de balas, tinham sido acionados e retomavam os escombros gloriosos, expulsando à força o invasor viral rumo ao lusco-fusco prematuro de janeiro, os embates se estendendo pelas horas violáceas rumo às horas de negrume. Dúzias de presos, dúzias de feridos e cinco mortos, sem contar os oficiais presentes que viriam a tirar a própria vida, em desespero, ao longo dos dias seguintes. Foram deixados para trás fragmentos da coisa conglomerada, reivindicando, na morte, seus nomes e individualidades, junto com letreiros berrados e ruidosas asserções adesivas, os corredores inundados até os calcanhares em slogans e fiapos de bandeiras de ambos os lados dos vários conflitos, aparentemente ainda sem resolução, dos séculos 19 e 20, tudo destinado aos futuros museus das convulsões americanas. O grande esforço para expor fatos problemáticos como ficção, ao mesmo tempo que se estabelecia uma narrativa de história pictográfica de revistinha como fato universal, lentamente foi se evaporando em Washington. Rumo ao sereno da noite pandêmica, processos eleitorais retomavam sua ação mecânica e o tumulto fatal foi gradualmente minguando até se tornar uma farsa, um sonho, uma História Improvável. Tudo seria reescrito, reimaginado, reformado. Não haveria qualquer estrago à continuidade.

Examinando a marca de pneu cor de cereja deixada na pança branca pelo elástico da cueca, Worsley Porlock tomou nota dessa ideia. Ainda pensava no argumento de Milton Finefinger de que os aficionados divertindo-se numa convenção, qualquer que fosse sua idade, podiam ser equiparáveis aos maníacos desdentados que não falavam coisa com coisa num mocó. Sem ler até o fim, Worsley arremessou a revista contra a mesinha de centro, onde seu impacto mandou uma onda sísmica entre os colecionáveis menos estáveis ali reunidos.

Finefinger, disse para si mesmo, era só mais um sujeito amargurado e ressentido, exatamente como Dan Wheems, incapaz de aguentar o ritmo da indústria dos quadrinhos atual e parecendo determinado a estragar tudo para todo mundo. Bem, Worsley nunca iria – nunca poderia – comprar essa ideia, a de que super-heróis eram como alguma substância insidiosa que atrofiava o desenvolvimento emocional de seus seguidores. Essa merda não passava de pura baboseira.

Sobre a mesa, o bobblehead do Rottweiler de Worsley concordava incontrolavelmente.

17. (Dezembro, 2012)

Últimas reflexões: a entrevista com Denny Wellworth

WHEEMS: Denny. E aí, cara, como está?
WELLWORTH: Ah, sabe como é. Tenho dias ruins e tenho dias piores. Bom revê-lo, Dan. Obrigado por vir. Você quer fazer aquela entrevista sobre a qual conversamos?

WHEEMS: Isso, se ainda estiver disposto. Mas tem que me avisar se estiver se cansando. Não quero deixar você esgotado.

WELLWORTH: Não se preocupe, Dan. Não vai ser a entrevista que vai me matar. Qual é a primeira pergunta?

WHEEMS: Ah sim, desculpe, você tem razão. Imagino que seria legal termos um pouco de contexto. Como era a cena quando você entrou no ramo?

WELLWORTH: A cena dos quadrinhos? Nem existia. Ah, claro, havia gibis, assim como havia chiclete, mas na época também não havia uma cena dos chicletes. O jeito que as coisas eram antigamente chega a ser difícil imaginar da perspectiva de hoje. Eu nasci em 1940, por isso fui adolescente no final dos 1950, quando comecei a procurar trabalho com escrita. E era um ambiente bem proletário na época – não só nos quadrinhos, mas também livros baratos e revistas. Havia um público principalmente de trabalhadores, e era um campo em que um moleque espertão de uma família trabalhadora poderia talvez encontrar um trampo que pagasse alguma coisa. Eu andava pelas lanchonetes onde sabia que os roteiristas iam buscar seus almoços, e foi assim que conheci Sherman Glad, Heinz Messner, Artie Leibowitz, esses sujeitos todos. Claro que faziam gibis, mas o que eu quero dizer é que, na época, para garantir nosso ganha-pão, a gente fazia de tudo que fosse mais ou menos lícito. Além de inventar todos aqueles heróis fantasiados para a American, Sherman também produzia umas revistas pulp usando uma dúzia de pseudônimos. Ele fazia ficção científica, faroeste, fantasia, aventuras históricas, histórias de detetives durões, pornografia...

WHEEMS: Quê? O Sherman Glad? É sério?

WELLWORTH: (RISOS) Dan, você é da geração mais nova, por isso não imagino que possa apreciar a vasta importância que a pornografia teve para os jovens aspirantes a escritor da década de 1950. Havia umas duas ou três dúzias de editoras especializadas em material literário para punheta na época, antes de surgir o VHS

ou a internet. E aí tinha a Olympia Press, Maurice Girodias! Que
alegria era ser jovem naqueles anos dourados! (RISOS) Não, sério, se você fosse um escritor faminto, trabalhando num Kerouac
de segunda mão que julgava ser sua obra-prima e não conseguia
vender para nenhuma editora, sempre dava para recorrer à *Enfermeiras Ninfetas Ninfomaníacas* no fim de semana e tirar talvez uns cinquenta paus daí. Na verdade, aposto que *Enfermeiras
Ninfetas Ninfomaníacas* e coisas assim salvaram mais carreiras
literárias de prestígio do que qualquer um gostaria de admitir (RI-
SOS). Então, nos velhos tempos, o que acontecia era que a gente
trabalhava com o que tinha. Eu peguei uns roteiros para tirinhas
do jornal e imaginei que conseguiria lidar ampliar isso para histórias de seis ou oito páginas de um gibi.

WHEEMS: Não sabia que você fez tirinhas de jornal na época. Quais?

WELLWORTH: Ah, bem, sabe, eu escrevi durante uns dezoito meses
para o Operante Z.

WHEEMS: Eu pensava que esse fosse de, como que era mesmo? O
que fazia o Zoom Wilson? Andrew Donald?

WELLWORTH: Pois é, eu também achava isso. E idem para Bill Teresen,
o desenhista, e Harvey Norse, o arte-finalista. Todos achávamos
que éramos o único assistente do Donald no Operante Z, e no
fim o corno não fazia nada ali! Em toda minha vida, nunca
encontrei um filho duma égua mais sorrateiro do que ele. Até o
acidente de carro fatal foi uma tentativa de suicídio. A segunda
tentativa, na verdade, e nas duas vezes ele tentou levar alguém
junto. Não, nem me deixe começar. Só menciono o sujeito para
ilustrar que, naqueles dias, dava para encontrar todo tipo de
trabalho. Do meu tempo nos quadrinhos, o que eu gostei mais
foi quando trabalhei para Roy Shaw na *Indecente* e na *Perturbador*. Não quero dizer que o Shaw fosse melhor do que os
outros – tipo, o pagamento não era nada de mais –, mas ele
sempre me tratou bem. Confiava em você o suficiente para te
deixar seguir suas ideias, sabe? Era bem divertido, trabalhar

com gente como Slim Whittaker e Robert Novak e todo o resto, experimentando coisas novas e me aperfeiçoando enquanto roteirista. Claro que eu fiz muito mais dinheiro depois, mas aí foi quando a indústria dos quadrinhos já tinha virado outra coisa diferente e o trabalho foi ficando cada vez menos prazeroso, até chegarmos à situação atual, em que os filmes de super-herói arrecadam cada vez mais dinheiro, enquanto os gibis de super-heróis estão numa sangria desatada, perdendo leitores a cada mês que passa. Ninguém sabe o que fazer. Ninguém pensa: "Ei, e se a gente fizesse, tipo, uns gibis melhores, e aí as coisas não precisariam se arruinar em chamas?".

WHEEMS: Sei bem o que você quer dizer. Quando foi que o ramo dos quadrinhos deu errado, na sua opinião?

WELLWORTH: Acho que nunca deu certo, para começo de conversa. Digo, quando começou isso dos gibis, eles eram vistos como lixo descartável para manter as classes baixas contentes. Acho que a ideia era que o pobre é burro, infantil e incapaz de entender uma narrativa sem figurinhas. E aqui eu falo das tirinhas de jornal, quando as revistas em quadrinhos sequer eram um brilho cleptomaníaco no olhar de Albert Kaufman. Aí, quando as revistas aparecem, seu público-alvo é a mesma classe social e a maioria dos talentos vem dela também. Com o Kaufman, quando ele e o Sid Rosenfeld roubaram o Homem-Trovão de Kessler e Schuman, o que eles fizeram foi fundar a indústria dos quadrinhos inteira usando o modelo de negócios do contrabando, um modelo que continuou sem maiores alterações até hoje: você encontra alguém talentoso – Kessler e Schuman, Robert Novak, Sherman Glad, Joe Gold, Slim Whittaker, e por aí vai –, aí passa a perna neles, toma suas criações e os descarta. Se forem criadores da classe trabalhadora, igual a, bem, todos os sujeitos que eu mencionei, aí é ainda mais fácil roubá-los, porque não foram criados nessas famílias que passam um monte de tempo discutindo advogados, contratos e porcentagens.

Você os descarta e passa a perna neles, arranja outros sujeitos para escrever as histórias e desenhar seus personagens, aí depena a propriedade de tudo que der até o fim dos tempos. É assim que funciona, né?

WHEEMS: Se é que podemos dizer que "funciona". Não está funcionando tão bem no momento, a julgar pelo estado das coisas.

WELLWORTH: Pois é, bem, e isso porque o ramo dos quadrinhos cometeu o mesmo erro idiota que todas as indústrias cometem, que é presumir que o recurso sendo explorado é infinito e inexaurível. Descobriram que dava para moer e roubar um Joe Gold com impunidade, porque haveria outro sujeito igualmente talentoso e igualmente roubável dali a um ou dois anos. Agora, eu e você sabemos que o sol vai envelhecer e se apagar antes de aparecer outro Gold, mas esse povo da administração... eles não são sujeitos criativos e nunca entenderam bulhufas de como funcionam os criadores. Por isso, quando não aparece um novo Joe Gold, você pega as suas revistas e dá para artistas que sejam capazes de fazer uma versão vagabunda do estilo do Gold, mas não conseguem inventar uma única coisa que seja novidade. E quando não aparece um substituto para o Sherman Glad, porque ele tentou se sindicalizar e por isso acabou demitido, aí você acaba tendo só os fãs emocionados que eles contrataram para assumir o lugar do Sherman e do Heinz Messner e todo o resto, gente que nem Brandon Chuff. Essa gente... eles não são artistas, não são roteiristas, são só fãs de artistas e fãs de roteiristas, e a geração que vier depois deles vai ser de fãs de fãs, e assim por diante, rumo a essa zona desorientada que temos no presente.

WHEEMS: O que você diz sobre Sherman Glad ter tentado se sindicalizar, é engraçado – meu amigo Milton Finefinger tem uma proposta, lá na American, para uma série sobre uma velha superequipe de 1940, os Supercamaradas, muitos dos quais são criações do Sherman Glad. A ideia do Milton é representar a equipe como se estivessem realmente fazendo uma tentativa de sindicalizar os super-heróis, com personagens, os camaradas, vindos de origens proletárias como o Homem-Trovão, por um lado, e aristocratas e milionários como a Rainha Lunar e Rei Abelha do outro. O Milton vai chamar de *Supercamaradas*.

WELLWORTH: Pois é, eu conheço o Finefinger. Aquela risada dele me dá vontade de matar, mas é um sujeito bacana e um bom roteirista, dentro da safra atual. E essa coisa dos *Supercamaradas* parece uma boa ideia, quase como se estivesse se referindo à coisa toda do Glad e do Messner e os outros, ao se concentrar nos personagens. É uma boa sacada, mas deixa eu te dizer uma coisa: isso não vai sair nunca, nem em um milhão de anos. Sempre vai ter algum motivo perfeitamente razoável para não publicarem que não tem nada a ver com o fato de ser sobre a formação de um sindicato, mas ninguém nunca vai ver essa revistinha. Não pela American. Se Dave Kessler e Si Schuman tivessem tido acesso a um sindicato, então todo o ramo dos quadrinhos, tal como o conhecemos, jamais teria existido.

WHEEMS: Bem, veremos, eu acho. Você não consegue imaginar que a indústria vá mudar em breve, não é?

WELLWORTH: Não imagino, não. Não consigo ver de onde poderia partir o ímpeto ou a energia para isso. Como disse, os gibis eram um formato criado para – e em grande parte pela – classe trabalhadora, mas esses criadores estão todos mortos ou aposentados, amargurados com o ramo. E aí o que se tem agora são quadrinhos feitos pela, para e sobre a classe média, exclusivamente. E comparando com os quadrinhos de antigamente, acho que, se você olhar para todos os filmes de super-herói de sucesso, vai ver que são adaptações de coisas que Joe Gold ou Sherman Glad criaram faz uns cinquenta, sessenta anos. Quando acabar o material antigo, eles vão fazer o quê? Começar a produzir filmes daquele lixo dos anos 1970 e 1980, tipo *Melhor Sujeito*? (RISOS)

WHEEMS: Então você não é grande fã do Gene Pullman, imagino?

WELLWORTH: Nossa, Dan, que perspicaz da sua parte. Como você captou? Foi porque eu troquei a Massive pela American quando fiquei doente, porque na Massive, sob o Pullman, eles se recusaram a bancar meu plano de saúde? Ou foi algum outro "indício" sutil do qual não estou consciente, tipo o modo como automaticamente começo a imitar que estou estrangulando ou esfaqueando alguém sempre que mencionam o nome dele? (RISOS) Já te contei a minha história com o Gene Pullman e por que eu provavelmente sou o homem mais detestado do ramo? Não? Pois bem, foi nos anos 1970, quando eu era editor-chefe da Massive, logo antes de ser promovido lateralmente para dirigir a linha Lendas, que era melhor para os criadores. Então, em todo caso, eu estava lá no meu escritório na Lexington, conferindo o roteiro com Mark Shane e repassando as coisas, e de repente o Gene Pullman escancara as portas e entra pisando forte, bem dramático, e me diz que está furioso, como se eu não pudesse deduzir isso por conta. Agora, mantenha em mente que Pullman ainda era só um roteirista júnior a essa altura, certo? Aí ele começa a berrar que um dos personagens de alguma das revistinhas, talvez a *Força Freak*, fez alguma coisa que o Pullman considerava imoral, algo que ele nunca faria. Acho que, sei lá, aniquilaram um universo paralelo inteiro ou algo assim, o que, para ser justo, é algo que eu também jamais faria. Mas não vem ao caso. Pullman exige que eu cancele essa publicação ou então vai se demitir ali mesmo. Eu digo para ele que não vou fazer isso, mas que aceito a sua demissão. Pullman parece chocado, como se nunca tivesse imaginado, em um milhão de anos, que o seu gesto dramático pudesse sair pela culatra desse jeito. Ele se vira, completamente mudo, e sai cambaleando do meu escritório, como se estivesse indo para a forca. O Mark e eu voltamos ao que estávamos discutindo e aí, tipo, cinco minutos depois, Pullman volta literalmente rastejando para implorar pelo emprego de volta. Quando digo rastejando, não é nem de quatro. Ele está prostrado inteiro no chão, aos prantos. E o que é pior, você sabe como o Pullman é meio... largo? Tipo, de frente ele está em CinemaScope, mas de lado parece plano? Bem, você não faz ideia do quanto é perturbadora a visão do Pullman até ele estar rastejando na sua direção, aos soluços, com a cara no chão. Sendo bem honesto, Dan, era como um tapete bizarramente largo e empelotado que estivesse a meio caminho andado para desenvolver um sistema nervoso. Para ser franco, era difícil de olhar. No fim, falei para o Pullman voltar para o que quer que ele estivesse fazendo que a gente podia esquecer que esse incidente aconteceu. Naturalmente, anos mais tarde, estou lá numa convenção com o Mark Shane e ele diz: "Denny, você percebe, né, que se não tivesse cancelado a demissão de Pullman todos aqueles anos atrás, teria poupado todo mundo da Massive desse inferno pelo qual estão passando? Você é um como um daqueles desgraçados que perderam a chance de matar Hitler a facadas quando ele tinha só oito anos" (RISOS). O que posso dizer? A verdade é que fiquei com pena do sujeito. Além disso, não conseguia continuar olhando para ele ali, ondulando no meu chão, nem mais um segundo. Parecia um molusco sarado.

WHEEMS: Sabe, quando eu comecei a ler quadrinhos, aos doze anos ou coisa assim, eu gostava da Massive, claro, mas as minhas revistas favoritas eram as que meus pais não deixavam ler, tipo a *Indecente* ou a *Perturbador*.

WELLWORTH: Dan, desse jeito você me faz corar. Acho que a gente devia ir para um lugar mais reservado ou algo assim.

WHEEMS: Não, é sério. Na época, se você falasse de quadrinhos, ninguém presumia automaticamente que estivesse falando só de um gênero, só de super-heróis. Havia histórias de horror, histórias de guerra, ficção científica e uma dúzia de outros tipos de história. Como foi que os super-heróis passaram a dominar a indústria?

WELLWORTH: Aí complica. Sempre me esforcei ao máximo para fugir dessa merda. Qual é a dos super-heróis? Bem, vejamos. São

um fenômeno nativo ao país, que parece nunca ter conseguido vingar mesmo em nenhum outro lugar. É como se fosse algo
que emerge naturalmente a partir da nossa cultura. Em parte,
acho que vem de nosso direito constitucionalmente garantido
à dissimulação americana. Tipo, se você vai fazer alguma coisa
que possa pegar mal, então o melhor é fazer de máscara ou fantasiado como outra coisa, ou ambos. Se é a Boston Tea Party, a
gente se fantasia de Índios Pele-Vermelha saídos de um desenho.
Se for um comício com tochas do Klan, aí a gente se fantasia de
fantasma. Então, se somos justiceiros autodeclarados, com um
apreço por espancar as classes baixas, é natural que se fantasie
como raposas, besouros, abelhas, cães de guarda ou, sei lá, or-
nitorrincos ou coisa assim. Além disso, tem toda a nossa atitude
quanto à violência. É um país onde, desde o tempo dos pionei-
ros, ninguém confia em ninguém, por isso dormimos com armas
embaixo do travesseiro e nosso jeito ideal de resolver uma situação é armar uma emboscada e atirar na pessoa. Não gostamos de
conflitos nos quais não temos algum tipo de vantagem tática, por
isso é reconfortante a fantasia de um super-herói indestrutível
ou com imensos dentes de aço retráteis. É o nosso sonho. Eles
têm um senso moral, ajudam os oprimidos e, com seus poderes
especiais, são incrivelmente bons em alguma coisa – tudo aquilo
que não temos, não fazemos ou não somos. São nosso espaço
negativo, em termos éticos, e ao mesmo tempo são a encarnação
mais aparente e supremacista branca do Sonho Americano. Não,
não, por favor, não reclame. Estou no gás aqui. Quanto ao que
o super-herói significa para o público contemporâneo adulto de
aficionados, no geral, isso eu não sei dizer ao certo. Acho que,
para alguns deles, foi um hobby adotado lá pelos treze anos como
alternativa a uma puberdade normal, um modo de se desviar
das tribulações – e também de qualquer desenvolvimento pessoal – ao se mudar para a sede dos Comparsas Sobre-humanos
e ficar lá durante os próximos dez, trinta, cinquenta anos, até

não ter mais nenhuma responsabilidade social. São um modo de continuar numa estase emocional e manter-se conectado a uma infância relativamente despreocupada diante de um mundo progressivamente mais complexo e alienador. Acho que é por isso que são tão importantes para os leitores, mas acredito que tenha mais alguma coisa aí. Acho que os personagens como o Homem--Trovão são importantes, na verdade, para o tecido dos EUA.

WHEEMS: Como assim?

WELLWORTH: Bem, se você olhar para esse país nos primeiros dez ou vinte anos do século 20, vai ver uma nação que mal conseguia se manter unida. Não havia qualquer identidade nacional em torno da qual dava para se reunir. Os americanos vinham todos de países diferentes, falavam línguas diferentes, tinham políticas diferentes e religiões diferentes e vinham de raças e classes diferentes. Se tinha uma coisa, uma única coisa, com que todos conseguiam concordar é que gostavam das mesmas músicas de vaudeville no rádio; todos gostavam de ler o *Floyd Pé-Chato* e beber Coca-Cola. Gostavam dos desenhos do Dickey Dog e gostavam do Homem-Trovão. A cultura popular é a única cola que mantém unidos os Estados Unidos, e acho que é por isso que eles precisam roubar das pessoas que a criaram, entregando-as de bandeja para alguma corporação grande e confiável que zela pelos interesses do capitalismo e que vai resguardar essas propriedades valiosas com mais cuidado do que algum escritor ou artista com suas ideias e políticas malucas. Você não iria querer que esses ativos nacionais fossem parar nas mãos de radicais ou de negros ou mulheres – a não ser que já fossem mutantes corporativos como a Mimi Drucker ou o que quer que Gene Pullman devia ser, porque aí as questões de raça e gênero já não são tão importantes perto dos tentáculos e olhos ciclópicos. Pelo menos, essa é minha teoria.

WHEEMS: Denny, o papo está ótimo, melhor do que qualquer coisa que eu poderia esperar, mas tenho ciência de que estou aqui

alugando você faz muito tempo e acho que deveríamos encerrar. Só mais uma pergunta, beleza?

WELLWORTH: Claro. E não precisa pedir desculpas. Sei que minha
cara está um horror, por isso não tem como você distinguir, mas
estou me divertindo com todas essas perguntas. Manda brasa.

WHEEMS: Bem, como dizia antes, você trabalhou em ambas das
maiores editoras de quadrinhos. Dá para comparar as duas?
Você tem alguma preferência?

WELLWORTH: Não, acho que não tenho, não. Não acho que eu tenho
uma preferência. Acredito que as duas são igualmente diabólicas, mas diabólicas em sentidos diferentes. Com a Massive,
é tudo na base da brutalidade industrial sem tempo a perder,
uma atmosfera de estado policial e governo pelo medo – aquela coisa básica da "bota do Tanque Humano pisando um rosto
humano para sempre" (risadas). Na American, até onde eu sei,
as coisas não são tão bandidas e autoritárias, só que é tudo
muito mais sinistro. Se a Massive é tipo uma fábrica vitoriana,
a American é mais como um culto de mistérios do período
romano tardio. Você já viu o Ambrose Bell que eles têm lá na
recepção, né? É como se, de um certo modo neoplatônico, eles
acreditassem sinceramente que esses personagens são reais,
que estão vivos no Mundo Aleph do Sherman Glad ou algum
lugar assim. Sabem que não dá para chegar e dizer uma coisa
dessas sem parecer malucos, mas, no fundo dos seus corações,
eu sei que eles precisam sentir que, de algum modo, tudo aquilo é de verdade. Acho que, num mundo onde nossas ideias
tradicionais de Deus basicamente foram desintegradas, mas
ainda resta a carência humana por algo sagrado, talvez algum
monstro kitsch feito o Homem-Trovão seja tudo que nos reste
que se pareça com uma religião. Então, é isso. Deu para satis-
fazer sua curiosidade mórbida?

WHEEMS: Isso e muito mais, como sempre. Denny Wellworth, muito
obrigado pelo seu tempo.

WELLWORTH: Dan, eu não posso mais bater punheta, então, sério mesmo, o prazer é meu. (RISOS)

18. (Setembro, 2015)

Embora felizmente jamais venha a existir pornografia compreensível para crianças de três anos, a Satyricon se empenhara consideravelmente para imaginar como seria a cara de uma coisa dessas. **BEM-VINDOS À SATYRICON!** Ao longo da história das orgias, nunca antes houve uma oportunidade para milhares de participantes reunirem-se publicamente em fantasias provocativas de pessoas com superpoderes e botas de cano alto ou como animais cartunescos de meia arrastão, anunciarem suas permutações arquejantes de costa a costa do país e ainda ganharem uma sacolinha de brindes para levar para casa. **BEM-VINDOS À SATYRICON!** Aproximadamente trinta andares de obsessões indecentes, corredores de hotel com tesselações escherianas de furries engenhosamente entrelaçados e, num cantinho isolado, o elmo solar de Ormazda com uma camisinha seminova lá dentro. **BEM-VINDOS À SATYRICON!** Era tudo muito, muito distante de Jesus e Connecticut.

A barriguinha de Dick Duckley abrigava algumas lagartas, ainda não transformadas em borboletas, quando ele chegou ao saguão espaçoso, fazendo uma entrada que causou bem menos barulho do que ele faria mais tarde. Uma equipe da convenção trabalhava duro para montar a exposição do memorial a Brandon Chuff no salão, onde serenos elevadores de vidro erguiam-se em silêncio até as alturas catedralescas do átrio, e o burburinho baixo dos convidados que chegavam era como um velório ou canção de ninar. Ele fez o cadastro, depois ficou ali pela recepção com a cabeça inclinada para trás, respirando fundo a fim de acalmar as lagartas, tentando sugar todo o ar. Aquele mundo era simplesmente grande demais e já fazia um tempinho que suspeitava que talvez sequer fosse o mundo correto, como se ele fosse uma versão alternativa e errada de si mesmo, preso ali naquela Terra alternativa e errada.

Encontrou o espaço principal, ainda não o circo/hospício que viria a ser mais tarde, mas já tremulando com atividades, já barulhento, e foi dar uma olhada no estande da Bordello Comics. Tony e Steve estavam lá, manejando as coisas e empilhando as revistas de *Orgásmicos* para a tarde de autógrafos. Havia uma loira com um aspecto abatido num casaco comprido que ele pensou ser a modelo contratada para se fantasiar de Ninfeta Oral, mas claro que não havia um modo fácil de perguntar isso para ela. Depois Steve contou que a Amanda da contabilidade ligou para ele, dizendo que estavam tentando falar com o Duckley, e será que o Duckley estava com o celular desligado? Dick Duckley deu um risinho, disse que ia ver e, em seus intestinos, borboletas-monarcas desdobraram e testaram suas asas grudentas.

Pedindo licença com uma série de frases pela metade, ele disse que ia dar uma conferida no seu quarto e deixar a bagagem lá, mas que depois vinha ficar por ali. Dando meia-volta antes que pudessem ver seu rosto contorcido, ele foi abrindo caminho em meio à multidão, rumo ao saguão e seus elevadores cristalinos. Dentre todas as pessoas pelas quais ia se espremendo, Duckley era o único disfarçado de alguém normal. Enquanto esperava o elevador até o 27º andar, dois demônios cruzaram, saltitantes, o seu caminho, um diabo e uma diaba, vermelhos como um carro de bombeiro e com chifres e caudas. Ambos lhe deram um sorrisinho cúmplice, e Duckley teve a certeza imediata de que não eram um casal brincando de faz de conta e sabiam da confusão toda com a Amanda da contabilidade. Pior de tudo, não tinham pressa. Podiam se demorar. Ele não conseguiria fugir tão cedo. Quando chegou sua caixa de vidro, se atirou para dentro dela e apertou o botão do seu andar, o coração martelando no peito. A porta se fechou. Balançando as cabeças cornudas em deboche, a dupla dinâmica de diabinhos passou sem olhar para ele, balançando suas caudas encarnadas e pontiagudas para lá e para cá.

Seu carro transparente ascendeu e sua vista do saguão transfigurado foi crescendo lá embaixo, como se estivesse sob o olhar de uma lente bulbosa. Centenas de fantasias rodopiando, parecendo os veios de uma bola de gude em cores delirantes, dentro das quais deuses pagãos e tropas de choque fumavam cigarros eletrônicos casualmente e espécies diferentes trocavam contatos. Uma alucinação biliar, numa maré em torno de um altar central que comemorava o falecido escriba dos *Comparsas Sobre-humanos* e ex-editor-chefe, com a imensa fotografia emoldurada de Brandon Chuff num preto e branco que lhe caía muito bem, afastando-se sob o assoalho transparente do elevador. Duckley exalou.

Internamente, os lepidópteros prosperavam, despertando um belíssimo panapaná, as velas pintadas atingindo seus pulmões e farfalhando em sua garganta. Do que ele sabia de ciência, era possível que fosse apenas a excitação desse bater de asas que permitia a subida daquele cubo envernizado rumo ao átrio escancarado onde ressoavam sussurros sibilantes. O rebanho de fantasmagorias do saguão agora era um vagar de pontilismos. Duckley sentia que toda aquela comemoração ensandecida era o apocalipse, e não só para ele. Era chegada a hora da Revelação, pelo menos para a Amanda da contabilidade. Tudo que estava oculto revelar-se-ia como um elevador. Todos saberiam o que ele fizera, não só mamãe, papai e os outros anjos, que já sabiam. Mamãe estaria chorando e seu pai estaria tão, mas tão puto da vida que Duckley quase se sentia aliviado em saber que não teria que encontrá-los no céu, pelo menos se o casal carmim lá embaixo estivesse sugerindo o que ele achava que estava.

Para um final de setembro, fazia um calor desconfortável em Dallas, um aperitivo do inferno. Superando essa irradiação de fundo de medo e ansiedade, erguiam-se picos furiosos de ressentimento direcionados à pessoa responsável por iniciá-lo nessa trajetória destinada às trevas. Ouviu de algumas pessoas sem compaixão que essa pessoa seria Worsley Porlock, mas não era o caso. Porlock era amigo de Duckley, quase um irmão mais velho, enquanto quem orquestrara a queda de Dick Duckley de seu estado de graça – a súcubo que o tirara da salvação, arrastando-o pelo pênis – fora Peggy Parks. Aquela Jezebel, com sua piscadinha e cabelos de fogo, a quem o próprio papai o entregara, repassando às suas mãos lúbricas e experientes, quando ele mesmo não passava de um menininho indefeso.

A latrina feita de janelas retiniu discretamente para anunciar sua chegada ao andar almejado, e ele deu um passo para fora, pisando as altitudes atapetadas. Quase no mesmo instante em que saiu daquele aquário, suas portas se fecharam novamente, seladas num suspiro pneumático para começar sua jornada de volta ao saguão e sua sopa de arlequins à caça. Deitando contra a madeira lisa do corrimão a palma úmida da mão livre, enquanto a outra trazia a bagagem, ele apoiou a parte de cima do corpo e deu uma espiadinha para ver descer aquela joia lapidada e oca. A uns noventa ou cento e vinte metros lá embaixo, o saguão não passava de uma placa de Petri vividamente infestada. Com uma sensação de vertigem moral, ele deu as costas para aquele colossal poço dos desejos já seco e entrou determinado naquele labirinto de setas, buscando um santuário sem personalidade, onde houvesse uma porta com olho mágico que pudesse trancar com duas voltas da chave.

Uma vez no seu quarto, ele se sentou na cama, pesado como um mármore de Rodin, e pescou o celular. Seis ligações perdidas, todas da Amanda da contabilidade. Pensou que talvez, se ele escutasse só a primeira mensagem de voz, talvez não fosse tão ruim quanto imaginava.

– Dick? Aqui é a Amanda, da contabilidade. Preciso daqueles recibos que você me prometeu, tipo, pra ontem? Sei que você está na convenção, mas precisa resolver isso já. O pessoal da matriz está preocupado, Dick, e não vai dar para esperar até segunda. Me liga assim que ouvir essa mensagem.

Ai, Deus. Ai, Deus, que terrível. Ela parecia tão irritada, e essa era só a primeira das mensagens de voz não respondidas. Decidiu não escutar as restantes. Levantou-se. Sentou-se de novo. Levantou-se e ficou dando voltas, como um autômato preso num espaço limitado entre a cama e o banheiro, produzindo uns barulhos agudos e assustados, um "nnnnnnnnnn" que ele fazia desde criança quando desejava que as circunstâncias ao seu redor não estivessem acontecendo.

Sua vida se fechou ao seu entorno como um bando de marimbondos, disputando a atenção dele com a revoada de borboletas na barriga. Criado em Connecticut, criado em isolamento, só com a mamãe e o papai e os tutores, e aí Peggy Parks foi a primeira menina fora a mamãe que ele viu na vida, e como não poderiam saber o que isso ia fazer com ele? E quando morreram, nnnnnnnnnn, ele ficou completamente sozinho, exceto pelos funcionários e o Homem-Trovão, mas o seu amigo Worsley o resgatou, arranjou para ele um emprego dos sonhos nos quadrinhos, explicou sobre o pozinho que deixava as pessoas autoconfiantes e lhe vendeu uma arte maravilhosa com a Peggy pelada, em que dava para ver tudo. E tudo isso foi incrível, mas ele não sabia que ia precisar de tanta autoconfiança ou que era tão caro ou que ia acabar tão rápido. Nnnnnnnnnn. Voltando para o começo, quando as coisas estavam ótimas, ele achava que tinha já tudo encaminhado: o mundo ordenado por Deus no qual a mamãe e o papai acreditavam não podia ser este mundo. A partir de suas observações, Duckley concluiu que o mundo onde ele se via, onde a virtude era ridicularizada e o vício seguia impune por toda parte, era provavelmente o Mundo Daleth da moralidade invertida, onde o Bufão e Felix Firestone eram os heróis que protegiam a todos do Abelha Assassina e do Piratrovão. Por isso, o bem era o mal e o mal era o bem, e ele fez sexo com mulheres e encheu a cara e todos os seus amigos acharam graça, e por isso ele começou a roubar dinheiro da Bordello Comics, onde trabalhava, para bancar toda aquela autoconfiança em pó, e agora, nnnnnnnnnn, agora a Amanda da contabilidade pedia os recibos e, nnnnnnnnnn, as borboletas saíam pelo seu nariz e, nnnnnnnnnn, o que ele ia fazer?

Foi então, de repente, em meio a essa agitação, enquanto andava para lá e para cá, que Duckley teve uma ideia. O seu problema era por si só a resposta ao seu problema. Buscou o pote com seu estoque da bolsa à tiracolo e o levou até a claridade da luz elétrica que zumbia no banheiro, onde fez três carreiras bem gordas, que mataram as borboletas igual um pesticida, e de cara aquele enrosco temporário já não parecia mais tão ruim. Talvez até mesmo promissor.

Sempre teve quase certeza de que a Amanda da contabilidade tinha uma quedinha por ele. Quando Duckley fazia um comentário obsceno, ela dava um sorriso apertadinho para mostrar que gostava quando ele falava assim. Então, se ele dissesse para ela que tinha mandado aqueles recibos todos por correio, tipo, semanas antes, mas que tinha esquecido de mandar por carta registrada, feito um pateta, ela certamente balançaria a cabeça e daria um sorriso indulgente, dizendo que ia resolver a coisa toda com a matriz e aí talvez os dois pudessem sair juntos.

Ele se sentia muito melhor agora que tinha um plano. Saiu do banheiro como um novo homem e ficou parado em frente à janela, onde olhou para Dallas com um sorriso bandido – um supervilão supervisionando o seu território. Só que não sabia ao certo o que estava vendo, nem em qual direção, por isso se serviu um uísque do frigobar para relaxar um pouco e voltou a se sentar na cama. Imaginou que tivesse ficado bem doido naquela hora, antes de a sua autoconfiança ser restaurada. Estava meio envergonhado agora, especialmente por conta de ter pensado coisas injustas a respeito de Peggy Parks. Nenhum dos seus problemas – todos já resolvidos – tinham sido culpa da Peggy e, apesar do seu cabelo ruivo, ela não era a mulher escarlate do apocalipse que, em meio ao pânico, ele pensara que fosse. Peggy era a sua musa, a namorada que ele dividia com o Homem--Trovão, e tinha sorte de tê-la em sua vida, porque sem ela, sem ela e Worsley, agora que não tinha mais pais, bem, não haveria ninguém.

Girando a bebida no copo, sentiu um prazer estético turvo em inclinar a elipse daquela superfície parcialmente prateada, onde

Dick Duckley o encarava de volta. Pensou no papai, em todos aqueles anos e no que ele percebia agora ser a sua teologia única, na qual qualquer entretenimento era uma armadilha de Satanás, exceto o Homem-Trovão. Lembrou-se da voz do papai quando o seu velho explicou para ele:

– Deus Pai sempre foi venerado sob muitos nomes desde o princípio da história, como Javé, Zeus ou Júpiter, e todos esses nomes significam Homem-Trovão.

A interpretação do papai meio que dava uma pirada depois disso, porque ele achava – erroneamente – que o Menino-Trovão fosse o filho do Homem-Trovão, em vez do próprio quando criança. No testamento ainda mais novo dele, o Menino-Trovão era Jesus, enviado ao nosso mundo pelo seu pai, Homem-Trovão, direto do céu, que era o Planeta Trovânia, só que aí o papai confundia isso com a Montanha Trovão, tendo provavelmente igualado a montanha ao Monte Olimpo. Dava para entender a confusão do papai, sendo que a única coisa mais complicada do que a continuidade dos quadrinhos era a continuidade da Bíblia – e combinar os dois era, no mínimo do mínimo, um *crossover* bem ambicioso. O pai até que não tinha feito um mau serviço, no geral, com sua heresia trovanesca. Abner e Eliza Bell viraram José e Maria, o mero nome sulfúrico de Felix Firestone já fazia dele uma versão óbvia de Satã, enquanto os Amigos do Amanhã eram os discípulos, Peggy Parks era Maria Madalena, e talvez Zando, o Cão-Trovão, fosse o cão na manjedoura, mas Duckley sentia que o papai forçava a barra nesse ponto.

Dardos de luz dourada caíam dentro do quarto, rajando o branco dos travesseiros arrumadinhos. Tudo já ficava bem de novo. Agora ele estava no clima para a convenção, aquela reunião famosa pela fornicação entre suas franquias. O que estava fazendo ali sozinho? Vestiu uma camiseta limpa tirada da mala, com uma ilustração da Ninfeta Oral e a legenda "Mais Fundo", e bem na hora lembrou do crachá da convenção, pendurado como um albatroz no seu pescoço. Arrematou mais uma carreira e aí, com o cartão do quarto de hotel seguro no bolso de trás, saiu rumo àquele delírio hiperreal que era a Satyricon.

A peste onírica do saguão a essa altura já havia transmitido suas infecções mascaradas aos andares de cima, de modo que os corredores e patamares se viam apinhados de criaturas fugidas de programas assombrados de televisão com mais de meio século de idade, filmes com efeitos especiais no papel principal e criações de gibis de seis meses atrás, mas já reiniciadas e fora de continuidade. Ele viu membros dos Povos-da-Poeira matrakoyanos, da altura da sua cintura, de túnicas e capuzes, que talvez flertassem enigmaticamente com uma sociedade de guerreiros halfling de Mittelgard, mas era difícil ter certeza. Sob capuzes cinzentos ou elmos com focinhos, deviam ser ou pessoas que não cresceram muito ou crianças em idade escolar, mas nenhuma das possibilidades o tranquilizou. Enquanto esperava o elevador translúcido, ficou observando uma lasca de tinta prismática de Meninos Besouro, uns cinco ou seis num abraço grupal, numa configuração que lembrava o teste de cores de uma TV antiga. Dava a impressão de ser uma única personalidade multifásica tentando forçosamente se reintegrar.

Sua primeira descida ao abismo estiloso do átrio foi comedida, então, e altiva. Diferentemente de como se deu sua jornada ascensional, ansiosa e preocupada, ele teve tempo de reparar em coisas que não vira ao subir. Por exemplo, havia ignorado os numerosos banners pendurados no patamar a cada três andares – pelo que parecia – proclamando sua mensagem em letras de um metro de altura numa fonte escura e em negrito: **BEM-VINDOS À SATYRICON!**, igual no salão de entrada quando ele chegara. Oito repetições dessa caligrafia berrante passaram pelo olhar em transe de Duckley até chegar ao térreo, onde ele desembarcou naquele pesadelo sexual, sentindo-se carregado de feijões e excessivamente bem-vindo.

Tudo parecia mais relaxado, mais vívido, mais jubilante nas multidões, mas talvez parte disso fosse só por conta do seu melhor humor. O memorial de Brandon Chuff estava completo, pelo visto, e agora o retrato central se via flanqueado por rosas brancas num arranjo suntuoso em meio ao qual erguiam-se reproduções ampliadas das capas mais marcantes de Chuff, sobre o que pareciam ser suportes de partitura. Duckley sentiu surpresa e um prazer infantil ao observar uma pequena reunião de participantes fantasiados como os Comparsas Sobre-humanos, todos os dez, presumivelmente como parte de um tributo marcado para mais tarde. A Rainha Lunar e o Raposa Vermelha pareciam ser um casal, o que era meio incômodo em termos de continuidade, mas, fora isso, era fenomenal o nível de detalhe nas fantasias. O modo como Duckley se sentia – era tudo fenomenal.

E então, para tornar tudo ainda mais fenomenal, ele avistou Worsley Porlock supervisionando o memorial e dando em cima da moça fantasiada de Mulher Águia. Quando Porlock reparou em Duckley, desvencilhou-se muito jeitosamente da aventureira avícola e veio saudar o seu amigo socialmente inapto, seu experimento contínuo no campo da ética. Porlock deu um tapa nas suas costas já úmidas, chamou-o pelo apelido de Dickster e insistiu que os dois deviam se retirar de imediato ao bar da convenção, a fim de botar o papo em dia. Pareceu um bom plano aos ouvidos do Dickster.

No bar, tão lotado quanto uma paisagem de Bosch ou Breughel, os dois editores arranjaram um cantinho relativamente tranquilo no meio de alienígenas em encontros-relâmpago e infinitas sacolas de brindes. Havia muitas mulheres em trajes justinhos, passando para lá e para cá, e os olhos de Worsley Porlock as acompanhavam enquanto ele listava, distraído, suas preocupações quando à apresentação do memorial a Chuff que aconteceria mais tarde.

– Cara, eu torço de verdade para que tudo corra bem. A empresa precisa de uma ajudinha, sabe, para dar um ânimo no moral. Desde que o Brandon morreu, vou te dizer, tem sido uma catástrofe atrás da outra. Primeiro que ele cai morto naquele incidente fuleiro na lanchonete, com o Dan Wheems espirrando sangue por todo canto e o Jerry Binkle desmaiando. Depois, no funeral do Brandon, acontece tudo de novo. Ainda assim, estou com os dedos cruzados. Ninguém teve notícias do Wheems desde então e parece que ele não vai dar as caras aqui na convenção também, então acho que vamos passar por essa sem muitos berros e sangue por toda parte. Queria eu estar no seu lugar, lá na Bordello, onde dá para fazer todo o trabalho de editoração entre punhetas, né?

Duckley riu e fez que sim com a cabeça, ainda que, até então, não tivesse entendido que a editoração e a punheta eram duas atividades separadas. Gostava de falar com Worsley e gostava do bar com todas as monstras piranhudas. A iluminação, o balcão, as garrafas, os ciborgues, as espadas bastardas, os óculos, os biquínis de guerra – tudo piscava e ele estava flutuando numa galáxia de luzes em constelação. Com uma Coca diet ou duas na barriga, Porlock foi se animando aos poucos, falando com empolgação sobre o novo arte-finalista que eles arranjaram para substituir Arvo Cake na revistinha dos *Supercamaradas* do Milton Finefinger:

– É um profissional ótimo e o estilo dele casa bem demais com o Byron James. E o melhor de tudo é que é um sujeito super de boas que não vai massacrar a própria namorada. Vi no cv dele que, nas horas vagas, ele é, tipo, veterinário... ou em todo caso, alguém que trabalha com bichos. Tenho altas expectativas, igual com o memorial do Chuff. Acho de verdade que vai pôr um fim a essa maré de azar que a editora anda tendo.

Mais tarde, nos poucos minutos que teve para pensar nessas coisas, Duckley percebeu que talvez não precisasse ter passado tanto tempo conversando no bar com Worsley Porlock, quando devia estar no estande da Bordello para a sessão de autógrafos da *Orgásmicos*, mas, ê laiá, convenções são assim mesmo. Por fim, Worsley apontou que estava quase na hora do tributo ao Brandon e disse que precisava encontrar a Mulher Águia para lhe dar o seu apoio, talvez moral, com o seu papel. Os dois partilharam de um bater de punhos culturalmente apropriado e prometeram se encontrar depois, provavelmente em algum *after* pós-humano. Porlock seguiu apressado até onde voam as águias, deixando Dick Duckley sozinho para achar seu caminho de volta ao estande da Bordello, em meio ao que até então era uma neblina fina de pessoas imaginárias, mas que agora formava um sólido tremelicante de cores mal-ajambradas e protuberâncias heterodoxas. Demorou quase meia hora para conseguir passar por todos os chifres, nadadeiras, armaduras de assassinos Vorg e até mesmo um Flavor Flav steampunk, com relógios por toda parte, e aí enfim avistou o estande da Bordello.

Parecia que a sessão de autógrafos já tinha terminado e, a julgar pela pilha diminuta de revistas visíveis logo atrás, tudo tinha corrido relativamente suave. O artista da revista, Chris Pulaski, estava terminando de rabiscar um desenho do Robô Anal para alguns fãs da *Orgásmicos*, enquanto, pelo visto, o roteirista Terry North e a loira que talvez fosse a Ninfeta Oral já tinham ido embora. Tony e Steve guardavam as revistas não vendidas de volta nas caixas, e tudo parecia bem, mas seus rostos assim que o viram ah tinha algo errado e em seu estômago veio uma sensação ruim e o Steve veio até ele o que estava rolando e aí o mundo ao seu redor acelerou de novo como um fonógrafo de trás para frente e ele disse: "Dick, você tem que ligar pra Amanda", e algo sobre como a editora mandou vir um pessoal, não, não podia ser isso, mandou vir um pessoal até a convenção para falar com ele sobre, não, sobre os trinta, não não não não, sobre os trinta mil dólares, e eles chegariam em breve e aí o que ele ia fazer, mas sabia que não havia nada, nada, não havia nada a que pudesse se segurar.

Ficou aterrorizado e seu rosto perdeu a cor como areia numa ampulheta. Dando as costas ao seu funcionário aflito, sem dizer nada, Duckley se esforçou ao máximo para voltar à multidão paranormal, rumo à área do saguão, o que significava que mal conseguia andar. Com cabeças cartunescas e capacetes por toda parte, ele era como uma criança abandonada na piscina de bolinhas, fazendo um barulho de "nnnnnnnnnn" a cada aspiração trabalhosa. Não tinha plano, nem direcionamento, exceto, talvez, voltar até o seu quarto, pegar as suas coisas e vazar dali antes que o pessoal da matriz chegasse, mudar de nome, virar um nômade, algo assim, qualquer coisa. Preso na turba viscosa, ele foi se debatendo até passar por recintos onde nazistas extragaláticos metiam suas manoplas sobre a meia-calça de elfos, por *ménages à trois* que envolviam dois mascotes de cereal e um coelho, por objetos solitários que ele sequer sabia o que deviam ser, mas choravam, e tudo para ele tinha um ar maligno agora. Tudo parecia uma loucura.

Era pior ainda no saguão. A apresentação do memorial a Brandon Chuff já tinha começado, o espaço lotado como um suadouro apertado de figuras enlutadas em trajes inadequados, os quais precisou empurrar para abrir caminho até os elevadores. A passagem plangente de Duckley, em pânico, se destacava ainda mais no meio do silêncio da multidão, enquanto todos escutavam, reverentes, as vozes dos Comparsas Sobre-humanos recitando os balões de diálogo da edição amplamente respeitada de Chuff, a #121, "O Chamado de Celêntero". Alguém vestido como o Patrulheiro Foguete disse:

– De um extraterreste para outro, meus sentidos netunianos me dizem que você está atormentado, velho amigo.

Ao que um sujeito alto e magro, vestido de Homem-Trovão, respondeu:

– Como sempre, você tem razão, Nark de Netuno. Celêntero tem o poder de nos controlar. Pode nos transformar em monstros.

Diversos membros da plateia deram voz ao seu apreço por essa frase clássica, enquanto muitos outros chamaram Dick Duckley de pau no cu enquanto ele abria caminho à força entre a assembleia calada, dando o seu gemido agudo e esquisito. Seu único consolo era que Worsley Porlock não parecia estar por ali para testemunhá-lo interrompendo a cerimônia, depois de tudo que disse sobre querer que ela corresse bem. Se sua mente não estivesse voltada para outras coisas, Duckley também teria notado que havia apenas nove Comparsas Sobre-humanos reunidos ali, com a ausência da Mulher Águia. No entanto, do jeito como as coisas estavam, só

havia espaço em sua cabeça para a catástrofe e suas rações remanescentes de cocaína.

E aí ele estava no elevador, subindo do térreo com sua fauna
de suores noturnos, sua vista do evento lá embaixo obstruída pela
própria respiração assustada que manchava o vidro de cinza. Com
a manga do blazer, ele esfregou um oval no embaçado e viu dois homens de ternos e óculos escuros passando pela entrada principal,
mas não devia ser o pessoal da companhia, né? Talvez fosse só um
cosplay da dupla de agentes do esquadrão vampírico da CIA do filme
Os acionistas. Esperava que fosse isso mesmo, mas um dos agentes do filme não era negro? Duckley percebeu que não conseguia
deglutir, e o movimento arrastado da caixa de vidro do elevador lhe
dava a sensação de estar prestes a ser julgado por crimes de guerra
em Haia. Esse era sempre o problema com ascensões: demoravam
demais, em comparação com outras direções de viagem.

No 27º andar havia menos perversões da razão à solta, em
comparação com antes, mas Duckley ainda conseguiu assustar três
franquias de terror separadas ao passar por elas, seu gemido sufo-
cado ressoando nos corredores atrás de si. Por que passou tanto
tempo bebendo com Worsley Porlock? Já podia estar a meio caminho rumo a algum outro lugar a essa altura, mas era tarde demais,
e o pessoal da editora provavelmente já havia adentrado o edifício,
não dava para descer de volta sem ser visto. Lembrou-se de ter tido
sonhos assim, por isso apertou os olhos bem forte, na esperança de
que fosse o caso, mas ao abri-los de novo viu que não era.

Por fim chegou ao seu quarto, mas não parecia ser mais seu
quarto. Não era seguro. A iluminação estava errada e pinicava, e
Duckley se flagrou chorando enquanto metia sua camiseta suja
e outras miudezas na bolsa, esbaforido e arquejante como uma lo-
comotiva transando. Não era justo que isso estivesse acontecendo. Ele era só um cara que gostava do Homem-Trovão. Sabia que
não era mediano, com a sua história de origem e tudo mais, mas,
dentro da média dos quadrinhos, sentia-se representativo. Não era

um vilão. Ele viu como todo mundo se comportava e presumiu que estava no Mundo Daleth da moral invertida, por isso nada daquilo faria mal. Só que não estava, pelo visto, e agora se metera na maior enrascada da sua vida, e sentia que merecia mais do que isso do Homem-Trovão, após todos aqueles anos de estudo, toda a sua lealdade. Duckley sabia tudo que se podia saber a respeito do personagem e era assim que o Homem-Trovão o recompensava. Foi então que ele se lembrou da cocaína.

Em seu pseudorraciocínio, o que fazia mais sentido era usar tudo de uma vez, para não ter tanto em posse quando o pegassem. Desta vez não funcionou igual das outras. A dose maior fez com que ele se sentisse como um super-herói, mas um super-herói apavorado, por isso o que sentiu foi um superpavor. Era provável que já estivessem no prédio, e ele precisava ir embora, ir embora o mais rápido possível. Apanhou sua mala e, sem perceber que estava sangrando copiosamente de uma das narinas, saiu do quarto com tudo, rumo ao corredor silencioso, como o refugo sangrento e balbuciante de um ralo entupido.

A essa altura, seus processos de pensamento sequer eram os de um mamífero. Tinha um vago plano de encontrar as escadas de serviço e ir embora por meio de alguma hipotética saída dos fundos, mas essa ideia se via permeada por pensamentos sobre o Homem-Trovão e a mamãe e a danação eterna. Num crânio excessivamente apertado, seu cérebro cozinhava em um fluido cerebrospinal ebuliente, e ele sentiu suas palavras e ideias desbotadas descascarem-se em meio ao vapor e à fervura de sua situação insolúvel. Era o fim, tinha certeza. Estava acabado. Chorava de novo, seu nariz ainda sangrando, enquanto atravessava o corredor estreio, todo atrapalhado, batendo nas paredes e cantos como uma bola de pinball, e de repente ouviu os passos de alguém silenciados pelo carpete vindo na sua direção, e foi assim que ele foi parar em outro mundo.

Soube na hora que sua súplica desesperada ao Homem-Trovão, seu pai celestial, fora ouvida e não seria ignorada, e a prova disso o abordou, com hesitação, em meio ao silêncio verdejante do corredor, onde reluzia o seu rosto adorável, cheio de preocupação por ele, e era a Peggy. Era a Peggy Parks. Ou alguém que fosse gentil e linda fazendo cosplay dela, mas não importava, porque simbolicamente, simbolicamente ela representava a Peggy Parks e, assim como um anjo, havia chegado para socorrê-lo. Dando voz à sua gratidão, aos soluços, ele cambaleou até os seus braços consoladores e pressionou seu rosto, com todas suas secreções humanas, nas tranças de cobre derretido que lhe desciam pelos ombros. Então meteu a mão entre as pernas dela e tentou beijá-la.

Seu nome, no crachá no qual ele não reparou, era Patricia Ross. Ela trabalhava no hotel como gerente júnior e tinha cabelo ruivo. Assim como muitas pessoas mais jovens, nunca havia ouvido falar em Peggy Parks. Ela mordeu a bochecha de Dick Duckley, xingou-o de filho da puta e começou a chamar os seguranças aos gritos.

Ganindo de horror e incompreensão, Duckley disparou pelo corredor até o patamar visível do outro lado. Atrás de si, podia ouvir a Peggy falando ao telefone, furiosa e aos prantos, pelo visto, passando para alguém o número do andar e dizendo que foi um sujeito com um cabelão encaracolado, de nariz sangrando, que usava uma camiseta com a estampa de uma menina de treze anos prestes a praticar felação. Mas ele não estava com o nariz sangrando e a Ninfeta Oral era, bem, ela tinha mais que treze anos, e tudo aquilo era terrível, não fazia o menor sentido, tudo que ele podia fazer agora era correr, simplesmente correr.

Dali do patamar, com sua balaustrada de aço cromado e corrimãos de madeira, havia uma meia dúzia de justiceiros espalhafatosos, duendes, hologramas de luz sólida e dois homens bem grandes usando jaquetas marrons iguais de alguma franquia que ele não reconheceu, vindo rápido pela passarela na sua direção, ambos com expressões sérias. Deu meia-volta e começou a pisar com força o tapete na direção oposta, rumo ao átrio estupendo onde se ouviam os ecos vagos do diálogo do falecido Brandon Chuff, entoado lá embaixo:

– Ó, Grandes Sóis! A mente do Raio Azul está sob os tentáculos de Celêntero! Qualquer coisa pode acontecer agora!

Não conseguia pensar em nada coerente, e o som lastimoso que emitia em sua fuga era toda a sua linguagem. Conseguia ouvir os homens de marrom, que não estavam longe, gritando "Senhor", e todas as luzes e cores e reflexos ondulavam ao seu redor, num jato de vômito de fótons. Os pulmões e o coração de Duckley martelavam contra o seu esterno numa tentativa frenética de irromper dele e realizar sua própria fuga, menos complicada.

– Entreguem-se aos seus destinos, Comparsas Sobre-humanos. O poder do amuleto cerúleo do Raio Azul fará de vocês meus escravos até darem seu último suspiro!

Erguendo os olhos daquele fluxo, ele viu o que estava à sua frente e…

Lá estavam eles, inclinados languidamente contra o corrimão, a alguns metros de distância, o diabo e a diaba avistados mais cedo, enquanto ele esperava o elevador. Os dois bebericavam coquetéis com guarda-chuvinhas. Olhando enquanto Duckley disparava até os dois desde o patamar, a diaba ergueu uma das sobrancelhas pintadas numa expressão inquisitiva, e as vozes de marrom ainda vinham com aquele papo de Senhor, logo atrás. Não havia para onde ir, então, com um tropeção lateral como um balde transbordando ele

derramou-
-se

pela

balaustrada

BEM-VINDOS À SATYRICON!

rumo

ao

abismo

rodopiante

BEM-VINDOS À SATYRICON!

sem

um

único

anjo

BEM-VINDOS À SATYRICON!

(nenhum anjo exceto pela Mulher Águia, cujas asas douradas
agora se abriam sobre a cama do quarto de hotel de Worsley
Porlock)

e

ele

caiu

gritando

BEM-VINDOS À SATYRICON!

pelas

camadas

de

mitologia

BEM-VINDOS À SATYRICON!

pelo

elevador

de

vidro

BEM-VINDOS À SATYRICON!

(para ser mais preciso, ele entrou pelo topo e algo que um dia foi
ele saiu pelo assoalho)

chuva

de

carne

e

BEM-VINDOS À SATYRICON!

cristal

sobre

o péssimo

diálogo

BEM-VINDOS À SATYRICON!

erguendo-

-se

do

saguão

onde ele estourou com o impacto. O Patrulheiro Foguete vomitou sobre o Águia Dourada, enquanto o Feixe, sem sair do personagem, simplesmente saiu correndo o mais rápido possível. A camiseta dizendo "Desce Mais" deixou tudo ainda pior. Numa precipitação digna do Grand Guignol, ele maculou as níveas rosas, sujando o retrato emoldurado em preto e branco feito uma oferenda. E Brandon Chuff, com seu cabelo e barba de Fauno, dava um sorriso todo saturnino sobre esse misto de arcádia e abatedouro.

No repertório de Worsley Porlock, foi a melhor história do Dick Duckley de todos os tempos.

19. (Maio, 2016)

Se fosse um filme, nessa cena de abertura, haveria o tapete preto de uma rodovia desenrolado até o horizonte plano, como se para receber uma visita importante. Alguns novelos enroscados de nuvens lanosas no céu correm pelo azul do centro-oeste, da esquerda para a direita, e uma forte brisa se evidencia num sopro intermitente contra o microfone e nos gestos urgentes da grama de trigo, perto do primeiro plano, no canto do quadro. Ouve-se o zumbido

insetoide furioso de um motor distante, alguns momentos antes de
o veículo se tornar visível como uma gota cinza-prateada crescente,
bem no centro visual dessa composição cuidadosa.

Dan Wheems, seis meses longe do ramo dos quadrinhos, vinha
descobrindo a sensação de estar vivo. Atrás do volante, com o vidro abaixado e vestindo roupas de adulto sem qualquer desenho
de propriedades intelectuais licenciadas, ele se via mais feliz, em
contato com o vento e a luz do sol, do que jamais fora. Imaginava
que parte dessa felicidade era por estar de volta ao estado onde
crescera, mas a maior parte era por ter deixado para trás o peso
imenso, até então ignorado, de sua carreira. Não tinha percebido
o que isso fazia com ele, pelo menos não até parar e ficar chocado
com a diferença imediata que a mudança teve sobre a sua existência. Sentia que havia passado as últimas décadas em algum planeta
penitenciário infernal, com uma gravidade tremenda e uma atmosfera de cianureto e metano. Descobrir-se capaz de respirar e não
feito de chumbo foi um êxtase.

Diminuiu o ritmo para permitir que um coelhinho assustado
saísse da estrada, imaginando que a falta de trânsito não permitia
à fauna local se acostumar com os carros, o que considerou um
bom presságio. Se conseguisse apenas localizar a casa com a placa
de Vende-se pela qual havia passado sem pensar muito na semana
anterior, então esta seria a primeira tarde idílica de muitas: moraria
ali, num delicioso isolamento, trabalhando no seu recém-começado
romance sobre a infância, tendo apenas os coelhos e o céu infinito
como companhia.

Não era só como a vida era melhor sem os quadrinhos que o
deixou assombrado, mas também como a indústria dos quadrinhos
lhe parecia, olhando de longe. Como era minúscula; como era cruel
e ridícula. Todas as personalidades transtornadas que a indústria
ou atraía ou então deturpava e construía para si a partir da matéria-
-prima de entusiastas ingênuos que esperavam dela alguma outra
coisa. Não conseguia entender por que não tinha pulado fora anos

atrás, mas de certo modo entendia, sim. Parte da resposta era a inércia humana, pura e simples, e parte era o fato de que, olhando de dentro, essa gente dos quadrinhos e seu comportamento esquisito chegam a parecer quase normais. Com seus relacionamentos insulares, a tendência era se cercarem de outros do mesmo ramo que refletiam ou até mesmo ultrapassavam o seu grau de excentricidade, o que lhes permitia acreditar que viviam numa realidade regular e aceitável. E isso, tantas vezes, tornava-os ainda mais excêntricos.

Dan sentia-se grato por ter fugido em tempo, mas admitia que até mesmo essa fuga não era absoluta. Retirar-se do ramo era uma coisa, parar de pensar em quadrinhos era outra. Constantemente, ele flagrava seus pensamentos voltando-se a algum naco em decomposição do aterro sanitário mental de curiosidades que sua carreia lhe deixara, quando esta era a última coisa que queria ter em mente. Se alguém falasse no noticiário da Guarda Nacional, por um momento ele pensava que era uma referência ao personagem e não à força militar da reserva. Alguém mencionava uma joia e ele presumia na hora que estavam falando do Joe Gold. Provavelmente devia ter antecipado algum tipo de reação – trinta e tantos anos em qualquer ramo havia de deixar um monte de bagagem, ainda mais numa empreitada projetada para causar obsessões, como os quadrinhos –, mas Dan gostaria de parar com isso, pelo menos em público, onde lhe causava constrangimento. Por exemplo, ao visitar seu banco para notificá-los de sua mudança iminente de endereço, o sujeito com quem falou tinha um crachá que dizia "A. Bell". Dan perguntou, brincando, se muita gente lhe perguntava se ele era o Homem-Trovão, ao que o sujeito respondeu com um olhar intrigado:

– O quê?

Ao reparar que o céu agora tinha o tom exato ao qual ele se referia, em seus pensamentos íntimos, como "azul Bruto", Dan suspirou e concluiu que uma recuperação completa demoraria ainda um tempo, sem dúvidas. Veio-lhe à lembrança um fato que lhe fora repassado por Milton Finefinger, que teve uma juventude muito mais imersa na contracultura do que a dele. Milton disse que os viciados, depois de largar seus hábitos – não importava quanto tempo –, muitas vezes se voluntariavam para ser conselheiros em programas de tratamento, um disfarce socialmente aplaudido para o seu objetivo real, que era continuar envolvidos com o mundo das drogas, sobre o qual não conseguiam parar de falar ou pensar. Se Dan se flagrasse tentando ajudar uns cinquentões a se recuperar de uma maratona dos *Vingativos*, aí saberia que estava numa enrascada.

A julgar pela tênue cintilação de enxaqueca que vinha do horizonte esquadrinhado, vinha um dia quente por aí. Ele esperava que a placa de Vende-se não tivesse sido fruto da sua imaginação ou que ele tivesse se confundido e ela estivesse em outro trecho da estrada ou algo idiota assim. Sua fantasia de se tornar um escritor literário de verdade, morando a quilômetros de tudo e rejeitando convites para entrevistas como Salinger ou Pynchon, vinha se coagulando, ao longo dos últimos meses, e transformara-se de um sonho ocioso em uma necessidade psicológica. Após o vexame terrível no funeral de Brandon Chuff, ele cortara relações com todos e não contatara mais ninguém da indústria. Montou seu dossiê de despedida, com o roteiro do Homem-Trovão, a entrevista com Wellworth e todo o restante do material, que foi publicado na *Colecionadores em fuga* sem suscitar muita coisa em termos de reações ou respostas, mas o mais importante para Dan foi o fato de ele tê-lo escrito. Seu lábio já tinha sarado e ele conseguia falar normalmente de novo, uma vez que, por algum motivo, após abandonar o mundo dos quadrinhos, ele não tentava mais se comer vivo. Queimou suas pontes, resolveu seus pepinos e trocou seu apartamento em Nova York por um quarto alugado em South Bend, enquanto procurava um endereço permanente. Dan estava comprometido com sua vida nova e não podia hesitar. Mudar ou morrer eram suas únicas opções.

Havia esquecido o quanto gostava de Indiana, especialmente no norte, com o lago Michigan a dois pulos dali. Podia vê-lo agora, um brilho além das árvores distantes à direita, aparentemente imóvel naquela lenta paralaxe. Dan tinha crescido em South Bend, antes de ter participado estupidamente da AbelhaCon I em 1969 e dado à sua mãe a ambição de se mudarem para Nova York que nem a irmã dela, a tia Brenda. Sob um brilho dourado de nostalgia, ele pensara originalmente que talvez poderia encontrar algum lugar em South Bend, a fim de reviver sua infância ou alguma outra vontade idiota assim, mas ao voltar lá percebeu que isso não tinha como dar certo. Era óbvio que South Bend estava diferente agora, assim como o próprio Dan Wheems. Somando-se as velocidades da mudança de cada um, obtinha-se a força da colisão dos estranhamentos. South Bend não estava acabada, não mais do que qualquer outro lugar, mas já havia deixado de ser o local onde ele crescera, e ele havia deixado de ser a pessoa quem crescera ali. Tudo que o local poderia ser era uma reconstrução progressivamente mais decepcionante, onde tudo estaria sempre errado. Bem melhor encontrar algum lugar novo nos arredores, a fim de não precisar pintar por cima de todas as suas preciosas lembranças.

Isso era se o tal "lugar novo" existisse de fato e fosse realmente uma propriedade à venda, em vez de algum posto de gasolina abandonado que ele não tivesse visto direito ao passar em frente como um borrão. Esta era a conclusão à qual Dan enfim chegava com relutância, tendo quase certeza de que já deveria ter esbarrado no lugar àquela altura. Porra, se continuasse ali ia parar em Chicago. Antes que conseguisse refrear seu próprio impulso, seu cérebro com abstinência de gibis o lembrou que a linha Banner Comics era publicada em Chicago e começou a listar os seus destaques questionáveis. Sentiu raiva – de sua incapacidade de parar de converter tudo a referências a quadrinhos, de ter dirigido até ali para encontrar uma casa dos sonhos que sequer existia de verdade, de toda aquela bobagem de "vida nova". Estava prestes a dar meia-volta e voltar arrasado a South Bend, quando, do nada, lá estava ela, logo à sua frente.

Certo, eram duas casas, uma do lado da outra, uma branca e a outra rosa, um duplo sorvete de morango e baunilha para um dia de sol, mas era definitivamente o lugar certo. Agora pôde ver que era a propriedade de baunilha que estava à venda, enquanto a casa rosa tinha um coroa regando as flores no jardim da frente, gerando vários arco-íris em miniatura com o respingo fino da mangueira. Dan não havia se dado conta até então da beleza da localidade, pelo menos não ao se chegar dessa direção. Ficava praticamente à margem do lago. Enquanto Dan se aproximava das construções incrivelmente fotogênicas, desacelerando para encostar, o velho desligou a mangueira e matou os arco-íris, virando-se para observá--lo com seu rosto completamente imóvel, seus olhos da mesma cor que o céu de maio.

O jardineiro parecia ter cerca de um metro e setenta. Era magro e rígido, com músculos de carne seca, uma cabeça cheia de cabelo branco e a pele como uma bolsa de couro exposta às intempéries. Não havia nada de marcante na sua aparência, exceto suas meias, com listras contrastantes de verde e laranja neon. Dan desligou o motor e o velho continuou encarando, congelado no lugar, sem nem piscar. Seu rosto era um clássico rosto americano, meio Norman Rockwell das antigas, que automaticamente levava quem o via a presumir que o conhecia da TV ou algum outro lugar. Havia um tipo de tensão e um receio quase imperceptível em sua pose inerte, então Dan se deu conta tardiamente de que talvez ele fosse o primeiro visitante naquela região em meses ou anos. Da perspectiva do homem, Dan podia ter sido enviado pelo imposto de renda, uma agência de cobrança de dívidas ou algum esquema capaz de localizar o pai de alguém por exame de DNA. Ansioso para reconfortar alguém com potencial para ser seu vizinho, Dan saiu do carro com as mãos para cima, pedindo desculpas e deixando a chave na ignição.

– Desculpa, cara. Não quis incomodar, nem nada. É só que eu estava passando aqui de carro e reparei nesse belo lugar que você tem aqui. Eu cresci em Indiana, lá pro lado de South Bend, e pensei em talvez vir morar nesta região de novo, agora que me aposentei. Meu nome é Dan Wheems.

Dan estendeu a mão. O velho ficou uns segundos a encarando como se fosse um artefato alienígena, depois ofereceu a própria mão, num aperto surpreendentemente firme. Erguendo seus olhos azuis, ele deu um sorriso largo que iluminou suas feições fissuradas como um sol ebúrneo sobre um deserto de ferrugem.

– Eu sou Charlie Morelli. Pois é, preciso dizer que fiquei me perguntando quem era você quando passou aqui desse jeito. Por acaso eu não te vi aqui faz uma semana ou uns dez dias?

Era uma voz inconfundivelmente do Brooklyn, e a pergunta serviu para sublinhar como era esparso o trânsito por aquelas bandas, se a sua última passagem por ali foi um evento tão importante a ponto de o sujeito ainda se lembrar. No caminho até ali – agora que ele pensava a respeito –, ele tinha passado três quartos de hora sem avistar outro veículo. Dava para fazer qualquer coisa por ali.

– Pois é. Pois é, bem capaz. Provável que tenha sido quando eu vi este lugar pela primeira vez, e desde então estou tentando lembrar onde foi. Aliás, que belo sotaque nova-yorkino você tem.

Morelli assentiu e deu uma risada simpática.

– É uma história engraçada. Nasci em Providence, Rhode Island, lá em 1929. Irene e Joe, meu pai e minha mãe, tinham uma padaria, e quando eu reprovei na escola fui trabalhar lá, sabe? Meu pai transferiu o negócio para Nova York em 1951 e naturalmente eu fui junto, o que explica como peguei esse sotaque. Aí, em 1963, casei com uma moça bem bonita, a Joan Summers, e vou te dizer: foi o maior erro que já cometi na vida. Tentei ser dono de uma pizzaria lá em Connecticut, mas depois em 1970 a vaca me largou. Graças a Deus não tivemos filhos, é só o que digo. Mudei para Cleveland e trabalhei numa loja de aspiradores de pó até 2005, quando me aposentei e vim pra cá. Sou doido por jardinagem e um grande fã do Sinatra.

Dan sorriu e fez que sim com a cabeça, mas por dentro achou meio peculiar. A história era comum e excessivamente detalhada, sem dúvidas, mas não conseguia entender o que havia de engraçado ali. Abelhas ao léu emitiam sons como aviões distantes e fuçavam as rosas, enquanto Dan fazia um esforço para recomeçar a conversa com o coroa amigável e sua aura provavelmente genérica de familiaridade.

– É uma história e tanto. Então, 2005... Você mora aqui faz uns dez anos já? Imagino que tenha conhecido o pessoal da casa ao lado.

Charlie Morelli lançou um olhar de relance para a casinha branca com o jardim bagunçado adjacente à sua.

– Não, eu não conheci quem morava ali. O lugar já estava desocupado na época que eu cheguei. – Virando-se de volta, ele submeteu Dan a um olhar analítico, os olhos tão estreitados a ponto de conferir às rugas uma textura amadeirada. – Você disse que estava pensando em se mudar para cá, onde cresceu, né? Penso que tenha sido a placa de Vende-se no quintal aí do lado que o fez parar. É mais ou menos por aí?

Dan engoliu de nervoso. Não havia considerado a possibilidade de Morelli não estar a fim de ter um vizinho e esperava que sua futura mudança não fosse afetada por alguma possível má vontade da parte dele.

– Hm, pois é. Não nego que pensei nisso. Entendo que você deva gostar de morar aqui, sozinho, com a privacidade e tudo mais. Se eu fizesse uma proposta ao proprietário, seria um problema para você?

Charlie olhou para o gramado e esfregou a nuca com a mão que não segurava a mangueira desligada. Parecia agora, mais do que nunca, alguém que Dan já vira antes, talvez um médico mais velho num seriado antigo. Deu um suspirronco, algo entre um suspiro e um ronco, depois levantou a cabeça e olhou para Dan com o cenho vincado numa expressão de conflito interno.

– Olha, vou ser bem honesto contigo, se me perguntasse uma semana atrás, quando passou por aqui, eu provavelmente teria dito "vaza daqui", me entende? Você parece um sujeito bacana e tudo o mais, só que eu meio que me acostumei a só ter minha própria companhia. Porém, desde então, venho pensando. Não estou

ficando mais novo. E se me acontecesse um acidente aqui, a quilômetros de qualquer lugar? E poderia ser bom para os meus nervos e
minha saúde mental ter alguém aqui com quem pudesse conversar
de quando em quando. É o que os médicos dizem. Acho que dá
para surtar legal morando aqui sozinho. Às vezes fico preocupado
comigo mesmo. Digo, puta que pariu, olha estas meias! Que tipo de
adulto normal veste uma merda dessas? Não, pode ir lá e ligar para
o pessoal da placa. Pode ser que você esteja me fazendo um favor.

Os dois estavam rindo agora, Dan Wheems com um imenso
alívio. Sabia que ainda teria que passar por toda a encheção de saco
que era adquirir uma propriedade, mas ali, naquele momento, sentiu que havia dado certo: fugira da indústria dos quadrinhos, nem
que para isso tivesse que se mudar para o outro lado do país a fim
de que ela não pudesse mais encontrá-lo. Charlie e Dan começaram
a conversar como se fossem velhos amigos, já animados para ter a
companhia um do outro quando fossem vizinhos. Morelli disse que
estava feliz por Dan ter aparecido no seu quintal.

– Naturalmente, eu gostaria mais se você fosse algum broto
com um corpão, mas, ah, é para isso que serve o céu, né?

O velho sorria, e ainda que Dan estivesse um pouco desconfortável com a piadinha sexual, ficou absorto mesmo foi com o sorriso de
Charlie e a expressão no seu rosto enquanto apertava os olhos contra
o sol. Com a luz daquele jeito, quase parecia... Dan ficou boquiaberto diante dessa revelação súbita e deu uma gargalhada com seus
próprios processos infantis de pensamento, sua inanidade absurda.

Morelli ainda sorria para ele, mas agora parecia confuso.

– Qual é a graça?

Demorou uns momentos para Dan recuperar o controle sobre
seu divertimento autodepreciativo, e aí esfregou os olhos e começou a oferecer explicações e desculpas.

– A graça sou eu. Honestamente, se você soubesse o idiota que
sou, não iria querer que eu mudasse para a sua vizinhança. Entende, a questão é que o trabalho que eu tinha, quando me aposentei

há seis meses... percebi que ainda penso nele o tempo todo. Era como se estivesse em tudo que vejo, não consigo parar de lembrar de um detalhezinho ou outro da minha vida prévia.

Morelli fez que sim com a cabeça, como se compreendesse.

– Pois é, eu sou assim também com meu antigo serviço. Sabe, a loja em Cleveland? Alguns trabalhos, acho que eles voltam para assombrar a gente.

Dan começou a rir de novo.

– Rapaz, é isso mesmo. Quando olhei para você aí, o que me fez rir é que me flagrei pensando que você me lembra alguém desse ramo besta, um cara chamado Frank Giardino. Vou precisar de hipnoterapia até conseguir esquecer todo esse lixo inútil.

Morelli ainda sorria. Provavelmente já havia conhecido alguns neuróticos de Nova York na época em que vendia itens panificados para o pai.

– Ããã. Então, esse sujeito... era bonitão assim que nem eu, é isso que você está me dizendo?

Com uma risada, Dan foi rápido em garantir a seu novo amigo que Morelli era o mais bonitão dos dois, de longe. Ele gostou de verdade daquele sujeitinho animado, que dizia a real, pensando que era um bom presságio o fato de já poderem brincar um com o outro desse jeito. Charlie ostentava um sorriso quieto e reflexivo, como se provavelmente pensasse a exata mesma coisa, com um olhar distante voltado ao carro de Dan e depois medindo a estrada pela qual ele viera, ao lado do lago. O coroa gesticulava com a cabeça como se concordasse consigo mesmo quanto a alguma coisa, talvez o fato de que tivesse sido uma boa decisão convidar Dan para morar na casa ao lado. Pareceu perceber de repente que ainda tinha a mangueira em mão e a soltou no gramado, onde caiu em enroscos preguiçosos, uma víbora num banho de sol. Voltando-se ao homem mais jovem, Morelli deu-lhe uma piscadinha conspiratória.

– É o seguinte. Dois sujeitos civilizados que nem nós não deviam estar assim debaixo desse sol de lascar, suando que nem bicho. O que me diz de entrarmos e tomarmos uma cerveja, para descobrir mais coisas um sobre o outro?

E foi o que fizeram. Se fosse um filme, a cena final seria o exterior rosa desbotado da casa, da perspectiva do jardim iluminado de sol. Em primeiro plano, rosas amarelas gesticulam, como se os encorajassem, e um zangão as explora com a eficiência de um engenheiro. No fundo, mais próximo, vemos Dan e Charlie entrando pela porta, rindo e papeando, se segurando um no ombro do outro, e a porta se fecha atrás deles. Com abelhas zumbindo e os pássaros trinando árias intermitentes na trilha sonora, seguramos a tomada com a porta da frente fechada durante talvez uns quinze segundos, depois parece que alguém tosse.

Mais cinco segundos. Corta para a tela preta.

20. (Fevereiro, 2021)

Em lockdown por conta do frio e do Covid, reduzidíssima em termos tanto de população quanto de propósito, Nova York havia se tornado um set de algum filme extravagante de Cecil B. DeMille, a versão gigantesca de um sonho esquisito causado por um excesso de queijo após os patrocinadores retirarem todo o investimento. Cinquenta andares de silêncio. Por toda parte, o assombro das ausências. Um filme de desastre sem um desastre evidente, um *Tor-Nada*. Mesmo as obrigatórias mariposas de jornal que costumavam pairar pelas sarjetas com manchetes rasgadas para fornecer a história da catástrofe não se viam em parte alguma. Era o fim das coisas com fins. Era uma humanopausa ou talvez um apocalapso.

Para Worsley Porlock, partindo rumo ao seu convite para o andar de cima na American, era o seu grande dia. Como com a maioria dos acontecimentos grandiosos, tentar manter-se aquecido era um dos maiores problemas. Worsley estava de máscara – o que lhe conferia o nariz, a boca e o queixo do Bruto, um ato um tanto desleal ao fazer uma visita à American, mas era a única que tinham no estoque – e, por isso, não deixava plumas fumegantes de condensação por onde passava, como as pessoas sem máscara que via na avenida quase deserta. Passou por um homem sem máscara que parecia, ao mesmo tempo, assustado e ofendido, depois outro com um boné vermelho de beisebol com os dizeres Façam A América Chegar Lá De Novo. Tudo estremecia e emitia vapor e parecia um retrato da pura entropia para o comércio.

Ou talvez fosse só coisa da cabeça de Worsley, que mal conseguira dormir na véspera e por isso enxergava a cidade semideserta pelas lentes fraturadas da insônia. Conforme receio e antecipação se revezavam em dar TED Talks em sua cabeça, o sono por fim o abandonara e ele preenchera as horas pálidas com uma maratona da primeira temporada de *Glenfield*, para se manter ao mesmo tempo desperto e perturbado. O mais inacreditável era que *Glenfield* acabou sendo uma versão sombria e brutal de Blinky, batizada com o nome da cidade natal do personagem astigmático. Agora conhecido como Bradley Brown, para não ofender os fracos de vista, o defeito óptico de Blinky foi repaginado a fim de lhe propiciar visões de um submundo estranho e lovecraftiano, e o seu melhor amigo Bottleneck agora tocava um laboratório de metanfetamina nos fundos da Lojinha de Refri do Papai. No primeiro episódio, o cadáver desnudo da sua professora de ensino médio, a sra. Grimsby, era descoberto enrolado em papel alumínio no porta-malas do calhambeque velho e surrado de Blinky, e as coisas só foram ficando mais escabrosas a partir daí. Se Worsley tivesse ficado na cama, sofrendo toda aquela série de micropesadelos que afligem os insones, o resíduo do desconforto à deriva que ele sentia agora seria quase idêntico ao que veio de ter assistido a seis episódios de *Glenfield*. Era o puro suco do equívoco, como um ursinho de pelúcia querido rastejando na sua direção com uma faca entre os dentes. Por isso, nessa manhã já bastante incômoda, Worsley se viu ainda mais incomodado por causa do Blinky. Puta que pariu, logo o Blinky, de todas as coisas.

Ao chegar enfim ao 777, viu o saguão reverberante lotado de nada, exceto sua própria presença e a do homem indígena do balcão da recepção, que acompanhou, com olhos preocupados sobre uma máscara azul-gelo, o progresso de Worsley pelo vazio retumbante rumo aos elevadores. Era como se a novela do mundo estivesse tentando lidar com uma greve de roteiristas, com o completo congelamento de toda motivação, diálogo e narrativa, com Bobby Ewing eternamente parado enquanto saía do chuveiro.

Para sublinhar esse estado meio Marie Celeste das coisas, os elevadores estavam todos abertos e disponíveis. Na jornada solitária e sem pressa de Worsley rumo ao 28º andar, houve tempo para se preocupar com o que o aguardava lá. Os últimos meses na American tinham sido desastrosos, com muitos dos membros mais experientes da equipe despedidos e todas as revistinhas, exceto uma meia dúzia, postas num hiato permanente. Talvez fosse esse o objetivo da sua viagem até os pontos mais altos do prédio: iam lhe contar que era o fim dos quadrinhos.

No 28º andar, a porta se abriu como se desse de ombros, sem o menor interesse em saber se Worsley iria desembarcar ou não. Assim como as pessoas perdiam a vontade de viver, as coisas perdiam até mesmo a vontade de ser inanimadas. Ele saiu para aquele padrão *moiré* nauseante de um corredor que, após décadas de familiaridade, ainda causava enjoo ao primeiro e paralisante olhar. Não sabia se era por causa daquelas lâmpadas de baixo consumo de energia que eles tinham ou se a sua vista estava piorando, mas nos corredores labirínticos da American pairava uma mortalha, como se a própria luz estivesse poeirenta e malcuidada.

Não havia ninguém na mesinha da recepção quando chegou, mas também nunca havia. O mais incomum era que, sobre a própria mesa, repousava um saco de papel pardo do qual protuberava um sanduíche pela metade, que devia estar lá fazia mais de uma semana, a julgar pelos padrões estrelados de mofo quase turquesa. Atrás de si, ouviu um som vago de algo arranhando. Ao olhar, descobriu com um fascínio horrorizado que uma colônia de alguma praga – com sorte, ratos – havia de algum modo roído a parte da frente de Ambrose Bell e aparentemente agora habitava sua cavidade estomacal. Embora o herói à paisana ainda folgasse, despreocupado, contra o bebedouro seco, tinha um aspecto miserável e doente, seu sorriso bem-humorado parecendo uma careta forçada.

Enervado pelo misto de silêncio e perfume de decadência no ar, Worsley foi adentrando a garganta do corredor aflitivo. Em alguns trechos, as luzes falhavam e recitavam uma poesia artrópode. Na falta de alguém para infectar e a fim de não ser confundido com algum jihadista leal à Massive, Worsley puxou sua máscara do Bruto até o queixo e prosseguiu por aquela carcaça da imaginação de um menino de treze anos. Já havia aceitado, com relutância, que essa sua convocação aos estábulos da American não era uma convocação normal quando dobrou a esquina e se deparou com Hector Bass, havia trinta anos falecido.

Para ser mais preciso, Worsley foi confrontado pelo que parecia ser a projeção de algum cinejornal contendo o finado cronista de *Nosso exército desgrenhado*. Bass aparecia num preto e branco falho, um loop de filme de si mesmo em películas danificadas de 1920, parada diante do que outrora era a porta da sua salinha, um pouco mais à frente no corredor, com uma mão prateada estendendo-se na direção da maçaneta e depois se retraindo. Quando Worsley se aproximou, cauteloso, o fantasma elétrico voltou-se para ele e pareceu consciente de sua presença, mas não conseguiu se comunicar. Os lábios labutavam num rosto angustiado, mas Bass aparentemente estava preso numa era antes de filmes terem som, por isso o que quer que estivesse dizendo não era audível. Apenas seus olhos suplicantes podiam expressar o desespero de sua situação impossível, encarando sob aquele fogo de santelmo que tremeluzia nos jardins suspensos de suas sobrancelhas. Era como se Bass estivesse determinado a reconquistar sua sala ou morrer, mas no fim fosse incapaz de ambas as coisas. Estava quase pronto a voltar ao serviço, eternamente.

Precisando chegar ao escritório de David Moskowitz, no final do corredor de ilusões de óptica, Worsley contornou o fantasma de filme mudo, fazendo uma expressão de compaixão, dando de ombros e agitando as mãos como num show de jazz ao ver que Bass o avistou, a fim de transmitir sua incapacidade de ajudá-lo. Apontou para seu relógio e gesticulou com o dedão para o corredor atrás de si, indicando que adoraria se envolver com a situação insondável do defunto, mas tinha horário marcado. Lágrimas cinzentas escorreram sobre a celulose frágil das bochechas de Bass, mas a essa altura Worsley já se apressava pelo túnel medonho sem olhar para trás.

Havia acabado de ver a aparição de um homem que morrera no século anterior e, por um lado, devia estar aos berros ou relatando o causo para alguém, possivelmente um exorcista, porém, em termos de carreira, o convite ao andar de cima era importante demais para se deixar distrair com fenômenos psíquicos. Seguiu pisando forte pelo corredor, determinando que processaria o incidente com Bass quando tivesse tempo, mas essa hora claramente não era agora. Além do mais, ao dobrar a próxima esquina, qualquer pensamento que pudesse ter acerca de Hector Bass acabou expulso de sua mente pela presença de um menininho de nove anos de idade, andando em círculos, impaciente e franzindo para o celular enquanto olhava as horas naquela passagem pulsante.

Será que ele estava ali com os pais? Ou talvez fosse o ganhador de alguma competição? O rapazinho tinha aproximadamente um metro e quarenta e, a julgar pelas suas roupas, era provavelmente o menino de nove anos mais descolado da sua escolinha particular caríssima. Usava uma jaqueta oficial de futebol americano tamanho PP e, embora Worsley não soubesse nada sobre a moda de calçado do público pré-púbere, ficou com a impressão de que os tênis impecáveis do menino pareciam de ponta. Bem que ele queria ter tido um pai ou uma mãe que pudesse torrar esse tipo de grana com ele nessa idade, mas, aproximando-se, Worsley viu que o jovenzinho não parecia particularmente agradecido, nem contente com sua vida confortável. Seu rosto era vincado pelo estresse e o cabelo que parecia loiro, de longe, revelou-se ralo e grisalho de perto. Então o tampinha se virou para Worsley, perguntou "Onde diabos você estava?" e tinha bigode, e aí, meu Deus do céu, era David Moskowitz.

Worsley estava sem palavras. Começou a gaguejar um pedido de desculpas pelo atraso, ao que o executivo diminuto estendeu uma palma minúscula e, suspirando, fechou os olhos.

– O Hector está lá de novo?

Worsley só pôde fazer que sim com a cabeça, ao que a criança-Moskowitz balançou a sua, exasperado.

– Não sabemos o que está causando a aparição. O especialista com quem conversamos achou que pudessem ser manchas solares. Botamos todo mundo do setor jurídico para trabalhar nisso, para ver se dá para fazer algum tipo de processo cautelar sobrenatural, mas não parece muito promissor. Em todo caso, não temos tempo para ficar aqui trocando amenidades quando precisam de você lá em cima. Por favor, me acompanhe.

Embora a transformação de Moskowitz estivesse se anunciando havia um bom tempo, agora que Worsley pensava a respeito, testemunhar os estágios finais ainda era desconcertante. A voz e as feições eram de alguém com seus setenta e poucos anos, de modo que não era tanto um rejuvenescimento quanto uma redução, um retorno à infância sem abrir mão do conhecimento, poder ou status dos adultos. Enquanto o executivo em miniatura corria à sua frente, ele acompanhou Moskowitz pela miragem labiríntica da American, rumo a uma porta que Worsley achava ter levado, no passado, à sala de Mimi Drucker.

– Esta não era a sala da Mimi?

A cabeça do idoso em corpo infantil se inclinou para olhar para Worsley com uma expressão de bronca, enquanto Moskowitz esticava o braço a fim de girar a maçaneta para adultos com sua patinha grudenta de criança.

– Ainda é.

O escritório de Drucker dava a impressão de que a vice-presidente havia acabado de sair numa pausa para o banheiro de cinco anos. No topo da sua mesa, um móvel planejado com um formato estranho, uma xicrinha bem fresca de chá de ervas fumegava sobre um descanso de copo do Rei Abelha. Worsley ficou confuso.

– Hm, mas não estávamos indo até o elevador? Para eu subir ao andar de cima?

O executivo de bolso se permitiu um sorrisinho arrogante, como se estivesse na sua festa de aniversário de dez anos mostrando os novos brinquedos aos amiguinhos.

– Ah, não. É um tipo diferente de andar de cima, por isso usamos um elevador diferente. Fica logo atrás dessa fotona emoldurada, atrás da mesa da Mimi.

Ainda penando para entender qualquer coisa desde que dera play na primeira temporada de *Glenfield*, Worsley ergueu os olhos para a fotografia gigante com aquela moldura ornamentada que dominava a parede traseira do escritório. Com seu preto e branco austero contido em arabescos entalhados de ouro falso, a cena do pai de Mimi Drucker com o general Pinochet chegando ao décimo primeiro buraco havia sido fonte de muitas anedotas hilárias no ramo dos quadrinhos – e é claro que Worsley já a tinha visto antes –, mas havia algo diferente desta vez. Era tão impossível não reparar que ele ficou um momento sem conseguir apontar o que era.

E aí conseguiu. Havia três pessoas na foto agora, perturbando a composição magistral de Richard Avedon. Na grama cinzenta aparadinha sob o céu perolado, entre o senador Drucker, relaxado contra o vento, e o impiedoso fascista chileno que era seu colega de golfe, estava Mimi Drucker, nua e radiante as mãos causalmente repousando sobre as mangas de cada um dos dois homens. Faltavam à loirinha mignon não apenas roupas, mas também pelos corporais, genitália e mamilos. Parecia mais uma boneca de plástico ou o pôster editado de uma revista masculina, não fosse a pele claramente arrepiada, sua carne branca exposta aos ventos gelados. Parecia mais feliz e satisfeita do que Worsley já se lembrava de tê-la visto, e ambos os velhos pareciam felizes de a terem em sua presença. Lançando um olhar de soslaio para os seios censurados de Mimi, Augusto Pinochet dava um sorrisinho tênue por trás de seu bigode farto. Os três coexistiam jocosamente naquela luz de peltre capturada de uma tarde ida, e Worsley não tinha a mais vaga ideia do que estava à sua frente.

– Mas isso, isso aí não é Photoshop. Como foi que fizeram para botar uma foto da Mimi na...?

Debaixo de seu cenho de sal e pimenta, o executivo-mirim o fuzilou com um olhar de aviso.

– Não é uma fotografia da Mimi. Mas, enfim, não é importante para os nossos propósitos.

Aproximando-se da mesa belíssima e pouco prática, com os lábios em um risco macabro, o fedelho Moskowitz botou a mão diminuta sobre o descanso de copo do Rei Abelha, já sem o chá de ervas, e o girou de súbito, dando um quarto de volta completa. A imensa fotografia emoldurada e o que parecia ser toda a seção da parede onde ela pendia foram se deslocando para a esquerda com um ronronar suave até expor uma porta de bronze logo atrás. Mais um quarto de volta no descanso de copo fez com que ela se abrisse, revelando o elevador em si, iluminado com uma luz branca e só grande o suficiente para duas pessoas. Moskowitz ficou encarando Worsley, com um olhar ilegível em seu rosto de menino com progeria.

– Entre. Há duas colunas de onze botões cada, e é importante que você aperte apenas o botão marcado com um aleph. É o do topo do lado esquerdo. Não aperte nenhum outro ou vai parar em algum lugar onde não quer estar. Foi assim que perdemos o Pete Mastroserio. Pelo que sabemos, ele agora é um vaqueiro no Tsade.

Worsley fez como lhe foi instruído e ocupou o caixote de luz. Concentrou-se nervosamente em pressionar o botão certo, sem ter entendido direito aquela história de Pete Mastroserio e virar vaqueiro. Ao lado da porta, havia as duas fileiras de botões mencionadas por Moskowitz. Eram vinte e dois ao todo, cada um preto com as letras do alfabeto hebraico marcadas em dourado. O aleph, que ele pensou ter reconhecido, ficava no canto superior esquerdo, tal como lhe foi dito.

Pela porta aberta do elevador, ele podia ver o escritório de Mimi Drucker, onde o menino Moskowitz o encarava com um ar de ansiedade, pelo que parecia a Worsley.

– Porlock, só vou dizer que a editora deseja a você toda a sorte do mundo nesta empreitada. Lembre-se, se ele aparecer com uma cabeça humana, então você está no andar errado. E se o nome de Hector Bass vier à tona, eu falei para eles que a situação estava sob controle, por isso não diga nada. Você é um bom homem.

Sem compreender nem uma única das instruções que lhe foram dadas, Worsley fez que sim com a cabeça, num gesto confiante, e pressionou o botão com o aleph. A porta de bronze fechou-se deslizando, ao que o caractere em hebraico no fundo da coluna à direita de repente se acendeu, como se tivesse uma luz dourada dentro de si. Worsley não sabia qual caractere era, mas imaginou que talvez indicasse o andar onde estava no momento, de número 28. O elevador começou a se mexer.

Os quadrados negros ao lado da porta anunciavam o alfabeto hebraico de trás para a frente, com a luz dourada lentamente subindo a fileira de botões à direita. O movimento da carruagem era ambíguo: não dava para dizer se estava disparando para cima ou se o cabo do elevador havia arrebentado e agora despencava. Por vezes, seu ouvido interno sobrecarregado lhe dizia que estavam andando lateralmente e, a cada ascensão mensurada de luz áurea, seu estômago parecia estar dando piruetas. O mais perturbador era que cada andar parecia trazer consigo uma mudança brusca e perceptível de atmosfera, humores tão estranhos e específicos que iam e vinham antes que ele pudesse articular ao certo o que eram. Conforme a luz dourada foi subindo até os últimos botões da coluna à esquerda, ele sentiu uma forte compulsão para fazer o mal, um breve surto de gargalhadas infantis e uma nostalgia insuportável pela década de 1940. Por fim, a progressão lexical chegou ao aleph e toda sensação de movimento cessou. A sensação que esse andar transmitia era a uma empolgação de manhã de Natal, abrindo caminho para algo que Worsley pensou que possivelmente fosse terror. A chegada ao seu destino foi sugerida por um retinido solitário e, após alguns segundos, as portas de bronze do elevador se afastaram, discretamente, como um garçom.

A visão do lado de fora o decepcionou: nada além de um campo de sombras difusas – rajadas de um rosa suave, toques de amarelo-limão, crepúsculos de azul e verde pálidos – que davam a impressão de que um bebê havia jogado tinta em pó contra a parede de um berçário, só que as cores se mexiam, amassando-se devagar até formar novas configurações. Supondo que fosse algum tipo de truque de iluminação de alta tecnologia que ele nunca vira, Worsley Porlock respirou fundo e passou pela porta do elevador, rumo ao pasto psicótico que se revelava além das luzes cambiantes de algodão-doce.

Era uma tarde de verão impecável do centro-oeste. Ao longe, fios de telégrafo expostos louvavam a década de 1950 com cada mudança da brisa. Ele se via sobre o chão sólido de terra abaixo do sublime capim-azul do céu, sofrendo com dificuldades respiratórias, ofegando sob aquela atmosfera rarefeita e perfumada. Tentativas dilutas e esbaforidas de gritos saíam quase inaudíveis em seus tímpanos estourados. A luz do meio-dia jorrava, parecendo vir de toda parte, tão cristalina, tão perfeita, tão inteiramente errada. Ali estava o paraíso de um mundo estrangeiro, enquanto ele se via assustado e sem ar.

Sofrendo para assimilar o terreno impossível, ele reparou que — desde as suas mãos trêmulas até as suaves colinas artificiais além dos campos remotos —, todas as formas eram delimitadas por linhas finas de negrume, como se tivessem sofrido hiperexposição em suas beiradas queimadas. Um novo Real, livre da bagunça dos detalhes, privado de texturas que pudessem distrair o olhar, uma simplicidade aplacadora que beirava o arquetípico. Ele estava numa campina árida de vegetação rasteira, na periferia de alguma cidadezinha do passado, com rochas e mato e um indistinto silo de grãos à esquerda, no pano de fundo. Todo o resto era puro sinal sem barulho, pinicando com toda sua claridade.

Hiperventilando ruidosamente, percebeu que mesmo as cores haviam sido reimaginadas: eram mais fortes, porém mais limitadas, cores neutras e tranquilas cravejadas primárias de sorbet. Os tons eram ao mesmo tempo mais artificiais e mais verdadeiros, mas de perto pareciam feitos de muitas partículas, pintadas mecanicamente de modo que suas mangas estavam reticuladas nas dobras, elas mesmas reduzidas a pinceladas. Um clarão sem fonte identificável, vindo de todas as direções, expulsava toda sombra, de modo que nada dava a impressão de ter peso ou volume, mas em seus próprios termos a cena parecia correta, satisfatoriamente familiar. Em termos visuais, pelo menos, era um mundo bem menos desafiador do que o dele.

Além do vento contra o matagal, o som do espaço aberto — ou de seus pulmões sôfregos —, a acústica era igualmente minimalista, sem trânsito, trens ou outros meios de transporte ao alcance dos ouvidos. Passando a terra arada em linhas retas, de um Centro-oeste americano genérico, colinas baixas se erguiam contra um firmamento em gradações de ciano quase desbotado no horizonte. Certamente o oceano estava a muitos milhares de quilômetros, mas ainda assim dava para captar um olor de maternidade marítima, focas, algas marinhas aromáticas, incongruentes em meio àquelas latitudes poeirentas. Sua pele se eriçou num desejo de estar em algum outro lugar.

Virando sua cabeça muitíssimo simplificada, ainda sufocando, ele reparou em outras figuras na paisagem chocante e encantadora. À sua direita, a uma distância média, havia um adulto e vários meninos e meninas pequenos em roupas caprichadas num grupo ao lado de algo que ele percebeu, de sobressalto, ser uma ampulheta de metal de doze metros de altura, reluzente sob a luz do sol quente, sem que sol algum estivesse visível. Erguendo--se do amarelo perfunctório daquela terra desolada, era de prata falsa, branca com um azul tremelicante que descia por seus contornos de cintura de vespa, uma silhueta demarcada pela linha preta da finura de um fio de cabelo. Assim como acontecia com o pano de fundo rústico e hipnótico, sua aura atiçava a memória, alienígena e ao mesmo tempo insidiosamente familiar, singular, mas já vista antes.

Reunindo-se em sua base, onde deveria haver sombras, as crianças em trajes cor de amêndoa doce, talvez com uns doze anos, confabulavam com seu companheiro adulto. De porte poderoso, estava de costas para Worsley, apresentando apenas um longo casaco dourado com os ombros arqueados enquanto solenemente se dirigia aos jovens amigos de trajes festivos, ali em sua utopia formigante do passado. Sua túnica frouxa era decorada com um emblema em tons televisivos monocromáticos e, naquele momento pavoroso, Worsley se deu conta de que era o Homem--Trovão — exceto que, ao se virar, tinha a cabeça de um tigre.

Era igualzinho à sua aparência naquela capa, havia muito esquecida, da *Quadrinhos Eletrizantes* de sessenta anos antes, com o efeito aberrante do Raio Randômico de Felix Firestone que tinha naquela mesma história, mas agora manifestado de um modo chocante. Os jovens, como logo ficou aparente, estavam vestidos como os vários Amigos do Amanhã, cuja máquina do tempo tinha formato de ampulheta, se a memória lhe servia. A Donzela Poeira estava presente, em seu uniforme cinzento bem ajeitado, o Garoto Relógio tinha sua máscara enigmática com as horas e ponteiros, e a Moça Indescritível também estava lá. Ficaram encarando o editor-chefe pasmo, com tanta frieza e indiferença que a expressão chegava a parecer deslocada em seus semblantes de querubim. Seu líder com cabeça de fera, erguendo uma gigantesca pata cor de mel em saudação, começou a se aproximar, atravessando o meio-tom da terra entre os dois.

Era como se, naquele lugar insólito, o tempo fosse uma questão de parcelas de instantes discretos. Com seu aspecto hediondo ou magnífico, o Homem-Trovão avançou na direção dele em lapsos desorientadores, desaparecendo de vista após um ou dois passos e reaparecendo mais próximo, viajando pelo espaço-tempo em atordoantes movimentos sacádicos: pano de fundo, à direita, plano intermediário, ao centro, vincos em seu traje violeta redesenhando-se a cada passo, até cristalizar-se na existência à esquerda do primeiro plano, perto o bastante para que ele pudesse sentir suas exalações ardentes.

Não se pronunciava com a voz, fazendo borbulhar, em vez disso, esferas de puro sentido que rebentavam como palavras úmidas na consciência desintegrada de seu visitante. Assim como na caminhada do Homem-Trovão pelo tempo hifenado, a informação vinha embutida em pacotes separados e concisos, com alguns conceitos sendo exprimidos de forma mais enfática, um timbre telepático mais pesado.

{**Worsley**! Enfim nos encontramos. Peço desculpas pela minha **cabeça**. Infelizmente, os efeitos do **Raio Randômico** de Firestone revelaram-se **irreversíveis**, mas achei que seria melhor ocultar esse fato do seu **público-leitor**, assim como o modo como eu **executei** Firestone logo depois disso.}

O grave grunhido psíquico do Homem-Trovão era áspero, ainda que gentil, mas seu interlocutor humano conseguia sentir sua própria identidade desatando-se só pela mera proximidade medonha daquela criatura. Sem se dar conta dessas consequências esmagadoras, o pavoroso demiurgo gnóstico prosseguiu.

{Você deve estar se perguntando **onde está**. Este é o **Mundo Aleph**, Worsley. Este é o **mundo real**. A sua Terra, o **Mundo Tau**, é um **controle** onde ninguém está isento das leis da **probabilidade** e da **física**. Sei que sua vida lá é **difícil**. Por isso eu quero **ajudar**.}

Monstruosamente adorável, o Homem-Trovão fez que sim com a cabeça enorme, num gesto reconfortante. Querendo chorar, querendo defecar, Worsley deixou seu olhar vacilante recair sobre as crianças em pé ao lado de sua ampulheta, que ainda o contemplavam com gélido desdém. Percebendo seu olhar, o Homem-Trovão deu um sorriso envolvente, revelando longos incisivos de sete centímetros de comprimento.

{Ah, sim! Os **Amigos do Amanhã**! Eles receberam sua **mensagem**, Worsley, aquela que você **nunca mandou** quando tinha **cinco anos**. Vão fazer de você um **integrante** do grupo, Worsley.}

Tudo que ele já quis na vida — e o destruiu. Amavelmente, o Homem-Trovão repousou uma pata imensa sobre o seu ombro, pesada feito mogno, e em seus olhos áureos estavam todas as coisas maravilhosas e aterradoras que a humanidade não deve jamais, jamais possuir.

{fim}

Luz americana:
uma avaliação

Por C. F. Bird

Embora a chegada meteórica de Harmon Belner no céu literário tenha se dado com a publicação de seu polêmico *Ouro do Harlem*, em 1959, foi só após o lançamento estrondoso de *Luz americana*, duas décadas depois, que ele viria a realizar aquilo que se acreditava impossível na literatura dos EUA: uma continuação bem-sucedida.

Aclamado como a obra-prima de Belner, *Luz americana* pode ser visto como um livro que fornece retroativamente uma narrativa para sua carreira e poesia; uma obra tardia que justifica o brilhantismo previsto por tantos após a recepção fenomenal de *Ouro do Harlem*. Ao estabelecer um princípio e fim emblemáticos na história de Belner – uma promessa precoce e seu cumprimento posterior –, seu período intermediário menos elogiado também passou, é claro, por uma reavaliação. Coletâneas como *O rádio está em chamas* (1961), *A mandala do borrão de café* (1966) e *Império de Norton* (1970), a princípio consideradas decepcionantes, se revelam agora como degraus necessários, etapas no desenvolvimento da gestação final de *Luz americana*. Parece que o brilho no título do poema é suficiente para detectarmos sua luz dourada em meio a todos os escritos anteriores de Belner.

No entanto, no abrangente e ofuscante esplendor da realização de sua obra, parece que essa avaliação tardia do autor tornou-se o único ponto focal da atenção dos críticos – o que *Luz americana* significa em termos da obra de Belner e seu lugar nas letras, em vez de tratar do que *Luz americana* significa por si só. Talvez intimidados pela canonização súbita do autor, os comentadores vêm se demonstrando relutantes em arriscar mais do que uma confirmação superficial da estatura monumental de *Luz americana*, sem qualquer investigação adequada do poema em termos de seu conteúdo, contexto ou, de fato, suas origens.

Essa abordagem temerosa presta um grande desserviço ao seu objeto de estudo, pois, como será demonstrado, a *magnum opus* de Harmon Belner é um tesouro da cultura beat de San Francisco que deve ser examinado com atenção. É a intenção do presente ensaio fornecer uma escavação comentada desse texto, desenterrando no processo aquilo que Barthes chamaria de seu "código cultural", isto é, aqueles aspectos da cultura a partir dos quais qualquer dada obra de arte emerge e que inevitavelmente moldam a sua construção.

No caso de *Luz americana*, esse contexto seria a contracultura pós-beat que predominou em San Francisco ao longo das décadas de 1960 e 1970. Tal é o meio social no qual Belner situa o seu poema e a partir do qual se constrói o pano de fundo de *Luz americana*. As pessoas que constituíram essa "cena" ou movimento são muitas vezes atores pseudonímicos menores que o poeta obriga a servirem como seus figurantes ou elenco de apoio. A mobília do poema foi apropriada da área de Mission District da cidade e seus arredores durante aqueles anos tensos e produtivos. É de lá e desse período que Belner reúne toda a sua cor local, os acontecimentos e personagens. Pode-se argumentar que, sem examinar de perto esse material de fundo, nossa compreensão de sua obra e o que ela representa há de necessariamente permanecer incompleta. Em meio à multidão dos celebrantes que vêm louvar a César, deve-se lembrar que há, em todo caso, um importante trabalho de escavação a ser feito.

Afinal, não definimos o período tardio do Cretáceo como a Era do Tiranossauro, reconhecendo que o que há de interessante é todo o meio ambiente que gerou e sustentou esse superpredador transformado em celebridade. O mesmo se aplica a movimentos artísticos ou literários, nos quais, a não ser que nosso pensamento sucumba à teoria histórica dos "Grandes Homens", devemos reconhecer que nenhum artista ou criação pode ser considerado sem fazer referência aos complexos sistemas humanos que engendraram a ambos.

Tal é o caso especialmente de um fenômeno tão fluido quanto a literatura beat, uma área na qual, para que uma perspectiva que já foi polêmica seja aceita como herança cultural, precisa ser simplificada até se tornar um plano compreensível, com suas arestas aparadas e suas pontas soltas inconvenientes cortadas. Nesse processo de simplificação, boa parte da substância vital de qualquer objeto de estudo acabará cortada e excluída. Com os *Personagens menores* de Joyce Johnson, ficamos devidamente cientes da exclusão do feminino dessa turma famosa e sua beatitude falida, mas isso não deve obscurecer os muitos nomes excluídos desse rol lendário apenas com base em seu gênero. A intenção desta avaliação é, portanto, reincluir todos os retalhos que ficaram no chão da sala de edição cultural, de modo a apresentar a obra mais bem-sucedida de Harmon Belner plenamente contextualizada e com o escrutínio penetrante que ela exige e merece. Esperamos, em resumo, obter sucesso em lançar uma luz sobre a própria luz.

Luz americana

Nascido todo bagunçado no parque Água Vista o dia neném chutou
a minha janela,
assustando os sonhos de ereções de mijo e encharcando-me com o
tempo. Luz americana,
que nos vem e nos atém[1], aglomerada taciturnamente com os pescadores corados do Embarcadero,
o borrão aos tapas das bochechas esbranquiçadas descendo a Cas-
tro Street.
Ele correu
para cruzar o trânsito da James Lick e berrou "O amanhã é
implacável"[2] enquanto eles estreitavam os olhos,
desviando para não o atropelarem, depois ateou fogo nas flores

---

1 Trata-se de uma referência à deidade solar egípcia Aten, o que marca um
afastamento na obra de Belner em relação à sua postura budista anterior,
adotada por inspiração nas crenças espirituais do ídolo literário de Belner, o poeta Allen Ginsberg.

2 Alusão ao companheiro de Belner, Paul Landesman, que sofreu ferimen-
tos leves ao ser atropelado na James Lick Freeway, em San Francisco,
como descrito aqui, logo antes de ser internado numa instituição psiquiátrica em setembro de 1971. Parece ficar implícito que, nessa etapa
do poema, Belner identifica a *Luz americana* do título com Landesman.
Essa referência a um fenômeno americano abstrato como um personagem no texto pode também expor uma dívida com o romance *Pescando
trutas na América*, do escritor beat Richard Brautigan, embora Belner
desconsiderasse abertamente as obras de Brautigan – outra opinião que
ele pode ter derivado de seu ídolo Ginsberg.

mortas empilhadas passando a Masonic.[3] Foi ele

quem quebrou ovos no Tenderloin, deu beijocas em Madonnas de
vidro sujo em igrejas desoladas

e recebeu o turno da noite ao sair da prisão, batendo costas num
gesto caloroso e congratulatório. Ele

atormentou arruinados homens adormecidos em portais, sendo o
primeiro na cena a descobrir os cadáveres, dançando

em fontes despertas, passando manteiga em bebês, esticando gatos,
evaporando poças

só de olhar, provocando os kikos marinhos e enfeiando amores sú-
bitos. Se olhou

em todos os espelhos retrovisores garrafas quebradas fachadas das
lojas calotas olhos de estranhos passantes, e

magrelo feito um meliante adolescente que escapole pelo esquadro,
subiu um degrau por vez as escadas sem emitir um único ruído
a fim de fazer uma glória do seu pó, depois passou a língua

em minhas pálpebras até assumirem uma translucidez rosada, varrendo a inconsciência aos beijos.

Ó ruas de devassidão,

ele passou o dedo longo e brilhante ao longo dos pelos da barriga

---

3   As "flores mortas empilhadas passando a Masonic" referem-se, presumivelmente, ao distrito Haight-Ashbury, epicentro do movimento psicodélico, e aos "hippies" que o frequentavam no final da década de 1960, o que,
da perspectiva do endereço de Belner em 1979 – quando ele escreve *Luz
americana* –, ficaria logo a oeste da Masonic Avenue. Embora Belner parecesse flertar com a chamada "geração do amor" em seu ápice, em 1967,
a falta de uma resposta recíproca talvez seja o motivo para ele se referir,
com algum desprezo, à geração "morta" aqui.

incendiados até eu estar pronto para pintar o sete,[4] e então

recobrei o cérebro que escorria do nariz[5] e atirei os lençóis de ata-
    duras Karloff, em minha carne ressuscitada, e saí para a luz
    dentro dele.[6]

A luz americana jorrava da TV; as capas brilhosas das revistas; a
    generosidade eterna

com os namorados; acariciando seus perfis em fotografias de orelha
    de livro até

o brilho atrair mariposas, as asas brancas de casca de cebola se
    debatendo, farfalhantes e flertantes, deixando

cadáveres glíficos ao lado da luminária e carcomendo minha pa-
    ciência.[7] Braços com

---

4. Embora essa expressão pareça se referir a um encontro sexual no início
   da manhã, provavelmente com seu amante, Paul Landesman, a sequência
   "Ó ruas" é uma óbvia alusão ao deus solar egípcio, Hórus, enquanto a frase
   termina com uma menção, em letras minúsculas, ao tio de Hórus, Set, deus
   das tempestades e do caos. Em uma das tradições mitológicas do Egito, Hórus é sodomizado por Set, o que pode ser a implicação que Belner tinha em
   mente neste trecho.

5. Possível referência ao vício em cocaína de Belner, que recebeu muita
   atenção midiática durante a década de 1970.

6. Essa clara alusão sexual também é uma referência ao *Livro de sair para
   a luz*, título original do texto que é mais conhecido no mundo ocidental
   como *O livro egípcio dos mortos*.

7. Reparamos que, por volta dessa segunda estrofe, a luz americana a
   que ele se refere parece ser a luz da fama e da notoriedade. As mariposas "farfalhantes e fanfarrronantes" com suas "asas brancas de casca de cebola" parecem ser os escritores menores, atraídos por essa
   fama, que deixam seus manuscritos de cascas de cebola para serem
   lidos por Belner. Esses manuscritos são evidentemente os "cadáveres
   glíficos" deixados sob a luz da cabeceira do autor, e o seu incômodo
   é indicado pela descrição dos buracos carcomidos na sua "melhor
   paciência".

braço, fui caminhando com ele rumo a uma aurora caledoniana[8],
seu alento de gaita de foles além do limiar

corroído pela erosão litorânea da maré de belos leprechauns que se
quebra contra ela.[9] Embarcamos

naquela manhã nilótica aos queixumes de buzinas femorais pela
Van Ness, e fizemos as pessoas virarem

a cabeça num restaurante Hopper da 16th, onde ele caiu da rua em
cima do meu pescoço e ombro enquanto

eu arquitetava *hash browns* em formato de pirâmides sob o sol de
ketchup. Ele gesticulou

para as terras ocidentais[10] além de Guerrero e Dolores, onde os mortos
vagavam mudos sob o crepúsculo celta,[11] e lamentamos sombras
ausentes na Prosper Street, erguendo canecos pretos

---

8   Entre 1973 e 1982, Belner morou no endereço 15 Caledonia St., saindo
     da 15th Street, entre Valencia e Mission.

9   Não é a última vez que Belner demonstra sua aversão por escritores fisica-
     mente atraentes de ascendência irlandesa. Embora não seja possível afir-
     mar o nome da pessoa específica a quem ele se refere aqui, os candidatos
     incluem Richard Brautigan, já mencionado; Michael McClure, celebrado
     com razão; o romancista beat Connor Davey, ainda inédito; ou o subes-
     timado Kirby Doyle. Tampouco fica claro se o desgosto que Belner sente
     por eles é motivado por sua origem genética ou sua boa aparência.

10   Continuando a temática egípcia do poema, os egípcios viam as Terras Oci-
     dentais como o reino dos mortos, governado pelo deus assassinado e res-
     suscitado, Osíris.

11   Uma referência ao *Crepúsculo Celta*, tal como imaginado por W. B. Yeats,
     aqui parece anunciar uma abordagem pejorativa aos irlandeses que dá
     forma aos versos seguintes do poema.

de cerveja escura a O'Siris, há muito tempo despedaçado.[12] Mas foi
   então que
um buquê de rosas machucadas passou rolando rumo aos rebites da
   Folsom, puxando a metade vermelha da minha agulha
para o leste, atrás de si, e a luz americana posava como um funcionário municipal, varrendo
as calçadas até ficarem limpas à nossa frente, antes de perdermos o
   seu rastro perto da 12th e Isis.[13] Em ponto morto
na interseção, ele ligou o pisca olhos anéis de caveira de lojinha
   como se fossem
um batom e prosseguiu, virando na 10th e depois pelo Howard Mission Market até

---

12   O escritor Connor Davey morou com sua namorada na 12 Prosper St., pró-
     ximo à 16th e Market, entre 1969 e 1976, data da morte de Davey. Deve
     ser ele a figura a quem o poeta se refere como "O'Siris", combinando numa
     formulação cômica a roupagem egípcia do poema com suas insinuações anti-
     -irlandesas. Para fortalecer essa associação, a menção a O'Siris "há muito
     tempo despedaçado" poderia facilmente ser uma referência cínica ao colapso
     psicológico que Davey sofreu logo antes de sua morte ou uma referência ao
     deus Osíris, morto e cortado em quatorze pedaços por seu irmão, Set.

13   Esta passagem, que ostensivamente detalha o modo como Belner seguiu,
     de forma compulsiva, um "buquê de rosas machucadas" – presumivel-
     mente um grupo de jovens gays – rumo aos bares de couro e rebites da
     Folsom St., é suspeita apenas devido ao fato de que a caça de Belner ter-
     mina na Isis St., uma rua pequena e insignificante na cidade, mas a única
     que deriva seu nome de uma deusa egípcia.

o fundamento de fel da Polk[14], onde meu décimo quarto pedaço[15]
tantas vezes foi achado, tantas vezes perdido.

Transfixado eu me vi naquela conspurcação, esculpido e frisado, no
meio da passada, um faraó de perfil
avistando as doze horas de sua noite fragmentada na Foster's
Cafeteria,[16] um Restau delirante,[17]

---

14   Um trocadilho bastante adequado: ao término da rua, ou "fundamento", o
trecho famoso como ponto de encontro gay da Polk St. se junta com a Fell
St., muito mais curta, um local que à época era tão sinistro e desalentador
quanto o seu nome sugere.

15   Na mitologia de Osíris, o deus é assassinado e cortado em quatorze pedaços
por Set, que então espalha os fragmentos do irmão por todo o Egito, de modo
que não possam ser encontrados e reunidos. No entanto, a deusa Ísis, ao mesmo tempo esposa e irmã de Osíris, vasculha a terra e recupera treze partes
do corpo do deus desmembrado – apenas os genitais de Osíris permanecem
desaparecidos. Parece seguro concluir que, quando Belner se refere ao seu
"décimo quarto pedaço", está falando de seu pênis aparentemente errante.

16   Ainda no modo egípcio, "as doze horas de sua noite fragmentada" aludem às
Doze Horas da Noite, ao longo das quais a barca solar de Osíris precisa passar,
após descer o horizonte, rumo ao submundo. É possível ainda que a expressão faça referência à estrutura do poema de Belner, com suas doze estrofes
marcando as doze horas do dia do poeta. A Foster's Cafeteria mencionada
aqui situava-se em 1200 Polk St., e era nesse local que Allen Ginsberg se reu-
nia para tomar café e ter conversas animadas em 1954 com o pintor Robert
LaVigne, seu futuro amante Peter Orlovsky e os poetas Michael e Joanna
McClure. Considerando que essa filial da cadeia de restaurantes desde então
desaparecida situava-se na esquina entre a Sutter e a Polk, a muitos quarteirões de distância de Belner na Market St., devemos pressupor que o poeta,
que famosamente tinha astigmatismo, "avistava" a região apenas na mente.

17   Um trocadilho com o nome Restau ou Re-Stau, a terra dos deuses egípcios, e a palavra "restaurante".

onde outrora deuses de semblante zoológico ocupavam as mesas:

Rá, cabeça de girassol, com seu esbelto consorte,[18] ou

o dândi McCool todo Finn-de-siècle,[19] imberbe porém eternamente atormentado pela sua Barba,[20] dos mais estimáveis se não fosse por essa galera aspirante a Bebehan e sua noiva de olhos lupinos.[21] E, entre eles,

reluzente no refrigerante de cola derramado sobre a fórmica, estava a luz americana,[22] pendurada em cada palavra, em cada guardanapo rabiscado, também no andar de cima da Wentley, inclinado ao sul na LaVigne até inundar sua

---

18 Entre os deuses com cabeça de animal reunidos no panteão do restaurante de Belner, não há nenhuma surpresa em encontrarmos Ginsberg, autor do "Sutra do Girassol", presumivelmente acompanhado de Peter Orlovsky no papel do "esbelto consorte".

19 Aqui encontramos Michael McClure, sempre bem-vestido, sendo equiparado ao herói folclórico irlandês Finn McCool.

20 Uma referência à peça polêmica de McClure que foi frequentemente interrompida por batidas policiais, *A barba*.

21 O interessante é que Belner parece relutante em criticar abertamente a figura de McClure, que era, afinal de contas, um dos veteranos dos beats e amigo de Ginsberg. Em vez disso, opta por sugerir que McClure deveria ser uma figura bastante estimável, porém mantinha companhias que não estavam à sua altura, a saber, "essa galera aspirante a Bebehan e sua noiva de olhos lupinos". A primeira referência certamente alude ao grupo de escritores mencionados anteriormente, como Brautigan, Doyle e Davey, enquanto a "noiva de olhos lupinos" é uma alusão pejorativa à esposa de McClure, a excelente poeta Joanna McClure, cujo primeiro volume de poemas, publicado em 1974, tinha o título *Olhos de lobo*.

22 A essa altura do desenvolvimento do poema, Belner parece estar identificando as origens do movimento beat como a fonte da luz americana ou, pelo menos, sugerindo que ela seria sua presença inspiradora naquelas primeiras reuniões.

tela[23] e do outro lado da rua, no Hotel Young da Fern, enquanto o sol
    ansiava pálido pela neblina[24] ou então
deitava-se sobre o anjo de borracha queimada,[25] que fazia piadas e
    sacodia sua chave inglesa, que
finalmente ficou sem estrada e sem pegadinhas e batimentos car-
    díacos, subiu num trem etéreo e deixou
seu lindo corpo à margem da ferrovia como bagagem esquecida.[26]
    Este então era o território da morte, grandes cabeças
de pedra numa pós-vida cinzelada sobressaindo-se em reminiscên-
    cia a partir de quartos acima de padarias vagabundas,
sarcófagos dourados em todas as livrarias, nossos cadáveres ilus-
    tres, esqueletos com ossos de joias pendurando
como decoração da conversa e a luz americana era seu tutano. Des-
    fazendo-me do devaneio com um dar de ombros, deixei
que ele me guiasse, Market Street o meu corredor e os fantasmas o

---

23   O pintor Robert LaVigne, um velho amigo e companheiro de longa data
      de Allen Ginsberg, alugava aposentos no Hotel Wentley, que ficava acima
      da Foster's Cafeteria.

24   Referência ao Hotel Young na Fern Street, próxima dali. Se presumirmos
      que o "sol" é uma continuação da associação traçada por Belner entre
      Allen Ginsberg e o deus solar Rá, como consta no verso 39, então o Hotel
      Young é onde Ginsberg viveu durante um período melancólico e saudoso
      em que se separou do namorado Peter Orlovsky.

25   Ginsberg viria mais tarde a escrever sobre como sua estadia no Hotel Young
      lhe ofereceu a privacidade necessária para ter um encontro sexual sem
      amarras quando recebeu a visita de Neal Cassady, famoso como muso
      beat e o motorista de Jack Kerouac em *Pé na estrada*, sem dúvida o "anjo
      de borracha queimada" a quem Belner alude aqui.

26   Após o tempo que passou na estrada com Kerouac e um breve período
      subsequente como motorista do ônibus "Furthur" para Ken Kesey e seus
      Merry Pranksters, Neal Cassady enfim morreu em fevereiro de 1968, após
      uma caminhada solitária, na qual fez largo uso de drogas, a fim de atra-
      vessar a região de San Miguel de Allende durante a madrugada. Seu corpo
      foi encontrado em coma a apenas alguns metros de uma ferrovia.

tecido do meu vestido de noiva arrastando-se atrás de mim,
passando por mendigos que chegavam aos poucos e cinemas em
ruínas onde a luz americana jorrava de
grandes rostos de prata sobre os rostos menores, voltados para
cima,[27] a deriva hipnagógica das nações à beira
do sono, e seguimos com nossa procissão até a Kearney onde o relógio de São Patrício batia dez horas.

Caso essa horologia não seja das mais convincentes, imagine que
enrabei um menino a cada
quebra de estrofe.[28] Enquanto me limpava/puxava o zíper/olhava
Kearney Street acima, vi a estalagem feia dos feriados
onde eram pesados corações e penas, onde assomava a luz americana, impenitente nas
docas enquanto Shig e Larry roíam suas unhas dos dedões, e o próprio sol ao longe, no México, na

---

27 Apontamos, *en passant*, que a luz americana é agora o brilho hipnótico
    lançado pela indústria cinematográfica dos EUA.

28 Se ignorarmos o aspecto desagradável destes versos, eles parecem ser um
    modo de reforçar o conceito central do poema das "Doze Horas do Dia",
    como se observa na nota 16, ao mesmo tempo que ostentam a proeza se-
    xual de Belner. Considerando que *Luz americana* conta com 12 estrofes,
    evidentemente devemos presumir que o dia descrito no poema envolve
    pelo menos seis encontros sexuais. Pode ter sido invenção ou exagero,
    mas não é uma contagem impossível, nem particularmente improvável,
    aos olhos de qualquer um familiarizado com a cena gay de San Francisco
    da década de 1970, antes da AIDS.

selva telepática, aguardava sua conclusão precipitada.[29] Via do outro lado da rua em Washington o puro Koan
Zen de Nam Yuen, um nome sem restaurante, Snyder batendo uma
palma só um dedo estala e ele faz o hashi
chiar com o Jack desaparecido,[30] datilografando o cinza rodoviário
da fita da máquina de escrever que

---

29 Ao olhar a Kearney St. da Market St., Belner aqui descreve o Holiday Inn
que substituiu o Tribunal de Justiça onde, nos meses finais de 1957, o poeta
Lawrence Ferlinghetti e seu parceiro comercial Shigeyoshi Murao, da City
Lights Books, foram os réus no famoso julgamento por acusação de obsce-
nidade após a publicação de *Uivo e outros poemas*, de Allen Ginsberg. Se
os dois "roíam as unhas dos dedões", não era sem motivo: enquanto editores, eram eles, e não o autor do poema, que se viam diante da possibilidade
de perder seu negócio, sua liberdade e seu ganha-pão. Durante o julgamento, o próprio Ginsberg estava no México, atrás do lendário alucinógeno
yagé, ou telepatina, alegando que sempre soube que o resultado favorável
da audiência era uma conclusão inevitável, apesar de Ferlinghetti e Murao
recordarem o evento de uma forma um tanto diferente.

30 O Nam Yuen, em 740 Washington, era o restaurante favorito em China-
town do poeta, estudioso Zen e ambientalista Gary Snyder. Foi aqui que
Snyder apresentou Jack Kerouac à culinária chinesa e ao uso de hashis
logo que este chegou a San Francisco.

ia até a Flórida e a mãe pinguça e a bobajada do Vietnã, depois o
    homem-chacal preto.[31] Vi,
subindo a Jackson, Mort Sahl e Dick Gregory escondendo os punhos
    em piadas que eram socos no estômago, Lenny Bruce com
olhos famintos, ai, como colheres enegrecidas, do lado de fora do
    hungry i, e assim são os anúncios de shows esbaforidos
da eternidade.[32] Havia uma chama azul nos crânios de lanternas
    sagradas pendurados
nos becos que atravessavam a cidade e a luz americana se derrama-
    va de lâmpadas intrigadas, despejando
poesia sobre ressacas, casos amorosos, chiliques, escribas de uís-
    que lamentando papiros perdidos,[33]

---

31   Este verso é um resumo sombrio dos anos finais de Jack Kerouac. Após o
     imenso sucesso de *Pé na estrada*, na perspectiva do seu autor, ter reduzido
     todas as suas obras posteriores a notas de rodapé aos olhos do público lite-
     rário, Kerouac foi ficando cada vez mais deprimido e seu alcoolismo piorou.
     Ao voltar para a casa de sua mãe codependente e alcoólatra, seu conserva-
     dorismo e anticomunismo foram se tornando mais pronunciados, até que
     seu apoio à guerra do Vietnã causou uma rixa com seus antigos colegas do
     movimento beat, como Ginsberg, dotado de uma postura fervorosamente
     antiguerra. O fato de Kerouac ter deserdado cruelmente a própria filha bioló-
     gica, Jan, também se devia em parte à aversão do escritor às suas tendências
     hippies, "peaceniks". Kerouac faleceu em 1969, aos quarenta e sete anos, por
     isso a alusão à divindade funerária Anúbis, como o "homem-chacal preto",
     dando continuidade ao uso de imagens egípcias em *Luz americana*.
32   O clube hungry i em 599 Jackson era um dos principais estabelecimentos
     nos quais a sociedade beat se concentrava, e seu catálogo brilhante de
     artistas da moda incluía comediantes com consciência social como Sahl,
     Gregory e Lenny Bruce, que enfrentava um vício em drogas.
33   Pode ser uma referência tortuosa a um episódio em 1975 quando Belner
     havia aparentemente perdido uma cópia manuscrita do romance de es-
     treia de Connor Davey, *Saída à luz do dia na América*, que Davey deixou
     com Belner a fim de que o escritor mais velho o apreciasse e fizesse seus
     comentários. É possível que a obra de Davey seja um dos "cadáveres glífi-
     cos" que roem a paciência do poeta na nota número 7.

"Love Me Tender" em um jukebox de algum lugar, num hino a Mên-
fis e ao vale
do rei. Vi também o ectoplasma de quartos de hotel falecidos em
Colombus, Paradise chutando
os sapatos pra longe, dormindo numa marinada de carros, de louça,
a escrita de negros descolados e uma canção de ninar
chinesa.[34]
Cadáveres coroados arrastando os pés atrás de mim, palmilhei um
quarteirão passando pela boca submundana do metrô
rumo a Montgomery, onde entrei num Livro dos Desaparecidos
sanfranciscano.

Carreguei todos os nove corpos perspirantes da minha alma[35] ao
longo da Sutter Bush Pine California Clay,
sob a tumba do enterrado Transamérica,[36] mantendo meu khaibit[37]
minguante à esquerda. Gavião com
cabeça humana, espírito do coração à busca de galetos, passou por

---

34 Estes versos são uma evocação do Bell Hotel em 39 Columbus, há muito fechado, que Kerouac menciona em *Anjos da desolação* como um de
seus pontos de parada favoritos nas visitas a San Francisco. A inclusão
da "escrita de negros descolados" parece ser uma referência breve ao escritor Al Sublette, um homem negro da classe trabalhadora que às vezes
se hospedava no Bell. Percebemos que, em *Luz americana*, as mulheres,
pessoas não brancas, representantes das classes baixas e descendentes de
irlandeses parecem não receber mais do que breves referências, exceto
quando se salvam por serem amigos de Allen Ginsberg. "Paradise", é claro, é uma referência a Sal Paradise, o personagem principal de Kerouac,
inspirado nele mesmo, em *Pé na estrada*.

35 Segundo a metafísica do antigo Egito, a alma humana tem nove componentes, ou corpos, separados.

36 Aqui Belner representa, jocosamente, a Pirâmide Transamérica na esquina da Washington com Montgomery como a tumba de um faraó enterrado
chamado Transamérica.

37 O khaibit é a parte da alma humana que corresponde à sombra.

Jackson,[38] pairando nas

correntes de ar das canções de tocha de um desaparecido Black

Cat, falido numa travessura de 1963, ainda

repleto de espectros e conjecturas, de bons bebedores, escritores

problemáticos, Steinbeck no meio de

sua transformação de lobisomem em Faulkner.[39] À frente, a nascen-

te da viadagem, Stonewall ainda sequer uma escora de

tijolos, onde Sarria preenchia seu império de próteses numa garoa

de um baço Eisenhower,

rainhas com olhar kajal davam de mamar a víboras em seios fingi-

dos.[40] Ao longo do caminho, em camadas de cebola da história

purpúrea,

se via um trenzinho de perfis entalhados em meio à poeira das

---

38 Ba ou alma-do-coração, outra divisão egípcia da alma, era representada
    como um gavião com uma cabeça humana. A partir da referência de Bel-
    ner a um "galeto" aqui, junto com a declaração que inaugura a quarta
    estrofe, devemos provavelmente presumir que o gavião que representa a
    alma-do-coração do poeta tem um apreço declarado por frango frito.

39 Estes versos celebram o Black Cat Café em 710 Montgomery, fechado após
    uma batida policial na noite do Dia das Bruxas em 1963. Sua clientela de
    figuras literárias com uma predileção por bebidas fortes incluía William Sa-
    royan, Truman Capote e John Steinbeck, aqui representado no processo de
    metamorfose em William Faulkner, famosamente destruído pelo alcoolismo.

40 Além de sua reputação como um refúgio para literatos alcoólatras, o Black
    Cat é reconhecido também, com razão, como o local de um dos primei-
    ros florescimentos da cultura gay dos EUA. Muito antes das rebeliões de
    Stonewall em Greenwich Village de 1969 terem disparado o movimento
    moderno do orgulho gay, o Black Cat já era um ponto de encontro quase
    único para indivíduos abertamente gays desde a década de 1950, presi-
    dido pelo artista drag Jose Sarria, que se apresentava como a Imperatriz
    Norton, em homenagem ao excêntrico visionário de San Francisco e auto-
    proclamado imperador da América, Joshua Norton. Norton era o espírito
    que dá título à coletânea de poemas anterior de Belner, inspirada por San
    Francisco, *Império de Norton* (Nailhead Books, 1970).

décadas: o sorrisinho trágico de Garry Goodrow e

irmãos sufocando e melros cantando a merreca de suas gaiolas se-

cas.[41] Não longe dali, à direita da

inclinação, se via o drama por comitê, onde o belo McAllure teve o

flagra da barba por causa de um falso

boquete, enquanto os de verdade aconteciam numa dúzia de bares

de strip seguindo a rua[42] e fenianos de primeira noitada baban-

do ovo da oitava

parte do eu que é o meu nome.[43] Com o ab na boca, o duplo aos

---

41 Belner aqui relembra os dias gloriosos do Purple Onion, que ainda estava
    em pé em 140 Columbus St. e foi outra boate de porão de San Francis-
    co que recebeu as primeiras apresentações de grandes artistas e figuras
    do entretenimento, como os Smothers Brothers e o Kingstom Trio. Garry
    Goodrow, mencionado aqui, foi um ator e comediante de stand-up muito
    apreciado – sua filmografia inclui *Três ladrões desajustados* de 1973 – e
    que também deu as caras no Purple Onion. Numa fotografia em grupo bem
    conhecida de beats proeminentes da época, que serviu de capa para o *City
    Lights Journal #3*, ao qual retornaremos em breve, Goodrow está na ponta
    direita, com o chapéu engraçado e o sorriso confessamente "trágico". A re-
    ferência aos "melros" é mais uma menção desdenhosa, já previsível a essa
    altura, à escritora Maya Angelou, autora de *Eu sei por que canta o pássaro
    na gaiola*, que cantou no Purple Onion nos anos de 1950.

42 O Committee Theatre, em 836 Montgomery, era a casa onde Michael McClu-
    re esperava apresentar sua peça *A barba*, em 1966, após o teatro anterior
    ter sido ameaçado de fechamento porque a peça incluía uma breve cena que
    simula um ato de sexo oral. Uma das apresentações no Committee Theatre
    foi interrompida certa noite com base nessas acusações, embora o teatro se
    situasse num quarteirão repleto de bares e boates de strip.

43 Os "fenianos de primeira noitada" a que o poema se refere aqui, sem surpre-
    sa, são os amigos escritores de McClure de ascendência irlandesa, que assis-
    tiram à primeira (e última) noite de apresentação da sua peça. A menção a
    "babando ovo" pode ter sido direcionada especificamente ao escritor Connor
    Davey: a apresentação de *A barba* no Committee foi a ocasião em que Davey
    conheceu Belner, o herói literário do jovem autor à época. Belner pode ter in-
    terpretado esse entusiasmo como mera adulação de um nome famoso – sendo
    o nome, ou ren, a oitava parte do corpo da alma, segundo os antigos egípcios.

meus calcanhares e a sombra

pisoteada agora abaixo deles,[44] galguei o meio-dia azul-maçã[45] e, na
Broadway, em estado de maravilhamento,

ajoelhei-me sem palavras para contemplar 1010 Montgomery onde
o invencível sol[46] espremia uma

luz americana de chupeteiros de hospícios para santos hipodérmi-
cos, espremia Moloch

do Francis Drake,[47] espremia de nosso trapo ranhado de sangue um
uivo estrelado, o verbo-íbis de Thoth,

então, consagrado na profanidade, pariu nesta terra felina sua linguagem dos pássaros.[48]

E com aquele vento da sintaxe às minhas costas inflando as velas da
camisa, inclinei meu

trirreme até aportar na Broadway, destinado ao Oriente e seus

---

44 Mais divisões da alma: ab é o coração, ka é o duplo e o khaibit, como
mencionado anteriormente, é a sombra.

45 Trata-se de uma inversão da expressão enigmática "maçãs azul-meio-
-dia", associadas aos mistérios de Rennes-le-Château. Já que este trecho
não parece ter qualquer relevância para a temática egípcia do poema, ou
qualquer outra temática, só podemos supor que sua inclusão tem o fim de
sublinhar a estrutura de uma estrofe por hora de Belner.

46 Sendo 1010 Montgomery o endereço onde Allen Ginsberg compôs a maior
parte de Uivo em 1956, devemos presumir que ele é o "invencível sol", a
divindade solar do período romano tardio Sol Invictus.

47 O hotel Sir Francis Drake em 450 Powell, visto sob a influência do peiote,
foi a inspiração de Ginsberg para a visão de Moloch que preside sobre os
trechos mais memoráveis de Uivo.

48 Aqui, Belner equivale o poema Uivo com Thoth, o deus egípcio da escrita
e da magia. Com cabeça de íbis, teria criado a linguagem humana inspirado na "linguagem dos pássaros". Essa expressão também era usada
por alquimistas para indicar uma poesia particularmente rica e repleta
de símbolos por meio da qual ideias alquímicas profundas poderiam ser
transmitidas.

LUZ AMERICANA: UMA AVALIAÇÃO

telhados curvos de dragões em cascatas descendo a
Powell e Stockton.[49] Inseridos nos distantes litorais da Columbus
  por esse ferlingueto borbulhante de
parágrafos deprimidos,[50] onde certa vez sob uma chuva intermitente de diamantes eu me flagrei em meio a um panteão, com
o gigante Bunford bloqueando a posteridade;[51] enquanto a luz americana, cega de bêbada e promíscua,
lambia este e aquele rosto santificado até brilharem com seus fósforos cuspidos. Aqui os admiradores por vezes,
em tetracardumes, puxavam a manga ou zíper se estivessem com
  sorte em voga no estoque,[52] mas na
janela da frente agora havia de interessante apenas o meu reflexo,
  novo, numa jaqueta que chamava a atenção,
presidindo sobre as in-oitavos como lápides na vitrine, semitrans-
  parentes, uma essência beat

---

49 Um trirreme é um navio de três mastros do mundo antigo, e o sentido ge-
    ral destes versos parece ser o de que Belner deu uma guinada à esquerda
    na Broadway e se dirigiu a Chinatown.

50 Uma referência não tão elogiosa à City Lights Books de Lawrence Ferlin-
    ghetti, em 261 Columbus Avenue, o pivô central da literatura beat desde
    suas origens em 1953. Porém, em seus trinta e dois anos de existência, a
    editora jamais publicou um único livro das obras de Harmon Belner.

51 A capa de *City Lights Journal #3*, mencionada anteriormente, é uma fotogra-
    fia em grupo tirada por Larry Keenan Jr. de muitas das principais figuras beat
    em frente à livraria, com Ferlinghetti atrás. Entre Gary Goodrow na pon-
    ta direita e os cabelos brancos de Richard Brautigan ao seu lado, podemos
    ver uma sobrancelha e o cabelo repartido do lado do jovem Harmon Belner.
    "Bunford" era o apelidinho desdenhoso de Allen Ginsberg para Brautigan.

52 Aparentemente é uma confissão de que Belner usava a City Lights como
    um espaço em potencial para arranjar encontros com groupies da litera-
    tura. Haja vista que a livraria é o ponto mais distante ao qual o poeta se
    desloca ao longo do poema, isso faz surgir a possibilidade de que a excur-
    são descrita em *Luz americana* foi conduzida inteiramente em busca de
    casos sexuais aleatórios.

em superimposição simbólica sobre aquela necrópole lexical.[53] Au-
  toeditado na
janelona, depois vadiei brevemente num beco na Grant, as costuras
  no pó de polpa de celulose de um sonho
policial e ali em meu olho de detetive que tudo vê estava deslumbrante à moda Hammet, acendendo cigarros que não
fumo atrás de colarinhos erguidos que não uso, quente sobre a caixa dourada de alguma múmia sem
coração em meio às órbitas talhadas no jato de areia de uma cidade
  onde os figurões são todos
animais do pescoço pra cima e tudo, no fim, ia acabar num passeio
  de carro com cães noir.[54] Uma última

---

53 Aqui flagramos Belner vendo o seu reflexo como a única coisa que lhe
    interessa na fachada da City Lights.

54 Um trecho incomum, em que Belner usa o caminho entre a Grant e a
    Columbus como uma desculpa para essas imagens noir de tom egípcio. O
    interessante é que em 1982 – seis anos após a morte de Connor Davey,
    portanto –, a viúva de Davey encontrou um manuscrito, que até então
    ninguém imaginava existir, do seu romance presumivelmente perdido,
    Saída à luz do dia na América, a ser publicado pela Hillwood Press em
    1986. Seria útil comparar os versos de Belner aqui com o parágrafo de
    abertura absurdista do romance beat, egípcio-noir, de Davey: "O sol era
    um grande bastardo egípcio que finalmente conseguiu alcançar Brendan
    O'Jaysus, após ele evitá-lo por meses. Chegou passando as ripas das ve-
    nezianas, feito pranchas de ouro caindo de um caminhão de entrega a
    fim de enterrar o coitado quase morto enquanto dormia ali no sarcófago
    manchado de marcas de café que usava como escrivaninha. Acordado de
    supetão, ele se debatia. 'Vem e nos atém', ele incomensurou, golpeando
    loucamente o intruso cintilante. Mas o fenômeno cósmico bandido era
    rápido demais para ele, e em todo caso feito de fótons por meio dos quais
    os punhos de Brendan, feitos de presunto reforçado ou afins, passavam
    ineficientemente. Ainda assim, ele conseguiu socar quase todos os outros
    objetos no escritório, quarto, cozinha e, se ele fosse honesto, às vezes
    o banheiro, antes de desistir com um grito desesperado de 'Como e por
    que eu continuo vivo?'. Sentou-se na beirada do seu caixão dobrável,

olhada na rachadura retrospectiva, o onipotente Gui trovejando
para o menino de Hibbing
que cantava para os subterrâneos com saudade de casa,[55] levei o
vaso contendo as minhas tripas
ruidosas até o Vesúvio, para que pudesse arriscar o fluxo piroclásti-
co, vencendo o devorador dos mortos em seu próprio jogo.[56]

Tão maduros que estavam quase sólidos, xistos de tomate vestiam
incomparáveis pérolas de muçarela e eu
dei voltas de ataduras de macarrão no meu garfo, atirando num
estalo de chicote contas de creme topázio contra o meu
queixo constelado, depois o pão quente em hemorragia de manteiga, cremes de café, o vinho cristal

---

localizou um cigarro que ainda não havia sido socado, e amargamente
aceitou que era um detetive particular de meia ou um quarto de tigela naquela San Francisco ptolemaica, onde os figurões eram todos animais do
pescoço para cima. Claro, a cidade toda era uma mórbida Disneylândia".

55 Se presumirmos que "onipotente Gui" é mais uma referência a Ginsberg
e que o "menino de Hibbing" é Bob Dylan, nascido em Hibbing, Minneso-
ta, então estes versos se referem à fotografia tirada de Ginsberg e Dylan
no mesmo beco na década de 1960. Michael McClure, que não recebe
menção neste trecho, também estava presente. A menção a "trovejar" é
uma referência à turnê Rolling Thunder Revue, da qual Dylan e Ginsberg
participaram em 1975.

56 Dentro do espaço de tempo do poema, agora são aproximadamente 13
horas, e Belner decidiu almoçar no Vesuvio Cafe, do outro lado do beco
que se interpõe entre ele e a City Lights em 255 Columbus. O Devorador
dos Mortos é uma entidade funerária egípcia, às vezes descrita como um
píton gigantesco enroscado em voltas intestinais. Diz-se que ele ingere as
almas cujos corações pesam mais que a pena da verdade na balança do
julgamento.

adstringente na garganta engordurada.[57] Mesas em que ainda havia
    o eco de anarquistas italianos de North Beach, com olhos de
    pavio,
condenando Mussolini; Kerouac, bêbado e confuso, perde o jantar
marcado com Henry Miller; Dylan Thomas no ensaio final da sua
    despedida em Chelsea e fantasmas
diáfanos de belas raparescas burligas do quarteirão descendo a rua
    inflando as meias de seda de
Lenoir.[58] Com uma clavícula do alfabeto, destranco os mausoléus
    do almoço e liberto
suas memórias saborosas, a luz americana piscando luxuriosamen-
    te em meus talheres e escorrendo pelo
flanco bulboso do cálice, um brilho de aprovação na dança de areia
    da escrita de cripta neste
caderno, nessa stylus da marca Gold Park quando enfim se pede a
    conta mortal. Pleno, saí
do túmulo aromático durante a tarde, nomes proibidos cinzelados
    ali no
limiar, com o mais corso de todos desta costa sendo o mais proemi-
    nente, o corsário gregoriano e outros menos
dignos de nota, como o Sem-vergonha O'Sullivan, bardos eterna-

---

57 Embora a refeição de Belner não pareça constar no cardápio do Vesuvio,
    não podemos descartar a possibilidade de o estabelecimento ter aberto
    uma exceção para um cliente tão ilustre. Ou ele também pode ter almo-
    çado em algum outro lugar.

58 Aqui ele recapitula a rica história do Vesuvio: nos anos 1930 e 1940, toda
    a área de North Beach foi um refúgio para anarquistas italianos. Em 1960,
    Jack Kerouac, possivelmente muito nervoso, conseguiu beber a ponto de
    evitar um jantar com Henry Miller em Carmel Highlands, enquanto Dylan
    Thomas teve uma bebedeira calamitosa no Vesuvio naquela mesma turnê
    pelos EUA que acabou matando-o no Chelsea Hotel de Nova York, em 1953.
    Henri Lenoir, proprietário do café, havia começado vendendo meias de
    seda para artistas do burlesco da vizinhança.

mente barrados com suas apelações o pó de O'Zimândias
raspado na minha saída.[59] Outrora o centro solar dessa geração nua
e esfomeada, sentou-se aqui e escreveu,
no crepúsculo de sua heterossexualidade, esperando fêmeas por demais amenas para fisgá-lo de seu destino bicha
com sua alma-gêmea, São Pedro o Grande,[60] e os portais do céu se
abriram! num Pentecostes de boêmia, e
com a língua inflamada de fagulhas eu cortei de volta para Grant,
chegando a Sutter Street antes que me desse conta.

Passado o meridiano, o disco solar das almas beatíficas começa a
descer, o movimento de
um movimento rumo ao pós-vida, os corações trêmulos em sua balança contra a enegrecida verdade de abutre de Maat; aturdidos pelo

---

59 Gravados no cimento diante da porta da frente do Vesuvio constam os
    nomes daqueles que estão permanentemente proibidos de entrar por be-
    berem demais e se comportarem mal. O "corsário gregoriano" nesta lista
    é obviamente Gregory Corso, enquanto "Sem-vergonha O'Sullivan" é o
    poeta de rua itinerante de San Francisco, Paddy O'Sullivan, um comen-
    tário ao qual podemos apenas reagir com: "De novo isso com os irlande-
    ses?" Podemos também chamar atenção aos nomes marcados na entrada
    do Vesuvio aos quais Belner sequer faz uma referência pejorativa, incluin-
    do a poeta Janis Blue e o quase único poeta beat negro, Bob Kaufman.

60 O café é também o lugar onde, em 1954, Allen Ginsberg escreveu "No Ve-
    suvio, esperando Sheila", sobre sua namorada da época, Sheila Williams,
    com quem ele logo viria a terminar antes de começar seu relacionamento
    com Peter Orlovsky e escrever *Uivo*.

macaco do juízo aleatório do tempo.[61] Além da Sutter, lá no antes,
   erguia-se uma loja de departamento White House
onde a Força Motora enganou sua noiva fora da estrada com um
   anel de noivado de 1,99 da Woolworth,
flagrado depois pelado a se refestelar com o sol a pino ou triangula-
   do com seu
passageiro mais beatífico e Ô, Ô, Ô Osíris, absolve-nos de nossa
   mesquinhez
espalhafatosa de vendedor.[62] Por nossas crueldades roubos enganos
   vaidades não nos entregues às cobras críticas e

---

61   Aqui, aproximadamente às 14 horas na cronologia do poema, vemos o humor de Belner e de todo o movimento beat começar a declinar, como se
em ressonância com o sol que gradualmente vai descendo. É certo que *Luz
americana* parece assumir um tom mais sombrio e arrependido conforme
o poema avança até o pôr do sol. A referência aos "corações trêmulos em
sua balança" alude mais uma vez ao conceito egípcio de pesar o coração
contra a pena negra de um abutre, símbolo da deusa Maat. Por vezes, encontramos o cinocéfalo presidindo a cerimônia, ou pelo menos presente
durante o evento, ou então o Macaco de Thoth, com cabeça de cão, cujas
intervenções arbitrárias e aparentemente desprovidas de sentido são, ao
menos, imparciais. Há uma impressão aqui de que a preocupação de Belner
é com o modo como ele – e todo o movimento beat, por extensão – será
julgado pela história e pela crítica literária, no devido tempo.

62   A loja de departamento White House que havia entre as ruas Sutter e
Post tinha um balcão de joias. Em 1948, Neal Cassady havia prometido
comprar uma aliança dessa loja para sua namorada Carolyn, que à época
estava grávida, e mais tarde viria a escrever detalhes reveladores sobre
sua vida junto com Kerouac e Cassady. Tendo combinado de encontrar
Cassady e um amigo seu fora da loja, dali ela pôde ver o amigo de Cassady
comprar uma aliança barata na Woolworth que ficava ao lado, depois entrar na White House pela lateral e sair pela porta da frente. Foi o começo
de um casamento difícil, durante o qual ela flagrou, ao chegar em casa
certa vez, o marido na cama com o seu convidado Allen Ginsberg, que foi
prontamente expulso, e mais tarde se viu num relacionamento com Jack
Kerouac nos períodos em que Cassady ficava longe de casa.

intestinas que digerem os restos dos restantes, nem interrogues,
     por confissão negativa, comendo
bolos deixados aos mortos ou extinguindo as chamas antes da ho-
     ra.[63] Pesado de crime, o espírito
afundou em sua avenida ulissiana, rumo ao lar em Ítaca e à Penélo-
     pe de Paul,[64] atravessando a Post
pensando em sua casa fantasma além de Van Ness,[65] onde Brakhage
     viu com seus próprios
olhos, onde Jess e Robert foram um casal feliz em seu salão de fes-
     tas mal-assombrado,[66] enquanto descendo a Franklin alguma
namoradinha secundária de Moriarty mergulhou do telhado com a
     garganta lacerada rumo à
gravidade quando a cavalgada acabou sendo uma cagada, tantos espec-
     tros de bebop no balanço da pista de dança funerária de Duncan

---

63 As "cobras críticas e intestinas" são mais uma referência ao Devorador
   dos Mortos, talvez nesse caso visto como os críticos literários que digerem
   e passam seu veredito sobre a obra de um(a) escritor(a) após ele/ela ter
   morrido. O restante dos versos deriva de uma seção de O livro egípcio dos
   mortos conhecida como a "confissão negativa", em que a alma sendo jul-
   gada jura não ter cometido uma longa lista de ofensas. O porquê de Belner,
   dessa extensa lista, ter se sentido particularmente desconfortável com a
   parte sobre comer "os bolos deixados aos mortos" ou extinguir "as chamas
   antes da hora" é talvez uma questão que seria melhor deixar para outro dia.

64 Belner passa aqui do modo egípcio para o grego, tornando-se Odisseu em
   sua jornada de volta para casa, conforme a Caledonia St. agora vira Ítaca,
   enquanto seu amante, Paul Landesman, é transformado em Penélope.

65 Alusão à residência, estilo Charles Addams, em 1350 Franklin, conhecida
   como "a casa fantasma".

66 A supracitada residência, anteriormente um palacete, foi, ao longo dos
   anos, o lar do poeta Philip Lamantia e sua esposa, a fotógrafa Goldian
   Nesbit, do cineasta Stan Brakhage, autor de O ato de ver com os próprios
   olhos, e dos companheiros de longa data, o poeta Robert Duncan e o pintor Jess Collins, principais ocupantes da casa durante os dias de glória do
   movimento beat na década de 1950.

agora.[67] Americana, a luz, igualmente americano o vulto negro lançado, recortado de

suéteres, velhas boinas e sob a penumbra amarelada de minha geração eu

me viro para Geary, vou rolando para além de O'Farrell, na sequência, com a cabeça virada para trás olhando o caminho

percorrido,[68] minha barca matutina esbarrando nas margens sul da
Market, de onde sigo ao oeste rumo à terra dos ossos.

---

67   Estes versos apresentam o que talvez seja um dos episódios mais vergo-
     nhosos e ignóbeis da história beat. Em 1955, Neal Cassady – Dean Moriar-
     ty de *Pé na estrada* – persuadiu sua namorada Natalie Jackson a imitar
     sua esposa Carolyn Cassady a fim de sacar 10 mil dólares da conta de
     Carolyn. Seu plano era multiplicar esse dinheiro apostando num cavalo,
     depois devolver o valor original à conta da esposa antes que ela pudesse
     se dar conta de que o dinheiro não estava mais lá. Inevitavelmente, "a
     cavalgada acabou sendo uma cagada", e o cavalo perdeu. Natalie Jackson
     ficou tão perturbada com sua participação no crime que, embora Cas-
     sady a tivesse deixado sob os cuidados de Jack Kerouac, no dia 30 de
     novembro ela cortou a própria garganta e saiu correndo pelos telhados
     adjacentes ao seu apartamento na 1041 Franklin, perseguida por um poli-
     cial que tentava ajudá-la, antes de saltar ou cair e morrer. Ao descobrir o
     que aconteceu, Cassady e Kerouac, aterrorizados, alegaram não conhecer
     Jackson. O que é interessante é o uso que Belner faz dessa tragédia, nessa
     altura da narrativa do poema. Ele parece estar num estado de penitência,
     buscando reparação, mas a história de Jackson é apresentada de forma
     a sugerir que Belner está buscando perdão pelos pecados generalizados
     de todo o movimento beat, em vez dos pecados que pertencem só a ele.
     Seria uma tentativa da parte de Belner de enterrar o específico no gene-
     ralizado? A referência final à "pista de dança funerária de Duncan" alude
     ao supracitado Robert Duncan e ao apartamento que ele dividia com Jess
     Collins na "casa fantasma", anteriormente o salão de festas da mansão.

68   Parece ser uma referência à figura hieroglífica de um deus com a cabeça
     ao contrário que se encontra em *O livro egípcio dos mortos* e é conhe-
     cida como "Aquele que sai de trás para frente". No contexto do poema,
     parece significar apenas que Belner está num humor reflexivo ou retros-
     pectivo conforme começa o caminho de volta à Market St.

* * *

Uma multidão numinosa era a das aparições protestando no Palácio, padrões de interferência de TV
estalando lá de 1963, o Amon Beat sacodindo seu uivo escrito à
mão para a Sangrenta Mama Nhu, a meretriz da gestapo
vietnamita, e o trambiqueiro Lew com um sorriso pilantra se une
nessa primeira de muitas intervenções sul-asiáticas.[69]
De sombrinha na sombra privada, avancei até a espelunca desfigurada do Projeto dos Escritores Federais onde Rexroth mapeou
nossas topografias tipográficas, uma
camada de decoração da Depressão em suas maiúsculas fenestra-
das, mas sem rosto fora isso,[70] e meus
cabelos ficaram ainda mais em pé descendo mais a 721, tornada
monocromática, um lampejo do futuro invasor
vazando de uma fotografia famosa, já desbotada, dos anos cinquenta onde, lá embaixo da marquise da Market,
prometendo Tarzan O Selvagem O Pistoleiro esses pitéus Buzina o
Chofer Cassady,
sua loira suicida da Franklin de bochecha colada, e nutrimos traições das quais sequer posso

---

69 Se presumirmos que o "Amon Beat" é mais uma deificação de Allen Ginsberg, então esta passagem comemora a manifestação do lado de fora do
Palace Hotel em 633-655 Market St. em outubro de 1963, contra a visita
de Madame Nhu, esposa do chefe da polícia secreta do Vietnã, o primeiro
protesto do qual Ginsberg participou. Também estava presente o poeta
Lew Welch, que gostava de se apresentar como um tipo de malandro beat.

70 Durante a Depressão, o Projeto dos Escritores Federais tinha escritórios
na 717 Market, onde o poeta Kenneth Rexroth trabalhou como editor nos
projetos da série Guias Americanos para a Califórnia e San Francisco.

ALAN MOORE

falar.[71] Agora flagelado e penitente, progredi em minha peregrinação uns cem
números até o prédio da Pacific, onde, de volta na triste beatola,
erguia-se a Fraternidade dos
Ferrutores Condoviários, de quando Pé na Estrada pulou os trilhos
e virou Pé na Ferrovia, montando aquele
apito solitário pelo verso de palavras selvagens.[72] Passando a 5th, a
impressão psíquica de um Vic Tanny
usando o vapor de um jockstrap tenebroso, aquele Mike de bike de
quem ninguém desgostava maclurando
as musculaturas em corpo e linguagem,[73] andando de lado estilizado numa calçada manchada de sol
até a 6th, parei completamente e vi a luz americana estourar como
o som de um rádio delinquente
descendo direto a Golden Gate e assim cegado pela avenida de novo
pensei na ponte.

* * *

71 Descendo um pouco mais a Market, Belner se encontra caminhando pelo
pano de fundo – número 721, onde muitos cinemas de rua costumavam
ficar – da fotografia mais famosa de Allen Ginsberg, onde vemos Neal Cassady e a trágica Natalie Jackson abraçando-se felizes sob um outdoor com
os mesmos cartazes que Belner descreve aqui em detalhes, apenas alguns
meses antes dos eventos que levariam à morte de Jackson. De novo, Belner parece excessivamente penitente pelas "traições" do movimento beat
com os quais não tinha a menor conexão.

72 O velho prédio da Pacific em 821 Market foi o lar, na década de 1940,
dos escritórios da Irmandade dos Condutores Ferroviários, num período
durante o qual tanto Neal Cassady quanto Jack Kerouac trabalhavam para
a Southern Pacific.

73 Michael McClure, recém-chegado a San Francisco na década de 1950,
trabalhou na academia Vic Tanny Gym, que ficava na 949 Market. No seu
tempo livre, o autor, também entusiasta de motocicletas, vinha malhar
nos equipamentos da academia ou escrever poesia.

Almas em suspensão entre o azul e a baía em meio a um crescendo
   coral do vento no suporte em soprano,
suas complexidades insuportáveis resolvidas em mera balística, objetos desprovidos de poder em
trajetória e o tchibum ouvido acima das amplas águas do Nilo. A
   tangerina ferrosa
pendura voltas de meias de aço em ligas, versos jamais escritos que
   fogem rumo a um fervilhar de vapor purpúreo,
indo ao mundo por vir em Sausalito na distância inexistente.
Ali trememos no limiar do
equilíbrio e da deliberação, nada leve no coração nem ainda no
   peso da pena – fixados pela nossa conclusão, nem nós, nem o
   mundo, eram coisas reais enfim. Procurando
lucidez numa neblina desesperada demos um único passo longo,
   afastando-nos da história fictícia rumo à verdade do
ar vazio, e em nosso peito tudo é batida e cessou todo movimento,
   um fim que por favor acredite em mim
eu mesmo nunca busquei, um ritmo mal calculado que agora não
   posso corrigir.[74]

---

74 Esse súbito salto associativo da avenida Golden Gate para a ponte Golden
    Gate exige uma maior análise. Um dos motivos para isso é que, ao longo de
    Luz Americana, os locais pelos quais Belner passa ou até mesmo nos quais
    ele pensa são usados principalmente como motivos para poetizar a história
    do movimento beat associada a esses espaços, o que fornece boa parte da
    substância do poema. Aqui, no entanto, temos mais ou menos meia estrofe
    que parece não conter qualquer referência beat específica e que parece, em
    vez disso, ser uma meditação sobre a ponte Golden Gate como um dos lo-
    cais preferidos para suicídios, uma meditação mais uma vez alimentada por
    essa sensação ambígua de penitência e culpa que notamos nas estrofes an-
    teriores. Tampouco parece haver a mesma densidade de referências egíp-
    cias nesta passagem, em comparação com as passagens anteriores, com
    exceção da menção às "amplas águas do Nilo" e outra alusão aos corações
    sendo pesados contra suas penas. Em todo caso, a noção de Sausalito no
    outro lado da ponte como o "mundo por vir" pode ser comparada com esse

Com isso em mente, então,

acompanhado de perto por aquele negro cão bípede, com grilhões
nos calcanhares que eu mesmo forjei, fui arrastando os pés
adiante, e na esquina da 7th fui arrebatado pela ausência inimaginável da estação Greyhound,

orquestra fantasma de uma garganta de motor, o suspiro do freio, o
eco da voz contra um

teto celestialmente distante. Gasolina, mijo, cigarros, amor nos ba-
nheiros e a luz americana arrombando as pálpebras do Velho
Anjo da Desolação

recém-saído de Seattle; piscando distraída pelas janelas empoeiradas de porões para trabalhadores

do turno da noite cansados da beatitude, o pivô planetário da poesia e o certeiro Ed Dorn, escravos construindo

---

trecho do capítulo 10 de *Saída à luz do dia na América*, de Connor Davey:
"Com um grito desafiador de aflição, O'Jaysus conduziu sua nuca contra
a clava cerimonial egípcia que vinha de encontro a ela, a fim de mostrar
sua opinião sobre o assunto. Uma poça negra de inconsciência o engoliu,
mas muito rapidamente o vomitou de volta com um olhar abismado de
descrença. Aos poucos, em doses deprimentes, veio-lhe a percepção de que
ele estava no banco de trás de um Ford Sarcófago, amarrado com ataduras
de areia, sendo conduzido a velocidades ferozes pela ponte Golden Fate
por dois comparsas com cabeça de cão, que estavam com os cabelos em
pé prestes a explodir. 'Qual é a de vocês, guardiões do submundo, que são
sempre cachorros?', ele irrelevanteou. 'Tem o Cérbero, tem Anúbis, tem
o Plutão. Sempre achei que o cão era um animal relativamente solar. E
aonde, posso perguntar, vocês estão me levando, todo embrulhado como
se eu fosse só estrago e ferida?' Seus captores caninos deixaram escapar a
resposta entre risinhos de línguas flácidas e dentes horripilantes. 'Você vai
daqui pra melhor, rapaz, até o Sagrado Sausalito e uma pós-vida que é mais
uma pocilga no seu caso.' Brendan altivou-se numa bufada. 'Oras, Sausalito
é só um conto de fadas inventado pelos católicos. É uma metáfora esquiva
para a morte, na minha opinião.' 'Como quiser', grunhiram os rufiões,
e empurraram sua cabeça contra mais uma clava cerimonial. As trevas o
engoliram outra vez, mas não sem uma careta apreensiva".

túmulos a partir de bagagens, como nós todos, e ah quem dera estar
lá outra vez, inocente em nossas manhãs imaculadas.[75]

Arrastando as pernas com caixões de chumbo, eu, carniça, avancei
    até vadear a Van Ness, dedilhadas das cinco da tarde
de uma umidade opaca descendo bulevares distantes, cinzentas e
    vermiculares. No filme de
uma imagem residual, uma Fillmore fantasma encarava do meio do
    turbilhão do esquecimento, um morto grato e coroado com
o crânio da capa de um álbum; sois um hino dos seus filhos.[76] Dese-
    joso de um bonde-esquife para levar o corpo
rumo a oeste e repousar essa podridão folheada a ouro, subi ali aos
    solavancos em meu
leito fúnebre e, num assento de estátua à esquerda, vislumbrei uma
    Valencia perdida enquanto seguíamos,
perseguindo um sol ferido até o jorro aórtico da lâmina do
    horizonte.[77]

---

75   Este trecho ressuscita a estação Greyhound que antigamente se via na esquina da 7th e Market, mencionada em *Anjos da Desolação* como o ponto de chegada de Jack Kerouac em San Francisco após uma jornada partindo de Seattle. Presume-se que o "pivô planetário da poesia" seja mais uma alusão heliocêntrica a Allen Ginsberg, que trabalhou no departamento de bagagens da estação Greyhound em 1956, depois de não conseguir encontrar emprego nas ferrovias como Kerouac e Cassady. O maravilhoso membro dos poetas Black Mountain, Ed Dorn, trabalhava no mesmo departamento nessa época, mas em outro turno.

76   Estes versos parecem colocar a casa de shows Fillmore West em Van Ness e Market sob uma luz egípcia ao aludir ao disco do Grateful Dead com suas referências ao Egito em *Anthem of the Sun* e seus encartes com imagens de caveiras.

77   Envolvido em seus floreios funerários e alusões a Tennessee Williams, devemos pressupor que, a essa altura, Belner entrou no bondinho histórico de San Francisco, que o leva ao ponto oeste da 16th St.

Lá embaixo foi onde

mandaram esperar a esposa do motorista, inverno de 48, em 109
    Liberty mas com um bebê no seu destino até
o pai fugido voltar para casa de Denver e além, com seu apaixonado
    amigo Jack que
ele pegou nos trilhos na volta, e assim começa aquela dura estrada
    beat, e eis aqui o ponto de desaparecimento.[78] Descendo esse
    caminho se via também o sepulcro de livros agraciado por uma
    cor só gregária e
escória mendicambaleante de tambores menores, mais batidas mu-
    das, aquele planeta dilapidado desde então
abandonado.[79] Numa inclinação obscurecida, escorregava minha
    carruagem funerária, atingida no avanço da barca solar
em chamas, com cada rua que passei sendo uma etapa do ritual

---

78   Foi no apartamento de Carolyn Cassady, em 109 Liberty, mencionado
aqui, que Carolyn – rebaixada ao cargo de "esposa do motorista" – esperou, ao longo do inverno de 1948, com um filho recém-nascido, que o
seu marido e pai de família Neal voltasse de uma viagem até Denver e a
Costa Leste. Quando ele enfim chegou em casa no começo de fevereiro,
trazia consigo o seu novo amigo Jack Kerouac, tendo acabado de concluir
sua épica jornada atravessando o país que viria a se tornar *Pé na estrada*.
Nesse humor subitamente melancólico, Belner parece compreender essa
área como o local onde começou a visão beat e, também por motivos que
possivelmente apenas o próprio poeta compreende, onde essa visão encontra seu fim.

79   Uma referência à livraria Abandoned Planet que se encontrava na 518
Valencia, um estabelecimento literário um tanto dilapidado, porém muito
benquisto e respeitado. Sua clientela contava com Gregory Corso, como
afirma Belner aqui, mas era mais conhecida como o lugar preferido do
magnífico Jack Micheline. Tirando das ruas uma existência precária, especialmente nesses anos finais, Micheline é uma figura exemplar como
poeta, pintor e um dos primeiros proponentes de poesia-jazz, que apresentou ao lado de Charlie Mingus, sendo visto por muitos como uma das
poucas figuras beat genuinamente autênticas, relegado à descrição de "escória mendicambaleante" por Belner neste trecho.

McCoppin Pearl Guerrero de nosso processo mortal
em Duboce Dolores e depois na 16th eu desci até o acumulante
ocaso, a luz americana um punk heroico que morre na escada de
   incêndio, caído daquela beirada lá em cima
onde você acabou de vê-lo, e enquanto se curvava Nuit de San Francisco até formar um arco de croqué sob as estrelas
enevoadas, veio então um trovão soterrado do barco-esquife, e o
   Sunset pôr do sol subterrâneo em Buena Vista Park.[80]
No último quilômetro de volta para Caledonia conforme a ônix se aco-
   modava num distrito de mata-borrão, bebendo tinta e os portais
gordos de uma luz negra americana, azulada no lampejo do fuzil,
   amarelada de papel pega-mosca com os faróis
dos carros por vir, vadeando a Pond e na rua onde nada prosperava
   afinal, estanquei
assombrado.[81] Aqui termina a estrada, aqui onde não há ponte, aqui
   onde

---

80   Mais alusões egípcias decorativas: Nuit é a deusa egípcia do céu noturno,
     geralmente representada dobrando-se num arco pelos céus. A referência à
     ferrovia Sunset que passa sob o Buena Vista Park é recauchutada aqui para
     refletir o conceito egípcio de que, quando a barca solar completa sua jornada
     pelos céus diurnos, deve então começar sua passagem subterrânea pelo sub-
     mundo e as Doze Horas da Noite; literalmente um "pôr do sol subterrâneo".

81   O dia e o poema de Belner têm, respectivamente, doze horas e doze estrofes
     de comprimento, por isso poderíamos deduzir que esse passeio que abrange
     todo o movimento beat se deu por volta de 16 de março de 1979, quando o
     sol teria nascido às 6h18 e se posto às 18h18. O fato de que Belner diz "es-
     tanquei assombrado" na "rua onde nada prosperava afinal" é aparentemente
     uma referência à Prosper St., residência do escritor Connor Davey e sua com-
     panheira entre 1969 e a morte de Davey, em 1976, como apontamos na nota
     12. Este pode ser um bom momento para examinarmos a história de Davey
     em maiores detalhes, dado que o jovem autor, anônimo aqui, parece ser um
     subtema oculto que perpassa todo o poema de Belner. Nascido em Chicago
     em 1941, Connor Davey chegou em San Francisco no verão de 1964, um belo
     jovem de vinte e poucos anos, abertamente apaixonado pela literatura beat e
     pelas obras de Harmon Belner, em particular, cujo poema *Ouro do Harlem*,

paramos no meio do uivo e cães faraônicos quebram ossos para sua
geleia de jazz. Aqui, nosso

peso cardíaco, os pergaminhos pilhados agora a acendalha de uma
biblioteca de Alexandria

---

de 1959, causou um tremendo impacto na adolescência de Davey. Davey, à
época morando próximo à Filbert St., em North Beach, logo fez amizade com
Michael e Joanna McClure, depois conhecendo muitos outros luminares da
cena, notavelmente os amigos de McClure, Kirby Doyle e Richard Brautigan.
Foi durante uma bebedeira de madrugada, na companhia dessa última dupla,
que Doyle comentou como devia ser terrível ser poeta na antiga Suméria,
tendo que carregar tabuletas de argila por aí para anotar suas inspirações. A
conversa foi evoluindo até que ao fim surgiu a noção de um detetive particular, similarmente atormentado, atuando no mundo antigo, o que forneceu a
semente da ideia do que viria a constituir, quase uma década depois, o primeiro livro de Davey, *Saída à luz do dia na América*, possivelmente inspirando
também o maravilhoso romance de Richard Brautigan, de 1977, *Sonhando
com a Babilônia*. Davey conheceu Harmon Belner em 1966, na única apresentação de *A Barba* de Michael McClure no Committee Theatre, como mencionado nas notas 42 e 43. Em 1969, Davey se mudou para o apartamento
de sua namorada da época na Prosper St., por acaso a poucos quarteirões de
onde Belner morava com Paul Landesman, em 15 Caledonia St. Em 1975,
após datilografar o primeiro esboço de *Saída à luz do dia na América*, Davey
o entregou a Belner, ansioso para ler os comentários de seu herói literário.
Quando esses comentários jamais vieram e Davey enfim reuniu coragem para
perguntar ao escritor mais velho se ele tinha qualquer coisa a dizer sobre o
manuscrito, Belner a princípio alegou tê-lo perdido e depois questionou se
Davey sequer chegara a mandá-lo, para começo de conversa. Acreditando que
o único exemplar da obra de sua vida estava desaparecido, Davey ficou cada
vez mais furioso e aflito, chegando a confrontar Belner após se encontrarem
por acaso na Kearney St., o incidente a que o poeta se refere na nota 33. Por
fim, numa espiral depressiva causada pela aparente perda de sua obra, sem
perceber que os cadernos nos quais cuidadosamente rascunhara à mão o seu
esboço original haviam caído na parte interior da escrivaninha, onde mais
tarde seriam encontrados por sua viúva, Davey tirou a própria vida ao saltar
da ponte Golden Gate em 16 de março de 1976, a data que parece ser, estranhamente, a celebrada no poema de Belner.

revirada.[82] Com as cinzas da noite no cabelo, fui rolando essa alma

de bola de esterco para além de Sanchez, passando a igreja

nesses territórios de crânios de açúcar até enfim chegar a Nossa

Senhora das Dores com seu lago de lágrimas secas,[83]

uma luz albina brilhando em meio ao escuro impenetrável dos bê-

bados. Aqui sonhavam os mortos, Miwok, Ohlone, caçando

felizes no solo; governadores ou comandantes mexicanos; vítimas

da

vigilância e outros mártires, onde éramos o sonho que obnubilava

cenhos de ossos em seu sono coberto de

teias de aranha.[84] Aqui também fui afrontado por católicos Coghlan

e expulso daquela basílica dolorosa, histerias

---

82 Se a "estrada" no começo desta seção é a mesma estrada kerouaquiana
que Belner alega ter começado no apartamento de Carolyn Cassady na
Liberty, como se observa na nota 78, então Belner parece aqui ter a impressão de que a Prosper St. é onde o sonho beat chegou ao seu fim – ou,
talvez, para sermos mais exatos, onde o sonho beat de Harmon Belner se
concluiu. De modo semelhante, se a expressão "aqui onde não há ponte"
se refere ao suicídio de Connor Davey, como descrito na nota anterior,
então talvez a morte do jovem escritor tenha conexão com a sensação
de Belner de que seu próprio sonho beat se extinguiu aqui. O verso final, com o "peso cardíaco" que significa o remorso que pesa no peito
de Belner, parece se referir à queima dos manuscritos na Biblioteca de
Alexandria, emblemática do começo da Idade das Trevas, a não ser que
Belner esteja se referindo a outros "pergaminhos pilhados" que podem ter
acabado no fogo.

83 Estes versos se referem à Mission Dolores e à adjacente Basílica de Mission
Dolores, em 16th St., sendo a missão original a mais antiga das estruturas
de San Francisco ainda em pé, originalmente batizada em homenagem a
um rio próximo, o Arroyo de Nuestra Señora de los Dolores.

84 Há muitos habitantes proeminentes de San Francisco enterrados na missão, incluindo alguns milhares de indígenas dos povos Miwok e Ohlone que
ajudaram a construir a Mission Dolores; o primeiro governador mexicano;
o primeiro comandante do Presídio; as vítimas do Comitê de Vigilância, e
quaisquer "outros mártires" que Belner poderia ter em mente nestes versos.

de sílex ardendo em ouvidos nos quais ressoam ainda os estridores
    aviários, os respeitos rejeitados e
a penitência inadmissível, tarde demais para a pluma de ébano da
    verdade.[85] A consciência longe, em guerra, eu
marchei até passar a Guerrero e a Roxie onde a luz americana se
    contorce em *Problemas femininos* e *Eraserhead*,
e todos os meus pensamentos eram lírios enjeitados, discursos fúne-
    bres despejados, e era uma pena o eriçar de Frankie Feathers
no túmulo.[86] Voltei para casa, onde encontrei apagados o amor e as
    luzes, e em meu leito morto passei a
compreender nossos nomes e dias e dinastias como pó; nossas eras,
    contingências da areia.

---

85   Aqui, Belner se refere, de modo um tanto dissimulado, ao funeral de Connor Davey, que se deu na Basílica de Mission Dolores em 11 de abril de
1976. A referência ao radialista católico notoriamente antissemita, padre
Coghlan, parece ser uma tentativa de sugerir que Belner foi excluído do
funeral de Davey – o que aconteceu, de fato – por virtude de Belner ser
judeu, o que é certo que não foi o caso: quando Belner apareceu no evento, sem ser convidado, a viúva de Davey ficou muito agitada e, aos gritos,
pôs a culpa pelo suicídio de Davey em Belner e sua apática indiferença,
exigindo que o poeta fosse retirado da basílica antes que a cerimônia pudesse continuar. Suas condenações possivelmente explicam as menções a
"histerias de sílex" e "estridores aviários" neste trecho.

86   Aparentemente é uma referência ao evento supracitado. "Frankie Feathers"
era a companheira de Connor Davey, que expulsou Belner do seu funeral
e mais tarde viria a descobrir o livro perdido de Davey e o preparar para
publicação pela Hillwood Press, a sair no ano que vem, Clara Frances
"Frankie" Bird.

E, enfim, só para dar
cabo do silêncio

– Acaso este vento nos ramos não faz um ruído como uma risada cruel? Esta, em todo caso, é a melhor das cousas que penso sobre a questão. O que me dizes agora?

– ...

– Ora, não trajes uma feição tão sóbria. Concedo que estamos num mau estado, mas pelo menos temos companhia e o colóquio um do outro, não temos? Estar sozinho em nossas tribulações, penso eu, seria uma desgraça além de qualquer capacidade de superação.

– ...

– Bem, se é assim que te sentes, não vou insistir, só que me parece uma pena. Nós dois somos os últimos homens do bando saído de Brackley. Não se passaram desde então quatorze dias? Perdi a noção da passagem do tempo, mas para mim mais parecem vários meses.

– ...

– Não vais ser dissuadido da tua decisão, posso ver. Não estás com humor para conversa, é evidente, mas, da minha parte, se eu me pronunciar, entendo que não hás de fazer oposição?

– ...

– Esse é o espírito! Ainda faremos disso um passeio aprazível, nós dois, a dupla de velhos comparsas. Quando penso no que vimos juntos, fico bobo. Que dia foi aquele, quando nos encontramos em Brackley, na velha igreja. Éramos cinco ou seis, eu lembro agora, mas muitos outros vieram assistir ao enforcamento, como é de esperar. Acho que era outubro, um espetáculo raramente encenado naquelas bandas. Havia um velho que, pelo visto, não estava bem da cabeça, porque ficou dando vivas e batendo palma no meio da empolgação toda, e um menino pequeno com ranho verde subindo e descendo do nariz enquanto respirava, tu lembras? Agora que penso a respeito, havia também um cachorro de apenas três pernas, que latia e mancava na periferia da multidão. Que época. Vai demorar para eles esquecerem aquela meia dúzia que éramos, isso eu juro.

— Cinco. Éramos cinco.

— O quê? Que foi isso? Pensei ter ouvido um ruído, acima dos galhos das árvores com sua zombaria acarvalhada.

— ...

— Te rogo, amigo, não te ofendas. Vamos, fala de novo para criar uma amizade a partir desta aflição. O que foi que acabaste de dizer? Não consegui entender. Não estou bem de saúde, para dizer a verdade.

— Cinco. Eu disse que éramos cinco na igreja de Brackley. Agora aquieta essa tua fanfarronice.

— Cinco, tu dizes? Ah, então pode ser que seja isso. Eu mesmo estou quase maluco com este castigo e não confio nem nas minhas lembranças, nem nos meus sentidos. As cousas não param de tremeluzir e cantar, mas não consigo dizer qual dos dois.

— Bem, eu também não estou melhor, não é mesmo? Há um ar em todas as cousas, como se pudessem vir a nos fazer mal a qualquer instante, como leite prestes a ferver. De tanta lama e poças, portões e pés de urtiga, estou já desalentado, desagrada-me algo de rancoroso no caráter de tudo. Nós dois não estamos muito distantes da morte, creio eu.

— Disso eu tenho tanta certeza quanto tu. Mais ainda, ouso dizer. Meus pensamentos estão carcomidos de pesar. E quanto aos nossos camaradas, que estavam conosco desde o princípio? Éramos seis, achei que o tivesses dito.

– Cinco, e que um raio te parta. Éramos cinco. Faz nem um minuto que eu o disse. Cinco na igreja. Roger, de Hinckley, era o meirinho. Foi ele quem disse que devíamos entrar e foi ele o autor das nossas aflições. Se o tivesse aqui agora do meu lado, ora, haveria de passar as cousas a limpo e matá-lo esganado.

– Ele não é um dos nossos que já se foi, então? Tem um ou dois desses, que eu me lembre.

– Não. Se fosse assim, eu nem me incomodaria tanto. Quando soube da nossa sentença, ele ficou mais pálido que um lírio. Disse que seria a sua morte e saiu correndo pela King's Highway até Dover, de onde fugiu à França. No entanto, foi ele! Foi ele quem disse que devíamos entrar e tirar o patife de lá. Quando eu reclamei e falei que isso atrairia a fúria de Deus, ele me algemou, dizendo que, se eu não o fizesse, atrairia antes era a fúria do conde de Leicester.

– Tens razão. Foi a entrada na igreja que acabou conosco. Lembro-me de pensar: "Não vai prestar nada entrar aqui", mas fomos até lá e entramos mesmo assim.

– Pois é. Pois é, nós entramos e isso não tem como contornar. Por esse motivo, se tu não te incomodas, eu gost...

– Ah, minha memória é como uma peneira com uns furos enormes, onde todos os meus pensamentos são miudinhos. Então, quando o meirinho Roger de quem tu falas fugiu, aí ficamos em cinco, se o estou compreendendo.

– Sim. O quê? Não. Não, aí ficamos em quatro, depois que ele fugiu. Havia eu, John Halpen, vindo de Banbury, e Will Tite daquele lugar também. Conosco estava Rob de Belford e Martin de Peterborough, a quem eu não conhecia tão bem. Tu não serias este?

– Sim! Sim, é possível! Mas, pensando bem, nunca estive em Peterborough e não consigo lembrar se me chamavam de Martin. Temo que a minha cabeça esteja, pela maior parte, destruída. Será que não podes dar uma olhada e me dizer quem achas que eu pareço?

– Ia adiantar muito mesmo, com a minha vista do jeito que está. Tudo que enxergo se encontra parcialmente encantado, como se visto do outro lado de uma teia de aranha que lança o seu padrão sobre tudo. Seus bulbos e orbes são grandes e lentos na periferia, mas menores e mais frenéticos ao centro. Este caminho duro e congelado que trilhamos se encontra, para mim, repleto de voltas e correntes por toda parte, como se fossem águas lentas. É assustador em sua beleza, e eu preferiria largar o nosso fardo e fugir, não fosse pela dupla a cavalgar sempre atrás de nós. Ainda estão ali, aposto. Será que consegues identificá-los daí onde estás?

– Não. Meus olhos enxergam bem, mas a rigidez no meu pescoço não me deixa virar a cabeça. Posso escutá-los, no entanto. Trotam a alguma distância atrás de nós, como suspeitas, e reclamam do nosso cheiro. Mas eu gostaria de saber mais desses sinais e maravilhas que testemunhas. Por acaso és um santo?

– Nunca pensei nisso antes de o mencionares, mas agora não o sei dizer. As visões dos santos não são todas cheias de cordeiros e anjos? As minhas têm só umas criaturas feias rosnando no tronco das árvores e, vindas dos lagos pelos quais passamos, fervilham bestas reluzentes feito bexigas ou besouros macios e gosmentos ou o osso espinhento de garras de caranguejo, mas com tantos olhos odiosos. Essas massas acima de nós, as quais eu sei serem apenas as nuvens do inverno, aos meus olhos são transformadas em grandes bolas flutuantes de vermes gigantes e emaranhados, do tamanho de cidades, com nós que se contorcem, os corpos cegos espessos como torreões, todos segmentados, rosa e cinza, com uma luz úmida que lustra as laterais. As cores que há nas cousas fariam tua pele se arrepiar, em tudo mais intrincadas que um caramujo. Não posso pensar que sou santo, mas fora isso não vejo motivo para esse terror estrelado que há em tudo.

– Ouvi dizer (mas apenas das bocas de homens sem Deus) que os santos se flagelavam, com chicotes de couro sem curtimento, deixando a moléstia entrar onde a pele rompia, e que era por isso que viam as cousas que viam. Se era assim, então, tendo sido açoitado todas essas vezes e com o fardo pestilento que carregas, devo dizer que, à minha vista, és tão santo quanto qualquer outro. Arrisco dizer que os cordeiros e anjos devem chegar no tempo certo.

– O que dizes pode muito bem ter tento. Nunca ouvi esse causo antes ou, se ouvi, já esqueci. Se assim for, ele dá um sentido cruel à nossa sentença e suas estipulações. O velho bispo Hugh disse que deviam nos despir, exceto os calções, e levados a Brackley, em manilhas, para exumar o homem...

– O camarada que tu arrastaste da igreja e enforcaste?

– Pois é, ele mesmo. Era para o exumarmos, depois o levarmos nos ombros desnudos para todas as igrejas do condado, sendo flagelados em cada uma delas antes de podermos seguir adiante, com as costas ensanguentadas e o cadáver fedorento. Se o que dizes é verdade, então Hugh de Lincoln praticamente nos sentenciou à morte, mas garantiu que antes disso iríamos enlouquecer. Não é por acaso que Roger de Hinckley fugiu para o exílio desse jeito, porém, como eu já disse, foi ele quem insistiu para que violássemos o santuário.

– Ah, bem, o santuário. É um negócio a que dizem que Deus presta muita atenção, ou pelo menos é o que pensam os seus ministros. No curso ordinário das cousas, descobri que é melhor que a igreja não se aborreça com qualquer questão que seja, porque quase sempre se aborrecem em excesso.

– Isso a nossa situação deixa bem claro. A igreja está em tudo, e nem o conde de Leicester nem os seus homens podem enfrentá-la. Ora, não aconteceu de o rei Henrique açoitar a si mesmo por ter assassinado Tom Becket? É bem possível que ele fosse atormentado por visões, mas certamente seriam melhores do que as minhas, dignas do seu título. Ele não estaria vendo em toda parte essas rodas giratórias de crânios, nem confundiria o movimento da relva com o pouso de pássaros estremecendo de frio. Não enxergaria em cada colina um gigante desesperado, sentado há tanto tempo com a cabeça entre os joelhos que mato e espinhos cresceram em sua coluna. Um rei, penso eu, deveria ver mais bordados ou leões, cousas assim.

– Henrique ainda é rei? Não estou a par dos últimos acontecimentos.

– Não, faz uns dez anos que não é mais Henrique, mas sim Ricardo, chamado Coração de Leão, que batalhou contra o infiel Saladino na mais recente das cruzadas. Nossa terceira, eu acho, e que certamente já resolveu a situação por lá.

– Houve três cruzadas? Juro, este é um mundo em que sempre tem algo acontecendo, mas penso que os homens são tão ímpios que logo deve ter fim quando chegar afinal o Dia do Juízo.

– Isto é certo. Eu o espero no ano que vem, quando os calendários terão só dozes e não onzes. Bem se sabe que o caminho natural das cousas conspira para que seja tudo feito às dúzias, como os meses que compõem o ano, por isso é provável que o Senhor estabeleça esta data para pôr fim a nós. Mil e duzentos, tenho certeza, será a meia-noite das eras, mas nem eu nem tu estaremos ainda vivos para ouvir seu dobre, não a meu ver.

– Não posso discordar, pois me pareces mais sábio do que eu sou, seja lá quem seja eu.

– Ah, sim. Não nos decidimos quanto a quem de nós tu eras antes de nossa conversa dar essa guinada, mas talvez, se pensarmos juntos na questão, possamos chegar a uma resposta.

– Benfazejo seria. Acho que já disseste que és John Halpen, de Banbury, então esse nome já eliminamos da lista, pois tu não podes ser eu, quando está óbvio que és outra pessoa totalmente. E quanto ao outro homem de Banbury de quem falaste? Será que ele não poderia ser o tipo de sujeito que seria eu?

– Will Tite? Penso que não. Quando éramos meninos, brincávamos em Banbury Garden, e mesmo nessa época ele tinha uma voz mais grave do que a que tu tens agora. Em todo caso, já morreu. Eu não o diria sob juramento, mas me parece que foi o primeiro que seguiu por esse caminho.

– Ah... agora que eu pensei nele, lembrei! Foi ele quem tentou fugir às pressas quando nos aproximamos de Wootton?

– O próprio. Disse que não aguentava mais o chicote e preferiria estar morto.

– Foi uma conclusão severa a que chegou, mas não consigo deixar de admirar sua valentia.

– Bem, talvez ele devesse ter pensado melhor. Não estava muito longe da estrada quando um dos que o seguiam foi atrás dele e o golpeou com sua maça... o que me parece um destino pior do que o açoite. Tampouco foi uma morte rápida. Ouvi o que pareceu uma série infeliz de golpes até Will cessar seus protestos estridentes.

– Tu disseste que ele tinha uma voz mais grave do que a minha.

– Pois é. Suspeito que a dor de ter sido golpeado tantas vezes não era fácil de transmitir em notas rouquenhas. Ainda assim, agora que decidimos que tu não és nem eu, nem Will Tite, estamos mais próximos de encerrar o teu dilema, não? Ou devo pensar que... diabos!

– O que houve agora? Tropeçaste?

– Pois é. Meti o pé num atoleiro, que não pude ver em meio a esse ar labiríntico que se encontra por toda parte. Não gostaria de encontrar a aranha que teceu toda essa teia sobre as cousas todas. É um grande impedimento, quando eu e tu preferiríamos que nossas tribulações terminassem logo.

– Nisso tens razão. Está muito longe, tu achas?

– O quê? Nosso retorno a Brackley? Não, não penso que esteja. Creio termos passado por um marco miliário há um tempo, ou foi um poste cujas marcas eram apenas um acidente. Dito isso, faltavam duas milhas ou talvez três. A parte debaixo do número estava uma bosta para ler.

– E lá será o fim deste nosso desfile infeliz, em Brackley?

– Antes fosse. Em Brackley vão nos fazer enterrar de novo o camarada que arrastamos do santuário, então pelo menos não teremos mais que suportar essa carga lastimável. Em seguida, eles hão de nos obrigar a ir até Lincoln para sermos flagelados outra vez antes de nos libertarem, mas é evidente que teremos sorte se conseguirmos chegar ao topo desta colina em que estamos. Surpreende-me que não tenhas melhor lembrança de nossa sentença, pois nos causou uma impressão terrível quando foi proferida.

– Tenho uma noção da maior parte das cousas até o enforcamento, mas minhas lembranças depois disso são vagas ou sequer existem. Quando dei por mim, já estávamos juntos nesta jornada e nela estamos desde então. Como estão tuas visões? Mais belas e mais beatas, para que ao menos não te inflamem tanto?

– Se for obrigado a falar a verdade, eu diria que, se houve qualquer mudança, foi para pior. Este terreno arado pelo qual passamos faz nem um momento me parece um oceano todo de solo onde os sulcos e valas são como ondas escuras que rebentam. E nesse grande dilúvio de terra há esqueletos que nadam, saltam e mergulham em meio às vagas imundas, como peixes sorridentes. Esticam suas costelas nuas como nadadeiras e respiram terra pelos olhos vazios. Não há apenas homens e mulheres ali, mas também os ossos maiores de cavalos, afundados até o peito no solo gélido, com raízes mortas no lugar das crinas, expelindo besouros pelas ventas. Nada disso me parece santo, a meu ver. Se são visões, são mais vis e um fardo ainda pior que o canalha caindo aos pedaços que estamos carregando.

– Não viste nenhum anjo, então, ou, se sim, eram esqueletos.

– Não creio que anjos tenham esqueleto, visto que não são constituídos de nada além do espírito.

– Então como podem ter cenho, queixo e nariz protuberantes, em vez de um rosto flácido como um saco molhado? Por que é que seus braços e pernas não ficam pendurados na brisa?

– Vendo por essa perspectiva, posso entender teu raciocínio. O que eu creio que prova o meu argumento é que um anjo jamais morre.

– Pode muito bem ser assim, mas um esqueleto tampouco.

– Eu... podemos voltar a sondar se tu não és Martin de Peterborough ou então Rob de Bedford? Não tenho forças nem caráter
para falar das entranhas dos anjos.

– Se este é o teu desejo. Encontrei um modo de distinguirmos
a dupla, por meios que recentemente me vieram à mente: qual dos
dois foi que ficou doente e vomitou todo aquele negrume e qual foi
o que quebrou a perna quando o deixamos na vala?

– Ora, tens razão! É um método simples que desde o princípio
está na nossa cara. Agora, deixe-me pensar... até onde sei, foi Rob
quem teve o acesso de vômito pavoroso. Não saberia dizer só de
olhar o que foi que ele expeliu, mas logo depois morreu disso. Quanto a Martin de Peterborough, pensando agora, parecia-me ser o
mais velho entre nós e já era frágil. Tenho quase certeza que foi ele
quem tropeçou nesta estrada e caiu na vala, não muito tempo após
Will Tite se perder de nós. Quebrou a perna na queda, e estes que
nos seguem disseram que era melhor deixá-lo ali. Pelo que lembro,
ele suplicou aos brados que alguém o matasse por algum método
que fosse menos demorado e não arriscasse envolver animais selvagens. Seu argumento me pareceu forte e bem-elaborado, pelo menos até o ponto em que podíamos ouvi-lo. Bem, vê só! Que tal?
Entre nós, conseguimos chegar a uma resposta que se encaixa em
nosso enigma.

– Estou maravilhado pela argúcia de nossa deliberação.

– Igualmente. Embora nossas circunstâncias sejam árduas, temos ainda nossa perspicácia.

– Pois é, temos, sim. Então, afinal de contas, qual de nós eu
acabei sendo?

– Bem, tu és... não acabamos de estabelecer essa questão agora
mesmo?

– Creio que não. Nossa conversa tem se concentrado em decidir quem eu não sou. Não sou Roger de Hinckley, pois até onde sabemos ele está na França. Tampouco sou John Halpen de Banbury,
pois este é tu, me convenceste disto. Will Tite teve a cabeça

esmagada há pouco, enquanto o velho Martin de Peterborough implorou para que o mesmo lhe acontecesse. Rob, vindo de Bedford, foi quem vomitou. Concedo que sou muito ruim de soma, mas me parece haver alguém de quem nós nos esquecemos.

– Da minha parte, não consigo pensar em mais ninguém. A não ser que, por acaso, tu sejas...

– Pois não? A não ser que, por acaso, eu seja o quê? Tu enfim lançarás uma luz sobre o nosso mistério perturbador?

– Eu... eu preferiria não o dizer.

– Ah, por favor! Certamente não vais enforcar a questão?

– Eu penso... Eu penso que o melhor é não conversar mais contigo.

– E como isso seria melhor, quando eu acreditava que havíamos logo nos tornado amigos e companheiros na adversidade?

– ...

– Diga-me que não retornaste a esse teu comportamento outra vez. Caminhar em silêncio, é certo, há de levar-te à loucura.

– ...

– Muito bem, então. Se esta é tua resposta, eis um jogo que dois podem jogar.

– ...

– ...

– ...

– ...

Agradecimentos

Primeiro de tudo, eu gostaria de agradecer a Edgar Allan Poe por reservar um tempinho no meio do tormento que foi sua vida para inventar o conto – até hoje o melhor formato para um jovem escritor aprender seu ofício, e até hoje o veículo mais versátil quando eles já estão velhos e curvados sob o peso de tantas palavras.

De todos os causos reunidos aqui, "Lagarto hipotético" foi a minha primeira tentativa de me aventurar a sério na ficção breve em prosa. Escrevi esse conto em 1987 para a terceira das antologias publicadas pela Ace Books ambientadas no mundo de Liavek, partilhado entre vários escritores. Por essa publicação, eu gostaria de agradecer a Emma Bull e Will Shetterly, responsáveis por editar a série e nos fornecer a cidade imaginária onde o conto se passa. Também gostaria de reconhecer, tardiamente, a contribuição do imenso Lewis Furey, pois foi de um verso da sua música "Poetic Young Man", do álbum *The Humors Of*, que saiu a fagulha para o conceito de roubo de identidade que ocupa o lugar central da narrativa.

"Nem mesmo lenda" foi escrito em 2020 para ser incluído no quinto volume de *Uncertainties* (Swan River Press, 2021), e devo agradecer ao formidável Brian J. Showers, o editor dessa antologia de *weird fiction* responsável por manter vivas as miríades de vozes irlandesas da literatura fantástica em Dublin.

"Local, local, local", escrito em 2019, foi concebido originalmente para uma antologia de ficção científica proposta pelo meu adorado Northampton Arts Lab e editada pela magnífica Donna Bond. Confesso que, com a aparição da Peste em seu cavalo convulso de tosse e o modo (adequadamente) caótico da Arts Lab de funcionar, é possível que essa antologia nunca veja a luz do dia, mas ainda gostaria de agradecer a Donna e a todos os meus colegas do Arts Lab por terem me feito companhia, seja lá onde diabos nós estivermos.

"Leitura a frio" foi escrito e publicado em 2009 como uma história sazonal de fantasma para a edição natalina da revista *Dodgem Logic*. Eu fiz o personagem principal ser um vidente fraudulento para que meus muitos amigos ateus e racionalistas pudessem aproveitar uma história terrível de vingança sobrenatural, apesar de sua filosofia sem graça e lastimavelmente baseada em evidências.

"O estado altamente energético de uma complexidade improvável" surgiu de um único ponto no vácuo quântico em 2019, escrito para a mais recente reencarnação da *New Worlds*, de Michael Moorcock, realizada pelo estimável Pete Crowther da P. S. Publishing, a quem devo toda gratidão e amor.

Os quatro contos restantes foram todos escritos especificamente para esta coletânea, entre os meses de fevereiro e agosto de 2021. Quanto a "Iluminações", baseado numa viagem de férias dolorosamente equivocada, feita em 2005, devo agradecer a minha esposa Melinda Gebbie por sua tolerância e pedir desculpas por ter ameaçado atear fogo no(a) assistente de acampamento inocente fantasiado(a) de animal de desenho animado caso essa pessoa tentasse me animar. Você sabe que eu não fiz por mal, meu bem, e só peguei o isqueiro pelo drama.

Quanto ao bode na sala com cabeça de tigre, "O que se pode saber a respeito do Homem-Trovão" explodiu como uma bolha lancetada entre fevereiro e abril, e eu gosto de pensar que há um certo ar primaveril nesse conto. Além de todas as pessoas do mundo editorial dos quadrinhos e os momentos em que é possível pegá-las com a guarda baixa, preciso agradecer a Addy Tantamed e Steven Grant pelo que acredito que eles chamem de "material adicional" que diz respeito ao saudoso Archie Goodwin, bem como também alguns boatos intrigantes. Devo agradecer ainda ao meu bom amigo nessas últimas décadas, o imaculado Kevin O'Neill, talvez o melhor artista de HQS de sua geração e alguém que sabe onde estão enterrados todos os cadáveres dos quadrinhos de terror.

"Luz americana: uma avaliação" não teria sido possível, mais uma vez, sem a assistência de Melinda com o conhecimento íntimo de sua cidade natal e suas lembranças das correntes de contraculturas. Gostaria também de agradecer ao esplêndido Kevin Ring pelas publicações heroicas de sua revista *Beat Scene*, que constantemente me contam coisas novas sobre um movimento literário que eu achava conhecer bem. Assinem já.

O conto final da coletânea, "E, enfim, só para dar cabo do silêncio", foi também o último a ser escrito, e é um bom momento para eu expressar minha enorme dívida a meu amigo, colaborador e servo Joe Brown. Joe caçou antigas referências históricas e artigos de jornais locais para essa composição, escavou audiências investigativas para "Homem-Trovão" e me forneceu incontáveis fatos obscuros bem quando eu precisava. É quase como se ele tivesse algum tipo inimaginável de espelho mágico para achar esse tipo de coisa.

Meus agradecimentos também ao meu primeiro agente literário, James Wills, da Watson, Little, por seu trabalho astuto e leal, gosto impecável e pelo talco cheiroso que ele arranjou para nós no Natal. Agradeço ainda a Paul Baggaley, Daniel Loedel e todo aquele pessoal maravilhoso da Bloomsbury por seu cuidado, seu entusiasmo e por fazerem com que esta nova experiência fosse tão aprazível e confortável.

Como sempre, deixo um agradecimento aos meus colegas de mutilação da linguagem, Iain Sinclair, Brian Catling e Michael Moorcock por sua interminável inspiração e encorajamento; ao maravilhoso Michael Butterworth e à memória de Dave Britton; e ao mundo moderno por conseguir estar sempre vários passos adiante das minhas fantasias mais ridículas.

Por fim, sou grato às pessoas a quem eu mais amo, que fornecem minha motivação não só para a escrita, mas para a vida: minhas filhas Leah e Amber, que estavam sentadas no meu colo quando eu escrevi "Lagarto hipotético" e conseguiram se engajar no "Homem--Trovão" sem vomitar. Elas, seus maridos e nossos quatro improváveis netos de contos folclóricos europeus são as iluminações da minha existência. O mesmo eu digo da supracitada Melinda Gebbie, a qual, constituindo com avidez o público inicial de muitas das histórias deste livro, chegou às cenas de catástrofe no papel de primeira interventora de crise, além de ser a mais calorosa companhia de pandemia que qualquer pessoa poderia querer. Estendo ainda o meu amor e estima a Kirsty Noble, que aparentemente estava ansiosa para ler esta coletânea. Espero de coração que ela goste.

E agradeço à minúscula porcentagem dos meus leitores que leu estes agradecimentos até o fim. Para ser honesto, eu mesmo geralmente pulo essa parte, por isso valorizo, de verdade, o seu empenho.

ALAN MOORE
NORTHAMPTON
JANEIRO DE 2022

Entrevista com Alan Moore

por Ramon Vitral*

É fácil entender quando Alan Moore diz ansiar por obras de arte que digam algo novo, preferencialmente com uma voz com a qual ele não esteja familiarizado. Desde o início de sua carreira, no fim dos anos 1970, o autor de *Iluminações* é celebrado tanto pela subversão das linguagens usadas por ele, quanto por seus discursos *anti-establishment* questionadores do *status quo*. E os contos do livro que você tem em mãos sintetizam vários dos elementos narrativos e diversas das ideias que fizeram dele um dos escritores mais influentes de sua geração.

Moore refletiu sobre os rumos da humanidade e expôs alguns dos anseios e interesses que guiam sua produção em entrevista exclusiva para a edição brasileira de 'Iluminações'.

Temerário em relação ao futuro da vida na Terra, ele acredita no otimismo como "a única postura funcional aceitável" e aposta em criatividade e imaginação como soluções para "um presente e um (possível) futuro agressivamente complexos". A seguir, uma conversa com Alan Moore:

*

---

*   Ramon Vitral é jornalista e edita desde 2012 o blog Vitralizado (www.vitralizado.com)

Vivemos tempos estranhos em todo o mundo, mas o Brasil passa por um período extraordinariamente catastrófico. Temos um presidente de extrema direita, um homem que repetidamente expressou (e pôs em prática) suas visões autoritárias e antidemocráticas. Parece-me que a situação no Reino Unido talvez seja menos catastrófica, mas vocês também estão convivendo com as consequências do Brexit e do período durante o qual Boris Johnson foi primeiro-ministro. Digo isso para explicar como a publicação do seu livro e a oportunidade de conversar com você representam um alívio em meio a todo esse obscurantismo.

O título "Iluminações" soa muito pertinente para este período sombrio pelo qual estamos passando. Existe alguma luz que permita algum otimismo quanto ao futuro da humanidade?

O otimismo, justificado ou não, é a única postura funcional, e o pessimismo, não importa quão bem fundamentado, é quase sempre inútil; um ato de entregar-se às circunstâncias que torna essas mesmas circunstâncias praticamente inevitáveis. Em quase todas as frentes – a contínua destruição do meio-ambiente; a intenção óbvia dos bilionários do mundo de roubar o dinheiro de todos; a invasão da cultura de vigilância em todas as vidas humanas do planeta; a desestabilização da realidade consensual sob uma avalanche de idiotice ridícula; a ascensão de algo que sequer dá para chamar de fascismo; o desejo em massa de escapar para uma realidade de fantasia, seja a Second Life ou o Metaverso, como se fosse existencialmente possível – nossa espécie parece estar numa condição terminal, sem a menor esperança. O meu próprio otimismo, tal como é, nasceu da minha percepção de que o desenvolvimento humano pode estar seguindo a fórmula alquímica de *solvé et coagula*, onde *solvé* é o processo de análise, de desmontar algo até o seu componente mais ínfimo, a fim de compreender plenamente o todo, e *coagula* é o processo de síntese, de reunir os componentes de volta de uma forma aprimorada. Minha esperança é que a fragmentação que vemos hoje em quase toda parte na sociedade seja o último estágio necessário de *solvé*, o desmantelamento do antigo mundo, para que a parte de *coagula* possa começar a construir o novo. Pode ser uma esperança frágil, mas é a única fonte de iluminação que eu consigo discernir no que, fora isso, é um apagão moral pestilento.

Como as artes e a ficção podem servir de contraponto às ideias obscurantistas tão em voga hoje? Qual papel você acredita que seja a criatividade e a imaginação desempenhem neste contexto?

A ficção ou, de fato, qualquer tipo de artifício, é uma forma especial de inverdade – para começo de conversa, ela reconhece sua ficcionalidade desde o princípio, sendo assim uma inverdade honesta, pelo menos – que pode ser usada para apontar para a verdade de um modo poderoso e convincente: *1984*, de Orwell, não é uma narrativa real, detalhando eventos ou personagens que existiram de verdade, mas usa, em vez disso, o poder notável da ficção para apontar uma verdade quanto ao totalitarismo. Se usadas de forma correta, a ficção e a arte podem ser um farol de realidade, mesmo no meio de uma nuvem sufocante de desinformação e imbecilidade paranoica, simplesmente por virtude de sua eloquência, clareza e impacto emocional magistrais. Enquanto isso, a criatividade e a imaginação são os únicos atributos humanos que já se provaram capazes, no passado, de resgatar a nossa espécie autodestrutiva e são as únicas qualidades que podem nos ajudar a encontrar uma saída em meio a esse presente e (com sorte) futuro agressivamente complexos.

Os artistas tantas vezes se colocam na linha de frente no combate a pessoas e a ideias extremistas, mas também vejo que muitos

acabam psicologicamente abalados por essa situação reacionária. Como o atual cenário impactou você e sua criatividade?

Pessoalmente, como eu suspeito ser o caso para muita gente, o principal desafio é enfrentar esse desfile desastroso de palhaços de merda, que parece inexaurível, sem sucumbir a uma raiva ou depressão perfeitamente justificadas, ambas as quais costumam resultar apenas em uma inércia paralisante e autodevoradora. No que diz respeito à criatividade – e, para mim, a criatividade é a única resposta prática a situações que causam raiva ou depressão –, eu acho que os tempos de hoje me forneceram um incentivo insuperável para aumentar a dose das invectivas no meu trabalho; no meu uso da linguagem; nas minhas ideias; na minha dramaticidade, poética e humor; na tentativa de ser um artista suficiente para esses tempos, com força o bastante em seu compromisso para combater o atual tsunami venenoso de bobagem fascista.

Ao mesmo tempo, também vejo artistas e pessoas criativas, no geral, celebrando cada avanço da ciência, seja uma nova vacina ou uma nova fotografia do universo tirada com telescópios avançados. Quais paralelos e diálogos você enxerga entre a arte e a ciência, a tecnologia e a imaginação?

Acredito que quase toda a cultura humana tem suas origens no culto; no xamanismo extático e abrangente do paleolítico, que foi nossa primeira resposta à nossa própria consciência assombrada, enquanto ela ainda se desenvolvia. Os xamãs ou *shamankas* ofereciam visões e informações ao desenvolverem a arte, a linguagem, a dança, os cantos, música e teatro, tudo num contexto mágico ou sagrado, enquanto também criaram as artes, em suas observações das mudanças cíclicas da terra ou do céu, fornecendo os precursores daquilo que viria a precipitar as ciências. Nesse sentido, eles também davam conselhos práticos e políticos aos seus líderes tribais. Assim ocorreu durante centenas de centenas de anos. Com a chegada de cidades-estado e culturas urbanas, pela primeira vez os seres humanos não tiveram que cultivar ou providenciar o próprio alimento, o que possibilitou a especialização. Embora tenha sido claramente um momento de emancipação para nos desenvolvermos, também foi o princípio do desmantelamento de nossa visão original xamânica e holística: a emergência de uma casta sacerdotal privou a magia de sua função espiritual, enquanto o advento de artistas e escritores removeu o seu papel como distribuidora de visões. De modo semelhante, ministros substituíram a função consultiva do xamanismo, privando a magia de qualquer influência política ou social. Tudo que permaneceu dentro da província da magia foi o seu conhecimento acumulado de "filosofia natural", em quantidades consideráveis, contendo as formas prototípicas da ciência e da medicina, e o acesso da magia ao que poderíamos chamar de mundo interior.

Com a aurora da Renascença, claro, a ciência e a medicina estabeleceram-se como disciplinas formais que renegavam seu parentesco xamânico. Então, uns quinhentos anos depois, o campo da psicanálise tomou emprestado conceitos e terminologia do ocultismo (o termo "inconsciente" foi usado pela primeira vez pelo mago Paracelso) até enfim usurpar o monopólio do ocultismo ao espaço interior. De um modo bastante real, hoje vivemos em meio ao corpo desmembrado da magia – um exemplo do processo de *solvé* mencionado anteriormente –, e eu proponho que ganharíamos uma vantagem enquanto espécie se arriscássemos os trabalhos necessários de *coagula* e conectássemos mais uma vez esses campos humanos. A fim de realizar essa ponte, sugiro que o primeiro passo seja conectarmos a magia com as artes. No processo, estas ganham visão e inspiração, enquanto aquela, estrutura e propósito. Depois, explorarmos a conectividade entre as artes e as ciências que você mencionou, uma produtiva via de mão dupla de ideias que, assim como a conexão entre a arte e o ocultismo, já é uma passagem próspera e bem estabelecida. Por fim (e talvez sendo a ideia mais implausível), conectarmos a ciência e a política, na esperança de que isso possa nos levar a um governo baseado em evidências. Posso ter respondido à sua pergunta em algum ponto no meio disso tudo.

Ao ler *Iluminações*, foi marcante para mim a diversidade das vozes e narrativas no livro. Fico curioso não só com as origens de cada história, mas com como foi que você encontrou essas vozes e narrativas. Como você faz para decidir como vai contar cada história?

Pela minha experiência, são as narrativas e vozes que encontram o escritor, não o contrário. Muitas vezes eu começo uma história sem ter mais do que um fantasma de uma ideia e talvez um título sedutor – certamente foi o caso com "O que se pode saber a respeito do Homem-Trovão" – e, depois, no ato físico de escrever, descubro que as palavras, as vozes e as histórias gradualmente vão se anunciando. Quanto às vozes dos personagens, num sentido mais específico, muitas vezes acontecem de um modo literal: ao ler o meu trabalho em voz alta, de cabo a rabo, a fim de garantir que o fluxo e o ritmo estão corretos, a voz do personagem é sempre distinta e já presente ali. O vidente fraudulento em "Leitura a frio", por exemplo, calhou de ser de Yorkshire, um homem provavelmente assexual de uns 40 e poucos, com uma cadência meio aborrecida e levemente *camp*.

Algo que fisga minha atenção na sua obra é a busca para entender os fundamentos de cada formato. Seja escrevendo prosa ou histórias em quadrinhos, você parece ter muito interesse no potencial

e possibilidades da mídia em questão. Como você faz para explorar cada formato?

Imagino que sempre que eu leio um livro ou uma história em quadrinhos, assisto a um filme ou escuto uma música, sempre estou atento, prestando atenção às minhas próprias reações. E depois descubro como foi que a obra conseguiu causar esse efeito. Assim, logo se percebe as liberdades e limitações de cada formato, de modo que aí você pode aproveitar os seus pontos fortes. Por exemplo, num filme há uma trilha sonora para se brincar, por isso na abertura de *The Show*, queríamos uma trilha grandiloquente que soasse como o tema de um filme clássico – um pouco como o tema de Tara em *E o vento levou* – a fim de fazer uma justaposição incongruente com a cena de uma cidadezinha inglesa sem graça, em vez das vastas plantações do sul dos EUA, depois levar o espectador a descobrir que essa música de abertura está, na verdade, tocando no rádio do carro, escolhida por uma estação local. Repetimos esse truque com nossa música dos créditos finais, em um tipo de retomada cômica. Com os quadrinhos, por outro lado, onde você tem uma série de imagens, de legendas e diálogos falados, tudo apresentado em parcelas compactas a fim de que o leitor possa absorvê-los no próprio ritmo, então dá para obter efeitos maravilhosos e complexos que é impossível repetir em qualquer outro formato – por exemplo, houve uma edição de *Promethea* que era um desdobramento de cartas de tarô, versos de poesia e anagramas na forma de um mural, ou a edição que virava um pôster duplo com a personagem numa narrativa que dava para ler tanto no arranjo dos quadrinhos quanto como pôster. E onde mais, além da prosa pura, seria possível eu executar um capítulo como o joyciano "Fazer a Curva" em *Jerusalém*? Além disso, se você compreende os limites de um formato, também dá para se debater contra esses limites ou potencialmente expandi-los, criando algo genuinamente novo. Formato, gênero, estilo – tudo isso são elementos com os quais o criador pode experimentar.

Qual é a lembrança mais antiga que você tem da presença da ficção e da arte em sua vida? Que papel a arte e a ficção exerceram durante sua infância?

A região de Northampton onde cresci, os Boroughs, pareceu nunca ter sido muito agraciada em termos de arte, cultura ou estímulos, talvez pelo medo de que se a classe trabalhadora fosse estimulada esteticamente, acabaria roubando ou assassinando alguém. Como consequência, passei meus anos de infância absorvendo qualquer migalha de entretenimento que eu pudesse encontrar em programas de rádio ou quadrinhos infantis ingleses esfarrapados que eram repassados pelos primos mais velhos. Tínhamos uma televisão minúscula da década de 1950, com portinhas de madeira para fechar a tela e recebia apenas as transmissões da BBC. Meu irmão e eu tínhamos permissão para assistir talvez a uma meia hora de programas infantis de fantoches por semana, geralmente aos domingos. Aos cinco anos de idade, entrei para a biblioteca local, o que abriu para mim o universo dos livros, mas a essa altura eu já tinha desenvolvido o hábito de criar meus próprios estímulos, caso tivesse necessidade de arte ou ficção. Já tive suspeitas, sem qualquer evidência para sustentar essa hipótese, de que os criadores de origens de baixa renda podem possuir, por vezes, uma imaginação mais poderosa e bem exercitada do que aqueles cujas necessidades infantis de estimulação eram supridas com maior rapidez e facilidade.

Houve algum momento em particular no qual você decidiu que queria fazer uso da arte da ficção, da sua imaginação, para ganhar a vida? Como foi que isso se deu?

Provavelmente desde a mais tenra infância já tinha uma vaga noção de que seria legal ganhar a vida com algo que eu gostasse de fazer, como desenhar ou escrever. Mas foi só aos 23 anos, mais ou menos, que tomei a decisão de me demitir do meu serviço num escritório e sustentar a minha casa e minha família por algum meio criativo. E demorou um ano até obter um mínimo de progresso nesse objetivo. Só quando comecei a me sentir relativamente seguro quanto à minha existência frugal que passei a nutrir ambições artísticas quanto ao meu trabalho. E até hoje, cuidar das necessidades da minha família é minha prioridade – mas, por sorte, consegui garanti-las sem comprometer minha arte ou minha ética.

Qual tipo de arte o toca? Há um anseio por algo específico ao abrir um novo livro, começar a ver um filme ou ouvir música? Talvez o que eu queira saber seja: o que você gosta de ler, assistir e ouvir?

O que procuro em qualquer item de arte ou cultura é que me diga alguma novidade e idealmente o faça numa voz ou maneira com a qual eu não esteja familiarizado. Atualmente, receio que, além de ler livros e um punhado de revistas que assino – *Private Eye*, *Viz*, *New Scientist*, *Beat Scene* e *Faunus*, o periódico da sociedade Arthur Machen –, meu consumo cultural é mínimo. Estando parcialmente surdo e passando a apreciar o silêncio como uma oportunidade para trabalhar sem distrações, quase não escuto mais música hoje em dia. Não tenho sinal de TV ou conexão com internet, por isso o que eu assisto se limita a alguns filmes ou boxes de DVDs que meus amigos me recomendam. Se houvesse um modo mais alienado ou miserável de se engajar com o mundo, eu lhe garanto que eu o adotaria num instante.

A literatura, a ficção científica, quadrinhos e outras formas de arte muitas vezes são tratadas como parte da "indústria do entretenimento". Qual sua opinião quanto a essa cooptação dos artistas e suas obras pela indústria?

Se a arte não conseguir entreter, pelo menos em algum nível, então terá uma imensa dificuldade em transmitir sua mensagem a uma plateia que não seja minúscula. Por outro lado, se for apenas entretenimento vazio, então perde todo seu poder e sentido enquanto arte, e torna a empreitada imprestável, exceto para propósitos comerciais. O que eu proponho é uma arte poderosa o suficiente para abalar as muralhas da cidade e popular o suficiente para encontrar o engajamento da multidão. Espero que minha obra seja capaz de entreter o leitor o bastante para que ele absorva o conteúdo, mas nunca me vi como alguém do entretenimento. Por sorte, meus críticos me garantem que eu não preciso me preocupar nesse quesito.

Há diversos casos públicos de artistas que perderam o direito a suas próprias obras ao trabalharem para grandes corporações. Que lições você tira desses casos? Como as pessoas criativas podem aprender a partir das histórias relatadas, por exemplo, por artistas como Jack Kirby e Steve Ditko (experiências muito semelhantes ao que se observa em "O que se pode saber a respeito do Homem-Trovão")?

A lição que eu tiro dos casos que você citou é que eu não devo nunca mais chegar nem perto da indústria dos quadrinhos de novo e que, depois de renegar a vasta maioria dos meus trabalhos nos quadrinhos, não tenho a menor necessidade ou desejo de ser associado ao ramo. "O que se pode saber a respeito do Homem-Trovão" deve servir muito bem para explicar meu desencantamento e, de fato, minha repulsa. Dado o quanto essas histórias estão rolando por aí há décadas, receio que a pergunta não seja tanto "como os artistas podem aprender a partir disso?" quanto "será que os artistas querem aprender, quando é muito mais confortável e lucrativo seguir pelo *status quo*?".

Você já classificou os gibis de super-heróis como "escapismo insalubre". Qual sua opinião quanto ao fato de esse tipo de escapismo continuar tão popular para o público em geral após tantas décadas sem grandes mudanças no gênero (mesmo após a aparição de obras revolucionárias criadas por você e alguns de seus pares da década de 1980 em diante)?

Acho que, na década de 1980, as pessoas alegavam que os quadrinhos tinham crescido, quando na verdade deram de cara com a idade emocional do público, que estava indo na direção oposta. Desde o começo, com o Super-homem de Siegel e Schuster, os super-heróis eram as necessárias fantasias de poder da classe trabalhadora do período da Grande Depressão, feitas por criadores da classe trabalhadora no que era então um formato de trabalhadores visando a um público de trabalhadores. Hoje, os quadrinhos são cotados e embalados quase que exclusivamente para hobbyistas de classe média e de meia idade, por isso servem como fantasias de poder para os que já detêm o poder.

Acho que sua existência prolongada até o dia de hoje é parte de uma reação de pânico contra a complexidade cada vez maior do mundo: as pessoas ficam ansiosas e com medo, compreensivelmente, diante de um mundo que é complicado demais para ser compreendido ou controlado. Quando a narrativa da vida moderna se torna complexa demais para se suportar, talvez muitos sintam a compulsão de recuar até uma narrativa mais simples que, embora seja uma bobajada delirante, pelo menos é compreensível. O festival de teorias da conspiração dos anos Trump é um exemplo perfeito. O conceito Q-Anon de demônios pedófilos subterrâneos do Partido Democrata devorando as glândulas adrenais das crianças apresenta uma ameaça ridícula, simplista e inexistente, de gibi, que só pode ser combatida por um herói de gibi igualmente ridículo, simplista e inexistente, a saber, "O Donald". Super-heróis, em sua encarnação atual – histórias infantis que são aparentemente as únicas com as quais os adultos relutantes de hoje estão preparados para se engajar – desempenharam um imenso papel na infantilização da cultura ocidental ao longo desta última década. E eu argumento que essa foi uma imensa contribuição para a ascensão do fascismo popular nesse mesmo período. Minhas obras, que eu mesmo já reneguei, como *Marvelman* e *Watchmen,* não foram concebidas como uma revitalização desse gênero decadente, mas como uma sátira e crítica. O super-herói hoje só pode ser uma figura invulnerável de compensação para uma nação com medo de dormir sem uma pistola na mesinha de cabeceira ou uma representação orgulhosa do excepcionalismo norte-americano. Imagino que eles só vão morrer ou perder o apelo quando morrer a necessidade psicológica de super-heróis, o que pode demorar um tempo, dado o estado atual da cultura e da sociedade.

Você tem várias obras longas, com temas e propostas narrativas que constam entre as mais ousadas do que se costuma ver no mercado editorial. Já vi classificarem a sua obra como "difícil" ou "desconfortável". Você mesmo as considera assim? O que você tira dessas classificações?

Devo admitir que nunca li essas críticas, mas também, como não tenho internet e não costumo ler resenhas, não teria como lê-las. Parecem-me comentários perfeitamente razoáveis. Embora eu tente tornar o meu trabalho o mais acessível e prazeroso possível e, com certeza, não pretendo que seja difícil ou desconfortável, é óbvio que haverá pessoas com padrões muito diferentes de dificuldade ou desconforto. Só posso sugerir que, se as pessoas não gostam do meu trabalho, talvez não devessem se castigar obrigando-se a lê--lo. Afinal, para que a minha obra tivesse apelo para absolutamente todo mundo, precisaria ser sem graça de um jeito inconcebível. É difícil que eu mude meus planos enquanto escritor a essa altura, por isso aos leitores que sentem que não está dando certo – sem que seja culpa deles ou minha –, o melhor conselho provavelmente é escolher outra coisa para ler.

Você fala muito sobre Northampton e já ambientou alguns contos na mesma cidade onde nasceu e cresceu. O quanto acha que Northampton foi responsável por moldar quem você é? O que considera o mais notável a respeito da região?

O que há de mais marcante em Northampton – a capital dos saxões; o ponto de início de duas cruzadas; o ponto onde terminaram a Guerra Civil inglesa e a Guerra das Rosas; local de nascimento da Revolução Industrial e do capitalismo de livre mercado, com a Conspiração da Pólvora, o movimento gótico e a invenção do radar; o local de onde Hitler propôs comandar o país se tivesse conseguido invadi-lo – é o fato de que ninguém comenta nada sobre o lugar. Só posso imaginar que algo no caráter de Northampton deva ser como o estado das coisas, exercendo sua influência invisível sem se tornar objeto de uma atenção primariamente indesejada, o que, com certeza, é uma estratégia com a qual simpatizo muito.

O mercado editorial e a indústria das artes e entretenimento no geral parecem imersas numa realidade distópica em que há uma imensa dependência de algumas grandes corporações. Como você enxerga essa tentativa de monopolizar a venda e disseminação de obras de arte e literárias?

Para colocar nos termos mais simples possíveis, sinto que as corporações e a visão de mundo canibal que representam precisam morrer – do contrário, tudo que é genuinamente valioso em ser humano vai morrer no seu lugar. Num nível superficial, parece ser uma decisão bem fácil de se tomar, mas aponto que não já temos muito tempo para tomá-la.

Sobre o autor

Alan Moore é frequentemente considerado o mais influente autor da história dos quadrinhos. Seus trabalhos seminiais incluem *A Liga Extraordinária*, *Do inferno* e *O monstro do pântano*. Ele também é o autor do romance *Jerusalem*, best-seller do *New York Times*. Ele nasceu em Northampton, Reino Unido, e lá mora desde então.

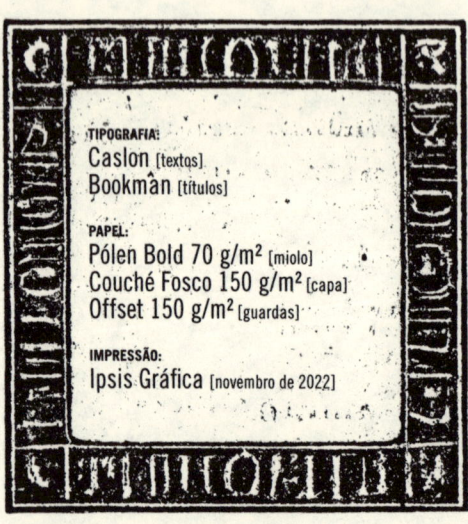

TIPOGRAFIA:
Caslon [textos]
Bookman [títulos]

PAPEL:
Pólen Bold 70 g/m² [miolo]
Couché Fosco 150 g/m² [capa]
Offset 150 g/m² [guardas]

IMPRESSÃO:
Ipsis Gráfica [novembro de 2022]